SF
명예의
전당

거기
누구냐?

THE SCIENCE FICTION HALL OF FAME
VOLUME 2 A

4

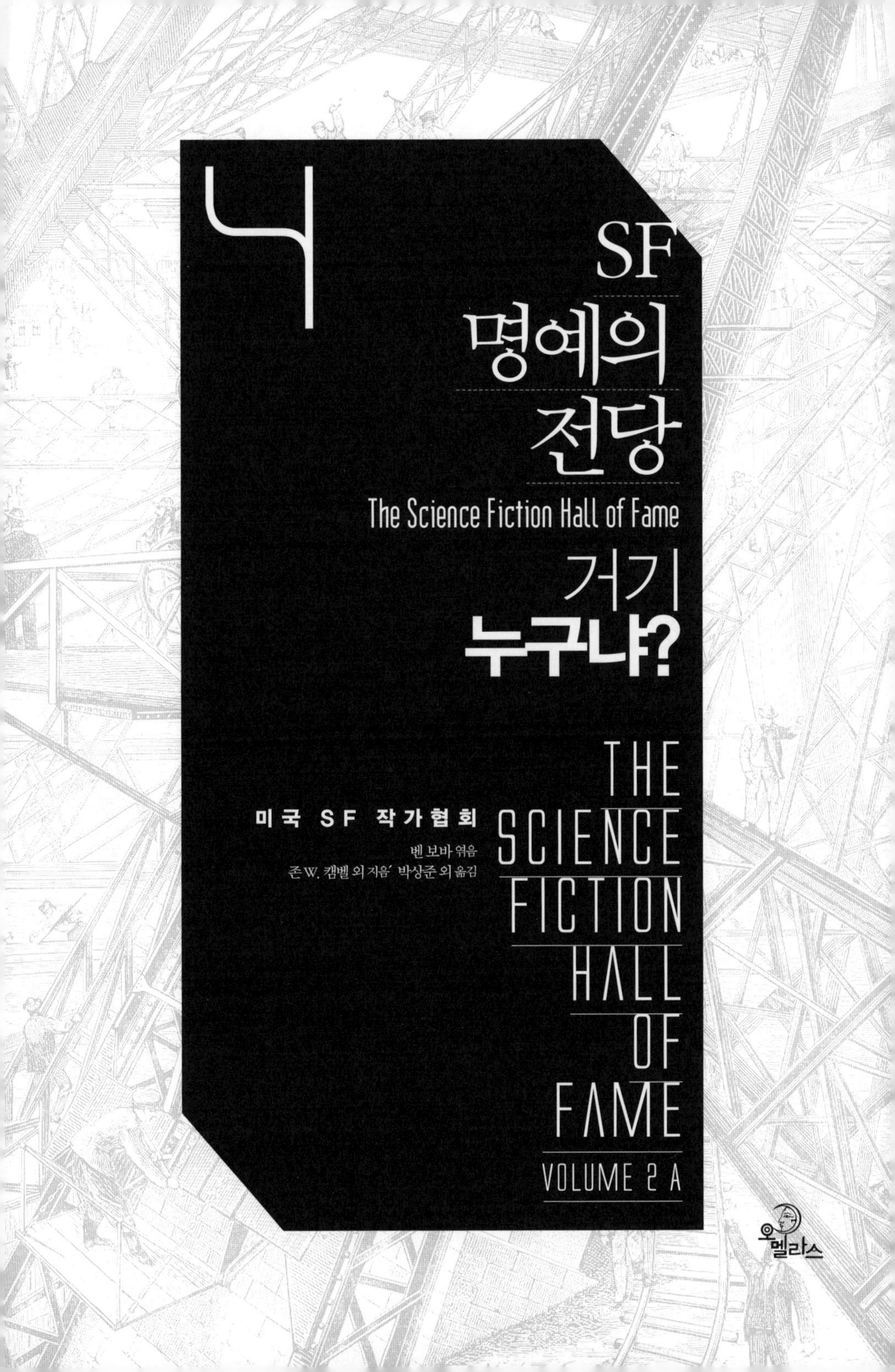

4

SF 명예의 전당

The Science Fiction Hall of Fame

거기 **누구냐?**

THE SCIENCE FICTION HALL OF FAME

VOLUME 2 A

미국 SF 작가협회

벤 보바 엮음

존 W. 캠벨 외 지음 박상준 외 옮김

오멜라스

서문

이 책은 『SF 명예의 전당』의 두 번째 시리즈이다. 앞서 출간되어 많은 찬사를 받았던 『SF 명예의 전당』 1, 2권은 단편 모음이었고, 이번에 나오는 책은 그보다 더 긴 분량의 중편들을 엄선해 묶은 것이다.

이 책에 실린 작품들은 미국SF작가협회SFWA 소속 작가들이 직접 선택했다. 미국SF작가협회는 400여 명의 전업 작가들로 구성된 조직이므로, 이 『SF 명예의 전당』은 직접 창작을 하는 SF 작가들 스스로가 고른 집단적 선택이 반영된 결정판 걸작선집이다.

미국SF작가협회는 1965년에 처음 창립된 뒤 이듬해인 1966년부터 매년 최고의 성취를 이룬 이야기들에 상을 수여해왔다. 이 상의 명칭은 네뷸러 상Nebula award이며 수상작은 미국SF작가협회 소속 작가들의 투표를 바탕으로 결정한다. 『SF 명예의 전당』 선집의 목적은 1966년 이전에 발표되어 네뷸러 상을 받을 기회가 없었던 작품들에게도 그에 상응하는 영예를 수여하는 것이다.

매년 배출되는 네뷸러 상 수상작들과 마찬가지로, 이 책에 수록된 작품들도 미국SF작가협회 소속 작가들의 투표 결과를 바탕으로 선정된 것이다. 앞선 두 권은 단편 분량의 작품들만을 대상으로 삼았고, 3권째부터는 그보다 긴 중편 및 경장편들 중에서 골랐다.

투표는 먼저 추천작들을 받는 것에서 시작하였다. 거의 1년에 걸쳐서 미국SF작가협회 소속 작가들은 명예의 전당에 들어갈 만한 수작들을 골라 제안했다. 편집자로서 이 모든 멋진 이야기들 중에서 어떤 작품이든 탈락시켜야만 한다는 것은 가슴 아픈 일이었다. 추천된 거의 모든 작품들 하나하나마다 내가 처음 읽었던 예전의 그 강렬한 기억을 되새기게 해주었다. 그리고 그 작가들 역시! H. G. 웰스, 존 W. 캠벨 주니어, 로버트 하인라인, 시릴 콘블루스…… 이들 중에 누구를 뺄 수 있단 말인가?

최종적으로 76편의 작품들이 추천되어 투표에 들어갔다. 미국SF작가협회 소속 작가들에게는 각각 이 76편 중에서 열 편을 고르도록 했다. 76편에는 한 작가가 여러 작품을 올린 경우도 많았지만, 우리는 이 명예의 전당 선집에 한 작가가 여러 번 수록되는 것을 원하지 않았다. 그래서 투표를 할 때에는 한 작가 당 한 작품만을 고르도록 했다.

많은 투표자들이 절망과 좌절의 비명에 휩싸인 답장을 보내왔다. "어떻게 이 중에서 열 편만 고를 수 있어요?"라는 것이 대표적인 호소였으며, 작가협회 소속 작가들 대다수는 추천된 작품 모두를 선집에 넣길 원했다.

투표 결과 최종적으로 걸러진 열 편은 다음과 같다.

1. 「Who Goes There?」, 존 W. 캠벨 주니어
2. 「A Canticle for Leibowitz」, 월터 M. 밀러 주니어
3. 「With Folded Hands」, 잭 윌리엄슨
4. 「The Time Machine」, H. G. 웰스

5. 「Baby Is Three」, 테오도어 스터전

6. 「Vintage Season」, 헨리 커트너, C. L. 무어

7. 「The Marching Morons」, C. M. 콘블루스

8. 「Universe」, 로버트 하인라인

9. 「By His Bootstraps」, 로버트 하인라인

10. 「Nerves」, 레스터 델 레이

투표에서 한 작가가 여러 작품으로 득표를 하는 바람에 같은 작가의 작품끼리 경쟁을 하는 아쉬운 상황도 있었으므로, 집계 과정에서는 이를 보완할 기준도 동시에 적용해서 최종적으로 가장 인기 있는 작가 열 명을 아래와 같이 추려냈다.

로버트 하인라인
테오도어 스터전
존 W. 캠벨 주니어
월터 M. 밀러 주니어
레스터 델 레이
C. M. 콘블루스
잭 윌리엄슨
H. G. 웰스
폴 앤더슨
헨리 커트너, C. L. 무어

명예의 전당 선집에 수록될 열 편을 고르는 과정은 공정하고도 간

단했는데, 가장 인기 있는 작가 열 명이 사실상 가장 인기 있는 작품 열 편을 대표했기 때문이다. 나는 득표순으로 정렬한 작품 및 작가 리스트를 각각 준비한 다음, 각 작가마다 최고 득표를 한 작품을 순서대로 골라냈다. 이 작업을 마무리하기는 쉽지 않았다. 살짝 한 작품만 더 집어넣었으면 하는 유혹을 끊을 수 없었던 것이다. 나는 '이 작품은 빼버리기에는 너무 아까워' 라고 혼잣말을 하곤 했다. 마침내 나는 총 스물두 편의 이야기들을 추려냈는데, 분량으로는 40만 단어 이상이어서 도저히 책 한 권으로 묶을 수 없었다.

나는 이 문제를 더블데이 출판사의 노련한 편집자 래리 애시미드에게 넘겼다. 의무를 떠넘기는 것은 부끄러웠지만, 나는 스물두 편에서 다시 작품들을 골라낼 만큼 강심장이 못 되었다. 다행스럽게도 그 점은 래리도 마찬가지였다. 작품 리스트를 한 번 보더니, 그는 모든 작품을 다 수록할 수 있도록 여러 권으로 나누어서 출간하자고 제안했다.

불행하게도 밀러의 「A Canticle for Leibowitz」와 브래드버리의 「The Fireman」[1] 두 작품은 선집에서 빠지게 되었다. 이 두 작품은 독립된 단행본으로 이미 출간되어 있다.

이렇게 해서 1895년에 출간되었던 H. G. 웰스의 「타임 머신」부터 코드웨이너 스미스의 「The Ballard of Lost C'mell」(1962년)까지 아우른 『SF 명예의 전당』 '두 번째 시리즈를 내놓는다. 이들은 SF가 제공할 수 있는 최고를 대표하며, SF 분야나 혹은 문학의 다른 분야에서 활약하는 최고의 작가들이 집필한 것이다.

◎ 1__ 현재는 「화씨 451」이란 제목으로 알려져 있다.

마지막으로 감사의 마음을 적는다. 앤소니 R. 루이스는 각 작품들의 출판 및 잡지 수록 기록을 일일이 추적하고, 작품 분량을 꼼꼼히 계산하고, 최초로 발표된 원본을 입수하는 등의 모든 번거로운 일들을 해주었다. 그의 도움이 없었다면 이 책은 기대에 훨씬 못 미치는 결과가 되었을 것이다.

벤 보바

The Science Fiction Hall of Fame

Volume 2 A

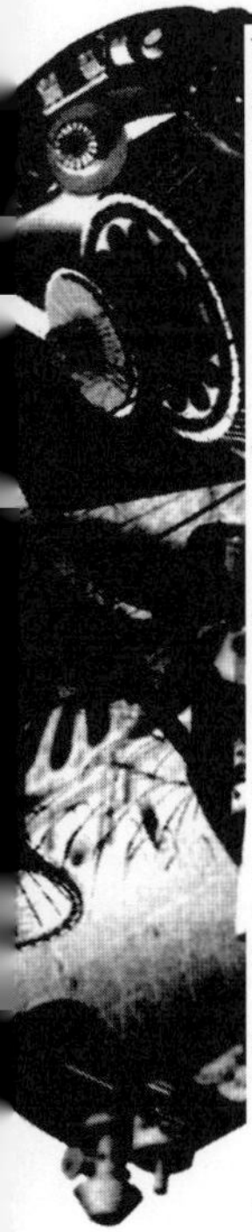

★★★

차례

☆ 서문 : 벤 보바 — 5

☆ 거기 누구냐? Who Goes There?

— 존 W. 캠벨 주니어 John W. Campbell Jr.(발표 당시 필명은 돈 A. 스튜어트 Don A. Stuart) — 13

☆ 대담한 신경 Nerves — 레스터 델 레이 Lester del Rey — 107

☆ 아기는 세 살 Baby Is Three — 테오도어 스터전 Theodore Sturgeon — 229

☆ 타임머신 The Time Machine — H. G. 웰스 H. G. Wells — 335

☆ 양손을 포개고 With Folded Hands — 잭 윌리엄슨 Jack Williamson — 445

☆ 작품 해설 : 미래를 전망하고 현재를 성찰하는 SF의 파노라마 | 박상준 — 527

‡ 본문의 각주는 모두 옮긴이가 단 것입니다.

거기 누구냐?

John W. Campbell Jr.

Who Goes There?

존 W. 캠벨 주니어 지음 :: 박상준 옮김

1

★

악취가 나고 있었다. 얼음에 파묻힌 남극 기지의 오두막에 걸맞은 어지러운 냄새. 퀴퀴한 사람의 땀 냄새와 녹인 바다표범 지방 따위가 뒤섞인 지독한 악취였다. 게다가 바르는 물약 냄새, 땀과 눈에 흠뻑 전 모피의 곰팡내, 또 프라이팬에 눌어붙은 요리용 기름과 바다표범 고기의 지독한 비린내, 그나마 덜 고약한 개들 냄새까지. 이 모든 것들이 오랜 시간이 지나면서 뒤섞인 채 차곡차곡 쌓여 대기를 가득 채우고 있었다.

기계들에서 풍겨 나오는 찌든 기름 냄새는 풀 먹인 제복이나 가죽 냄새와는 사뭇 달랐다. 그러나 어찌되었든 모든 인간들과 그 떨거지들,

즉 개와 기계와 음식 등등의 냄새를 뚫고 뭔가 다른 냄새가 풍겨 나오고 있었다. 너무나 기분이 나빠서 저절로 구역질이 날 듯한 냄새였다. 그리고 살아 있는 것의 냄새였다. 갓을 씌우지 않아 시리도록 눈이 부신 전등불 아래, 바닥의 축축하고 황량한 판자 위로 천천히, 규칙적으로 뚝뚝 물방울을 떨어뜨리고 있는 그것. 방수포에 싸이고 줄로 단단히 묶인 책상 위의 물체. 그것이 그 괴이한 냄새의 진원지였다.

블레어가 다가와 신경질적으로 덮개를 홱 잡아당겼다. 그는 조그만 체구의 대머리 생물학자였다. 덮개 아래의 그늘로 투명한 얼음 조각들이 드러나자, 그는 불안하게 방수포 뭉치를 제자리로 끌어올렸다. 불안감이 잔뜩 억제된 그의 동작은 한쪽 벽에 마치 조그만 새 한 마리가 움직이는 듯한 그림자의 춤을 만들어냈다. 낮은 천장에 매달린 지저분한 잿빛 속옷의 테두리 장식이 그림자를 엇갈리게 잘라놓았다. 빳빳하게 얼어붙은 적도풍의 테두리 장식은 그림자의 머리 부분을 마치 후광처럼 둘러싸서 그의 대머리를 더욱 우스꽝스럽게 만들었다.

탐험대장 개리는 늘어져 있는 속옷 하의들을 손으로 치우며 책상 앞으로 나섰다. 그는 본부 건물 안에 둥그렇게 빼곡히 들어찬 사람들을 천천히 둘러보았다. 거대한 그의 몸집이 등을 곧게 폈다. 그는 머리를 끄덕였다.

“서른일곱, 다 있군.”

낮은 목소리였으나 그에게는 천성이랄 수 있는 지도자로서의 위엄이 배어 있었다.

“이번 2차 극지 탐험에서 발견한 물체에 대해서는 여러분도 대충 알고 있을 것이다. 나는 그동안 맥크리디 부대장과 노리스, 블레어, 그리고 카퍼 박사와 이 문제에 대해 논의를 계속했다. 각자 의견은 조금씩 다르지만, 알다시피 우리는 제한된 조건에 놓여 있으므로 탐험대 전체는 통일된 행동 방침을 정해서 그대로 따라야 한다.

이제부터 자세한 얘기를 맥크리디에게 들어보도록 하겠다. 그동안 우리 모두는 각자의 일에 너무나 바빠서 다른 일에 신경 쓸 틈이 없었으니까. 자아, 맥크리디."

푸르스름한 연기를 배경으로 맥크리디가 앞으로 나왔다. 그는 어떤 잊힌 신화로부터 현신하는 인물처럼 보였다. 혹은 생명을 얻어 걸어 다니는 청동 동상이 위협적으로 등장하는 모습처럼. 그는 책상 앞에 서서 그 방의 천장이 낮다는 것을 확인하듯이 의식적으로 시선을 위로 던지며 몸을 똑바로 세웠다. 그가 입고 있는 거친 바람막이 재킷은 거대한 체격과는 어울리지 않게 강렬한 오렌지색이었다. 지붕 위로 남극의 황무지를 가로질러 몰아치는 바람은 뼈에 사무치도록 얼어붙는 대륙의 추위를 건물 안에까지 쑤셔 넣고 있었다. 그 추위는 거대한 몸집의 사나이에게 한층 더 거친 의미를 부여해주었다. 그는 청동 동상이었다. 붉은색의 청동 턱수염과 마찬가지로 무성하게 자란 청동 머리카락. 책상 위의 판자를 움켜쥐었다 놓았다 하고 있는 그 우락부락한 혹투성이의 양손도 그랬다. 짙은 눈썹 아래 움푹 꺼져 있는 두 눈 역시 청동이었다.

세월의 풍파에도 아랑곳하지 않는 청동의 인내심이 험준한 얼굴의 윤곽 안에서 빛나고 있었다. 맥크리디는 굵지만 감미로운 목소리로 입을 열었다.

"노리스와 블레어가 한 가지 의견 일치를 본 것은 있습니다. 우리가 발견한 이것이 적어도 지구의 동물은 아니라는 거죠. 하지만 노리스가 위험할지도 모른다고 생각하는 반면, 블레어는 별로 걱정할 것 없다는 입장입니다.

저는 처음부터 다시 차근차근 생각해보고 싶습니다. 우리가 이걸 어떻게, 그리고 왜 발견하게 되었는지 말입니다. 알다시피 이 지점은 지구의 남자극에 해당하는 곳입니다. 나침반이 똑바로 아래를 향하지요. 그런데 물리학 연구반에서, 이번 탐험을 위해 특별히 고안된 계기들을 써서 여기에서 남서쪽으로 128킬로미터 지점에 약하기는 하지만 자기장의 교란 현상이 탐지되었습니다. 무언가 자기장에 영향을 주는 존재가 있다는 증거였지요.

그래서 조사팀이 그곳으로 가서 다시 정밀 관측을 했습니다. 뭐, 이 부분에 대해서는 더 이상 장황하게 설명할 필요가 없겠죠? 그게 발견되었던 겁니다. 노리스가 예측했던 것처럼 거대한 운석도 아니었고, 철광석이 대량 함유된 지형도 아니었습니다. 강한 자기를 띠는 특수한 종류의 금속 광맥이 있었던 것도 아니었죠. 그 지점에서 지리적으로 지극히 소규모의 강력한 자성 물체가 탐지되었던 겁니다. 방사하는 자기장의 형태로 보나, 또 탐지 결과 계산된 물리적 크기로 보나, 자연적인 현상이라고 보기엔 석연치 않은 점이 한두 가지가 아니었죠. 그리고 그것은 빙하로부터 30미터 아래 지점에 묻혀 있었던 겁니다.

여기서 한 가지, 여러분께서 반드시 알아두어야 할 사실 하나를 짚고 넘어가기로 하겠습니다. 그 지점은 대단히 넓은 고원입니다. 밴 월이 비행기를 타고 관측한 바에 따르면, 그 고원은 제2기지에서 정남향으로 적어도 240킬로미터 이상 펼쳐져 있습니다. 그는 비행기의 연료가 떨어져서 더 이상 가보지 못했다고 했는데, 그 지점에서도 고원은 남쪽으로 계속 뻗어 있더라고 하더군요. 한편 그 정체불명의 물체가 발견된 지점 아래쪽은 매우 단단한 대규모 화강암질이 자리 잡고 있기 때문에 흐르는 빙하를 차단하고 있습니다. 그리고 남쪽으로 640킬로미터 지점에서 다시 남극 고원이 나오지요.

우리는 그리로 탐사를 나가서 빙하 산등성이의 가장자리에 캠프를 설치했습니다. 거기서 열이틀간 머물렀지요. 표면의 파란색 얼음 층을 파내고 오목하게 만들어 바람을 피했습니다. 우리가 있던 열이틀간 계속해서 풍속 72킬로미터의 바람이 한시도 쉬지 않고 불었습니다. 풍속은 최고 77킬로미터까지 올라갔고, 떨어져도 64킬로미터 정도였죠. 한편 기온은 평균 영하 52도로, 최저 영하 55도에서 최고라야 영하 51도였습니다. 그런 상태가 우리가 머물렀던 열이틀 동안 계속되었습니다.

남쪽 어딘가에서, 남극 고원의 얼어붙은 공기가 5.4킬로미터의 주발 모양으로 경사진 곳에서부터 고갯길을 따라 빙하를 넘어서 내려옵니다. 물론 북쪽으로 향하는 것이지요. 고원에서 깔때기 모양으로 분산되는 산맥들은 모두 북쪽 방향임이 틀림없습니다. 그것들은 우리가 제2의 자극을 발견한 넓은 평원에 이를 때까지 640킬로미터 가까이 펼쳐져 있습니다. 거기서 다시 560킬로미터 정도 북쪽으로 가면 남극해에 이르게 됩니다. 2,000만 년 전에 남극 대륙이 얼어붙은 이래, 그곳은 지금까지 계속 얼어 있었습니다. 한 번도 눈이 녹았던 적은 없습니다.

다시 말씀드리지만, 그 지점이 마지막으로 결빙 상태로 들어간 것은 2,000만 년 전입니다. 우리는 면밀한 조사와 분석을 거쳐 납득할 만한 이론을 세워보았습니다. 그 이론은 다음과 같습니다.

무언가가 우주에서 내려왔습니다. 우주선 말입니다. 우리는 그 우주선을 그곳의 파란 얼음 층 속에서 직접 보았습니다. 흔히 보는 잠수함에서 전망 탑이나 지향식 풍향계를 떼어낸 것과 비슷한 모양입니다. 길이는 85미터, 가장 굵은 곳의 지름이 13.7미터입니다.

아아, 밴 월? 우주? 그래, 들어봐. 자세히 설명할게."

맥크리디는 단호한 목소리로 계속했다.

"그 우주선은 아직 우리 인간이 발견하지 못한 힘들을 이용해서 우주를 날다가 지구로 내려왔습니다. 그러고는 아마도 착륙 순간에 무언가가 잘못되어서 지구의 자기장에 엉겨들었습니다. 그래서 통제력을 잃고 빙빙 떠돌다가 남자극, 즉 남극 지방으로 들어왔습니다. 물론 이 지역은 지금은 불모지지만 당시는 막 얼어붙기 시작하던 때였습니다. 눈보라가 마구 휘날리면서 눈들이 두껍게 쌓여가고 있었겠지요. 담요를 차곡차곡 쌓듯이 단단하게 얼음 층이 두꺼워지고 있었던 겁니다.

그 우주선은 단단한 화강암에 곧장 충돌하면서 망가져버렸습니다. 타고 있던 승무원들이 전부 죽진 않았지만 우주선은 사용할 수 없을 만큼 박살 나버린 것이 틀림없습니다. 노리스는 그 우주선의 운전 장치가 지구의 자기장 때문에 기능을 잃어버렸을 것이라고 하는군요. 그렇다면 아무리 지성이 뛰어난 생물일지라도 우주와 자연의 막강한 힘을 거슬러서는 살아남을 수 없다는 얘기가 되겠지요.

그 우주선에서 누군가가 밖으로 나왔습니다. 그 지점은 우리가 관측한 바에 따르면 기온이 영하 51도 이상으로는 올라가지 않았습니다. 바람은 지금보다 더 강했을 것입니다. 한 치 앞도 볼 수 없는 눈보라가 쉬지 않고 계속 몰아쳤을 겁니다. 그 승무원은 우주선에서 나와 열 발자국쯤 가서는 완전히 길을 잃었습니다."

그는 잠시 말을 멈추었다. 그의 머리 위에서 바람이 웅웅대는 소리와 취사장의 난로가 불쾌하고 심술궂게 덜그렁거리는 소리가 울리고 있었다.

밖에서는 떠돌아다니는 바람이 휘몰아치고 있었다. 수많은 눈송이들이 맹렬하게 몰아치는 찬바람에 붙잡혀서 제각기 중얼거리는 듯 웅성대며, 얼음과 눈에 파묻힌 캠프 위를 가로질러 눈이 멀 정도로 수평으로 줄지어 몰려다니고 있었다. 누구든지 캠프의 건물들을 연결하는 통로 밖으로 나간다면 열 걸음도 못 가서 길을 잃고 말 것이다. 건물 밖에는 무선 통신 안테나의 가느다랗고 검은 손가락이 공중으로 90미터가량 솟아 있었다. 그리고 그 위에는 맑은 밤하늘이 있었다. 너울거리며 꼬여 있는 오로라의 장막 아래에서, 구슬프게 흐느껴 우는 듯한 바람이 끊임없이 몰아치는 하늘이었다. 북쪽 저 멀리 아련한 지평선에선 기이하게 화난 듯한 빛들이 불타오르고 있었다. 한밤의 황혼이었다. 남극 대륙 90미터 상공에 떠 있는 봄이었다.

얼굴에 상처가 난 작은 몸집의 요리사 키너가 몸을 움츠렸다. 닷새 전 그는 냉동고기 저장소에 가려고 바깥으로 나간 적이 있었다. 간신히 저장소에 도달해서 일을 보고 다시 돌아오다가, 광폭한 얼음 바람에 견디지 못하고 나뒹굴고 말았다. 눈을 뜰 수도 없는 눈보라 속에서 마침 로프를 감으러 나갔던 다른 사람이 그를 발견한 것은 그로부터 30분 가까이나 지난 뒤였다.

사람이, 또는 그 무엇이든, 열 걸음도 채 못 가서 길을 잃기 십상인 그런 혹독한 곳이었다.

"그리고 그 당시의 바람은 지금 우리가 겪는 것보다 더 뚫고 나가기 힘들었을 겁니다."

맥크리디의 목소리에 문득 키너는 현실로 돌아왔다. 기지 건물 안의 따뜻하고 편안한 공간으로.

"그래서 그 우주선 승무원 역시 배겨낼 재간이 없었겠죠. 사실 그랬습니다. 그는 우주선에서 불과 3미터도 못 가서 얼어붙었습니다.

우리는 그 우주선을 발굴하려고 땅을 파냈습니다. 그러다가 우연히 그 얼어붙은 승무원을 발견했습니다. 바클레이의 도끼가 두개골에 부딪혔지요. 그것의 모습이 드러나도록 좀 더 파낸 뒤에 바클레이가 트랙터로 가서 시동을 걸었습니다. 그러고는 증기압이 충분히 올라가자 블레어와 카퍼 박사를 불렀습니다. 그때 바클레이는 몸 상태가 좋지 않았습니다. 사흘 동안이나 앓고 있던 참이었지요.

블레어와 카퍼 박사는 그 얼어붙은 사체를 얼음 덩어리에서 잘라냈습니다. 그러고는 지금 여러분들이 보고 있듯이, 트랙터에 싣고 이곳으로 가져왔습니다. 하지만 우리는 그 우주선이 몹시 궁금했습니다. 그 안에 들어가보고 싶었던 겁니다.

다시 그 지점에 도착하여 조사를 계속한 결과, 그 우주선의 선체는 우리가 알지 못하는 금속성 물질임을 알아냈습니다. 트랙터에 있는 강철제 연장들을 다 써보았지만, 흠집 하나 낼 수 없더군요. 심지어 배터리에 든 용액을 이용해서 산화 부식도 시도해봤지만 결과는 마찬가지였습니다.

일종의 마그네슘 합금이 아닐까 추측했습니다만, 그렇더라도 그처럼 산에 강한 재질로 만들려면 뭔가 우리가 모르는 특수한 공정을 이용한 모양입니다. 확인할 방법은 없지만 보기에는 마그네슘이 최소한 95퍼센트 정도 함유된 것 같았습니다. 마침 열려 있는 갑문을 발견한 것은 행운이었지요. 우리는 그 주위를 잘라내고 안으로 들어가려고 시도했으나 안쪽은 단단한 얼음으로 꽉 차 있어서 어떻게 손쓸 도리가 없었습니다. 보기에 그 안쪽은 금속 기계 장치들이 널려 있는 것 같았습니다. 궁리 끝에 우리는 그 얼음을 폭탄으로 단번에 녹여버리기로 결정했습니다.

우리가 그때 갖고 있던 것은 디캐나이트 폭탄과 용접용 테르밋 분말이었습니다. 분말로는 얼음을 부드럽게 녹일 수 있지만 디캐나이트는 폭발력이 강해서 자칫 죄다 박살내버릴 우려가 있지요. 카퍼 박사와 나는 일단 테르밋 분말 11킬로그램으로 폭탄을 만들어 설치하고 전선을 끌어내 땅 위에서 점화기에 연결했습니다. 옆에서는 블레어가 증기 트랙터에서 대기하고 있었습니다. 우리는 화강암 벽의 반대쪽으로 90미터 정도 물러선 뒤 점화장치를 눌렀습니다.

폭발이 일어나면서 우주선의 선체는 시커멓게 그을렸습니다. 하지만 그뿐, 폭발로 일어난 불꽃은 너울거리다가 이내 잦아들고 말았습니다. 아니, 꺼질 듯 죽어가다가 다시 살아나 점점 불타오르기 시작했지요. 우리는 트랙터 쪽으로 피했습니다. 서서히 섬광이 일어났습니다. 트랙터가 있는 곳에서도 견딜 수 없을 만큼 강렬한 빛과 열기가 방사되기 시작했고, 그것은 점차 얼음 벌판 전체를 뒤덮어갔습니다. 우주선의 그림자가 거대한 원뿔 모양으로 윤곽을 드러냈습니다. 북쪽 하늘에 걸려 있던 황혼은 어느새 사라지고 주변은 대낮같이 밝아졌습니다. 불길 안에서 아마도 승무원이었을 것으로 짐작되는 세 구의 사체들을 더 보았습니다. 그때 비탈면에 붙어 있던 얼음 층이 무너지면서 그 우주선을 덮쳤습니다.

그 지점의 지형적 특성에 대해서 자세히 말했던 이유는 바로 이 때문입니다. 극점에서부터 휩쓸며 불어내리는 바람은 우리의 등 뒤로 닥치고 있었습니다. 우주선이 불타오르며 내뿜는 증기와 열파, 수소 불꽃은 강렬한 얼음 바람과 안개 속에서 분해되어 우리에게 닿기 전에 흩어지고 말았던 것입니다. 그렇지 않았다면 우리는 살아서 돌아올 수 없었을 것입니다. 불꽃을 가로막은 화강암 벽 너머에 있었더라도 말입니다.

그 초열지옥에서는 눈조차 제대로 뜨기 어려웠지만, 어쨌든 우리는 활 모양으로 구부러진 거대한 우주선의 전모를 보았습니다. 검고 커다란 물체들이 타오르고 있었습니다. 이렇게밖엔 달리 표현할 길이 없군요. 그것들은 틀림없이 마그네슘 재질이었을 겁니다. 특유의 맹렬한 백열을 발산하며 타올랐기 때문입니다. 아마도 엔진이 아니었나 생각됩니다. 아무튼 그것은 맹렬하게 불타오르면서 사라지고 말았습니다. 그와 함께 비밀도 사라진 것이지요. 어쩌면 우리 인류에게 새로운 세계의 지식을 전해주었을지도 모르는 그것이 말입니다. 미지의 행성에서 날아올라 우주공간을 가로질러서 이곳 지구의 남극에 도달한 그 우주선의 신비는 그렇게 사라져버리고 만 것입니다. 그때 노리스가 뭐라고 소리쳐서 나는 몸을 굽혔지만, 그의 말을 알아들을 수는 없었습니다.

시야에 들어오는 고원 전체는 냉혹한 불꽃으로 덮여 있고, 내 손에 든 얼음도끼는 붉게 달아올라 있었습니다. 얼음 위에서 끊임없이 쉭쉭 소리가 났습니다. 옷의 금속 단추들은 녹아서 들러붙었습니다. 그리고 화강암 벽 너머로부터 불꽃이 계속 넘실대며 모든 것을 태우고, 그을리고 있었습니다.

이윽고 얼음벽들이 그 위로 무너져 내렸습니다. 드라이아이스에 압력을 가할 때 나는 것 같은 길고 높은 소리가 이어졌습니다.

우리는 죄다 눈이 멀어서, 회복될 때까지 여러 시간을 손으로 더듬어가며 헤매야 했습니다. 가지고 있던 장비들은 모조리 타거나 녹아버리고 말았습니다. 무전기, 발전기, 스피커 모두 다 마찬가지였습니다. 그럭저럭 증기트랙터가 말을 들어주지 않았더라면, 우리는 제2캠프로 되돌아올 수 없었을 겁니다.

밴 월이 우리를 데리러 날아온 것은 동 틀 무렵이었죠. 우리는 최대한 서둘러 기지로 귀환한 것입니다. 자아, 이상입니다, 이것이."

맥크리디의 거대한 청동 턱수염이 책상 위의 물체 쪽으로 움직였다.

2

★

블레어는 눈부신 불빛 아래서 작고 뼈가 앙상한 손가락들을 꿈틀거리며 어설프게 움직이기 시작했다. 손가락 마디마다 박힌 작은 갈색 주근깨들이 실룩거리는 피부에 얽혀 미끄러지듯 앞뒤로 움직였다. 그는 방수포를 약간 옆으로 젖히고는, 그 속에 갇힌 것을 불안한 시선으로 바라보았다.

맥크리디의 큰 몸이 약간 펴졌다. 평소에는 몹시 과묵한 그였지만 외롭고 적막한 제2캠프에서 그는 동료들과, 인간들과 다시 섞이고 싶은 갈망에 사로잡혀 있었다. 제2캠프는 극으로부터 불어오는 바람이 늑대처럼 울부짖는 혹한지대에 자리 잡고 있었다. 꿈속에서조차도 바람은 야수처럼 포효하며 윙윙거렸다. 그는 자신이 내리친 얼음도끼가 괴물의 두개골에 닿았을 때, 얼음을 통해서 그 괴물의 끔찍한 모습과 마주친 기억이 아직도 생생했다. 그것은 위쪽을 노려보고 있었다.

거인 기상학자가 다시 말했다.

"문제는 바로 이겁니다. 블레어는 이놈을 조사하길 원합니다. 녹여서 생체조직의 표본 등등을 만들려는 거지요. 하지만 노리스는 안전을 확신할 수 없기 때문에 반대하고 있습니다. 카퍼 박사는 블레어의 입장에 가까운 편이고. 하긴 노리스는 물리학자지 생물학자는 아니니까요. 그래도 그의 생각엔 일리가 있습니다. 우리 모두 일말의 가능성을 배제할 수는 없지요. 블레어의 말에 따르면, 이런 지옥 같은 곳에도 살아 있는 생물이 있다는군요. 현미경으로밖엔 보이지 않지만, 그것들은 겨울에 얼었다가 여름이면 다시 녹아서 살아난다는 겁니다. 석 달 동안.

노리스의 생각도 그것과 비슷합니다. 이 괴물이 다시 살아날지도 모른다는 거지요. 아니면 어떤 전염병 균이 소생할 가능성도 있고요. 지구상에는 없는 무언가가, 이곳에서 2,000만 년 동안이나 얼어붙어 있던 무언가가 살아나서 퍼진다면 곤란하다는 거지요.

블레어도 그런 가능성은 인정했습니다. 낱낱의 세포들 같은 무기물들은 우리가 상상하는 것보다 훨씬 더 오랜 기간 동안 단단히 얼어붙어 있다가도 다시 생명을 얻을 수 있습니다. 이 사체는 지난번에 시베리아에서 발견된 매머드처럼 얼어 죽은 겁니다. 유기체이고 고등생물인 생명 형태들은 이런 여건을 견디지 못하니까요.

하지만 미생물이라면 가능하겠지요. 노리스는 우리가 이전에는 결코 접한 적도 없고 확실하게 처치할 방법도 모르는 어떤 병균이 풀려날까 봐 걱정하는 겁니다. 반면에 블레어의 대답은, '물론 그런 세균이 있을 가능성이 제로는 아니다. 그러나 노리스의 논리는 상황을 너무 비약시킨 것이다' 라는 입장입니다. 그 세균들은 인간을 겪어본 적이 없고, 따라서 인간의 면역 체계를 뚫고 들어올 수도 없다는 거지요. 우리의 생명 작용도 어쩌면……."

"어쩌면, 이라고!"

작은 생물학자의 머리가 작은 새처럼 흔들리자 대머리 주위에 후광같이 붙어 있는 회색 머리카락이 화난 듯이 곤두섰다.

"이봐, 사람들은……."

"나도 알아."

맥크리디는 한발 물러서며 대답했다.

"이놈은 지구상의 것이 아니야. 감염을 걱정하기엔 우리의 생명작용과는 너무 먼 것 같기도 해. 나는 위험은 없다고 말하고 싶네."

노리스는 화가 난 듯 앞으로 나섰다. 그는 상대적으로 키가 작았다.

게다가 155센티미터의 단신에 튼튼하고 강인한 체격은 그를 더 작아 보이게 하는 경향이 있었다. 검은 머리는 뻣뻣했고 짧은 철사처럼 단단했다. 두 눈은 부서진 강철처럼 잿빛이었다. 맥크리디가 청동의 사나이라면, 노리스는 온통 강철과 같았다. 그의 움직임, 그의 생각, 그의 모든 태도는 강철 스프링처럼 민첩하고 단단한 추진력을 가지고 있었으며 그의 신경 역시 단단하고 신속하게 행동하는, 그리고 신속하게 부식되는 강철이었다.

그는 급하게 더듬으며 비난을 퍼부었다.

"빌어먹을, 그래, 이놈은 죽었을 거야. 아니면, 하나님, 아마 그렇지 않을지도. 하지만 난 이놈이 싫어, 빌어먹을. 블레어, 자네가 귀여워하는 이 괴물을 사람들에게 좀 보여줘. 그 더러운 걸 보고도 이 안에서 그걸 녹여도 좋은지 각자 결정하게 하자고.

이걸 완전히 녹이겠다고? 만약에 완전히 녹인다면 말이야, 오늘밤 누군가, 오늘 보초가 누구지? 오오, 코넌트! 너는 우주선宇宙線, cosmic rays을 연구하지? 그래, 너는 이 2,000만 년 된 블레어의 미라와 꼬박 밤을 새우게 될 거야.

이걸 풀어서 보여줘, 블레어. 사람들이 직접 보게 하라고. 빌어먹을, 이놈이 무슨 감염 작용을 하든지 난 상관 안 하겠어. 하지만 난 이놈에게 뭔가 기분 나쁜 게 있다는 걸 잘 알아. 자네들이 이놈의 얼굴 표정을 직접 보면, 인간이 아니니까 쉽진 않겠지만, 놈은 얼어붙을 때 화가 나 있었다는 걸 알 수 있을 거야. 놈이 죽을 당시의 상황을 생각해보면 당연하지. 지옥 같은 추위에 길을 잃고 분노와 증오로 제정신이 아니었을걸. 왜 아무도 그걸 얘기하지 않지?

보란 말이야! 이걸 풀어서 기분 나쁘게 번들거리는 빨간 눈 세 개를 보라고. 그리고 스멀스멀 기어 다니는 벌레 떼 같은 파란 머리카락도 말이야. 기어 다니는 거야. 우라질, 놈은 지금 얼음 속에서 기어 다니고 있는 거라고!

지구상의 어떤 생물도 이놈이 2,000만 년 전에 얼어붙으면서 얼굴에 떠올렸던 분노를 짐작할 수는 없어. 놈은 완전히 미친 듯이 화가 났어. 타는 듯이 통렬하게 화가 났단 말이야!

빌어먹을, 나는 이 뻘건 세 개의 눈을 본 뒤로 계속 꿈을 꾸었어. 악몽이지. 이 괴물이 녹아서 생명을 얻는 꿈을. 이것은 죽지 않았어. 2,000만 년 내내 그저 생명의 속도를 늦추고, 기다리고 기다렸을 뿐이야. 이 빌어먹을 괴물이 오늘밤 코스모스 하우스에서 물을 뚝뚝 떨어뜨리며 녹는 동안 자네들 역시 꿈을 꿀 거야. 그리고 코넌트는……."

노리스는 갑자기 우주선 전문가를 향해 몸을 돌렸다.

"이 적막한 데서 밤새 깨어 있는 게 그다지 반갑지 않을걸. 저 위에서는 바람이 애처로운 소리로 흐느끼고, 그리고 이 괴물은 물방울을 뚝뚝 떨어뜨리고……."

그는 잠시 말을 멈추고 주위를 둘러보았다.

"나는 알고 있어. 이건 과학이 아니라 심리학이지. 자네들도 악몽을 꿀 거야. 나는 이 괴물을 본 뒤로 매일 밤 악몽을 꾸었어. 내가 이놈을 미워하기 때문이지. 놈이 다시 살아나서 돌아다니기를 원치 않기 때문이야. 이봐, 이놈을 원래 있던 곳으로 다시 돌려놓자. 다시 2,000만 년 동안 얼어붙어 있도록 내버려두자고. 나는 굉장한 악몽을 꾸었어. 이놈은 우리하곤 달라. 이건 분명해. 이놈은 다른 어떤 종류의 생물도 마음대로 조종할 수 있어. 이놈은 생김새를 바꿀 수도 있고, 심지어 사람처럼 보일 수도 있어. 그리고 우리를 죽여서 잡아먹으려고 끈질기게 기회를 노릴 거야.

이건 논리적으로 따질 문제가 아니야. 나는 놈이 그렇다는 걸 알고 있어. 어쨌든 지구의 논리에는 맞지 않아.

아마 이놈은 이질적인 신진대사를 가지고 있겠지. 놈의 몸에 붙은 병원균도 지구와는 다른 생명작용을 가지겠지. 블레어, 쿠퍼, 바이러스는 어때? 자네들이 말했듯이, 그런 놈들은 단백질 분자만 있으면 언제든지 살아나 활동하지.

그리고 자네들이 표본을 얻고 싶어 안달하는, 이놈이 가지고 있을지도 모르는 미생물의 수백만 변종들은 어떤가? 그중에 위험한 것이 하나도 없나? 공수병이나 광견병처럼 신체작용이 어떻든 간에 온혈동물만을 공격하는 질병은 어때? 그리고 앵무병은? 블레어, 자네는 앵무새 같은 몸을 가지고 있나? 그리고 원한다면 부패증, 회저, 탈저는 어때? 이놈은 이질적인 신체작용에 대해서는 상관 안 한다고!"

블레어는 노리스의 화난 잿빛 눈동자와 마주치자 잠시 머뭇거리며 올려다보았다.

"이제껏 자네가 말한 건 죄다 꿈 이야기로군. 나는 계획대로 할 생각이니 그리 알게."

그 작은 사내의 상처자국이 난 얼굴 위로 개구쟁이처럼 악의에 찬 미소가 언뜻 스쳐갔다.

"나도 악몽을 좀 꾸었지. 그래, 나도 전염병 꿈을 꾸었어. 말할 것도 없이 대단히 위험한 일이지. 꿈에서는 말이야.

자네는 바이러스에 대해서 대단히 잘못된 생각을 가지고 있군. 여기 누구도 그런 효소분자이론을 말한 적은 없어. 나 역시 그런 설명을 해준 적도 없고. 그리고 자네가 담배모자이크병이나 밀녹병에 걸린 것 같다면 내게 알려주게. 밀이라는 식물은 이 다른 세계에서 온 생물체보다는 훨씬 자네의 신체구조와 가까울 테니. 아, 광견병도 검사해봐야겠군. 엄격하게 규제해야 돼. 이곳에 그런 게 퍼지면 곤란하지. 하지만 노리스, 이놈은 그렇지 않아."

블레어는 책상 위 방수포에 싸인 사체를 향해 유쾌하게 머리를 끄덕였다.

"제길, 자네가 정히 이놈을 녹여야겠다면, 이놈을 포르말린 통 안에다 넣고 녹이라고. 빌어먹을, 그것까진 참아주겠어."

"그 제안은 받아들일 수 없네. 나는 절대로 타협할 수 없어. 자네나 개리 대장은 왜 자기학을 연구하러 이 지옥 같은 곳까지 왔지? 집에 편안히 앉아서 하지 않고? 지구 자기장은 뉴욕에도 미치고 있어. 그렇지만 자네들이 뉴욕에서는 원하는 정보를 얻을 수 없듯이, 나 역시 이놈을 포르말린에 담가놓은 표본으로 만들어서는 생명을 연구할 수 없어. 알겠나? 이놈과 같은 샘플을 또다시 얻을 기회란 없단 말일세! 이놈이 얼어붙어 있던 2,000만 년 동안에 놈의 동족들은 죄다 사라져버려서 지금은 없을 거야. 설사 놈이 화성에서 왔고 우리가 화성엘 간다 하더라도 또다시 놈과 같은 생명체는 볼 수 없다고! 게다가 놈이 타고 온 우주선도 이젠 사라지고 없어.

자아, 이봐. 우리에겐 선택의 여지가 없네. 이게 최선의 방법이야. 천천히, 아주 조심스럽게, 포르말린에 넣지 않고 말이지, 녹이는 거야."

개리 대장은 앞을 바라보며 서 있었다. 노리스는 화가 나서 중얼거리며 뒤로 물러섰다.

"여러분, 나는 블레어의 말이 옳다고 생각하오. 여러분들의 생각은 어떻소?"

코넌트가 투덜투덜 불평을 했다.

"나도 반대는 안 해요. 이놈이 녹는 동안 블레어가 계속 지켜보기만 한다면야."

이마에 늘어진, 잘 익은 체리 같은 머리카락을 뒤로 쓸어 올리면서 그는 슬픈 듯이 씩 미소를 지었다.

"훌륭한 생각이잖아? 블레어가 이놈 옆에서 자지 않고 지킨다면."

개리는 가볍게 미소 지었다. 동의하는 듯 킬킬거리는 웃음이 잔물결처럼 무리에 퍼졌다.

"이 괴물에게 어떤 유령이 있다손 치더라도 말이야. 얼음 속에 그렇게 오랫동안 붙잡혀 있는 동안 다 굶어 죽었을 거야, 코넌트."

개리가 넌지시 말했다.

"자네는 문제없을 거야. '철의 사나이' 코넌트 아닌가! 만약 이놈이 깨어나 소란스럽게 굴면 그때는 조용히 밖으로 데리고 나가면 되지 않겠나, 응?"

코넌트는 불쾌하게 몸을 흔들었다.

"난 유령을 걱정하게 게 아닙니다. 이 괴물을 봐요. 나는……."

블레어는 열심히 밧줄을 풀었다. 방수포를 벗기자 괴물의 모습이 드러났다. 얼음은 방의 열기로 인해 이미 조금씩 녹기 시작하고 있었다. 괴물은 새파랗고 두꺼운 투명 유리를 뒤집어쓰고 있는 듯이 보였다.

방은 돌연 어색한 분위기에 휩싸였다. 괴물은 얼굴을 위로 한 채 미끄럽고 반반한 탁자 위에 누워 있었다. 얼음도끼에 부서진 두개골 반쪽도 그대로 드러나 보였다. 부러진 도끼날이 아직도 그곳에 박혀 있었다. 당장이라도 벌레처럼 꿈틀거릴 듯한 머리카락 사이로 세 개의 눈동자가, 증오로 가득 찬 붉은색 눈동자 세 개가 활활 타오른 채로 얼어붙어 있었다.

키 183센티미터에 체중이 91킬로그램이나 나가는, 얼음처럼 냉정한 조종사 밴 월이 마치 목이라도 졸린 듯 이상하게 헐떡거리더니, 여기저기에 부딪히고 비틀거리며 복도로 나갔다. 모인 사람들 중 절반 정도가 문 쪽을 향해 뛰어갔다. 나머지 사람들도 탁자로부터 물러선 채 비틀거렸다.

맥크리디는 책상의 한쪽 끝에서 그들을 바라보며 서 있었다. 그의 거대한 몸은 강한 두 다리 위에 심어진 듯이 단단했다. 노리스는 반대편 쪽에 서서 증오로 얼어붙은 괴물을 노려보았다. 문 밖에서는 개리가 한꺼번에 열댓 명이나 되는 사람들과 난상토론을 벌이고 있었다.

블레어가 장도리를 가지고 왔다. 잠시 뒤, 2,000만 년 동안 괴물을 덮어 싸고 있던 얼음은 장도리의 쇠 발톱 아래 부석거리며 벗겨지기 시작했다.

3
★

"자네가 괴물과 밤을 새우는 걸 내켜 하지 않는 거야 알고 있지, 코넌트. 하지만 그놈은 여기서 녹여봐야 해. 자네 생각은 우리가 문명세계로 돌아갈 때까지 그냥 놔두자는 거지? 좋아. 가져가면 훨씬 더 완벽한 조건 아래서 연구를 할 수 있겠지. 하지만 생각해보게. 어떻게 저걸 가지고 적도를 지나갈 수 있겠나? 뉴욕에 도착할 때까지 우리는 온대지역과 적도, 그리고 다시 온대지역을 통과해야만 해. 자네는 단 하룻밤도 저것과 같이 지내기가 싫지? 그러면, 우리가 돌아가는 동안 내내 저놈을 우리가 먹을 고기들과 함께 냉장고에 걸어두자 이건가?"

블레어는 주근깨가 있는 대머리를 의기양양하게 끄덕이며 말을 마쳤다.

코넌트는 뭐라고 반박할 말을 찾으려고 애쓰고 있었다. 땅딸막하고 다부진, 얼굴에 상처가 있는 요리사 키너가 옆에서 거들었다.

"이봐, 내 말을 들어봐, 선생. 저 괴물을 고기와 함께 냉장고에 넣어 둔다고? 그러느니 나는 당신을 저 괴물과 잘 지내보라고 상자 안에 같이 넣고 봉하겠어. 당신 같은 사람들이 이 캠프에서 움직일 수 있는 건 죄다 끌어들여 여기 내 식탁에 올려놓았어. 난 이제까지 그냥 참아왔지. 그런데 이젠 내 냉장고에 저 괴물을 집어넣겠다고? 좋아, 그 대신 오늘부터 요리사는 당신이 맡는 거야!"

"하지만 키너, 이건 기지에서 하나밖에 없는 대형 탁자라고. 달리 작업대로 쓸 만한 게 없지 않나?"

블레어가 항의했다.

"나뿐만 아니라 모두들 그렇게 생각하고 있어."

"흥, 그래서 모두들 여기다가 온갖 잡동사니를 다 끌어들였군. 클라크는 개들이 싸움을 벌일 때마다 다친 놈들을 데려와서 이 식탁 위에서 꿰매주지. 랄센은 고장 난 썰매들을 가져와 고치고. 빌어먹을, 당신들이 이 식탁 위에 가져오지 않은 건 비행기밖에 없어. 아니, 그것도 이 안에 갖고 들어올 수만 있으면 보나마나 이 위에다 올려놓을 테지."

개리 대장은 고개를 돌려 덩치 큰 일등 조종사 밴 월을 향해 이를 드러내며 씩 웃어 보였다. 밴 월 역시 키너를 향해 위엄 있게 고개를 끄덕였다.

"그래, 네가 옳아, 키너. 너를 제대로 대접해주는 사람은 나밖에 없는 것 같군."

"정말 골치 아프군, 키너."

개리가 수긍했다.

"그렇지만 난 이런 식으로 문제가 심각해지는 걸 원치 않네. 알다시피 남극 캠프에는 사생활이란 없지 않나."

"사생활이요? 그게 무슨 빌어먹을 소립니까? 대장도 알다시피 정말 나를 울게 만들었던 건 바클레이가 '캠프의 마지막 목재라네! 캠프의 마지막 목재! 하고 노래를 부르면서 마지막 남은 문짝 조각을 트랙터에 실어 밖으로 나를 때였어요. 제기랄, 황혼의 태양보다 난 바클레이가 밖으로 나르고 있는 문짝 조각이 더 그리워요. 그건 바클레이 노래 말대로 마지막 목재 정도가 아니에요. 그는 이 저주받은 곳에서 마지막 사생활의 조각을 가져가버린 거라고요!"

사람 좋은 키너의 일 년 내내 계속되는 잔소리가 다시 시작되자 코넌트의 근심에 젖은 얼굴 위에 싱긋 웃음이 실렸다. 그러나 그 어둡고 움푹 파인 두 눈이 블레어가 얼음을 잘라내고 있는 빨간 눈의 괴물로 향했을 때, 그 웃음은 재빨리 사라져버렸다.

그가 투덜거렸다.

"자네는 왜 현장에서 얼음을 잘라내지 않았나? 아무에게도 방해받거나 불평 듣지 않고 할 수 있었을 텐데. 그리고, 그 괴물은 발전소 보일러 위에 매달아놓을 건가? 거기야 충분히 따뜻하지. 꽁꽁 언 닭 한 마리도 금세 녹을 걸세."

"나도 알아."

호기심으로 들뜬 블레어는 좀 더 효과적인 작업을 위해 장도리를 내려놓은 채 주근깨투성이인 앙상한 손가락들을 재빨리 놀려댔다.

"하지만 이건 너무나 중요한 일이야. 차분히 다른 생각을 할 수 없었어. 이런 발견은 결코 없었다고. 다시 말하지만, 이런 발견은 다시없을 거야. 인간으로서 나는 행운을 얻은 거야."

"이봐, 제발! 자네는 그 빌어먹을 괴물이 다시 살아날 거라고 철석같이 믿고 있군!"

코넌트가 소리쳤다.

"제길, 그놈이 자네 것이라도 되나? 난 그냥 놔둘 수 없어. 박살을 내버리겠어!"

"안 돼, 안 돼! 이 바보!"

블레어는 코넌트의 앞으로 달려들었다.

"안 돼. 제발 그냥 놔두고 보라고. 겁먹지 말게. 개별 세포들이 소생되어도 그 세포들을 하나의 유기체로 묶는 협력 체계는 다시 회복될 수 없어. 얼어붙은 고등생물이 다시 살아날 수 있는 건 즉시 응급조치를 취했을 때뿐이야. 고등생물은 너무 복잡하고 섬세하거든. 놈은 우리와 마찬가지로 그 나름의 오랜 진화를 거듭한, 고등한 지적 생물이야. 아마도 우리보다 더 고등하겠지. 냉동된 사람이 그런 것처럼 녀석은 죽었어."

"그걸 어떻게 알지?"

코넌트는 움켜쥔 얼음도끼를 들어 올리며 힐문했다. 개리 대장이 코넌트의 육중한 어깨에 자제하라는 듯 손을 얹었다.

"잠깐 기다리게, 코넌트. 난 이 문제를 공정하게 하고 싶네. 만약에 이 괴물이 조금이라도 다시 살아날 가능성이 있다면, 나는 괴물을 녹이는 데 동의하지 않겠네. 그건 너무나 불쾌한 일이지. 하지만 말이야, 난 개인적으론 그럴 가능성은 전혀 없으리라고 생각하네."

카퍼 박사가 물고 있던 파이프를 손으로 집었다. 그러고는 땅딸막하고 거무스름한 몸을 침상에서 일으켰다.

“블레어 말이 맞아. 그놈은 죽었어. 시베리아에서 발견된 매머드처럼 죽었지. 여러 가지로 유추해보건대, 그 괴물이 다시 살아날 가망은 없다는 것이 확실하네. 실제로 그런 일은 물고기들조차 불가능하고. 그리고 그것보다 더 고등한 생명체는 더더욱 불가능하지. 자아, 다른 소견은 없나, 블레어?”

작은 생물학자는 몸을 흔들었다. 대머리 주위에 붙어 있는 작은 머리카락들이 물결쳤다. 그가 지친 목소리로 대답했다.

“문제는 개별적인 세포들이 소생해서 원래의 기능이나 특성들을 회복할 수도 있다는 겁니다. 적절한 조건으로 냉동 상태에서 풀려난다면 말입니다. 인간의 경우에도 근육 세포들은 사망한 뒤에도 여러 시간 동안 살아 있습니다. 또 머리카락이나 손톱 세포 같은 것들도 비슷한 예지요.

이놈을 제대로 녹인다면 나는 이놈이 태어난 세계가 어떤 곳인지 알아낼 수 있을지도 모릅니다. 우린 이놈이 도무지 어디서 왔는지, 지구 것인지, 화성에서 왔는지, 아니면 금성인지 혹은 저 머나먼 우주 건너편에서 왔는지 전혀 알지 못하고, 또 알 수도 없습니다.

단지 놈이 인간과 비슷하게 보인다고 해서 사악하거나 불길하다고 단정 지을 이유는 없어요. 이놈의 기분 나쁜 표정은 어쩌면 운명에 순종하는 체념 같은 것일지도 모르지요. 흰색이 중국에서는 애도의 의미라지 않습니까? 우리 인간들끼리도 서로 다른 관습과 문화를 갖고 있는데, 하물며 외계에서 온 종족이야 두말 할 나위도 없지 않습니까?”

코넌트는 서글픈 표정으로 희미하게 웃었다.

“평화로운 체념이라! 만일 저 표정이 정말 괴물의 체념을 표현한 것이라면, 난 저놈이 진짜 화가 났을 때의 표정은 절대로 보고 싶지 않군.

도대체 저게 평화로운 표정이라는 게 말이 되나? 저놈에게는 평화와 관련 있는 철학적인 것이라곤 눈곱만큼도 없어.

놈이 자네로 하여금 주체할 수 없는 호기심을 끓어오르게 만드는 건 잘 알겠네만, 자넨 좀 냉정해져야 해. 그 괴물은 사악하게 성장했어. 아주 못된 어린애들이 새끼고양이를 천천히 불에 그슬려 죽이듯이 놈도 그렇게 새롭고 교묘한 고문 방법을 즐겼을 거야."

"자네 멋대로 그렇게 말할 수 있는 근거는 전혀 없네."

블레어가 가로챘다.

"애당초 인간과는 전혀 이질적인 생물의 표정과 그 의미에 대해 자네가 무얼 확실하게 말할 수 있겠나? 이 생물을 인간에 상당하는 그 어떤 것과도 단순 비교할 수는 없어. 이놈 역시 대자연의 또 다른 산물이고, 그런 생명의 독자적인 적응의 한 예일 뿐이지. 우리보다 더 거친 세계에서 성장했을지도 몰라. 알겠나? 이놈은 우리와는 근본적으로 다른 형태와 성질을 가지고 있지만, 자네가 그렇듯이 이놈 또한 자연의 적자란 말이야. 자넨 지금 자기와 다른 것은 무조건 증오하는 어린애 같은 인간의 나약함을 보이고 있는 거야. 이 생물이 사는 세계에서 자넬 본다면, 아마 자네를 눈의 개수도 모자란 데다 버섯 비슷한 창백한 몸에 가스로 부푼 물고기 배꼽을 가진 흰둥이 괴물로 분류했을걸.

본질적으로 우리와는 다른 존재이기 때문에, 이 생물이 사악하다고 단정할 수 있는 근거는 전혀 없는 걸세."

노리스는 폭발시키듯이 휴우! 하고 한숨을 터뜨렸다. 그는 괴물을 내려다보았다.

"다른 세계에서 온 것들이 다르다는 이유만으로 사악하다고 단정할 수는 없겠지. 하지만 그놈은 그렇단 말이야! 자연의 아이라고, 응? 글쎄, 놈은 사악한 자연의 아이지."

"제기랄, 당신네들 이젠 좀 그만두지? 저 우라질 괴물을 내 식탁에 계속 놔둘 거야?"

키너가 투덜댔다.

"덮개라도 덮어놔. 꼴사나워 못 보겠다고."

"키너가 겸손해졌군."

코넌트가 야유조로 내뱉었다.

키너는 눈을 돌려 물리학자를 쳐다보았다. 그리고 그 상처 난 뺨이 뒤틀리도록 입술을 쭉 펴고 웃었다.

"좋아, 덩치 큰 양반, 한 1분쯤 전에 네가 불평한 게 뭐였지? 원한다면, 오늘밤 네 옆자리에 저 괴물을 앉혀주지."

"난 이놈의 얼굴이 두렵지 않아."

코넌트가 재빨리 말했다.

"솔직히 이놈의 시체와 같이 밤을 새고 싶진 않지만, 난 기꺼이 그렇게 할 거야."

키너의 야유하는 웃음이 퍼졌다.

"우—후."

그는 주방의 난로로 걸어가 힘차게 재를 털어내기 시작했다. 그래서 블레어가 다시 일을 시작했을 때, 얼음을 두드리는 망치 소리는 더 이상 들려오지 않았다.

4
★

삐삑—.

우주선宇宙線 계수기가 반응했다.

삐삐—지직—직—삑삑—.

코넌트는 연필을 떨어뜨렸다.

"빌어먹을."

물리학자는 먼 구석 쪽을 바라보았다. 그리고 그 구석 근처 책상 위에 있는 계수기로 시선을 돌렸다. 그는 연필을 줍기 위해 일하고 있던 책상 아래로 기어들어갔다. 그러고는 연필을 집어 들고 문장을 좀 더 평이하게 쓰리라 생각하며 자리에 앉았다. 계수기의 퉁명스럽고 교만한 암탉 같은 소음을 들으며 보니, 그 괴물은 얼음 속에서 떨고 있는 것처럼 보였다. 코넌트가 조명을 위해 사용하고 있던 압력 등의 조용한 소음과 기숙사 건물의 복도를 따라 사람들 열두어 명이 양치질하는 소리, 취침 나팔 소리, 계수기의 불규칙적인 반응 소리, 동판으로 배 부분을 두른 난로 안에서 이따금 석탄이 무너지는 희미한 소리 등이 들려왔다. 구석의 괴물에게서는 끊임없이 뚝—뚝—뚝— 물방울 듣는 소리가 나고 있었다.

코넌트는 주머니에서 담뱃갑을 홱 잡아 뽑았다. 담배를 문 그의 모습은 마치 입을 찔린 사람처럼 보였다. 라이터가 말을 듣지 않았다. 그는 성냥을 찾기 위해서 짜증스럽게 책상 위 종이 더미를 거칠게 뒤적이다가, 다시 라이터를 집어 들고 몇 번이고 긁어댔다. 그러고는 욕지거리를 내뱉으며 그것을 집어던져버리고는 일어나 난로가로 가서 긴 부젓가락으로 뜨거운 석탄을 휘저었다.

그가 다시 책상으로 돌아와 시험해보자 라이터는 당장에 말을 들었다. 계수기는 우주선이 다량으로 측정될 때마다 마치 웃음소리처럼 연속적인 소리를 뱉어냈다. 코넌트는 그걸 노려보았다. 그리고 지난주 동안 모인 자료들을 해석하는 데 집중하려고 노력했다. 지난주의 요약은…….

그는 결국 호기심, 또는 신경질에 굴복하고 말았다. 그는 책상에서 전등을 집어 들고 구석으로 다가갔다. 그 다음 난로로 돌아와 부젓가락을 집어 들었다. 괴물은 지금 18시간째 녹고 있는 중이었다. 그는 조심스럽게 괴물을 찔러보았다. 피부는 더 이상 장갑판처럼 단단하지 않았고, 오히려 고무처럼 탄력 있게 반응했다. 괴물은 마치 젖어 있는 푸른 고무 덩어리처럼 보였다. 그리고 가솔린 전등의 불빛 속에서 작고 둥근 보석처럼 빛나는 물방울들을 뒤집어쓴 채 번쩍거리고 있었다. 코넌트는 등불의 가솔린을 몽땅 괴물에게 쏟아 붓고 거기에 담뱃불을 떨어뜨리고 싶은 충동을 억누를 수 없었다. 세 개의 빨간 눈은 초점 없이 그를 노려보고 있었다.

그 새빨간 눈알들은 전등 빛을 음울하게 반사하고 있었다.

그는 문득 자신이 그 눈알들을 아주 오랫동안 바라보고 있었음을 깨달았다. 심지어 그 눈알들이 어느덧 시력을 회복했음을 알아챈 듯한 느낌도 들었다. 하지만 그보다 더 중요한 것은, 괴물의 그 천천히 맥박치는 앙상한 목 밑에서 촉수 같은 것들이 아주 느리고 힘겨운 움직임을 보이고 있다는 느낌이었다.

코넌트는 눈을 껌벅인 뒤 전등을 집어 들고 의자로 돌아갔다. 그는 자리에 앉아 앞에 널려 있는 자료들에 몰두하기 시작했다. 계수기의 반응도 점점 그의 관심에서 멀어져갔고, 난로 안의 석탄 무너지는 소리도 더 이상 방해가 되지 않았다.

열심히 자료의 공란을 메우고 요약과 메모를 거듭하며 보고서 작성에 열중해 있는 동안, 어느덧 그의 뒤쪽에서 나기 시작한 마룻바닥의 삐걱거리는 소리도 그의 작업을 방해하지는 못했다.

삐걱거리는 마룻바닥 소리는 점점 가까워지고 있었다.

5

★

블레어는 악몽이 출몰하는 깊은 잠에서 갑자기 깨어났다. 코넌트의 얼굴이 그의 위에서 희미하게 떠다녔다. 잠시 그것은 악몽의 끔찍한 공포가 계속되는 것으로 여겨졌다. 그러나 코넌트의 얼굴은 화가 나 있었고 약간 겁에 질려 있었다.

"블레어, 블레어! 이 빌어먹을 잠꾸러기야, 빨리 일어나."

"으음?"

작은 생물학자는 앙상하고 주근깨가 난 손가락으로 눈을 비비며 몸을 일으켰다. 주위의 침상에서 다른 얼굴들이 그를 노려보고 있었다.

코넌트는 똑바로 섰다.

"일어나. 그리고 정신 좀 차려. 자네의 빌어먹을 짐승이 탈출했단 말야."

"탈출했다니…… 뭐라고?"

1등 조종사 밴 월의 황소 같은 목소리가 벽을 흔들 만큼 크게 으르렁거렸다. 통로를 따라 다른 목소리들도 소리를 질렀다. 기숙사인 파라다이스 하우스의 거주자들은 한순간 혼란의 도가니에 빠져들었다. 바클레이가 긴 모직 속옷을 입은 채로 소화기를 들고 뛰어왔다.

"뭐가 문제라고?"

"자네의 그 빌어먹을 괴물이 도망쳤다고. 나는 한 20분 전에 잠이 들었어. 그리고 일어나 보니 괴물이 없어진 거야. 보세요, 박사님. 그놈이 다시 살아날 수는 없다고 했지요? 블레어의 그 정나미 떨어지는 괴물이 살아나서 도망쳤다고요!"

카퍼는 멍청히 노려보았다.

"그건 지구상의 것이 아니야."

그는 갑자기 한숨을 쉬었다.

"……나는 지구상의 법칙도 우주의 것과 마찬가지라고 생각했네."

"그래요, 하여튼 그놈은 부재 허가를 신청해놓고는 그걸 타먹은 겁니다. 그놈을 잡아야 해요. 어떻게든 찾아내야지."

코넌트는 씁쓸하게 내뱉었다. 깊고 검은 두 눈이 움푹 들어간 채 분노를 내뿜고 있었다.

"그 빌어먹을 놈이 내가 잘 동안 나를 잡아먹지 않은 게 놀랍군."

블레어는 갑자기 공포에 질린 창백한 눈으로 다시 말했다.

"아마 그놈은 죽…… 으음, 그놈을 빨리 찾아야겠군."

"자네가 찾아. 그놈은 자네가 제일 아끼는 거잖아. 나는 그놈과 하고 싶은 건 다 했어. 거기서 몇 초마다 계수기가 삑삑대는 소리를 들으면서 일곱 시간 동안이나 앉아 있었다고. 자네들은 여기서 야상곡이나 노래하고 있었지. 내가 잠이 든 게 놀랍군. 자아, 나는 행정부 건물을 샅샅이 살펴보겠어."

개리 대장이 문가에서 나타났다.

"그럴 필요 없네. 밴의 고함 소리가 비행기가 바람을 가르고 이륙할 때처럼 쩌렁쩌렁 울리지 않나? 헌데, 그건 죽은 게 아니었나?"

"확실히 말해두는데, 나는 그놈을 해치우진 않았어요."

코넌트가 딱딱거렸다.

"내가 마지막으로 보았을 때, 그 쪼개진 두개골이 흐물흐물해진 채로 찐득거리는 초록색 액체가 줄줄 흐르고 있었어요. 박사님은 방금 우리의 법칙이 듣지 않는다고 말했지요? 그건 지구상의 것이 아니라고요. 그래요, 그건 지구상의 것과는 다른 성질을 가진, 외계의 괴물이에요.

지금 그 빠개진 두개골과 줄줄 흐르는 뇌수를 흘려대며 여기저기 돌아다니고 있겠지요."

노리스와 맥크리디가 문가에 나타났다. 이내 문가는 몸서리치며 웅성대는 사람들로 가득 찼다.

"그놈이 이리로 오는 걸 본 사람은 없습니까?"

노리스가 순진하게 물었다.

"약 1.2미터의 키에 눈은 세 개고 뇌수가 삐져나와 줄줄 흐르고 있다 이겁니다. 으음, 이봐요. 이게 말도 안 되는 농담이라고 확신하는 사람 있어? 만약에 그렇다면 블레어의 그 귀염둥이 괴물을 늙은 선원의 앨버트로스[2]처럼 코넌트의 목에다 매달아주기 위해서라도 놈을 꼭 잡아야겠군."

"농담이 아니야!"

코넌트가 몸서리쳤다.

"하느님 맙소사! 나도 차라리 농담이었으면 좋겠다."

그는 문득 얼어붙었다. 복도 저 건너편에서 섬뜩한 야생의 아우성 소리가 들려왔기 때문이었다. 사람들은 갑자기 굳어진 채 반쯤 제정신을 잃고 있었다.

"그놈이 저기 있는 것 같아!"

코넌트가 외쳤다. 그의 검은 눈동자가 삽시간에 불안감으로 가득 찼다. 그는 자신의 침상으로 돌진하더니 45구경 리볼버 권총과 얼음도끼를 집어 들고 돌아섰다. 마치 무게를 가늠하듯이 양손으로 가볍게 들

◎ 2__ 19세기 영국 시인 코울리지의 시 「늙은 선원의 노래」에는 앨버트로스를 잡았다가 조난을 당하는 배의 이야기가 있다.

어 올린 뒤, 그는 복도로 나가 개 우리가 있는 쪽으로 걸어갔다.

"놈은 잘못 들어선 거야. 에스키모개들이 있는 곳으로 간 거지. 들어봐, 개들이 사슬을 끊고 있어."

반쯤 공포에 질린 개들의 울부짖음은 이미 야생적인 사냥의 난투로 바뀌어 있었다. 개들이 짖는 소리는 좁은 복도에 천둥처럼 울렸고, 그 사이로 증오가 배어 나오는 낮은 으르렁 소리가 잔물결처럼 퍼지고 있었다. 고통에 찬 날카로운 외침과 한 더즌쯤 되는 으르렁거리는 소리가 뒤섞인 채 복도를 메아리쳤다.

코넌트는 문 쪽으로 다가갔다. 그의 뒤에 맥크리디가 바싹 붙었고, 다시 그 뒤엔 바클레이가, 그리고 개리 대장이 뒤따랐다. 다른 사람들은 무기를 가지러 행정부 건물이나 썰매 창고로 달려갔다.

바클레이가 잠시 멈추어 섰다. 거대한 맥크리디의 체구가 개 우리로 가는 통로에서 갑자기 돌아섰다. 그는 잠시 머뭇거리다 손을 흔들어 신호를 보냈는데, 소화기를 든 채 한 구석에서 다른 구석으로 갈까 망설이고 있었다. 이윽고 그는 코넌트의 넓은 어깨와 등을 따라갔다. 그들이 속으로 무슨 생각을 하고 있건, 둘의 모습은 괴물을 제압할 수 있을 만큼 충분히 듬직해 보였다.

코넌트는 복도 모퉁이에서 멈춰 섰다. 목구멍에서 갑자기 헉하고 숨을 들이켜는 소리가 났다.

"맙소사."

리볼버가 우레 같은 소리를 냈다. 비좁은 복도를 통해 귀가 멀 듯한 세 발의 총성이 울려 퍼졌다. 다시 두 발 더. 바클레이는 얼음도끼를 들고 다가갔지만 코넌트의 큰 덩치가 그의 시야를 막았다. 그러나 그는 그 너머로 무엇인가 기괴한 소리를 들을 수 있었다. 개들은 조금 전보다 조용해지고 있었다. 그러나 그들의 낮은 으르렁거림엔 생명을 건 치열함이 담겨 있었다. 발톱을 세운 발들이 단단한 바닥을 긁어대고, 부서진 사슬은 절그럭거리면서 서로 얽혔다.

코넌트가 재빨리 자세를 바꾸자, 그 너머에 있는 것이 바클레이의 시야에 들어왔다. 잠시 그는 얼어붙은 채로 서 있었다. 그러고는 탄식 같은 한숨이 폭풍 같은 저주 속에 새어나왔다. 괴물은 코넌트에게 공격을 시도하려는 기색이었다. 코넌트는 굵은 팔을 휘둘러 괴물의 머리였던 부분에 사정없이 도끼날을 박았다. 두개골이 끔찍스런 소리를 내며 부서졌다. 이미 개들에게 뜯겨 너덜너덜해진 괴물의 몸뚱이가 갑자기 벌떡 일어났다. 그 빨간 눈은 지구상의 것이 아닌 증오와, 역시 지구상의 것이 아닌, 도저히 죽일 수 없을 것 같은 생명력으로 코넌트를 노려보고 있었다.

바클레이는 소화기를 집어 들고 괴물을 향해 밸브를 최대한 틀었다. 유독성 화학 분말이 맹렬하게 분출되었다. 괴물은 고통스럽게 몸을 흔들었고, 더해서 개들도 다시 공격을 시작했다. 개들은 언제나처럼 목숨을 두려워하지 않고 괴물에게 달려들고 있었다.

맥크리디는 사람들 틈을 헤치고 복도를 따라 앞으로 나갔다. 그는 치밀한 계획을 세우고 있었다. 청동 조각 같은 그의 손에는 비행기 엔진을 데우는 데 사용하는 거대한 버너가 들려 있었다. 그가 모퉁이를 돌아 버너를 점화시키는 동안 괴물은 폭풍이 휘몰아치듯이 으르렁거리는 소리를 내지르고 있었다. 괴물은 버너의 불꽃을 보자 더 크게 쉭쉭 소리를 냈다. 개들도 파랗고 뜨거운 불꽃을 피해 뒤로 물러났다.

"바아, 고압선을 가져와. 어떻게든 끌어오라고. 그리고 손잡이 삼을 막대기도. 이놈을 감전시켜 잡아야겠어. 태워 죽이지 않는다면 말이야."

맥크리디는 판단을 내린 듯 권위를 실어 단호하게 소리쳤다. 바클레이는 고압선 세트를 가지러 긴 복도로 몸을 돌려 내려갔다. 그러나 이미 노리스와 밴 월이 앞서 달려 내려가고 있었다.

바클레이는 통로의 벽에 있는 고압선 저장소에서 고압 케이블을 찾아냈다. 그는 서둘러 선을 잘라낸 뒤 다시 돌아왔다. 가솔린 발동기로 구동되는 비상용 발전기가 쿠릉— 하고 작동하기 시작하자, 밴 월은 '고압!' 이라고 경고를 외치며 물러났다. 주변 사람들 중에는 이미 겁먹은 듯한 기색을 보이는 자도 있었다. 노리스는 낮고 단조로운 억양으로 저주를 퍼부으며 손가락을 놀려댔다. 그는 바클레이를 도와 신속하고 정확한 동작으로 복잡한 케이블 연결 작업을 서둘렀다.

바클레이가 복도의 모퉁이를 돌아보니 개들은 어느덧 기세가 눌려 있었다. 그들은 불길한 재앙의 빛을 띤 채 증오의 빨간 눈알로 노려보는 괴물 앞에서 주춤거렸다. 하얀 이빨이 번득이는 텁수룩한 주둥이를 피로 적신 채, 괴물에게 다가가지 못하고 반원을 그리며 으르렁거리고, 혹은 낑낑거리고 있었다. 맥크리디는 복도의 모퉁이에 막듯이 우뚝 자리잡고 섰다. 그러고는 뭔가 중얼거리며 침착하게 들고 온 물건들을 준비했다. 곧이어 바클레이가 나타나자, 그는 괴물에게서 눈을 떼지 않은 채 옆으로 물러났다. 청동상 같은 그의 여윈 얼굴에 희미하고 딱딱한 미소가 얼핏 스쳐 지나갔다.

노리스의 목소리가 복도를 울리자, 바클레이는 앞으로 나아갔다. 고압 케이블은 눈삽의 긴 손잡이에 테이프로 고정되어 있었다. 고전압이 걸려 있는 벗겨진 구리 도선들이 전등 빛을 받아 반짝거렸다. 괴물은 계속 낮은 소리를 내고 있다가 한순간 홱 몸을 돌렸다. 맥크리디가 바클레이 쪽으로 가까이 다가가자, 훈련된 에스키모개들은 거의 텔레파시적인 직감으로 사람들의 계획을 깨달은 눈치였다. 개들의 낑낑거리는 소리가 점점 날카로워졌고, 그와 함께 서로 더 가까이 다가붙었다. 갑자기 칠흑처럼 검은색의 덩치 큰 개 한 마리가 펄쩍 뛰어올라 구석에 몰린 괴물을 향해 달려들었다. 괴물은 비명을 질렀지만 개의 날카로운 발톱에 사정없이 베이고 말았다.

바클레이는 앞으로 나아가서 전선이 감긴 삽을 힘주어 찔러 넣었다. 섬뜩하고 날카로운 비명이 일어나 길게 계속되었다. 복도 가득 살이 타는 냄새가 퍼졌고, 기름투성이 연기가 뭉게뭉게 피어올랐다. 발전기의 구동 소리는 요란하게 계속되고 있었다.

이윽고 빨간 눈동자들은 뻣뻣해졌고, 경련을 일으키던 얼굴은 우스꽝스럽게 일그러졌다. 팔인지 다리인지 구분이 안 되는 괴물의 신체 부위가 마구 떨리며 흔들렸다. 개들이 한꺼번에 달려들자 바클레이는 전선이 감긴 삽을 확 잡아 뺐다. 눈 위에 널브러진 괴물은 개들의 날카로운 이빨에 찢기면서도 조금도 움직이지 않았다.

6
★

개리는 혼잡한 방 안을 둘러보았다. 모두 서른두 명이었다. 어떤 사람들은 신경질적으로 긴장해서 벽에 기대어 서 있고, 다른 이들은 불안하게 왔다 갔다 하고 있고, 또 누구는 앉아 있고, 나머지 대부분은 정어리처럼 서로 부자연스럽게 붙어 서 있었다.

개리는 말문을 열었다.

"좋아. 모두 모였지. 여러분들 중에는, 기껏해야 셋 아니면 넷이지만, 무슨 일이 일어났는지 직접 본 사람이 있다. 그리고 여러분 모두는 지금 이 책상 위에 있는 것을 보고 있고."

그의 손이 책상 위 괴물을 덮은 방수포 쪽에서 방황했다. 타서 그을린 고기 특유의 톡 쏘는 향이 배어나왔다. 사람들은 불안하게 동요하고 있었다.

개리가 계속 말했다.

"블레어는 이 괴물에 대해 알고 싶어 했다. 좀 더 세밀한 조사를 하려고 했지. 우리는 그동안 무슨 일이 일어났는지, 그리고 이놈이 영원히, 완전히 죽었는지 지금 즉시 확인하고 싶다. 맞나?"

코넌트가 싱긋 웃었다.

"동의하지 않는 사람은 오늘밤 이 괴물과 밤을 새도 좋아."

"좋아. 그럼, 블레어. 이 괴물에 대해서 뭐라고 설명 좀 해주겠나? 뭘 알아냈지?"

개리는 작은 생물학자에게 몸을 돌렸다.

"우린 과연 이 괴물의 원래 모습을 본 걸까?"

블레어는 책상 위를 바라보았다.

"이 괴물은 우주선을 만든 존재들을 복제해왔을지도 몰라. 하지만 난 그렇지는 않을 거라고 믿네. 바로 이게 괴물의 원래 형태라고 생각해. 아까 현장에 있던 몇 사람은 이놈이 움직이는 걸 똑똑히 보았지. 지금 이 책상 위에 있는 게 그 결과라고. 놈은 도망친 뒤에 주변 환경을 살펴보았겠지. 이놈이 처음 남극에 떨어졌을 때처럼, 이곳은 여전히 얼어붙은 혹한의 지대라는 걸 깨달았겠지. 이놈이 해동될 때 내가 관찰한 바에 따르면, 아마도 놈의 고향 행성은 지구보다 훨씬 더 뜨거운 곳이었다고 추정할 수 있어. 따라서 이대로는 도저히 이곳의 기온을 견딜 수 없었겠지. 지구상에서도 이런 기후에서 살아갈 수 있는 동물은 없어. 하지만 가장 근접한 타협안은 있지. 바로 에스키모개들이야. 이놈은 개들을 발견했지. 그러고는 개들 중 카녹에게 접근했지. 그때 개들도 이 괴물의 냄새를 맡았어. 괴물의 소리도 들었겠지. 당시의 상황을 정확히 알 수는 없지만, 아무튼 개들은 사슬이 끊어질 정도로 맹렬하게 대들었어. 괴물이 복제를 끝마치기 전에 공격했던 거야. 우리가 발견한 괴물은 반은 카녹이었고, 나머지는 젤리같이 녹아 있는 원형질 덩어리였어. 그리고 그 한쪽에 원래 괴물의 모습이 약간 남아 있었지. 물론 그 부분조차도 녹아내리고 있는 상태였긴 했지만.

개들이 괴물을 공격했을 때, 괴물은 다시 몸의 형태를 바꾸었어. 뭔지는 모르지만 끔찍한 모습이었지. 아마 놈이 생각하기에 개들과 싸우기에 가장 알맞은 형태를 취했겠지. 어딘가 다른 외계의 야수일 거야, 틀림없이."

"바뀌다니!"

개리가 무뚝뚝하게 물었다.

"어떻게?"

"모든 생물은 일종의 젤리 형태로 이루어졌어. 원형질과 핵이라 불리는 정밀하고 초현미경적인 조직들이지. 즉, 세포들은 원형질로 만들어지고, 훨씬 더 작은 핵들에 의해 조정되지. 자네 같은 물리학자들은 이러한 생물의 개별 세포를 원자와 비교할 수도 있을 거야. 원자의 몸이 우주를 채우는 부분인데, 그건 다시 전자의 궤도로 이루어지지. 하지만 그 특성은 원자의 핵에 의해 결정되는 거야.

이건 우리가 이미 알고 있는 지식과 크게 다른 게 아냐. 단지 우리가 이전에는 본 적이 없는 새로운 체계일 뿐이지. 생명의 거의 무한한 표현 가능성처럼 자연스럽고 논리적이야. 모두 다 똑같은 자연 법칙에 따르고 있지. 알겠어? 세포들은 원형질로 만들어지고, 그 특성은 핵에 의해 결정된다고.

특별히 이놈의 경우엔 세포핵이 다른 세포들을 마음대로 조정할 수 있는 거야. 놈은 카녹의 몸에 스며들어 신체 조직의 모든 세포를 시험한 뒤, 그것들을 그대로 복제하여 자신의 세포로 바꾸었지. 이놈의 몸에서 개의 모습을 하고 있는 부분은 실제로 개의 세포와 똑같지만, 그 핵은 괴물의 것이란 말이야."

블레어는 방수포를 약간 들어올렸다. 찢어진 개의 다리가 뻣뻣해진 회색 털과 함께 나타났다.

"이건 개가 아니야. 복제지. 내가 의심하는 부분은, 핵마저도 개세포의 것과 똑같이 복제하는 것이 아닐까 하는 거야. 실제로는 개 세포의 핵처럼 보이는 거지. 만약 그렇다면 현미경으로 봐도 구별할 수가 없게 되는 거야."

"잠깐. 만일 말이야……."

노리스가 어두운 표정으로 물었다.

"그놈에게 충분한 시간이 있었다면?"

"그럼 이 괴물은 완전한 개가 되었겠지. 다른 개들도 눈치 채지 못했을 테고. 우리도 마찬가지로 속아 넘어갔을 거야. 그렇게 되면 놈을 구별해낼 수 있는 방법은 없는 거겠지. 현미경도, X선도, 다른 어떤 수단으로도 말이야. 놈은 생물학적으로 우리보다 월등하게 우월한 종족이야. 자연의 비밀을 풀어서 몸에 지니고 있는 존재지. 어떤 환경에서도 마음먹은 대로 완벽한 생물학적 적응이 가능한 괴물이란 말이야."

"이놈은 무엇을 하려고 했을까?"

바클레이가 둥그렇게 씌워져 있는 방수포를 보며 물었다.

블레어는 불쾌하게 씩 웃었다. 그의 대머리 주위 가느다란 머리카락들이 물결치며 후광을 받아 반짝거렸다.

"내 생각엔, 이 세계를 손에 넣으려 했을 거야."

"이 세계를 손에 넣는다? 이놈 혼자서?"

코넌트가 헐떡거렸다.

"유일한 독재자가 되려고 했단 말이야?"

"아니."

블레어는 머리를 흔들었다. 그는 뼈가 앙상한 손으로 만지작거리고 있던 수술용 메스를 놓쳤다. 그러고는 그걸 주우려고 몸을 구부렸다. 그래서 말하고 있는 그의 얼굴은 보이지 않았다.

"이놈은 이 지구상에 온통 퍼져나갈 수도 있었어."

"퍼지다니? 이놈은 무성생식으로 번식하나?"

블레어는 손을 흔들며 긴장된 말투로 대답했다.

"이놈은 그럴 필요도 없어. 이놈은 시간만 충분했다면 카녹이 되었겠지만, 그놈이 아닌 다른 개, 이를테면 잭이나 치누크가 될 수도 있었을 거야. 이놈은 다른 어떤 동물로도 변신할 수 있어. 어떤 것이라도. 만일 남극해에 도착했다면 이놈은 바다표범이 될 수도 있었어. 그러다가 범고래의 습격을 받으면 범고래가 될 수도 있었겠지. 혹은 앨버트로스를 잡았을 수도 있어. 아니면 갈매기나. 그렇다면 남미까지 날아갈 수도 있었겠지."

노리스가 욕설을 내뱉었다.

"그리고 이놈이 뭔가를 복제할 때마다, 그걸 복제하고는……."

블레어가 말을 받았다.

"그러고는 원래의 육체는 남아 있을 수도 있을 거야, 다시 시작하려고. 어느 짐승도 이놈을 죽일 수는 없을 거야. 알겠어? 이놈은 천적이 없어. 무엇으로도 변신할 수 있기 때문이지. 만일 범고래가 이놈을 공격하면 이놈은 범고래가 될 수 있고, 만일 앨버트로스가 되었는데 독수리가 공격한다면, 독수리가 될 수도 있을 거야. 맙소사, 암컷 독수리가 될 수도 있겠군. 돌아가서 둥지를 틀고 알을 까게 말이야!"

"이 빌어먹을 괴물이 완전히 죽었다는 걸 확신하나, 자네는?"

카퍼가 부드럽게 물었다.

"휴우, 그렇습니다."

작은 체구의 생물학자가 가쁘게 대답했다.

"사람들이 다친 개들을 데리고 간 뒤에도 나와 바클레이는 남아서 5분 동안이나 고압선을 놈에게 꽂아두고 있었어요. 이놈은 죽었어요. 전기구이가 된 거지요."

"그럼 우리는 여기가 남극이라는 사실을 감사하기만 하면 되겠군. 이 기지에서 개와 젖소들 말고는 이놈이 복제할 생물이 없으니 말이야."

"우리가 있지요."

블레어가 킥킥 웃었다.

"이놈은 우리를 복제할 수도 있어요. 개들끼리는 배를 타고 바다를 60킬로미터씩 건너갈 수 없지요. 음식도 없고. 지금은 갈매기도 이쪽으로 날아오지 않는 시기입니다. 펭귄도 없지요. 여기서 바다를 건너갈 수 있는 동물은 아무것도 없어요. 우리 말고는. 우린 그럴 수 있는 두뇌가 있어요. 알겠습니까? 놈은 우리를 복제해야 했어요. 그래야 비행기를 조종해서 남극을 빠져나갈 수 있었을 테니까. 그러면 지구 전체를 손아귀에 넣는 것은 시간문제죠. 만약 우리 인간을 복제했다면 말입니다!

그렇지만 놈은 몰랐던 거지요. 우리에 대해 알 수 있는 기회가 없었던 겁니다. 이 추운 곳에서 견뎌내려고 개를 복제하는 데 정신이 팔려 있었으니까."

블레어는 갑자기 사람들을 향해 몸을 홱 돌렸다.

"자아, 이봐! 나는 판도라야! 나는 판도라의 상자를 열었어! 이제 우리가 이 괴물로부터 벗어날 수 있는 희망은…… 없어. 너희들은 나를 의심할 수밖에 없지. 왜냐면 괴물을 연구하느라 놈과 접촉했던 건 나밖에 없으니까. 그래서 난 결정했어. 이 판도라 상자를 다시 닫아버리기로. 난 발전기를 망가뜨려놓았다. 비행기도 이젠 날 수 없어. 아무도, 아무것도 이곳을 벗어날 수는 없어!"

블레어는 킥킥거리면서 바닥에 드러눕더니 울부짖기 시작했다.

1등 조종사 밴 월이 문 쪽으로 달려갔다. 그의 발소리가 복도에서 서서히 메아리치며 사라져갔다. 카퍼 박사는 바닥에 드러누운 채 정신을 잃은 작은 사내 위로 천천히 몸을 굽혔다. 그러고는 그의 방에서 무엇인가를 가져와 블레어의 팔에 주사했다.

"깨어나면 여기서 나가려고 할지도 몰라."

그는 한숨을 쉬었다. 맥크리디는 그를 도와 생물학자를 가까운 침상으로 옮겼다.

"모든 것은 블레어에게 괴물이 죽었다고 확신시킬 수 있느냐에 달렸습니다."

밴 월은 멍한 표정으로 무성한 금빛 턱수염을 쓰다듬으면서 돌아왔다.

"저 인간이 그런 짓을 할 수 있으리라고는 전혀 생각하지 않았어. 제길, 죄다 망가뜨려놓았더군."

개리 대장이 심각하게 고개를 끄덕이더니 말했다.

“라디오는 어떨까?”

카퍼 박사가 말을 받았다.

“괴물이 설마 라디오 전파를 타고 새어나갈 수 있다고는 생각할 수 없어. 그렇지? 아무튼 우리가 송신을 중단하면 어차피 구조대가 오기로 되어 있어. 사실 내가 우려하는 것은…….”

맥크리디가 생각에 잠긴 표정으로 박사를 쳐다보았다.

“그게 전염병 같을지도 모른다는 거지. 그 피를 마시거나 접촉한 건 뭐든지…….”

카퍼는 머리를 흔들었다.

“피라…… 그 복제가 피를 흘릴까요?”

노리스가 물었다.

“물론이지. 근육은 90퍼센트가 수분이야. 피는 물보다 몇 퍼센트쯤 더 농도가 짙다는 게 다를 뿐이지. 놈들도 물론 피를 흘릴 거야.”

카퍼는 확신하듯 또박또박 말했다.

블레어가 갑자기 침상에서 일어나 앉았다.

“코넌트, 코넌트! 어디 있나?”

물리학자가 그 작은 생물학자 쪽으로 다가갔다.

“나 여기 있네. 왜 그래?”

“자네인가?”

블레어가 킥킥거렸다. 그는 웃음으로 찡그리면서 다시 조용히 침상으로 빠져들었다.

코넌트는 멍하니 그를 바라보았다.

“음? 내가 뭘?”

“자네가 거기 있단 말이지?”

블레어는 폭소를 터뜨렸다.

"자네가 코넌트야? 그 괴물은 인간이 되기를 원했어, 개가 아니라."

7
★

카퍼 박사는 피곤한 몸을 달래며 침상에서 일어났다. 그러고는 신중하게 피하주사기를 세척했다. 블레어의 킥킥거리는 웃음이 마침내 조용해졌기 때문에 주사기를 씻는 작은 소음이 방 안에 크게 울리고 있었다. 카퍼는 개리를 쳐다보았다. 그리고 천천히 머리를 가로저었다.

"희망이 없어. 난 두렵네. 어쩐지 그놈이 죽었다고 확신시킬 수 없을 것만 같아."

노리스는 어설프게 웃었다.

"박사님은 나도 확신시킬 수 없을 것 같습니다. 오, 빌어먹을! 맥크리디."

"맥크리디?"

개리 대장이 노리스로부터 맥크리디에게 시선을 돌렸다.

"그 악몽 말이야."

노리스가 설명했다.

"저 괴물을 발견한 뒤에 제2기지에서 우리가 꾸었던 악몽에 대해 그는 이론을 가지고 있지."

"그게 뭐?"

개리가 맥크리디를 바라보았다.

노리스는 갑자기 불안한 어투로 대답했다.

"그 괴물은 사실 죽은 게 아니라 일종의 동면 상태로 생명을 유지하고 있었다는 거요. 자고 있지만, 바깥세상의 시간이 흘러가고 있다는 사실을 인지하면서 말이죠. 그래서 언젠가는 우리 같은 존재가 자기를 발견할 때까지 무한정 기다리는 겁니다. 나는 놈이 다른 동물을 복제하는 꿈을 꾸었어요."

"바보 같은 소리 말아."

노리스가 다시 말했다.

"아니, 그게 무섭다는 건 아냐. 놈은 꿈속에서 우리 마음을 읽을 수 있는 것 같았어. 생각이나 사상이나, 심지어 버릇까지도."

카퍼가 블레어의 잠든 모습을 보며 고개를 끄덕였다.

맥크리디는 커다란 머리를 천천히 흔들었다.

"너는 코넌트가 코넌트라는 걸 알고 있어. 왜냐하면, 단지 코넌트처럼 생겼기 때문이 아니라, 그가 코넌트같이 생각하고, 코넌트처럼 말하고, 코넌트처럼 행동하기 때문이지. 그건 단순히 눈에 보이는 신체일 뿐 아니라 그보다 더한 거야. 다시 말해서, 그는 코넌트의 마음과 생각과 버릇을 가지고 있으니까. 그러니까 너는 그 괴물이 코넌트를 복제했을 가능성이 있어도 그리 두려워하지 않는 거야. 왜냐하면 너는 괴물이 다른 세계에서 온 정신을 가지고 있다는 걸 알기 때문이지. 완전히 비인간적인 정신, 우리 인간처럼 반응하거나 생각하고 말할 수는 없는 그런 거지. 그건 우리를 잠시나마 속일 정도도 못 되는 거야. 우리 중 하나를 복제할 수 있다는 가능성은 물론 겁나는 거지만, 그 복제가 우릴 속이진 못해. 그 안에 깃든 혼은 인간의 것이 아니기 때문이지. 그건 인간의 정신을 가지고 있지 않아, 알겠나?"

얼굴에 상처가 난 요리사 키너는 코넌트 근처에 서 있었다. 갑자기 그는 몸을 돌리더니 붐비는 방을 가로질러 취사대 쪽으로 걸어갔다. 그러고는 소란스럽게 주방 난로에서 재를 흔들어대기 시작했다.

코넌트는 창백한 얼굴로 방 한 구석에 서 있었다. 사람들은 조그맣게 웅성거리면서 천천히 그와 반대쪽 벽으로 움직이고 있었다. 이윽고 그는 혼자 서 있게 되었다.

"맙소사, 너희들 입 닥치지 못해? 뭐야, 너희들이 예레미야[3]라도 된다는 거야, 뭐야?"

코넌트의 목소리는 흔들렸다.

"지금 뭐하는 거야? 나를 표본 취급하면서 분석하려는 거야? 내가 무슨 벌레야?"

맥크리디는 그를 바라보았다. 느릿느릿 꼬이던 그의 손가락이 잠시 멈췄다.

"이봐, 코넌트. 괜찮다면 잠시만 거기 그냥 있으라고. 너는 원하진 않았겠지만 우리하고는 다른 무언가와 접촉했을 가능성이 있어. 자네도 잘 알고 있겠지. 난 이렇게 말하고 싶네. 지금 자네는 이 기지에서 최고의 경외와 존경의 대상이라고."

"하나님 맙소사, 지금 날 보는 너의 눈이 어떤지 알아?"

코넌트의 숨소리가 가빠졌다.

"제발 그만 좀 노려봐! 너희들 지금 뭘 하는 거야, 제길."

"방법이 있습니까, 카퍼 박사?"

개리 대장이 단호하게 물었다.

"현재로서는 아무것도 확실하지 않네."

3_ 구약성서에 나오는 고대 이스라엘의 선지자.

"오오, 그래요?"

코넌트가 비아냥대듯 맞받았다.

"여기 이쪽으로 와서 저 사람들을 좀 보겠소? 제길, 복도 끝 우리에 있는 개 떼와 똑같이 보인다고. 야, 베닝! 그 빌어먹을 얼음도끼 좀 그만 흔들지 못하겠어?"

항공정비사는 흠칫 놀라서 도끼를 떨어뜨렸다. 구리 날이 쨍그랑, 하고 바닥에 부딪혔다. 그는 몸을 구부려 즉시 주운 뒤, 다시 천천히 손으로 흔들며 갈색 눈으로 재빨리 방 안을 둘러보았다.

카퍼는 블레어 옆의 침상에 앉았다. 나무가 소란스럽게 삐걱거렸다. 복도 끝에서 개 한 마리가 고통스럽게 울부짖었다. 그리고 그 개를 돌보고 있는 사람이 긴장된 어조로 달래는 말소리도 따랐다.

"현미경 검사는 소용이 없네."

박사가 사려 깊게 말했다.

"블레어가 지적한 대로야. 시간이 너무 많이 흘렀어. 혈청 테스트를 하는 수밖에 없어."

"혈청 테스트? 정확히 뭘 말하는 거요?"

개리 대장이 물었다.

"토끼에게 사람의 피를 주사하면 토끼에게는 독이 되지. 하지만 계속해서 독을 주입하면 그 독에 대한 면역성을 갖게 되는 것과 마찬가지로 인간의 혈액도 토끼에 똑같은 현상을 발생시키지. 쉽게 말하자면, 계속해서 인간의 피를 토끼에게 주사하면 토끼는 면역성을 갖게 되는 거야. 그렇게 면역성을 지니게 된 토끼의 피를 뽑아내어 시험관에서 성분 분리를 한 뒤, 그 혈청으로 검사를 하는 거지. 혈청에 각각 인간과 괴물의 피를 떨어뜨리면 인간의 것에만 반응이 일어날 거야. 침전물이 생기는 거지. 물론 괴물의 피를 떨어뜨린 혈청에는 아무 변화도 나타나지 않겠지. 그게 결정적인 증거가 되는 거야."

"이봐요, 박사님. 어디서 토끼를 잡아다 드리란 말입니까?"

노리스가 물었다.

"말만 해주면 제가 잡아오지요. 호주보다는 가까운 곳이었으면 좋겠군요. 멀리 가는 건 좋지만 그만 한 시간 여유가 없지 않겠어요."

"남극에 토끼가 없다는 건 나도 알고 있네."

"하지만 다른 동물은 있지. 사람만 아니면 어떤 동물이라도 좋아. 예를 들면 개가 있지. 그러나 시간이 좀 걸려. 며칠은 필요하지. 확보해야 할 혈액의 양도 많고."

"꼭 개의 피가 필요합니까?"

개리가 물었다.

카퍼가 끄덕였다.

"즉시 착수해야 할 거요."

"그동안 코넌트는 어떻게 하지?"

키너가 물었다.

"코넌트를 위해 요리를 하느니 난 그냥 저 문으로 나가서 로스 해로 뛰어들고 싶은데."

"그는 사람일지도 몰라!"

카퍼가 소리쳤다.

코넌트는 홍수처럼 저주의 말을 터뜨렸다.

"뭐, 사람일지도 모른다고? 이 빌어먹을 돌팔이야! 도대체 당신은 내가 뭐라고 생각하는 거야?"

"괴물."

카퍼가 날카롭게 대답했다.

"이제 닥치고 내 말을 듣게."

코넌트의 얼굴은 백지장처럼 하얘졌다. 그러고는 마치 법정에서 낭독되는 판결문을 듣는 죄수처럼 힘없이 그 자리에 주저앉았다.

"우리가 자네에 대해 일말의 의심도 품지 않게 될 때까지 자네는 한 곳에 격리되어 있는 것이 가장 합리적인 타협안이라고 생각하네. 만에 하나 자네가 인간이 아니라면, 저기 저 가련한 블레어보다 훨씬 더 위험한 존재지. 나는 블레어도 엄중히 감시할 작정이네. 아마 그는 자네를 죽이려고 할지도 몰라. 그리고 개들과 어쩌면 우리들까지.

블레어가 다시 정신을 차리면, 우리 모두가 인간이 아니라고 믿을 거야. 우리들 중 누구도 그를 납득시킬 수 없겠지. 차라리 그를 죽이는 게 더 나을지도 몰라. 아아, 물론 그럴 수야 없네. 우린 그를 따로 떨어진 오두막에다 데려다 놓을 거야. 그리고 자네는 당분간 코스모스 하우스에서 우주선 측정과 연구 작업을 하도록 하게. 그렇게 하는 게 좋겠어. 자아, 난 개들을 좀 보러 가야겠네."

코넌트는 씁쓸하게 끄덕였다.

"이봐요, 나는 인간이오. 인간이란 말입니다. 빨리 그 테스트 준비를 서둘러요. 당신들 제발 그런 눈으로 날 보지 말아줘. 맙소사, 지금 자네들 눈이 어떤지 알아?"

개리 대장은 클라크를 걱정스럽게 지켜보았다. 그는 커다란 갈색 알래스카 개를 붙잡고 있었다. 카퍼가 주사기를 꽂기 시작했다. 개는 고통의 신음소리를 냈지만 별다른 저항을 하지는 않았다. 이미 그 개는 그날 아침에 다섯 바늘이나 꿰매는 대수술을 받았던 것이다. 그 개는 괴물과의 싸움에서 어깨부터 갈빗대를 가로지르며 베이는 커다란 상처를 입었다. 또 긴 어금니 하나는 짧게 부러져 있었다. 부러져 나간 부분은 행정부 건물 책상 위에 있는 괴물의 어깨뼈 속에 반쯤 묻힌 채 발견되었다.

"얼마나 걸리겠습니까?"

개리는 자신의 팔을 지그시 누르며 물었다. 카퍼 박사가 그에게서도 혈액을 채취했던 것이다.

카퍼는 어깨를 으쓱했다.

"솔직히 나도 잘 모르네. 난 그저 일반적인 방법만을 알고 있고, 이런 일은 토끼만을 대상으로 해보았을 뿐이야. 개들의 피는 써본 적이 없어. 개는 이런 실험에 쓰기엔 너무 크고 다루기 힘든 동물이거든. 토끼가 제일 낫지. 뉴욕에서는 인간의 혈액에 면역이 된 토끼들을 공급자로부터 한꺼번에 여러 마리 구할 수도 있네. 그래서 연구자들이 직접 준비해야 하는 번거로움을 면할 수 있지."

"그런 실험으로 뭘 얻는 겁니까?"

클라크가 물었다.

"주로 법의학에서 소용이 되지. 살인 혐의를 받는 사람의 몸에서 혈흔이 발견되었을 때, 그것이 피살자의 것인지 밝혀내려면 이런 원리가 필요하네."

"그동안 블레어는 어떻게 해야 하죠?"

개리가 우울하게 물었다.

"지금은 자고 있지만, 깨어난 다음에는……."

"바클레이와 베닝이 코스모스 하우스의 문에 빗장을 달고 있네."

카퍼가 냉정하게 말했다.

"코넌트는 순순히 우리 말대로 따르고 있고. 하긴 이런 상태라면 그도 혼자 있기를 더 원할지도 몰라. 사실 이제껏 여기서 지내면서 혼자만의 사생활을 꿈꾸어보지 않은 사람은 없을걸."

클라크가 킥킥 웃었다.

"이젠 됐습니다. 사람이 더 많을수록 더 즐겁지요."

"블레어도 그렇지."

카퍼가 계속 말했다.

"그도 계속 혼자만의 생활을 해야 할 거야. 그리고 자물쇠도. 그가 깨어나면 꽤 무시무시한 계획을 세울걸. 예전에 가축 떼에 구제역이 퍼졌을 때 그걸 어떻게 퇴치했는지 들어본 사람 있나?"

클라크와 개리는 조용히 고개를 저었다.

카퍼가 설명했다.

"그 증상이 나타난 모든 동물들을 죽여버리고, 그 병에 걸린 동물 근처에 있었던 동물까지도 다 죽이는 거야. 블레어는 생물학자니까 그 이야기를 알고 있겠지. 지금 그의 마음속에 있는 대답은 빤할 거야. 모두를 죽여라. 그리고 이 캠프의 모든 것을 죽여라. 봄이 오면서 갈매기나 앨버트로스가 떠돌다가 여기까지 와서 이 질병을 가지고 날아갈 기회가 오기 전에."

클라크의 윗입술이 뒤틀린 웃음과 함께 말려 올라갔다.

"그건 제게 논리적으로 들리는군요. 사태가 정말 그렇게 나빠진다면, 아마도 블레어를 풀어주는 편이 좋겠어요."

카퍼는 부드럽게 웃었다.

"이 기지에서 마지막으로 살아남는 자는, 사람이 아닐 거야."

그는 계속 말을 이었다.

"자살하고 싶어 하지 않는 사람들은 누군가가 죽여야 할 거야. 자네도 알다시피 우리에겐 이제 한꺼번에 그 일을 해치울 만한 폭약도 남아 있지 않아. 그 괴물은 틀림없이 신체 조직의 아주 작은 일부만 남아 있어도 계속 생존해나갈 수 있을 거야."

"만일 말입니다."

개리가 사려 깊게 입을 열었다.

"그놈이 마음대로 자기 몸의 원형질을 바꿀 수 있다면, 놈은 스스로 새로 변해서 멀리 날아갈 수도 있지 않습니까? 놈은 새와 직접 접촉하지 않아도 그 신체구조를 본뜰 수 있을 테니까요. 아니면, 그놈의 고향 행성에 있는 조류를 본뜨거나."

클라크가 개를 풀어주는 걸 돕던 카퍼가 고개를 흔들었다.

"사람들은 여러 세기 동안 새들을 연구해왔지. 새들같이 날 수 있는 기계를 발명하려고 애쓰면서. 결국 우리가 발명한 비행기는 새들처럼 날개를 퍼덕이며 나는 것이 아니었어. 단순히 겉모양만 흉내 내는 것과 그 신체구조가 움직이는 원리를 아는 것은 전혀 다른 문제지. 날개와 뼈, 신경조직 등의 미묘한 상호작용은 그리 간단한 것이 아니라네. 그리고 다른 외계의 조류라면, 날개가 달린 것은 비슷할지도 모르지만 대기의 조건 등이 완전히 다를 거야. 예를 들면 괴물이 화성에서 왔을 경우, 화성의 대기는 너무나 엷기 때문에 새 같은 것이 날 수 없지."

바클레이가 기다란 비행기 조종용 케이블을 끌고 왔다.

"끝났습니다, 박사님. 이제 코스모스 하우스는 안에서는 열고 나올 수 없어요. 그런데 블레어는 어디에 두죠?"

카퍼는 개리를 쳐다보았다.

"생물학 연구동은 따로 없었지. 으음, 그를 어디에 격리시킨다?"

"동쪽 저장소면 어때요?"

잠시 생각에 잠겼던 개리가 말했다.

"블레어 혼자 두어도 괜찮을까? 누군가 옆에서 돌봐주지 않아도?"

"별 문제 없을 거야."

카퍼가 그를 확신시켰다.

"난로와 석탄 통을 갖다 주고, 그 밖에 충분한 식량과 필수품 등을 같이 넣어주면 될 거야. 연구 장비들도 같이. 그곳은 지난 가을 이래로 아무도 가본 적이 없었던 것으로 아는데, 그렇지 않나?"

개리는 머리를 끄덕였다.

"그가 시끄럽게 굴 가능성도 있으니 그게 제일 좋은 방법일 것 같군요."

바클레이가 손에 든 연장을 흔들며 개리 쪽으로 다가왔다.

"블레어가 지금 뭐라고 중얼거리는 것 같던데, 그렇다면 그는 밤새도록 요란한 잠꼬대를 해댈 것이 틀림없어요."

"뭐라고 하는데?"

카퍼의 물음에 바클레이는 고개를 설레설레 흔들었다.

"별로 듣고 싶지 않아요. 박사님이 직접 들어보세요. 하지만 나는 맥크리디가 꾸었다는 꿈에다가 그 밖에 다른 꿈들도 전부 그 빌어먹을 천치가 꿨다는 걸 알고 있어요. 기억하세요? 블레어는 처음 그 괴물을 발견해서 제2기지에 보관할 때 바로 그놈 옆에서 잤다고요. 그러고선 그 괴물이 살아 있는 꿈을 꾸었다고 했고, 그 뒤에 더 자세한 꿈도 꾸었어요. 빌어먹을, 그 영혼이, 그러니까 그게 모두 꿈만은 아니란 말예요. 블레어는 그 괴물이 희미하지만 텔레파시 같은 걸 갖고 있지 않나 생각했어요. 놈은 우리의 마음을 읽을 수 있을 뿐만 아니라, 자기 생각을 투사할 수도 있는 거예요. 아시겠어요? 그건 꿈이 아니었다고요! 그건 그 괴물 놈이 우리 머리에 보낸 자기 생각이란 말예요. 지금 블레어가 중얼거리는 게 바로 그거예요. 텔레파시로 잠꼬대처럼 읊게 만드는 거예요. 우리가 어느새 그 괴물에 대해 그처럼 많은 정보를 알게 되었죠? 다 괴물이 퍼뜨린 거예요. 우리가 특별히 텔레파시에 민감하다고는 생각하지 않아요. 설사 그런 것의 존재를 믿는다고 하더라도."

"나는 믿네."

카퍼가 한숨을 쉬었다.

"듀크 대학의 라인 박사가 텔레파시가 존재한다는 것을 실험을 통해 증명했지. 보통 사람들보다 훨씬 더 민감한 사람이 있다는 사실도."

"아무튼 박사님이 더 자세한 걸 알고 싶다면, 블레어가 중얼대는 소리를 잘 들어보세요."

"그런데, 대장. 이제 우린 봄이 올 때까지 뭘 합니까? 비행기도 뜰 수 없으니?"

개리는 한숨을 내쉬었다.

"솔직히 이번 탐험이 실패로 돌아갈까 봐 걱정이네. 사람들이 이렇게 분열되어서야 어디……."

"실패는 아닐 거야. 만일 우리가 살아서 여기를 빠져나간다면."

카퍼가 굳은 표정으로 말했다.

"그동안 우리가 얻은 연구 자료들만 해도 충분히 가치가 있지. 우주선이나 자기 측정 데이터, 그리고 기상 관측 자료들 말이야."

개리는 서글프게 웃었다.

"방금 라디오 방송에 대해서 생각하고 있었죠. 이번 탐사에서 발견한 그 놀라운 괴물이나 외계에서 온 우주선의 일을 전파로 세상에 알리는 겁니다. 온 세상에. 그렇다면 우리가 여기 있는 동안에 먼저 집으로 돌아간 버드나 엘즈워드는 바보가 되겠지요[4]."

카퍼가 무겁게 고개를 끄덕였다.

"우리 얘기에 뭔가 이상한 진실이 담겨 있다는 건 알겠지. 그렇지만 무턱대고 우리 말을 믿지는 않을 거야. 우리가 증거물을 갖고 돌아올 때까지 기다리겠지. 틀림없어."

개리가 기도하는 듯한 말투로 말했다.

"우리가 이곳을 떠날 준비가 갖추어지더라도 구조대를 요청하는 것은 신중하게 생각해야 합니다. 먼저 발전기 따위의 장비부터 날라 오도록 하고……."

"여기서 나가지 못한단 말인가?"

바클레이가 물었다.

"송신 마이크 앞에서 폭약 따위를 터뜨리면 화산 분화나 지진이 발생한 것처럼 이유를 댈 수도 있겠지. 아무튼 결국은 바깥 세계의 사람이 이곳에 오는 것을 막을 수는 없을 겁니다. 젠장, 고리타분한 멜로드라마에 나오듯이 '최후의 생존자들' 이라는 제목으로 소개되는 건 내키지 않는데."

개리가 미소를 지었다.

"기지에 있는 사람들은 모두 다 이런 상황을 이해할까?"

카퍼가 웃었다.

"개리, 무슨 생각을 하는 건가? 난 우리가 이 상황을 극복하고 나갈 수 있을 거라 확신하네. 그렇게 쉽지는 않겠지만."

◎ 4__ 버드와 엘즈워드는 미국의 저명한 남극 탐험가이다.

클라크는 쓰다듬고 있던 개에게서 고개를 들어 조용히 웃었다.

"확신한다. 그렇게 말했나요, 박사님?"

8
★

블레어는 작은 오두막 안을 불안하게 돌아다녔다. 네 사람, 즉 182센티미터에 86킬로그램인 바클레이와 청동 거인 맥크리디, 그리고 작고 땅딸막한 체구에 다부진 카퍼 박사, 마지막으로 철사처럼 강인한 155센티미터의 베닝이 그와 함께 있었다. 블레어의 시선은 그들을 향했다가 얼핏 그 위를 지나쳐서 희미하게 떨리며 배회했다.

블레어는 사람들과 떨어져 반대편 벽에 바싹 붙은 채 몸을 움츠렸다. 그의 일용품과 연구 장비 들이 오두막 한가운데에 섬처럼 무더기를 이룬 채 쌓여 있었다. 꽉 쥐어진 앙상한 손이 실룩실룩거렸다. 그는 공포에 질린 모습이었다. 창백한 두 눈은 주근깨가 난 대머리가 새처럼 이리저리 움직일 때마다 불안하게 동요하고 있었다.

"나는 아무도 여기 오는 걸 원하지 않아. 내가 먹을 건 내가 직접 만들겠어."

그는 신경질적으로 내뱉었다.

"키너는 인간일지도 모르지. 하지만 믿을 수 없어. 나는 너희들이 보내주는 음식은 안 먹을 거야. 통조림을 가져와. 뜯지 않은 깡통들 말이야."

"좋아, 블레어. 오늘밤에 보내줄게."

바클레이가 약속했다.

"여기 석탄이 있으니까 불을 피울 수도 있어. 그리고……."

바클레이가 다가가자, 블레어는 즉시 먼 구석으로 종종걸음 쳤다.

"나가! 나한테 가까이 오지 마, 이 괴물들아!"

작은 생물학자는 날카롭게 고함을 질렀다. 그러고는 마치 오두막의 벽을 뚫고 나가려는 듯이 벽에 바싹 달라붙었다.

"나한테 가까이 오지 마. 나가! 나는 빨려 들지 않을 거야."

바클레이는 긴장을 풀고 물러섰다. 카퍼 박사는 머리를 흔들었다.

"내버려둬, 문이나 손질하자고."

네 명의 사나이는 오두막을 나왔다. 베닝과 바클레이가 오두막 문 앞에서 일을 시작했다. 그들에게는 여분의 자물쇠가 없었다. 그래서 그들은 강력한 나사를 문짝의 각 면에 단단히 조여놓고, 강철제의 비행기용 케이블을 나사들 사이에 감아 팽팽하게 묶었다. 바클레이는 드릴과 톱으로 문 한쪽 구석에 작은 구멍을 내고 있었다. 식량 따위를 집어넣을 통로였다. 베닝은 경첩과 쐐기와 문고리를 차례로 살펴보면서 문이 반대쪽에서 수월하게 열리지 않나 조사했다.

블레어도 안에서 열심히 움직이고 있었다. 그는 숨을 헐떡거리며, 뭔가 중얼거리며, 미친 듯이 저주의 말을 내뱉으면서 문 쪽에다 무거운 물건들을 끌어다 쌓아놓고 있었다. 바클레이는 작업을 하다 말고 문을 열어 안쪽을 들여다보았다. 카퍼 박사도 그의 어깨 너머로 함께 들여다보았다. 블레어는 커다란 침상을 끌어와 문에다 대놓고 있었다. 이제 문은 블레어의 협력 없이는 열 수 없게 되었다.

"저 가련한 인간이 제정신인지 모르겠어."

맥크리디가 한숨을 쉬었다.

"만일 저 친구가 도망친다면, 아마도 우리 모두를 죽이려는 생각에서일 거야. 스스로도 그런 얘기를 했지?"

바클레이가 씩 웃었다.

태양은 두 시간 전에 졌지만, 아직도 수많은 빛깔의 무지개로 북쪽 지평선을 물들이고 있었다. 바람에 날려 쌓인 눈의 벌판은 북쪽까지 뻗어가서, 타오르는 태양빛 아래 번쩍이며 장관을 연출하고 있었다. 무선 송수신용 안테나의 거미 같은 손가락이 남극대륙의 백색을 배경으로 가느다랗게 걸려 있었다.

베닝이 쓰디쓰게 말했다.

"재미없을 거야. 빨리 봄이 와야지. 나는 이 지겨운 얼음 구멍에서 빠져나가기를 학수고대하고 있어."

"내가 너라면, 지금 그렇지는 않을 거야."

바클레이가 푸념했다.

"개들은 좀 어때요, 카퍼 박사님?"

맥크리디가 물었다.

"아직 무슨 결과가 없나요?"

"30시간 만에? 나도 그랬으면 좋겠네. 오늘 개에게 내 피를 주사했어. 앞으로도 닷새는 더 필요할 거라고 생각하네. 더 빠르게 하는 방법은 몰라."

"궁금합니다. 만일 코넌트가 괴물이라면, 처음 괴물이 도망친 뒤에 그렇게 빨리 우리에게 알렸을까요? 완전히 변신할 때까지 기다리지 않았을까요? 아침이 될 때까지 말입니다."

맥크리디가 천천히 물었다.

"그 괴물은 이기적이야. 자네 생각에도 놈은 고상한 정의감이 있는 것 같지는 않지?"

카퍼 박사가 지적했다.

"그놈은 육체뿐만 아니라 감정까지 복제했을 거야. 그놈은 자연스럽게 코넌트가 하리라 예상되는 행동을 하겠지."

"그럼, 코넌트에게 다른 종류의 테스트를 할 수는 없습니까? 그 괴물이 인간보다 더 영리하다면, 코넌트보다 물리학 지식이 더 많을 수도 있잖아요? 다른 물리학자들더러 전문분야의 질문을 해보라고 하면 놈이 진짜 코넌트인지 아닌지 알 수 있을 겁니다."

바클레이의 말에 카퍼는 우울하게 고개를 흔들었다.

"만일 그놈이 다른 사람의 마음을 읽는 텔레파시 능력이 있다면 그 방법도 소용이 없지. 사실은 노리스가 지난밤에 그 방법을 제안했다네."

베닝은 사람들을 돌아보았다.

"우린 각자 다른 사람들이 뭔가 이상한 행동을 하지 않나 감시하지. 아아, 인간이여! 우린 서로 신뢰하는 집단이 될 수는 없는 걸까? 나는 코넌트가 '너희들 지금 나를 어떤 눈으로 보는지 알아?' 라고 말했을 때 어떤 심정이었는지 알 것 같아. 조만간 우리 모두 다 알게 되겠지. 내 생각엔, 지금 우리 네 사람도 속으로는 다른 셋이 나를 어떤 눈으로 보나 하고 불안해하고 있을 거야. 말이 난 김에 얘기지만, 나도 예외는 아니라고."

"우리가 아는 바로는 그 괴물은 죽었어. 코넌트가 좀 문제가 있을 뿐이지 다른 사람들은 아무렇지도 않아."

맥크리디가 천천히 말했다.

"항상 네 사람이 한 조가 되어 다니라는 명령은 그저 만일의 상황에 대비한 예방책일 뿐이라고."

"개리 대장이 한 침상에 넷이 지내라는 명령을 내렸을 때 솔직히 나는 반가웠어."

바클레이가 한숨을 쉬었다.

"이전에는 사생활이 너무 없다고 생각했지. 하지만 지금은……."

코넌트만큼 긴장한 사람은 아무도 없었다. 시험관에는 밀짚 빛깔의 액체가 반쯤 차 있었다. 하나, 둘, 셋, 넷, 다섯 방울. 카퍼 박사가 코넌트의 팔에서 뽑은 혈액을 시험관에 떨어뜨렸다. 그는 그것을 주의 깊게 흔든 다음, 깨끗한 물이 담긴 비커에 고정시켰다. 온도계가 혈액의 온도를 측정했다. 조그만 온도조절장치가 시끄럽게 재깍거리면서 그 간이형 보온기는 가볍게 빛을 깜빡거리며 달궈지기 시작했다.

그러고는, 깨끗한 밀짚 빛깔의 액체에 마침내 작고 하얀 얼룩이 침전되어 눈처럼 내리기 시작했다.

"오오, 하느님!"

코넌트가 기쁨에 겨워 소리쳤다. 그는 침상에 사납게 몸을 던져 어린애처럼 울기 시작했다.

"엿새……."

코넌트는 흐느끼며 말했다.

"거기서 엿새나 갇혀 있었어. 계속 떨면서. 저 빌어먹을 테스트가 거짓말을 할지도 모른다고 생각하면……."

개리가 말없이 다가가 그 물리학자의 등에 손을 얹었다.

"거짓은 있을 수 없어."

카퍼 박사가 말했다.

"그는 인간인가요? 괴물은 죽었고…… 완전히 죽은 겁니까?"

노리스가 헐떡였다.

"그는 인간이야."

카퍼가 단정적으로 대답했다.

"그리고 그 괴물은 죽었어."

키너가 히스테릭하게 웃음을 터뜨렸다. 맥크리디는 그를 향해 몸을 돌리고 규칙적으로 하나 둘, 하나 둘 하는 동작으로 얼굴을 찰싹찰싹 때렸다. 그 요리사는 웃다가 다시 긴장하며 굳어지더니 울기 시작했다. 그러고는 희미하게 감사의 말을 중얼거리며 뺨을 문지르기 시작했다.

"난 무서웠어. 하나님, 난 무서웠다고."

행정부 건물은 갑자기 원기가 회복된 듯 술렁거렸다. 목소리들은 웃음에 차 있고, 사람들은 코넌트의 둘레에 무리 지어 모여 서서 짐짓 큰 소리로, 신경과민의 말투로 다정하게 말을 걸었다. 누군가의 제안으로 여남은 명이 우르르 스키를 타러 몰려 나갔다.

"블레어, 블레어도 회복되었을지 몰라!"

카퍼 박사는 안도감으로 용액을 실험하면서 시험관을 만지작거리고 있었다. 밖으로 나간 사람들이 소란스럽게 스키를 철컥거리며 블레어의 오두막 쪽으로 가는 소리가 들렸다. 복도 끝에서는 개들도 흥분된 안도의 분위기를 알아챈 듯 컹컹거리며 짖기 시작했다.

카퍼 박사는 신경질적으로 시험관을 계속 흔들었다. 침상의 한 모서리에 앉아 있던 맥크리디가 처음으로 그의 모습을 알아차렸다. 밀짚 빛깔의 액체에 하얗게 침전물이 생긴 시험관 두 개를 든 채, 카퍼 박사의 얼굴은 시험관보다 더 창백하게 질려 있었다. 말없이 공포에 질린 채 커다랗게 떠진 두 눈에서 눈물이 뚝뚝 떨어지고 있었다.

"개리!"

맥크리디가 거칠게 불렀다.

"개리, 빨리 이리로 와."

개리 대장은 그를 향해 서둘러 걸어왔다. 일순간에 망치로 내려친 듯한 침묵이 행정부 건물 안에 퍼져갔다. 코넌트는 자리에서 일어나 뻣뻣하게 시선을 돌리고 있었다.

카퍼 박사는 떨리는 목소리로 말했다.

"개리, 괴물의 피를 섞은 혈청에서도 침전물이 생겼어. 그렇다면 이 개는 괴물에 대해서도 면역성이 생겼다는 증거야. 그러니까 개에게 주사된 혈액의 임자 중 하나는, 즉 나와 자네 개리 둘 중에 하나는…… 맙소사! 우리 둘 중에 하나는 괴물이라는 말이야!"

9

★

"바아, 블레어의 오두막으로 간 사람들을 빨리 불러들여, 말하기 전에."

맥크리디가 조용히 말했다. 바클레이는 즉시 문으로 달려 나갔다. 맥크리디의 말은 숨이 막힐 듯 긴장이 팽배한 방 안 사람 모두에게 똑똑히 울렸다. 이윽고 바클레이가 다시 들어서며 말했다.

"돌아들 오고 있어."

그는 다시 말했다.

"이유는 말하지 않았어. 그냥 카퍼 박사가 가지 말라고 했다고만 말했어."

"맥크리디."

개리가 한숨을 쉬었다.

"이젠 자네가 대장이야. 하나님이 돌봐주시길 비네. 난 할 수 없어."

청동 거인은 천천히 고개를 끄덕였다. 깊이 파인 두 눈은 개리 대장에게 고정되어 있었다.

"내가 괴물일지도 모르지."

개리는 덧붙여 말을 계속했다.

"나는 내가 아니라는 걸 알고 있지만, 그걸 증명할 방법이 없어. 카퍼 박사의 테스트는 실패했어."

카퍼는 침상에 앉은 채로 천천히 앞뒤로 몸을 흔들었다.

"나는 내가 인간이라는 걸 알고 있어. 나도 그걸 증명할 수는 없네. 우리 둘 중 하나가 거짓말쟁이라는 말이겠지. 그 테스트는 거짓말을 하지 않으니까. 그리고 우리 중의 하나가 그렇다고 테스트가 말하니까 말이야."

카퍼 박사의 머리가, 그리고 목과 어깨가 천천히 무너지기 시작했다. 갑자기 그는 침상에 누워서 웃음을 터뜨렸다.

"우리 중 하나가 괴물이라는 걸 증명할 필요는 없어! 전혀 입증할 필요가 없지. 하나, 만일 우리 모두가 괴물이라도 그건 마찬가지였을 거야! 우리는 모두 괴물이야. 우리 모두, 코넌트와 개리와 나, 그리고 자네들 모두!"

"맥크리디."

금빛 턱수염의 일등 조종사인 밴 월이 천천히 불렀다.

"자네는 기상학 공부를 시작하기 전에 의대에 다녔다고 했지? 그렇지? 자네가 테스트를 계속할 수 있겠지?"

맥크리디는 천천히 카퍼 쪽으로 가서, 피하주사기를 집어 들었다. 그러고는 조심스럽게 알코올로 세척하기 시작했다. 개리는 침상 모서리에 앉아 굳은 얼굴로 카퍼와 맥크리디를 지켜보았다.

맥크리디가 한숨을 쉬었다.

"밴, 나 좀 도와줘. 고마워."

바늘이 카퍼의 넓적다리를 재빨리 찔렀다. 그의 웃음소리는 멈추지 않았다. 그러나 천천히 흐느낌 속으로 사라졌다. 이윽고 모르핀이 효과를 내자 카퍼는 잠에 빠져들기 시작했다.

블레어에게 가던 사람들은 문가에 모여 서 있었다. 들고 있는 스키처럼 그들의 얼굴도 하얬다. 스키는 물을 뚝뚝 떨어뜨리고 있었다. 코넌트는 양손에 불을 붙인 담배를 든 채 마루를 노려보고 있었다. 왼손에 들고 있던 담배가 다 타들어가서 뜨거워지자, 그는 그것을 멍청히 노려보다가 바닥에 떨어뜨렸다. 그러고는 발뒤꿈치로 천천히 밟아버렸다.

맥크리디가 입을 열었다.

"카퍼 박사 말이 맞아. 나는 내가 인간이라는 것을 알지만, 물론 증명할 수는 없지. 나는 나대로의 테스트 방법을 찾아야겠어."

밴 월이 한숨을 내쉬었다.

"그런데 왜 괴물은 우리를 가만 놔두는 거지? 이것에 대해 생각해본 적 있어? 기다릴 이유가 없잖아?"

맥크리디는 가볍게 콧방귀를 뀌더니, 부드럽게 웃었다.

"이봐, 놈은 살아 있는 생명 형태를 원해. 그놈은 죽은 신체에 생명을 불어넣을 수는 없을 거야. 그러니까 가장 좋은 기회가 올 때까지 기다리고 기다릴 뿐이지. 인간으로 남아 있는 우리는, 예비로 잡혀 있는 거라고."

키너가 격렬하게 몸을 떨기 시작했다.

"이봐, 이봐, 맥! 내가 괴물인지 아닌지 나 스스로 알 수 있을까? 그 괴물이 벌써 나를 해치웠는지 내가 알 수 있어? 오오, 하나님. 나는 이미 괴물인지도 몰라."

"넌 알고 있어."

맥크리디가 냉정하게 대답했다.

"우리가 모르는 거지."

노리스가 히스테릭하게 짧은 웃음을 터뜨렸다.

맥크리디는 혈청이 남아 있는 유리병을 들여다보았다.

"이 빌어먹을 물질이 딱 하나 효과가 있는 게 있지."

그는 생각에 잠겨 말했다.

"클라크, 자네하고 밴하고 나를 좀 도와주겠어? 나머지 사람들은 모두 다 여기 함께 틀어박혀 있는 게 좋을 거야. 서로 감시하라고, 계속."

맥크리디는 씁쓸한 표정으로 복도로 나가 개 우리로 향했다. 그 뒤를 클라크와 밴 윌이 따랐다.

"혈청이 더 필요한가?"

클라크가 물었다.

맥크리디는 고개를 흔들었다.

"테스트를 해야겠어. 암소가 네 마리, 황소가 한 마리, 그리고 거의 70마리의 개들이 있지. 이 물질은 오직 인간과 괴물의 피에만 반응을 보일 거야."

맥크리디는 행정부 건물로 돌아왔다. 그리고 말없이 세면대로 걸어갔다. 잠시 뒤에 클라크와 밴 윌도 들어왔다. 클라크의 입술은 안면경련을 일으킨 듯 뒤틀린 채 잔뜩 냉소를 품고 있었다.

"뭐하는 거야?"

코넌트가 갑자기 소리쳤다.

"면역성을 키우는 건가?"

클라크가 킬킬거리다가 딸꾹질을 했다.

"면역성을 키운다? 호오! 면역, 그거 좋지."

밴 웰이 단호하게 내뱉었다.

"저 괴물은 꽤 논리적이군. 우리는 테스트를 위해서 혈청을 좀 더 뽑아냈지. 그러나 더 이상은 할 수 없을 거야. 개한테서 피를 뽑아내는 것도 한계가 있으니까."

"할 수 없다고? 다른 개는 안 되나?"

노리스의 다급한 질문에 맥크리디가 담담하게 대답했다.

"더 이상 개는 없어. 소도 없고."

"더 이상 개가 없다고?"

"놈들이 변하기 시작할 때는 몹시 역겹더군."

밴 웰이 간결하게 말했다.

"하지만 아주 느리지. 바클레이, 자네가 만들어낸 고압 감전기는 아주 신속한 즉결 처분 장치야. 이제 개는 한 마리밖에 남지 않았어. 테스트를 위해 준비했던 면역된 개지. 괴물은 우리를 위해서 그놈을 남겨둔 거야. 그래서 우리는 이 어리석은 테스트를 할 수 있었던 거지. 그 나머지는……."

그는 어깨를 으쓱하며 손을 닦았다.

"소들도 아주 훌륭하게 반응하더군."

키너가 헐떡거리기 시작했다.

"그놈들이 녹기 시작할 때는 지독하게 우스꽝스런 모습이 되지. 놈은 쇠사슬이나 고삐에 묶여 있어서 재빨리 탈출할 수 없기 때문에 옆에 있는 동물을 복제해야만 했지."

키너가 천천히 일어섰다. 그는 방 안을 쏘아보면서 걸어가다가, 취사대의 양동이 위에 걸려 주저앉았다. 그러고는 다시 일어나 끔찍하게 떨면서 천천히 한 걸음 한 걸음 문 쪽을 향해 물러났다. 그는 마치 물 밖에 나온 물고기처럼 말없이 입을 벌렸다 닫았다 하고 있었다.

"우유를……."

그는 헐떡거렸다.

"나는 몇 시간 전에 우유를 짰어!"

문 밖으로 뛰어나가면서 그의 목소리는 갈라져 비명이 되었다. 그는 방풍복을 입지 않았지만, 그대로 문 바깥으로 뛰쳐나가고 말았다.

밴 월은 잠시 동안 생각에 잠겨 그가 나간 문을 쳐다보았다.

"가망 없이 미친 것 같아."

그러고는 이내 말을 이었다.

"하지만 도망치는 괴물일지도 모르지. 스키도 안 신었거든. 그렇다면 버너를 가져가야겠군."

추적이라는 물리적인 동작이 그들의 정신을 수습해주었다. 지금 그들은 뭔가 몰두할 일이 필요했다. 환자가 세 명 있었는데, 그중에 하나인 노리스는 녹빛 얼굴을 하고 눈 위의 침상 바닥만 뚫어지게 쳐다보면서 가만히 누워 있었다.

"맥, 얼마나 오래되었을까? 그 암소들이 암소가 아니게 된 것이?"

맥크리디는 힘없이 어깨를 으쓱해 보였다. 그는 우유 양동이로 가서 혈청 방울을 떨어뜨렸다. 우유는 이내 혈청을 희석시켰다. 마침내 맥은 혈청이 들어 있던 시험관을 세면대에 팽개치고는 머리를 흔들었다.

"이걸로는 안 돼. 우유를 짤 때 암소들이 진짜였든지 괴물이었든지 간에, 이 우유는 진짜 우유와 조금도 다른 점이 없어."

카퍼는 자면서도 불안하게 계속 몸을 뒤척였다. 그러고는 냉소인지 웃음인지 알 수 없는 그르렁거리는 소리를 냈다. 고요한 눈들이 재빨리 그를 향했다.

"모르핀이 괴물에게 들을까?"

누군가 질문을 던졌다.

"하느님만이 아시지."

맥크리디는 어깨를 으쓱했다.

"내가 알고 있는 한, 지구상의 모든 동물에게는 영향력이 있지."

코넌트가 갑자기 머리를 들었다.

"맥! 개들은 싸울 때 그 괴물의 살점을 삼켰음에 틀림없어. 그리고 그 조각들이 개들을 잡아먹은 거야! 나는 격리된 채 감금되어 있었는데, 그걸로 증명이 안 되나?"

밴 월은 머리를 흔들었다.

"미안해. 자네가 무엇인지에 대해서는 아무것도 증명 못해."

맥크리디가 한숨을 내쉬었다.

"우리는 지금 너무나 신경과민이어서 똑바로 생각할 수 없어. 자네가 격리되어 감금되었다고? 피의 백혈구가 혈관 벽을 어떻게 통과하는지 아나?"

밴 월이 찌푸린 표정으로 말을 이었다.

"그 소들은 녹아내리고 있었어. 필사적으로 애쓰는 것 같더군. 놈들은 녹아서 실같이 가느다랗게 되어 문틈으로 새어나갈 수도 있었을 거야. 반대편에서 다시 합치는 거지. 그렇지 않겠나?"

맥크리디가 다시 말했다.

"심장을 관통당해도 놈은 죽지 않아. 괴물이니까. 그게 내가 생각할 수 있는 가장 좋은 즉석 테스트야."

"이제 개는 없다."

개리가 조용히 말했다.

"소도 없고. 그렇다면 복제할 것은 사람밖에 안 남았군. 게다가 사람을 감금하는 것도 소용이 없다니. 이봐, 맥. 자네의 즉석 테스트는 사람에게 하기엔 좀 곤란하지 않겠나?"

10
★

옷에서 눈을 털어내며 밴 월, 바클레이, 맥크리디, 그리고 베닝이 들어오자, 클라크는 취사실 난로에서 시선을 들어 그들을 바라보았다. 다른 사람들은 각자 삼삼오오 흩어져서 체스나 포커, 독서, 그리고 그 밖에 그들이 마치 전부터 열중해왔던 것 같은 일들에 몰두해 있었다. 랄센은 책상 위에서 썰매를 고치고 있었다. 베인과 노리스는 함께 머리를 맞대고 관측 자료의 분석에 열심이었고, 하비는 낮은 목소리로 도표들을 읽고 있었다.

카퍼 박사는 침상 위에서 부드럽게 코를 골았다. 개리는 더튼의 침상과 무전기 책상 사이의 작은 틈에서 무선통신 기록지 한 묶음을 살펴보고 있었다. 코넌트는 우주선 관측 기록용지를 책상 가득 늘어놓고 있었다.

문이 닫혀 있었지만, 복도를 통해서 사람들은 키너의 목소리를 들을 수 있었다. 클라크가 마침내 난로 위의 주전자를 탕 하고 내려쳤다. 그리고 말없이 손짓으로 맥크리디를 불렀다. 기상학자는 그에게 다가갔다.

"젠장, 나는 원래 저 요리사 녀석을 싫어하지는 않아."

클라크가 신경질적으로 말했다.

"하지만 저놈의 입을 닥치게 할 수 있는 방법이 없을까? 차라리 코스모스 하우스로 옮기는 편이 여러모로 나을 거라는 게 우리 모두의 생각인데."

"키너 말이야?"

맥크리디가 문 쪽을 향해서 고개를 끄덕였다.

"난 그다지 걱정되지 않는데. 주사를 놓을 수도 있겠지만, 우리한테도 모르핀이 무제한으로 있는 건 아니잖나? 저 친구는 미친 게 아니야. 그저 신경과민성 히스테리일 뿐이지."

"미치겠는 건 우리 쪽이라고. 자네들이야 한 시간 반 동안이나 나가 있었으니까 모르겠지만, 저 녀석은 줄곧 저 모양이었어. 자네들이 나가기 전부터. 벌써 세 시간이 넘었다고."

개리는 사과하듯이 천천히 어슬렁거리며 돌아다니고 있었다. 순간, 맥크리디는 클라크의 눈에서 공포의 전율을 감지했다. 동시에 그것은 그 자신의 것이기도 하다는 사실을 알아차렸다. 개리나 카퍼, 둘 중에 하나는 분명히 괴물인 것이다.

개리가 조용히 말했다.

"신의 이름으로 바라건대, 효과가 있는 무슨 테스트든 좀 생각해보게, 제발 해봐."

맥크리디가 한숨을 쉬었다.

"감시당하든 안 당하든 모두가 극도로 긴장해 있어. 블레어가 안에서 막아버렸기 때문에 이제 그 오두막의 문은 열리지 않을 거야. 음식은 충분하다고 말하면서 계속 우리한테 소리 질렀어. '꺼져! 너희들은 괴물이야. 난 빨려 들지 않겠어. 빨리 꺼져!' 그래서 우리는 꺼졌다네."

"다른 테스트는 정말 없나?"

개리가 간청하듯 물었다.

맥크리디는 어깨를 으쓱해 보였다.

"박사가 옳아. 혈청 테스트는 애초에 오염된 피만 쓰지 않았더라면 정확했을 거야. 하지만 지금 남은 개는 한 마리뿐이고, 그놈은 지금 건강한 상태가 아니야."

"화학적인 테스트 방법은 없겠나?"

맥크리디는 머리를 흔들었다.

"지금 우리 중엔 그럴 만한 화학자가 없어. 잘 알겠지만, 현미경으론 아무것도 구별해낼 수 없고."

개리가 고개를 끄덕였다.

"괴물 개와 진짜 개는 똑같았지. 그래도 자네는 방법을 생각해내야만 해. 저녁식사 뒤엔 다들 뭘 하지?"

밴 월이 조용히 그들에게 합류했다.

"번갈아가면서 자야지. 반은 자고 반은 깨어 있고. 우리 중에 몇이나 괴물일지가 궁금하군. 개들은 다 괴물이었어. 우리는 안전하다고 생각했지만, 어쨌든 그 괴물은 카퍼 박사나 대장, 둘 중에 하나를 이미 잡았단 말이야."

밴 월의 눈이 불안하게 번득였다.

"그놈은 이미 모두를 해치웠을지도 몰라. 돌아다니면서 나만 빼고 전부들 다 말이야. 아니, 그건 불가능할까? 틀림없이 아직은 인간들이 더 많을 거야. 하지만……."

그가 말을 멈췄다.

맥크리디는 짧게 웃었다.

"하지만 하나만 더 바뀌면 힘의 균형이 깨어질지도 모른다, 이거지?

아냐, 놈은 싸우지 않아. 놈은 그 점에서 호전적인 것은 아닐 거야. 왜냐면 놈에겐 나름대로의 방식이 있기 때문이지. 알겠나? 복제 말이야. 놈은 그 방법으로 언제나 목적한 동물을 잡기 때문에 싸움을 걸 필요가 없어."

밴 윌의 입이 병약한 웃음으로 뒤틀렸다.

"그럼 이미 여기 있는 사람들 대다수가 괴물일지도 모른단 말이지. 그저 기다리고 있을 뿐이라고. 놈들이 전부, 내가 알기로는 당신들 전부가 마지막 인간인 내가 잠들기만 기다리고 있단 말이지? 맥, 이 사람들의 눈을 보았나? 나를 보고 있는 저 눈들을?"

개리가 한숨을 쉬었다.

"자네들은 네 시간 동안 계속 여기에 앉아 있어본 적이 없지. 사람들의 눈이 전부 말없이 우리 둘, 카퍼와 나 중에서 하나가 확실히 괴물이라고, 어쩌면 둘 다 그렇다고 여기며 의혹의 눈초리로 쳐다보는 동안 말이야."

클라크가 다시 요청했다.

"저놈이 떠드는 걸 멈출 수 없겠나? 정말 미치겠어. 소리라도 좀 낮추게 해."

"아직도 기도하나?"

맥크리디가 물었다.

"아직도 기도하고 있어."

클라크가 신음하듯 대답했다.

"1초도 쉬지 않았어. 그 기도가 정말로 구원의 힘을 지녔다면 시끄러워 할 이유는 전혀 없지. 하지만 시편을 소리 지르고, 찬송가를 고래고래 불러대고, 고함을 치듯이 기도하잖아. 하나님이 이곳 남극에는 귀를 잘 기울이지 않는다고 생각하는 건가?"

"하나님 귀가 나쁜 것일 수도 있지."

바클레이가 끙끙거렸다.

"저 소리가 듣기 싫다면 괴물을 잡을 조치를 뭐든 해야 하지 않나!"

"테스트 방법을 생각해내야 해. 괴물을 잡으려면!"

클라크가 냉혹하게 말했다.

"알았어, 알았다고! 내가 할 수 있는 건 해보겠어. 캐비닛 안에 뭔가 있을지도 몰라."

맥크리디는 우울한 표정으로 카퍼의 약장이 있는 구석으로 걸어갔다. 선반이 있는 세 개의 큰 캐비닛 중 두 개는 잠겨 있었다. 그곳이 기지 전체의 의료품 저장소였다. 맥크리디는 12년 전에 전공을 기상학으로 바꾸었다. 의대를 졸업하고 인턴 과정에 들 무렵이었다.

한편 카퍼는 후보자들 중에서 선발된 의사였다. 자신의 직업에 철저했고 전문지식도 상당히 축적한 인물이었다. 맥크리디가 보기엔 절반 이상이 완전히 낯선 약품들이었다. 나머지도 한두 번 정도 다루어본 듯한 느낌일 뿐, 정확한 용법이나 성분은 기억해내기 어려웠다. 참고할 만한 책도 거의 없었다. 물론 최신 지식을 전해주는 전문잡지 따위도 오지 않는다. 카퍼에게는 지극히 기초적이고 간단한 지식조차 맥크리디로서는 거의 자신이 서지 않는 것들이었다.

맥크리디는 희망을 담은 표정으로 진정수면제인 바르비투르계 약제를 집어 들었다. 바클레이와 밴 월이 그와 함께 있었다. 이제 기지에서는 어느 누구도 혼자 다니거나 행동하는 사람은 없었다.

맥크리디가 갑자기 뻣뻣하게 굳었다. 키너는 거칠고 갈라진 목소리로 찬송가를 목청껏 불러대고 있었다. 그는 뒤틀린 웃음으로 밴 월을 우울하게 쳐다보다가 머리를 흔들었다.

밴 월은 씁쓸하게 저주의 말을 중얼거리며 책상에 앉았다.

"목소리가 안 나오게 될 때까지 저 소릴 들어야 할 거야. 키너라고 영원히 소리를 지를 수는 없겠지."

"목이 놋쇠로 되었나 봐, 후두는 무쇠고."

노리스가 잔인한 어투로 맞받았다.

"그럼 우린 희망을 가지고 그가 우리의 친구라고 믿을 수 있겠군. 우리 운명이 판가름 나는 날까지 목을 계속 저 상태로 유지한다면 말이야."

침묵이 흘렀다. 20분이 넘도록 그들은 한 마디도 하지 않았다. 마침내 코넌트가 분노를 터뜨리며 난폭하게 일어났다.

"마치 조각상들 같구먼! 한 마디도 않고 그렇게 얌전히들 앉아만 있을 거야? 그래, 눈들이 다 말해주고 있어. 오오, 하나님! 책상 위를 굴러가는 유리구슬처럼 잘도 굴리고들 있군. 깜빡거리고, 흘끗 보고, 노려보고, 이봐, 기분전환을 위해서라도 어디 다른 데 좀 봐주지 않겠어? 제발!

맥, 들어봐, 자네는 여기의 책임자야. 밤 동안 영화라도 보자고. 마지막을 위해서 아껴둔 영화들이 있잖아. 무엇을 위한 마지막이지? 그걸 볼 마지막 사람이 누구겠어, 응? 우리가 볼 수 있을 그걸 보자고. 서로서로 감시하는 짓 따윈 집어치우고 그거나 보잔 말이야!"

"그거 좋은 생각이군, 코넌트. 자네 한 사람을 위해서라도 기꺼이 이 분위기를 바꾸도록 노력해보자고."

"더튼, 스피커의 볼륨을 크게 울리면 아마 저 찬송가 소리가 안 들릴 거야."

"하지만 불은 끄면 안 돼."

클라크가 제안했다.

"불을 꺼야 해. 영화를 보려면."

맥크리디가 고개를 흔들며 대답했다.

"만화영화를 틀지. 있는 것 몽땅. 오래된 영화를 봐도 괜찮겠지?"

"만화영화라고? 이것 참 신나는군! 우리가 어쩌다가 이 지경까지 되었지?"

맥크리디는 소리친 사람을 향해 고개를 돌렸다. 야위고 호리호리한 뉴잉글랜드 출신의 콜드웰이었다. 콜드웰은 천천히 파이프에 담배를 채워 넣었다. 그러나 그의 심술궂은 눈은 맥크리디를 향해 치켜 있었다.

청동 거인은 쓴웃음을 짓지 않을 수 없었다.

"좋아, 아마 뽀빠이나 곡예사 오리를 볼 기분은 아닌 것 같군. 하지만 그것도 그다지 나쁜 건 아닌데."

"분류하기 놀이를 하자."

콜드웰이 천천히 제안했다.

"알겠지만, 종이 위에 여러 줄을 긋고 알파벳을 써놓은 뒤 사물이나 동물들을 분류하는 거야. 'H'로 시작하는 것 하나, 그리고 'U'로 시작하는 것 하나 등등. 예를 들면, '인간적인Human' 이나 '미지의Unknown' 처럼. 이게 훨씬 더 재미있을 것 같은데? 안 그런가? '분류하기' 는 지금 우리에게 필요한 거지. 영화보다 훨씬 재미있고. 예를 들어, 이 방 안의 사람들을 'U자 동물' 과 'H자 동물' 로 나눌 수 있지 않겠나? 누군가 줄을 그을 연필을 가지고 있을 거야."

"맥크리디가 그런 연필을 발견하려고 애쓰고 있어."

밴 윌이 조용히 대답했다.

"그러나 여기는 세 종류의 동물이 있지. 'M'으로 시작하는 종류가 또 있어. 더 이상은 원하지 않아."

"미친 놈들Mad ones 말이군. 제길!"

콜드웰은 천천히 자리에서 일어났다.

영사기와 스피커 따위를 가지러 더튼과 바클레이, 베닝이 조용히 방을 나갔다. 그동안 남은 사람들은 방 안을 청소했다. 맥크리디는 천천히 밴 월 쪽으로 가서 그의 뒤에 있는 침상에 기댔다.

"난 지금 혼란스럽네, 밴."

그는 삐뚤어진 웃음을 지으며 말했다.

"미리 내 생각을 알려야 할지 어떨지 몰라서 말이야. 콜드웰이 이름 붙인 U자 동물은 마음을 읽을 수도 있다는 걸 깜박 잊고 있었어. 사실은 좋은 생각이 떠오른 것 같거든. 아직은 좀 불확실하고 정리가 안 되었지만 말이야. 아무튼 영화를 틀게. 그동안 난 여기 침상에서 생각 좀 할 테니까."

밴 월은 힐끗 올려다보고 고개를 끄덕였다.

"좋은 생각이 났다면 우리한테도 말을 해줘야지. 안 그러면 괴물 놈들이 텔레파시로 네 마음을 읽고 네가 계획을 실행해보기도 전에 너를 해치우겠지. 우린 뭔지도 모르고 말이야."

"오래 걸리진 않을 거야. 내가 제대로 정리하기만 하면. 카퍼는 영화를 안 보니까 여기 내 위의 침상으로 옮겨놓는 게 좋겠어."

맥크리디는 부드럽게 코를 골고 있는 카퍼를 쳐다보며 고개를 끄덕였다. 개리가 그들을 도와 함께 그 의사를 들어 침상으로 옮겼다.

맥크리디는 침상에 기댄 채, 갖가지 경우를 따져보면서 생각에 몰두했다. 영사기가 돌아가고 다른 사람들이 말없이 여기저기 자리를 잡고 앉아도 그는 알아차리지 못했다. 그러나 키너가 계속해서 질러대는 흥분에 찬 고함과 쉰 목소리로 불러대는 찬송가 소리는 그의 신경을 거슬리게 만들었다. 방 안의 조명이 꺼지고 밝은 스크린이 떠올랐다. 그

빛으로 그럭저럭 방 안의 사람들 모습은 볼 수 있었다. 사람들의 눈동자가 스크린 빛을 반사하며 불안하게 움직였다. 키너는 계속 소리 지르며 기도하고 있었다. 그의 목소리가 마치 영화의 불협화음 반주처럼 깔렸다. 더튼은 앰프의 볼륨을 한 단계 더 올렸다.

오랫동안 그 목소리는 계속되었다. 그래서 처음에는 맥크리디만이 희미하게 무엇인가가 빠졌다는 것을 알아차렸을 뿐이었다. 그는 침상에 누워 있었지만, 영화의 배경음악이나 음향과는 구별되는 키너의 목소리를 꽤 정확히 인식하고 있었다. 그런데 문득 그의 목소리가 들리지 않는다는 사실을 깨달은 것이다.

"더튼, 소리를 줄여봐!"

맥크리디가 불쑥 일어나 외쳤다. 화면은 갑작스럽게 닥친 깊은 침묵 속에서 마치 꿈처럼 깜빡거렸다. 천장 위에서 점점 세어지는 바람 소리가 울리고 있었다.

"키너가 멈췄어."

맥크리디가 부드럽게 말했다.

"그럼 빨리 앰프의 볼륨을 다시 올려. 그놈이 또 소리 지르기 전에."

노리스가 딱딱거렸다.

맥크리디는 일어나 복도로 걸어갔다. 바클레이와 밴 월도 그를 따라 나갔다. 조용히 돌아가는 영사기 앞을 지날 때, 깜빡이는 빛이 바클레이의 회색 내복 등 위를 불룩하게 솟으며 뒤틀렸다. 더튼은 영사기를 껐다.

개리는 문가에 있는 침상으로 가서 클라크에게 말없이 옆으로 비키도록 요청하고는 조용히 앉았다. 다른 사람들은 대부분 그 자리에서 움직이지 않고 가만히 있었다. 오로지 한 사람, 코넌트만이 끊임없이, 똑같은 리듬으로, 천천히 방을 왔다갔다 걸어 다니고 있었다.

"가만히 좀 있을 수 없나, 코넌트?"

클라크가 신경질적으로 소리쳤다.

"자네가 인간이든 아니든 간에, 그만 좀 멈추라고, 젠장."

"미안해."

그 물리학자는 천천히 침상으로 가서 앉은 뒤, 말없이 자기 발끝을 응시했다. 5분 정도가 흘렀다. 그러나 방 안에 있는 사람들에게는 5년과도 같은 시간이었다. 맥크리디가 다시 나타나기 전까지는 천장 위의 바람 소리만이 유일하게 자기 존재를 알리고 있을 뿐이었다.

맥크리디가 말했다.

"누군가 우리의 귀를 달래주려고 과잉 봉사를 했군. 키너는 칼로 목을 찔렸어. 그래서 기도를 멈춘 거야. 자아, 우리 중에는 괴물monster과 미치광이madman와 살인자murderer가 있어. 콜드웰, 또 다른 'M' 자 동물을 생각해낼 수 있나?"

11

★

"블레어가 도망쳤나?"

누군가가 물었다.

"블레어는 도망치지 않았어. 아니면 날아서 다시 들어갔든지. 이걸 보면 범인이 누군지 알 수 있지 않을까?"

밴 월이 헝겊에 싼 길고 얇은 날의 칼을 내놓았다. 나무로 된 손잡이는 반쯤 불에 탔고, 그 부분은 취사실 난로 꼭대기의 독특한 모양이 그대로 새겨진 채 눌어붙어 있었다.

클라크가 그것을 노려보았다.

"오늘 오후에 내가 그랬어. 빌어먹을, 깜빡 잊고 그걸 난로 위에 그냥 두었었다고."

밴 월이 고개를 끄덕였다.

"나도 타는 냄새를 맡았어. 그 칼이 취사실 거라는 걸 알고 있지."

베닝이 주도면밀하게 사람들을 둘러보면서 말했다.

"내가 궁금한 건 우리 중에 괴물이 얼마나 있느냐는 거야. 누군가가 영화를 보다가 슬그머니 자리에서 일어나 취사실을 지나서 코스모스 하우스까지 내려갔다가 돌아왔다면, 그는 지금 이미 돌아와 있는 거야. 그렇지 않나? 그래, 지금은 모두 다 여기에 있어. 글쎄, 우리 중에 누군가가 그렇게 할 수 있었다면……."

"괴물이 그랬겠지."

개리가 조용히 말했다.

"그럴 가능성이 높아."

"하지만 괴물은, 아까 대장이 지적한 대로, 복제할 건 인간밖에 남지 않았는데, 놈이 자기의 재고품을 줄일까? 그런 경우가 아니겠어?"

밴 월이 지적했다.

"아니, 우리 중에는 그저 평범한 보통의 기생충 같은 놈이 있는 거야. 홧김에 살인도 마다하지 않는."

노리스가 중얼거렸다.

"괴물들은 이제 어쩌면 힘의 균형을 맞췄을 거야."

"그런 소린 그만 집어치워."

맥크리디는 한숨을 내쉬고, 바클레이에게 몸을 돌렸다.

"바아, 전기장치를 가져오겠나? 내가 확인하겠어."

바클레이는 고압전선을 가지러 복도로 나갔다. 맥크리디와 밴 월도 뒤따라 나가서 코스모스 하우스 쪽으로 갔고, 바클레이도 전기장치를 들고 그들과 합류했다.

방 안의 사람들은 갑자기 맥크리디가 소리치는 것을 들었다. 취이—! 털썩, 쉬잇, 하는 둔한 소리와 뭔가를 강타하는 소음이 계속 이어졌다.

"바아—바아—!"

이 세상의 것이 아닌 처절한 비명이 사람들의 고함 소리에 파묻혀 울려 퍼지고 있었다. 동작이 가장 민첩한 노리스가 하우스에 채 도착하기도 전에 그곳은 다시 조용해져 있었다.

키너, 또는 키너였던 것이 맥크리디가 들고 있는 큰 칼로 두 조각난 채 바닥에 누워 있었다. 그 기상학자는 벽에 기대어 서 있었고, 손에 든 칼에서는 붉은 선혈이 뚝뚝 떨어지고 있었다. 밴 월은 신음소리를 내면서 마루 위를 휘젓고 있었다. 그는 한 손으로 자신의 턱을 무의식적으로 연신 쓰다듬고 있었다. 한편 바클레이는 눈에 말할 수 없이 야만적인 섬광을 띠고서 고압선을 시체에 계속 찌르고, 또 찌르고 있었다.

키너의 팔은 기괴한 모습의 비늘로 덮인 채 뒤틀려 있었다. 손가락은 짧아지고 손톱은 강철같이 단단해 보였으며 면도날처럼 예리했다. 그것은 거의 7.5센티미터나 되는 길고 굵은 뿔처럼 보였다.

맥크리디는 문득 손에 든 칼을 보고는 바닥에 떨어뜨렸다.

"우리가 왔을 때 키너는 시체였지만, 살아 있었어. 모두에게 맹세코 이건 정말이야. 살아 있는 시체였다고, 하지만 놈은 우리가 고압선으로 찌르려 하자 변신하기 시작했어."

노리스는 벌벌 떨면서 허공을 노려보았다.

"오오, 하느님, 이놈은 사람과 똑같이 연기를 했어. 몇 시간이나 여기 틀어박혀서 기도를 하고 있었다니! 갈라진 목소리로 찬송가를 목청껏 노래했다고! 놈이 알지도 못하는 교회에 대한 찬송가를 말이야. 끝없이 소리를 질러 우리를 미치게 만들면서…….

글쎄, 말해봐. 누가 그랬지? 키너를 죽인 사람은 이런 줄 몰랐을 거야. 하지만 그는 결과적으로 우릴 구했어. 도대체 아무도 모르게 어떻게 방에서 나갔지? 내게도 그 방법을 가르쳐달라고. 난 괴물과 마주치더라도 조용히 도망가고 싶어."

밴 월이 갑자기 말했다.

"자네가 문 바로 옆에 앉아 있었지. 그렇지 않아?"

클라크는 벙어리처럼 끄덕였다.

맥크리디는 부드럽게 낄낄거렸다.

"제군들이여, 클라크를 존경하시라. 우리가 아는 유일한 인간! 살인을 저지르는 데 실패함으로써 스스로 인간임을 입증한 자! 다른 사람들은 미안하지만 잠시 자기가 인간임을 증명하는 걸 삼가주겠나?"

"그만 닥치지 못하겠어? 난 아니라니까!"

클라크가 분노를 담아 소리쳤다.

"테스트를 해야겠어."

맥크리디가 조용하게 던진 말에 코넌트가 움찔 놀라며 반가운 표정으로 일어섰다.

"테스트!"

그러나 그는 이내 낙담한 표정을 지으며 주저앉고 말았다.

맥크리디가 단호하게 말했다.

"다들 긴장을 늦추지 말고, 행정동으로 돌아들 가. 서로 잘 감시하라고. 바클레이, 고압 감전기를 가져와. 그리고 더튼, 자네가 바클레이를 감시해. 같이 다니라고. 각자 옆 사람을 주의해서 지켜보도록. 빌어먹을, 난 이제 감을 잡았어! 알겠나? 각오하라고, 괴물 놈들!"

그들은 갑자기 긴장했다. 그들은 핏발 선 눈으로 서로를 예의주시하기 시작했다. 이전보다 더 예리하게. 과연 내 옆에 있는 이자는 인간일까, 괴물일까?

"감 잡았다니, 뭐야?"

방에 들어서면서 개리가 물었다.

"정확히는 나도 몰라."

맥크리디가 대답했다. 그의 목소리는 분노가 결정화된 듯 부석부석했다.

"하지만 분명 효과가 있을 거야. 인간인지 괴물인지를 가리는 모호한 방법이 아니라, 놈들의 기본적인 성질에 달린 거니까. 키너 일을 치르면서 확신을 가질 수 있었어."

그는 청동처럼 무겁고 단단하게 자신감을 보였다.

"이게 더 필요할 거야."

나무 손잡이에 고압선 감은 것을 들어 보이며 바클레이가 말했다.

"내가 준비하지. 발전기는 문제 없나?"

더튼은 굳은 표정으로 고개를 끄덕였다.

"연료통은 가득 찼어. 예비 가스 발전기도 준비됐고. 영사기를 돌리려고 밴 월과 내가 꺼내놓았지. 몇 번씩 점검하고 확인했어."

카퍼 박사가 침상에서 희미하게 뒤척이며 손을 들어 눈을 비볐다. 그는 천천히 자리에서 일어났다. 잠과 약으로 인해 흐려진 정신에, 자면서 꾼 악몽으로 공포에 찬 눈을 커다랗게 뜨고는 껌벅거렸다.

“개리.”

그가 중얼거렸다.

“개리, 들어봐. 그들은 지옥에서 왔어. 이기적인 지옥. 나는 나를 말하는 거야. 이기적인 나. 내가? 으음, 지금 내가 무슨 말을 하는 거지?”

그는 다시 침상에 누워 부드럽게 코를 골기 시작했다.

맥크리디는 생각에 잠겨 그를 보았다.

“이제 알 수 있겠군.”

그는 천천히 고개를 끄덕였다.

“박사의 말대로야. 이기적인 것이 괴물이야. 박사는 자면서 괴물의 텔레파시 간섭을 받았겠지. 아니면 그가 꿈꾸면서 영감을 얻었을 수도 있고. 아무튼 그 말대로야. 놈들은 틀림없이 이기적이야.”

그는 방 안의 사람들에게 시선을 돌렸다.

사람들은 죄다 긴장한 채, 늑대 같은 눈으로 조용히 옆 사람들을 노려보고 있었다.

“알겠어? ‘이기적인’ 이라는 말을. 모든 부분들이 그 자체로서 하나의 전체인 거야. 자기 한 조각으로 충분하다고. 스스로가 한 개체야.”

맥크리디의 거대한 청동 수염이 냉혹한 미소에 헝클어졌다.

“그렇다면 우린 너희 괴물들보다는 나아. 우리도 어지간히 이기적이긴 하지만, 너희들처럼 모래알은 아니니까. 잘 들어, 숨어 있는 괴물놈아. 우리에겐 네놈들이 복제할 수 없는 진짜 타고난 본능이 있어. 절대 끌 수 없는 불이지. 우리는 싸우고, 또 싸울 거야. 끝까지 싸울 거야. 너희는 절대로 우리를 복제할 수 없어. 우리는 인간이야. 우리는 진짜고, 너희는 가짜야. 너희들 모든 세포의 핵까지 다 가짜야. 그래, 이젠 막판이다. 네놈들도 알고 있겠지. 너희는 내 두뇌의 생각을 읽고 있으면서도 꼼짝도 않고 있어. 혼자만 살아야 하니까!

네놈들은 원래 피를 안 흘리는지 모르지만, 우리 흉내를 내려면 흘릴 수밖에 없겠지. 하지만 그때는 네놈의 몸도 갈라지는 거야. 피는 몸에서 떨어지면 독립된 개체가 되니까. 당연히 또 하나의 이기적인 개체가 되니까!

알겠어, 밴? 대답을 해! 알겠어, 바아?"

밴 월은 부드럽게 웃었다.

"그 피, 그 피는 원래 몸체에 복종하지 않을 거야. 새로운 개체니까. 그래서 그 떨어진 놈은 그때부터 이기적인 생존 욕망에 매달리겠지. 살아 있으니까. 그래서 달아오른 철사를 대면 도망치려 버둥댈 거야. 이봐!"

맥크리디는 책상에서 메스를 집어 들었다. 그러고는 캐비닛에서 시험관과 선반, 작은 알코올램프, 기다란 백금 전선 따위를 꺼냈다. 그의 입술에는 냉혹한 웃음이 실려 있었다. 잠시 그는 주위 사람들을 힐끗 돌아보았다. 바클레이와 더튼이 천천히 그에게 다가왔다.

"더튼."

맥크리디가 불렀다.

"자네가 점검한 그 발전기 옆에 지키고 서 있겠나? 아무도 건드리지 못하게 말야."

더튼은 발전기 옆으로 물러났다.

"자아, 밴. 자네가 처음으로 해보지."

밴 월이 창백한 표정으로 앞으로 나섰다. 맥크리디는 섬세한 솜씨로 밴 월의 엄지손가락 뿌리 부분에 메스를 대고 그었다. 밴 월이 가볍게 움찔했다. 그러고는 1.3센티미터가량의 맑은 피가 시험관에 고일 때까지 묵묵히 참고 기다렸다. 그 다음 맥크리디는 시험관을 선반에 꽂고,

밴 월에게 솜과 요오드 병을 건네주었다.

밴 월은 꼼짝도 않고 지켜보며 서 있었다. 맥크리디는 알코올램프 불꽃에 백금 전선을 충분히 달군 뒤, 시험관에 넣었다. 쉿 소리와 함께 한 줄기 김이 올랐다. 그뿐이었다. 그는 다섯 번을 반복했다.

"자넨 인간이야."

맥크리디는 한숨을 쉬었다. 그리고 몸을 쭉 폈다.

"아니, 내 이론은 아직 완전히 증명된 건 아니야. 하지만 나는 희망을 갖고 있어. 다들 그렇게 재미있는 표정으로 쳐다보지 말게. 분명 너희들 중엔 속 태우고 있는 괴물이 있을 테니까. 자아, 밴. 바클레이가 들고 있는 것을 대신 받아주겠나? 그래, 고맙네. 됐어. 바클레이, 난 진심으로 자네가 우리와 한편이기를 비네. 자넨 좋은 녀석이거든."

바클레이는 어설프게 씩 웃고는, 메스의 칼날이 닿자 움찔했다. 얼마간의 시간이 흐른 뒤, 그는 크게 웃으며 다시 고압선이 감긴 나무막대를 손에 쥐었다.

"자아, 더튼…… 어엇, 바아!"

오래 지속되던 팽팽한 긴장이 순식간에 터져버렸다. 남은 스무명의 사람들이 순간적으로 더튼이었던 괴물에게 달려들었다.

바클레이가 고압선을 사용할 기회도 없었다. 괴물은 날카로운 괴성을 지르면서 어금니와 발톱을 키우려고 애썼지만, 이내 걸레 조각처럼 찢겨지고 말았다. 순식간에 달려든 인간들이 야수처럼 잔인하게 괴물을 난도질하고, 짓뭉개고, 갈가리 찢어놓았던 것이다.

사람들은 천천히 기쁨과 흥분으로 들끓기 시작했다. 아직은 차분한 감정을 유지하고 있었지만, 그들의 입술은 이제 긴장보다 더한 호기심에 잡혀 있었다.

사람들은 괴물의 사체를 수습했고, 밴 월은 튄 핏방울마다 부식성 산을 떨어뜨려 태웠다. 따끔거리고 기침을 자극하는 가스가 방 안 이곳저곳에서 피어올랐다.

맥크리디는 씩 웃음을 지었다. 움푹 팬 두 눈은 타오르며 춤추고 있었다.

"괴물의 눈 속에 깃든 흉폭함은 우리의 상상을 뛰어넘는다는 말을 한 적이 있는 것 같은데, 내가 인간의 사나움을 과소평가했군. 난 솔직히 이놈들을 더 어울리는 방식으로 처리하고 싶어. 끓는 기름 솥이나 녹인 납, 아니면 전기구이 같은 것 말이야. 휴우, 더튼이 당했다니 정말…….

좋아, 이로써 내 방법은 확실해졌어. 밴 월과 바클레이는 인간임이 증명되었고. 이제 내가 인간이라는 것을 스스로 보여주지."

맥크리디는 알코올에 메스를 세척한 다음, 다시 불에 그슬려 소독했다. 그러고는 자신의 엄지손가락 뿌리 부분을 망설임 없이 베었다. 20초 뒤, 그는 사람들 쪽으로 시선을 돌렸다. 이제 거기에는 더 많은 반가운 미소와 친근한 눈길들이 생겨났지만, 동시에 그중에는 무언가 다른 눈동자들이 있었다.

맥크리디는 부드럽게 웃으며 다음 사람을 불렀다.

"코넌트, 이리로……."

그는 말을 끝맺지 못했다. 이미 코넌트는 코넌트가 아니었기 때문이었다. 이번에도 바클레이는 한발 늦었다. 한바탕 피와 살의 광란극을 연출한 뒤, 사람들은 더 많은 웃음과 안도의 한숨을 터뜨렸다. 긴장은 눈에 띄게 누그러져 있었다. 마침내 바클레이와 밴 월이 뒤처리를 끝냈다.

개리가 낮고 매우 쓴 목소리로 말했다.

"코넌트는 이곳에서 가장 훌륭한 동료 중 하나였어. 난 정말이지 5

분 전만 해도 그가 사람이라고 맹세했을 걸세. 이 빌어먹을 놈들은 진짜보다 더한 가짜야. 정말 지독한 놈들이라고."

개리는 어깨를 으쓱하며 앞으로 나섰다.

그리고 30초 뒤, 개리의 피는 뜨거운 백금철사에 닿자 날카롭게 튀어 올랐다. 그리고 아메바처럼 무형의 덩어리를 이루어 시험관에서 빠져나오려고 발광하기 시작했다. 갑자기 빨간 눈이, 녹아내리는 개리의 복제물이, 땀에 전 채 하얗게 질린 바클레이의 손에서 고압선을 빼앗으려 덤벼들었다. 물론 사람들은 보고만 있지 않았다. 시험관의 피도 미친 듯이 계속 요동치고 있었다. 맥크리디가 난로 속의 시뻘겋게 달아오른 석탄에 부을 때, 시험관의 괴물은 작지만 깡통 뚜껑이 열리는 것같이 날카로운 비명을 질러댔다.

12
★

"이제 끝났나?"

카퍼 박사는 침상에 앉은 채로 충혈된 슬픈 눈을 내리깔았다.

"사람들 중 열넷이라……."

맥크리디가 굳은 표정으로 짧게 고개를 끄덕이더니 안타까운 듯 말했다.

"괴물이 퍼지지만 않는다면, 그 복제들이라도 다시 돌아와주었으면 좋겠어요. 개리, 코넌트, 더튼, 클라크……."

"저걸 어디로 가져가는 거지?"

바클레이와 노리스가 운반하고 있는 들것들을 보며 카퍼가 고갯짓했다.

"밖으로 가져가서 태워버리려는 겁니다. 석탄하고 등유를 써서 완전히 재로 만들 겁니다. 그리고 튀거나 떨어진 핏방울과 찢어진 조각들에도 전부 산을 부었지요. 그것도 다 태울 겁니다."

"그렇다면 문제없겠군."

카퍼가 우울하게 끄덕였다.

"블레어는 어떤가? 그동안 어찌 되었을지 궁금한데."

맥크리디가 번쩍 고개를 들었다.

"그를 잊고 있었군요! 그는…… 이제 정신을 차릴 수 있을까요?"

"만약에……."

카퍼 박사는 말을 하려다가 다시 입을 다물었다.

맥크리디가 말했다.

"괴물은 사람과 구별이 안 될 정도로 똑같았지. 키너의 그 기도하는 소리며, 히스테리며…… 그렇다면 미친 사람도……."

맥크리디는 책상 옆에 있는 밴 월에게 다가갔다.

"밴, 오두막으로 가서 블레어를 조사해봐야겠어."

밴은 날카로운 눈초리로 올려다보았다. 그의 얼굴은 잔뜩 찌푸려져 있었다. 그는 고개를 끄덕이고 말했다.

"바클레이가 같이 가는 게 좋겠어. 그가 빗장들을 장치했으니까. 블레어를 안심시키면서 들어갈 수 있는 방법을 생각해봐야지."

45분이 지났다. 영하 38도의 추위 속에 오로라의 장막이 하늘에서 불룩해지는 동안이었다. 발밑의 스키 아래 하얀 수정모래 산 같은 눈 언덕 위로, 북쪽에서 타오르는 황혼이 거의 열두 시간째 걸려 있었다. 풍속 8킬로미터의 바람이 북서쪽으로 불어가며 계속 눈을 쌓아올렸다. 눈에 파묻힌 오두막까지 도착하는 데 45분이 걸렸다. 그 작은 오두막에서는 연기가 나지 않았다. 사람들은 긴장했다.

"블레어!"

아직도 90미터 정도 남았을 때 바클레이가 바람에 대고 소리쳤다.

"블레어—!"

"입 다물어."

맥크리디가 단호하게 말했다.

"빨리 서둘러서 가자고. 혼자서 걸어 나가버릴지도 몰라. 우린 쫓아갈 비행기도 트랙터도 없어."

"이런 날씨에 괴물이 달아날 수 있을까?"

바클레이가 갑자기 숨을 헉 들이켜며 하늘을 가리켰다. 어둑어둑한 황혼의 하늘에 뭐라고 표현할 수 없이 우아하고 자연스럽게 원을 그리며 나는 동물이 있었다. 커다랗고 하얀 날개가 부드럽게 기울었다. 그 새는 그들의 머리 위에서 조용한 호기심을 보이고는 다시 날아가기 시작했다.

"앨버트로스야."

바클레이가 나직하게 말했다.

"아직 이른 계절인데. 아마 혼자 방황하는 모양이군. 만약에 괴물이 풀려났다면……."

노리스는 서둘러 얼음 위에 몸을 구부리고 무거운 방풍복을 급히 찢었다. 그는 다시 몸을 펴면서 한 손에서 차갑고 긴 금속제 무기를 꺼내 들었다. 공중의 새를 향해 급히 조준된 무기는 이내 남극의 하얀 적막함에 도전장을 내는 듯한 큰 소리를 터뜨렸다.

공중의 동물은 새된 비명을 내질렀다. 거대한 날개에서 한 더즌의 깃털이 떨어져 내리고, 새는 광란하듯이 버둥거렸다. 노리스는 다시 한 번 총을 쏘았다. 새는 있는 힘을 다해 빨리 움직이려고 했지만, 고도가 점점 떨어지고 있었다. 다시 날카로운 굉음이 울리고, 더 많은 깃털이 흩어져 내렸다. 그러나 다음 순간 기운을 차린 듯, 새는 힘차게 날갯짓을 하며 얼음 산마루 너머로 높이 날아올라 사라져버렸다.

노리스가 헐떡거리며 말했다.

"다시는 이쪽으로 오지 않을 거야."

바클레이가 손가락으로 입을 가리며 조용히 하라고 눈짓했다. 오두막에서는 괴상한 파란 빛이 문틈을 통해 밖으로 내비치고 있었다. 매우 낮고 부드러운, 윙윙거리는 소음이 안에서 들려왔다. 낮고 부드러운 윙윙 소리, 그리고 연장이 쨍그랑 하며 부딪치는 소리와 짤깍거리는 소리. 그 소리를 만들고 있는 존재는 무언가 필사적으로 서두르는 기색이었다.

맥크리디의 얼굴이 창백해졌다.

"지금 저 괴물이 무얼 만들고 있을까? 아아, 하나님이 굽어 살피사, 제발……."

그는 말없이 바클레이의 어깨에 손을 얹었다. 그러고는 문 밖에 단단히 감긴 케이블을 가리키며, 손가락으로 싹둑 베는 시늉을 했다.

바클레이는 주머니에서 절단기를 꺼냈다. 그러고는 소리 없이 문 앞에 무릎을 꿇었다. 절단기는 케이블을 꽉 물고 부러뜨리면서 날카롭게 팅 하는 소리를 냈다. 남극의 절대적인 침묵 속에서는 견딜 수 없이 큰 소리였다. 오두막 안에서는 계속 이상한 윙윙 소리가 새어나왔다. 감미롭고 부드러운 소리였다. 그리고 연장들의 쨍그랑 소리와 덜컥덜컥 뭔가가 깎이는 소리. 그 소리들의 불협화음이 바깥에서 나는 소음을 집어삼키고 있었다.

맥크리디는 문틈으로 안을 신중하게 들여다보더니 헉, 하고 숨을 내쉬었다. 그의 거대한 손가락이 바클레이의 어깨를 잔인하게 움켜쥐었다. 덩치 큰 기상학자는 뒤로 물러서더니 조그맣게 속삭였다.

"저건 블레어가 아니야. 놈은 무릎을 꿇고 뭔가 열심히 하고 있어. 배낭같이 생겼는데 뭔지 모르겠어. 공중에 떠 있는 것 같아."

"한꺼번에 달려들자!"

바클레이가 단호하게 말했다.

"아니야. 노리스, 자네는 뒤로 돌아가. 총을 꺼내 들고. 놈은 무기를 가지고 있을지도 몰라."

바클레이와 맥크리디, 두 거한은 힘차게 문을 때렸다. 문 안쪽에서 막고 있던 침상이 삐거덕 하며 금이 가더니 연이은 타격에 부서지기 시작했다. 그 위의 여러 가지 무거운 잡동사니들이 무너져 내렸다. 문의 경첩이 깨지고, 마침내 문틀을 이루던 목재토막이 안쪽으로 넘어졌다.

괴물은 파란 고무공처럼 펄쩍 튀어 올랐다. 네 개의 촉수 같은 팔 중 하나가 공격하는 뱀처럼 고리 모양이 된 채, 일곱 개의 촉수가 달린 그 손에는 15센티미터가량의 반짝이는 금속성 연필 같은 것이 맥크리디 일행을 향해 겨누어져 있었다. 괴물의 얇은 입술은 증오의 미소를 띤 채 어금니께에서 뒤틀려 있었고, 빨간 눈동자는 불처럼 타오르고 있었다.

노리스가 방아쇠를 당겼다. 좁은 공간에 우레 같은 소리가 울리면서 괴물의 증오에 찬 얼굴은 순간 극심한 고통으로 일그러졌다. 고리 모양 팔의 촉수가 들고 있던 물체를 와락 움켜쥐자 손아귀의 은빛 물체는 뭉그러졌다. 일곱 개의 촉수가 달린 손이 서서히 녹으면서 초록빛과 노란빛의 고름으로 흘러내렸다. 천둥 같은 총소리가 세 번 더 울렸다. 괴물의 세 눈구멍은 검게 뚫어졌고, 그 얼굴에다 노리스는 빈총을 집어던졌다.

괴물은 증오와 고통으로 야만적인 비명을 질러대며 보이지 않는 눈을 철썩철썩 촉수로 때렸다. 그러고는 바닥에 쓰러졌고, 잠시 앞으로 기어가려다가 몸을 부르르 떨었다. 괴물은 비틀거리며 다시 일어섰다. 뚫려진 눈구멍이 부글거리는 소리를 냈고, 뭉그러진 살은 허물이 벗겨지듯 계속 흘러내렸다.

바클레이는 한쪽 구석에서 얼음도끼를 집어든 뒤, 그 둔탁한 날을 괴물의 뒤통수에 내리쳤다. 불사신처럼 다시 일어나던 괴물은 촉수들을 마구 버둥거리며 쓰러졌다. 갑자기 바클레이는 밧줄 같은 것에 다리가 감겨 휘청거렸다. 밧줄은 마치 살아 있는 것처럼 격노해서 그의 다리를 꽉 조였다. 그러나 괴물의 몸에도 살을 태우는 고압선이 꽂힌 채 점점 안쪽으로 파고 들어가고 있었다.

눈 먼 괴물은 거칠게 촉수를 휘두르다 방풍복을 감지해내자 서둘러 찢기 시작했다. 그러고는 살아 있는 동물의 몸체를 찾아 미친 듯이 촉수를 휘저었다.

맥크리디의 손에 들린 용접용 버너의 불길이 괴물의 촉수를 순식간에 재로 만들었다. 갑자기 괴물은 목에서 우르르 소리를 내며 뒤로 물러났다. 그건 마치 목이 쉰 사람이 불만스럽게 내뱉는 푸념처럼 들렸다. 그러고는 꼴록꼴록 하는 소리가 이어졌다. 괴물의 입에서 푸르스름한 하얀색의 세 갈래 혀가 나오더니, 허공에서 춤추기 시작했다. 괴물은 바닥에 넘어졌고, 용접 버너의 분노에 찬 불길에 몸부림치다 점점 기운을 잃고 속절없이 촉수를 퍼덕거렸다. 바닥을 기고, 격렬하게 꿈틀거리고, 비명을 지르고, 다시 일어나 절뚝거리며 괴물은 필사적으로 불꽃을 피했다. 그러나 맥크리디는 냉정하게 버너를 괴물의 얼굴에 들이댔고, 이미 죽어버린 눈은 구멍으로 연기를 뿜어내며 부글거렸다. 괴물은 미친 듯이 오두막 안을 기어 다니며 울부짖었다.

촉수 끝에서 날카로운 발톱이 드러났다. 그것들은 이내 불꽃 세례를 받고 금이 가더니 부서져 내렸다. 맥크리디는 단호하고 냉혹하게 공격을 조금도 늦추지 않았다. 의지할 데 없는 괴물은 미쳐버린 듯했고, 마치 애무하듯 혀를 날름거리며 버너에서 도망치려 안간힘을 쓰고 있었다. 괴물은 오두막의 출입구 쪽으로 몰렸다가 바깥에 쌓인 눈에 촉수가 닿았다. 그 순간 증오에 찬 비명을 지르며 다시 일어나 반격을 시도했지만, 다시 버너의 불길을 뒤집어쓰곤 벌렁 나자빠지고 말았다. 살이 타오르면서 나는 악취가 오두막 안에 진동했다. 괴물은 남극의 눈과 얼음 언덕을 향해 필사적으로 기어갔다. 매서운 극지의 바람이 버너의 불꽃을 순식간에 꺼뜨렸다. 그러나 그 순간, 괴물도 맥없이 그 자리에 무너져 내렸다. 역겨운 악취와 연기가 길게 뻗어 오르고 있었다.

맥크리디는 조용히 오두막 쪽으로 돌아갔다. 바클레이가 문가에서 그와 마주쳤다.

"이젠 없나?"

기상학자의 냉혹한 질문에 바클레이는 고개를 흔들었다.

"이젠 없어. 그놈은 또 다른 복제를 하지 않았지?"

"놈은 다른 데 정신이 팔려 있었어."

맥크리디가 안심시키려는 말투로 대답했다.

"놈은 숯 덩어리가 되었지. 그런데 대체 이 안에서 뭘 하고 있었던 걸까?"

노리스가 천천히 냉소를 띠었다.

"우리도 참 어지간히 똑똑했어. 발전기와 비행기가 그 지경이 되도록 멍청히 있으면서 놈을 일주일씩이나 오두막에 혼자 내버려뒀다니.

아무도 신경 쓰지 않고 말이야."

맥크리디는 조심스럽게 오두막 안으로 들어섰다. 출입구가 뻥 뚫려 있었지만 그 안의 공기는 아직 뜨겁고 눅눅했다. 책상 위에 코일과 전선 뭉치와 작은 모터, 진공관 따위가 다닥다닥 붙어 있는 물체가 있었다. 그 가운데는 표면이 거친 돌덩어리 같은 것이 차지하고 있었는데, 그 덩어리의 한가운데로부터 휘황찬란한 빛이 흘러나와 방 안을 가득 채우고 있었다. 맹렬한 빛은 전기 아크등의 불빛보다 더 새파란 색을 띠었다. 또 그 물체로부터는 부드럽고 감미롭기까지 한 윙윙 소리가 났다. 책상의 다른 구석에는 투명한 수정체의 장치들과 실체가 없이 희미하게 비치는 구 같은 것이 금속판 위에 붙어 있었다.

"저건 뭐지?"

맥크리디가 가까이 다가가자 노리스가 신중한 말투로 제지했다.

"선불리 손대지 마. 나중에 조사를 해야지. 으음, 하지만 짐작은 가는군. 저건 원자력이야. 우리가 100톤이 넘는 사이클로트론 장치를 써가며 시도하는 실험과 같은 효과를 내고 있는 것 같아. 저 조그만 것이 말이야. 그리고 저건 수분에서 중성자를 분리시키는 것 같은데……."

"이 재료를 다 어디서 구했지? 맙소사, 괴물은 여기에 갇혀 있었으니까, 죄다 이 안에 있던 걸로 만들었다는 얘기 아냐!"

맥크리디는 계속 책상 위의 장치들을 뚫어지게 노려보았다.

"하나님, 이 종족은 도대체 얼마나 엄청난 지식을……."

"저 희미하게 비치는 구는…… 나는 저게 순수한 힘의 결정체라고 생각하네. 중성자는 어떤 물질도 통과할 수 있지. 놈은 저기에다가 중성자를 저장해놓으려 했던 걸까. 중성자를 규소나 칼슘, 베릴륨 등에다가 투사하기만 하면 원자 에너지가 방출되지. 저건 원자력 발생기야."

맥크리디는 외투에서 온도계를 잡아 뽑았다.

“맙소사, 여긴 섭씨 50도야. 문이 저렇게 뚫려 있는데도. 우리 옷은 어느 정도 방열도 되지만 난 지금 땀에 절었어.”

노리스가 고개를 끄덕이며 입을 열었다.

“보면 알겠지만 저 빛은 아주 차가워. 그렇지만 이 코일을 통과하면서 열선으로 바뀌는 거야. 놈은 자연의 근본적인 힘을 다룰 줄 알고 있었어. 저 빛을 봐, 저 색깔. 저 빛의 색깔이 무슨 의미인지 알겠나?”

맥크리디가 잠시 뒤 고개를 끄덕였다.

“놈의 고향별의 태양빛이겠지. 우리 태양보다 더 밝고, 더 뜨겁고, 그래서 파란빛 열광을 내는.”

맥크리디는 힐끗 오두막 밖으로 눈길을 돌렸다. 장님이 된 채 쌓인 눈 위를 방황하다 쓰러진, 지긋지긋한 흔적을 찾으며. 거기에선 아직도 연기가 피어오르고 있었다.

“이 괴물 같은 놈이 또 지구에 오는 일은 없을 테지. 2,000만 년에 한 번, 놈은 우연한 사고로 여기 떨어진 거야.”

그는 말을 마치고 문득 고개를 들다가 천장에 시선을 멈추었다.

“저건 또 뭐지?”

바클레이가 부드럽게 웃었다.

“이제야 보았나? 아까 놈이 열심히 손질하고 있던 거야.”

오두막의 천장에는 배낭처럼 생긴 물체가 둥둥 뜬 채 닿아 있었다. 거기에는 납작하게 편 커피 깡통, 헝겊 끈들, 가죽 벨트 따위가 이리저리 달리거나 붙어 있었고, 그 안에서 희미한 불꽃이 새어나오고 있었다. 불꽃은 천장의 나무 표면 위로 넘실거렸지만 물건을 태우지는 않았다. 바클레이는 그 밑으로 걸어가서 길게 늘어진 끈들 중 두 가닥을 쥐고 천천히 힘을 주어 당겼다. 그러자 곧 그의 육중한 몸이 허공에 매달렸다. 그는 그 상태로 천천히 호를 그리며 오두막 안을 둥둥 떠서 이동했다.

"반중력?"

맥크리디가 반신반의하며 물었다.

"반중력."

노리스가 고개를 끄덕이며 맞받았다.

"그래, 우리는 비행기도 없이 놈들을 막았지. 새들도 아직은 날아오지 않을 거야. 아까 그놈처럼 혼자 방황하는 놈은 흔치 않지. 이놈은 모든 재료와 도구가 갖추어진 공장에서 혼자 꼬박 일주일을 매달려 작업했던 거야. 저 반중력 장치를 타고 껑충 날아올라 아메리카까지 갔을 테지. 거의 무한한 원자력 에너지의 힘으로 말이야.

우리가 그걸 막았어. 아마 30분만 늦었어도 놈은 여기를 탈출했을지도 몰라. 우린 그냥 멍청히 남극에 남아서 바깥세상에서 오는 것은 무엇이든 쏘아 없애려 했겠지."

"앨버트로스……"

맥크리디가 조그맣게 읊조렸다.

"어떻게 생각해?"

"그놈은 아니었을 거야. 블레어였던 괴물은 분명히 여기서 이 장치들에 몰두해 있었으니까. 이젠 정말 끝난 거야."

"그래, 신의 자비가 분명히 이곳에도 미쳤겠지. 우린 30분의 차이로 이 세상을 구한 거라고. 우리의 세계와 우리의 태양과 우리의 이웃 행성들도. 놈이 반중력과 원자력을 쓰려 했던 건 잘못이었어. 왜냐면 그건 다른 세계, 다른 태양의 것이니까. 저 별들 너머에 있는 파란 태양의 세계 말이야."

대담한 신경*

Lester del Rey **Nerves**

레스터 델 레이 지음
김명희 옮김

1
★

5시가 되자 (주) 내셔널 원자력에 퍼져 있는 실용주의적 건물들 사이의 자갈길은 일을 마치거나 추가 교대를 하러 가는 젊은 사내들로 가득 찼다. 회사 식당은 사람들로 미어지려 했다. 하지만 닥터 페렐이 나

◎ *__ 원제는 Nerves로 긴장, 불안이라는 뜻과 대담함, 대담성이라는 의미가 있으며, 단수로는 신경이라는 뜻을 가지고 있다. 저자는 방사능 핵폭발의 위험이 극대화된 위기 상황의 팽팽한 긴장과 불안감, 그 상황에 맞서는 이들의 대담성을 하나의 단어로 중의적으로 표현하고 있다.

타나자 사람들은 길을 터주었다. 만일 50명이나 되는 회사 중역들 중 누가 나타난 것이었다면, 사람들은 즉각 야단법석을 멈췄을 것이다. 하지만 그에게는 그럴 필요가 없었다. 그렇게 격식을 차리기에는 너무도 오랫동안, 그는 그저 그들의 '닥Doc' 일 뿐이었다.

그는 편하게 사람들과 목례를 나누며 인파를 뚫고 지나갔다. 보도를 따라 병원 건물로 향하는 동안 그는 자신만의 시간을 가질 수 있었다. 50대가 되고 흰머리의 개수와 허리둘레가 늘어나면, 편안함과 휴식이 즐길 만한 가치가 있다는 것을 깨닫게 된다. 게다가 닥터는 아무 음식으로나 대충 배를 채우고 소화시킬 겨를도 없이 허둥지둥 몰아쳐야 할 이유도 없었다. 그는 측면 출입구로 들어가면서 오랜 습관대로 담배를 만지작거렸다. 수술실을 지나 '개인 연구실 : 주치의 로저트 페렐' 이라고 표시된 문으로 들어갔다.

언제나 그렇듯 방은 퀴퀴한 담배 냄새가 짙게 배어 있었고 이런저런 잡동사니들로 어지러웠다. 조수가 이미 들어와 특유의 뻔뻔함으로 책상을 샅샅이 뒤지고 있었지만 페렐은 개의치 않았다. 왜냐하면 블레이크의 바위처럼 단단한 손과 침착한 두뇌는 어떠한 긴급 상황에도 항상 믿음직스러웠기 때문이다. 블레이크가 그를 올려다보며 자신 있게 씩 웃었다.

"안녕하세요, 닥터. 도대체 담배 어디에 두신 거예요? 아, 괜찮아요, 찾았어요……. 어, 저게 더 낫겠네! 이 지독한 건물에 '금연' 표지가 소용없는 곳이 하나라도 있어서 다행이에요. 선생님하고 사모님은 오늘 저녁에 나오실 거죠?"

"안 될 것 같은데, 블레이크."

페렐은 담배를 물고 오래된 가죽 의자에 깊숙이 눌러 앉으며 고개를 저었다.

"파머가 30분 전에 전화해서 야간 조 근무 시간 내내 있을 수 있는지 물어보더군. 열두 시간쯤 걸려야 해결할 수 있는 문제가 벌어진 모양이야. 긴급 명령이 떨어진 것 같던데. 자정이나 어쩌면 그 이후까지 3호기와 4호기를 가동할 예정이라더군."

"음, 선생님이 또 걸리셨군요. 저는 우리가 왜 여기 붙어 있어야 하는지 모르겠어요. 여태까지 아무런 심각한 위기 상황도 없었잖아요. 제가 오늘 뭘 했는지 좀 보세요. 무좀 환자 세 명—차라리 추가 소독이나 하라고 샤워장으로 보내는 게 더 나아요, 또 비듬 환자 한 명, 코감기 환자 넷, 그리고 엄지손가락에 은반지 낀 그 사환! 이 사람들은 애들만 빼고 무슨 문제든지 우리한테 가져와요. 할 수 있다면 아이들도 이리로 데려왔을 거예요. 일주일이나 한 달이나, 기다리지 못할 이유가 없는데 말이죠. 앤은 선생님과 사모님이 오실 줄 알고 있는데…… 그녀가 저랑 10년이나 붙어 있는 걸 기념하는 데 선생님이 안 오신다면, 틀림없이 실망할 거예요. 그 녀석이 오늘 밤 혼자 지키도록 하는 건 어떨까요?"

"나도 그러고 싶지, 하지만 이건 내 일이야. 사실은 젠킨스가 긴급 당직을 맡았고 오늘밤 나와 함께 있기로 했네."

페렐은 자신의 허리둘레가 가슴둘레보다 작았던 시절을 떠올리며 굳은 미소로 입술을 씰룩였다. 그는 운명이 그를 콕 찍어 세상을 구하도록 했다는 느낌으로 인생을 살아왔다.

"그 녀석은 오늘 첫 실제 사례를 경험했어. 그리고 완전히 우쭐해 있지. 문제를 완전히 자기 혼자 처리했거든. 자네도 이제 그를 '닥터' 젠킨스라고 해야 해."

블레이크에게도 그런 기억이 있었다.

"그래요? 그가 스스로 한 모든 일이 사실은 선생님의 힌트에서 비롯되었다는 것을 언제 깨달을지 궁금한걸요? 어쨌든, 무슨 문제였나요?"

"똑같은 상투적인 스토리지. 단순 방사능 화상이었네. 사람들이 처음 오면 우리가 아무리 이야기를 해도 대개 모르지. 주 컨버터의 차폐막이 10퍼센트를 제외한 모든 방사능을 차단하는데 왜 삼중의 95퍼센트 효율 방호복을 입어야 하는지 말이야. 어쨌든 그 친구는 안쪽 방호복 두 개를 벗었고, 여섯 시간 만에 1년 치 피폭에 의한 화상을 입었어. 지금은 아마 1호기로 돌아가 있을 거야. 내가 아직도 성찬 문집이나 훑어보면서 자기를 해고하지 않기를 바라며 말이지."

1호기는 '내셔널 원자력'이 인공 방사능 분야에서 현재와 같은 독점 체제를 이루게 된 즈음에 세워진 첫 번째 컨버터였다. 그 시절의 차폐막은 오늘날의 1,000분의 1 수준으로 비효율적이었고, 또 다루는 물질들이 오늘날보다 온건했다. 컨버터 가격이 예전 그대로인데다 좀 더 완만한 반응을 유지하기 위해 그들은 아직도 그것을 사용하고 있었다. 어쨌든, 적절하게 주의하기만 한다면 심각한 위험은 없었다.

"0.1퍼센트면 죽을 수 있지. 따라서 그 5퍼센트면 1/200, 그것의 5퍼센트면 1/4,000이고, 다시 그 5퍼센트면 1/80,000. 바보들 빼고는 누구한테나 안전하지."

블레이크는 엄숙하게 성찬식 노래를 부르더니 키득거렸다.

"선생님도 나이가 드셨군요. 예전에는 그들한테 1,000배 용량을 주기도 하셨잖아요. 어쨌든 기회가 되면, 자정 넘어서라도 사모님이랑 같이 들러주세요. 앤이 실망하겠어요, 하지만 그녀도 일이 어떻게 돌아가는지는 알 거예요. 안녕히 계세요."

"잘 가게."

페렐은 희미한 미소를 지으면서 그가 떠나는 것을 바라보았다. 언젠가 그의 아들도 의대를 졸업할 것이었다. 블레이크는 그의 수련을 맡아, 마찬가지의 오래고 지난한 훈련을 시작하게 해줄 좋은 사람이라 할 수 있었다. 젊은 젠킨스처럼, 그 청년은 인류에 대한 강렬하면서도 불확실한 사명감으로 충만한 시작을 할 것이다. 하지만 어떻게든 블레이크의 단계를 거쳐, 아마도 닥터 자신의 경지에 이를 것이다. 동일한 오래된 문제들이 똑같이 상투적인 방식으로 해결되고, 인생이 편안하고 원만한 무덤덤함으로 자리를 잡아가는 그런 곳 말이다.

분명히, 훨씬 더 나쁜 삶도 있었다. 비록 그것이 현재 방영 중인 영화 시리즈 〈닥터 후지스〉에서 그려지듯 대량 살상, 납치, 구체적인 기적들로 엉망진창인 상황은 아니었지만 말이다. 그 영화대로라면, 후지스는 지금 원자력 생산 공장에서 일하고 있어야 한다. 하지만 그곳은 아름다운 네온 튜브로 덮인 크롬 패널 컨버터가 이상하게도 이틀에 한 번씩 폭발해버리는 곳이다. 사람들은 온통 푸른 화염에 휩싸여 병원으로 옮겨지고, 곧바로 딱 알맞은 시점에 완치되어 마법 같은 말을 한다. 그리고 이제 그곳에 영웅이 나타나 맨손으로 원자력의 불꽃을 꺼버린다. 페렐은 투덜거리며 자신이 즐겨 읽는 오래된 책 『데카메론』을 집어 들었다.

그는 젠킨스가 수술실에서 나와 빠르고 신경질적인 작은 소리를 내며 어슬렁거리는 것을 들었다. 자신이 여기 뒤쪽에서 빈둥거리고 있다는 걸 그 녀석이 알게 해서는 안 된다. 이제 세상의 운명은 그의 기민함에 달려 있음이 분명했다. 젊은 의사들은 환상에서 천천히 벗어나야 한다. 아니면 그들은 비통함을 맛보게 되고, 그들의 일은 상처를 입는다. 그는 젠킨스의 신경과민을 재미있어 하면서도, 이 예민한 청년의 곧은 어깨와 납작한 배를 부러워하지 않을 수 없었다. 세월이 살금살금 지나가는 것 같았다.

젠킨스는 입고 있는 흰색 재킷의 구김살을 까다롭게 펴면서 그를 쳐다보았다.

"닥터 페렐, 수술실을 바로 쓰실 수 있도록 준비해놓았습니다. 도드 양과 남자 보조원 한 명만 여기 남겨두는 게 과연 안전할까요? 법정 인력을 겨우 채우는 게 아니라, 사람을 더 쓸 수는 없는 건가요?"

"도드는 남자 한 명으로 쳐야 하네."

페렐은 그를 안심시켰다.

"오늘밤 사고가 있을 거 같나?"

"아니요, 선생님, 꼭 그런 건 아닙니다. 하지만 그들이 뭘 방출하고 있는지 아세요?"

"아니."

페렐은 파머한테 물어보지 않았다. 그는 자신이 원자력 공학의 발전을 더 이상 따라갈 수 없다는 것을 이미 오래전에 깨달았고, 그런 시도 자체를 멈추었다.

"군대가 전쟁 게임에 쓸 신형 원자 탱크 연료라도 되는 건가?"

"그것보다 더 심각합니다, 선생님. 그들은 제 3, 4컨버터에서 동시에 나토믹 I-713에 대한 첫 번째 상업적 운영을 하고 있어요."

"그래서? 그것에 대해서 뭔가 들어본 것 같기는 한데. 목화씨 바구미는 박멸해야지, 안 그래?"

페렐은 바구미 만연 지역 둘레에서 해충이 퍼지는 것을 막기 위해 방사능 분말을 뿌리고 점차 경계에서 안쪽으로 이동해나가는 과정에 대해 막연히 알고 있었다. 적절히 조심해서 쓰이기만 한다면, 그것은 바구미를 서서히 박멸하고 그 해충들이 한때 점령했던 면적을 반으로 줄여주었다.

젠킨스는 별다른 표정 변화 없이, 약간의 실망과 놀라움, 우쭐함이 섞인 감정을 드러냈다.

"〈나토믹 위클리 레이〉 최근 호에 그것과 관련된 논문이 실렸어요, 닥터 페렐. 선생님도 아마 그들이 쓰고 있던 나토믹 I-344의 반감기가 4개월이 넘는다는 게 문제라는 걸 알고 계실 거예요. 그래서 입자가 뿌려진 땅은 다음해 경작에 쓸 수 없고, 그들은 매우 천천히 움직여야 했어요. 그런데 I-713은 반감기가 1주 미만이고, 약 두 달이면 안전 한계에 도달합니다. 그래서 겨울 동안 반경 수백 킬로미터 전체를 격리시킬 수 있고, 봄이면 바로 땅을 쓸 수 있게 되는 거죠. 테스트는 매우 성공적이었어요. 두 개 주에서 즉각 배송을 원한다는 엄청난 주문도 이미 받았다니까요. 의회에서 그것을 쓸지 말지 논쟁하느라 6개월이 지난 다음에 말이죠."

페렐은 오랜 경험을 토대로 과감하게 말했다.

"흠, 그것들이 지표를 좋은 상태로 유지하고 난 후에 사람들이 충분한 지렁이들을 뿌려줄 수 있다면 괜찮을 것 같은데? 도대체 뭐가 걱정인 거지?"

젠킨스는 분개하며 고개를 저었다.

"저도 걱정하는 건 아닙니다. 다만 충분히 주의를 기울여야 하고, 어떤 사고에도 대비하고 있어야 한다고 생각할 뿐이지요. 어쨌든 그들은 무언가 새로운 것을 작업하는 중이고, 일주일이라는 반감기는 다소 튄다는 생각이 들거든요. 그렇지 않나요? 게다가 논문에서 그 반응 차트의 일부를 잠깐 훑어보았어요, 그리고…… 어, 저게 뭐죠?"

병원 왼쪽 방향 어디에선가, 땅이 진동하면서 멀리 우르르 소리가 들렸다. 그러고 나서 규칙적인 칙칙 소리가 났는데, 건물의 방음벽을 통해 거의 들릴락 말락 했다. 페렐은 잠깐 듣더니 어깨를 으쓱했다.

"젠킨스, 걱정할 거 없어. 일 년에도 수십 번은 듣게 될 걸세. 호쿠사이는 세계의 나머지를 쓸어버릴 수 있는 원자 폭탄을 갖는 것에 열광해왔어. 부하들의 배신을 두고 할복자살을 시도했던 세계대전 이래로 말이지. 언젠가는 그 작은 녀석이 머리통이 날아간 채 이리로 옮겨지는 걸 보게 될 거야. 하지만 여태까지, 필요할 때까지 통제 가능하면서 반감기가 충분히 짧은 그 무언가를 아직 발견하지 못했네. I-713의 반응 차트는 어떤가?"

"제가 보기에, 분명한 건 없어요."

젠킨스는 여전히 찌푸린 표정으로 마지못해 그 소리에서 고개를 돌렸다.

"그것이 작은 구역에서 효과를 발휘했다는 건 알고 있습니다. 하지만 선생님, 제가 신뢰할 수 없는 중간 단계들 어딘가에 뭔가 있습니다. 제가 그걸 알아챘다고 생각했어요……. 그래서 한 엔지니어한테 물어보려 했는데, 저더러 원자공학을 공부할 때까지 입 닥치라고 무미건조하게 이야기하더군요."

경직된 턱 근육 위로 창백해지는 녀석의 얼굴을 보면서, 그는 미소를 거두고 천천히 고개를 끄덕였다. 뭔가 재밌는 게 있어. 분명히, 젠킨스의 자존심이 상처받았군. 하지만 그렇게 많이는 아니지. 언젠가, 그는 뒤에 숨은 것을 찾아내고 말거야. 만일 그가 그것을 가슴에 간직해둔다면, 그런 작은 일들은 한 사람의 착실함을 망칠 수도 있지. 이럭저럭하는 사이, 그 주제는 적당히 마무리되었다.

호출기에서 교환 아가씨의 심하게 또박또박한 목소리가 그의 생각을 중단시켰다.

"닥터 페렐, 닥터 페렐! 전화입니다. 닥터 페렐, 제발!"

젠킨스의 얼굴은 더욱 창백해졌고, 눈길은 급격히 상사에게 꽂혔다. 닥은 아무렇지도 않게 중얼거렸다.

"아마도 파머가 심심해서 또 자기 손자 자랑을 하려나 보군. 18개월 된 손자가 두 마디를 할 줄 안다고 완전 천재라고 생각하지."

그러나 사무실 안에 들어서자 그는 전화를 받기 전에 손바닥의 땀을 닦아내려고 잠깐 멈춰 섰다. 젠킨스의 억압된 두려움에는 무언가 전염성이 있었다. 작은 텔레비전 스크린에 나타난 파머의 얼굴은 전혀 도움이 되지 않았다. 그의 얼굴은 평소처럼 미소를 띠고 있었지만. 페렐은 이번에는 손자 이야기가 아니라는 걸 알아차렸다. 그의 생각이 옳았다.

"이봐, 페렐."

파머의 진정 확신에 찬 목소리는 분명히 보통 때와 같았다. 하지만 이름이 아닌 성姓을 불렀다는 것은 무언가 문제가 있음을 보여주는 분명한 신호였다.

"듣자 하니, 공장에 작은 사고가 있었다는군. 치료차 병원으로 몇 명을 데려갈 거야. 아마 지금 당장은 아닐 거고. 블레이크는 벌써 퇴근했나?"

"한 15분쯤 전에 퇴근했네. 그를 다시 불러야 할 만큼 심각한 일이라고 생각하나? 아니면 나랑 젠킨스만으로 충분한가?"

"젠킨스? 아, 그 신참 의사?"

파머는 망설였다. 그의 팔 움직임을 보건대 화면 바깥에서 분명히 손으로 무언가 하고 있었다.

"물론 아니지. 블레이크를 다시 부를 필요는 없네. 짐작컨대, 아직은 아닐세. 그가 들어오는지 살펴보는 사람이나 귀찮게 하자고. 심각한 건 아닐 거야."

"무슨 일인가? 방사능 화상? 아니면 그냥 사고?"

"아, 주로 방사능 문제고, 또 사고이기도 할 거야. 누군가 약간 부주의했어. 당신도 어떻게 그렇게들 되는지 알잖소. 하지만 걱정할 것 없네. 예전에 그들이 포트를 너무 일찍 열어서 벌어졌던 일을 당신이 해결했잖나."

닥은 그에 대해 잘 알고 있었다. 만일 오늘 일이 그때 것과 같다면.

"물론이지. 그 문제라면 우리가 처리할 수 있네, 파머. 하지만 1호기는 오늘 저녁 5시 30분에 폐쇄된 것으로 알고 있었는데. 도대체 그들은 어쩌다 안전 포트를 장착하지 않은 거지? 6개월 전에 장착했다고 당신이 이야기했잖소."

"그게 1호기라거나 그것이 수동 포트라고 말하지는 않았네. 알다시피, 신제품을 위한 새 장치였지."

파머는 누군가 다른 사람을 올려다보았고, 스크린을 다시 내려다보기 전에 그의 팔이 약간 움직였다.

"닥터 페렐, 지금 이 문제에 매달릴 수 없겠네. 보다시피, 사고 때문에 일정이 꼬이는군. 세세한 일거리들이 나한테 몰리고 있네. 우리 나중에 이야기하세. 당신도 아마 지금 준비해야 할 걸세. 필요한 게 있으면 나한테 전화하게."

화면은 어두워졌고, 낮은 목소리가 들리기 시작하며 전화가 갑자기 끊어졌다. 그 목소리는 파머의 것이 아니었다. 페렐은 화를 억누르면서, 손바닥의 땀을 다시 닦고 조심스레 평상심을 유지하며 수술실로 갔다. 망할 놈의 파머, 왜 멍청하게, 완벽히 준비할 수 있도록 충분한 정보를 주지 않는 거야? 그는 3호기와 4호기만 작동 중이라고 알고 있었고, 그것들은 조작이 아주 쉽다고 알려져 있었다. 그렇다면 도대체 무슨 일이 일어난 거지? 그가 방에서 나오자 젠킨스는 반사적으로 의자에서 벌떡 일어섰다. 얼굴 근육은 긴장되었고 눈은 알 수 없는 두려움으로 가득 차 있었다. 그가 앉았던 곳에는 〈위클리 레이〉 한 부가 펼쳐져 있었다. 거기에는, 한 반응식 아래에 연필로 밑줄이 그어져 있다는 사실 말고는 페렐이 전혀 이해할 수 없는 기호들의 차트가 그려져 있었다. 녀석은 그것을 집어 탁자 위에 되돌려 놓았다.

"일상적 사고라는군,"

페렐은 목소리에 힘을 주어야만 하는 자신을 저주하면서 가능한 자연스럽게 이야기했다. 하느님 감사합니다. 잡지를 옮기는 녀석의 손이 눈에 띄게 떨리지는 않았다. 만일 수술이 필요하다면 그는 여전히 쓸모가 있을 것이다. 물론, 파머는 그것에 대해 아무 말도 하지 않았다. 그는 한결같이 너무 많은 것들에 대해 아무 말도 하지 않았다.

"파머 말로는, 사람들이 방사능 화상 환자 몇을 데리고 올 거라더군. 모든 게 준비되었겠지?"

젠킨스는 긴장한 모습으로 끄덕였다.

"네, 선생님, 할 수 있는 한은 준비했습니다. 3호기와 4호기의 통상적 사고에 대해서라면! ……동위원소 R…… 죄송합니다. 닥터 페렐. 이 이야기를 하려던 건 아니었어요. 닥터 블레이크와 다른 간호사들, 보조인들을 불러야 할까요?"

"어? 아, 아마 블레이크는 연락이 안 될 거야. 그리고 파머도 그가 필요할 거라고 생각지는 않더군. 도드 간호사한테 메이어스가 어디 있는지 확인하도록 하게. 내 생각에, 다른 사람들은 지금 데이트하러 나가 있을 거야. 존스만 있으면 간호사 두 명으로 충분하네. 그들이면 다른 사람들이 떼로 오는 것보다 낫다고."

동위원소 R? 페렐은 그 이름을 기억했다. 하지만 그게 전부였다. 어떤 엔지니어가 한 번 이야기한 적이 있었다. 하지만 어떤 연관이 있는지 기억해낼 수 없었다. 아니면 호쿠사이가 이야기했었나? 그는 젠킨스가 떠나는 것을 보고는, 충동적으로 사무실로 돌아왔다. 거기에서는 은밀한 통화를 할 수 있었다.

"마쓰라 호쿠사이를 연결해주게."

그는 초조하게 책상을 두들기며 기다렸다. 마침내 화면에 불이 켜지고 왜소한 일본인이 나타났다.

"호크, 그들이 3호기와 4호기에서 무얼 만들어내는지 알고 있나?"

그 과학자는 천천히 고개를 끄덕였다. 악센트 없는 영어 발음만큼이나 무표정한 주름진 얼굴로.

"네에. 그들은 바구미 퇴치를 위한 I-713을 만들며 있어요. 왜 무러보시나요?"

"별일 아닐세. 그냥 궁금해서. 동위원소 R에 대한 소문을 들었거든. 어떤 연관성이 있나 궁금했지. 거기에 작은 사고가 있는 것 같아. 그게 뭐든 간에 준비를 하고 싶다네."

아주 순식간에, 호쿠사이의 무거운 눈꺼풀이 휘둥그레지는 것 같았다. 하지만 그의 목소리는 차분했고 다만 약간 빨라졌다.

"아무 상관이 없어요. 닥터 페렐, 그들은 동위원소 R을 만들고 있지가 않아요. 완전 장담합니다. 동위원소 R은 잊어버리는 게 나아요. 무척 미안하니다. 닥터 페렐, 지금 사고를 보아러 나가야 돼요. 전화 주셔서 고마워요. 안녕히 계세요."

스크린은 다시 빈 화면으로 변했다. 페렐의 마음도 그와 같았다.

젠킨스가 문에 서 있었다. 하지만 아무것도 듣거나 알아채지는 못한 것 같았다.

"메이어스 간호사가 돌아오고 있어요. 큐라레 주사를 준비해야 할까요?"

"음, 좋은 생각이야."

페렐은 그 말이 무엇을 의미하든, 다시 놀랄 생각이 전혀 없었다. 큐라레, 가장 강력한 독 중 하나. 수세기 동안 남아메리카 원주민들에게 알려져 있었고, 최근에 와서야 현대 화학으로 합성할 수 있게 되었다. 그것은 통제 불능의 심각한 방사능 손상에 있어 기댈 수 있는 마지막 수단이었다. 그런 응급 상황에 대비해 병원에 비축을 해놓기는 했지만, 페렐의 오랜 진료 경험에서 그것이 쓰인 건 딱 두 번뿐이었다. 두 번 다, 그 경험은 유쾌하지 않았다. 젠킨스는, 자기와 상관없는 것이라 해도 뭔가를 알지 못하면 완전히 놀라거나 지나치게 열심이었다.

"사람들을 이리로 데려오는 데 시간이 꽤 걸리나 보군. 너무 심각하지는 않을 걸세, 젠킨스. 그렇지 않았으면 사람들이 훨씬 서둘렀을 거야."

"아마도 그렇겠죠."

젠킨스는 고개를 돌리지 않은 채 공기를 제거한 증류수에 건조 혈청을 녹이며 준비를 계속했다.

"이제 구급차 사이렌 소리가 들리네요. 제가 환자를 돌보는 동안 손을 닦으시면 될 것 같아요."

닥터는 바깥에서 들려오는 희미한 윙윙 소리를 들으며 가볍게 미소를 지었다.

"빌이 운전하고 있는 게 틀림없군. 도로가 텅 비어 있는데도 사이렌을 울려대는 멍청한 인간은 그뿐이라니까. 어쨌든, 자네도 들리겠지만, 그는 지금 출동하고 있는 중이네. 돌아올 때까지 최소 5분은 걸릴 거야."

하지만 그는 세면장으로 들어가 온수 버튼을 걷어차고, 강력한 비누로 손을 박박 닦기 시작했다.

망할 놈의 젠킨스! 그는 수술 필요성을 의심해보기도 전에 수술 준비를 하고 있었다. 그 녀석은 마치 우월한 지식으로 무장이라도 한 양, 자기한테 꼭 맞도록 상황을 이끌어가고 있었다. 글쎄, 그럴 수도 있겠지. 아니면 원자 반응과 관련된 것이라면 뭐든지 두려워하는 중년 부인들처럼 단순히 반쯤 정신이 나간 것일 수도 있어. 그러나 그건 이 경우에 맞지 않는 것 같았다. 젠킨스가 들어올 때쯤 그는 손을 헹구고, 드라이어로 팔을 말리고 있었다. 그러다가 고무장갑을 용기에 꺼내놓는 막대에 부딪혔다.

"젠킨스, 그 동위원소 R이 도대체 뭐지? 예전에 어디선가 들어본 것 같기는 한데, 아마 호쿠사이한테 들었던 거 같네. 그런데 그게 정확하게 뭐였는지 기억이 안 나는걸."

"물론…… 분명한 건 아무것도 없어요. 바로 그게 문제입니다."

젊은 의사는 손톱 밑을 닦고는 고개를 들었다. 그러고는 페렐이 옷걸이에 걸린 수술 가운으로 미끄러져 들어가는 것을 바라보며 그가 다 입을 때까지 기다렸다.

"R은 원자공학의 엄청난, 말하자면, 문제들 중 하나라 할 수 있어요. 순전히 이론적인 거고, 아직 만들어지지도 않았어요. 그건 불가능하거나, 아니면 시험하기에 안전한 작은 컨트롤 뱃치batch에서는 만들어질 수 없어요. 제가 말씀드렸던 대로, 바로 그게 문제예요. 그것에 대해 아무것도 아는 사람이 없어요. 그것이—일단 그것이 존재할 수 있다면—아주 짧은 시간에 '말러의 동위원소'로 붕괴될 수 있다는 점만 빼고 말이죠. 그것에 대해서는 들어보셨죠?"

닥터는 들은 적이 있었다—두 번. 첫 번째 들었을 때, 말러와 그의 연구실 반쪽이 굉음과 함께 사라져버렸다. 그는 다른 반응의 스타터 역할을 하도록 고안된 소량의 신제품을 만들고 있던 중이었다. 이후 메이스웍스는 더 작은 규모로 그걸 시도했다. 이때는 두 개의 실험실과 사람 셋이 먼지 입자로 사라져버렸다. 5, 6년 후, 원자 이론은 확장되어 어떤 학생이라도 명백하게 안전한 제품이 거의 10억분의 1초 만에 순수한 헬륨과 에너지로 변환되는 이유를 발견할 수 있는 지경에 이르렀다.

"얼마나 걸리지?"

"대여섯 개의 이론이 있지만, 실제로는 몰라요."

그들은 마스크를 제외한 모든 준비를 마친 채 세면실을 나왔다. 젠킨스는 팔꿈치로 전체 수술장을 살균하는 자외선 스위치를 켜고, 궁금한 표정으로 둘러보았다.

"초음파는 어떻게 할까요?"

페렐은 페달을 차 올렸다. 뼈를 울리는 듯한 진동음이 작동을 알렸다. 그는 몸서리를 쳤다. 최소한, 장비에 대해서는 불평을 할 수 없었다. 주 의회가 개념을 갖는 기회가 되었던 마지막 사고 이후, 작은 병원 몇 개를 채울 만큼 충분한 장비들이 들여졌다. 초음파는 방의 모든 고체를 통과해서, 자외선이 닿지 못하는 곳을 소독하기 위한 것이었다. 진동음의 휘파람 음색은 몇 분 동안 그의 마음 한구석에서 근질거리던 무언가를 떠오르게 만들었다.

"젠킨스, 응급 경적이 없는걸. 그토록 중요한 일이라면 빼먹었을 것 같지 않은데."

젠킨스는 회의적이면서도 설득력 있게 투덜댔다.

"제가 며칠 전에 보고서에서 읽었는데, 의회가 모든 원자력 공장을, 물론 내셔널을 의미하는 거죠, 모하베 사막으로 이전시킬 생각을 하고 있나 봐요. 파머는 그러고 싶지 않겠죠……. 다시 사이렌 소리가 들리는데요."

남성 조무사 존스는 그 소리를 듣고, 뒤쪽 접수실로 들이기 위해 벌써 새 들것을 옮기고 있었다. 30초 후, 빌이 구급차의 착탈 부위를 굴리며 들어왔다. 그가 알렸다.

"두 명입니다, 닥. 몇 명 더 올 겁니다."

포대가 피에 젖어 있었다. 자세히 들여다보니 손상된 경정맥에서 흘러나온 것이었다. 현재는 일련의 바늘구멍들과 더불어 절개 부위 양쪽을 고정시킨 작은 안전핀이 자리 잡고 있었다. 주변에는 더 이상의 출혈을 막아줄 만큼 혈액이 응고되어 있었다.

닥은 안도감에서 초음파 스위치를 발로 차 끄며 남자의 목을 가리켰다.

"이리로 데려오지 말고 차라리 나를 부르지 그랬소?"

"맙소사, 닥. 파머가 이리로 데려가라고 했어요. 저는 그 말을 따랐을 뿐이라고요. 누군가 이 양반한테 핀을 고정해놓고는, 기다려도 된다고 생각한 것 같아요. 뭐가 잘못되었나요?"

페렐은 얼굴을 찡그렸다.

"벌어진 경정맥이라…… 출혈을 멈춘 것에는 아무런 문제가 없다네, 그게 정통 방법이든 아니든. 몇 명이나 더 오는 거지? 거기 도대체 무슨 문제가 있는 겐가?"

"누가 알겠어요? 닥, 저는 그저 운전만 했을 뿐입니다. 저는 질문을 안 해요. 안녕히 계세요!"

그는 새로운 들것을 운반고에 밀어 넣고, 작업을 완료한 작은 이륜 견인기 쪽으로 그것을 굴려갔다. 페렐은 호기심을 잠시 접어두고 경정맥 문제로 돌아갔다. 도드는 마스크를 바로잡고 있었다. 존스는 환자들의 옷을 벗기고 서둘러 소독한 후, 수술실 중앙의 수술대로 옮겼다.

"혈장!"

서둘러 살펴보았으나 경정맥 환자에게 별다른 문제는 없어 보였다. 그는 빠르게 주사액을 주입했다. 분명히, 그는 출혈로 인한 쇼크 때문에 의식을 잃은 것뿐이었고, 고갈된 혈관을 수액이 채워나가면서 호흡과 심장 기능이 점차 정상 궤도로 돌아왔다. 통상적 절차에 따라 그는 상처 부위를 설폰아마이드 유도체로 처치하고 가장자리를 부드럽게 닦아내며 소독했다. 그 다음 조심스럽게 집게를 물어 핀을 제거한 다음, 복잡하게 생긴 작은 전동 바늘로 상처를 봉합하기 시작했다. 그것은 그가 진심으로 아끼는 소수의 도구들 중 하나였다. 대수롭지 않을 정도로 피가 몇 방울 더 흐르기는 했지만, 이제 상처는 영원히 봉합되었다.

"핀을 모아두지, 도드. 컬렉션에 들어갈 거야. 이 환자는 그게 다군. 다른 환자는 어떤가, 젠킨스?"

젠킨스는 다른 환자의 목 뒤를 가리켰다. 거기에는 미세한 푸른 빛 물체가 붙어 있었다.

"금속 조각이, 분명히 연수에 박힌 것 같습니다. 출혈은 없습니다. 하지만 그것이 닿자마자 사망했던 것 같아요. 이걸 제거할까요?"

"그럴 필요 없네. 필요하면 부검의가 할 거야……. 만일 이들이 견본이라면, 글쎄, 나는 이게 방사능과 관련이 있다기보다는 단순한 산업

재해로 생각되는군."

"그것도 맡으실 거예요, 닥."

경정맥 환자였다. 그는 창백한 것만 빼면 분명히 의식도 있고 정상적이었다.

"우리는 컨버터 작업장 안에 있지 않았어요. 헤이, 난 괜찮아! 나는 ……."

페렐은 그자의 놀란 얼굴에 미소를 지어 보였다.

"당신이 죽었다고 생각했소? 물론 당신은 괜찮소. 편하게 긴장을 푼다면 말이지. 찢어진 경정맥 때문에 죽을 수도 있지만, 걱정할 건 없소. 자, 이제 그만 이야기하고. 간호사가 당신을 잠들게 할 거요. 잠든다는 것조차 모르게 말이오."

"세상에! 마치 자동소총의 총알들처럼 물체들이 공기 흡입구로부터 날아왔어요. 난 단지 긁힌 거라고 생각했어요. 그러고 나서 제이크가 아이처럼 소리를 지르며 마개를 찾더라고요. 사방에 피가 천지였어요. 그러더니 제가 여기 마치 다른 사람처럼 멀쩡하게 있네요."

"아하. 그래요?"

도드는 이미 그를 입원실로 밀고 가고 있었다. 마스크 너머 그녀의 엄격한 얼굴은 반쯤 놀리는 표정으로 인상을 썼다.

"의사 선생님께서 입 다물라고 하셨잖아요? 자!"

도드가 사라지자마자, 젠킨스는 앉아서 손을 모자 위로 더듬었다. 고글과 마스크로 완전히 덮이지 않은 얼굴에는 작은 땀방울들이 맺혀 있었다.

"물체들이 자동 소총의 총알들처럼 공기 흡입구에서 날아왔다."

그는 낮은 목소리로 되풀이했다.

"닥터 페렐. 이들 두 사람은 컨버터 바깥에 있었어요. 단지 부수적 사고였을까요? 안쪽에서……."

"음."

페렐도 스스로 그림을 그려보는 중이었다. 유쾌한 상황은 아니었다. 바깥에서 공기배관을 따라 물질들이 튕겨 나갔다……. 그렇다면 안에서는……. 그는 젠킨스가 그랬듯, 생각을 잠시 미루었다.

"블레이크에게 전화를 해야겠네. 아마도 그가 필요할 것 같아."

2

★

"닥터 블레이크의 집을 연결해주시오. 메이플 2337번지."

페렐은 전화에 대고 급하게 말했다. 교환원은 잠깐 동안 멍한 표정을 짓더니 자동적으로 플러그를 향해 움직이기 시작했다.

"메이플 2337번지라고 말했소."

"닥터 페렐, 죄송합니다. 외선을 연결해드릴 수 없습니다. 모든 간선이 고장입니다."

교환기에서는 끊임없이 부저음이 났고, 패널에는 백색의 내선 불빛이나 간선 연결을 나타내는 빨간 전등이 전혀 나타나지 않았다.

"하지만 지금은 응급 상황이야, 교환원. 닥터 블레이크를 연결해야 하네!"

"죄송합니다. 닥터 페렐. 모든 간선이 고장이에요."

그녀가 플러그에 손을 뻗치자 페렐이 그녀를 제지했다.

"파머를 연결해주게, 아, 허튼 소리는 필요 없어! 만일 통화 중이면 내가 끼어들겠네. 내가 책임지지."

“좋습니다.”

그녀는 스위치를 딸깍 눌렀다.

“실례합니다. 닥터 페렐의 응급 호출입니다. 수화기를 드시면 제가 다시 연결하겠습니다.”

이제 화면에 파머의 얼굴이 나타났다. 이번에는 그도 걱정스러운 표정을 굳이 감추려 하지 않았다.

“무슨 일이오, 페렐?”

“블레이크가 필요하네. 그가 필요하게 될 거야. 교환원의 말에 따르면…….”

“음.”

파머는 굳은 표정으로 끄덕이며 말을 잘랐다.

“나도 그를 찾으려고 노력했네만, 집 전화는 안 받더군. 그가 어디 있을지 짐작 가는 데 있나?”

“블루버드나 근처의 다른 나이트클럽을 찾아봐야 할 걸세.”

젠장, 왜 오늘이 블레이크 찬양의 밤이 되어야 하는 거야? 지금까지 어디에서도 그를 발견했다는 소식이 없었다. 파머가 다시 말하기 시작했다.

“이미 내가 모든 나이트클럽과 식당에 전화를 해보았다네, 답이 없었어. 우리는 지금 극장으로 연락을 해보고 있는 중이네, 잠깐만…… 아니야. 거기에도 없다는군, 페렐. 마지막 보고는, 응답이 없다는 걸세.”

“라디오를 통해 전체 호출 하는 건 어떻겠소?”

“나도…… 나도 그렇게 하고 싶네, 페렐. 그러나 할 수 없어.”

매니저는 아주 잠깐 망설였다. 하지만 그의 반응은 긍정적이었다.

“오, 어쨌든 당신이 집에 못 들어간다고 우리가 자네 부인에게 알려주겠네. 교환원! 거기 있나? 좋아, 주지사에게 다시 연결해주게!"

텅 빈 스크린과 논쟁하는 건 무의미하다는 걸 닥은 깨달았다. 만일 파머가 라디오 호출을 하려 들지 않는다면 그도 하지 못할 것이다. 물론 전에 딱 한 번 했던 적은 있다.

"모든 본선이 고장이다…… 우리가 당신 부인한테 알려줄 거다…… 주지사를 다시 연결해라!"

그들은 이미 문제를 숨기려는 조심조차 하지 않고 있었다. 그는 여전히 스크린을 응시하며 사무실에서 뒷걸음쳐 나왔다. 젠킨스가 이해할 수 없다는 표정을 짓고 있었던 걸 보면, 그는 그 단어들을 크게 반복하면서 나왔음에 틀림없다.

"이제 우린 고립되었어요. 그걸 이미 알게 되었어요. 메이어스가 좀 더 자세한 정보를 가지고 지금 막 들어왔거든요."

그는 간호사를 향해 고개를 끄덕였다. 그녀는 탈의실에서 나오며 제복을 매만지고 있었다. 그녀의 다소 예쁜 얼굴은 걱정보다는 혼란에 빠진 것처럼 보였다.

"제가 막 공장을 떠나려는데 스피커에서 제 이름이 나왔어요, 닥터 페렐. 하지만 여기 오는 데 문제가 있었어요. 우리는 갇혔다구요! 그들이, 몽둥이를 든 경비원들이 문 앞에 서 있는 걸 봤어요. 그들은 떠나려는 사람들을 모두 되돌려 보내고, 심지어 왜 그런지도 이야기해주지 않았어요. 미스터 파머가 허가할 때까지 아무도 여길 떠나서는 안 된다는 막연한 지시만 있어요. 이게 다 도대체 무슨 일인지, 혹시 아는 것 있으세요? 저는 별 것 아닌 사소한 이야기 몇 가지를 듣기는 했는데……."

"메이어스, 나도 딱 당신이 아는 만큼만 알고 있소. 파머가 3호기나 4호기 포트에서 부주의 때문에 무슨 문제가 생겼다고는 이야기했지만.

아마도 그저 사전 예방 조치일거요. 어쨌든, 그에 대해선 이제 걱정하지 않을 작정이오."

페렐이 그녀에게 답했다.

"네; 닥터 페렐."

그녀는 끄덕인 후 앞쪽 사무실로 돌아갔다. 하지만 그녀의 표정은 안심이 된 것 같지 않았다. 닥은 현재 젠킨스와 그녀 둘 다 확신에 찬 모습은 아니라는 걸 알았다.

"젠킨스."

그녀가 떠나자 그는 젠킨스에게 이야기했다.

"내가 모르는 무언가를 알고 있으면, 제발 이야기 좀 해보게! 여기서 이런 일은 한 번도 본 적이 없네."

젠킨스는 주저하다가, 여기서 근무한 이래 처음으로 페렐의 애칭을 사용했다.

"닥, 저도 몰라요. 그래서 제가 우울한 공포에 빠져 있는 거예요. 선생님보다 덜 확실한 정도로만 알고 있을 뿐이에요. 그래서 무척 두려워요."

"자네 손 좀 보세."

이 문제에 페렐은 거의 병적으로 집착했고, 그도 알고 있었다. 하지만 그것이 정당화될 수 있다는 것도 알았다. 젠킨스는 즉각 손을 내보였다. 떨림은 없었다. 녀석은 팔을 움직여 소매를 팔꿈치 위로 걷어 올렸다. 페렐은 고개를 끄덕였다. 겨드랑이에서 땀이 흘러내리는 것은 얼굴에 드러나는 것보다 더 심각한 신경쇠약을 나타내는데, 그런 징후는 없었다.

"녀석, 괜찮군. 자네가 얼마나 겁에 질렸는지 난 신경 쓰지 않아—나 스스로 그런 방식으로 버텨가고 있지. 하지만 블레이크가 안 보이고,

다른 간호사와 보조원들한테 연락이 안 되는 건 분명해. 자네가 익힌 모든 것이 필요할 거야."

"닥."

"응?"

"선생님이 제 말을 들어주신다면, 제가 여기 간호사 한 명을 더 불러올 수 있어요. 그것도 아주 유능해요. 어떤 다른 이들보다 낫고 성실할 거예요. 그녀는 지금 일을 하고 있지 않아요. 저도 원래 생각했던 것은 아니지만…… 어쨌든 우리에게 사람이 필요한데도 부르지 않는다면 그녀는 저한테 엄청 화를 낼 거예요. 그녀를 부를까요?"

"외부로의 간선이 불통이야."

닥이 상기시켰다. 그가 녀석의 얼굴에서 진정한 열정을 본 것은 이번이 처음이었다. 그 간호사가 얼마나 훌륭하든 아니면 최악이든, 일단 그녀는 젠킨스의 영혼을 일깨우는 어떤 가치를 가진 게 분명했다.

"시도는 해보게. 우리는 지금 어떤 간호사라도 써야 할 판이야, 애인인가?"

"집사람이에요."

젠킨스는 탈의실을 향해 갔다.

"그리고 전화기는 필요 없어요. 우리는 연락용으로 개인용 초단파 라디오를 가지고 다녔어요. 제 것이 아직 여기 있어요. 그녀가 적합할지 걱정하실까 봐 미리 말씀드리는데, 그녀는 메이요의 베이야드 수술실에서 5년간 일했어요. 그래서 제가 의대를 마칠 수 있게 된 거죠."

젠킨스가 돌아올 즈음 사이렌 소리가 다시 가까워졌다. 작고 긴장된 입매는 여전했으나 그의 전반적인 몸가짐은 더 안정적으로 보였다. 그는 고개를 끄덕였다.

"나도 파머에게 전화했네. 내가 어떻게 그녀와 접촉했는지 궁금해 하지도 않고 그녀의 출입을 수락하더군. 교환 아가씨는 우리 호출을 우선적으로 연결하라는 지시를 받은 것 같아."

닥은 끄덕였다. 그는 사이렌의 굉음 쪽으로 귀를 쫑긋 세웠다. 그것은 결국 불쾌한 쌔근거림 소리로 잦아들었다. 존스가 나타나 뒤쪽 출입구로 가는 걸 보면서 오히려 긴장이 완화되는 느낌이 들었다. 일, 심지어 응급 상황의 압박 속에서도, 앉아서 기다리는 것보다는 일을 하는 게 항상 더 쉬운 법이었다. 그는 두 개의 들것이 들어오는 것을 보았다. 둘 다 이중으로 환자를 싣고 있었다. 평상시의 침착한 행태는 간 곳 없이, 운전기사 빌이 조무사에게 지껄이고 있는 모습도 보였다.

"나는 끝났어요. 내일까지 오프예요! 더 이상 내가 그 뻣뻣해진 사체들을 끌고 들어오는 걸 볼 수 없을 거예요. 이건 아니죠. 도대체 내가 왜 돌아가야 하는 건지 모르겠다니까요. 만일 할 수 있다고 해도 더 이상 들어가는 게 전혀 바람직하지 않을 것 같아요. 이제부터, 저는 트럭을 운전할 거예요. 그러니까 제가 그렇게 하도록 도와줘요!"

페렐은 그가 거의 히스테리 상태라는 걸 막연히 깨닫고, 헛소리를 하게 내버려두었다. 그는 방호복들 중 하나에서 가리개를 뚫고 생살이 드러난 것을 보았다. 더 이상 빌에게 시간을 쓸 수 없었다. 그는 명령했다.

"존스, 할 수 있는 만큼 옷을 자르게. 최소한 저 방호복을 벗겨야 한다고. 간호사, 탄닌산 준비되었나?"

"준비되었습니다."

메이어스는 젠킨스와 함께 대답했다. 젠킨스는 존스를 부지런히 도와 완전 무장된 수트와 헬멧을 벗기고 있었다.

페렐은 초음파 스위치를 다시 차서, 금속 수트를 살균하도록 했다.

무균 상태에 신경 쓸 만한 여유가 없었다. 원래는 초음파와 자외선 튜브가 대체로 그가 원하는 만큼 적게, 그것들을 처리해야 했다. 젠킨스는 맡은 부분을 끝내고, 살균제와 세척제에 손을 대충 담갔다가 새 장갑으로 달려들었다.

존스가 세 명의 환자를 수술실 가운데로 밀고 들어와 대기시키는 동안 도드가 뒤를 따랐다. 다른 한 명은 오는 도중에 사망했다.

이는 엄청나게 무지막지한 작업이 될 것임에 틀림없었다. 수트의 금속에 닿거나 혹은 닿을 만큼 가까이 가면 화상을 입었다. 아니, 바삭하게 구워졌다. 이는 중대 방사능 화상의 엄청난 증거, 그 이상이었다. 하지만 그것은 빙산의 일각이었다. 화상은 표면에서 멈춘 것이 아니라 살과 뼈를 통과해 주요 장기까지 침범한 것 같았다.

훨씬 심각한 문제도 있었다. 뒤틀리면서 경련이 일어나는 근수축 현상은 방사능 입자가 살에 박혀 운동 자극을 관장하는 신경에 직접적으로 작용함을 시사했다. 젠킨스는 자신이 맡은 환자의 뒤틀리는 몸을 서둘러 확인해보았다. 그의 얼굴은 노랗다 못해 하얗게 질려버렸다. 이는 그가 보았던 원자력 사고의 모든 가능성 중 처음 경험하는 실제 사례였다.

"큐라레."

마침내 그가 말했다. 단어는 겨우 터져 나왔지만 침착했다. 메이어스가 그에게 피하주사를 건넸고, 그는 그것을 삽입했다. 그의 손은 여전히 침착했다. 어쩌면 평상시보다 더욱 침착한 것 같았다. 사실상, 어떤 생명체가 응급 상황의 스트레스에 처했을 때에만 나타날 수 있는 완벽한 움직임의 부재라고 하는 편이 나았다. 페렐은 안심과 걱정을 동시에 하면서 자신의 환자에게로 눈길을 돌렸다.

근육 경련의 확산은 오직 한 가지로만 설명할 수 있었다. 어떤 식으로든 방사능이 공기 투과막을 뚫고 자기 멋대로 작동할 뿐 아니라, 거의 밀폐된 관절마저 통과해서 환자의 살로 직접 튀어들고 있다는 것이었다. 이제 그것들은 모든 신경으로 방사선을 내보내고 있었다. 뇌와 척수에서 비롯되는 정상 명령을 벗어나 스스로의 무정부적 명령 체계를 확립한 것이다. 근육은 뒤틀리고 경련을 일으켰다. 하나가 다른 하나에 맞서면서, 어떤 질서나 이유, 혹은 몸이 스스로에게 부여한 어떤 정상적인 제약도 없이.

이와 가장 비슷한 사례라면, 정신분열증으로 메트로졸 쇼크 치료를 받는 경우, 심각한 스트리키닌 중독 정도를 들 수 있었다. 그는 가능한 한 최선의 추정에 따라 큐라레 용량을 재가면서 주의 깊게 주사를 투여했다. 페렐이 첫 번째 주사 투여를 끝내고 고개를 들어보니, 젠킨스는 중압감 속에서 두 번째 주사 투여를 끝내고 있었다. 약효가 빠르게 퍼져나갔지만 일부 근육들에는 여전히 경련이 지속되었다.

"큐라레."

젠킨스는 되풀이했다. 닥터의 긴장은 높아만 갔다. 그는 추가 용량의 위험성을 감수해야 할지 고심했다. 그러나 이번에는 그 문제가 자신의 손을 벗어났다는 것에 약간의 안도감을 느끼면서, 굳이 반대 지시를 내리지 않았다. 젠킨스는 주사량을 최대 허용량, 그리고 이를 약간 넘어서까지 투여한 후 작업으로 돌아갔다. 한 환자의 폐와 성대가 동조하여 들이마시고 내쉬면서 내는 기묘하고 미세한 신음소리가 오르내리기 시작했다. 그러나 약효 때문에 금방 조용해졌다. 몇 분 만에 세 명의 환자들은 큐라레 치료 때 흔히 보이는 경미한 경직을 동반한 채 숨을 쉬며 조용히 누워 있었다. 그들은 여전히 조금씩 움직였다. 하지만 움직임이 조절되지 않아 스스로에게 골절을 일으킬 만큼 격렬하지는 않았다. 현재는 오한 같은 작은 움직임이 있을 뿐이었다.

“큐라레 개발자에게 신의 축복이 있기를.”

젠킨스는 메이어스의 도움을 받아 손상된 조직을 떼어내기 시작하면서 중얼거렸다. 닥은 그것을 되풀이할 수 있었다—좀 더 구식의 천연 제품으로. 진정한 표준화와 정확한 용량은 거의 불가능에 가까웠다. 용량이 너무 과할 경우, 그 결과는 치명적이었다. 환자는 수분 만에 가슴 근육의 ‘탈진’으로 사망할 수 있었다. 반면 지나친 소량은 실질적으로 쓸모가 없었다. 이제 자해와 과격한 움직임에서 비롯되는 치명적 탈진의 위험이 사라지자, 지속적인 고통이라는, 상대적으로 덜 중요한 문제에 관심을 기울일 수 있었다. 큐라레는 감각신경에는 특별한 효과가 없었다. 그는 네오-헤로인을 주사하고, 화상 부위를 닦아내기 시작했다. 그는 가끔씩 젠킨스를 흘깃거리며, 감염을 피하기 위해 설폰아마이드로 우선 처치한 후 표준적 탄닌산으로 치료했다.

그는 걱정할 필요가 없었다. 그 녀석의 신경은 얼어붙어 비정상적으로 차분했다. 페렐이 작업 속도 때문에 힘들어 한다는 것을 알면서도 여전히 따라잡을 시도조차 하지 못할 만큼 빠른 속도로 밀어붙이고 있었다. 젠킨스의 손짓에, 도드는 작은 방사선 검출기를 건네주었다. 그는 미세한 파편들을 찾기 위해 피부 표면을 1센티미터도 빠짐없이 샅샅이 살펴나가기 시작했다. 파편을 모두 찾아내기는 어렵지만, 우선 최악의 파편들은 찾아내어 제거할 수 있을 것이다. 나중에, 시간이 더 있으면 최종적으로 정밀조사를 할 수 있을 것이다. 페렐이 물었다.

“젠킨스, I-713의 화학적 작용은 어떻지? 기본적으로 인체에 독성이 있나?”

"아니요. 방사선 말고는 완벽하게 안전합니다. 외측 전자궤도에 여덟 개가 다 차 있어서 화학적으로 불활성 상태예요. 최소한 그건 마음이 놓입니다. 하지만 방사선은 그 자체로 충분히 유해해요. 더구나 오래된 라듐이나 수은 중독처럼 금속성 중독과 결합되면 더 나쁘다고 할 수 있어요. 살 속에 박힌 I-713의 미세한 콜로이드성 입자들은 스스로 위험 신호를 방출할 거예요. 최악의 경우, 긁어낼 수는 있겠죠. 그렇지 않으면 동위원소가 자체 소진될 때까지 그것들이 남아 있겠지만 고맙게도, 반감기는 짧아요. 그래서 장기간 입원과 고통은 줄일 수 있을 겁니다."

젠킨스는 기구를 건네주던 도드를 대신하여 페렐이 마지막 환자를 처치하는 것을 거들었다. 닥은 간호사를 더 선호했다. 그녀는 자신의 작은 신호에도 익숙했기 때문이다. 그러나 그는 아무 말도 하지 않았고, 오히려 녀석의 도움이 매우 효율적이라는 것을 알아채고 놀랐다. 그가 물었다.

"그 물질의 분해는 어떤가?"

"I-713이요? 무해하죠, 대개는. 무해하지 않은 것은 걱정할 만큼 충분하게 농축되지 않아요. 그것이 I-713이기만 하다면 말이에요. 그게 아니라면……."

그게 아니라면, 닥터는 마음속으로 결론을 내렸다. 녀석의 말은 최소한 중독에 의한 위험은 없다는 뜻이다. 반감기가 불확실했던 동위원소 R은 10억분의 1초 만에 완전히 붕괴되어 말러의 동위원소로 변해버렸다. 그는 순식간에 사라져버리던 사람들의 모습이 떠올랐다. 차마 그려낼 수 없는 파괴력으로 그들 몸 위에서 갑작스럽게 분출하여 미세한 산란으로 가득 차버리던 모습. 젠킨스도 똑같은 것을 생각하고 있는 게 틀림없었다. 잠시, 그들은 침묵 속에 서로를 바라보며 서 있었다. 하지만 누구도 그 이야기는 꺼내지 않았다. 페렐은 검출기를 향해 손을 뻗었고 젠킨스는 어깨를 으쓱했다. 그들은 자신들의 작업과 생각을 계속해 나갔다.

그것은 상상도 못할 장면이었다. 그들은 보았을 수도 혹은 보지 못했을 수도 있다. 만일 그러한 원자 폭발이 일어난다면, 실험실에서 일어날 것이 문제였다. 메이스워즈가 작업했던 정확한 양은, 그것이 그가 만들 수 있는 최소량이었다는 것 말고는 아무도 알지 못했다. 그래서 피해의 정확한 규모조차 추정할 수 없었다. 수술대 위에 놓인 몸들, 미세한 방사능 입자들이 담긴 떼어낸 작은 살 조각들, 심지어 그것들과 접촉한 수술 도구들마저도 폭발을 기다리는 폭탄들이었다. 페렐은 어려운 작업에 마음을 억지로 집중시키면서, 젠킨스가 일을 할 때 사로잡히는 것과 같은 확고부동함으로 손가락을 움직였다.

마지막 드레싱이 완료되고 가장 중상을 입은 환자의 부러진 뼈 세 개가 맞추어진 것은 아마도 수분 혹은 몇 시간이 지난 뒤인 것 같았다. 메이어스와 도드가 존스와 함께 환자들을 돌보았다. 그들이 환자들을 작은 병동으로 옮겨가자, 이제 의사 둘만이 남았다. 그들은 서로 상대방의 눈과 마주치는 것을 조심스럽게 피하며, 자신들이 기대하는 것이 정확하게 무엇인지 알지 못한 채 기다리고 있었다. 바깥에서 윙윙거리는 소리가 가까워졌다. 무언가 무거운 것이 복도를 움직이며 강타하는 소리가 들렸다. 같은 충동에 이끌려, 그들은 옆문으로 미끄러져 가 바깥을 내다보았다. 전력탱크들 중 하나의 후미가 그들로부터 멀어지는 것이 보였다. 밤이 이미 찾아와 있었다. 하지만 담장 주변의 커다란 탑에서 빛나는 불빛은 번쩍이는 세부 풍경 속에 공장을 우뚝 서 있도록 만들었다. 그러나 멀어져가는 탱크 말고, 다른 건물들은 그들의 시야를 차단하고 있었다.

그러고 나서, 주 출입구 쪽으로부터 날카로운 휘파람 소리가 허공을 갈랐다. 무슨 말인지 알아들을 수는 없었지만 남자들의 목소리가 들렸다. 날카롭고 또렷한 음절들이 이어졌고, 젠킨스는 천천히 끄덕였다.

"열 명이라는 데 100달러 걸겠어요."

그가 말하기 시작했다.

"아, 내기가 소용없네요. 왔어요."

모퉁이 근처에서 주 방위군복을 입은 1개 분대가 팔에 창검을 장착한 채 기세 좋게 행군했다. 그들은 한 중사의 지시에 따라 일사불란하게 흩어져서 건물들의 입구 앞에 각기 자리를 차지했다. 한 명은 페렐과 젠킨스가 서 있는 곳으로 다가왔다. 페렐은 중얼거렸다.

"그래, 파머가 주지사에게 말하던 게 이거였군. 이들한테 물어보는 건 소용이 없을 거라는 생각이 드네. 아마 우리보다도 아는 게 적을 거야. 앉아서 쉴 수 있는 안쪽으로 들어가세. 군대가 여기에서 무슨 쓸모가 있을지 모르겠어. 파머가 안쪽에 있는 누군가가 녹초가 되어 문제를 일으킬 걸 걱정하지 않는다면 말이지."

젠킨스는 그를 따라 사무실로 들어갔다. 의자에 주저앉으며 반사적으로 담배를 받아들였다. 닥은 근육과 신경들에게 이완될 수 있는 기회를 준다는 것이 얼마나 좋은지 새삼 깨달았다. 그는 생각했던 것보다 훨씬 오랫동안 수술을 했다는 걸 알아차렸다.

"한잔하겠나?"

"음…… 괜찮을까요, 닥? 우린 언제라도 돌아가야 할 텐데요."

페렐은 미소를 지으며 끄덕였다.

"해가 되지는 않을 거야. 술이 우리 신경에 영향을 미치는 게 아니라 몸 안에서 연료로 타버릴 만큼, 우리는 충분히 초조하고 피곤하다고."

그가 각자의 잔에 넉넉하게 블렌디드 위스키 한 잔을 따랐다. 그것을 온몸에 순식간에 온기를 퍼뜨리고, 지나치게 긴장된 신경을 누그러뜨리기에 충분했다.

"빌이 왜 한참 전에 돌아오지 않았는지 궁금하지 않나?"

"우리가 보았던 탱크로 설명할 수 있을 것 같아요. 사람들이 방호복만 입고 그 안에서 일하기는 어려웠을 거예요. 그들이 탱크로 컨버터를 뚫고 파헤치기 시작한 게 틀림없어요. 전기, 그게 아닐까요? 배터리로 작동하나? 거기에는 원자력으로 작동하는 기계들을 방해하기에 충분한 양의 방사선이 누출되었을 거예요. 그들이 하고 있던 일이 무엇이든 간에, 무척이나 어렵고 더딘 작업이었다는 걸 의미하죠. 어쨌든, 사람들을 거기서 빼내는 것보다는 그것의 작동을 저지하는 게 더 중요해요. 이걸 그들이 알기만 한다면…… 수!"

페렐은 이미 수술복 차림으로 서 있는 그녀를 빠르게 올려다보았고, 고마움의 작은 반짝임을 표시하지 못할 만큼 나이가 들지는 않았다. 젠킨스의 얼굴이 밝아졌다는 것은 의심의 여지가 없었다. 그녀의 키는 작았지만, 키 작은 여성들한테 흔히 보이는 귀엽거나 활발해 보이는 몸매가 아니라 키가 더 큰 아가씨로 보였다. 표정에 나타나는 진지함도 그녀 얼굴의 아름다움을 가리지는 못했다. 분명 그녀는 젠킨스보다 예닐곱 살은 더 나이가 많았다. 그러나 그가 그녀를 맞이하려 일어서자 그녀의 얼굴은 부드러워졌고, 그녀가 지금 올려다보는 청년의 얼굴 옆에서는 다소 어리게 보였다.

"닥터 페렐이시군요."

그녀는 나이든 남자 쪽으로 몸을 돌리며 물었다.

“제가 조금 늦었습니다. 일단 여기 들어오는 데 문제가 약간 있었어요. 그래서 선생님을 귀찮게 하기 전에 바로 수술 준비를 하러 갔던 겁니다. 그리고 선생님께서는 저를 쓰는 것에 대해서는 걱정하실 필요 없습니다. 제 자격증들이 전부 여기 있습니다.”

그녀는 탁자에 작은 서류 뭉치를 내려놓았고, 페렐은 그것들을 간단히 살펴보았다. 그가 예상했던 것보다 훨씬 훌륭했다. 기술적으로, 그녀는 결코 그냥 간호사가 아니라 소위 간호 의사라 불리는, 의사라 할 수 있었다. 의사와 간호사 사이의 중간쯤에서 전반적 수련과 양측의 능력을 모두 갖는 보조 인력의 필요성은 오래 전부터 제기되어왔다. 하지만 지난 10년에 들어서야 실질적인 수련 과정이 개발되었고 졸업생은 여전히 소수에 지나지 않았다. 그는 고개를 끄덕이며 그 서류들을 돌려주었다.

“당신을 쓸 수 있겠소, 닥터…….”

“브라운, 직업적 이름입니다. 닥터 페렐. 그냥 브라운 간호사라고 불리는 데 익숙합니다.”

젠킨스가 인사를 주고받는 데 끼어들었다.

“수, 무슨 일이 벌어지고 있는지 바깥소식이 있나요?”

“루머들이 있죠, 하지만 엉뚱해요. 그리고 그나마 많이 들을 기회도 없었어요. 제가 아는 것이라고는, 그들이 여기 80킬로미터 이내의 도시와 모든 것들을 대피시키는 것에 대해 이야기하고 있다는 거예요. 하지만 공식적인 발표는 아니죠. 그리고 어떤 사람들은 구역 전체에 계엄령을 선포하려고 주지사가 군대를 파견한다는 이야기를 했어요.”

젠킨스는 그녀를 데려가 병원을 보여주며 존스와 다른 두 간호사에게 소개시켜주었다. 남겨진 페렐은 다시 사이렌 소리를 기다리며 2와 2

를 조합해서 16을 만들어보려고 시도했다. 그는 〈위클리 레이〉에 실린 논문의 의미를 이해하려고 노력했지만 결국 포기했다. 예전에 그가 개략적으로 공부했던 것과 비교할 때, 오늘날의 원자 이론은 너무 앞서 있었다. 그 기호들은 대부분 그에게 어떤 의미도 전달하지 못했다. 그는 젠킨스에게 의지해야 했다. 그나저나, 구급차를 붙잡고 있는 건 뭐지? 이미 한참 전에 경고 사이렌이 들렸어야 했다.

그러나 바로 다음에 도착한 것은 구급차가 아니었다. 다섯 명의 사내들, 다른 한 명을 들고 있는 두 명, 또 다른 이를 부축한 한 사람. 젠킨스는 들려온 사람을 받았고 브라운이 그를 도왔다. 그의 상태는 이전의 사례들과 비슷했다. 하지만 뜨거운 금속과의 접촉으로 인한 직접 화상은 없었다. 페렐은 그들에게 향했다.

"빌하고 구급차는 어디 있지?"

그는 물어보면서 부축받은 사내의 다리를 살펴보았다. 그러고는 그를 수술대로 옮기지도 않은 채 바로 작업에 착수했다. 분명히, 작은 콩알만 한 방사능 입자 덩어리가 허벅지 아래 살 속으로 약 1.3센티미터 정도 들어가 박혀 있었다. 다리의 골절은 방사선 자극 때문에 근육이 격렬하게 수축하면서 일어난 결과였다. 심하지는 않았다. 하지만 작용이 강렬해서 신경 주변을 태워버린 것이 명백했고, 따라서 다리는 다소 절었지만 통증은 없었다. 그 사내는 반쯤 혼수상태에서 의자에 퍼져 바라보고 있었다. 눈은 튀어나왔고 입술은 고통스러운 찡그림으로 일그러졌다. 하지만 상처를 긁어내는 와중에도 그는 움찔하지 않았다. 페렐은 작은 납 방호벽 뒤에서 작업을 했고, 팔에는 무거운 납 장갑이 덮여 있었다. 그는 살점과 긁어낸 동위원소 들을 같은 금속 상자 안으로 떨어뜨렸다.

"빌……. 그는 이 세계를 떠났어요, 닥."

눈에서 탐침을 떼어내자 다른 이들 중 하나가 대답했다.

"웬일인지 그는 만취해 있었고, 돌아오기 전에 구급차를 망가뜨렸어요. 그걸 가져올 수 없었다고요. 우리가 그것과 씨름하는 걸 쳐다보기만 하고……. 우린 술 한 모금 안 마시고 그들을 따라 들어가야 했다니까요."

페렐은 그를 흘끗 쳐다보았다. 젠킨스의 머리가 움찔하는 걸 알 수 있었다.

"당신이 저들을 바깥에서 데려온 게요? 당신 말은, 거기 안으로부터 온 게 아니란 말이지?"

"아우, 아니에요. 닥터. 우리가 그렇게 나빠 보여요? 저 두 명은 그 물질이 방호복을 따라 유출될 때 문제가 생긴 거예요. 저는, 다소 깨끗한 화상을 입었죠. 하지만 불평하는 건 아니에요. 저는 시체 둘을 보게 되었어요, 그래서 아무것도 불평하지 않는 거죠!"

페렐은 스스로의 힘으로 이동해온 세 명을 알아보지 못했다. 하지만 지금, 그는 그들을 주의 깊게 살펴보고 있다. 그들은 화상을 입었다. 아주 심하게, 방사선에 의해. 그러나 화상은 아직 초기 단계라 본격적인 문제를 일으키지는 않고 있었다. 아마도 그들이 이제 막 경험한 것은 일시적으로 마비된 통증 감각이라 할 수 있었다. 마치 전쟁터의 군인이 부상을 입고도 작전이 끝날 때까지 그것을 알아채지 못하는 것처럼 말이다. 어쨌든, 원자 방호복이 약하다고 알려져 있지는 않았다. 페렐은 그들에게 말했다.

"사무실 책상 위에 위스키가 약 1리터 정도는 있을 걸세. 각자 한잔 정도는 좋지—더 이상은 안 되네. 그러고 나서 전선으로 나가세. 자네들 화상 케이스를 해결하도록 브라운 간호사를 들여보내겠네."

브라운은 페렐과 마찬가지로 방사능 화상 치료용으로 개발된 연고를 사용할 줄 알았다. 젠킨스와 자신의 부담을 덜어줄 업무 분담이 절실했다.

"컨버터 하우징에서 생존자를 추가 발견할 가능성이 있나?"

"어쩌면요. 누가 그러는데, 폭발하기 약 30초 전에 삐걱거리는 소리를 냈대요. 그래서 사람들이 대부분 두 방호실로 몸을 피할 수 있었다고 하더군요. 안 된다고 하시지만 않으면, 그리로 돌아가서 우리 힘으로 탱크를 밀어내볼까 해요. 제 생각에, 한 30분 걸리면 그 방호들을 해체할 수 있을 거예요. 그러고 나면 알 수 있겠죠."

"좋아. 화상 입은 모든 사람을 데려오는 건 말이 안 되네. 그렇지 않으면 여기는 환자들로 넘칠 거야. 그들은 좀 기다려도 돼. 우리가 감당해야 할 심각한 문제들이 엄청나게 많은 것 같군. 닥터 브라운, 저이들과 함께 나가도록 하지. 그들 중 한 명더러 존스가 보여줄 여유 구급차를 움직이도록 하게나. 모든 화상 환자들을 진정시키고, 가장 심각한 환자들은 미루고, 경련을 보이는 사람들을 이리로 들여보내게. 저기, 그 사무실에서 내 응급키트를 찾을 수 있을 걸세. 누군가 거기에 가서 응급조치를 하고 상황을 수습해야 하네. 여기는 공장 전체를 감당할 만한 여유가 없다고."

"맞아요, 닥터 페렐."

그녀는 자기 대신 메이어스에게 젠킨스를 보조하도록 하고 잠깐 사라지더니 페렐의 가방을 들고 나타났다.

"자, 여러분, 갑시다. 구급차를 이동시키면서, 가는 길에 당신들 화상을 봐줄게요. 자, 당신은 운전을 하세요. 누군가 빌에게 먼저 알렸어야 하는데, 그래야 구급차가 지금 거기로 나갈 수 있거든요."

대변인 역할을 하던 사내가 채운 잔을 거꾸로 들고 벌컥 들이켠 후, 그녀를 내려다보며 싱긋 웃었다.

"오케이, 닥터. 일단 거기에 가면 생각할 만한 여유가 없을 거예요. 해야 된다고 생각하겠지만. 술 감사합니다. 닥, 호크한테 당신이 그녀를 그리로 보냈다고 이야기할게요."

존스가 두 번째 구급차를 가지러 나가자 그들은 브라운의 뒤를 따랐다. 닥은 다리 골절에 쓰이는 플라스틱 속성 기브스를 들고 앞장섰다. 더 많은 간호 의사가 없다는 사실이 너무 안타까웠다. 이 상황이 끝나면, 이 문제를 두고 파머와 논의해봐야겠다고 생각했다. 파머와 그가 여전히 살아남을 수 있다면 말이다. 그가 완전히 잊고 있었던, 안전 방호실에 있는 이들이 어떻게 버티고 있을지 궁금했다. 각 컨버터 하우징에는 만일의 사고를 대비해 두 개의 안전 방호실이 있었다. 그것은 어떤 상황에도 방어가 되도록 설계되어 있었다.

만일 거기에 도착하기만 했다면, 그들은 무사할 것이다. 하지만 그걸 장담할 수 없을 것 같았다. 가볍게 어깨를 으쓱하면서, 그는 자신의 일을 끝내고 젠킨스를 도우러 갔다. 녀석은 이미 상처 부위를 광범위하게 벗겨내고 수술대 위의 몸을 내려다보며 탐색을 하고 있었다.

"너무 깨끗하게 방호복을 꿰뚫었어요. 이 말로는 그 생생함을 다 표현할 수가 없네요. I-713은 이렇게 못 해요."

"흐음."

닥터는 이 문제를 대충 얼버무리고 싶지 않았다. 작은 상자 안에는 고유한 작용을 했던 물질들이 살에서 떼어내진 채로 담겨 있었다. 그는 빠르게 눈길을 돌렸다. 눈꺼풀이 내려갈 때마다 안쪽에서 광채가 보이는 것 같았다. 젠킨스는 다른 무언가에 눈길을 두도록 부단히 애를 썼다. 그들이 거의 작업을 마칠 때쯤 교환실 아가씨에게서 호출이 왔다. 그들은 몇 번의 마무리 손길을 더하며 시간을 끈 후에 호출에 응했다. 그들은 함께 사무실로 들어왔다. 브라운의 얼굴이 화면에 나타났다. 그녀의 얼굴에는 얼룩이 묻어 있고 양쪽 볼은 상기되어 있었다. 그녀가 눈을 가린 갈색 머리칼을 손등으로 쓸어 올리자 또 다른 얼룩이 보였다.

"그들이 컨버터 방호실을 파괴했어요, 닥터 페렐. 북측 것은 열기와 약간의 화상을 제외하고는 완벽하게 유지되어 있었습니다. 하지만 다른 하나에 문제가 생겼습니다. 산소 밸브가 고장 났어요. 사람들이 살아 있기는 한데 모두 의식불명입니다. 마그마가 문을 통해 뿜어진 게 틀림없어요. 왜냐하면 열예닐곱 명이 경련을 일으켰고, 열두어 명이 죽어 있더군요. 다른 이들도 제가 할 수 있는 것보다 훨씬 심각한 치료를 필요로 합니다. 호쿠사이의 대리인들에게 구급차에 태울 수 없는 이들을 옮기도록 했습니다. 이제 곧 선생님 쪽으로 환자들이 엄청나게 몰려갈 거예요."

페렐은 끄응 하며 고개를 끄덕였다.

"짐작컨대, 상황이 더 나쁠 수도 있었겠군. 브라운, 거기서 자살을 하지는 말게."

"선생님도요."

구급차 사이렌 소리가 들리자 그녀는 젠킨스에게 키스를 날리고 사라져버렸다. 다시 수술실에서, 그들은 뒤편에 트럭이 나타나는 것을 볼 수 있었다. 사람들이 정말 끝도 없이 환자들을 내리고 있었다.

"어쨌든, 이들의 방호복을 벗기게, 존스. 누구든지 잡을 수 있으면 붙잡아서 도움을 받게. 도드, 나에게 큐라레를 계속 주게나. 일단 젠킨스랑 내가 이들을 진정시키고 나서 다른 일들을 걱정하자고."

이건 분명 효율성 증진을 위해서가 아니라 전적으로 필요에서 비롯된 일종의 대량 생산 작업이 될 것이었다. 또다시, 젠킨스는 기이할 만큼 극도의 침착함으로 닥터보다 두 배의 작업을 해내고 있었다. 그의 얼굴은 창백했고 눈도 거의 침침해졌다. 그러나 손만큼은 작업대에서 쉼 없이 침착하게 움직였다.

그날 밤, 젠킨스는 이따금 메이어스를 올려다보고 그녀의 등을 떠밀었다.

"간호사, 가서 좀 주무세요. 우리가 서로 붙어서 작업하면 도드 양이 닥터 페렐과 저 둘 다를 어시스트할 수 있어요. 당신 정신력이 흔들리고 있어요. 휴식이 필요하다고요. 도드, 두 시간 있다가 그녀를 호출하고 당신은 가서 쉬세요."

"당신은요, 닥터?"

"저는……."

그는 구부정하게 싱긋 웃었다.

"저는 잠들지 않을 거라는 상상을 하고 있어요. 그리고 여기에는 제가 필요하잖아요."

페렐이 듣자니 그 문장은 잘못된 상승 억양으로 끝을 맺었다. 나이 든 의사는 그 녀석을 골똘히 쳐다보았다.

젠킨스는 그 모습을 보았다.

"괜찮아요, 닥. 제가 쓰러질 것 같으면 말씀드릴게요. 메이어스를 돌려보내도 괜찮겠죠?"

"자네가 나보다 그녀와 가깝잖아, 그러니까 나보다 잘 알겠지."

기술적으로 이야기하자면, 간호사들은 모두 그의 직접적인 통제하에 있었다. 하지만 그런 형식적인 문제들은 이미 오래전에 접어버린 차였다. 페렐은 손등을 간단히 문지르고는 다시 메스를 집어 들었다.

창백한 회색 불빛이 동쪽에서 비치고 있었다. 그가 최선을 다해 방호실에서 온 마지막 환자를 처리하고 나서 보니, 병동에서 대기실까지 환자들이 넘쳐나고 있었다. 그날 밤, 컨버터는 이따금씩 유출을 계속했다. 심지어 탱크 방호를 두 번이나 뚫고. 하지만 이제 치료를 받아야 할 노동자들의 물결은 일시적으로 진정이 되었다.

카페테리아에서 아침을 먹은 후 닥터는 존스를 보내고 사무실로 향했다. 젠킨스는 벌써 와서 오래된 가죽 의자에 파묻혀 있었다. 녀석은 업무, 그리고 억눌린 불안이 가져오는 복합적 긴장으로 거의 한계까지 탈진해 있었다. 그는 바늘이 따끔 하는 것을 느끼고 다소 놀란 표정으로 올려다보았다. 페렐은 설명에 앞서 자신에게도 주사를 투여했다.

"모르핀이지, 물론. 우리가 무슨 다른 걸 할 수 있겠어? 우리를 계속 움직일 수 있을 만큼만 투여했네. 이것 없이는 몇 시간 안에 우리 둘 다 쓸모없는 인간이 되고 말걸세. 어쨌거나, 내가 좀 더 젊었을 때는 이것의 의존성을 대부분 막아주는 길항제가 발견되지 않았지만, 지금이야 이걸 쓰지 않을 이유가 없지. 심지어 그게 발견되기 전인 5년 전에도, 모르핀이 유용했던 때가 있었네. 물론 그걸 최후의 수단으로 사용하는 이들 말고는 누구나 자신이 초래한 그 지옥을 감당해야 했지만 말이야. 수면을 진정으로 대체하면 더 좋을 텐데. 하버드에서 하고 있는 피로제거제 연구가 완수되기를 바라자고. 자, 이거 들게나."

젠킨스는 존스가 아침식사를 내밀자 낯을 찡그렸다. 하지만 그와 닥 모두 음식이 필요하다는 것은 알고 있었다. 그는 접시를 자신 쪽으로 당겼다.

"닥, 지금 입안에 무엇을 넣어준다고 해도 잠을 대신하지는 못할 거예요. 딱 30분의 꿀맛 같은 잠이면 되는데, 젠장. 하기야 시간이 있을 줄 알았다고 해도, 아마 자지는 못했을 거예요. 저기서 부글거리는 R이 있는데…… 그렇게 못했겠죠."

닥이 답하기도 전에 전화 호출기가 말을 잘랐다.

"닥터 페렐 전화, 응급! 닥터 브라운, 닥터 페렐 호출!"

"페렐이네! 무슨 일이지?"

교환 아가씨의 얼굴이 스크린 밖으로 사라지고, 피곤한 얼굴의 수 브라운이 그들을 쳐다보았다.

"여기 일을 처리하던 작은 일본 친구, 호쿠사이 있잖아요, 닥터 페렐. 급성 충수돌기염으로 그를 데려갈 겁니다. 수술 준비해주세요!"

젠킨스는 막 삼키려던 커피에 사래가 들렸다. 그의 캑캑거리는 목소리에는 혐오와 신경질적 웃음이 반쯤 섞여 있었다.

"세상에나, 충수돌기염이라니. 다음에는 또 무슨 일이 생길까요?"

3
★

상태가 더 나빴을 수도 있었다. 브라운은 구급차에 작은 냉각 장치를 장착해서 복부 주위의 온도를 낮추었다. 이는 호쿠사이의 수술을 대비하는 것이자, 수술실에 들어갈 때까지 충수돌기가 터지지 않도록 감염의 진척을 더디게 하려는 것이었다. 그의 주름 잡힌 동양적 얼굴이 올리브색에 못 미친 회색빛을 띠었다. 하지만 그는 희미한 미소를 지으려 했다.

"폐를 끼쳐 엄청 지송해요, 닥터 페렐. 정말 지송. 에테르는 안 돼요, 제발."

페렐은 투덜거렸다.

"호크, 그건 필요 없네. 이미 시작되었기 때문에 우리는 저체온 요법을 쓸 걸세. 자, 여기, 존스……. 젠킨스, 자네는 돌아가서 앉아 있는 게 낫겠네."

브라운은 손을 씻고 나타나 수술 보조에 임할 태세를 취했다.

"현실적으로, 그를 붙잡아 매둬야 했어요, 닥터 페렐. 복통에는 그저 약간의 미네랄 오일과 후추만 있으면 된다고 고집을 피우지 뭡니까! 왜 똑똑한 사람들이 항상 가장 멍청한 짓을 하죠?"

그것은 페렐에게도 역시 미스터리였다. 하지만 겉보기에만 그랬다. 그는 저온 수술 장치가 작동을 시작하는 동안 재빨리 온도를 점검했다. 온도는 충분히 낮았다. 그는 시작했다. 호크는 메스가 닿자 눈을 움찔했다가 통증이 느껴지지 않는 것에 약간 놀라며 눈을 떴다. 수술 후 동반될 수 있는 쇼크가 없다는 점과 신경 반응을 완벽히 차단할 수 있다는 것이 저체온 수술이 가진 커다란 장점들 중 하나였다. 페렐은 근육을 밀어내고 충수돌기를 빠르게 절제한 후, 작은 절개선을 통해 그것을 제거했다. 그리고 수많은 부속품들 중 하나로, 정교한 자동 봉합계를 사용한 후 뒤로 물러났다.

"다 끝났네, 호크. 터지지 않았으니 운이 좋은 게야. 물론 설폰아마이드로 진정시킬 수야 있다지만 복막염이 유쾌한 일은 아니지. 병동이 다 찼고 대기실도 그러니, 자리가 날 때까지 몇 시간 동안 여기 수술대에 머물러야겠네. 예쁜 간호사는 없지만…… 아니군, 두 명의 다른 아가씨들이 오늘 아침 언젠가 돌아올 때까지 말이지. 환자들에게 무엇을 해 줄 수 있을지 모르겠군."

"하지만, 닥터 페렐. 제가 듣기로 요즘 수술은…… 저는 얼른 이러나야 해요. 할 일이 있다고요."

"요즘에는 충수돌기 절제술을 받아도 운동 제한이 없다는 이야기를 들었겠지, 그렇지? 글쎄, 그건 일부만 사실이네. 존스 홉킨스는 오래전부터 그 시술을 시작했지. 하지만 체온이 정상으로 돌아오는 한 시간 동안은 안정을 취해야 하네. 그 후에는, 약간 돌아다니고 싶으면 그렇게 할 수 있지. 하지만 컨버터로 가는 건 안 돼. 약간의 운동은 해롭기보다는 도움이 되겠지만, 긴장은 좋지 않아."

"하지만, 위험이……."

"진정하게, 호크. 지금은 어쩔 수 없어. 선행을 할 만큼 충분히 회복하려면 시간이 걸려. 봉합 부위의 그것들이 체액에 완전히 용해될 때까지 편하게 지내야 하네. 아마도 2주는 걸릴 걸세."

그 작은 사내는 마지못해 포기했다.

"그러면, 지금은 잠이나 자야겐네요. 하지만 선생님이 파머 씨한테 지금 당장 전화를 하셔야 해요. 제발, 제가 거기 없다는 걸 그분이 아셔야 한다고요."

파머는 그 소식을 무정하게 받아들였다. 호쿠사이와 페렐을 비난하는, 부당하면서도 자연스러운 성향을 보이면서.

"젠장, 닥터. 나는 그가 이 문제들을 어쨌든 해결해줄 것으로 기대했네. 실제로 주지사한테도 호크가 이 문제를 해결할 수 있을 거라고 약속했단 말일세. 그는 업계에서 최고 브레인 중 하나인데 말이야. 그런데 하필 지금! 도움이 안 되는군. 그가 제대로 거동할 수 있는 상태가 되지 않는 한 분명히 아무 일도 못하겠군. 어쩌면, 요르겐슨이 웬만큼 알아서, 휠체어 같은 것에 앉아 그 문제를 처리할 수 있겠군. 그의 상태는 어떤가? 나가서 인부들에게 지시를 내릴 수 있을 만한 상태인가?"

"잠깐만."

페렐은 그가 할 수 있는 한 빨리 그의 말을 끊었다.

"요르겐슨은 여기 없소. 31명이 여기 누워 있는데, 그들 중에 없단 말이오. 만일 그가 17명의 사망자 중에 있다면 당신이 알고 있을 텐데. 요르겐슨이 거기서 일하고 있었는지 여부조차 나는 모른다네."

"그는 거기 있어야 해! 그건 그의 작업 과정이라고! 여보게 페렐, 나는 사람들이 그를 자네한테 데려갔다고 분명히 들었네. 인부들이 그를 구급차에 내던지고, 나한테 즉각 보고했네. 얼른 확인하게, 빨리! 호크의 반만이라도 일을 하려면, 요르겐슨이 있어야 해!"

"그는 여기 없소. 내가 요르겐슨을 안다니까. 남측 방호 시설에서 구조한 덩치 큰 사내를 인부가 그로 착각한 게 틀림없네. 하지만 그 사내의 헬멧 안에는 검은 머리카락이 있었지. 의식이 없는 나머지 300명은 어떤가? 아니면 사건 당시 컨버터 바깥에 있던 1,500~1,600명 중에는?"

파머의 턱 근육이 긴장 속에 꿈틀거렸다.

"요르겐슨이 보고를 했거나 아니면 50번쯤 보고가 되었을 걸세. 그곳에서 일하는 모든 사람들은 그가 주변에서 업무를 감독해주길 바라지. 그는 당신 병동에 있어야만 해."

"없다고 내가 말했잖소! 그들 중 일부가 시내 병원으로 옮겨진 건 아니오?"

"시도는 했지. 병원들이 몸에 박힌 방사능 물질에 대해 어떻게든 귀띔을 받은 게 틀림없어. 여기서 데려간 환자를 병원에 들이기를 거부하더군."

파머는 생각을 씹어서 그것이 딱딱하다는 것을 알아채기라도 한 듯 뺨 근육을 움직이며 피상적인 이야기만 했다.

"요르겐슨-호크-켈라는 수년 전에 죽었지. 이 나라 전체에 제대로 결론을 내릴 만큼 이 분야를 제대로 이해하는 사람이 없다네. 심지어 나조차 6페이지에서 길을 잃었지. 페렐, 자네 생각에 톰린 5중 방호복을 입은 사람이라면 20초 동안 무사할 수 있을까? 음, 이를테면 컨버터 바로 옆에서 말이지."

페렐은 얼른 생각해봤다. 톰린 방호복은 약 180킬로그램의 무게이고, 요르겐슨은 황소 같은 사내다. 하지만 역시 인간일 뿐.

"응급 상황의 스트레스에서 인간이 어디까지 할 수 있는지 추측하기란 불가능하다네. 파머. 하지만 그가 어떻게 그 거리의 반이나 갈 수 있었을지 모르겠군."

"흠, 내가 생각해보지. 그렇다면, 그가 박살나지 않았다고 가정한다면, 그는 살 수 있을까? 자네도 알다시피 그 방호복은 어떤 공기 틈새도 피할 수 있게 24시간 분량의 자체 공기를 보유하고 있어. 일정한 압력하에 이산화탄소를 재흡수하고 수분을 응축하면서 말이야. 또한 우리가 알고 있는 모든 종류의 스트레스들을 가장 잘 차단할 수 있단 말일세."

"짐작컨대, 10억분의 1 확률이지. 다시 이야기하지만, 무슨 일이 벌어질지 정확한 한계를 정한다는 것은 터무니없이 어려운 일이네. 매일매일, 기적은 꾸준히 일어나고 있잖나. 찾아보러 나갈까?"

"나라고 무슨 다른 도리가 있겠나? 대안이 없네. 자네가 준비되는 대로 4번 컨버터 외부에서 만나세. 작업 시작에 필요한 모든 것을 즉각 가져오게. 분초를 다투는 일이야."

파머의 얼굴이 옆으로 미끄러지더니 버튼을 찾으려는 듯 올려다보았고, 페렐은 그걸 따라하는 데 낭비할 시간조차 없었다.

모든 논리를 고려해보자면, 생존 가능성은 없었다. 심지어 톰린 방호복이라고 해도 말이다. 하지만, 결과를 알 때까지 노력은 해야 했다. 복잡한 과정이 일단 통제를 벗어나버리니 승산을 걸어볼 수도 없었다. 동위원소 R이 그 결과라는 것은 이제 거의 확실했다. 파머는 어떤 것도 구체적으로 이야기하지는 않았지만, 아무것도 감추지는 않았다. 그리고 분명한 것은, 만일 호크가 그것을 다루지 못한다면, 내셔널 아토믹의 어떤 지사 혹은 일부 독립적인 플랜트들에서도 그 문제를 건성이라도 찔러볼 수 있는 사람은 아무도 없었다.

그렇다면 모든 것은 요르겐슨에게 달려 있었다. 그리고 요르겐슨은 장갑차를 통해서나 들어갈 수 있는 곳, 무정부 상태의 근육 때문에 뼈가 부러져서 사람들을 병원으로 보내버리는 곳, 반쯤 융해된 지옥 어딘가에 있는 것이 틀림없었다.

젠킨스의 놀란 표정으로 보건대, 페렐의 얼굴에 그의 생각이 그대로 드러난 게 틀림없었다.

"요르겐슨이 거기 어딘가에 있군요!"

그가 빠르게 말했다.

"요르겐슨! 하지만 그는 바로…… 하느님 맙소사."

"맞아. 경련 환자들이 더 올 수도 있으니 자네는 여기 머물면서 그들을 돌보고 있게. 브라운. 그곳에 다시 한 번 가줬으면 좋겠어. 우리가 가진 이동 가능한 걸 모두 가져가게나. 우리가 그를 충분히 빠른 시간 내에 옮기지 못할 수도 있으니 말이야. 트럭 중 하나를 잡아서 그걸 이용하게. 할 수 있는 한, 두 배는 빠르게 준비해서 나오게. 내가 지금 구급차를 끌고 갈테니 말이야."

그는 브라운이 던져준 구급키트를 받아들고 물도 없이 카페인 알약을 입에 쓸어 넣었다. 그리고는 구급차를 향해 바깥으로 나갔다.

“4호기야, 서두르게!”

그들이 3호기 근처를 지나 4호기 너머 멀찌감치 펼쳐진 로프 방어선 앞에까지 갔을 즈음 파머가 스쿠터에서 막 뛰어내리고 있었다. 그는 닥터를 흘끗 보며 고갯짓을 하더니 근처에 무리 지어 있던 사내들 사이를 뚫고 들어가 오른쪽 왼쪽으로 소리치면서 지시를 내렸다. 그러고는 구급차가 도착할 때쯤 페렐 옆으로 돌아왔다.

“오케이, 페렐. 이제 가능한 빨리 방호 안으로 들어가게! 우리는 탱크로 들어갈 거네. 할 수 있든 없든 말이지. 우선은 급냉에 도달하도록. 브릭스, 저것들을 거기서 끌어내고, 최선을 다해서 길을 열게, 대형 크레인을 다시 써야겠군. 우리가 모을 수 있는 한 방호복 입은 모든 사람들을 모으게. 그들한테 금속 탐침을 나눠주고, 사람만 한 크기의 고형 물체는 무엇이든 수색하도록 하게. 개요에 5분이 지났군. 그들이 저기에 설 수 있어야 한다고. 즉시 돌아오겠네!”

닥은 모든 종류의 탱크와 기계들이 뒤죽박죽되어 컨버터 하우징의 벽이나 잔해 근처에 얽혀 있는 것을 보았다. 그들은 모든 것을 한쪽으로 잡아당겨 옮기고 주 출입구가 있던 곳에 통로를 만들어놓았다. 이제 크레인을 조작하여 최악의 장애물을 뜯어내고 있는 것이 보였다. 분명히, 그들은 그 작동을 냉각시키려는 어떤 시도 때문에 바쁜 게 틀림없었다. 하지만 원자력에 대한 그의 지식은 너무 짧아서 그것이 무엇인지 짐작할 수 없었다. 설치 장비들은 해체되지 않은 채 탱크 옆쪽으로 밀어졌다. 사람들이 줄이 쳐진 구역 안으로 달려가고 있었다. 일부는 이미 방호복을 입고 있었고, 또 다른 이들은 가면서 방호복 일부를 질질 끌고 있었다. 인부 한 명의 도움을 받아 그도 방호복 안으로 기어 들어갔다. 만일 뭐라도 해야 한다면 그런 방호복을 입고 자신이 과연 무엇을 할 수 있을지 궁금했다.

파머는 그 앞에 방호복을 입고 완전 무장한 채 한 탱크 옆에서 쪼그리고 기다리고 있었다. 탱크의 앞부분에는 이동형 빔으로부터 움직이는 갈고리와 삽이 장착되어 있었다.

"여기네, 닥."

페렐은 그를 따라 기계실 안으로 들어갔다. 파머는 단파 헤드셋을 쓰고 제어판을 잡았다. 그는 그걸 통해 커다란 바퀴자국을 내며 움직이고 있는 다른 탱크들을 향해 큰 소리로 지시를 내리기 시작했다. 모터의 둔탁한 소리가 빨라졌고, 탱크는 매니저의 지시에 따라 육중하게 움직이기 시작했다.

"7년 전 피크닉에서 한 번 시연해본 이후에 이것들 중 어느 것도 써본 적이 없네."

그는 제어판을 걷어차고 개발 중인 목록을 왼쪽으로 펼치며 투덜거렸다.

"내가 일반 엔지니어였을 때 손재주가 굉장히 좋기는 했지만 말이야. 여기는 망할 놈의 잡음이 라디오 신호를 거의 잡아먹고 있다고. 하지만 알아들을 수는 있겠군. 최선을 다해 추측해보건대, 요르겐슨은 그 일이 시작되었을 때 주 기판 근처에 있었던 게 틀림없어. 그리고 남쪽 방호를 향해 갔을 걸세. 반쯤, 짐작이 되나?"

"아마도, 어쩌면 좀 덜 갔을 수도 있지."

"그렇지! 그러고 나서 그것들이 그쯤에서 그를 덮친 게지. 우리는 거기에서 그를 찾아야 하네."

그는 라디오 수신기에 대고 다시 고함을 질렀다.

"브릭스, 방호복 입은 사람들을 가급적 근접 배치시키고, 기둥들 왼쪽으로 약 9미터 정도 이동해서 탐침으로 수색하도록 하게. 더 가까이 갈 수 있겠나?"

응답이 웅웅거리고 일부는 끊어졌지만, 전반적인 내용은 전달되었다. 파머는 찡그렸다.

"오케이, 만일 그들이 성공하지 못하면, 못한다면, 저것의 영향 범위 바깥으로 사람들을 다시 끌어내서 안으로 들어가도록 준비시켜야지……. 아니, 자원자 모집! 거기 안에서 작업하는 모든 사람에게 1분당 1,000달러를 주지. 그것이 그를 삼켜버린다면 가족에게는 두 배로. 만일 요르겐슨을 발견하면 그 열 배, 5만 달러! 이봐, 멍청이!"

마지막 말은 그쪽으로 나아가기 시작한 한 명에게 내지른 것이었다. 그는 안전복을 입은 채 무너진 건물 한 부분에서 펄쩍 뛰어 기둥을 잡고는 기립 자세처럼 보이는 무언가를 향해 몸을 띄우려 했다. 그는 고꾸라졌지만 펄쩍 뛰어서 다른 잔해 위에서 균형을 잡은 후 다시 난장판을 탐색하기 시작했다.

"으윽! 거기 크레인. 팔이 닿을 수 있으면, 죽은 사람들 누구라도 잡을 수 있는 위치에 붙어 있게, 좋았어! 닥, 저들이 여기에서 단 5분도 머물러서는 안 된다는 건 자네뿐 아니라 나도 알고 있네. 하지만 요르겐슨을 찾을 수만 있다면 나는 100명이라도 더 보낼 걸세!"

닥은 아무 말도 하지 않았다. 그는 이미 알고 있었다. 그 일에 도전하는 바보가 100명도 넘을 것이라는 것과, 그들의 절박한 필요를. 탱크는 섬세한 탐색을 벌이기에는 너무 느리기도 했지만 무엇보다도 방사능 물질, 기계, 건물 잔해, 파손물들의 혼란스러운 뒤죽박죽을 주의 깊게 살펴볼 수 있을 만큼 가깝게 접근할 수 없었다. 긴 강철 탐침을 장착한 사람만이 그것을 할 수 있었다. 그가 보고 있던 중에 활성 마그마의 일부가 갑자기 분출했다. 사내들 중 한 명이 탐침을 던져버리고는 뛰어 올라 급회전하여 반원을 그리다 떨어졌다. 크레인 운전자는 거대한 방책을 밀어내고 그를 잡으려 했으나 놓쳤다. 그는 그것을 다시 내리고는 한 팔로 그 남자를 들고 나타나 진로를 따라 돌아가더니 닥의 시야 너머로 꿈틀대며 사라져버렸다.

열기는 탱크와 방호복을 통과해 쏟아졌으며, 장비가 가장 얇은 부분에서는 가벼운 소양증이 나타났다. 아직 위험한 수준은 아니었지만, 그것은 화상의 시작을 알리는 것이었다. 그는 방호복 말고는 아무것도 없이 그것의 심장부로 빠져 들어가는 이 사내들에게 어떤 일이 벌어지고 있는지 생각하고 싶지 않았다. 그들에게 무엇이 발생하는지 관찰하고 싶지도 않았다. 파머는 기계를 전진시키려고 노력했지만, 아래에 깔린 것들 때문에 쉽지 않았다. 무언가가 두 번째로 탱크를 때렸다. 하지만 뚫지는 못했다.

"5분 남았소."

그가 파머에게 말했다.

"저 사람들 모두 닥터 브라운에게 바로 보내는 게 좋겠어. 곧바로 치료할 수 있도록 지금 저기서 트럭과 함께 기다리고 있을게요."

파머는 고개를 끄덕이고 지시를 전달했다.

"크레인으로 집어 올릴 수 있는 것들을 모두 들고 귀환! 새로운 군단을 보내야겠네, 브릭스, 그들한테 보너스를 미리 지급하게. 젠장, 닥. 이거 하루 종일 걸릴 수도 있겠어. 여기 아수라장에서 동정을 살피는 데에만 한 시간이 걸릴 거야. 그는 어쩌면 어딘가 다른 곳에 있을지도 모르고. 예전에 여기에서 경험했던 것에 비해 사태가 훨씬 나빠지고 있는 것 같군. 저 철판을 떠밀어낼 수 있을지 궁금한데."

그는 모터에 연결된 클러치를 밟아 그것을 향해 꼬불꼬불 돌아갔다. 운반용 상자들이 약간 미끄러졌으나 트랙터가 그것들을 잡았고 탱크의 코가 앞쪽으로 쏠렸다. 힘들이지 않고 건물 조각들이 기울어진 위치에서 분리되어 앞쪽으로 미끄러졌다. 탱크가 으르렁 소리를 내며 탐색을 하다가 그것 위로 천천히 올라가, 끝까지 6미터쯤 더 나아갔다. 지지대가 천천히 자리를 잡았다. 그러나 아래의 무언가가 그것을 가로막았고, 그들은 다시 꼼짝 못하게 되었다. 파머는 갈고리를 앞쪽으로 작동시켜 큰 석조물 조각을 길 밖으로 밀어냈다. 두 사내가 앞으로 나와 탐침으로 탐색하기 시작했으나 소용없었다. 다른 사내들이 나타났고, 또 다른 이들이 밀려왔다.

스피커를 통해서 이상하게 갈라진 브릭의 목소리가 들렸다.

"파머, 여기 당신 빔 끝에 얹혀서 저 끝까지 가고 싶어 하는 얼간이가 하나 있습니다. 당신이 크레인으로 그를 그쪽에 내려놓을 수 있다면 말입니다."

"당장 오라고 하지!"

그는 다시 지렛대를 움직이기 시작했다. 탱크는 덜컥 움직여 들어 올려지더니 후진했다 돌아와 다시 앞으로 나아가고, 그것을 반복했다. 그동안 그들을 잡고 있던 판은 위태로운 균형을 유지하며 위아래로 펄럭였다.

닥은 파머의 능력에 대한 존경, 그 방사능 물질들이 급속하게 증가하고 있는데도 현장에 나아간 사내들에 대한 경외감으로 숨을 죽이고 스스로에게 기도했다. 크레인 활대는 그들을 향해 갑자기 상하로 움직였고, 버킷이 뻗어 나왔으나 여전히 닿지 않았다. 그들의 탱크는 거대한 기계에 비해 상대적으로 가볍고 유동적이었다. 하지만 파머는 이미 그것을 한계까지 밀어붙인 상태였고, 판의 모서리 위까지 거의 닿아 있었다. 그렇지만 아직도 1미터쯤 부족했다.

"젠장!"

파머는 탱크의 문짝을 벌컥 열고 나와 뛰어내렸다가 잠깐 내려다보더니 다시 안으로 들어갔다.

"더 이상 가까이 못 가겠어! 어우! 저 사내들은 그냥 돈을 벌겠군."

하지만 크레인 작동자는 자신만의 트릭이 있었다. 그는 기계의 기둥을 위아래로 천천히 움직여 버킷을 거대한 진자처럼 흔들릴 수 있게 하면서, 빔을 잡을 수 있을 만큼 더욱 접근했다. 사내가 한쪽 팔을 뻗었고, 마침내 빔을 잡은 후 후진하는 버킷에서 바로 뛰어내렸다. 그는 1초간 매달리면서 몸을 더 나은 위치에 고정시킨 다음, 어쨌든 끝까지 움직여 올라가서 다리로 버텨냈다. 닥은 안도의 한숨을 내쉬었고, 파머는 전방 위치로 다시 탱크를 이동시켰다. 이제 아톰 잭의 끝부분이 앞에 있는 광활한 영역을 커버할 수 있게 되었다. 그는 그것을 재빨리 사용하기 시작했다.

"성공하든 실패하든, 저이는 세 배의 보너스를 받을 거야."

파머는 중얼거렸다. 탐침이 무언가를 찾아냈고, 그 크기를 확인하기 위해 주변을 탐색하고 있었다. 그 사내는 이들을 쳐다보더니 흥분하며 무언가를 가리켰다. 파머가 갈고리를 내려 장대 밑에 있는 반쯤 녹아버린 것들로 그것을 밀기 시작했다. 닥은 창가 쪽으로 뛰어내렸다. 저항이 있었지만, 결국 갈고리의 뾰족한 끝이 안으로 파고들어갔고, 나타나기를 거부하는 무언가에 걸려들었다. 매니저의 손은 침착하게 계기판을 움직여 그것을 차츰 옆으로 끌어냈다. 마지못한 듯, 그것이 그들 쪽으로 움직이기 시작했고 드디어 전체 모습을 드러냈다. 그것은 분명 톱린 방호복은 아니었다!

"납 깔때기 박스! 젠장, 기다려봐, 요르겐슨은 절대 바보가 아니야. 안전 확보가 불가능하다는 걸 깨달았다면, 그는 아마도……."

파머는 갈고리를 다시 아래로 떨어뜨려, 방호실의 닫힌 문짝을 때렸다. 하지만 잠금쇠는 너무 컸다. 매달려 있던 사내는 아이디어를 떠올렸다. 그는 방호된 손으로 문짝을 잡고는 그 깔때기 상자로 미끄러져 내려갔다. 갈고리가 그것을 잡아서 나머지를 다시 들어 올릴 때까지 그는 그 모퉁이를 들어올렸다. 그의 손이 다시 위쪽을 향해 떨리기 시작했다.

매니저가 그의 동작을 보았다. 그는 갈고리로 그 상자를 뒤집은 후 탱크 몸체 쪽으로 가깝게 당겼다. 마그마가 쏟아져 나왔고, 그 안에는 무언가 희미한 빛이 있었다.

"닥터, 기도하게나!"

파머는 탱크의 옆쪽으로 움직여 다시 문을 통해 나아갔다. 무자비한 열과 방사능이 쏟아져 들어왔다. 그러나 페렐은 개의치 않았다. 그는 상자로 따라 내려가 다섯 겹 톰린 방호복 안에 있는 거대한 사내의 몸을 들어 올리는 두 사람을 도왔다. 어떻게든 그들은 약 270킬로그램을 들어 올려 디딤판에 내려놓은 후, 모든 이들이 겨우 들어갈 만큼 충분하게 큰 공간으로 옮겼다. 아톰 잭이 안으로 당겨 문을 닫았다. 얼굴 앞쪽으로 펄럭이는 찬바람이 들어왔다.

"신경쓰지 말게……. 요르겐슨인지 확인해봐!"

파머의 목소리는 수색으로부터의 반응으로 무거웠다. 하지만 그는 위험을 무시한 채 탱크를 돌려 최고 속도로 바깥쪽으로 보냈다. 하지만 치워진 구역을 통과하며 기어갈 때보다 더 쉽게 장애물에 걸렸다.

페렐은 가능한 빨리, 요르겐슨의 방호복 전방 플레이트를 풀었다.

그가 기적적으로 살아 있다는 것은 알고 있었지만, 180킬로그램의 방호복을 움직일 만한 힘에도 신체는 반응하지 않았다. 옆을 돌아보니, 그들은 컨버터 하우징의 잔해를 넘어 이동하면서 원자 반응을 가라앉힐 장비를 다시 설치하고 있었다. 방호복의 전방 플레이트가 마침내 느슨해졌다. 그는 더 자세히 살펴보지 못한 채 눈을 돌려 옷의 일부를 잘라내고 필요한 주사를 투여했다. 우선 큐라레, 다음에 네오-헤로인, 그리고 다시 큐라레. 필요해 보이는 양을 감히 다 주입하지는 못했다. 그들이 방호복에서 그 사내를 꺼낼 때까지 그가 더 이상 할 수 있는 일은 없었다. 그는 아톰 잭에게로 고개를 돌렸다. 그는 이미 앉아서 운전자석의 등받이에 기대고 있었다.

"더 많이, 닥터."

그 친구가 말했다.

"경련은 없군. 그저 화상과 망할 놈의 열기! 요르겐슨?"

"최소한 살아는 있네."

파머가 다소 안심한 목소리로 대꾸했다. 탱크가 멈췄고 페렐은 브라운이 트럭 옆쪽에서 그들을 향해 뛰어오는 것을 볼 수 있었다.

"선생님부터 방호복을 벗고 화상 치료를 하세요. 그리고 검사 준비된 방으로 올라가세요!"

"5만 번 점검?"

목소리에는 유약함을 넘어 의심이 묻어났다.

"5만 번 더하기 보낸 시간의 세 배를 하세요. 아마도 우리는 메달이나 스카치 한 병을 단념해야 할 거예요. 여기, 손 좀 빌려주세요."

페렐은 브라운의 도움으로 방호복을 벗었다. 그리고 트럭으로 돌아가기 전, 깨끗하고 시원한 공기를 한번 실컷 마시기 위해 잠시 멈춰 섰다. 트럭에 가까워지자 젠킨스가 나타나 일군의 사람들에게 두 개의 짐이 실린 들것을 구급차로 옮기도록 지시하고 있었다. 페렐을 보더니 그는 반사적으로 고개를 끄덕였다.

"모든 장비가 갖춰진 트럭입니다. 우리가 여기로 이동해서 손상을 치료하기로 결정했어요. 수와 제가 시간을 벌 수 있을 만큼 충분히 사람들을 치료했기 때문에, 이제는 요르겐슨에게 집중할 수 있어요. 그는 아직 살아 있어요!"

"기적적으로. 브라운, 안쪽에서 나온 사내들을 모두 치료할 때까지 여기 머무르게. 그러고 나서 우리가 당신이 쉴 시간을 마련해보도록 하지."

요르겐슨을 운반하던 세 명의 사내들은 준비된 탁자에 그를 올려두고, 트럭이 출발하자 부피가 큰 방호복부터 벗겨내기 시작했다. 작은 멸균기에서 새 장갑을 꺼내, 두 의사는 즉시 작업에 착수했다. 심각하게 화상을 입은 살점을 떼어내며 최악의 방사능 물질 위치를 확인하고 제거하기 시작했다.

"소용없어."

닥터는 뒤로 물러나 고개를 저었다.

"온통 덮혀 있군, 아마도 뼛속까지 들어간 것 같네. 이걸 모두 빼내려면 그를 아예 필터에 넣어야만 할 것 같은데."

파머는 마치 그러한 광경을 처음 본 일반인처럼 불편한 표정으로 살덩어리를 내려다보았다.

"그를 치료할 수 있을까, 페렐?"

"시도야 할 수 있지, 그게 다야. 어쨌든 그가 여태까지 살아 있는 것에 대해 내가 할 수 있는 설명이라곤 짧은 시간—매우 짧은—전까지 그 깔때기 박스가 그 물질 위를 잘 덮었고, 가라앉을 때까지 그것이 작용하지 않았다는 것일세. 그는 지금 실질적으로, 명백하게 탈수 상태라네. 하지만 단열이 되든 안 되든, 그가 한 시간 동안 저렇게 있었다면 아무리 땀을 많이 흘려도 열 때문에 죽음을 피할 수 없었을 걸세."

엄청난 체구의 사내를 바라보는 닥터의 눈에는 존경심이 일었다.

"그리고 그는 강하지. 안 그랬다면 그는 탈진으로 죽었을 거야. 경련이 시작된 후 저 방호복과 박스 안에 갇혀서 말이지. 어쨌든 그는 거의 그렇게 될 뻔했어. 그의 몸에서 이것들을 제거할 방법을 찾을 때까지 큐라레 효과를 없애는 위험을 감수할 수는 없네. 그건 그 자체로 시간을 잡아먹는 일이지. 젠킨스, 그에게 정맥주사로 물과 포도당을 더 주는 게 좋겠군. 만일 우리가 그를 회복시킨다면, 파머, 이 모든 것이 그를 완전히 미쳐버리게 만들지 그렇지 않을지는 반반일세."

트럭이 멈췄고, 젠킨스가 주사를 마치자 사내들이 들것을 내려 안쪽으로 옮겼다. 그는 그들보다 앞서 갔다. 닥은 파머가 긴 담배 한 모금을 피우도록 바깥쪽에 멈춰 그들이 지나가도록 했다.

"힘내게!"

매니저는 주머니에서 한 개비를 더 꺼내 불을 붙였다. 그의 어깨가 내려앉았다.

"닥, 우리한테 도움이 될 만한 사람을 떠올리려고 애썼네만, 어디에도 그런 사람이 없어. 거기 갔다 오고 나서 이제 확신하는 건데, 호크는 그걸 해결할 수 없어. 켈러, 만일 그가 아직 살아 있었다면 셋의 모습만 보고도 멋대로 답을 끌어낼 수 있었겠지. 그는 본능과 천재성을 가지고 있었어. 업계가 보유했던 최고의 인재였지. 속임수를 통해 우리 면전에서 성과를 훔쳐내겠다고 협박하고 주도권을 가져가기는 했지만 말이야. 어쨌든 이젠 요르겐슨밖에 없네. 그가 되살아나든 아니든!"

젠킨스의 정신 나간 비명이 갑자기 들려왔다.

"닥터! 요르겐슨이 죽었어요. 그가 호흡을 완전히 멈췄어요!"

닥은 새하얗게 질린 파머를 제치고 최고 속도로 반사적으로 뛰어 들어갔다.

4

★

페렐이 수술대에 도착했을 때, 도드는 인공호흡장치를 작동시키고 젠킨스는 손에 산소 마스크를 들어 요르겐슨의 얼굴에 맞추고 있었다. 그는 이미 오래전부터 불규칙하며 약하게 박동하던 맥박을 확인하기 위해 손목을 잡았다. 다시 한 번 아주 약한 깜빡임이 느껴지더니, 정상 주기의 약 세 배만큼 휴지가 나타났고, 다시 약하게 올랐다가 이내 완전히 멈춰버렸다.

"아드레날린!"

"닥, 이미 심장에 직접 투여했어요! 카디아신도요!"

녀석의 목소리는 거의 히스테리 상태였다. 하지만, 파머는 분명 젠킨스보다도 더 히스테리에 가까웠다.

"닥, 당신이……."

"젠장, 여기서 나가!"

페렐은 미친 듯이 도구를 잡고 그 사내의 가슴 붕대를 잘라 벗겨냈다. 그의 손은 갑자기 독립적인 생명을 가진 듯했다. 시간이 모든 것을 결정하는 상황에서 그는 시간과 맞서 싸우기 시작한 것이다. 그것은 수술이 아니었다. 훌륭한 도살이라고 하기도 어려웠다. 그가 야만적인 일격으로 무자비하게 잘라낸 뼈는 난도질이 되어 절대 말끔하게 봉합되기

어려운 상태로 보였다. 그러나 그는 지금 그런 사소한 문제를 걱정할 수 없었다.

그는 난도질한 살점 덩어리와 갈비뼈를 뒤로 젖혔다.

"지혈, 젠킨스!"

그는 손을 흉곽 안으로 쑤셔 넣어 도드와 젠킨스의 손이 들어갈 공간을 어떻게든 만들려 했다. 심장의 위치를 확인하자 손길은 갑자기 믿을 수 없이 점잖아졌다. 주요 장기의 모든 기능을 알고 있는 사람의 숙련되고 정확한 마사지. 여기를 누르고, 저기, 풀고, 다시 누르고. 긴장을 풀고, 서두르지 말라고! 그의 감정이 요구하는 만큼 열정적으로 했다면 결코 도움이 되지 않았을 것이다. 순수한 산소가 폐로 주입되면서 심장은 안전하게 작업 부담을 덜었다. 안정적으로 유지하라고, 1초에 한 번, 1분에 60회.

마사지 덕분에 혈액이 다시 순환하기 전까지, 심장이 멈춘 시간은 약 30초 정도였던 것 같다. 순환 정지가 발생하면 가장 먼저 발생하는 영구적 뇌 손상을 걱정하기에는 매우 짧은 시간이다. 이제 적절한 시간 내에 심장이 스스로 뛸 수 있다면, 다시 죽음의 고비는 넘기는 것이다. 얼마나 오래? 그는 알지 못했다. 의대에 다닐 때에는 10분이라고 배웠지만, 한 번은 20분을 넘긴 사례도 있었고, 인턴을 하는 동안 한 시간을 약간 넘는 기록을 세운 적도 있었다. 그것은 아직도 기록으로 남아 있지만 어디까지나 예외적 사례이다.

요르겐슨은 칭송받을 만큼 건강하며 활기찬 표본이고, 그의 몸은 1등급 상태였다. 하지만 그는 이토록 오랜 시간 동안 고문과 방사능 물질에 맞서 싸우고 있었다. 그의 생명을 지속시키기 위해서는 진통제, 큐라레와 더불어 기적 하나가 더 필요했다.

압박, 마사지, 이완, 너무 서두르지 말자. 거기! 찰나 동안, 그의 손가락은 희미한 세동을 느꼈다. 그리고 다시. 하지만 그것은 멈춰버렸다. 아직, 장기가 그런 징후를 보이는 한 희망은 있다. 심장이 스스로 안전하게 신뢰를 회복하는 순간이 되기 전에 그의 손가락이 너무 지치고 그가 실수만 하지 않는다면 말이다.

"젠킨스!"

"네, 선생님!"

"심장 마사지 해본 적 있나?"

"학교에서, 모형에 한 적은 있습니다. 선생님. 하지만 실제로 해본 적은 없습니다. 아, 개 해부 시간에 5분 동안. 저는, 저는 선생님이 저를 믿어야 한다고 생각하지 않아요, 닥."

"믿어야 할 것 같군. 개한테 5분간 했다면, 아마 사람한테도 할 수 있을 걸세. 자네는 여기에 어떤 문제가 달려 있는지 알지 않나. 컨버터를 보았고, 어떤 일이 벌어졌는지 알고 있잖아."

젠킨스는 끄덕였다. 이전보다 더 긴장된 모습이었다.

"저도 압니다. 그래서 제 자신을 믿을 수 없다는 겁니다. 제가 무너지려는 시점을 선생님께 알려드리겠다고 말씀드렸잖아요. 그게 바로 지금쯤입니다!"

만일 누군가 무너져 내리려 한다면, 사람들은 그 약점을 알아차릴 수 있을까? 닥은 알지 못했다. 그는 담대함에 대한 그 녀석 스스로의 인식이 그러한 파국—만일 존재한다면—의 속도를 촉진하는 게 아닌가 의심이 들었다. 하지만 젠킨스는 특이한 케이스였다. 그는 온몸에 팽팽한 신경조직을 가지고 있었다. 시련 속에서 그의 침착함에 필적할 만한 선배 유경험자는 별로 없는 듯했다. 그가 젠킨스를 써야만 한다면 그는 그렇게 할 것이다. 다른 답이 없었다.

닥터의 손가락에 이미 뻣뻣한 느낌이 오기 시작했다. 아직 지치지는 않았지만 조짐이 시작된 것이다. 몇 분이 지나면 그는 멈춰야 할 것이다. 다시 세동이 있었다. 하나–둘–셋! 그리고 멈췄다. 다른 해결책이 필요했다. 다시 박동이 돌아오게 할 만큼이나 오래 이를 유지한다는 것은 불가능했다. 그와 젠킨스가 교대로 한다고 해도. 메이요의 미셸만이 할 수 있지—메이요! 만일 그걸 제 시간에 이리로 가져올 수 있다면. 최근 학회에서 시연하는 것을 보았던 그 묘안이 답이었다.

"젠킨스, 메이요에 전화하지. 아마도 파머한테 승인을 받아야 할 걸세. 쿠벨릭을 찾아서 내가 그와 이야기할 수 있게 전화연장선을 가져오게!"

그는 젠킨스의 목소리를 들을 수 있었다. 처음에는 그저 들을 수 있는 수준이었지만, 다음에는 그 녀석의 것이라고는 생각해본 적이 없는 깊이의 울림을 가진 목소리가 들렸다. 도드는 그를 빠르게 쳐다보고 가까스로 무뚝뚝한 미소를 지었다. 인공호흡을 지속하면서. 상황은 그랬지만, 아무것도 그녀의 얼굴을 붉히도록 만들 수 없었다.

녀석이 뛰어 돌아왔다.

"안 돼요, 닥! 파머를 찾을 수 없어요. 그리고 위원회는 경직된 태도 때문에 도통 들으려 하질 않네요."

닥은 침묵 속에서 고민하며 자신의 손을 관찰했다. 그리고 이내 포기했다. 그가 녀석을 내보낸 동안 마사지를 지속할 수 있다는 희망이 없었다.

"좋아, 젠킨스, 자 여기서 이어받게. 꾸준하게, 그리고 천천히, 자, 손가락을 내 손 위에 얹어. 움직임을 잡았지? 편안하게, 서두르지 말고.

할 수 있을 거야……. 그래야만 하지! 자네는 내가 지금까지 했던 어떤 요구에 대해서보다 잘 해내고 있네. 그러니 자신을 불신할 필요는 없다고, 됐지?"

"잡았어요, 닥. 최선을 다하겠습니다. 하지만 무슨 계획을 세우셨든, 빨리 돌아오셔야 합니다. 탈진에 대해서는 거짓말이 아니에요! 메이어스가 도드를 대신하도록 하고, 수를 다시 이리로 부르는 게 낫겠어요. 그녀는 제가 아는 한 가장 담대한 사람이에요."

"도드, 그녀에게 연락하게."

닥은 피하주사기를 집어 들고, 물을 재빨리 채운 후 또 다른 액체 한 방울을 추가하여 갈색 빛이 도는 황색으로 만들었다. 그러고는 지치고 늙은 다리를 몰아 빠른 속보로 옆문으로 빠져나가 통신부서로 갔다. 교환원은 완고했지만, 사람들을 다루는 데는 여러 가지 방법이 있는 법이다.

그는 통신 건물 바깥의 경비원의 제지에 개의치 않았다.

"멈추시오!"

"죽느냐 사느냐의 문제요. 나는 의사요."

"여기서는 아닙니다. 명령입니다."

총검의 위협은 분명 충분치 못했다. 장총은 그 남자의 어깨에 솟아 있었고, 그의 턱은 보잘 것 없는 권위의 완고함, 명령에 대한 의존으로 두드러져 보였다.

"여기는 환자가 없습니다. 전화기는 다른 곳에도 많이 있습니다. 돌아가십시오. 빨리!"

닥은 나아가기 시작했고 안전장치가 풀리면서 장총에서 희미한 딸깍 소리가 났다. 그 빌어먹을 멍청이가 말한 대로 하려 했다. 페렐은 으쓱하며, 뒤로 물러섰다가 순식간에 경비원의 얼굴로 피하 주사기를 가져갔다.

"큐라레 분사하는 걸 본 적이 있나? 총알이 발사되기 전에 자네한테 닿을 걸세!"

"큐라레?"

경비원의 눈이 주사기로 확 옮겨가더니, 의심이 일었다. 그 사내는 인상을 찌푸렸다.

"그건 화살촉에 묻혀 사람을 죽이는 것 아닙니까?"

"이건, 알다시피, 코브라 독이지. 피부 표면에 한 방울이면 10초 안에 당신은 죽은 목숨이야."

두 가지 모두 새빨간 거짓말이었다. 하지만 보통 사람들이 독에 대해 가진 미신적 무지에 기댄 것이었다.

"이 작은 주사기로 그걸 아주 깔끔하게 뿌릴 수 있지. 신속한 죽음이 될 걸세. 물론 즐겁지는 않겠지만. 장총을 내려놓고 싶나?"

정규군 같으면 발사했을 것이다. 하지만 그 민병대는 기회를 이용하지 못했다. 그는 조심스럽게, 눈은 주사기를 응시하면서 장총을 내려놓고, 이내 닥의 지시에 따라 그것을 차버렸다. 페렐은 주사기를 쥔 상태에서 접근했고, 그 사내는 뒤로 움츠려 물러났다. 뒤에서 발사하는 것을 막기 위해 그가 지나면서 장총을 집어갈 수 있도록 한 것이다. 시간을 낭비했군! 하지만 그는 최소한 이 작은 건물에서 어디로 가야 할지 알고 있었다. 그는 교환 아가씨에게 곧장 갔다.

"일어나!"

그녀의 어깨 너머로 그의 목소리가 들렸다. 그녀는 고개를 돌려 그가 한 손에 장총을, 다른 한 손에 주사기를 그녀의 목 근처에 대는 것을 볼 수 있었다.

"여기엔 큐라레, 맹독이 들어 있지. 전화 한 통 하려는데 지금 히포크라테스 선서로 괴로워하기에는 걸린 일들이 너무 많군, 아가씨. 일어나! 플러그 뽑아! 잘했어. 자, 이제 저리로, 교환실 밖으로 나가게, 거기, 얼굴을 이쪽으로, 등 뒤로 팔을 교차하고, 발목을 잡아. 바로! 자, 이제 움직이면 오랫동안 움직이지 못하게 될 걸세!"

그가 보았던 갱스터 영화들은 이런 면에서 유용했다. 그녀는 완전히 놀랐고 얌전하게 행동했다. 하지만 어쩌면, 그의 요구를 고의적으로 망치지 않을 만큼은 아닌 것 같았다. 그는 교환기를 스스로 연결해야 했다. 제기랄, 빨간 불은 간선이었다. 하지만 어떤 플러그일까……. 안쪽 것을 시도해보자. 그것이 더 논리적으로 보였다. 그는 그것이 작동하는 걸 본 적이 있었다. 하지만 기억이 나지 않았다. 이제 이 스위치들 중 하나를 뒤집어보자. 음, 다른 방향으로. 톤으로 보아 그가 제대로 한 게 확실했다. 그는 서둘러 교환원에게 전화를 걸었다. 그의 눈은 바닥에 누워 있는 아가씨를 향해 깜빡거렸고, 생각은 젠킨스에게 가 있었다. 시간은 속절없이 흘러갔다.

"교환, 이건 응급이오. 여기는 월넛 7654. 미네소타 로체스터 메이요 병원의 쿠벨릭 박사와 장거리 통화를 연결해주시오. 만일 쿠벨릭이 없다고 하면, 그 부서에 응답할 수 있는 누구라도 연결해야 하오. 서둘러주시오. 응급이오."

"알겠습니다. 선생님."

고맙게도, 장거리 교환원은 대개 효율적이었다. 그녀가 연결을 시도하면서 반복되는 시그널과 연결 클릭음이 들렸다. 병원 교환의 소리가 들리고 시간이 좀 더 흐른 후, 스크린에 얼굴이 나타났다. 하지만 쿠벨릭은 아니었다. 훨씬 젊은 남자였다.

페렐은 소개할 시간이 없었다.

"여기 응급 환자가 있소. 이 남자를 구하느냐에 온 세계가 달려 있소. 쿠벨릭 박사의 기계 없이는 안 될 것이오. 만일 그가 거기 있으면, 나를 알 거요. 나는 페렐이오. 학회에서 그를 만났고, 그가 그 기계의 작동법을 나한테 보여준 적이 있소."

"쿠벨릭 박사는 아직 오지 않으셨습니다, 닥터 페렐. 저는 그의 조수입니다. 하지만 심폐 자극기를 말씀하시는 거라면, 그건 이미 포장되어서 오늘 아침 하버드로 떠나기로 되어 있어요. 거기 응급 케이스가 있어서 그게 필요하다고……."

"나만큼은 아닐게요."

"전화를 해야 합니다……. 잠시만요, 닥터 페렐. 당신 이름이 기억날 것 같아요. 혹시 내셔널아토믹에 계시지 않나요?"

닥은 끄덕였다.

"맞네. 이제 그 기계에 대해서 당신이 예정된 공식절차를 중단시킨다면……."

스크린의 얼굴이 끄덕였다. 무언가 다른 생각을 하는 것 같더니 즉각 결정했다.

"당신한테 그걸 즉각 실어 보내겠습니다, 페렐. 비행장은 있지요?"

"5킬로미터 이내에는 없네. 그걸 실으러 트럭을 보내지. 얼마나 걸리겠소?"

"만일 그걸 거기에 설치해야 한다면, 트럭으로는 너무 오래 걸립니다. 제가 우리 특수 배송 팀한테 헬리콥터로 운반할 수 있는지 조정해보겠습니다. 당신이 원하는 어디든지 배달될 수 있도록요. 약…… 음, 선

적용 비행기가 320킬로미터를 비행해서 옮겨 싣는데, 최선을 다해도 30분은 걸리겠어요."

"병원의 남쪽 광장에 내리도록 하게, 하늘에서도 뚜렷하게 보일 걸세. 고맙네!"

"잠시만요, 닥터 페렐!"

닥이 전화를 끊으려는데 젊은이가 붙잡았다.

"그걸 받으면 쓸 수 있으실까요? 좀 까다로운 작업인데요."

"쿠벨릭이 시범을 보여주었네. 나는 그런 까다로운 작업에 숙달되어 있고. 시도해봐야지. 해야만 하네. 쿠벨릭 본인을 부르면 너무 오래 걸리겠지. 안 그런가?"

"아마도 그렇겠지요. 좋아요, 선적 사무국에서 회신을 받았어요. 비행기로 출발한답니다. 행운을 빕니다."

페렐은 의아해하면서 감사의 목례를 했다. 그런 서비스는 환영이었다. 하지만 내셔널 아토믹에 대한 언급만으로도 안색이 변하는 걸 본다는 건 심리적으로 위안이 되는 일은 아니었다. 아마도, 루머가 퍼지고 있는 것 같았다. 그것도 아주 빨리. 파머의 최선의 노력에도 말이다. 맙소사, 여기서 도대체 무슨 일이 벌어지고 있는 거지? 심각하게 앉아서 걱정을 하거나 현실을 깨닫기에는 너무나 바빴던 게다. 어쨌든 그는 심폐자극기를 확보했고, 그것에 감사해야 했다.

닥이 건물을 나설 즈음, 그 경비원은 주저하면서 증원 차 자리를 뜨고 있었다. 급박한 지시에 일견 끝없는 호출이 이어지고 있음을 알아차릴 수 있었다. 그는 장총을 경비의 손이 닿지 않는 곳으로 밀어두고 병원을 향해 뛰어갔다. 젠킨스가 제대로 하고 있는지 궁금했다. 모든 것이 괜찮아야 했다!

젠킨스는 요르겐슨 위에 서 있지 않았다. 대신 브라운이 있었다. 그녀의 눈은 촉촉했고, 완전히 확장된 콧구멍 주변으로 얼굴은 초췌하고 창백했다. 그녀가 고개를 들더니, 그가 다가서려 하자 고개를 저었다. 그러고는 요르겐슨의 심장에 마사지를 계속 했다.

"젠킨스는 뻗어버렸나?"

"그건 말도 안 돼요! 그런 게 아니라 이건 여자가 할 일이잖아요, 닥터 페렐. 그래서 제가 그를 대신하고 있는 것뿐이에요. 당신네 남자들은 평생 험악한 힘을 쓰려고 노력하잖아요. 튼튼한 근육이 오히려 방해가 되는 섬세한 작업에서 왜 여자들이 두 배나 더 잘할 수 있는지 궁금해하면서 말이죠. 제가 그를 따라잡아서 이어받았어요, 그게 다입니다."

하지만 그녀의 목소리에는 끊어짐이 있었고, 메이어스는 너무도 열중하면서 인공호흡 작업을 내려다보고 있었다.

"헤이, 닥!"

블레이크의 목소리가 끼어들었다.

"거기서 물러나시죠. 여기 닥터 브라운이 도움을 필요로 하면, 제가 바로 해결할게요. 새벽 4시부터 완전 얼간이처럼 잠에 빠져 있었어요. 전화든 뭐든 아무것도 듣지 못했다구요. 저기 정문에 도착할 때까지 무슨 일이 벌어지고 있는지 전혀 몰랐어요. 자, 당신은 가서 쉬세요."

페렐은 안도감에 투덜거렸다. 블레이크는 집에 도착해서 술 때문에 곯아떨어졌음이 분명했다. 그래서 전화 소리를 듣지 못했을 것이다. 하지만 그의 야수적인 박력은 어떤 후유증도 없이 술기운을 몽땅 흡수해버린 듯했다. 유일한 변화라면 그가 요르겐슨을 시험하기 위해 브라운 옆으로 가는 동안 얼굴에 평소 같은 거만한 웃음기가 사라져버렸다는 것이었다.

"고맙게도, 자네가 와줬군, 블레이크. 요르겐슨은 어떤가?"

브라운은 단조롭게 대답했다. 단어들이 손가락의 움직임과 맞춰 나오는 것 같았다.

"심장이 가끔씩 돌아오는 징후를 보이긴 합니다. 하지만 지속되지는 않네요. 어쨌든 제 생각에는 더 나빠지고 있는 것 같지는 않습니다."

"좋아. 우리가 그를 30분만 더 버티게 할 수 있다면 이 모든 걸 기계가 이어받을 수 있어. 젠킨스는 어디 있지?"

"기계요? 아, 쿠벨릭 자극계, 물론입니다. 제가 거기 있을 때 그가 그걸 작업하고 있었죠. 우리는 어떻게든 그때까지 요르겐슨을 살아 있게 만들 겁니다. 닥터 페렐."

그녀가 딱히 이전 질문에 답할 생각이 없는 듯 잠시 말을 멈추자 그가 날카롭게 다시 물었다.

"젠킨스는 어디 있지?"

블레이크는 문이 닫힌 페렐의 사무실을 가리켰다.

"저기요. 하지만 닥, 그를 놔두세요. 제가 모든 걸 봤어요. 그는 이 모든 걸 재난처럼 느끼고 있어요. 그는 훌륭한 아이예요. 하지만 아직 애일 뿐이죠. 그리고 이런 종류의 지옥은 우리 중 누구라도 뻗게 만들 수 있다구요."

"나도 다 아네."

닥은 무엇보다도 담배를 애타게 찾으면서 사무실로 향했다. 블레이크의 편안한 얼굴은 어쨌든 피곤과 신경증의 바다 위에 뜬 위안의 섬이라 할 수 있었다.

"걱정 말게, 브라운. 그를 다그치려는 게 아닐세. 그렇게 조심스럽게 그를 감싸줄 필요는 없네. 그의 이야기를 듣지 않은 건 내 잘못이었어."

브라운이 그에게 보낸 짧은 눈길에는 측은하게도 고마움이 깃들어 있었다. 그는 자신이 젠킨스의 부재에 대해 우선 퉁명스럽게 반응했던 것 때문에 비정한 인간이 된 것처럼 느꼈다. 만일 이 상황이 더 오래 지속된다면 그들 모두는 이 녀석보다 훨씬 더 상태가 나빠질 것이 분명했다. 그가 문을 열었을 때 젠킨스는 뒤돌아 있었다. 페렐이 어깨에 손을 얹고 나서야 조용하게 웅크리고 있던 그는 머리를 들어올렸다. 목소리는 막히고 낯설게 들렸다.

"저는 무너져버렸어요, 닥. 세상은 온통 높고, 넓고, 멋진데. 그걸 취할 수 없었어요! 거기 계속 있었으면, 제가 스스로를 제대로 통제할 수 없었기 때문에 요르겐슨이 죽었을 거예요. 전체 공장은 제 잘못으로 날아가버리고. 스스로에게 계속 괜찮다고 말하면서 어떻게든 해보려 했지만, 결국 뻗어버렸어요. 마치 아이처럼. 닥터 젠킨스—신경 전문의가 말이죠!"

"음. 자, 이걸 좀 마시겠나? 아니면 터져버린 자네 코를 휘어잡고 이걸 자네 목에 부어버릴 걸세."

그것은 허술한 심리학이었지만 효과가 있었다. 닥은 술 한 잔을 건네고 상대방이 그것을 넘길 때까지 기다렸다. 그러고는 담배를 한 대 주며 의자에 앉았다.

"젠킨스, 자네가 나한테 경고했지. 그리고 나는 책임감을 갖고 그것을 감수했네. 그러니 아무도 잘못한 건 없어. 하지만 한두 가지 물어보고 싶은 게 있네."

"그러세요. 그런데 무슨 차이가 있죠?"

젠킨스는 목소리를 움츠러들게 만드는 반항의 징후로부터 분명히, 조금씩 회복되고 있었다.

"자네는 브라운이 저런 일을 감당할 수 있다는 걸 알고 있었나? 그녀의 손이 자네 손을 대신해 이어받기 전에 자네 손을 뺐나?"

"그녀가 할 수 있다고 이야기했어요. 전에는 몰랐었죠. 나머지 하나도 잘 모르겠어요. 제 생각에는, 음. 닥. 그녀의 손이 제 손 위에 있었어요. 하지만……."

페렐은 스스로의 짐작에 만족하며 끄덕였다.

"나도 그렇게 생각했네. 자네 마음이 그렇게 하는 게 안전하다고 판단할 때까지 자네 말대로 무너진 건 아니었어. 그러고 나서 그 일을 단순히 넘겨준 것뿐이지. 말뜻 그대로, 나 또한 무너지고 있다네. 저 바깥에서 주의를 필요로 하는데도 여기 앉아 이렇게 담배를 피우며 자네에게 이야기를 하고 있잖나. 요르겐슨이 그 두 사람한테서—한 명은 실제로 쌩쌩하고 또 다른 한 명은 최소한 우리보다 훨씬 낫지—처치를 받는데 문제가 없지 않나, 그렇지?"

"하지만, 그게 그렇지만은 않아요. 닥. 저는 누구한테도 특별관람석 따위를 요청하는 건 아니에요."

"이보게, 아무도 자네한테 그런 걸 주지는 않아. 좋아. 자네, 비명을 질렀지? 왜 아니겠나? 그건 아무에게도 해가 안 돼. 내가 똑같은 이유, 지치고 긴장된 신경으로 돌아왔을 때 나는 브라운에게 으르렁댔네. 내가 저기 다시 나가서 손길을 대체해야 한다면, 아마 나 역시 비명을 지르고 혀를 깨물 거야. 긴장은 출구가 있어야 돼. 신체적으로 그건 아무 소용이 없을지 몰라도 심리적 필요성은 존재하지."

청년은 확신이 없었다. 닥은 그를 뚫어지게 바라보며 의자에 기대 앉았다.

"내가 왜 여기 있는지 생각해봤나?"

"아니요, 선생님."

"글쎄, 아마도 궁금할 걸세. 27년 전, 내가 자네 나이였을 때 이 나라, 아니 이 문제에 대해서라면 전 세계에서 나만큼의 명성을 가진 외과의사가 없었어. 자네가 해보았던 어떤 종류의 수술, 뇌수술에도 말이지. 사람들은 아직도 내 수술법 중 일부를 쓰고 있다네. 이름을 연상해보면 아마도 기억할 수 있을 거야. 당시, 나는 다른 여자와 살고 있었지, 젠킨스. 그리고 한 아이가 들어왔어. 뇌종양—내가 그걸 맡아야 했지. 아무도 할 수 없었으니까. 어쨌든 나는 해냈네. 하지만 완전히 몽롱해진 상태에서 수술실을 나왔고, 아이가 죽었다는 소리를 들은 건 그로부터 사흘 뒤였어. 물론 내 잘못은 아니었지. 지금은 그걸 알고 있네. 하지만 나는 당시 그걸 받아들일 수 없었어.

그래서, 나는 일반의로 살기로 했지. 더 이상 나를 위한 수술은 안 하고! 나는 대부분의 외과의사들이 갖지 못한 나름대로 훌륭한 진단 기술을 가지고 있었기 때문에 최소한 생계를 유지할 수 있었어. 그러고 나서 이 회사가 만들어졌을 때 자원해서 자리를 얻었다네. 여전히 일정한 명성을 가지고 있었거든. 여긴 연구와 학습, 그리고 일반의의 기술에다가 대부분의 전문의들이 가진 모든 능력이 일정하게 필요한 새로운 분야였거든. 그래서 여긴 내 수술 공포를 물리치기에 충분할 만큼 나를 바쁘게 만들었네. 나에 비하면, 자네는 담대함이 무엇인지, 무너져버린다는 게 무엇인지 모르는 셈이야. 그 작은 비명은 사소한 사건이라고."

젠킨스는 대꾸하지 않은 채, 들고 있던 담배에 불을 붙였다. 페렐은 의자 깊숙이 긴장을 풀며 생각했다. 만일 그의 손길이 필요해지면 사람들이 호출할 것이다. 최소한 요르겐슨한테 신경 쓰는 것에서 조금이나마 벗어날 수 있다는 것이 기뻤다.

"이 일에 적합한 사람을 찾기는 힘들다네, 젠킨스. 여긴 매우 다양한 분야에서 너무 많은 능력을 필요로 하지. 물론 보수가 좋기는 하지만 말이야. 우리는 자네를 채용하기로 결정하기 전에 무수한 지원자들을 만나보았네. 나는 우리 선택을 후회하지 않아. 실제로 자네는 블레이크보다 그 일에 더 적합하네. 자네 기록은 마치 이런 일을 위해 의도적으로 노력했던 것처럼 보이더군."

"네, 그랬습니다."

"흠."

그건 닥이 예상치 못했던 답변이었다. 그가 아는 한, 누구도 아토믹스에서 일자리를 잡으려고 일부러 노력하지 않는다. 그들은 보통 내셔널이 지급한 급료와 1년 남짓의 자신들의 영수증을 비교해본 다음 결정을 마무리하고는 했다.

"그렇다면 자네는 무엇이 필요한지, 무엇을 준비해야 하는지 완벽히 알고 있었단 말인가? 왜 그랬는지 물어봐도 되겠나?"

젠킨스는 어깨를 으쓱했다.

"안 될 건 없습니다. 눈에는 눈, 이에는 이죠. 다소 복잡하긴 하지만, 크게 떠들 만한 건 없습니다. 아버지가 원자력 공장을 가지고 계셨어요. 그것도 엄청나게 훌륭한 것을요, 닥. 비록 내셔널만큼 크지는 않았지만요. 열다섯 살 때, 거기서 일을 했습니다. 그리고 사업을 물려받겠다는 선의로 원자력 분야에서 2년간 대학 공부를 했지요. 수는 제가 쫓아다니던 이웃동네 소녀였어요. 그 당시 우리는 돈이 많았어요. 하지만 그게 그녀가 저와 결혼한 이유는 아닙니다. 그 이유는 아직도 모르겠어요. 그녀는 충분히 어려운 생활을 했지만, 이미 메이요에서 일자리를 가지고 있었거든요. 저는 그저 어린애였고. 어쨌든…….

신혼여행을 마치고 집으로 돌아오던 날, 아버지는 우리가 작업했던 새로운 공정에 대해 큰 계약을 맺었어요. 그것은 일종의 전환이었어요. 하지만 아버지가 장비를 들여놓고 가동을 시작했을 때…… 제 짐작에 잘못된 설치 때문에 조절판 하나가 망가진 것 같았어요. 공정 자체는 맞았거든요! 우리는 그동안 거기에 너무 자주 갔기 때문에 무슨 일이 일어날지 모를 수 없었어요. 하지만 부지를 완전히 청산하고 나서는, 원자학 학위를 받겠다는 생각은 포기해야 했어요. 수는 병원으로 돌아갔죠. 원자학 과정은 정말 돈이 많이 듭니다. 수의 의사 지인들 중 하나가 거의 전액을 지원하는 의대 장학금을 받도록 해주었어요. 그래서 제가 원하던 그 다음 일을 선택하게 된 거죠."

"내셔널, 그리고 가장 큰 경쟁자 중 한 곳이—자네가 그렇게 부를 수 있다면—원자학 학위를 수여하도록 허가받았지."

닥은 청년에게 상기시켰다. 그 분야는 별도의 대학과정으로 존재하기에는 여전히 너무 새로운 분야였고 파머, 호쿠사이, 요르겐슨 같은 이들보다 더 나은 선생도 없었다.

"자네가 학업 중에도 역시 월급을 주었지."

"음. 그렇게 10년이 지났고, 월급은 남자 혼자 살기에 딱 적당할 정도였어요. 아니, 수가 다시 일할 필요가 없도록 하려고 그녀와 결혼했어요. 글쎄요, 그녀는 제가 인턴을 마칠 때까지 일을 했습니다. 하지만 제가 여기에 일자리를 잡으면 그녀를 뒷받침할 수 있을 거라는 걸 알았어요. 원자력 노동자로 엔지니어까지 올라간다 해도, 전망이 그다지 좋지는 않았어요. 우리는 지금 약간의 돈을 저축했고, 언젠가는 그 기회를 잡겠죠. 닥, 그런데 도대체 이게 다 뭔가요? 제가 발작을 했다고 아이 취급하시는 건가요?"

페렐은 녀석을 보고 피식 웃었다.

"이보게, 다른 이유는 없네, 궁금하기는 했지만. 그리고 효과가 있는 것 같군. 이제 괜찮지 않나?"

"저 바깥에서 일어나고 있는 일만 빼면 전반적으로요. 트럭에서부터 거기에 신경을 쓰는 데 너무 에너지를 써버렸어요. 오, 어쩌면 좀 잘 수도 있었는데, 하지만, 다시 괜찮아졌어요."

"좋아."

닥은 두서없는 이야기를 통해 젠킨스만큼이나 도움을 얻었다. 그리고 자기만의 생각에 몰두하는 것보다 더 큰 위안을 얻을 수 있었다.

"나가서 그들이 요르겐슨한테 어떻게 하고 있는지 볼까? 음, 호크한테는 무슨 일이 생겼을까? 이제 생각해볼까?"

"호크요? 아, 그는 지금 제 사무실에 있어요. 바깥에 못 나가게 한 다음부터 연필과 종이를 들고 뭔가를 계산하고 있어요. 궁금한데……."

"원자력 문제? 그럼 그한테 가서 이야기해보는 게 어떤가? 그는 좋은 사람이야, 그리고 그는 매정하게 거절하지 못할 걸세. 여기 있는 아무도 명백하게 이 동위원소 R 문제를 의심하지 않았었네. 자네가 그에게 새로운 단서를 제공할 수도 있지. 블레이크와 여기 간호사들, 탱크를 제외한 그 아수라장에서 빠져나온 사내들과 더불어, 자네가 내 몫에서 할 수 있는 일은 많지 않네."

젠킨스가 수술실을 가로질러 자기 방으로 꺾어지는 걸 바라보면서, 페렐은 파머로부터 전화를 받은 이후 그 어느 때보다 세상의 평화를 느꼈다. 처음에는 젠킨스를 향했다가 닥에게로 되돌아온 브라운의 눈길은 그의 기분을 상하게 하지 않았다. 그녀는 대부분의 여자들이 입으로 할 수 있는 것보다 더 많은 것을 눈으로 말할 수 있었다!

그는 블레이크가 신참 간호사와 함께 심장 마사지를 하고 있는 수술대로 향했다. 그 간호사는 호흡을 점검하면서 기계적 호흡장치를 향해 애타는 눈길을 던지고 있었다. 요르겐슨의 흉곽은 심장이 보이도록 장애물이 없어야 했기에, 이 경우 그 장치는 쓸 수 없었다. 블레이크는 고개를 들었다. 표정에 걱정이 서려 있었다.

"이건 그다지 좋은 방법이 아니에요, 닥. 그는 최근 몇 분 동안 거의 침몰해 있었어요. 당신을 막 부를 참이었습니다. 저는……."

마지막 단어는 그들 머리 위에서 들려오는 황소 목청 같은 비행기 소리에 묻혀버렸다. 그것은 운반용으로 개량된 날개깃을 가진 중량 시코르스티 화물선의 고유한 소리였다. 페렐은 브라운의 의문에 찬 시선에 고개를 끄덕였다. 하지만 그는 고함을 지르지 않았다. 다만 그의 손길이 블레이크를 대신하여 자연 심박동을 자극하는 섬세한 작업을 이어받았다. 블레이크가 물러나자 소리가 멈췄고, 닥은 고갯짓으로 그에게 가보라고 했다.

"저리로 가서, 기기 내리는 걸 감독하게. 짐꾼으로 일할 수 있는 사람을 보면 아무나 데려가라고, 아니면 사람들을 찾으러 존스를 보내게나. 기계는 실험적 모델이고 무척이나 거추장스럽지. 아마도 300~350킬로그램은 나갈 걸세."

"제가 직접 사람들을 찾아볼게요. 존스는 자고 있어요."

그가 가진 모든 기술로 최선을 다했지만, 능숙한 손놀림에도 요르겐슨의 심장은 더 이상 세동을 보이지 않았다.

"마지막 사인이 언제 있었지?"

"이제, 약 4분쯤 되었어요. 닥, 아직도 가망이 있을까요?"

"뭐라 말하기는 어렵네. 일단 기계를 가져오게. 희망을 가져야지."

하지만 심장은 여전히 반응하지 않았다. 압박과 손놀림을 통해 혈액을 순환시키고 최소한 세포들이 굶주리거나 가사상태에 빠지는 것은 막을 수 있겠지만. 조심스럽게, 세심하게, 그는 온 정신을 손가락에 집중하고 심장에서 미세한 떨림이 일어나길 간구했다. 어쩌면, 한 번은 그랬던 것 같았다. 하지만 그는 확신할 수 없었다. 이제 그들이 얼마나 기계를 신속하게 작동시키는가, 이 사람이 손놀림으로 얼마나 오래 버틸 수 있는가에 모든 것이 달려 있었다. 그리고 그 문제는 여전히 해결되지 않았다.

생명의 불꽃이 희미하게, 지속적으로 요르겐슨 안에서 사그라지고 있다는 것에는 의심의 여지가 없었다. 바깥에서는 인간이 만들어낸 지옥이 째깍거리면서 말러의 동위원소에 이르기까지의 시간을 까먹고 있었다. 평상시에 닥은 불가지론자였다. 하지만 지금, 그는 무의식적으로 어린 시절의 단순한 믿음으로 기울어가고 있었다. 그는 브라운이 자신의 입에서 나오는 기도문을 따라하는 것을 들었다. 그 앞에 놓인 시계의 초침은 돌고 돌고 다시 돌았다. 마침내 뒷문에서 사람들의 발소리가 들렸다. 하지만 그의 손가락 아래 심장에서는 여전히 어떠한 분명한 움직임도 감지되지 않았다. 어렵고 낯선 수술을 위해, 그에게 남은 시간이, 과연 있다면, 얼마나 될까?

그는 곁눈질로 헤아릴 수 없이 많아 보이는 백금 필라멘트들을 보았다. 요르겐슨의 심장과 폐를 지배하는 신경으로 이어져야 하는 것들이었다. 그것들 모두 세심하게 코드가 붙어 있기는 했지만, 끔찍할 만큼 복잡했다. 만일 그가 어디에선가 실수를 한다면, 두 번 다시 시도할 시간이 없다는 것만큼은 확실했다. 만일 그의 손가락이 흔들리거나, 피곤한 눈꺼풀이 엉뚱한 순간에 흐려진다면, 요르겐슨의 어떠한 도움도 기대할 수 없을 것이다. 요르겐슨은 죽은 목숨이 되는 것이다.

4
★

그는 지시했다.

"브라운, 마사지를 이어서 하게. 그리고 무슨 일이 일어나든 계속해야 되네. 좋았어. 도드. 나를 보조해서, 내 신호를 맞춰줘. 이게 작동하면 우린 이제 쉴 수 있다고."

페렐은 세계 최고의 외과의사였다고 젠킨스에게 자랑했던 것을 정당화시킬 수 있을지 스스로 강력하게 의심했다. 한때, 그것은 분명한 사실이었다. 그는 거짓된 겸손을 떨 필요 없이 그것을 알고 있었다. 하지만 그것은 매우 오래전의 일이고, 이것은 기껏해야 무모한 짓이라 할 수 있었다. 쿠벨릭이 학회에서 개를 대상으로 그 기계를 시연했을 때, 그는 오래된 매혹이 분출되는 것을 느꼈다. 그는 여전히 세부 사항들을 훌륭하게 기억하고 있었고, 그의 손도 그랬다. 하지만 위대한 외과의사를 만드는 데에는 무언가 다른 것이 필요하다. 그리고 그는 그것이 여전히 자신에게 있을지 의문이었다.

이제, 손가락들이 현미경적으로 미세한, 필요한 움직임을 만들어내고 도드가 또 다른 손 역할을 하면서 그는 의심을 멈췄다. 그것이 무엇이든, 그는 무언가 자신으로부터 솟아오르는 것을 느낄 수 있었다. 거기에는 일의 다급함을 넘어서는, 무언가 순수한 즐거움이 있었다. 아마도 이번이 그가 그것을 느낄 수 있는 마지막 기회일지도 몰랐다. 그리고 만일 시술이 성공한다면, 그는 이전의 성공으로부터 아직 남아 있는 몇 안 되는 정신적 보물들과 함께 마음에 담아둘 수 있을 터였다.

수술대 위에 있는 남자는 더 이상 요르겐슨이 아니었다. 지나치게 많은 기계들이 들어선 병원은, 브라운과 이 낯선 신 기계를 만들어낸 바로 그 메이요 병원의 주 수술실이 되었고, 그의 손가락은 메이요의 기적의 사내, 위대한 페렐의 것이 되어 있었다. 눈썹 하나 까딱하지 않으며 아침 식사 전에 두 건의 불가능한 수술을 해낼 수 있었던 바로 그 사내 말이다.

그의 느낌 중 일부는 기계 그 자체에 바쳐진 것이었다. 무질서하게 붙어 있는 부속품들과 더불어 거대하고 추한 모습의 그 기계는 과학자의 성취물이라기보다 종교 재판소에서 가져온 무엇 같았다. 하지만 그것은 작동했다. 그는 그것이 기능하는 것을 보았다. 정렬된 부품의 그 추한 덩어리 안에서, 미세한 전류가 생성되어 심장과 폐에 공급되었다. 더 이상 작동하지 않거나 버텨낼 수 없는 뇌의 명령을 대신해서, 필요에 따라 호흡과 심박을 조율했다. 그것은 외과학과 전기학의 천재적 결합의 산물이었다. 심폐 자극계가 놀랍기는 하지만, 그것은 필요한 신경과 신경 다발만을 선택하여 연결하고, 거의 불가능한 것들을 외과적 가능성의 한계까지 가져가도록 쿠벨릭이 진화시킨 기술에는 분명히 다음가는 것이었다.

브라운이 끼어들었다. 그런 수술 중간에 끼어든다는 것은 그녀 또한 분명히 긴장했다는 뜻이다.

"심장 세동이 약간 있어요, 닥터 페렐."

페렐은 끼어드는 것에 개의치 않고 고개를 끄덕였다. 대부분의 외과 의사들은 수다 때문에 심기를 불편해하지만, 몇 명 안 되는 그의 스태프들 사이에선 그것이 일상적이었다. 그는 다른 사람들이 눈치 채지 못하고 계속 수다를 떠는 동안에도 그것에 대꾸할 만큼 마음의 여유를 갖도록 항상 자신을 관리했다.

"좋았어. 내가 기대했던 것보다 최소한 두 배 정도 여유가 있군."

그의 손은 계속 움직였다. 좀 더 긴박한 위험에 처한 심장에 먼저. 그는 궁금했다. 이런 경우에도 이 기계가 작동할까? 큐라레와 방사능 물질이 서로 싸우는 기묘한 조합의 상황인데. 이 기계는 주요 장기에 근접한 신경들을 통제하고 그것의 신호를 근육으로 흘려보내고 있다. 반면 큐라레는 뇌에서 비롯되는 통제 신호를 긴 구간에 걸쳐 차단하면서, 전체 신경을 마비시키는 복잡한 작용을 하고 있었다. 기계로부터의 신경 자극이 단속 마비된 경로를 통해 강제로 전달될 수 있을까? 아마도…… 그 신호의 강도는 통제 가능했다. 유일한 증거는 시험 중에 있었다.

브라운이 손을 떼고 이해할 수 없다는 듯 내려다보았다.

"뛰고 있어요. 닥터 페렐! 스스로…… 뛰고 있다구요!"

그는 다시 고개를 끄덕였다. 마스크로 미소를 숨긴 채. 그의 기술은 여전히 흠잡을 데 없었다. 개한테 그 기계를 작동시키는 걸 한 번 본 후 정확하게 그 시술을 재현해낸 것이다. 그는 여전히 '위대한 페렐'이었다. 이제 내면의 자아는 정상으로 돌아왔다. 들뜬 마음이 남아 있기는 했지만, 이제 그의 환희는 요르겐슨의 생존이라는 보다 중요한 문제로 집중되었다. 이제 간호사가 손을 떼어도 폐가 스스로 움직이기 시작했다. 그는 그것을 예측하고 있었다. 남은 세부 작업들이 곧 끝났다. 그는 얼굴의 마스크를 떼어내고 장갑을 벗으면서 한 발짝 뒤로 물러섰다.

"축하합니다, 닥터 페렐!"

낯설고 걸걸한 목소리가 들렸다.

"진정 위대한 수술이었습니다—진짜 대단했습니다. 하마터면 당신을 말릴 뻔했는데, 그렇게 하지 않았던 게 정말 다행이네요. 당신을 지켜볼 수 있어 기뻤습니다, 선생님."

페렐은 놀란 표정으로 미소 짓고 있는 쿠벨릭의 수염 난 얼굴을 올려다보았다. 그는 상대의 악수를 받아들이면서도 할 말이 없었다. 쿠벨릭은 분명 아무 말도 기대하지 않은 듯했다.

"저, 쿠벨릭이 왔습니다, 보시다시피. 저 기계에 대해서라면 다른 사람을 신뢰할 수 없었죠. 다행히 비행편을 잡을 수 있었답니다. 당신은 너무도 단호하고 확신에 차 보였어요. 저를 알아보지 못하시기에 스스로를 나무라며 조용히 물러나 있었던 겁니다. 당신이 더 이상 저를 필요로 하지 않으시니 이제 저는 돌아가야겠군요. 당신을 지켜본 건 현명한 판단이었습니다. 아, 말씀은 필요 없습니다. 선생님, 당신은 말이 필요 없죠. 말로 당신이 행한 기적을 파괴하지 마세요. 헬리콥터가 기다리고 있어 이제 가봐야겠습니다. 당신에 대한 저의 존경은 영원할 겁니다!"

페렐은 헬리콥터의 굉음이 끼어드는 동안에도 여전히 자신의 손, 그리고 이제 규칙적으로 박동하는 경동맥을 가진 숨 쉬는 몸을 내려다보며 서 있었다. 그것이 바로 필요한 모든 것이었다. 그는 다른 모든 외과의사들을 바보, 멍청이라고 생각하는 남자 쿠벨릭의 존경을 얻었다. 잠깐 동안 그는 그것을 소중하게 생각하고, 이내 떨쳐버렸다.

"자,"

이제 공장의 문제들이 그의 어깨에 달려 있게 되자 그는 다른 이들에게 말했다.

"우리가 할 일은, 거기 있는 동안, 그리고 이렇게 인공적으로 생명을 지속시키는 동안 요르겐슨의 뇌가 손상되지 않았기를 바라는 것뿐이네. 너무 늦기 전에 그가 말할 수 있을 만큼 상태가 회복되도록 해보자고. 하늘은 우리에게 시간을 주었네! 블레이크, 자네는 나만큼 구체적 업무를 알고 있네. 우리 둘 다 여기에 매달릴 수는 없어. 자네와 새 간호사가 바통을 받아서 병동과 대기실 주변에 흩어져 있는 환자들에게 필요한 최소한의 것들을 해주게. 새로운 환자가 있나?"

"한동안은 없었습니다. 상황이 종료되는 단계에 이르지 않았나 싶어요."

브라운이 답했다.

"나도 그랬으면 좋겠네. 이제 가서 젠킨스를 불러들이고 어디에 몸을 좀 눕히지. 자네랑 메이어스도, 도드. 블레이크, 가능하다면 우리한테 세 시간만 주게, 그때 깨워주게. 그때까지는 새로운 상황이 생기지 않을 거야. 우리는 결국 쉬면서 시간을 벌게 될 걸세. 무엇보다 요르겐슨한테 주목해야 하네!"

오래된 가죽 의자는 괜찮은 침대가 되었다. 페렐은 육체적으로나 정신적으로 너무 지쳐 찬밥 더운밥을 가릴 여력이 없었다. 거의 필사적으로 잠들려 하긴 했지만, 사실 너무나 지쳐 있었기 때문에 세 시간의 수면으로 필요한 만큼의 효과를 얻기는 어려웠다. 생각해보니, 쿠벨릭이 이곳에 그토록 쉽게 오갔던 것을 파머가 알게 된다면 그 모든 경비원들에 대해 어떻게 생각할지 궁금했다. 하긴, 중요한 건 그게 아니었다. 공장 안은 말할 것도 없거니와 이 근처에 과연 누가 오고 싶어 할까?

그 점에서 그는 분명하게 틀렸다. 그가 바깥의 헬리콥터의 굉음 소리에 깨어 보니 아직 세 시간이 되려면 한참 남아 있었다. 하지만 잠 때문에 그의 호기심은 너무 흐려졌고, 다시 선잠에 빠져들었다. 이어서 또 다른 소리가 나른한 상태의 그를 번쩍 깨어나도록 했다. 그것은 출입구 방향에서 나는 자동소총의 날카로운 발사음이었다. 잠시 멈췄다 또 다시 터지는. 비몽사몽의 기억을 돌이켜보면, 그 소리는 헬리콥터가 도착하기 전에 시작된 것 같았다. 따라서 그들이 총을 쏘고 있다고 볼 수는 없었다. 더 문제는, 그것이 자신과 관련된 일은 전혀 아니었지만, 다시 잠들 수 없다는 것이었다. 그는 일어나서 수술실로 갔다. 마침 땅딸막한 사내가 뒷문에서 뛰어 들어오고 있었다.

그자는 경쾌한 눈짓으로 블레이크를 흘끗 쳐다보았다. 재미있어야 했지만 약간 미치지 못하는 자신감이 묻어나는 말들을 내뱉으며 페렐을 향해 곧장 달려왔다. 바탕에는 여전히 진실성이 드러나고 있었다.

"닥터 페렐? 음. 닥터 쿠벨릭, 당신도 알고 있는 메이요의 쿠벨릭이 당신 일손이 부족하다고 알려왔어요. 다른 방에 환자들이 쌓여 있다고. 우리는 임무를 자원해서 왔습니다. 저와 네 명의 다른 의사들, 아홉 명의 간호사들입니다. 아마도 당신과 점검을 했어야 했지만, 전화 연결이 되지 않았어요. 그래서 직접 달려오는 자유를 누렸죠. 헬기를 최대한 빨리 몰아서 왔습니다."

페렐은 뒤를 돌아보았다. 그가 생각했던 것 대신, 기계 세 대와 사람들, 관련된 장비들이 쌓여 있었다. 전화에 연결되었을 때 도움을 청하지 않았다는 점에 대해 그는 마음속으로 자신을 탓했다. 사실 그는 너무 오랫동안 적은 인력으로 일하는 데 익숙해져 있어서, 응급 상황에서의 당연한 직업적 반응을 거의 잊고 있었던 것이다.

"글쎄요, 자발적으로 여기 오신 거죠? 자, 만일 그렇다면, 당신과 쿠벨릭에게 감사합니다. 여기에 약 40명의 환자들이 있고, 그들 모두 상당한 처치를 필요로 합니다. 하지만 솔직하게 말씀드리자면, 당신들이 일할 수 있는 충분한 공간이 있는지 모르겠습니다."

그 남자는 엄지손가락을 뒤로 꺾어 보였다.

"그 문제는 걱정하지 마세요. 쿠벨릭은 일을 마련할 때 끝까지 챙깁니다. 필요한 것은 우리가 모두 가지고 왔습니다. 실질적으로 병원의 모든 원자력 장비들 말입니다. 당신이 우리를 팀으로 나누어주셔야겠지만 말이지요. 심지어 여기 모든 환자를 수용할 수 있는 야전 병원 텐트와 이동 병동도 있습니다. 여기에서 진료를 할까요, 아니면 환자들을 일단 텐트로 옮기고 여기는 정리하는 게 좋을까요? 오, 쿠벨릭이 호의를 표현한 거죠. 그는 놀라운 사람이에요!"

쿠벨릭은 호의에 대해서라면 구체적 아이디어를 가진 것 같았다. 그것들을 극적으로 표현하는 경향이 있긴 하지만. 그가 자원활동 인력에게 지시를 내리면서 보니, 전체 스태프들과 장비들을 아래로 옮기지 않았다는 점이 놀라웠다. 페렐은 결정했다.

"이쪽을 떠나는 게 낫겠군요. 병동에 있는 사람들은 아마도 당신네 텐트에서 더 잘 지낼 수 있을 겁니다, 지금 대기실에 있는 이들도 마찬가지고요. 우리는 모든 응급 상황에 필요한 장비들은 잘 갖추고 있지만, 환자들을 장시간 돌보는 데는 익숙하지 않소. 그래서 그러한 방식으로 환자를 돌보는 것에는 세련되지 못합니다. 닥터 블레이크가 주변을 안내하고, 여기 방식대로 일과를 조직할 수 있도록 도울 겁니다. 또 텐트를 세우는 것도 도와줄 거요. 그런데, 착륙하면서 입구 근처에서 벌어진 야단법석을 들었소?"

"사실, 저희도 들었습니다. 보기도 했어요. 어떤 제복을 입은 일군의 사내들이 자동소총을 쏘고 있었습니다. 하지만 땅을 맞히고 있었어요. 또 다른 무리는 거기서 도망치면서 주먹을 휘두르는 것 같았습니다. 우리한테도 같은 반응을 예상했는데, 그들이 우리를 알아차리지 못한 것 같았어요."

블레이크는 재미있다는 듯 콧방귀를 뀌었다.

"우리 매니저가 항공 접근을 커버하라는 지시를 내리는 걸 잊지 않았으면, 당신은 아마도 잡혔을 거예요. 그들은 그게 공식 경로라고 생각한 게 틀림없습니다. 제가 오늘 아침 들어올 때, 시내에서 온 수많은 사람들이 여기에 있는 지인들에 대해 논쟁하는 걸 봤습니다. 아마도 그 건이었을 거예요."

그는 자신을 따라오는 키 작은 의사에게 몸짓을 하고, 브라운에게 이야기하려 고개를 돌렸다.

"내가 없는 동안 그에게 결과를 보여줘, 자기."

페렐은 그의 새로운 부대를 잊고, 그녀에게 돌아갔다.

"나쁜가?"

그녀는 대꾸하지 않았다. 그러나 납 방호복을 집어 들어 요르겐슨의 가슴에 올려놓았다. 그것은 그의 하체에서 발생하는 모든 방사능을 차단했다. 그러고는 방사능 측정계를 그 사내의 목 근처로 가져갔다. 닥은 한 번 보았다. 더 이상은 필요 없었다. 블레이크가 말한 대로, 모든 신체 부위에서 방사능 물질을 제거하기 위해 이미 최선을 다했다는 것은 분명했다. 다른 부분들을 묶어두고 국소 마취제로 그것들을 덮어둘 수 있을 거라는 희망에서였다. 큐라레는 필요한 정보를 얻을 수 있을 만큼 충분한 시간 동안 길항작용을 할 수 있었다. 하지만 역시 분명하게도, 그는 실패했다. 그가 여전히 방사능의 지배를 받는 상황에서 단지 약물의 덩어리를 중화시키는 작업이란 말이 안 되는 것이었다. 외과적 제거를 하기에는 그 물질들이 너무나 미세하게 퍼져 있었다. 그래서? 그에게는 답이 없었다.

젠킨스의 성마른 손이 그에게서 검사용 지시계를 앗아갔다. 닥은 약간 놀라서 쳐다보았다. 녀석은 이미 인상을 쓰고 있었는데, 표정에는 변화가 없었다. 그는 천천히 끄덕였다.

"음, 제가 웬만큼 계산해봤어요. 그 또한 선생님이 하셨던 작업의 멋진 일부였습니다. 하지만 너무 안타깝네요. 문에서 지켜보고 있었어요. 선생님은 그가 정말 괜찮아질 거라고 저에게 거의 확신을 주셨어요. 선생님의 방식으로. 하지만…… 이제 우리는 그 없이 문제를 헤쳐나가야 합니다. 그리고 호크와 파머는 시험해볼 만한 가치가 있는 실마리들을 아직 어떻게 해보지도 못했어요. 제 방으로 오시겠어요, 닥? 여기에서 우리가 할 수 있는 일은 아무것도 없어요."

페렐은 젠킨스를 따라, 이제는 비어버린 대기실의 작은 사무실로 들어갔다. 메이요 병원에서 온 이들은 빠르게 움직였다. 그렇게 보였다.

"아직 못 잤지? 호쿠사이는 지금 어디 있나?"

"거기 파머랑 같이, 그렇게 해서 선생님을 안심시킬 수 있다면 약속한 대로 행동하겠다고 했어요. 호크는 멋진 사람이에요. 저는 원자력 엔지니어에게 말을 걸었다가 조롱을 받지 않는다는 게 어떤 건지 아예 잊어버렸어요. 파머도 아마 마찬가지일 거예요. 제가……."

녀석의 얼굴에 짧은 섬광 같은 것이 일어났다. 그의 얼굴에서 처음으로 정상적인 인간 자존감의 광채가 보였다. 그러더니 그는 움츠렸고, 그것은 긴장한 뺨과 충혈된 눈 속으로 사라져갔다.

"우리는 가장 사나운 종류의 과제를 다루었어요. 하지만 그렇게 격렬하지는 않네요."

문 쪽에서 호크의 목소리가 났다. 그 작은 사내는 들어오더니 세 개의 의자 중 하나에 조심스럽게 앉았다.

"아니에요. 그렇게 격렬하지 않아요. 그건 이미 실패했어요. 요르겐슨은?"

“가버렸어. 거기에 희망은 없네! 무슨 일이지?”

호크는 거의 눈을 감고 팔을 내저었다.

“아무것도. 우린 그것이 절대 작동할 수 없다는 걸 알고 있었어요. 안 그래요? 미스터 파머가 곧 이리로 올 겁니다. 그러면 다시 계획을 세워야죠. 우리가 어떻게 하면 이 상황을 가장 잘 돌파할 수 있을지 지금 생각 중이에요. 파머나 저나, 우리는 이론가예요. 그리고 미안하지만 닥터, 당신도요. 요르겐슨이 현장 사람이었는데. 요르겐슨이 없다니…… 안 돼.”

정신적으로, 페렐은 이동에 동의했다. 그것도 즉시! 하지만 그는 파머의 관점을 이해할 수 있었다. 싸움을 포기하는 것은 어쨌든 그의 성미에 반하는 것이다. 뿐만 아니라, 일단 폭발이 발생해서 어떤 지역에 피해를 일으킨다면, 의회에서 압력 집단이 끼어들 것이고, 모든 원자력 작업의 궁극적인 철폐를 강력하게 요구할 것이다. 지금 그들이 잠자코 있는 것은 합리적이었다. 단지 기회를 기다릴 뿐이고, 아니 어쩌면 지금 이 순간, 이 상황을 그들의 반격으로 전화시킬 수 있는 루머가 퍼지고 있음을 이미 포착하고 있을지도 모른다. 만일, 운이 따라서 이미 발생한 생명과 재산의 손실 외에 더 큰 문제 없이 파머가 공장을 구할 수 있다면 그들의 목소리는 곧 잊힐 것이고, 내셔널이 생산한 제품에서 얻는 편익은 다시 모든 위험을 능가하게 될 것이다.

“만일 모든 것이 폭발하면, 도대체 어떤 일이 일어날까?”

그가 물었다.

젠킨스는 책상 위에 놓인 논문 한 뭉치로 다가가며 입술을 깨물고 어깨를 으쓱했다. 논문들은 휘갈겨진 원자학 기호들로 덮여 있었다.

“누구라도 짐작할 수 있어요. 군대의 신형 폭발물 3톤이 10억분의 1

초, 아니 최소한 100만분의 1초에 폭발한다고 생각해보세요. 정상적으로, 원자력에 비교할 때, 그 물질은 여느 불길처럼 천천히, 조용히 연소될 겁니다. 아주 오랫동안, 정제된 방식으로 가스를 방출하면서. 이런 식으로 생각해볼 수 있어요. 이 모든 것이 함께 폭발해버리면, 그건 허드슨 베이에서 멕시코 만에 이르는 전 대륙을 갈라버릴 구멍을 뚫게 돼요. 그리고 현재 미드 웨스트가 있는 곳에 아름다운 바다를 만들게 될 겁니다. 다르게 생각해보면, 여기서 반경 80킬로미터 이내에 있는 모든 것을 죽여버리는 걸로 끝날 수도 있어요. 그 어느 사이에 우리가 기대할 수 있는 기회가 있을 겁니다. 아시다시피 이건 U-235가 아니잖아요."

닥은 움츠러들었다. 그가 상상했던 것은, 공장이 허공으로 완전히 날아가버리고, 근처에 있는 몇몇 건물들이 함께 무너지는 것이었다. 이런 게 아니었다. 그에게는 순전히 국지적인 문제로 여겨졌지만, 그렇지가 않았다. 젠킨스가 저렇게 억눌린 공포감을 갖는 것이 이상할 게 없었다. 지나친 상상이 아니었다. 하지만 그를 걱정하게 만든 것은 너무도 냉혹하고 어려운 지식이었다. 페렐은 그들이 다시금 기호들을 들여다보는 동안 그들의 얼굴을 쳐다보았다. 그들은 놓친 빈틈을 발견하려는 희망으로 수식들을 하나하나 짚어갔다. 그는 그들만 남겨두기로 했다.

모든 문제들이 요르겐슨 없이는 절망적이었다. 그렇게 보였다. 그리고 요르겐슨은 그가 책임져야 했다. 만일 공장이 날아가버린다면, 그건 그 원로 의사의 어깨에 정면으로 날아올 것이다. 하지만 분명한 대안도 없었다. 만일 도움이 된다면 그는 성대를 통한 정상 호흡 대신 인공후두를 이용하여, 뇌에서 발성 기관까지 직접 경로를 만들고, 신체를 고정시켜 목 아래 모든 신경을 차단할 수 있었을 것이다. 하지만 지금 나타나는 징후를 보면 그것은 쓸데없는 일이다. 현재까지도 남아 신경계에 명령을 내리는 다량의 방사능 물질 때문에 뇌로부터 명령을 전달시킬 수가 없었다. 뇌 자체는 영향을 받지 않았다 해도 말이다. 물론 이조차 의심스러웠다.

요르겐슨의 경우, 다행히도 그 물질이 머리 주변에 아주 미세하게 퍼져서 어느 특정 지점에 농축되지는 않았다. 만일 그랬다면 의심할 바 없이 정신에 파괴적 효과를 일으켰을 것이다. 하지만 행운도 문제였다. 미세하게 퍼져 있다 보니 어떠한 의학적 수단으로도 그것을 제거할 수 없었다. 그가 문제를 읽고 그들이 지시하는 알파벳에 따라 눈을 깜빡여 대답하게 하는 쉬운 일조차 희망이 없었다.

신경! 요르겐슨은 완전히 차단되어 있었다. 하지만 페렐은 나머지 부분이 나쁜 상태가 아닐 수도 있다는 생각이 들었다. 어쩌면 그들의 손이 닿는 그 어딘가에 억눌려 있는 해결책이 있을 수 있었다. 왜냐하면 공장에 있는 모든 사람들의 신경은 스스로의 목표를 상실하게 만드는 공포와 압력 때문에 차단된 상태이기 때문이다. 젠킨스, 파머, 호쿠사이…… 순전히 이론적 조건의 지배를 받는 이들, 그들 중 누군가는 문제에 대한 답을 찾아낼 수 있을지도 모른다. 하지만 그것을 찾아내야 한다는 간절한 필요성은 도리어 그것을 감추는 무언가가 될 수 있었다. 요르겐슨의 치료 문제에도 똑같은 진실이 적용될 수 있다. 하지만, 그가 긴장을 풀고 빈둥거리며 일견 무관해 보이는 주제들 언저리로 게으르게 헤매보았지만, 무언가를 해야 한다는, 그것도 지금 당장 해야 한다는 필요성으로 끊임없이 되돌아왔다.

페렐은 뒤쪽에서 피곤에 지친 발소리를 들었다. 돌아보니 파머가 전방 출입문으로 들어오고 있었다. 그가 수술실에 들어올 이유는 없었다. 하지만 그러한 사소한 규칙들은 이미 여러 시간 전에 완전히 사라져버렸다.

"요르겐슨은?"

파머의 대화는 평소의 톤으로, 똑같은 오래된 질문과 함께 시작되었다. 그는 닥의 얼굴에서 답을 읽고는, 그것이 새로운 소식이 아니라는 표정을 지어 보였다.

"호크와 그 젠킨스라는 청년은 여전히 거기 있나?"

닥은 끄덕였다. 그리고 그의 뒤를 따라 젠킨스의 사무실로 발걸음을 옮겼다. 그들에게 그는 쓸모가 없었다. 하지만 그의 마음에는 다른 것들, 그가 간과한 어떤 작은 요인이 드러날 기회가 있을지도 모른다는 생각이 여전히 있었다. 또한, 무슨 일이 일어나고 있는지 알아야 한다는 호기심이 여전히 작동하고 있었다. 그는 세 번째 의자에 털썩 주저앉았고, 파머는 탁자 모서리에 걸터앉았다.

"젠킨스, 훌륭한 심령술사라도 알고 있나."

매니저가 물었다.

"자네가 혹시 알고 있다면, 나는 켈러의 혼령을 소환할 채비가 되어 있네. 원자학의 스타인메츠—그는 이 동위원소 R이 나타나기 전에 죽어야 했지. 우리가 문제 해결에 얼마나 시간이 걸릴지 그럴듯한 추정값조차 남기지 않은 채 말이야. 여보게, 도대체 뭐가 문젠가?"

젠킨스의 얼굴은 경직되었고, 몸은 긴장으로 의자에 꼿꼿하게 세워져 있었다. 그는 머리를 흔들며 입꼬리를 씰룩였다.

"아무것도요. 어쩌면, 신경과민…… 호크와 저는 이것이 얼마나 오랫동안 지속될지 단서가 될 만한 것들을 파헤쳐봤어요. 하지만 아직도 정확히 모르겠어요. 저기에서 관찰한 사실들과 예전의 일반 이론으로 볼 때, 여섯 시간에서 서른 시간 정도가 남은 것 같아요. 아마도 열 시간이 좀 더 정확할 듯합니다.

더 길 수는 없습니다. 그것은 사람들을 지금 당장 몰아붙이고 있어요! 심지어 탱크들도 그들이 최선을 다할 수 있는 곳에 진입할 수 없습니다. 우리는 사람들을 위한 본부로 3호기 주변의 방폐를 사용하고 있습니다. 하지만 30분이 지나면, 그렇게 가까운 곳에 머물 수 없게 될 겁니다. 방사능 측정계가 더 이상 눈금을 나타내지 않을 거예요. 거의 일정하게 모든 구역에서 누출이 되고 있습니다. 열기도 끔찍합니다. 섭씨 300도 정도까지 상승했는데, 현재 거기 고정되어 있어요. 하지만 그것만으로도 3호기를 가열시키기엔 충분합니다."

닥은 고개를 들었다.

"3호기?"

"음, 그 뱃치에는 아무 일도 생기지 않았어. 그건 다 빠져나가서, 몇 시간 전에 예정된 대로 I-713을 제대로 배출했지."

파머는 담배를 찾아 손을 뻗었다가, 이미 입에 물려 있다는 걸 깨닫고 담뱃갑을 탁자에 내동댕이쳤다.

"중요한 자료요, 닥. 우리가 이 상황을 벗어날 수 있다면, 4호기에 변화를 일으킨 게 무엇인지 해명할 수 있을 게요, 일단 벗어날 수만 있다면! 그 변이 요인들이 작동하도록 만들 수 있을까, 호크?"

호크는 고개를 저었다. 다시 젠킨스가 노트를 보고 답을 했다.

"불가능합니다. 물론 이론적으로는, 최소한 R이 말러의 동위원소로 변환되기까지 열두 시간에서 열여섯 시간의 가변적 시간이 있습니다만, 그것이 어떤 연쇄 반응이나 부수적 경로를 거치느냐에 따라 달라집니다. 그것들 모두 비슷하게 괜찮아 보이고, 아마도 지금 거기에서 모든 일들이 벌어지고 있을 수도 있습니다. 중성자를 빨아들이거나 떠돌게 만드는 무엇이 있느냐에 따라 달라지겠죠. R의 농도와 양뿐 아니라 심지어 그들의 활성을 일부 변화시키는 고온 혹은 저온 상황에도 영향을 받을 겁니다. 그것이 변수들 중 하나라는 점에 대해서는 의문의 여지가 없습니다."

"유출이 그걸 증명해요."

호크가 덧붙였다.

"맞아요. 하지만 함께 고려하면 너무 많아요, 우리는 그것이 비처럼 에너지를 가볍게 방출해버리지 않을 어떤 안전선에 이를 만큼 그것을 미세하게 분해할 수 없습니다. 미세한 입자 하나가 스스로를 말러의 동위원소로 변화시킬 수 있어요. 그것이 충돌하게 되면 고비를 넘긴 인접한 입자를 폭발시켜 즉각 동일한 물질로 전화하기에 충분한 에너지가 발생합니다. 그리고 그것은 인접한 다음 입자로 전달되죠, 대략 빛의 속도로! 만일 우리가 그것을 정교하게 다룰 수 있어서 일부는 먼저 폭발하고 다른 원자들이 조금 나중에 폭발할 수 있다면 괜찮을 겁니다. 우리가 0.1그램보다 큰 덩어리 모두를 나머지 것들로부터 분리할 수 있는 게 확실치 않다면, 우리는 그걸 할 수 없어요! 그리고 우리가 그것을 웬만큼 작은 조각들로 분해하기 시작하면, 어떤 단속 변환의 부수적 경로들을 택할 것인지 결정하고 어느 때라도 폭파시킬 수 있을 거예요. 그렇게 되면 더 짧은 연쇄반응을 제거하는 농도에 이르게 됩니다. 하지만 우리는 그것을 작은 조각으로, 그리고 그것들을 더 작은 조각으로, 또 분해해나갈 수 없습니다. 너무 위험해요!"

페렐은 변수 같은 것들이 있다는 걸 막연히 알고 있었다. 하지만 그것들 뒤에 자리한 이론은 그에게는 너무나 첨단인데다 복잡했다. 그가 그나마 약간 알고 있는 것은, 여러 가지의 다른 경로를 통해 점프해서 결국은 동일한 결과로 끝날 수 있는, 지금 그들이 사용하고 있는 초중량 원자들이 아니라 보다 단순한 방사능 물질이 정상적으로 라듐에서 납으로, 즉 분명하고 고정된 반감기를 가지고 진행되던 시절에 배운 것들이었다. 그것은 그가 생각할 수 있는 것 너머에 있었다. 그는 일어나 요르겐슨에게 돌아가려 했다.

파머의 말이 그를 멈추게 만들었다.

"나도 물론 그걸 알고 있네. 하지만 내가 틀리길 바랐지. 그렇다면…… 우리는 대피해야 하네! 우리 자신을 더 이상 바보로 만들 필요가 없지. 주지사에게 전화해서 이 주변 지역을 피난시키라고 설득해야겠네. 호크, 자네는 여기 있는 사람들을 당장 피난시키게! 우리가 기대할 것이라고는 길항작용을 할 수 있는 동위원소뿐인데, 그걸 충분히 확보할 가능성은 없어. 수천 파운드의 뱃치에서 I-231을 만든다는 것은 말이 안 되네. 자……."

그는 전화기로 손을 뻗었다. 그러나 페렐이 끼어들었다.

"병동에 있는 사람들은 어떡하나? 그들은 그 물질로 잔뜩 오염되어 있네. 그들 대다수의 몸 전체에는 1그램 조각보다 더 큰 것들이 쫙 퍼져 있지. 그들은 어쩌면 컨버터와 같은 급이라고도 할 수 있을 걸세. 하지만 그들한테서 손을 떼고 그냥 남겨둘 수는 없네."

침묵이 그들을 강타했다. 젠킨스의 낮은 속삭임 한 마디가 그것을 깨뜨렸다.

"세상에! 우린 도대체 얼마나 멍청한 거야. 몇 시간 동안이나 이야기했던 I-231, 저는 한 번도 그걸 생각하지 못했네요. 당신 둘이 내 면전에서 그것들을 연결시키고 있는데도, 여전히 그걸 거의 놓치고 있었어요!"

"I-231? 하지만 충분치는 않아요. 한 11킬로그램, 아니면 더 조금 있을 텐데. 더 만들려면 사흘 반 정도 걸립니다. 우리가 가진 소량으로는 소용이 없어요, 닥터 젠킨스. 우리는 그걸 이미 잊기로 했어요."

호크는 성냥을 켜서 종이 한 장에 불을 붙였고, 잉크 한 방울을 거기에 떨어뜨렸다. 그는 불을 꺼버리기 전에 그것이 타는 것을 잠깐 바라보았다.

"자. 산불을 멈추기 위한 물 한 방울. 이건 아니에요."

"틀렸어요, 호크. 진정한 물길로 진로를 바꾸는 스위치를 단축하는 한 방울도 있을 수 있어요. 자, 보세요, 닥. I-231은 R과 원자 수준에서 반응하는 동위원소예요. 우리는 이미 그걸 확인했지요. 그것은 그 물질과 단순히 결합하고, 이 둘은 비非 방사능 요소와 약간의 열로 분해됩니다. 다수의 다른 원자 반응들처럼. 그러나 그것은 격렬한 반응이 아닙니다. 그것들은 좀 더 온건한 방식으로, 일부를 서로 교환하며 안정적이고 더욱 단순한 원자들과 친해집니다. 우리는 이미 몇 킬로그램을 가지고 있는데, 제시간 안에 4호기를 지원할 만큼 충분하게 제조하는 것은 어려워요. 하지만 병동에 있는 모든 이들을 치료할 만큼은 충분하죠. 요르겐슨을 포함해서!"

"열이 얼마나 발생하지?"

닥은 무력감에서 벗어나 훌륭한 의사라면 가질 법한 구체적인 생각으로 넘어갔다.

"원자학에서, 자네는 그걸 약간이라고 부를 수도 있지. 하지만 그게 인체에서도 충분히 약간일까?"

젠킨스가 계산하는 동안 호쿠사이와 파머의 시선은 젠킨스의 연필 끝을 따라 오르락내리락했다.

"요르겐슨 몸에 있는 물질이 5그램이라고 하면, 곁들여서, 다른 사람들한테는 더 적은 양이 있어요. 반응 시간은…… 음. 몸에서 생성되는 열과 반응에 걸리는 시간이 여기 있어요. 그 물질은 염소에서 수용성이고, 우리는 그걸 가지고 있어요. 따라서 그것을 확산시키는 데에는 문제가 없어요. 그걸로 무엇을 할 건가요, 닥터?"

"대략 추정하면, 약 8~10도 정도 체온이 올라가네요, 이런!"

"너무 높아! 요르겐슨은 지금 당장 5도도 견딜 수 없어!"

젠킨스는 계산한 숫자들을 내려다보며 인상을 썼다. 손으로는 신경질적으로 종이를 두드렸다. 닥은 고개를 저었다.

"아냐, 너무 높지는 않아! 우선 저온 수조에 담가 몸 전체의 체온을 26.6도 정도로 떨어뜨리고, 그러고 나서 필요하다면 37.7도까지 올라가도록 하는 거지. 그럼 여전히 안전할 거야. 다행히도 장비는 충분해. 카페테리아에 있는 냉장 유닛을 뜯어내서 욕조로 개조하면 되지. 우리가 요르겐슨을 처치하는 동안, 바깥 텐트에 있는 자원 활동가들이 다른 이들을 맡을 걸세. 최소한 그렇게 하면 환자들을 데리고 나갈 수는 있지. 공장을 구하지는 못한다 해도 말이야."

파머는 혼란스러운 얼굴로 그들을 쳐다보았다. 그러고는 해결책을 찾은 듯했다.

"냉장 유닛, 자원 활동가들, 텐트? 뭐지? 좋아, 닥, 뭐가 필요한가?"

그는 전화를 걸어 지시를 내리기 시작했다. 가용한 I-231을 수술실로 보내고, 사람들로 하여금 카페테리아 냉장 장비를 뜯어내게 하고, 그 밖에 닥이 요청했던 다른 일들을. 젠킨스는 이미 텐트에 있는 스태프들에게 어떻게 이곳에 왔는지 묻지도 않고 지시를 내렸다. 그러나 파머, 호쿠사이와 함께 닥이 돌아오기 직전에 수술실로 돌아와 있었다.

"블레이크가 거기에서 일을 맡고 있어요."

젠킨스가 전했다.

“도드, 메이어스, 존스, 혹은 수가 필요하면 말씀하세요. 그들은 자고 있어요.”

“필요 없네. 자네들은 가로막지 말고 저리 가게, 꼭 봐야 한다면 말이지.”

페렐은 젠킨스와 함께 냉동 유닛과 수조를 심장 자극계의 벨트에 부착하면서 두 엔지니어에게 명령했다.

“젠킨스, 그의 혈액을 준비하게. 우리는 신중을 기해서 가능하면 낮게 체온을 끌어내려야 하네. 온도 하강을 확인하고 그 상황에서 정상이라 할 수 있는 정도로 심박과 호흡을 유지해야 해. 이제 그 둘 다 그의 정상적인 통제에서 벗어나는 셈이지.”

“그리고 기도.”

젠킨스가 덧붙였다. 그는 I-231을 가지고 온 사람이 문 안으로 완전히 들어오기도 전에 그의 손에서 작은 상자를 낚아챘다. 하얀색 분말의 무게를 재고 물을 조심스럽게 계량하면서—하지만 긴장 때문에 자동이 되어버린 속도로—용해를 준비하기 시작했다.

“닥, 만일 이게 통하지 않는다면, 그래서 요르겐슨이 미치거나 어떻게 된다면, 당신은 미친 놈 하나를 더 보시게 될 거예요. 또 한 번의 거짓된 희망이 저를 끝장내고 말 거라고요.”

“한 명 더가 아니야, 넷이지! 우리 모두는 같은 배에 타고 있네. 체온이 괜찮게 떨어지고 있군. 내가 좀 서두르긴 했지만 충분히 안전한 것 같아. 현재 35.5도까지 내려갔어.”

요르겐슨의 혀 아래에 위치한 체온계는 통상적인 발열을 측정하는 온도계가 아니라, 신속 반응이 가능한 저체온 작업용 온도계였다. 천천히, 필사적인 저항과 함께 다이얼의 작은 바늘이 움직이더니, 32도까지 내려갔고, 계속 하강했다. 닥은 그것에 눈을 고정시킨 채 맥박과 호흡을 적당한 속도까지 늦춰갔다. 그는 파머에게 방해가 되니 물러서라고 몇 번이나 말했는지 모른다. 결국 그는 포기했다.

기다리는 동안, 저 바깥 야전 병원에 있는 이들은 어떻게 하고 있는지 궁금해졌다. 그들은 임시 냉각 장치를 준비하고 환자들을 단체로 치료할 만한 시간이 충분했다. 아마도 열 시간 정도. 그리고 저체온은 사실 표준적인 치료였다. 요르겐슨은 단지 진정한 응급 사례였을 뿐이다. 닥이 거의 지각하지 못할 만큼, 하지만 통상적 기준으로 볼 때는 빠르게, 체온은 계속 떨어졌다. 마침내 25.5도에 도달했다.

"준비, 젠킨스, 주사를 시작하게. 그 정도면 충분한가?"

"아뇨. 이 정도면 거의 충분할 거라고 계산은 했지만, 적절하게 균형을 맞추려면 천천히 해야 해요. 이걸 너무 많이 투여하면, 반대 경우만큼이나 상황이 악화될 거예요. 눈금이 올라가고 있나요, 닥?"

올라가고 있었다. 페렐이 원하는 것보다 훨씬 빠르게. 주사액이 혈관을 따라 이동해서 방사능 물질의 미세한 침전물 사이로 퍼져 들어가면서, 바늘은 26을 넘어 32로 상승했다. 그것은 36도에서 멈췄고, 냉각 욕조가 세포에서 발산되는 열을 흡수하면서 다시 천천히 떨어지기 시작했다. 방사능 측정계는 여전히 동위원소 R의 존재를 지시하고 있었다. 훨씬 미약하기는 했지만.

이어서 소량을 다시 주사했고, 그 다음에는 더 소량을 투여했다. 페렐이 말했다.

"거의, 다음 번이면 목적을 달성해야 하는데."

주사의 일부만 투여함으로써, 그들이 요르겐슨에게 부과한 것보다

체온을 덜 떨어뜨릴 필요가 있었다. 하지만, 거기엔 작은 손실이 있었을 뿐이다. 마침내, I-231 용액의 마지막 한 방울까지 사내의 정맥으로 투입되어 작동하자 닥은 고개를 끄덕였다.

"방사능 활동성이 남았다는 증거가 없군. 체온은 35도까지 상승했고. 이제 냉장을 끄겠네, 그는 빠르게 약간 고체온 상태에 도달할 걸세. 우리가 큐라레를 저지할 수 있는 때가 되면, 그도 준비될 거야. 약 15분 정도 걸릴 거야, 파머."

매니저는 그들이 저체온 장비를 해체하고 큐라레 차단 절차를 진행하는 것을 지켜보며 고개를 끄덕였다. 그것은 항상 약물 치료보다 느린 작업이었다. 하지만 작업의 일부는 이미 정상 생체 과정에 의해 이루어졌고, 나머지는 간단하고 표준적인 시술이었다. 다행스럽게도, 네오-헤로인은 거의 소모돼버릴 것이다. 그렇지 않으면 그것은 좀 더 오래가고 제거하기 어려운 문제가 될 것이었다.

"미스터 파머, 전화입니다. 미스터 파머, 호출입니다. 미스터 파머, 전화로 와주십시오."

교환원의 말소리에는 평소의 인공적인 정확함은 사라진 채, 신경질적인 가락만 남아 있었다. 그것은 그녀의 습관이었고, 그녀는 평소에도 과도한 생각으로 골치를 썩는 법이 없었다.

"미스터 파머, 전화 받으십시오."

"파머입니다."

매니저는 영상통화 장치가 장착되지 않은 장비를 들었다. 발신인이 누구인지 표시되지 않았다. 하지만 페렐은 요르겐슨의 회생 전망에서 나타났던 작은 희망이 사라져가는 것을 확인할 수 있었다.

"체크! 여기를 빠져나가 대피할 준비를 하게. 하지만 추가 지시가 있을 때까지 침착해야 하네! 사람들한테는 요르겐슨이 문제에서 막 벗어났다고 이야기하게, 그러면 그들도 무언가 할 말이 없지 않을 걸세."

그가 돌아섰다.

"소용없어, 닥. 걱정일세. 우리는 이미 너무 늦었네. 그 물질이 다시 상승하고 있어. 이제 사람들이 3호기에서 벗어나야 하네. 나는 요르겐슨을 기다릴 걸세. 하지만 그가 멀쩡해지고 답을 안다고 해도, 그걸 활용해서 이 사태를 해결할 수는 없을 거야!"

5

★

"치유는 길고 느린 과정이 될 거야. 하지만 최소한 은색 갈비뼈보다는 나은 상태로 돌아가야겠지. 예쁜 엑스레이 사진은 절대로 안 나오겠지만."

닥은 장비를 쥐고 요르겐슨의 가슴에 열려진 플랩을 내려다보았다. 어깨가 가볍게 움츠러들었다. 심장과 폐로 가는 신경 주변에서 미세한 백금 필라멘트들을 제거했다. 그의 정상 신경 신호가 다시 작동하기 시작했다. 심장 자극계의 통제를 받을 때보다는 덜 안정적이었지만 위험 신호는 없어 보였다.

"자, 그가 여전히 제정신이라면, 이건 그렇게 문제되지 않을 거야."

젠킨스는 그가 플랩을 다시 봉합하는 것을 보았다. 그의 눈은 탁자 너머 컨버터 쪽을 향해 집중되어 있었다.

"닥, 그는 제정신으로 돌아올 거예요! 호크와 파머가 저 바깥에서 그게 무슨 소리인지 알게 된다면, 우리는 요르겐슨에게 의지해야 해요. 어딘가 답이 있어요. 그래야만 한다고요! 하지만 그가 없이는 그걸 찾지 못할 거예요."

"음, 자네는 스스로 고민했던 것 같군. 지금까지는 자네가 맞았네, 만일 요르겐슨이 나간다면……."

그는 봉합기를 떼고 드레싱을 끝낸 후 의자에 주저앉았다. 이제 그들이 할 수 있는 것이라고는 약물이 요르겐슨한테 작동해서 제정신이 돌아오기를 기다리는 것뿐이라는 것을 알고 있었다. 자신에 대한 통제가 느슨해지자, 완전한 탈진이 몰려왔다. 장갑을 벗는데 손가락이 흐릿해 보였다.

"어쨌든, 이제 5분 안에 결과를 알게 될 걸세."

"하늘이 우릴 도울 거예요, 닥, 만일 그게 저한테 달려 있다면 말이죠. 저는 언제나 원자 이론에 안목이 있었어요. 거기에서 성장했다고 할 수 있죠. 하지만 그는 매주 거기에서 작업한 현장 사람이에요. 그건 그의 작업과정이었어요, 게다가…… 그들이 지금 거기 있어요! 그들이 여기로 돌아오는 건 문제 없겠죠?"

하지만 호쿠사이와 파머는 어떤 승인도 기다리고 있지 않았다. 그 순간만큼, 요르겐슨은 모든 사람을 되돌아오게 만드는, 공장의 신경 중심이었다. 그들은 다가와서 그를 바라보고는, 의식 회복의 징후를 확실히 놓치지 않을 만한 위치에 앉았다. 파머는 대화를 멈췄던 곳에서 다시 시작하며, 호쿠사이와 젠킨스에게 자신의 이야기를 했다.

"링크-스티븐스가 주장했던 건 틀렸어! 그건 계속해서 실패했지. 거기엔 아무것도 없다는 걸 확인할 때까지 말이야. 바로 이거! 그건 흑마술이지 과학이 아니야. 이 상황이 종료된다면 그것이 왜 그런지 발견하는 지각보다는 용기를 가지고 얼간이를 찾아낼 걸세. 호크, 그것이 세타 체인이라는 데 긍정적인가? 알다시피, 그것이 일어날 확률은 1만분의 1

도 안 돼, 그건 불안정하고 멈출 수 없어. 바로 첫 번째에 좀 더 간단한 구조로 복귀하는 경향이 있지."

호쿠사이는 손을 뻗어, 미심쩍어하며 젠킨스의 무거운 한쪽 눈꺼풀을 들어 올리더니, 고개를 끄덕였다. 그 녀석의 목소리는 무료하고, 거의 무관심해 보였다.

"그게 바로, 그래야 한다고 제가 생각했던 거예요, 파머. 다른 어떤 것도 이 단계에서 그렇게 많은 에너지를 발산할 수 없어요. 당신이 저기에서 기술했던 방식으로 말이죠. 아마도 우리가 억제하려고 노력했던 마지막 일은 그러한 유형으로 자리 잡을 거예요. 그것이 지속하기에 딱 적당한 농도에 있죠. 우리는 열 시간이 최선의 기회라는 걸 알아냈어요. 그러니 여섯 시간의 단기 반응 경로를 찾아내야 해요."

"음."

파머는 다시 초조하게 위아래를 오르내렸다. 어느 방향으로 움직이든 그의 눈은 요르겐슨 쪽으로 돌아갔다.

"그리고 여섯 시간 후면, 아마도 이 근방의 모든 인구가 대피할 수 있을 걸세, 어쩌면 아닐 수도 있지. 하지만 그렇게 해야 하네. 닥, 나는 이제 더 이상 요르겐슨을 기다릴 수 없네. 주지사가 즉시 이 일에 착수하도록 해야 해!"

"심지어 최근까지도 그들은 린치 법을 집행한 걸로 알려져 있네."

페렐은 무뚝뚝하게 그에게 상기시켰다. 개업의 시절, 그는 그런 군중 폭동의 사례를 본 적이 있었다. 해가 바뀌어도 사람들은 매우 비슷한 상태를 보인다는 것을 그는 알고 있었다. 그들은 움직일 것이다. 하지만 우선, 그들은 희생을 요구할 것이다.

"우선 사람들을 여기에서 빠져나가도록 하는 게 좋겠네, 파머. 그리고 충고하자면 당신은 가급적 먼 곳으로 떨어져 있어야 하네. 출입구에서 발생했던 문제들에 대해서 들었네. 하지만 그건 대피 명령이 가져올 결과에 비하면 아무것도 아닐 걸세."

파머는 투덜거렸다.

"닥, 믿지 않을지도 모르겠지만, 나는 지금 당장 나한테나 이 공장에 무슨 일이 일어나든 상관치 않네."

"아니면 이 사람들은? 군중들이 이리로 몰려와 당신의 피를 요구할 걸세. 그러면 이들은 당신 편에 서겠지. 왜냐하면 그들은 이게 당신 잘못이 아니라는 것을 알거든. 문제를 해결하기 위해 나가서 고생하는 것도 봤고. 그 군중들은 아주 까다롭게 목표물을 선별하지는 않을 걸세. 아니, 일단 그들이 흥분하게 되면, 이곳 전역에서 굉장히 격심한 소동을 겪게 될 거야. 게다가, 요르겐슨은 실질적으로 준비가 되었다네."

몇 분이 더 지난다고 해서 대피에 차이가 생기지는 않을 것이다. 닥은 약간의 장애가 있는 자신의 부인이 지옥 같은 피난길에 오르는 걸 떠올리고 싶지 않았다. 그녀는 아마도 그가 돌아올 때까지 피난을 거부할 것이다. 그의 눈길은 젠킨스가 신경질적으로 만지작거리던 상자에 꽂혔다. 그는 잠시 멈칫했다.

"젠킨스, 내 기억에, 자네가 그 물질을 작은 입자로 분해하면 위험하다고 이야기했던 것 같아. 하지만 그 상자는 다양한 크기의 그 물질을 담고 있잖나. 우리가 벗겨낸 큰 조각들은 물론 오염된 도구들까지. 왜 그게 폭발하지 않았지?"

젠킨스는 마치 불에 덴 듯 화들짝 손을 떼고, 한 발짝 물러서서 스스로를 살펴봤다. 그러고 나서는 방을 가로질러 I-231을 가지러 갔고, 돌아와서는 상자 안에 백색 분말을 발작적으로 들이부었다. 호쿠사이의 눈이 휘둥그레졌다. 그는 남은 공간을 채우고 I-231이 나머지 것들과 접촉할 수 있게끔 물을 흘려 넣었다. 그리고 거의 동시에, 상대적인 저준위 에너지 방출에도 그것은 에어컨디셔너가 흡입하는 것보다 빠르게 하얀 증기 구름을 만들어냈다. 하지만 그것은 즉시 흐려지더니 사라져버렸다.

호쿠사이는 이마의 땀을 천천히 닦아냈다.

"그 수트—그들 방호복은?"

"사람들을 컨버터로 돌려보내서 그 수트들을 이미 안전한 상태로 전환된 그 물질 안으로 던져버렸어요."

젠킨스는 대답했다.

"하지만 저는 바보처럼 이 상자를 잊고 있었어요. 이런! 우연한 기회가 우리를 구원했거나, 아니면 유출된 물질이 모두 한 종류, 어쩌면 충분하게 긴 연쇄반응이었을지도 몰라요. 저는 모르겠고, 지금은 관심도 없어요……."

"소…… 웅…… 와…… 나……."

"요르겐슨!"

그들은 마치 한몸처럼 방의 끝 쪽에서 요르겐슨을 향해 달려들었다. 그러나 수술대에 가장 먼저 도달한 것은 젠킨스였다. 요르겐슨은 눈을 뜨고, 다소 무질서하게 주위를 두리번거렸다. 그의 손은 둔하게 움직였다. 젠킨스는 그의 얼굴 위에, 강렬한 흥분 때문에 실제로 달아오른 자신의 얼굴을 가져다 댔다.

"요르겐슨, 내가 말하는 거 알아듣겠어요?"

"어."

눈동자는 움직임을 멈추고 젠킨스에게 집중했다. 한 손을 목으로 가져가 움켜잡으려 하면서 다른 한 손으로는 몸을 일으키려 했으나 성공하지 못했다. 그가 겪었던 것들의 여파로 부분 마비가 된 것 같았다.

페렐은 그가 이성적일 거라고 감히 기대할 수 없었다. 그의 안도감은 의심으로 얼룩져 있었다. 그는 파머를 뒤로 밀어내고 고개를 저었다.

"안 돼. 물러서게. 녀석이 처리하도록 합시다. 그는 이자를 놀라게 하지 않을 만큼 충분하게 상황을 알고 있지만 당신은 아니잖소. 이건 너무 서둘러서 될 일이 아니오."

"나…… 음, 젊은 젠킨스? 여기서 뭐해? 너희 아버지한테 거기서 바쁘다고 말해줘!"

요르겐슨의 거대한 몸집 어딘가에서, 아직 이용되지 않고 비축되어 있던 에너지와 의지가 솟아오른 듯했다. 그는 가까스로 앉은 자세를 취했다. 눈은 젠킨스에게 고정시킨 채, 손은 제대로 말을 듣지 않는 목을 여전히 잡고 있었다. 그의 말은 어눌하고 불분명했지만 강렬한 단호함으로 장애를 극복했고, 모든 단어를 이해할 수 있도록 만들었다.

"아버지는 돌아가셨어요, 요르겐슨, 이제……."

"마자, 글구 너는 어룬이지, 한 열두 살, 너는…… 공장!"

"진정해요, 요르겐슨."

탁자 밑의 손이 하얗게 변하도록 주먹을 세게 쥐면서도 젠킨스는 평상시대로 목소리를 유지하려 애썼다.

"들어보세요. 그리고 제 말이 끝날 때까지 아무 말도 하지 마세요. 공장은 여전히 괜찮아요. 하지만 우리는 당신 도움이 필요해요. 여기 무슨 일이 일어났거든요."

페렐은 이어서 오고간 대화들이 공학적 줄임말의 어떤 형태들이라는 것을 짐작할 수는 있었지만 감춰진 의미는 거의 알아들을 수 없었다.

호쿠사이가 고개를 끄덕이는 것을 볼 때, 그들은 상황을 간략하지만 완벽하게 요약한 것이 분명했다. 요르겐슨은 눈을 그 녀석에게 고정시킨 채 이야기가 끝날 때까지 굳은 채로 앉아 있었다.

"헬로바 메스! 생각해봐…… 어, 노력해……."

그는 다시 누우려 했고, 젠킨스가 그를 도왔다. 그 사내의 얼굴에 나타나는 기묘하고 불확실한 변화에 열정적으로 집중하면서.

"어, 다 로트! 으, 어!"

"알겠어?"

"어!"

어조는 확신에 가득 차고 의문의 여지가 없었다. 하지만 목 주변의 움켜쥔 손 때문에 이야기를 이해할 수 없었다. 그가 끌어낸 일시적 에너지는 소진되었고, 그는 그것을 이겨낼 수 없었다. 그는 숨을 헐떡이며 안간힘을 쓰고 누워 있었다. 그러고는 몇 마디 속삭이는 듯한 단어들, 전혀 알아들을 수 없는 단어들을 내뱉고는 늘어졌다.

파머는 페렐의 옷소매를 잡아당겼다.

"닥, 당신이 할 수 있는 건 아무것도 없나?"

"노력 중이라네."

그는 미량의 약물을 조심스럽게 계량하고, 요르겐슨의 맥박을 측정하더니 용량의 반을 투여하기로 결정했다.

"하지만 희망이 별로 없네. 이 사내는 지금 나락으로 떨어지고 있는 중이지. 무엇보다도, 그를 강제로 깨어나게 하는 건 좋은 일이 아니었어. 너무 오래 버텼네. 그가 말을 한다면 섬망 상태에 빠질 걸세. 어쨌든, 목뿐 아니라 발성 중추에도 일부 문제가 있는 것 같아."

그러나 요르겐슨은 거의 순간적으로, 다시 한 번 미약한 집중을 하기 시작했다. 분명히 마지막 시도로 안간힘을 짜내고 있는 것 같았다. 마침내 단어들이 강제된 명료함 속에서 거칠게, 하지만 음조의 변화 없이 튀어나왔다.

"첫 번째…… 변수…… 열둘…… 물…… 정지."

젠킨스에게 집중된 그의 눈이 감겼고, 그는 다시 늘어졌다. 이제 덮쳐오는 무의식과 더 이상 싸워 견뎌낼 수 없었다.

호쿠사이, 파머, 젠킨스는 서로 의문의 눈길을 주고받았다. 먼저 왜소한 일본인이 부정적으로 고개를 저었고, 인상을 찌푸리더니 다시 그것을 반복했다. 매니저는 거의 정확하게 그것을 따라했다.

"섬망 상태의 헛소리야!"

"위대한 순백의 희망 요르겐슨!"

젠킨스의 어깨가 처지고 얼굴에서 피가 빠져나가며 피곤과 절망으로 창백해졌다.

"오, 젠장할. 닥, 저를 그만 쳐다보세요. 저는 모자에서 기적을 꺼낼 수 없다고요!"

닥은 자신이 쳐다보고 있다는 걸 깨닫지 못했었다. 하지만 바꾸려고 노력하지도 않았다.

"아마도 못 하겠지. 하지만 스스로를 겁주려는 학대를 멈춘다면 여기에서 가장 왕성한 상상을 하게 되지. 자, 자네는 바로 그 지점에 있네. 나는 여전히 자네한테 승산을 걸고 있어. 호크, 걸겠나?"

그것은 말도 안 되는 멍청한 짓이었다. 닥도 알고 있었다. 하지만 오랫동안 함께 일하면서 어디에선가, 그 청년에 대한 기이한 존경심, 그리고 두려움은 아니지만 결승지점 막판에 후미에서 달리는 순혈경주마의 반응과 유사한 예민함에 의존하고 있는 자신을 발견해냈다. 호크는 너무 느리고 신중했다. 파머는 외부적 걱정거리에 너무 몰두해서 문제의 가장 긴급한 단계에 거의 모든 정신을 집중할 수 없었다. 자기 확신의 부재로 방해받는 젠킨스만이 남은 것이다.

호크는 닥의 분명한 윙크의 의미를 알아챘다는 신호를 보내지는 않았다. 하지만 그의 눈썹이 희미하게 올라갔다.

"아니요. 내기에 걸지는 않을 겁니다. 젠킨스, 나는 당신의 지시를 따르겠어요!"

파머는 청년을 잠깐 쳐다보았다. 녀석의 얼굴에는 의심스러운 혼돈이 드러났지만, 그는 페렐만큼 원자 기술에 무지하지도 않았고, 호쿠사이의 숙명론에 빠져 들지도 않았다. 마지막으로 의식불명의 요르겐슨을 쳐다본 후, 그는 방을 가로질러 전화기로 다가갔다.

"자네들, 원한다면 하고 싶은 대로 하게. 나는 즉시 이곳을 대피시키려 하네."

"잠깐만요!"

젠킨스는 정신적으로나 신체적으로나 스스로 깨어나고 있었다.

"파머! 기다려요. 고마워요, 닥. 당신이 저를 판에 박힌 관습에서 깨어나게 해주셨어요. 어디선가 배웠던 무엇으로 제 기억이 튕겨갔어요. 그것이 답이라고 생각해요! 그게 효과가 있어야 할 텐데……. 다른 어떤 것도 게임의 이 단계에서 작동하지 못할 거예요!"

"교환, 주지사를 대주게."

파머는 들었지만, 통화를 계속했다.

"이봐, 사람들이 빠져나간 이후까지 그 정신 나간 직감으로 농담할 시간 없네. 자네가 상당히 똑똑한 아마추어라는 건 인정하지. 하지만 원자력 기술자는 아닐세!"

"우리가 이 사람들을 빠져나가게 한다면, 그건 너무 늦어요. 그 일을 할 수 있는 사람이 여기 아무도 남지 않을 거라고요!"

젠킨스의 손이 파머에게서 수화기를 낚아챘다.

"교환, 통화를 취소하세요. 필요 없습니다. 파머, 제 말을 들으셔야 해요. 이 대륙의 중간부 전역을 모두 대피시킬 수는 없어요. 그리고 폭발의 범위가 한정될 거라고 기대할 수도 없고요. 이건 도박이에요. 당신은 10만 명이 아니라 5,000만 명을 위험에 처하게 만들고 있어요. 저한테 기회를 주세요!"

"젠킨스, 자네가 나를 설득할 시간을 정확하게 1분 주겠네. 그게 나을 걸세! 만일 폭발이 80킬로미터 한도를 넘지 않는다면 말이야."

"어쩌면. 그리고 그걸 1분 안에 설명할 수는 없어요."

청년은 긴장으로 찡그렸다.

"좋아요. 당신은 켈러라는 죽은 사람에 대해서 불만을 늘어놓으셨어요. 만일 그가 여기 있다면, 그에게 기회를 주실 건가요? 아니면 그가 시도했던 모든 작업에서 그의 지도하에 일했던 사람에게 기회를 주실 건가요?"

"당연히, 하지만 자네는 켈러가 아니야. 그리고 그는 외로운 늑대 같은 사내였다는 것을 알고 있지. 요르겐슨이 그와 다투고 이리로 온 후에 그는 외부 기술자를 고용한 적이 없어."

파머는 전화기로 다가갔다.

"곧이 듣지 않을 거네, 젠킨스."

젠킨스는 손으로 그 기계로 꽉 쥐고, 파머의 손이 닿지 못하게 확 잡아당겼다.

"저는 외부 조력자가 아니었어요, 파머. 요르겐슨이 그것들 중 하나를 방출한 것이 두려워 그만두었을 때 저는 열두 살이었어요. 3년 후, 일들이 너무 빡빡해서 그는 혼자 감당할 수 없었죠. 하지만 그는 그 일을 가족 내에서 해결하는 게 낫겠다고 생각한 거죠. 그래서 저를 데리고 일하기 시작한 거예요. 저는 켈러의 양아들이에요!"

이제 닥의 머리 안에서 생각의 조각들이 함께 깜빡였다. 그리고 그런 명백한 사실을 예전에 알아차리지 못했다는 것에 대해 속으로 자신을 한 대 갈겼다.

"그래서 요르겐슨이 자네를 알고 있었군? 나는 그것이 흥미롭다고 생각했지. 말이 되는군, 파머."

순간, 매니저는 주저하며 멈칫했다가 어깨를 으쓱하고는 굴복했다.

"오케이, 젠킨스, 자네를 믿을 만큼 내가 바보라고 치세. 하지만 내 생각에, 뭔가 다른 것을 하기에는 너무 늦었어. 대륙 반쪽과 이 지역을 걸고 도박 중이라는 사실을 절대 잊지 않고 있네. 뭘 원하나?"

"사람들이요. 건설 노동자들과 더러운 작업을 할 몇몇 자원자들이 필요합니다. 그리고 모든 송풍기, 배출 장치, 배관, 증폭 송풍기, 그리고 다른 컨버터 세 개에서 뜯어낸 모든 것을 4호기에 가능하면 가깝게 연결해주세요. 어떻게든 마련해서 크레인으로 그 물질들 위로 밀어 올릴 수 있도록 해야 해요. 어떻게 할지는 모르겠어요. 현장 사람들이 저보다 더 잘 알 거예요. 강물이 공장 뒤쪽에서 흐르도록 해야 해요. 그것에서 몇 킬로미터 이내에 있는 모든 사람들을 빠져 나오게 하고, 송풍기 출구를 그리로 연결하는 거예요. 어쨌든 그것이 끝나는 지점 어디에선가 일종의 늪이나 습지가 있을 거예요."

"그렇지, 여기서 약 16킬로미터쯤 떨어진 곳에 있어. 우리한테 땅은 아무런 의미도 없기 때문에 배관 체계를 유지하는 수고를 들일 필요는 없었네. 그리고 그 습지들은 다른 것들과 마찬가지로 무언가를 가져다 버리기에 좋지."

공장이 이 작은 강을 폐기물 배출구로 처음 사용했을 때 내서널은 인접 지역의 모든 토지를 인수해야 했다. 원자력 활동에 대한 토지 소유자들의 두려움을 현찰로 무마시켜야 하는 큰 어려움이 있었다. 그 후, 이곳은 잡초와 토끼의 땅이 되었다.

"어쨌든, 우리가 원자력을 사용하는지 모르는 소수의 어부와 방랑자들 빼놓고는 수킬로미터 이내의 모든 이들이 나간 상태라네. 민병대를 보내서 그들에게 겁을 주어 나가게 하겠네."

"좋아요. 정말 이상적이네요. 왜냐하면 습지에서는 유속이 훨씬 길고 느려져서 많은 것들을 잡아놓을 수 있을 거예요. 작년에 생산했던 수퍼서마이트 물질은 어떤가요? 근처에 있나요?"

"여기 공장에는 없지. 하지만 창고에서 몇 톤 가져올 수 있네. 군의 요구에 여전히 대비 중일세. 다루기에 매우 뜨거운 물질이지. 그것에 대해 잘 알고 있나?"

"그게 제가 원하는 것이라는 사실 정도는 알고 있어요."

젠킨스는 그가 두었던 곳에 여전히 놓인 〈위클리 레이〉를 가리켰다. 닥은 논문 내용 중 비기술적 부분을 훑어보았던 것이 기억났다. 그것은 분리 상태를 유지하는 두 개의 초중량 원자로 이루어져 있었다. 그것 자체로는 특별히 중요하거나 활성 상태가 아니었다. 하지만 함께 있으면 그것은 원자 수준에서 서로 반응하여 엄청난 열과 비교적 극소량의 원치 않는 방사능을 방출했다.

"섭씨 2만 도까지 올라갈 텐데, 그렇지? 어떻게 그걸 저장하지?"

"칸막이가 약해서 쉽게 터지는 4.5킬로그램 폭탄에서…… 그것이 충격으로 파괴되면 반응이 시작돼요. 호크가 설명해줄 수 있어요. 그건 호크의 전문 분야니까."

파머는 전화기에 손을 뻗었다.

"그 밖에 다른 것은? 자, 나가서 서둘러 시작하세! 자네가 거기 도착할 때쯤이면 사람들이 기다리고 있을 거야! 자네 지시를 실행할 수 있는 한 빨리 내가 직접 거기 나가 있겠네."

닥은 그들이 나가고 금세 매니저가 따라나서는 것을 보았다. 그는 자신의 생각과 요르겐슨과 함께 병동에 홀로 남았다. 그것은 유쾌하지 않았다. 무슨 일이 벌어지고 있는지 알고 있는 이너 서클과는 너무나 멀리 떨어져 있었고, 위험을 알아채지 못하기에는 너무 많이 관여한 상태였다. 이제 쓸데없는 사변을 마음에서 떨쳐버리기 위해서라면 어떤 일이라도 써먹을 수 있을 것 같았다. 하지만 하릴없이 작업반장의 상태를 체크하는 것 말고는 할 수 있는 일이 없었다.

그는 가죽 의자에서 몸부림치며 강제로 잠을 청하는 실수를 범하고 있었다. 마음은 바깥에서 들려오는 소리를 쫓아 달려가고 있는데도 말이다. 바깥에서는 작동을 시작한 크레인과 탱크 모터의 단조로운 소리, 성급한 지시를 내리는 고함소리들, 그리고 무엇보다도 쇳덩이에 부딪히는 유압식 망치의 삐걱거리는 리듬이 있었다. 각각의 소리는 그의 지식에 보탬 없이 어떤 가능성을 연상시켰다. 『데카메론』은 지루했고, 위스키는 덜 숙성된 불쾌한 맛이 났으며, 나 홀로 카드놀이는 속임수를 쓸 만한 가치가 없었다.

마침내 그는 포기하고 현장 병원 텐트로 나왔다. 요르겐슨은 메이요에서 파견된 스태프의 처치를 받으며 그곳에서 상태가 더 나아질 수도 있었다. 그리고 자신도 거기에서 더욱 쓸모 있을 것 같았다. 그는 뒤쪽 출입구를 지나면서 무거운 짐을 실은 헬리콥터 여러 대가 접근하는 소리를 들었다. 올려다보니 헬리콥터들이 건물 모서리 위에 착륙하고 있었다. 어디선가 일군의 사내들이 달려왔고 화물차 방향으로 사라졌다. 그는 이들 중 누군가가 그곳에 강제로 보내져 방사능으로 잔뜩 오염된 채 돌아오는 건 아닌지 궁금했다. 물론 그것이 그리 중요하지는 않았다. 이제 동위원소는 수술 없이 제거될 수 있었다.

블레이크는 야전 텐트 앞에서 그를 만났다. 그는 다른 이들을 감독하고 지도하는 역할에 분명히 만족한 것 같았다.

"나가세요, 닥. 선생님은 여기 필요 없어요. 선생님은 휴식이 필요해요. 사상자를 늘리는 걸 원치 않으시죠? 회담의 최전선에서 온 최신 정보는 뭔가요?"

"요르겐슨은 완전히 깨어나지 않았네. 하지만 그 녀석이 아이디어를 냈지. 사람들은 이제 그걸 실행하려고 나가 있어."

닥은 자신이 느꼈던 것보다 더 희망적으로 이야기하려고 노력했다.

"나는 자네가 요르겐슨을 이리로 데려오는 게 낫겠다고 생각하고 있었네. 그는 여전히 의식불명이지. 하지만 걱정하지는 않아도 될 것 같아 보이네. 브라운은 어디 있나? 그녀가 잠든 게 아니라면, 무슨 일이 벌어지고 있는지 궁금해할 텐데."

"그 녀석이 안 자는데 그녀가 잔다구요? 오, 어머니 콤플렉스 때문에 그에 대한 걱정을 놓을 수 없답니다."

블레이크는 쳐다보았다.

"그녀는 그가 호크를 바짝 뒤쫓는 모습을 봤어요. 그러더니 그를 쫓아 나갔지요. 아마 그녀는 지금 모든 걸 알고 있을 겁니다. 아네드가 그렇게 나를, 평생 단 한 번이라도 쫓아왔으면 좋겠네요—젠킨스, 놀라운

자식! 글쎄, 저랑 안 맞는다니까요. 그들이 지시사항을 마칠 때까지 걱정하지 않을 생각이에요. 오케이 닥. 요르겐슨을 금방 이리로 데려올게요. 그래야 선생님이 간이침대를 잡고 눈을 좀 붙이실 수 있겠죠."

닥은 호기심을 갖고 현장 텐트의 세련된 장치와 잘 구비된 실내 환경을 쳐다보며 투덜댔다.

"블레이크, 이미 처방을 했네, 하지만 환자가 그걸 복용할 것 같지 않은걸. 당장 브라운을 찾아야겠네. 그러니 뭐라도 나타나면 내부 스피커를 통해 알려주게."

그는 자신이 항상 그렇게 하기를 원해왔다는 것을 인식한 채 활동의 중심부로 향했다. 하지만 그것이 부질없는 일이 아니라는 것은 자신할 수 없었다. 좋아, 브라운이 구경할 수 있다면 그가 하지 못할 이유가 없었다. 그는 기계 공작실을 지나치며 흥분에 사로잡힌 움직임들을 감지했다. 2호기를 지나치는데, 그곳에서는 사람들이 커다란 파이프와 다양한 장비들의 부품을 바쁘게 뜯어내고 있었다. 3호기 너머에는 그의 진로를 가로막는 로프 펜스가 있었다. 그는 파머나 브라운을 찾으러 그 경계를 따라 갔다.

그녀가 그를 먼저 발견했다.

"여기요, 닥터 페렐, 트럭에 있어요. 당신이 금방 오실 거라고 생각했어요. 여기 위에서 우리는 다른 사람들을 내려다볼 수 있어요, 밟히지도 않을 거고요."

그녀는 그가 올라오도록 손을 내밀었다. 그가 손길을 무시하고 필요 이상으로 확실하게 뛰어오르자 그녀는 희미한 미소를 지었다. 그는 아직 아가씨의 도움을 받을 만큼 늙은 건 아니었다.

"무슨 일이 일어나고 있는지 알아?"

그는 컨버터를 향해 아래에서 일하는 사람들을 마주하고 있는, 트럭 본체를 가로지르는 판재 위로 주저앉으며 물었다. 서로 다른 열두 가지의 활동들이 이루어지고 있는 것 같았다. 모든 것들은 완전한 혼돈 상태에서 서로 엇갈리고, 전반적 양상은 의미를 찾을 수 없었다.

닥은 짐을 내리고 이륙했다 더 많은 짐을 가지고 나타나는 헬기에 주의를 집중했다. 그 상자들은 소형 서모다인 폭탄을 담고 있는 게 틀림없다고 생각했다. 그것이 그가 이해할 수 있는 유일한 것이자, 최소한 관심 있는 것이었다. 어떤 이들은 그가 전에 본 파이프의 큰 부품들을 조립하고 거의 끝도 없이 열을 지어 연결하고 있었다. 그동안 몇몇 탱크들이 그것들을 갈고리로 연결하여 공장 너머까지 흐르는 작은 강 방향으로 나아가게 하고 있었다.

"짐작컨대, 저것들은 연소 송풍기가 틀림없겠군."

그는 그것들을 가리키며 브라운에게 말했다.

"연결된 저 나머지 것들이 도대체 뭔지 모르겠지만 말이야."

"제가 알아요. 젠킨스의 아버지 공장에 저도 있었어요."

그녀는 마음이 놓이지 않는 듯 눈썹을 치켜 떴고, 그가 끄덕이자 이야기를 계속했다.

"파이프들은 연소 가스를 위한 거예요, 맞아요. 저 큰 사각형 물체는 모터와 팬이죠. 그것들은 파이프들에 150미터 내외로 하나씩 놓여요. 파이프 주변에서 그것들이 감싸고 있는 것들은 가스를 뜨겁게 유지해주는 히터가 분명해요. 저것들이 모든 것을 빨아내려고 할까요?"

닥터는 알지 못했다. 비록 그것이 그가 알아볼 수 있는 유일한 것이었지만. 그는 그것들이 바람직한 작용을 할 만큼 충분히 가까이까지 어떻게 이동할 수 있는지 궁금했다.

“자네 남편이 서모다인 폭탄을 주문하는 걸 들었네. 그것들이 어쩌면 마그마를 가스로 만들 수 있을 거라더군. 그러면 그들이 그걸 강으로 뽑아낼 거라네.”

말하는 동안, 한쪽에서 한 무리의 사람들이 움직였고, 그의 눈길은 즉각 그쪽으로 향했다. 크레인 한 대가 전방 쪽에 고착된 긴 프레임 때문에 애쓰고 있는 것이 보였다. 그것은 끝에 있는 노즐로 파이프의 한 부분을 붙잡고 있었다. 중량을 더하기 위해 무거운 꾸러미들을 모두 가져다 쌓았지만, 아직도 불안정하게 기울어져 있었다. 하지만 그것은 한 번에 3센티미터 정도씩 짐을 옮겼고, 노즐을 앞쪽으로 다소 높게 이동시키며 전방으로 애써 나아가기 시작했다.

주 배출 파이프 아래에는 더 작은 파이프가 하나 더 있었다. 그것이 위험구역 외곽 근처로 당겨지면서 작은 물체가 튀어나오더니 지면을 때렸다. 갑자기 눈부신 청백색 화염이 타오르기 시작했다. 눈에 미치는 효과로 보건대, 겉보기보다 훨씬 밝았다. 닥은 아래쪽의 사람들처럼, 무엇을 손에 쥔 듯 눈을 가렸다.

“불을 꺼야 해. 파머가 저 불빛은 화학선이라고 했어.”

그는 브라운이 옆에서 부산 떠는 것을 들었다. 이제 그의 시야는 깨끗해졌다. 그는 고글을 통해서 번쩍이는 구름이 마그마에서 솟아나 지면 가까이로 퍼지다가 가늘어지며 상승하더니 위쪽 노즐로 빨려 들어가면서 사라지는 것을 보았다. 곁눈으로 보니 또 다른 크레인이 자리를 잡고 있었다. 그 근처에는 일군의 사람들이 모여 그 작은 폭탄 주변을 기름칠된 천 같은 것으로 싸고 있었다. 아마 어떤 튜브도 거기에 딱 들어맞지는 않았을 것이다. 그들은 그것들에 패드를 대서 압력으로 밀어낼 수 있게 만들고 있었다. 한 번에 하나씩, 튜브에서 세 개가 더 떨어졌고,

송풍기가 울부짖었다. 발생한 구름을 파이프로 끌어당기고, 강을 향해 뱉어내면서 말이다.

이제 사람들이 파이프를 주 라인으로부터 분리하자 크레인은 조심스럽게 뒤로 물러났고, 두 번째 조가 그것을 대신하기 위해 들어섰다. 파이프가 녹아 붙지 않고 기계가 꾸준히 버티기에는, 생성된 열이 너무 엄청나다고 닥은 생각했다. 만일 금속이 견딜 수 있다 해도 중무장한 운전석 안에서 인간은 잠시도 버틸 수 없었다. 이제 다른 크레인이 준비되었고, 다른 지점에서 진입했다. 들어오고 빠져나가는 크레인들, 물질을 공급하고 파이프들을 연결하고 해체하며 운전석에서 오는 이들을 대체하는 사람들의 순환이 정착되었다. 닥은 규칙을 모르는 채 공만 쫓아가며 테니스 경기를 구경하는 사람처럼 느끼기 시작했다.

브라운도 같은 생각을 했던 게 틀림없다. 그녀는 페렐의 팔을 잡고, 핸드백에서 꺼낸 작은 가죽 케이스를 가리켰다.

"닥, 체스 둘 줄 아세요? 여기 가장자리에 앉아 구경만 하기보다는 다른 걸로 시간을 때우는 게 낫겠어요. 정신을 위해서도 좋을 거예요."

그는 자신이 3년 연속 시市 챔피언이었다는 것을 이야기하지 않은 채, 고마운 마음으로 그것을 집어 들었다. 그는 쉽게 갔다. 그는 그녀가 하는 걸 지켜보며 승부를 엇비슷하게 만드는데 필요한 만큼 루크, 비숍, 나이트를 고의로 잃어주는 핸디캡을 스스로 부여했다. 그것이 게임을 충분히 흥미롭게 만들었다. 그들이 마그마를 전부 뽑아내 강으로 들이부었을까? 문제를 어떻게 풀었을까? 그것이 공장에서는 제거되었지만 80킬로미터라는 최저 위험 한계보다 멀리 가지는 못했다.

"체크."

브라운이 외쳤다. 그는 캐슬을 옮기고는 작동 중인 여섯 개의 크레인을 올려다보았다.

"체크! 체크메이트!"

그는 서둘러 다시 돌아보았다. 그녀의 퀸이 가능한 모든 수를 막고 있었고, 비숍이 그를 체크하고 있다는 걸 알아차렸다. 이제 그의 눈은 그녀의 목표를 따라 내려가고 있었다.

"음, 자네가 마지막 여섯 수 동안 체크 상태였다는 걸 알고 있었나? 왜냐하면 내가 안 했기 때문이지."

그녀는 인상을 쓰고 고개를 저은 다음, 말들을 다시 놓기 시작했다. 닥은 퀸의 졸을 옮겨놓고 노동자들을 쳐다보았다. 그리고 킹의 비숍을 옮긴 후 그녀가 킹의 졸로 그걸 가져가는 것을 보았다. 그는 그녀가 그것을 제거하는 것을 보지 않았다. 그리고 그녀의 퀸이 자신의 퀸을 막을 거라고 예상했다. 이 작은 이동용 세트를 좀 더 주의 깊게 살펴볼 필요가 있었다. 사람들이 꾸준하게 움직였고, 빈 공간이 점점 늘어나고 있었다. 하지만 그들이 나아갈수록 서모다인의 폭발적 작용은 이전에 그랬던 것처럼 조심스럽게 지면으로 스며들었고, 진전은 점점 불확실해졌다. 시간은 이제 빠르게 사라져가고 있었다.

"체크 메이트!"

그는 자신이 함정에 빠졌음을 발견하고는 고개를 끄덕였다. 하지만 그녀가 잡은 것은 그녀 자신의 말이었다.

"죄송해요. 닥터, 퀸을 위해 킹을 플레이하고 있었어요. 우리가 최소한 한 게임이라도 제대로 할 수 있을지 살펴보죠."

반도 끝나기 전에, 체스를 지속할 수 없다는 것이 분명해졌다. 체스는 마음의 많은 부분을 사로잡지 못했다. 나이트들은 통상적인 L처럼 여섯 개의 눈금을 점프할 것 같았지만, 폰과 졸들은 두렵고 놀라운 일들을 하지 못했다. 그들은 마침 크레인 하나가 위태로운 균형을 잃고 앞쪽으로 쓰러지면서 길게 연장된 파이프를 아래쪽의 정신없는 더미 속으로 떨어뜨릴 즈음, 그것을 포기했다. 즉각 탱크들이 개입해서, 융합된 파이프처럼 쿵 소리를 내며 떨어질 때까지 그것들을 뒤쪽으로 끌어당기면서 맨 앞쪽의 짐을 풀어놓았다. 다른 탱크가 들어서는 동안, 그것은 자체 동력으로 후퇴했다.

운전기사는 운전대에서 비틀거렸지만, 엄청난 행운 덕에 무사할 수 있었다. 그는 멀쩡하다는 것을 알리기 위해 방호복으로 감싸인 손을 흔들었다. 다시금, 끝없이 계속될 것처럼 보이는 흥분된 상태로 다시 일들이 안정적으로 반복되기 시작했다. 시간은 너무 빠르게 지나갔고, 몇 시간이면 닥칠 거라고 위협했던 일들이 곧 몇 분 안에 닥칠 일로 변해버렸다.

"어!"

브라운이 잠깐 주목했다. 하지만 그녀의 작은 발이 갑자기 쿵 소리와 함께 떨어졌고, 그녀는 똑바로 서서 손을 입으로 가져갔다.

"닥터, 방금 생각났어요. 아무 쓸모가 없을 거예요. 이 모든 것이!"

"왜?"

그녀는 아무것도 알지 못했다. 하지만 품고 있던 희미한 희망이 빠르게 사그라드는 것을 느꼈다. 그의 신경은 멍해졌지만, 아주 작은 경고에도 여전히 튀어오를 준비는 되어 있었다.

"그들이 만들고 있는 것은 초중량 물질이에요—그것은 물에 닿자마자 빠르게 가라앉을 거예요. 그러면 바로 저기에 모두 쌓이겠죠! 강을 따라 흘러내려가지 못할 거예요!"

분명하군. 페렐은 생각했다. 너무 분명해. 아마도 엔지니어들이 이 방법을 고려하지 않은 이유였을 것이다. 마침 파머가 올라서자 그는 판재에서 걸어 나오기 시작했다. 하지만 매니저가 그의 어깨에 손을 올려 뒤로 잡아당겼다.

"진정해, 닥. 괜찮아. 음. 그래서 요즘에는 사람들이 여자들한테 과학을 조금 가르치지, 어. 젠킨스 부인…… 수…… 닥터 브라운, 당신 이름이 도대체 뭐지? 어쨌든 그건 걱정하지 말라고—브라운 운동이라는 오래된 법칙이 어떤 콜로이드라도 부유하도록 유지해줄 걸세. 진짜 콜로이드만큼 충분히 미세하기만 하다면 말이지. 우리는 그것을 빨아내서 강에 도달할 때까지 정말 뜨겁게 유지하고 있네. 그러면 아주 빨리 식어서 가라앉을 만큼 충분히 큰 입자들로 엉길 시간이 없는 셈이지. 공기중에 부유하는 먼지들 중 일부도 물보다 무겁다고. 자네가 개의치 않는다면, 나도 구경꾼 사이에 합류하겠네. 사람들이 모든 걸 잘 통제하고 있는데다, 저기 내려가는 것보다 여기에서 더 잘 볼 수 있지, 무슨 일이라도 생긴다면 말이야."

닥의 순간적인 절망은 정당화시킬 수 있는 것보다 더 확실하게 그것들을 느끼도록 만들었다. 그는 판재를 밀어서, 파머가 그 옆에 내려갈 수 있도록 공간을 만들었다.

"파머, 어쨌든 그것의 폭발을 어떻게 막을 수 있을까?"

"아무것도 없지! 성냥 있어?"

그는 최대한 긴장을 풀면서 담배를 깊게 빨아들였다.

"게임의 이런 단계에서 바보같이 굴어봐야 소용없네, 닥. 우리는 도박을 하고 있는 거야. 나는 확률이 동등하다고 이야기하겠네. 젠킨스는 90대 10으로 유리하다고 생각하지. 그라면 그렇게 생각해야 하지. 우리가 바라는 건, 그것을 가스에서 들어 올려, 완전 농축에서 가능한 가장 미세한 형태로 분해하고, 콜로이드 입자 형태로 물에 흩어놓는 거지. 그것이 전부 곧바로 폭발할 만큼 한 지점에 농축되지는 않을 걸세. 큰 문제는 우리가 모든 조각들을 여기에서 확실히 제거하는 거야. 그게 아니라면 우리와 가까운 도시에 영향을 미칠 만큼 충분한 양이 남겨질 걸세! 최소한, 마지막 변화 이래, 유출은 멈추었네. 사람들이 걱정해야 할 건 이제 화상뿐이지!"

"한꺼번에 즉시 폭발하지는 않는다 해도, 얼마나 큰 손실을 가져오게 될까?"

"어쩌면 아무런 해도 없을 수 있네. 천천히 타도록 유지할 수 있다면, 100만 톤의 다이너마이트도 같은 양의 목재만큼 밖에 해를 끼치지 않을 걸세. 하지만 나뭇가지 하나도 즉시 폭발한다면 자네를 죽일 수 있지. 도대체 젠킨스는 원자학에 입문하길 원한다는 걸 왜 나한테 이야기하지 않았을까? 우리가 모든 걸 교정할 수 있었을 텐데—좋은 사람들을 있는 그대로 얻는 것은 어려운 일이야!"

브라운이 그들 너머의 모든 문제를 잊으면서 기운을 되찾고 이야기에 빠져 들어간 반면, 페렐은 단지 건성으로 듣고 있었다. 그는 점점 더 작아지는 마그마 스팟을 볼 수 있었다. 하지만 그의 손목에 있는 시계는 무자비하게 째깍거리며 홀로 움직였다. 시간은 점점 조여오고 있었다. 그는 거기에 얼마나 오래 앉아 있었는지 가늠할 수 없었다. 이제 크레인 노즐들 중 세 개가 거의 닿아 있었고, 그들 주변에는 불타버린 땅이 펼쳐져 있었다. 컨버터, 석조 건축물, 그밖에 어떤 것의 흔적도 없이. 서모다인에서 나온 열기는 모든 것을 분간할 수 없이 기체로 만들어버렸다.

"파머!"

매니저의 목에 걸린 휴대용 초단파 기기가 갑자기 생기를 띠었다.

"헤이, 파머, 이 송풍기들이 발사 준비가 되었습니다. 파이프들은 이미 묻었어요. 그것들을 교체하기 위해 할 수 있는 모든 걸 했습니다. 하지만 그 물질은 우리 속도보다 더 빠르게 먹어치우고 있어요. 한 15분 밖에 더 못 버틸 것 같습니다."

"체크, 브릭스. 할 수 있는 최선을 다해 그것들의 작동을 유지하게."

파머는 스위치를 내리고 크레인 뒤에 있는 탱크 쪽을 바라보았다.

"젠킨스, 완수했나?"

"네. 그들이 이토록 오래 잡고 있었다는 데 놀랐어요. 데드라인까지 시간이 얼마나 남았나요?"

녀석의 목소리에는 생기가 하나도 없었다. 희망도 활력도 없고, 거의 극한에 다다른 사람이나 가질 법한 완전한 피곤함만 남아 있었다.

파머는 결과를 보더니 호루라기를 불었다.

"호크가 만든 최소 추정 값에 따르면 12분! 얼마나 남았지?"

"저희는 남은 포켓이 없다는 걸 확인했고, 이제 막 연소시키고 있어요. 우리가 모든 걸 해치웠길 바라지만, 장담은 못하겠어요. 당신이 가진 모든 I-231을 보내서, 그걸 끓여 가지고 파이프에 남아 있는 침전물들도 세척해버리는 게 낫겠어요. R과 접촉했던 구식 디딤판과 부분들은 모두 그 더미 속으로 사라져버렸나요?"

"자네가 마지막 것을 녹였네. 자네 크레인이 그 물질에 직접 닿지는 않았어. 엄청난 돈더미가 그 파이프로 사라져버렸네, 컨버터, 기계, 모든 것이!"

젠킨스는 우려의 소리를 냈다.

"제가 지금 가서 파이프 세척을 시작할 거예요. 무슨 보험을 드셨지요?"

"역시, 기분 좋은 속도로군! 좋아, 이리 오게나. 자네, 만일 관심이 있다면 자네는 원하는 언제라도 MD 이후에 원자학을 시작할 수 있네. 자네 부인이 나한테 자네의 자격사항을 알려주었어. 나는 자네가 최종 시험을 통과했다고 생각하네. 이제 자네는 원자력 공학자야. 내셔널을 정식으로 졸업한!"

브라운의 숨이 멈췄고, 심지어 고글 너머로 눈이 반짝였다. 하지만 젠킨스의 목소리는 평온했다.

"좋아요. 우리가 날아가버리지 않는다면, 당신이 저한테 졸업장을 주실 거라고 기대할게요. 하지만, 이 문제에 대해서라면 당신은 닥터 페렐을 만나셔야 해요. 저는 진료와 관련해서 그분과 계약을 맺고 있거든요. 금방 거기로 가겠습니다."

그가 뒤덮은 땀을 훔쳐 내리며 그들 옆으로 기어 올라갈 때까지, 예정된 12분 중 9분이 째깍거리며 지나갔다. 파머는 시계를 껴안고 있었다. 분침들이 천천히 째깍거렸고, 그동안 공장에서는 마지막 소리가 사라져갔다. 사람들은 근처에 서서 강 쪽을 향해 혹은 4호기였던 구멍을 응시하며 내려다보았다. 침묵. 젠킨스는 초조해하며 투덜거렸다.

"파머, 그 아이디어를 어디에서 얻었는지 이제야 깨달았어요. 요르겐슨은 헛소리를 한 게 아니라 저에게 그걸 일깨워주려고 노력했던 거예요. 다만 제가 그것을 알아듣지 못했을 뿐이죠, 최소한 의식적으로는. 그건 아빠의 것들 중 하나였어요. 그가 요르겐슨에게 말해준 것은 그들이 분해한 것이 엉망이 될 경우를 대비한 최후의 수단이었어요. 그것이 아빠가 시도했던 첫 번째 변수였죠. 저는 열두 살이었고요. 아버지는 물이 그것을 전부 연쇄 반응으로 분해하고, 위험을 소멸시킬 거라고 주장했어요. 오직 아버지만이 그것이 진짜 작동할 걸 기대하지 못하신 거예요!"

파머는 시계에서 고개를 들지는 않았지만, 숨을 멈추고 선언했다.

"나한테 그걸 말해주기에 적당한 시간이군!"

"아버지는 그걸 가열할 수 있는 당신의 동위원소가 없었어요."

젠킨스는 부드럽게 답했다.

"당신이 잠시 동안 시계에서 눈을 떼고 강을 내려다본다고 생각해 보세요."

닥은 눈을 들었고, 갑자기 사람들의 함성을 깨달았다. 남쪽으로, 거대한 규모로 뻗은 증기 구름이 있었다. 그가 바라보는 동안 그것은 위와 바깥쪽으로 퍼져나갔고, 엄청나게 부글거리는 소리가 시작되었다. 이제 파머는 젠킨스를 껴안고, 브라운이 그를 떼어내 대신할 때까지 고함을 질렀다.

"강까지 10분 이상, 플러스 습지까지, 닥!"

파머는 페렐의 귀에 고함을 질렀다.

"원자 하나씩 하나씩 최후의 반응이 끝날 때까지, 지금부터 천천히 작동하는 동안, 그 모든 게 산란했어! 세타 반응은 붕괴되어 불안정해졌고, 이제 저 모든 것은 저절로 폭발하기엔 너무나 흩어져버린 거야! 그것은 강바닥을 익히고 건조시킬 거야, 하지만 그게 전부라고!'

닥은 여전히 멍했고, 어떻게 안심해야 할지 확신할 수 없었다. 그는 누워서 울거나 사람들과 함께 서서 머리를 날려버릴 만큼 고함을 지르고 싶었다. 그 대신, 그는 스르르 주저앉아 구름을 응시했다.

"그래서, 나는 내가 가졌던 최고의 조수를 잃어버리게 되었군! 젠킨스, 자네를 잡지는 않겠네, 자네는 파머가 무엇을 원하든 자유야."

"호크는 그가 R에 대해 연구하길 원하네. 그는 이제 자기 폭탄을 위한 물질을 갖게 된 거지."

파머는 증기 삽을 쳐다보며 흥분한 어린아이처럼 천천히 손뼉을 치고 있었다.

"어쨌든, 닥, 당신 조수가 내년에 나갈 때까지 원하는 누구라도 뽑아 쓰게. 자네는 그를 여기에서 일하도록 만들길 원했어. 이제 자네는 그걸 해냈지. 지금, 자네가 원하는 건 뭐라도 들어주겠네."

"자네는 다친 이들을 입원시키고 병원 뒤의 텐트에 있는 사람들과 함께 사태를 수습하는 것에 대해 무엇을 할 수 있는지 알게 될 걸세. 그리고 나는 올해가 끝날 때까지 그를 응급실에 잡아둘 수 있는 권리를 갖고, 브라운을 젠킨스 자리에 데려올 생각이네."

"됐어."

브라운이 윙크를 하는 동안 파머는 녀석의 저항을 가로막으며 등을 두들겼다.

"자네 부인은 일하는 걸 좋아해. 그녀 스스로 나한테 이야기했지. 뿐만 아니라 많은 여자들이 자기 남자들을 감시할 수 있는 이곳에서 일하고 있네. 내 부인도 보통 그렇지. 닥, 이 두 녀석을 데려가서 집으로 가게 해주게, 나는 알아서 가겠네. 자네들은 상태가 회복되고 준비가 될 때까지 돌아오지 말라고. 그리고 그들이 이 문제를 두고 싸움을 시작하게 내버려두지는 말게!"

닥은 스스로를 트럭에서 끌어내린 후, 안도감에 미쳐 고함을 지르는 사람들을 뚫고 나아갔다. 브라운과 젠킨스가 뒤를 따랐다. 그들 셋은 그들이 어떻게 표현하든 너무나도 완벽하게 지쳐 있었지만 그래도 느낄 수 있었다. 행복한 결말! 젠킨스와 브라운은 자신들이 원하는 곳에 있게 되었고, 호크는 그의 폭탄과 함께, 파머는 원자력 공장이 원래 그랬던 것처럼 안전하다는 증거와 함께. 그리고 그는, 그의 조수는 이제 제대로 시작할 것이다. 그 자신, 그리고 그를 이끌어갈, 상당히 다르면서도 유능한 블레이크, 젠킨스와 함께. 그것은 결국 나쁘지 않은 인생이었다. 그는 멈추고 낄낄 웃었다.

"자네 둘은 나를 기다리는 거지, 그렇지? 만일 내가 샤워부스에서 추가 소독을 하라고 지시하지 않은 채 여기를 떠난다면, 블레이크는 내가 늙고 마음이 약해졌다고 선언할 거야. 그렇게 할 수는 없지."

늙었다고? 약간 피곤하긴 했다. 하지만 그는 전에도 그랬고, 행운과 함께 또다시 그렇게 될 것이다. 그는 걱정하지 않았다. 그의 신경은 20년 동안, 50건 이상의 사건을 겪으면서도 끄떡없었다. 그리고 그때까지 블레이크는 페렐을 조금씩 놀려댈 것이다.

아기는 세 살

Theodore Sturgeon **Baby Is Three**

테오도어 스터전 지음 : 박상준 옮김

나는 마침내 이 스턴이란 자를 만났다. 생각보다는 별로 나이가 많이 들어 보이지 않았다. 그는 책상에 앉은 채로 날 올려다보며 눈을 한 번 껌뻑이더니 연필을 집어 들었다.

"거기 앉아라, 얘야."

내가 계속 서 있자 그는 다시 나를 쳐다보았다. 나는 말했다.

"이봐요, 만약 난쟁이가 오면 뭐라고 할 거예요? 어이, 땅딸보. 거기 앉아라?"

그는 연필을 다시 내려놓고는 일어섰다. 그러고는 미소를 지었다. 그의 눈매만큼이나 날카롭고 순간적인 미소.

"내가 잘못했군."

그가 계속 말했다.

"그렇지만 자네가 아이 취급 받는 걸 그렇게 싫어할지 내가 어떻게 알았겠나?"

좀 누그러지긴 했지만 여전히 난 열 받은 채였다.

"난 열다섯인데 그 사실이 마음에 안 들거든요. 자꾸 생각나게 하지 말아요."

그는 다시 싱긋하면서 오케이라고 말했고, 난 자리에 가서 앉았다.

"이름이 뭐지?"

"제러드요."

"성이야, 이름이야?"

"둘 다죠."

"정말?"

"아뇨. 어디 사는지도 묻지 말아요."

그는 연필을 내려놓았다.

"이런 식이면 진행하기 힘들어."

"당신한테 달렸죠. 뭐가 걱정이에요? 내가 당신한테 적대감을 가진 거 같아요? 그래요, 맞아요. 난 보기보다 훨씬 문제가 많아요. 아니면 지금 이 자리까지 오지도 못했죠. 암튼, 그래서 일을 못하겠어요?"

"아니 뭐, 그래도……."

"그럼 뭐가 문제죠? 그러고도 돈은 꼬박꼬박 벌어요?"

난 1,000달러짜리 지폐 한 장을 꺼내 책상 위에 놓았다.

"이거면 나중에 추가로 청구서는 필요 없을 거예요. 당신이 돈을 관리해줘요. 돈이 떨어지면 또 드릴 테니 알려주시고. 그러면 내 주소도 필요 없겠죠. 아, 잠깐만!"

스턴은 돈을 집으려다가 멈췄다.

"아직 그냥 두세요. 먼저 우리가 일을 함께 하기로 한 건지 확실히 하자고요."

스턴이 손을 거두며 말했다.

"나는 이런 식으로는 일하고 싶지 않구나, 얘야. 아참, 제러드."

"다른 방법은 없어요. 나하고 거래하고 싶다면. 그리고 그냥 제리라고 부르세요."

"처음부터 일이 꼬이는구나, 안 그러니? 도대체 1,000달러는 어떻게 구했지?"

"콘테스트 우승 상금이에요."

난 몸을 앞으로 내밀었다.

"진짜예요."

"그래, 알았다."

스턴은 더 이상 말하지 않고 내 얘기를 기다렸다.

"시작하기 전에, 물론 일을 한다면 말이지만. 미리 분명히 해두고 싶은 것이 있어요. 내가 이야기하는 것은, 그러니까 당신이 나하고 일하는 동안 듣게 될 모든 이야기는, 우리 둘만의 비밀입니다. 신부나 변호사가 하는 것처럼 말이에요."

"당연히 그래야지."

"그게 어떤 내용이든 간에?"

"그럼, 그게 뭐든지 간에."

스턴이 대답할 때 나는 그를 살펴보았다. 그를 믿기로 했다.

"가져가세요, 당신 거예요."

스턴은 돈을 집지 않았다.

“아까 네가 말한 대로 이건 나한테 달려 있어. 너는 이 치료를 막대사탕 사듯이 살 수는 없어. 우린 서로 협조를 해야만 해. 둘 중 누구라도 진심으로 대하지 않는다면 치료는 효과가 없을 거야. 네가 전화번호부에서 아무나 처음 눈에 띈 정신분석 의사에게 찾아온 것이어도 안 되고, 돈이 있다고 해서 네 마음대로 아무렇게나 요구해서도 안 돼.”

나는 좀 지친 기분이 되었다.

“나는 당신을 전화번호부에서 대충 찍어서 온 것도 아니고, 돈만 주면 도와주겠지 하고 막연하게 생각한 것도 아니에요. 정신분석의를 열두어 명은 걸러보고 나서 당신을 택한 거라고요.”

“고맙구나.”

스턴은 어쩐지 비웃는 듯한 느낌으로 나를 바라보았다. 정말 마음에 안 들었다.

“‘걸러’ 냈단 말이지? 어떻게?”

“당신이 듣거나 읽는 것들로 말이죠. 평판들이야 빤하니 굳이 더 말할 필요 없겠죠. 더 캐묻지 말고 내 사서함 번호나 적어요.”

스턴은 한동안 나를 바라보기만 했다. 이전까지 흘낏 눈길을 주곤 했던 걸 빼면 나를 제대로 쳐다보기는 처음이었다. 그러고는 지폐를 집어 들었다.

“내가 처음에 뭐부터 해야 하죠?”

“무슨 말이니?”

“치료를 어떻게 시작하냐구요.”

“네가 처음 이 방 안에 들어왔을 때 벌써 시작한 거란다.”

나는 웃음이 나왔다.

“좋아요, 당신이 이겼어요. 나는 처음 만남까지만 내 마음대로였죠.

거기서부터 당신이 어디로 이끌어갈지는 나도 몰랐어요. 그러니까 당신을 앞질러 가 있을 수는 없었다고요."

"그거 재미있구나. 넌 원래 뭐든지 앞서서 짐작하곤 하니?"

"항상 그래요."

"네가 옳은 경우는 얼마나 되지?"

"늘 그렇죠. 예외적인 경우라면…… 예외는 없다는 건 굳이 말할 필요도 없네요."

스턴은 노골적으로 씨익 웃는 표정을 지었다.

"알았다. 내 환자 중의 한 명이 말했구나."

"환자였던 사람들 중의 한 명이겠죠. 당신 환자들은 치료 중엔 입이 무거우니까요."

"내가 그렇게 하라고 부탁하긴 하지. 그건 너도 마찬가지고. 그래, 무슨 이야기를 들었니?"

"당신은 사람들의 행동이나 말을 지켜보고 그 다음에 어떻게 행동할지 알아낸다더군요. 그러고는 그냥 내버려두기도 하고, 때때로는 못하게 막기도 한다고요. 그런 방법은 어떻게 배운 거죠?"

스턴은 잠깐 생각에 잠겼다.

"나는 태어날 때부터 세부를 보는 눈을 가지고 있었던 모양이야. 거기에 더해서 실수를 많이 하지 않는 요령을 터득할 때까지 충분히 많은 사람들을 대상으로 실수도 많이 저질러봤고. 그런데 너는 어떻게 그런 걸 배웠지?"

"그 답은 당신이 찾아줘요. 그러고 나면 난 다시 여기에 올 필요가 없어질 테니까."

"너 스스로도 정말 모르니?"

"나도 알고 싶어요. 자, 그런데 이런 이야기는 해봐야 별 도움이 안 돼요. 그렇지 않나요?"

스턴은 어깨를 으쓱했다.

"네가 어떤 도움을 원하느냐에 달렸겠지."

스턴은 잠시 말을 멈추고는 무척이나 강렬한 시선으로 나를 바라보았다.

"너는 정신의학에 대해 흔히들 하는 말 중에 어떤 걸 믿고 있니?"

"무슨 말인지 모르겠는데요."

스턴은 책상 서랍을 열고 검게 변색된 파이프를 꺼냈다. 그러고는 나를 바라보면서 그 파이프의 냄새를 맡거나 뒤집어보며 만지작거렸다.

"정신분석은 자아라는 양파를 공격하는 거지. 더럽혀지지 않은 자아의 조그만 조각을 찾아낼 때까지 한 겹 한 겹 벗겨가는 거야. 혹은 유정을 파듯이 파내려가는 거지. 석유가 나오는 지층에 이를 때까지 파내려가고, 옆으로 넓힌 뒤 다시 파내려가고 하면서 흙과 바위를 뚫는 거야. 혹은 한 움큼의 성적性的 동기를 부여잡고는 삶이라는 핀볼 기계에 던져 넣는 거야. 그러면 그것들이 여러 가지 에피소드에 부딪혀 튕겨 나오는 거야. 더 할까?"

난 웃을 수밖에.

"마지막 것이 꽤 그럴듯하네요."

"마지막 것은 꽤 틀렸지. 사실 위의 비유들은 모두가 틀렸다. 전부 다 그 본성상 복잡한 것을 지나치게 단순화시키려고 하고 있어. 내가 네게 해줄 수 있는 대략적인 설명은 이렇다. 너 외에는 이 세상 누구도 너에게 정말 잘못된 것이 무엇인지 알지 못해. 너 외에는 그 누구도 치유

책을 찾아내지 못하는 건 물론이고, 너 외에는 그 누구도 그게 올바른 치유책이란 걸 분별해낼 수 없다는 거지. 그리고 일단 네가 치유책을 찾아내면, 너 외에는 그 치유책에 대해 어떤 일도 할 수가 없는 거고."

"그렇다면 당신은 이곳에 왜 있는 거죠?"

"듣기 위해서지."

"매 시간마다 그저 듣는 것 외에는 아무 일도 하지 않는 사람한테 하루 치 진료비를 지불해야 할 의무는 없을 것 같은데요."

"맞는 말이다. 그러나 넌 내가 선별적으로 듣는다는 것을 믿고 있을 거다."

"그런가요?"

난 의아스러웠다.

"그런 것 같군요. 음, 당신은 안 믿나요?"

"안 믿어. 그러나 넌 내가 그렇단 걸 결코 믿게 되지 않을 거다."

난 웃음을 터뜨렸다. 스턴이 왜 그러느냐고 물었다.

"당신이 날 보고 얘야, 라고 부르고 있지 않거든요."

"넌 어린애가 아니니까."

스턴이 천천히 고개를 저었다. 그러는 동안 시선은 나를 바라보고 있어서 머리가 움직이는 대로 눈동자가 눈구멍 안에서 움직였다.

"너 자신에 대해 알고 싶은 것이 뭐니? 내가 그걸 다른 사람에게 발설할까 봐 걱정되는 것 말야."

"난 왜 내가 사람을 죽였는지 알고 싶어요."

난 내뱉듯 말했다. 하지만 그 말은 조금도 스턴을 당혹스럽게 만들지 못했다.

"거기 누워라."

난 일어섰다.

"저 긴 의자 위에요?"

스턴이 고개를 끄덕였다. 난 신경을 곤두세우며 의자에 누웠다.

"빌어먹을 만화 속의 주인공이 된 것처럼 느껴지네요."

"어떤 만화인데?"

"포도송이처럼 생긴 남자를 그린 만화요."

천장을 올려다보며 내가 말했다. 천장은 옅은 회색이었다.

"대사는 뭐라고 되어 있고?"

"난 그들로 가득 찬 트렁크를 가지고 있다."

"아주 좋은데."

스턴이 조용하게 말했다. 나는 주의 깊게 스턴을 살펴보았다. 그때서야 난 그가 조금이라도 웃을 때면 속 깊이 웃는 남자라는 것을 알 수 있었다.

"언젠가는 그 이야기를 사례 기록집에 쓰고 싶구나. 그러나 네 이야기는 포함시키지 않으마. 뭐가 널 그 만화 속에 집어넣은 거지?"

내가 대답을 하지 않자 스턴은 일어서서 내가 그의 모습을 볼 수 없도록 내 뒤쪽에 있던 의자로 자리를 옮겼다.

"날 시험하는 건 그만두어도 된단다, 얘야. 난 네 목적에 충분할 만큼 괜찮은 의사니까."

이를 너무 심하게 악물고 있어서 어금니가 아팠다. 잠시 후 긴장이 풀렸다. 그것도 완전히 풀렸다. 그건 굉장했다.

"알았어요, 미안해요."

스턴은 아무 말도 하지 않았지만 난 그가 또다시 웃고 있다는 느낌을 받았다. 그렇지만 나를 보고 웃는 것은 아니었다.

"몇 살이지?"

갑자기 스턴이 물어왔다.

"어, 열다섯."

"어, 열다섯이라니. 그 '어' 는 무슨 뜻이지?"

"아무것도 아니에요. 난 열다섯이에요."

"내가 나이를 물었을 때 다른 숫자가 튀어나왔기 때문에 넌 잠시 망설였어. 그리고 얼른 열다섯이라고 고쳐 말한 거야."

"망할, 말했잖아요! 열다섯이라고!"

"네가 열다섯 살이 아니라고는 말하지 않았어. 자, 그 다른 숫자가 뭐였지?"

스턴의 차분한 목소리가 들려왔다. 난 다시 화가 나기 시작했다.

"다른 숫자는 없었어요! 내 신음 소리까지 따로 떼어 미주알고주알 살펴서 무얼 찾으려는 거죠? 당신이 생각하는 것을 의미하게 하려고 이것저것 올가미를 쳐두려는 건가요?"

스턴은 침묵을 지켰다.

"난 열다섯 살이에요."

난 반항적으로 말했다. 그리고 덧붙였다.

"나도 내가 열다섯 살밖에 안 되는 게 맘에 들지 않아요. 당신도 알 거예요. 내가 열다섯이 아닌데 열다섯 살이라고 우기려는 게 아니란 말이에요."

스턴은 여전히 아무 말도 않으면서 그저 기다렸다. 난 패배감을 느꼈다.

"여덟."

"그러니까, 넌 여덟 살이로군. 그리고 이름은?"

"제리."

난 팔꿈치로 몸을 받쳐 일어선 스턴을 볼 수 있도록 목을 털었다. 스턴은 파이프를 책상 램프 불빛에 비춰보고 있는 중이었다.

"제리, '어!' 없이요!"

"좋아."

내가 정말 바보 같다고 스스로 느끼게 만들면서 스턴이 여유 있게 말했다. 난 다시 몸을 기대고는 눈을 감아버렸다.

여덟, 난 생각했다. 여덟.

"여긴 추워요."

내가 투덜거렸다.

여덟eight, 여덟eight, 접시plate, 주정부state, 증오hate. 난 주정부 접시에 담긴 음식을 먹었고 그리고 그걸 증오했다. 난 그중 어떤 것도 마음에 들지 않았고 그래서 번쩍 눈을 떴다. 천장은 여전히 옅은 회색이었다. 스턴은 파이프를 든 채 내 뒤 어디엔가 있었고 그리고 확실히 존재했다. 난 깊게 두 번 숨을 들이쉬고, 한 번 더 쉬고, 그러고 나서 다시 눈을 감았다. 여덟eight, 여덟 살, 여덟eight, 증오hate. 세월years, 두려움fears. 늙고old, 춥고cold. 망할! 난 긴 의자 위에서 추위를 이길 방법을 찾아보려고 몸을 비틀며 경련했다.

나는 신음 소리를 냈고, 마음속에서 모든 8자와 모든 운韻과 그것들이 상징하는 모든 것을 생각해냈다. 그리고 모든 것을 온통 검게 만들었다. 그러나 그 모든 것은 검은 채로 남아 있으려 하지 않았다. 거기에 다른 뭔가를 집어넣어야만 했다. 그래서 난 희미한 빛을 내는 커다란 8자를 만들고는 그것이 그곳에 매달려 있게 내버려두었다. 그러나 8자는 옆으로 누웠고, 고리 안에서 빛이 반짝거리기 시작했다. 마치 쌍안경을 통해 영화를 보는 것 같았다. 내가 그걸 좋아하든 좋아하지 않든 난 그 8자를 통해 들여다보아야만 하는 것이다.

갑자기 난 싸움을 멈추고 쌍안경이 내 위로 쏟아져 내리도록 내버려두었다. 쌍안경이 점점 더 가까이 다가왔고, 그러고 나서 난 여덟 살로 돌아가 있었다.

여덟, 여덟 살, 추위. 도랑에 빠진 개처럼 춥다. 도랑은 철길 옆에 있었다. 해 지난 잡초는 까끌까끌한 지푸라기 같았다. 땅은 붉은색이었고, 미끄럽게 들러붙는 진흙탕이 아닐 때는 꽃병처럼 단단히 얼어붙어 있었다. 땅은 지금 꽃병처럼 단단했고 서리를 얇게 뒤집어쓰고 있었으며 언덕 위에 쏟아지는 겨울 햇살처럼 차가웠다. 밤에도 빛은 따사로웠다. 그러나 그 빛이란 것은 모두 다른 사람들의 집 속에나 있는 것이었다. 낮에는 태양이 다른 사람들의 집에도 들긴 했지만 내게도 좋은 일을 해주었다.

난 그 도랑에서 죽어가고 있었다. 지난 밤 이곳은 잠자기에 어디보다 좋은 장소였고, 오늘 아침에는 어디보다도 죽기에 좋은 장소였다. 여덟 살, 돼지기름의 들쩍지근한 상한 맛과 누군가의 쓰레기통에서 얻은 젖은 빵, 그리고 마대를 훔치다가 발소리를 들었을 때 느끼는 전율스러운 두려움.

그리고 나는 발소리를 들었다.

난 몸을 둥글게 말고 옆으로 누워 있었다. 때때로 그들이 배를 걷어찼기 때문에 배를 깔고 누웠다. 팔로 머리를 감쌌고, 나로선 그게 할 수 있는 최선의 행동이었다.

얼마 후 나는 몸은 움직이지 않고 눈만 위로 굴려 쳐다보았다. 커다란 신발이 하나 거기에 있었다. 신발에는 발목이 연결되어 있었고 또 하나의 신발이 가까이에 있었다. 난 거기 누워 걷어차이기를 기다렸다. 꼼짝 않고 있었던 것은 그러고 싶어서가 아니라 기분 더럽게도 부끄러워서였다. 도망쳐 보낸 여러 달 동안 그들이 나를 잡으러 온 적은 한 번도 없었고 근처에 온 적도 없었는데 지금은 이 지경이 된 것이다. 너무 부끄러워서 난 울기 시작했다.

신발이 내 겨드랑이로 들어왔지만 걷어차인 건 아니었다. 나를 굴렸을 뿐이다. 추위로 너무 뻣뻣해져 있었기에 난 판자처럼 움직였다. 팔로 얼굴과 머리를 감싼 채 눈을 감고 그저 누워만 있었다. 몇 가지 이유로 난 울음을 그쳤다. 사람들은 어딘가에서 도움을 얻을 기회가 있을 때에만 운다고 생각했기 때문이다.

아무 일도 일어나지 않자, 난 눈을 뜨고 올려다보기 위해 살짝 팔을 들어올렸다. 한 남자가 나를 내려다보며 서 있었고, 그는 1킬로미터는 될 만큼 커 보였다. 색이 바랜 올 굵은 무명 바지와 팔 아래에 땀자국이 남은 아이젠하워 재킷을 입고 있었다. 얼굴엔 털이 덥수룩했다. 사람들이 수염이라고 부를 만한 것을 기를 수 없는 남자가 면도를 하지 않고 있는 모습처럼 보였다.

그가 말했다.

"일어나."

그의 신발을 내려다보았지만 나를 걷어찰 것 같지는 않았다. 난 약간 몸을 일으켜보았지만 다시 쓰러져버렸다. 의외로 그는 내가 부딪힐 만한 곳에 그의 커다란 손을 대주었다. 어쩔 수 없어서 난 1초 정도 그 손 위에 누워 있다가 땅에 한쪽 무릎을 대고 일어났다.

"이리 와, 함께 가자."

그가 말했다. 맹세코 난 내 뼈가 삐걱거리는 걸 느꼈지만, 그래도 일어났다. 그것도 동그란 하얀색 돌멩이를 쥐고 일어났다. 돌멩이를 들어 올려보았다. 내가 그걸 정말로 쥐고 있는지 확인해야 했으니까. 내 손가락은 그 정도로 얼어붙어 있었다.

"내게서 물러나. 그렇지 않으면 이 돌멩이로 이를 부러뜨리겠어."

그의 손이 앞으로 나왔다가 내려졌는데 너무 빨라서 그가 내 손바닥과 돌멩이 사이에 손가락을 넣어 돌을 빼낸 것을 보지 못했다. 난 그에게 욕을 퍼붓기 시작했지만, 그는 그저 등을 돌리고 길을 향해 둔덕을 올랐다.

"자, 올래?"

그가 뒤쫓지 않았으므로 난 달아나지 않았다. 그가 나에게 말을 걸지 않았으므로 난 반박하지 않았다. 그가 나를 때리지 않았으므로 난 미쳐 날뛰지 않았다. 난 그를 뒤쫓아 걸어갔다. 그는 나를 기다려주었다. 그가 나를 향해 손을 뻗어주었고 난 그 손에 침을 뱉었다. 그래서 그는 선로를 향해 계속 걸어갔고 내 시야에서 벗어났다. 나는 기를 쓰며 올라갔다. 손과 발에 피가 돌기 시작했고, 내 손발은 아래로 축 처져 있어 다루기 힘든 생물처럼 느껴졌다. 내가 노반[5]에 올라섰을 때 그 남자는 그곳에서 나를 기다리고 있었다.

선로는 그 부근에서는 수평으로 보였지만 고개를 돌려 멀리까지 바라보자, 점점 더 가팔라지다가 머리 위로까지 구부러져 올라가는 경사길이 되었다. 그리고 다음 순간 난 추운 하늘을 올려다보며 땅바닥에 등을 대고 누워 있었다.

◎ 5__露盤, 철로 부설을 위해 자갈 따위를 깐 토대.

남자가 다가오더니 내 옆의 선로에 앉았다. 그는 내게 손을 대려고도 하지 않았다. 나는 몇 차례 숨을 몰아쉬었고, 다음 순간 1분만, 딱 1분만이라도 자고 나면 괜찮아질 거라고 느꼈다. 나는 눈을 감았다. 남자는 손가락으로 내 갈비뼈를 찔렀다. 꽤 아팠다.

"자지 마."

남자가 말했다. 나는 그를 바라보았다.

"넌 뻣뻣하게 얼었고 굶주림으로 약해져 있어. 난 너를 집으로 데리고 가서 따뜻하게 몸을 덥혀주고 음식도 먹이고 싶다. 그러나 긴 오르막길이라서 네 혼자 힘으로는 갈 수 없을 거야. 어때, 내가 너를 안고 간다면 그건 네가 직접 걷는 거나 마찬가지 아니겠니?"

"나를 네 집에 데리고 가서 어쩌겠다는 거지?"

"말했잖아."

"좋아."

그가 나를 안아 들더니 선로 위를 걸어갔다. 그가 내게 무슨 다른 말을 한 마디라도 했더라면 바로 그 자리에서 얼어 죽을 때까지 그대로 누워 있으려고 했다. 어쨌든 그는 내게 무엇을 요구하려 하는 걸까? 난 아무것도 할 줄 아는 게 없는데.

난 생각하기를 멈추고 잠 속에 빠져들었다.

그가 오른쪽으로 길을 꺾어들 때 난 한 차례 깨어났다. 숲속으로 접어들고 있었다. 길이라곤 눈에 띄지 않았지만 그는 자신이 어디로 가고 있는지 알고 있는 것처럼 보였다. 다음 번에는 발작적인 소리에 잠에서 깨어났다. 그는 나를 안고 얼어붙은 연못을 건너는 중이었고 얼음이 그의 발밑에서 소리를 내고 있었다. 그는 서두르지 않았다. 아래를 내려다보자 그의 발밑에서 쭉쭉 갈라져 뻗어나가고 있는 하얀색 금이 보였지만 별 문제가 될 것 같지 않았다. 나는 다시 잠에 빠져들었다.

마침내 그가 나를 내려놓았다. 우리는 그곳에 있었다. '그곳'은 방 안이었다. 아주 따뜻했다. 그가 나를 일으켜 세워주었고 나는 재빨리 그의 손에서 벗어났다. 제일 먼저 눈에 들어온 것은 문이었다. 문을 보자 나는 문을 향해 달려들어 옆의 벽에 등을 댔다. 떠나고 싶은 경우를 대비해서였다. 그리고 나서 주변을 둘러보았다.

커다란 방이었다. 한 벽은 거친 바위였고 나머지 벽은 통나무 사이에 뭔가를 채워 넣은 것이었다. 바위벽 속에는 커다란 모닥불이 피워져 있었다. 그러나 벽난로 같은 건 아니었고 정확하게 말하자면 일종의 움푹 팬 구덩이였다. 반대쪽 벽 선반 위에는 오래된 자동차 배터리가 있었고 그 배터리에는 노란색 전구 두 개가 전깃줄로 매달려 대롱거리고 있었다. 테이블이 있고 상자 몇 개와 다리 세 개짜리 의자가 두 개 있었다. 뿌연 연기가 공기 중에 떠돌고 그렇게나 멋지고 가슴이 뛰게 하는 달콤한 음식 냄새가 호스에서 물이 뿜어져 나오듯 내 코 안으로 흘러 들어왔다. 남자가 말했다.

"내가 이곳에 데려온 애는 어떤 애지, 아가야?"

방은 아이들로 가득 차 있었다. 그러니까, 세 명이었지만 그들은 세 명 이상으로 보였다. 얼굴 한쪽에 푸른 물감을 묻힌 내 나이—여덟 살이란 뜻이다—또래의 여자아이가 한 명 있었다. 물감이 잔뜩 묻어 있는 팔레트, 이젤과 한 움큼의 붓을 가지고 있었지만, 소녀는 붓을 사용하지 않고 손으로 물감을 섞고 있었다. 그리고 커다란 눈으로 나를 뚫어져라 응시하고 있는 다섯 살쯤 된 흑인 소녀가 한 명 있었다. 그리고 두 개의 말구유 위에 놓인 나무 상자 안에는 아기가 있었다. 서너 달쯤 된 듯싶었다. 아기는 아기들이 늘 하는 짓을 하고 있었다. 거품을 만들며 침을 흘리고 전혀 의미 없이 손을 이리저리 휘젓고 발길질을 했다.

그 남자가 말을 하자 이젤 옆에 서 있던 소녀가 나를 바라보다가 아기를 바라보았다. 아기는 그저 발을 걷어차며 침을 흘렸다.

소녀가 말했다.

"이름은 제리예요. 그리고 화를 내고 있어요."

"무엇 때문에 화가 난 거지?"

남자가 물었다. 그는 아기를 계속 바라보았다.

"그저 모든 것에 대해 화를 내고 있는 거예요. 모든 것, 그리고 모든 사람에 대해서요."

"어디에서 왔지?"

"이봐, 이게 뭐하는 짓이야?"

내가 말했지만 어느 누구도 내게 주의를 기울이지 않았다. 남자는 계속 아기에게 질문을 했고 소녀는 계속 대답을 했다. 내가 본 것 중 가장 기막힌 풍경이었다.

"주정부 보육원에서 도망쳐 나왔어요. 그 사람들은 저 애를 충분히 먹여주긴 했지만 누구도 융화시켜주지 않았어요."

소녀는 그렇게 말했다. '융화' 라고.

나는 문을 열었고, 그러자 찬바람이 안으로 몰려들어왔다.

"이 비열한 기생충 같은 놈. 넌 보육원에서 날 잡아오라고 보낸 놈이지?"

내가 그 남자에게 말했다.

"문을 닫아, 제니."

남자가 말했다. 이젤 옆에 있던 소녀가 조금도 움직이지 않았는데도 내 등 뒤에서 문이 탕 소리를 내며 닫혔다. 문을 열려고 애써봤지만 꼼짝도 않았다. 난 고함을 지르며 문을 마구 잡아당겼다.

"넌 구석에 서 있어야만 할 것 같구나. 저 애를 구석에 세워 놔라, 제니."

세 발 달린 의자가 방을 가로질러 내게로 날아왔다. 의자는 공중에 뜬 채 방향을 틀었다. 그러고는 너른 앉는 쪽 면으로 나를 집적거렸다. 나는 펄쩍 뛰어 뒤로 물러났지만 의자가 따라왔다. 옆으로 몸을 피하다 보니 바로 구석이었다. 의자는 계속해서 내게 다가왔다. 의자를 때려서 바닥에 내리려고 애를 썼지만 내 손만 아팠다. 내가 몸을 숙이자 의자는 나보다 낮게 내려왔다. 한 손으로 의자를 잡고 위로 뛰어넘으려고 했지만 의자가 아래로 떨어져 내렸고 따라서 나도 떨어졌다. 나는 다시 일어나서 몸을 떨며 구석에 서 있었다. 의자는 오른쪽 면을 위로 향하게 방향을 틀더니 내 앞의 바닥에 내려앉았다.

"고맙다, 제니."

남자가 나에게로 시선을 돌렸다.

"거기 서서 조용히 있어라. 나중에 보살펴주마. 걷어차거나 해서 온통 난장판을 만들면 안 돼."

그러고 나서 다시 아기에게 말을 걸었다.

"저 애는 우리에게 필요한 것을 가지고 있니?"

그리고 대답한 것은 다시 어린 소녀였다.

"물론이죠, 저 애도 일원이에요."

"그렇단 말이지, 정말 뭐든지 아는구나!"

남자가 내게 다가왔다.

"제리, 넌 이곳에서 살아도 좋다. 난 보육원에서 보낸 사람이 아니야. 결코 너를 돌려보내지도 않을 거다."

“그렇겠지, 홍!”

“저 애는 당신도 증오해요.”

제니가 말했다.

“그렇다면 내가 어떻게 해야 하는 거지?”

남자가 알고 싶어 했다. 제니가 고개를 돌려 요람을 바라보았다.

“저 애에게 음식을 주세요.”

남자가 고개를 끄덕이더니 불을 돋우기 시작했다.

그런 일이 벌어지는 와중에, 어린 흑인 소녀는 광대뼈 위의 커다란 눈을 툭 튀어나올 만큼 크게 뜬 채 똑바로 나를 바라보고 있었다. 제니는 다시 그림 그리는 일로 돌아갔고 아기는 늘 그랬듯이 똑같은 모습으로 누워 있었다. 그래서 난 흑인 소녀를 똑바로 마주 보았다.

“젠장, 뭘 그렇게 멍청하게 바라보는 거야?”

소녀가 나를 향해 씩 웃었다.

“제리, 호-호.”

이렇게 말하더니 사라졌다. 내 말뜻은, 정말 사라졌다는 거다. 빛이 꺼지는 것처럼 옷만 그대로 남기고 말이다. 소녀의 자그마한 옷은 허공에 떠 있다가 소녀가 있던 자리에 그대로 떨어져 내렸다. 말 그대로, 사라진 것이다.

“제리, 히-히.”

소리가 들려왔다. 올려다보니 소녀가 있었다. 홀딱 벗은 채로, 천장 바로 아래의 툭 튀어나온 바위벽 틈새에 들어가 있었다. 그러다 내가 본 순간 또다시 사라졌다.

“제리, 호-호.”

소녀가 말했다. 이제는 방의 다른 한쪽에 저장용 선반으로 쌓아놓은 상자 꼭대기에 올라앉아 있었다.

"제리, 히-히."

이번에는 테이블 밑이었다.

"제리, 호-호."

이번에는 구석의 바로 내 옆에 서서 날 밀어댔다. 난 비명을 지르며 벗어나려다 의자에 부딪혔다. 난 두려웠고, 그래서 다시 뒤로 움츠러들었더니 그 꼬마가 사라졌다.

남자는 불을 지피면서 어깨 너머로 흘끗 시선을 던졌다.

"그만둬라, 얘들아."

잠시 침묵이 있었다. 그런 뒤 그 꼬마가 선반 맨 아래칸에서 천천히 기어 나왔다. 꼬마는 옷이 있는 곳으로 걸어가더니 주워 입었다.

"어떻게 그런 걸 하지?"

난 알고 싶었다.

"호-호."

제니가 말했다.

"간단한 거야. 저 애들은 쌍둥이거든."

"아아!"

내가 말했다. 그리고 또 다른 소녀가, 그렇지만 똑같이 생긴 소녀가 어둠 속 어디에선가 나오더니 첫 번째 아이 옆에 가서 섰다. 둘은 한 치의 틀림도 없이 똑같이 생겼다. 그 애들은 나란히 서서 나를 바라보았다. 이번에는 그 애들이 나를 바라보는 걸 내버려두었다.

"저 애들은 보니와 비니야."

소녀 화가가 말했다.

"이쪽은 아기고 그리고 저쪽은……."

제니가 그 남자를 가리켰다.

"저쪽은 론이야. 그리고 나는 제니."

뭐라고 말해야 할지 알 수 없었기 때문에 난 그저 이렇게 말했다.

"그래?"

론이 말했다.

"제니, 물."

그가 물통을 들어올렸다. 물이 졸졸 흐르는 소리는 들렸지만 아무것도 보이지 않았다.

"그거면 충분하다."

론이란 남자가 그렇게 말하고는 걸쇠에 물통을 걸었다. 그리고 깨진 사기 접시를 집어 들더니 나에게로 왔다. 접시에는 커다란 고깃덩어리와 진한 고깃국물, 그리고 경단과 당근이 들어간 스튜가 가득 들어 있었다.

"받아라, 제리. 여기 앉아라."

난 그 의자를 바라보았다.

"저 위에?"

"물론이지."

"싫어."

난 접시를 받아들고 등을 벽에 기댄 채 쪼그리고 앉았다. 잠시 후 론이 말했다.

"이봐, 편히 먹어라. 우린 모두 식사를 했어. 누구도 네게서 음식을 뺏어가지 않을 거야. 천천히 먹으라니까!"

난 오히려 전보다 빨리 먹었다. 내가 먹는 걸 그만둔 건 음식을 거의 다 해치웠을 때였다. 그리고 나서 어떤 이유인지 머리를 의자 모서리에 부딪혔다. 난 접시와 숟가락을 떨어뜨리고 그곳에 쓰러졌다. 정말로 심하게 아팠다.

론이 다가오더니 나를 살펴보았다.

"미안하구나, 제리. 치워주겠니, 제니?"

바로 내 눈앞에서 바닥에 흩어진 쓰레기가 사라졌다. 난 그 당시에는 그 일이나 그 밖의 다른 일에 대해서 신경을 쓰지 않았다. 남자의 손이 내 목에 와 닿는 걸 느꼈다. 그러고는 그가 내 머리카락을 헝클어뜨렸다.

"비니, 이 애에게 담요를 가져다 줘라. 모두 자러 가자. 이 애는 잠시 쉬어야 할 거야."

곧 나를 감싸는 담요를 느낄 수 있었다. 아마 난 그가 나를 내려놓기 전에 잠들었던 것 같다.

깨어났을 때는 얼마나 시간이 흐른 후였는지 알 수 없었다. 내가 어디에 있는지도 알 수 없었고, 그래서 겁이 났다. 고개를 들자 벽난로 속에 남아 있던 불씨가 흐릿한 빛을 내고 있는 모습이 보였다. 론은 옷을 입은 채 편히 누워 있었다. 제니의 이젤은 커다란 곤충처럼 붉게 비치는 검은색으로 서 있었다. 아기 머리가 요람 위로 나온 것이 보였지만 아기가 나를 똑바로 바라보았는지, 다른 곳을 보았는지는 알 수 없었다. 제니는 문가의 바닥에 누워 있었고 쌍둥이는 낡은 테이블 위에 있었다. 약간 까딱까딱거리고 있는 아기의 머리를 제외하면 움직이는 것이라곤 전혀 없었다.

난 일어서서 방 안을 둘러보았다. 그저 평범한 방이었고 문은 한 개밖에 없었다. 난 뒤꿈치를 들고 문을 향해 걸어갔다. 내가 제니 옆을 지나자 제니가 눈을 떴다.

"왜 그러니?"

제니가 속삭였다.

"네가 상관할 바 아냐."

나는 제니에게 대답했다. 그리고 별다른 신경을 쓰지는 않았지만 제니를 주시하면서 문 쪽으로 걸어갔다. 제니는 전혀 움직이지 않았다. 문 앞에 서서 문을 열려고 하자 문은 완고하게 꼭 닫혀 있었다.

난 제니에게로 돌아갔다. 제니는 그저 나를 바라보기만 했다. 겁을 먹고 있지도 않았다.

"화장실에 좀 가야겠어."

"그래? 왜 그렇게 말하지 않았니?"

갑자기 난 신음소리를 내며 아랫배를 움켜쥐었다. 그때의 느낌은 묘사를 해보려는 시도조차 할 수 없는 것이었다. 통증처럼 느껴지긴 했지만 통증은 아니었다. 이전에 내가 경험한 어떤 것과도 비슷하지 않았다. 밖에서 무언가가 눈 위로 털썩 떨어졌다.

"됐어, 이제 침대로 돌아가."

"그렇지만 나는……."

"뭘?"

"아무것도 아냐."

진실이었다. 내게는 어딘가로 가야 할 필요가 전혀 없었다.

"다음번엔 까놓고 말해도 돼. 난 신경 쓰지 않으니까."

난 아무 말도 하지 않았다. 그저 다시 담요 속으로 파고들었다.

"그게 다니?"

난 긴의자에 누워 회색의 천장을 바라보고 있었다. 스턴이 물었다.

"넌 지금 몇 살이지?"

"열다섯."

난 꿈결처럼 대답했다. 내게 있어 회색의 천장이 바닥과 벽으로 연결되고 바닥 깔개와 램프, 그리고 책상과 스턴이 앉아 있는 의자까지 포함하게 될 때까지 스턴은 기다렸다. 난 일어나 앉아서, 머리를 움켜쥐고 스턴을 바라보았다. 스턴은 파이프를 가지고 손장난을 하면서 나를 바라보고 있었다.

"내게 무슨 일을 한 거죠?"

"네게 말했잖니. 난 아무 일도 하지 않아. 네가 하는 거야."

"당신이 내게 최면을 걸었어요."

"그러지 않았어."

스턴의 목소리는 차분했지만 정말로 그렇다고 말하고 있었다.

"그러면 그것들이 다 뭐죠? 그건…… 실제로 모든 일이 다시 일어난 것 같았는데요."

"뭘 느꼈는데?"

"모든 걸요. 염병할 모든 일을 말이에요. 어떻게 된 거죠?"

난 몸서리를 쳤다.

"그렇게 한 번 겪고 난 사람들은 다음부터는 더 괜찮게 느끼게 되지. 이제 언제든지 네가 원할 때면 그 모든 걸 다시 되살려볼 수 있을 거야. 그리고 그럴 때마다 그 속에서 느끼는 고통이 덜어지게 될 거고. 두고 보렴."

그건 몇 년 만에 처음으로 날 놀라게 한 일이었다. 난 곰곰이 되씹어보고 나서 스턴에게 물었다.

"만약 나 혼자서 해낸 거라면 왜 전에는 내게 그런 일이 일어나지 않았던 거죠?"

"누군가 귀 기울여 들어줄 사람이 필요하기 때문이야."

"듣는다고요? 내가 말을 하고 있었나요?"

"번개처럼 빠르게."

"일어났던 모든 일을요?"

"그걸 내가 어떻게 알겠니? 난 거기 있지 않았는걸. 넌 거기 있었지만 말이다."

"당신은 그런 일이 일어났다는 걸 믿지 않아요, 그렇지요? 그 사라져버리곤 하는 아이들과 의자나 그 밖의 모든 것을 하나도 안 믿지요?"

스턴이 어깨를 으쓱했다.

"내가 믿고 믿지 않고는 그다지 중요하지 않아. 너에게는 현실이었지 않니?"

"이런 염병할!……그래요!"

"흠, 그러니까, 바로 그게 중요한 거야. 아이들과 함께 네가 살았던 곳이 거기니?"

난 신경질적으로 손톱을 물어뜯었다.

"그리 오래 같이 살지는 않았어요. 아기가 세 살이 된 다음부터는 아니었어요. 당신을 보면 론이 떠올라요."

"왜지?"

"나도 몰라요. 아니, 별로 닮은 것 같진 않군요."

난 갑자기 말을 덧붙였다.

"나도 왜 그런 말을 했는지 모르겠어요."

난 갑자기 다시 누웠다. 천장은 회색이었고 불빛은 어두웠다. 담뱃대가 스턴의 이 사이에서 삐걱대는 소리를 들을 수 있었다. 난 오랫동안 그렇게 누워 있었다.

"아무 일도 일어나지 않아요."

"어떤 일이 일어나기를 기대했는데?"

"아까 같은 일이요."

"밖으로 나오고 싶어 하는 뭔가가 그곳에 있나 보구나. 나오게 내버려두렴."

회전하는 북 같은 것이 내 머릿속에 들어 있고, 그 북 위에는 내가 찾아내려 하는 장소나 사람들의 모습이 찍혀 있는 것 같았다. 그 북은 너무 빨리 회전하고 있고 그래서 난 그림을 따로따로 식별해낼 수 없었다. 멈추게 만들면 북은 빈 화면을 보이며 멈춰 섰다. 난 북을 돌렸다가 다시 멈춰 세우곤 하는 일을 반복했다.

"아무 일도 일어나지 않아."

"아기는 세 살이지."

스턴이 내가 했던 말을 반복했다.

"그래요, 맞아요."

난 눈을 감았다. 맞다. 될 거고, 보이고, 밤이고, 빛이다. 난 깜깜한 밤중에 빛 하나를 보게 될지도 모른다. 어쩌면 아기를. 어쩌면 밤중에 아기의 모습을 보게 될지도, 왜냐하면 빛은…….

내가 담요 속에 있는 동안 밤이 수차례 지나갔다. 그리고 담요 속에 있지 않았던 동안에도 무수한 밤이 지나갔다. 론의 집에서는 늘 무슨 일인가 일어나고 있었다. 때때로 난 낮 시간에도 잠을 잤다. 내 추측으로는 모두가 동시에 잠이 드는 것은 처음 왔을 때 내가 그랬던 것처럼 누군가가 아플 때뿐이었다. 방 안은 항상 어느 정도의 밝기가 유지되었다.

낮이나 밤이나 가릴 것 없이 불이 지펴져 있고 전선으로 배터리에 매달려 있는 전등 두 개는 노랗게 빛을 냈다. 전등이 너무 어두워지면 제니가 배터리를 고쳤고 그러면 다시 불빛이 밝아졌다.

제니는 누구도 하고 싶어 하지 않을 일이라도 필요하다면 묵묵히 했다. 다른 사람들 역시 여러 가지 일을 했다. 론은 자주 밖에 나가 있었다. 때때로 론은 일을 도와줄 쌍둥이를 필요로 했지만 결코 쌍둥이가 없어 아쉬워할 일은 없었다. 그 애들은 여기 있는가 하면 사라졌다가 번쩍하고 다시 나타나곤 했던 것이다. 그리고 아기, 아기는 항상 요람 속에 누워 있었다.

나도 여러 가지 일을 스스로 했다. 불을 피울 나무를 베서 선반에 더 쌓아 올려놓거나 했다. 때때로 제니나 쌍둥이와 함께 수영하러 가기도 했다. 그리고 론에게도 말을 걸었다. 다른 사람들이 할 수 없는 일이라면 나도 하지 못했지만, 그들은 내가 할 수 없는 일도 할 수 있었다. 나는 화가 났다. 그렇다는 것에 대해 늘 화가 나 있었다. 그러나 난 무언가에 대해 늘 화를 내고 있지 않으면 도대체 나 자신을 어떻게 해야 할지 알 수가 없었다. 내가 그러고 있는 것 때문에 우리가 융화하는 것을 방해받은 건 아니었다. 융화, 그건 제니가 한 말이었다. 제니는 그 말이 아기가 해준 말이라고 했다. 그 말은, 설사 모두가 서로 다른 존재들일지라도 모두가 함께 어떤 것이 되는 걸 의미한다고 했다. 팔 두 개, 다리 두 개, 몸 하나, 머리 하나, 모두가 함께 작용하는 것 말이다. 비록 머리는 걷지 못하고, 팔은 생각하지 못할지라도. 론은 그 말이 아마 '융합' 과 '화합' 이란 말을 합친 말일 것이라고 말했다. 그러나 난 론이 자신이 한 말을 그대로 믿었다고 생각하지 않는다. 그건 그 이상의 의미를 가지는 말이었다.

아기는 늘 말을 했다. 하루 24시간 동안 작동하는, 주파수만 맞춘다면 언제든지 송신을 받을 수 있는 방송국과 비슷했다. 이쪽에서 수신을 하든 말든 상관없이 항상 송신을 하긴 했지만. 아기가 말한다고 내가 말할 때는 정확하게 말 그대로를 뜻하는 것이 아니다. 대개는 수신호였다. 아기가 손이나 팔, 머리나 다리를 휘젓는 그 동작이 전혀 의미가 없는 것이라고 생각할 수도 있겠지만, 실은 그렇지 않았다. 그건 수신호였고, 소리에 해당하는 기호를 대신하는 것이었고, 전체적인 생각이었던 것이다.

내 말뜻은, 왼손은 펴고 오른손은 높이 들어 흔들면서 왼쪽 발꿈치로 바닥을 탕탕 치면 그것은 '찌르레기가 해롭다고 생각하는 사람은 찌르레기가 어떤 생각을 하고 있는지에 대해 아무것도 모르고 있을 뿐이다' 라는 의미거나 혹은 그 비슷한 뜻이라는 것이다. 아기가 수신호 작업을 발명해내도록 한 사람이 자기라고 제니가 말했다. 전에는, 자신은 쌍둥이가 생각하는 걸 들을 수 있었다고—그렇게 말했다, 생각하는 걸 듣는다고—그리고 쌍둥이는 아기를 들을 수 있었다고 말했다. 그래서 알고 싶은 걸 제니가 쌍둥이에게 물어보면 쌍둥이는 아기에게 물어보고 나서 아기가 답한 걸 제니에게 말해줬다고 한다. 그러나 성장하면서 그들은 그 요령을 잃어버리기 시작했던 것이다. 모든 어린애들이 그렇듯이 말이다. 그래서 아기는 다른 사람들이 말하는 걸 이해하는 법을 배웠고 이 수신호로 대답을 했다.

론은 그 신호를 읽을 수 없었고 나도 그랬다. 쌍둥이는 말을 할 줄 몰랐다. 제니는 항상 아기를 지켜보곤 했다. 아기에게 무언가를 묻고 싶어 하면 아기는 그것이 의미하는 걸 항상 알아차려서 제니에게 대답해주고, 제니는 그 답을 말로 바꿔주곤 했다. 어쨌거나 답의 일부라도 대답했다. 그 누구라도 아기의 말을 전부 다 알아들을 수는 없었고 심지어 제니조차도 그랬다.

내가 알고 있는 건 제니가 그곳에 앉아서, 그림을 그리면서 아기를 쳐다보다가 때때로 웃음을 터뜨리곤 했다는 것이 전부다.

아기는 조금도 자라지 않았다. 제니도 자라고 쌍둥이도 자라고 나 역시 자랐지만, 아기는 아니었다. 아기는 그저 그곳에 누워 있을 뿐이었다. 제니는 아기가 늘 배부른 상태로 있도록 해주었고 이틀이나 사흘에 한 번씩 씻겨주었다. 아기는 울지 않았고 말썽을 피우지도 않았다. 그리고 누구도 아기를 얼러주거나 하지 않았다.

제니는 그림을 그리는 대로 아기에게 보여주었다. 그림판을 깨끗이 지우고 새로 그림을 그리기 전에 말이다. 그림판을 딱 세 개 가지고 있었기 때문에 제니는 그림을 지워야만 했다. 그건 괜찮은 일이었는데, 만약 제니가 그렸던 그림을 모두 그대로 남겨둔다면 그 장소가 어떤 모습이 될지 난 상상조차 하고 싶지 않다. 제니는 하루에 네댓 개의 그림을 그렸으니까. 론과 쌍둥이는 제니가 쓸 테레빈유를 구하기 위해 늘 나다녔다. 제니는 그저 그림을 바라보는 것만으로도 이젤 위의 물감을 한 번에 한 색깔씩 조그만 물감통 안으로 쉽사리 회수할 수 있었지만, 테레빈유의 경우는 달랐다. 제니는 아기가 그림을 모두 기억하고 있고, 그래서 그림을 남겨둘 필요가 없다고 내게 말해주었다. 그림은 모두 기계, 혹은 줄지어 선 기어, 기계의 연결 부위나 전기 회로, 아니면 그 비슷하게 보이는 것들이었다. 난 그런 것들에 대해 별로 많이 생각해보지 않았다.

한 번은 론과 함께 약간의 테레빈유와 햄을 구하러 나갔다. 숲을 지나 철로까지 간 다음 마을의 불빛이 보이는 곳까지 3킬로미터 정도를 걸어 내려갔다. 그리고 다시 숲을 지나고 몇 개의 골목길을 지나고, 뒷길을 지났다.

론은 여느 때처럼 걸으면서 생각에 잠겨 있었다. 우리는 철물점으로 갔는데 론은 가까이 다가가서 자물쇠를 살펴보더니 고개를 저으며 내가 기다리고 있던 곳으로 되돌아왔다. 그러고 나서 우리는 잡화점을 찾아냈다. 론이 뭐라고 중얼거렸고 우리는 걸어가서 문 옆의 그림자가 드리운 곳에 멈춰 섰다. 난 안을 들여다보았다.

그런데 정말이지 갑자기 그곳에 비니가 나타났고, 그런 식으로 여행을 할 때면 언제나 그렇듯이 발가벗은 채였다. 비니가 안으로 들어가더니 안쪽에서 문을 열었다. 우리는 안으로 들어갔고 론이 문을 잠갔다.

"집으로 가라, 비니. 얼어 죽기 전에."

비니가 나를 보고 씩 웃더니 '호-호' 하고는 사라졌다.

우리는 품질이 좋은 햄 두 개와 7.5리터짜리 테레빈유 깡통을 찾아냈다. 내가 밝은 노란색 볼펜을 집어 들었더니 론이 내 손목을 잡고는 그걸 제자리에 돌려놓게 했다.

"우리는 필요한 것만 가져갈 뿐이다."

론이 내게 말했다.

우리가 나온 후 비니가 되돌아와서 문을 잠그고는 집으로 돌아갔다. 난 겨우 몇 차례 론과 함께 갔을 뿐이다. 론이 혼자 힘으로 들고 올 수 있는 것보다 더 많은 양을 가져와야 했을 경우에만.

난 그곳에서 3년쯤 있었다. 그게 내가 기억할 수 있는 전부다. 론은 집 안에 있거나 나가 있거나 했지만 그게 별다른 차이가 있었다고 말하기는 힘들다. 대개의 경우 쌍둥이는 둘이 함께 있었다. 아기는 항상 말을 했다, 난 그 말이 무슨 뜻인지 몰랐지만.

우리는 모두 바빴고 융화된 일체였다.

난 갑자기 긴의자에서 벌떡 일어나 앉았다.

"무슨 일이니?"

"아무 일도 없어요. 이 일을 한다고 해도 내가 어디엔가 이르는 데에는 도움이 되지 않는다는 사실밖에는."

"처음에도 넌 그렇게 말했었어. 하지만 그 이후 네가 무언가를 이룩했다고 생각하지 않니?"

"오, 그건 그래요. 하지만……."

"그렇다면, 이번에는 네가 옳다는 걸 어떻게 확신할 수 있지?"

내가 아무 말도 하지 않고 있자 스턴이 물었다.

"이 이야기를 마저 하는 것이 마음에 들지 않니?"

난 화를 내며 대답했다.

"마음에 들지도, 안 들지도 않아요. 그냥 아무런 의미도 없는 일일 뿐이에요. 그저 이야기일 뿐이니까."

"그러면 이 이야기와 이전의 이야기 사이의 차이는 뭐지?"

"세상에, 충분하죠! 첫 번째에는 난 모든 것을 느꼈어요. 전부 다 실제로 다시 느껴졌다고요. 그러나 이번에는 아무것도 느껴지지 않아요."

"왜 그렇다고 생각하니?"

"몰라요. 당신이 내게 말해줘요."

"추측하자면, 글쎄…… 너무나 불쾌해서 되살리고 싶지 않은 일화가 있지 않았을까?"

스턴이 생각에 잠겨 말했다.

"불쾌하다고요? 당신은 도랑에서 얼어 죽는 일은 불쾌한 일이 아니라고 생각하나요?"

"불쾌감에는 다양한 종류가 있지. 때때로 네가 찾고 있는 바로 그것이, 즉 네 문젯거리를 깨끗이 없애줄 그것 말이야, 그게 너에게는 너무나 싫은 일이어서 가까이 가고 싶지 않을 수도 있어. 아니면 네가 숨기려 하거나. 잠깐만! 싫다거나 불쾌하다는 것이 적절치 못한 표현일 수도 있겠구나. 몹시 네 마음에 드는 어떤 것일 수도 있을 테니까. 단지 네가 그걸 밖으로 끄집어내기를 원하지 않을 뿐이지."

"난 밖으로 꺼내기를 원해요!"

무언가를 마음속에서 정리하기라도 하는 듯 스턴이 잠시 기다리고 나서 말했다.

"'아기는 세 살' 이라는 문구에는 너를 튕겨나가게 하는 뭔가가 있어. 왜지?"

"내가 안다면 좋게요!"

"누가 그 말을 했었지?"

"몰라요…… 어……."

스턴이 씩 웃었다.

"'어' 라고?"

난 스턴에게 웃음을 되돌렸다.

"내 말이었어요."

"좋아, 언제였지?"

난 웃음을 그쳤다. 스턴이 앞으로 몸을 기울였고, 그 다음 자리에서 일어났다.

"왜 그래요?"

"사람이 그렇게까지 분별이 없을 수 있다고는 생각하지 않는다."

난 아무런 말도 하지 않았다. 스턴이 책상으로 걸어갔다.

"더 이상 계속하고 싶지 않구나, 그렇지?"

"그렇지 않아요."

“이보렴. 넌 지금 네가 알고 싶어 하던 것을 발견할 수 있는 바로 직전까지 갔는데, 그래서 이제 네가 그만두고 싶어 한다고 내가 말한다면 그 점에 대해 어떻게 생각하지?”

“직접 그렇게 물어보고, 내가 어떻게 하는지 지켜보는 게 어때요?”

스턴은 그저 고개를 저을 뿐이었다.

“난 네게 어떤 걸 말해주거나 하지는 않는다. 이야기를 계속해라, 떠나고 싶으면 떠나든지. 거스름돈은 돌려주마.”

“얼마나 많은 사람들이 막 답을 찾으려는 찰나에 그만두죠?”

“꽤 많지.”

“좋아요, 난 가지 않겠어요.”

나는 자리에 누웠다. 스턴은 웃지도 않았고, ‘잘했어’ 라는 말을 하지도 않았다. 어떤 야단스러운 행동도 취하지 않았다. 그저 전화기를 들고 ‘오늘 오후 일정을 모두 취소해주길’ 이라고 말한 뒤 내 시야에서 벗어나 있는 자기 의자로 돌아갔다.

그곳은 아주 조용했다. 방음이 되어 있었던 것이다.

“난 다른 아이들이 하는 것 같은 일은 하나도 하지 못했어요. 그런데도 론이 나를 그렇게 오래 그곳에서 살도록 허락한 이유가 뭐라고 생각해요?”

“혹시 너도 할 수 있는 일이 있었는지도 모르지.”

“오! 아니에요.”

내가 자신 있게 말했다.

“나도 시도해봤었어요. 난 내 나이치곤 힘이 센 편이었고 입을 다물고 있을 줄도 알았지만, 그 두 가지를 빼면 다른 아이들과 다른 점이 없었어요. 난 지금도 내가 조금이라도 다르다고는 생각하지 않아요. 론이

나 그 아이들과 함께 살다 보니 얻게 된 것들을 빼고는요."

"이것이 '아기는 세 살' 과 무슨 상관이 있다는 거니?"

난 천장을 올려다보았다.

"아기는 세 살. 아기는 세 살. 영화 게시판 비슷한 것 아래를 지나는 길이 있었어요. 그 길은 커다란 집의 진입로와 연결되어 있었구요. 난 그 길을 따라 그 큰 집으로 갔어요. 아기는 세 살. 아기는……."

"넌 몇 살이지?"

"서른셋."

내가 말했다. 그리고 그 다음에 일어난 일은 내가, 마치 긴의자가 데일 듯 뜨겁기라도 한 양 벌떡 일어나서 문 쪽으로 걸어갔다는 것이다. 스턴이 날 붙잡았다.

"바보같이 굴지 마. 내 오후가 통째로 허비되기를 바라는 거니?"

"그게 어쨌다는 거죠? 난 돈을 냈는데요."

"좋아, 네 맘대로 해."

난 되돌아갔다.

"난 이게 하나도 맘에 들지 않아요."

"좋아, 그렇다면 우리 둘 다 화가 나고 있는 중이로구나."

"내가 어째서 서른셋이라고 말했지? 난 서른셋이 아니에요. 열다섯이라구요. 그리고 또……."

"그리고 또?"

"아기는 세 살에 대한 거예요. 그렇게 말한 건 나예요. 맞아요. 그러나 그 일에 대해 생각해보면 그건 내 목소리가 아니었어요."

"서른세 살이 네 나이가 아닌 것처럼?"

"맞아요."

내가 속삭이듯 말했다.

"제리, 두려워할 것은 아무것도 없어."

스턴이 따뜻하게 말했다. 난 내가 힘겹게 숨을 쉬고 있다는 것을 깨달았다. 난 다시 정신을 차렸다.

"다른 누군가의 목소리로 이야기했던 걸 기억하는 것이 싫어요."

"이봐, 정신분석 작업은 대다수의 사람들이 생각하는 그런 것이 아니야. 내가 너와 함께 네 마음속의 세계로 들어가서, 아니면 너 혼자서 그 속으로 들어가서, 우리가 그 속에서 보게 되는 것은 흔히 실제 세상이라고 하는 것과 그리 많이 다르지 않아. 처음에는 다르게 보이기도 하지. 환자들이 온갖 종류의 환상과 광기, 그리고 기묘한 경험을 갖고 찾아오기 때문이야. 그러나 모든 사람들이 그런 종류의 세상에서 살고 있어. 옛날 사람 중 누군가가 '진실은 소설보다 기이하다' 라는 말을 만들어냈을 때 그 사람은 그런 것에 대해 말하고 있었던 거야.

어디를 가든 무엇을 하든 우리는 기호에 둘러싸여 있어. 그리고 우린 그 기호에 너무나 익숙해져 있어서, 그걸 쳐다보지도 않고 설사 눈에 들어온다고 해도 제대로 보지 않지. 누군가 우리가 거리를 열 발자국 걸어가는 동안에 보거나 생각했던 걸 정확하게 너에게 이야기해줄 수 있다고 해도, 넌 네가 경험했던 몹시 뒤틀리고 모호한, 부분적인 영상밖에 얻을 수 없어. 그리고 이런 장소에 오기 전까지는, 그 누구라도 자기를 둘러싸고 있는 주위 상황을 주의 깊게 바라보지 못하는 법이야. 과거의 사실을 보고 있다는 것은 문제가 아니야. 중요한 건 그 어느 때보다 훨씬 더 분명하게 보고 있다는 것이고, 바로 그 때문에 한 번쯤은 이런 일을 시도해보게 되는 거란다.

이제, '서른세 살' 이란 일에 대해 생각해보자. 다른 사람의 기억을 가지고 있는 자신을 발견하는 것보다 더 불쾌한 충격은 있을 수 없겠지. 자아란 것은 그런 식으로 무너지기엔 너무 중요한 것이니까. 네 모든 생각은 암호로 되어 있고, 넌 겨우 그중 10분의 1 정도만의 열쇠를 가지고 있어. 그래서 넌 질색을 할 정도로 싫은 암호를 풀려고 달려든 것이지. 그 암호를 풀기 위한 유일한 열쇠는 더 이상은 회피하지 않는 일이라는 걸 모르겠니?"

"당신 말은, 내가 그 기억을…… 다른 누군가의 마음속에 들어 있던 기억을 되살려야 한다는 거예요?"

"잠시 동안은 네게 있어 그게 다른 사람의 기억으로 보일 테지. 그리고 그렇게 보이는 데에는 어떤 의미가 있을 거다. 그게 뭔지 알아보도록 하지."

"좋아요."

난 토하고 싶어졌다. 피곤함도 느껴졌다. 갑자기 난 그 구토감과 피곤함이 문제를 피해보려는 노력이라는 걸 깨달았다.

"아기는 세 살."

스턴이 말했다. 아마 그럴 것이다. 나는 세 살이고, 서른세 살이고, 나이고, 큐이고.

"큐!"

내가 고함을 질렀다. 스턴은 아무 말도 하지 않았다.

"보세요. 이유는 모르겠지만, 이것에 이르는 방법은 알 것 같아요. 그리고 이건 일의 진행과는 상관없는 일이에요. 상관없는 걸 해도 될까요?"

"네 마음대로."

웃을 수밖에. 그러고 나서 난 눈을 감았다.

거기에는, 생울타리 위로 계단과 유리 창문이 하늘 높이 솟아 있었다. 잔디밭은 물감을 뿌린 듯한 녹색이었고 산뜻하고 깨끗했다. 꽃들은 마치 꽃잎이 떨어져 내려 단정치 못해지는 걸 두려워하고 있는 듯이 보였다. 난 신발을 신은 채 진입로를 걷고 있었다. 신발을 신어야만 했으므로 내 발은 숨을 쉴 수 없어 답답해했다. 그 집에 오고 싶지 않았지만, 올 수밖에 없었다.

난 크고 하얀 원형 기둥 사이의 계단을 걸어 올라가며 문을 바라보았다. 문을 통해 안을 들여다볼 수 있기를 바랐지만, 그러기엔 문이 너무 하얗고 두꺼웠다. 문 위에는 부채 모양의 유리창이 있었지만 너무 높이 달려 있었다. 그리고 문 양옆에도 창문이 있기는 했지만 색유리가 끼워져 있었다. 난 손으로 문을 두드렸고 그러자 문 위에 얼룩이 남았다.

아무 응답이 없었다. 난 다시 문을 두드렸다. 문이 벌컥 열렸고 거기에는 크고 마른 흑인 여자가 서 있었다.

"무슨 일이니?"

난 큐 양을 만나야 한다고 말했다.

"글쎄, 큐 양은 너 같은 애를 만나고 싶어 하지 않는다. 넌 너무 얼굴이 더러워."

그 여자는 지나치게 큰 목소리로 말했다. 난 화가 나기 시작했다. 이미 훤한 대낮에 사람들이 사는 곳 가까이를 걸어서 여기까지 와야 했다는 것만으로도 충분히 싫었던 것이다.

"내 얼굴은 이 일과 하등의 상관이 없어. 큐 양은 어디 있지? 가서 큐 양을 찾아오기나 해."

그 여자가 숨을 몰아쉬었다.

"너 같은 것이 나에게 그런 식으로 말하다니!"

"난 당신과는 아무 말도 하고 싶지 않아. 들어가게나 해줘."

난 제니가 있었으면 하고 바라기 시작했다. 제니라면 이 여자를 움직이게 만들 수 있을 것이다. 그러나 내 힘으로 이 상황을 처리해야 했다. 또한 난 그다지 이 일에 열을 올리고 있지도 않았다. 그 여자는 내가 욕을 엄청나게 퍼붓기도 전에 문을 쾅 하고 닫아버렸다.

그래서 난 문을 걷어차기 시작했다. 그 일을 하는 데는 구두가 굉장한 역할을 해냈다. 잠시 후 갑자기 문이 열려서 난 뒤로 주저앉을 뻔했다. 그 여자가 빗자루를 들고 서 있었다. 그러고는 고함을 지르기 시작했다.

"썩 꺼져, 이 쓰레기 같은 놈아! 그렇지 않으면 경찰을 부를 테다." 그 여자가 나를 밀었고 난 넘어졌다. 난 현관 바닥에서 일어나 그 여자를 향해 돌진했다. 그 여자는 한발 뒤로 물러나더니 내가 그 옆으로 지나칠 때 빗자루를 휘둘렀다. 그러나, 어쨌거나 난 안으로 들어가 있었다. 여자가 조그맣게 비명을 지르며 나에게로 다가왔다. 그 여자가 든 빗자루를 빼앗았을 때 누군가가 "미리암!"이라고 거위 같은 목소리로 말했다.

난 얼어붙었고 그 여자는 훌쩍거리기 시작했다.

"아, 알리샤 양. 보세요! 얘가 날 죽이려고 해요. 경찰을 불러주세요, 경찰을……."

"미리암!"

다시 기러기 울음소리 같은 것이 터져 나왔고 미리암은 눈물을 그쳤다.

계단 꼭대기에 레이스가 달린 드레스를 입은 얼굴빛이 붉은 여자가 서 있었다. 그 여자는 실제보다 나이가 더 들어 보였는데 아마 입을 너무 꼭 다물고 있었던 탓일 것이다. 내 추측엔 서른셋쯤 되어 보였다. 서른셋. 코는 자그마하고 눈은 심술궂어 보였다.

"당신이 큐 양이에요?"

"그래. 무슨 일로 왔지?"

"당신과 이야기를 좀 할 수 있을까요, 큐 양?"

"그런 태도로 말하지 마라. 어깨를 펴고 분명하게 말해."

하녀가 말했다.

"경찰을 부를게요."

큐 양이 하녀에게로 시선을 돌렸다.

"경찰을 부를 시간은 충분해, 미리암. 자, 지저분한 꼬마로구나. 그래, 무슨 일로 왔니?"

"당신과 단둘이 할 이야기가 있어요, 큐 양."

"그 말을 듣지 말아요, 알리샤 양!"

"조용히 해, 미리암. 꼬마야, 내가 그런 태도로 이야기하지 말라고 했잖니. 어떤 말인지 몰라도 미리암 앞에서는 해도 돼."

"염병할!"

두 여자가 헛바람을 들이켰다.

"론이 그러지 말라고 했어요."

"알리샤 양, 저 애가 저렇게 굴도록 내버려두지……."

"조용히 하라고 했지, 미리암! 얘야, 네가 교양 있는 태도를 지켜준다면……."

그러다가 큐 양의 눈이 놀라서 정말로 둥글게 튀어나왔다.

"누가 너에게 말했다고……."

"론이 그렇게 말했어요."

"론!"

그 여자는 계단 위에 선 채 자신의 손을 내려다보았다.

“진작에 그렇게 말했으면 미리암도 들여보내줬을 거야.”

말소리만 들어서는 이 여자가 아까 그 여자라고 알아차리기 힘들 정도의 변화였다. 하녀가 입을 딱 벌렸지만 큐 양은 손가락 끝에 총구라도 달린 양 양 손가락을 내밀었다. 하녀가 뒷걸음질쳤다.

“이봐, 빗자루 여기 있어.”

내가 막 빗자루를 던지려 하는데 큐 양이 나를 잡더니 빗자루를 빼앗았다.

“저리로 가자.”

큐 양은 나를 앞세워 우리가 헤엄치던 구덩이만큼이나 커다란 방으로 들어갔다. 온통 책 천지였고, 테이블에는 네 귀퉁이에 금색으로 꽃이 그려져 있는 가죽 테이블보가 씌워져 있었다. 큐 양이 의자를 가리켰다.

“저기 앉아라. 아냐, 잠깐만 기다려라.”

큐 양은 벽난로에 다가가더니 조그만 상자에서 신문을 꺼내 와서 의자 위에 펼쳤다.

“이제 앉아라.”

내가 신문 위에 앉자 큐 양도 다른 의자를 끌어내서 앉았다. 그 의자 위에는 종이를 깔지 않았다.

“무슨 일이지? 론은 어디 있니?”

“죽었어요.”

큐 양은 숨을 들이켰고 얼굴색이 하얗게 변해갔다. 그리고 눈에서 눈물이 날 때까지 나를 똑바로 응시했다.

“구역질이 나세요? 괜찮으니까, 토해버려요. 그러고 나면 기분이 나아질 거예요.”

"죽었다고? 론이 죽었단 말이지?"

"지난주에 잠깐 물이 불었어요. 바람이 심하게 불던 그 다음 날 밤, 론은 밖으로 나갔다가 홍수로 물에 잠겼던 커다란 고목 밑을 지나가게 되었어요. 그때 나무가 론의 머리 위로 떨어지였죠."

"떨어졌지요, 라고 하는 거야."

큐 양이 속삭였다.

"오, 세상에…… 그럴 리 없어."

"진짜예요. 우린 오늘 아침에 론을 묻었어요. 더 이상 놓아둘 수 없었거든요. 론은 막……."

"그만!"

큐 양이 손으로 얼굴을 가렸다.

"왜 그래요?"

"금방 괜찮아질 거야."

큐 양이 낮은 목소리로 말했다. 그녀는 벽난로로 걸어가서 내게 등을 돌린 채 서 있었다. 난 큐 양이 돌아오길 기다리는 동안 신발 한 짝을 벗었다. 그러나 큐 양은 서 있던 곳에서 이야기를 시작했다.

"네가 론이 데리고 있던 어린애니?"

"그래요. 론이 나에게 같이 가자고 했죠."

"오, 얘야!"

큐 양이 달음박질로 되돌아왔기 때문에, 난 잠시 그녀가 나를 껴안거나 뭐 그 비슷한 걸 하려 한다고 생각했다. 그러나 큐 양은 금방 멈춰서더니 코를 약간 찡그렸다.

"이, 이름이 뭐니?"

"제리."

"음, 제리. 이 크고 좋은 집에서 나와 함께 살고 싶지 않니? 깨끗한 새 옷이랑 모든 것이 있는 이곳에서 말이야."

"글쎄요, 좋은 생각이군요. 론이 당신에게 가라고 말했어요. 당신은 어떻게 써야 할지 모를 만큼 돈을 많이 갖고 있다고도 했고요. 그리고 당신은 론에게 빚이 있다고 하더군요."

"빚이라고?"

그 말이 큐 양을 언짢게 한 것 같았다.

"그러니까, 론이 한때 당신을 위해 뭔가를 해준 적이 있고, 언젠가는 그 고마움을 갚겠다고 당신이 말했다는 이야기를 해주었다는 거죠. 그게 다예요."

"그 일에 대해 뭔가 다른 말이 있었니?"

큐 양의 꽥꽥대는 목소리가 다시 돌아와 있었다.

"염병하게도 한 마디도 안 했죠."

"부탁이니 그런 말을 쓰지 말아주렴."

눈을 감은 채로 큐 양이 말했다. 그리고 다시 눈을 뜨더니 고개를 끄덕였다.

"약속을 했으니 지켜야지. 넌 지금부터 여기서 살아도 좋아. 만약, 만약 네가 그러고 싶다면."

"우라지게도 내 의지와는 전혀 상관없는 일이에요. 론이 그렇게 하라고 말했으니까요."

"넌 이곳에서 행복하게 살 수 있을 거야. 정말이야."

큐 양은 그 말을 하며 고개를 위아래로 끄덕였다.

"좋아요. 다른 아이들을 데리고 와도 될까요?"

"다른 애들? 다른 애들이라고?"

“예. 이건 나에 대한 얘기만이 아녀요. 우리 모두에 대한 거죠.”

“아녀요, 라고 말하지 마.”

큐 양은 의자에 기대고는 바보스런 조그만 손수건을 꺼내서 가볍게 입을 토닥거렸다. 그러는 동안 내내 나를 바라보았다.

“이제 내게 그 다른 아이들 이야기를 해주렴.”

“그러니까, 제니가 있어요. 나와 같은 열한 살이죠. 그리고 보니와 비니는 여덟 살이고, 그 애들은 쌍둥이예요. 그리고 아기가 있어요. 아기는 세 살이에요.”

난 비명을 질렀다. 스턴이 번개같이 긴의자 옆에 무릎을 꿇고는 내 뺨을 손바닥으로 감싸 머리를 고정시켰다. 내가 앞뒤로 머리를 흔들어 대고 있었던 것이다.

“잘했다, 찾아냈구나. 그게 뭔지는 알아내지 못했지만 이제 그게 어디 있는지는 발견했어.”

“그렇지만, 확실히…… 물 좀 줄래요?”

쉰 목소리로 내가 말했다. 스턴이 보온 물통에서 물을 따라주었다. 물은 통증을 느끼게 할 정도로 차가웠다. 난 다시 몸을 눕히고 휴식을 취했다. 마치 벼랑을 오른 것 같았다.

“이런 건 다시는 겪고 싶지 않아요.”

“오늘은 그만하고 싶니?”

“당신은 어때요?”

“네 뜻에 따르겠다.”

난 잠시 생각해보았다.

“계속하고 싶어요. 하지만 다시는 그 주변을 건드리고 싶지 않아요,

아주 잠깐 동안이라도."

"부정확한 비유를 또 하나 들자면, 정신분석은 도로 지도와 같단다. 한 곳에서 다른 곳으로 가는 데에는 숱한 길이 있어."

"난 먼 길로 돌아가겠어요. 8번 도로를 타고요. 그 언덕 위의 선로로는 안 갈래요. 시동이 잘 걸리지 않는데요. 내가 어디에서 시동을 꺼뜨렸던 거죠?"

스턴이 혀를 찼다. 난 그 소리가 듣기 좋았다.

"자갈이 깔린 길을 지나서 곧."

"거기까지 갔었군요. 다리는 물에 떠내려 가버렸어요."

"전에 넌 이 길을 전부 가봤다. 그러니 다리 건너편에서부터 시작하자꾸나."

"그런 건 생각도 못했는데요. 모든 걸 한 걸음 한 걸음씩 해내야 하는 건 줄 알았어요."

"그렇게 할 수도 있고, 그렇게 하지 않을 수도 있지. 그러나 다리는 네가 다른 걸 모두 해냈을 때 건너가기 쉬워질 거야. 어쩌면 다리 위에는 뭔가 중요한 것이 있을 수도 있고 혹은 없을 수도 있어. 그러나 다른 곳을 모두 돌아볼 때까지 넌 다리 근처에 가까이 갈 수 없을 거다."

"가지요!"

난 정말로 열성적이었다.

"제안 하나 해도 되겠니?"

"그러세요."

"그저 이야기만 해라. 네가 이야기하고 있는 것 안으로 너무 깊이 들어가지 말고. 그 첫 번째 이야기에서는, 그러니까 네가 여덟 살이었을 때 넌 실제로 그걸 다시 겪었다. 두 번째 이야기에선, 그 아이들 이야기 말이다, 넌 그저 그 일에 대해 이야기를 하기만 했지. 그러고 나서 열한 살 적으로 돌아갔을 때는 넌 그걸 느꼈어. 이번에는 다시 그냥 이야기만 해라."

"알았어요."

스턴이 잠시 쉬었다가 다시 조용한 목소리로 말했다.

"서재 안이다. 너는 큐 양에게 다른 아이들에 대한 이야기를 하고 있는 중이야."

내가 큐 양에게 이야기를 했고…… 그 다음에는 큐 양이 이야기했고…… 그러고 나서 무슨 일인가 일어났다. 난 비명을 질렀다. 큐 양이 날 달랬고 난 큐 양에게 욕을 퍼부었다.

그러나 큐 양과 난 지금 그 일에 대해 생각하고 있지 않았다. 하던 이야기를 계속하는 중이다.

서재 안에서, 장정본, 테이블, 그리고 론이 말한 대로 내가 큐 양과 잘 해나갈 수 있을지 어떨지에 대한 이야기.

론이 말했던 것은 이랬다.

"하이츠 구역의 언덕 위에서 살고 있는 여자가 있다. 이름은 큐라고 해. 그 여자가 너희들을 보살피게 해야 해. 네가 그렇게 되도록 해내야 한다. 큐 양이 너에게 시키는 일을 뭐든지 다 하면서 함께 살아라. 너희들 중 하나라도 서로 헤어져서는 안 된다. 알겠니? 그것만은 명심하고, 넌 큐 양을 행복하게 해줘라. 그러면 그녀도 널 행복하게 해줄 거다. 자, 이제 내가 말한 대로 해라."

론이 그렇게 말했었다. 단어 사이마다 강철 철사 같은 것이 연결되어, 그 전부가 부서질 수 없는 어떤 것이 되었다. 나에 의해서가 아니면 결코 부서질 수 없다.

"네 누이들과 아기는 어디에 있니?"

"데려올게요."

"이 근처에 있니?"

"가까이 있어요."

거기에 대해 큐 양이 아무 말도 하지 않았기 때문에 난 자리에서 일어났다.

"곧 돌아올게요."

"잠깐, 난 정말이지…… 내겐 생각해볼 시간도 없구나. 내 말은, 난 여러 가지를 준비해야 한다는 거야."

"생각할 필요 없어요, 당신은 준비가 되어 있는 걸요. 그럼 안녕."

문을 통해 큐 양의 말소리가 들렸다. 내가 집에서 멀어질수록 그 소리는 점점 더 커졌다.

"얘야, 만약 네가 이 집에서 살게 되면 넌 좀 더 훌륭한 예의범절을 배우게 될 거야……."

그 비슷한 기타 등등. 난 뒤돌아서 큐 양을 향해 소리를 질렀다.

"알았어요, 알았다구요!"

햇빛은 따뜻했고 하늘은 맑았다. 난 곧 론의 집에 도착했다. 불은 꺼졌고, 아기에게선 고약한 냄새가 났다. 제니는 이젤을 쓰러뜨려놓은 채 문가의 바닥에 앉아서 머리를 감싸 쥐고 있었다. 보니와 비니는 서로에게 팔을 두른 채 의자 위에 서 있었다. 그 애들은 마치 집 안이 춥기라도 한 양 서로 꼭 끌어당겨 안고 있었다.

난 그 상태에서 빠져 나오게 하려고 제니의 팔을 두드렸다. 제니가 고개를 들었다. 제니의 눈은 녹색이었다. 아니, 녹색 비슷한 것이었는지도 모르겠다. 그러나 지금 그 눈은 멍하게 보였다. 밑바닥에 우유가 남아 있는 유리컵에 담긴 물 같았다.

"도대체 어떻게 된 거야?"

"어떻게 되다니, 뭐가?"

오히려 제니가 반문했다.

"이 모든 난장판 말야."

"우리가 어지르지 않았어. 그게 다야."

"그래, 좋아. 하지만 우린 론이 말했던 대로 해야 해. 가자."

"싫어."

난 쌍둥이를 바라보았다. 그 애들은 내게 등을 돌렸다.

"저 애들은 배가 고파."

"그래, 그렇다면 왜 저 애들에게 뭔가 먹을 걸 주지 않았지?"

제니는 그저 어깨를 으쓱했다. 난 자리에 앉았다. 론은 무엇을 위해 스스로 몸이 으깨지게 만들어야만 했던 걸까?

"우린 더 이상 융화할 수 없어."

제니가 말했다. 그 말로 모든 상황이 설명되는 것 같았다.

"이봐, 이제 내가 론이 되는 거야."

제니는 잠시 그 말에 대해 생각해보았고 아기는 발길질을 했다. 제니가 아기를 바라보았다.

"넌 할 수 없어."

"난 어딜 가야 푸짐한 음식과 테레빈유를 얻을 수 있는지 알고 있어. 통나무집에 깔 탄력 있는 이끼를 찾을 수도 있고 나무도 벨 줄 알아. 뭐든지 다 할 수 있다고."

그러나 난 잠긴 문 앞에서 몇 킬로미터 떨어져 있는 비니와 보니를 불러낼 수 없었다. 딱 한 마디 말만으로 제니가 물을 가져오게 하거나 불을 일으키게 하거나 전지를 고치게 할 수도 없었다. 우리가 융화되게 할 수 없는 건 물론이고.

우리 모두는 한참 동안 그렇게 꼼짝 않고 있었다. 그러고 나서 난 아기 요람이 삐걱대는 소리를 듣고 쳐다보았다. 제니도 쳐다보고 있었다.

"알았어, 가자."

"누가 그렇게 말했어?"

"아기."

"누가 일을 이끌어가는 거지? 나야, 아기야?"

난 화가 났던 것이다.

"아기."

난 일어서서 제니의 입을 한 대 치려고 다가서다가 멈춰 섰다. 만약 아기가 그 애들로 하여금 론이 원했던 걸 하게 만들 수 있다면 그걸로 족한 것이다. 내가 애들을 강제로 밀어붙인다고 해도 제대로 되지 않을 테니까. 그래서 난 아무 말도 하지 않았다. 제니가 일어서더니 문 밖으로 나갔다. 쌍둥이는 제니가 나가는 걸 지켜보았다. 그러고 나서 보니가 사라졌다. 비니가 보니의 옷을 집어 들더니 걸어 나갔다. 난 아기를 요람에서 들어 올려 어깨에 멨다.

우리가 모두 밖에 나왔을 때 날씨는 더 좋아져 있었다. 늦은 오후였고 공기는 따뜻했다. 쌍둥이는 한 쌍의 날다람쥐처럼 나무 사이에서 나타났다 사라졌다 했고, 제니와 나는 수영을 하러 갈 때처럼 나란히 걸어갔다. 아기가 발길질을 시작했고 제니가 잠시 동안 아기를 바라보더니 먹을 걸 먹여주었다. 아기는 다시 잠잠해졌다.

마을에 가까이 갔을 때, 난 우리 모두가 더 가까이 붙어 있기를 원했다. 그러나 난 뭔가 말을 꺼내는 것이 두려웠다. 대신에 아기가 무슨 말을 한 것이 틀림없었다. 쌍둥이가 우리에게로 되돌아왔고, 제니가 그들에게 옷을 주자 그 애들은 만족스러울 만큼 착하게 우리 앞에서 걸어갔다. 아기가 어떻게 그렇게 했는지는 모르겠다. 쌍둥이는 걸어 다니는 걸 정말로 싫어했는데 말이다.

큐 양의 집 근처 거리에서 마주쳤던 한 남자를 제외하면 문제는 생기지 않았다. 그 남자는 가던 길을 멈추고 우리를 바라보았고, 제니가 그를 쳐다보았다. 그리고 남자가 쓰고 있던 모자를 눈 아래까지 내려오도록 만들자 모자를 다시 제자리로 올려놓으려면 목을 길게 빼는 것이 좋을 것 같은 모양이 되었다.

알아두어야 할 것은, 우리가 그 집에 도착했을 때 내가 문에 만들어 놓은 모든 지저분한 얼룩을 누군가가 지워놓았다는 것이다. 난 한 팔로 아기의 팔을 잡고 다른 팔로는 아기의 발목을 잡아 목 뒤에 둘러메고는 문을 걷어찼다. 그래서 문에는 또 다른 얼룩이 남게 되었다.

"이곳에는 미리암이라는 여자가 있어. 그 여자가 뭐라고 하면 엿이나 먹으라고 말해."

내가 제니에게 말했다. 문이 열렸고, 거기에는 미리암이 서 있었다. 미리암은 우리에게 시선을 한 번 던지더니 뒤로 2미터는 뛰어 물러섰다. 우리 모두는 안으로 들어섰다. 미리암이 깜짝 놀라며 비명을 질렀다.

"큐 양! 큐 양!"

"엿이나 먹어라."

제니가 그렇게 말하고는 나를 바라보았다. 난 어떻게 해야 할지 알 수 없었다. 내가 시킨 대로 제니가 행동한 건 이번이 처음이었기 때문이다.

큐 양이 계단을 내려왔다. 아까와는 다른 드레스를 입고 있었지만,

역시 바보스러운 옷이었고, 레이스가 너무 많이 달려 있었다. 큐 양이 입을 열었지만 아무 소리도 나오지 않았다. 그래서 큐 양은 무언가 소리가 나올 때까지 그대로 입을 벌리고 있었다. 마침내 말이 나왔다.

"주여, 저희를 보살피소서!"

쌍둥이는 나란히 서서 멍하니 큐 양을 바라보았다. 미리암은 옆걸음으로 벽에 다가가더니 우리에게서 멀찍이 떨어진 채 벽을 따라 문까지 미끄러져 가서 문을 닫았다. 미리암이 말했다.

"큐 양, 당신이 말했던 대로 저 어린애들이 이곳에서 살게 된다면 전 그만두겠어요."

제니가 말했다.

"엿이나 먹어라."

바로 그때 보니가 융단 위에 쪼그리고 앉았다. 미리암이 비명을 지르며 보니에게 달려들었다. 그러고는 보니의 팔을 잡더니 휙 일으켜 세웠다. 보니는 미리암의 손에는 조그만 옷을, 얼굴에는 가장 거지 같은 표정을 남기고 사라졌다. 비니는 얼굴이 둘로 나눠어질 만큼 씩 웃더니 미친 듯이 손짓을 하기 시작했다. 비니가 손짓을 하는 곳을 바라보았더니 보니가 있었다. 보니는 까마귀처럼 홀딱 벗은 채 계단 꼭대기의 난간 위에 있었다.

큐 양이 주위를 둘러보더니 보니를 발견했고 계단 위에 털썩 주저앉아버렸다. 미리암도 역시 주저앉아버렸다. 마치 한 대 얻어맞은 사람 같았다. 비니가 보니의 드레스를 집어 들더니 계단을 걸어 올라갔다. 그리고 큐 양을 지나쳐 가서 보니에게 옷을 건넸다. 보니가 그 옷을 입었다. 맥없이 축 늘어져 있던 큐 양이 시선을 들어 그 애들을 쳐다보았다. 보니와 비니는 서로 손을 마주잡고 계단을 걸어 내려와서 내가 있는 곳으로 왔다. 그러고 나서 그 애들은 나란히 서서 큐 양을 바라보았다.

"저 여자에게 무슨 문제가 있는 거니?"

제니가 내게 물었다.

"가끔 가다 한 번씩 토하고 싶어 해."

"집으로 돌아가자."

"안 돼."

큐 양이 난간을 붙잡고 몸을 일으켰다. 그러고는 잠시 동안 난간에 매달린 채 눈을 감고 그곳에 서 있었다. 갑자기 큐 양이 몸을 꼿꼿이 폈다. 10센티미터쯤은 더 커 보였다. 큐 양이 나를 향해 걸어왔다.

"제러드."

큐 양이 까마귀 같은 목소리로 말했다. 난 그녀가 뭔가 다른 말을 하려 했다고 생각했다. 그러나 큐 양은 매무새를 점검하고 나서 손가락을 들어 가리켰다.

"저건 도대체 뭐라고 하는 거니?"

난 제대로 알아듣지 못했다. 그래서 내 뒤를 돌아보았다.

"뭐가요?"

"저것! 저것 말이야!"

"아! 아기예요."

나는 아기를 등 뒤에서 내린 후 큐 양이 볼 수 있도록 들어올렸다. 큐 양은 뭐라고 중얼중얼하더니 뛰어들어 나에게서 아기를 낚아채 갔다. 그러고는 양팔을 뻗어 아기를 든 채 다시 중얼거리더니 아기를 '불쌍한 어린것' 이라고 불렀다. 그러고는 색유리창 아래, 쿠션이 놓여 있는 긴의자 위에 서둘러 아기를 내려놓았다. 큐 양은 아기 위로 몸을 숙인 채 반지를 입에 넣고 깨물더니 다시 뭐라고 중얼거렸다. 그러고 나서 나를 돌아보았다.

"아기가 얼마나 오랫동안 이렇게 있었니?"

난 제니를 바라보았고 제니는 나를 바라보았다. 내가 말했다.

"아기는 언제나 지금 그 모습대로였어요."

큐 양이 기침 소리 같은 걸 내더니 기절해서 바닥에 쓰러져 있는 미리암에게로 달려가서 한 차례 미리암의 얼굴을 앞뒤로 때렸다. 미리암은 일어나 앉더니 우리를 쳐다보았다. 그러고는 눈을 감고 몸을 부르르 떨고는 큐 양의 손에 의지해서 간신히 일어섰다.

"정신 차려. 그리고 뜨거운 물을 담은 물통과 비누를 가져와. 행주와 수건도, 서둘러!"

큐 양이 미리암을 재촉했다. 미리암은 벽을 잡아야 할 만큼 비틀거리면서 서둘러 밖으로 나갔다.

"아기를 가지고 소란 떨지 마세요. 아기한테는 별 잘못된 것이 없으니까요. 우린 배가 고파요."

큐 양은 내가 한 대 치기라도 한 듯 나를 바라보았다.

"내게 명령하지 마!"

"보세요, 당신만큼이나 우리도 이 일이 마음에 들지 않아요. 론이 그러라고 하지 않았으면 우린 이곳에 아주 오지 않았을 거라고요. 원래 있던 곳에서 잘 해나가고 있었으니까요."

"아주 오지 않다, 라는 틀린 말은 쓰지 마라."

큐 양이 말했다. 큐 양은 우리 모두를 한 명씩 차례로 바라보고 나서 바보스러운 조그만 손수건을 꺼내 입을 닦았다.

"봤어? 항상 토하려고 해."

내가 제니에게 말했다.

"호-호."

보니가 말했다. 큐 양이 보니를 오랫동안 응시하다가 목이 막힌 듯 한 목소리로 말했다.

"제러드, 난 네가 이 아이들이 모두 형제라고 말했던 걸로 알고 있는데."

"그래서요?"

큐 양이 바보천치라도 보듯 나를 쳐다보았다.

"우리 백인은 어린 흑인 여자아이와 형제일 수 없어."

제니가 말했다.

"'우리'는 그래요."

큐 양이 정말 빠르게 걸어 뒤로 물러섰다.

"정말 처리해야 할 일이 많구나."

큐 양이 혼자서 중얼거렸다.

미리암이 커다란 계란형의 납작한 통과 수건, 그리고 천 조각을 팔에 들고 나타났다. 미리암이 긴의자 위에 물통을 내려놓자 큐 양이 손등을 물에 담가보더니 아기를 들어 올려 물속에 담갔다. 아기가 발길질을 하기 시작했다.

내가 한 걸음 앞으로 나서며 말했다.

"잠깐만 기다려요. 그만두라구요. 당신 지금 무슨 일을 하고 있는 거예요?"

"그만 떠들어, 제리. 아기가 괜찮다고 말하고 있으니까."

제니가 말했다.

"괜찮다고? 저 여자가 아기를 익사시킬 거라고."

"아냐, 그러지 않을 거야. 그러니 입이나 다물고 있어."

비누 거품을 잔뜩 일으킨 후 큐 양은 아기에게 비누칠을 했고 여러 차례 아기를 뒤집어가며 깨끗이 씻긴 후 머리를 감기고는 커다란 하얀 수건으로 질식시킬 듯 닦아냈다. 큐 양이 행주를 아기에게 두른 뒤 단단히 묶어 기저귀를 채우는 동안 미리암은 그저 지켜보며 서 있었다. 큐 양이 일을 끝냈을 때 아기는 이전의 그 아기라고 알아보기 힘들 정도가 되었다. 큐 양도 훨씬 더 진정이 된 듯 보였다. 가쁘게 숨을 쉬고 있었지만 입은 더 단단히 다물려 있었다. 큐 양이 아기를 미리암에게 내밀었다.

"이 불쌍한 어린것을 받아. 그리고 이 애를……."

그러나 미리암은 뒤로 물러났다.

"미안해요, 큐 양. 난 여길 떠날 거고 더 이상 상관하지 않겠어요."

큐 양이 까마귀 같은 소리를 내질렀다.

"이런 곤경에 날 내버려두고 떠나겠다니! 이 어린애들한테는 도움이 필요해. 그걸 모르겠어?"

미리암은 나를 보고 제니를 보았다. 미리암은 몸을 떨고 있었다.

"당신은 제정신이 아니에요, 알리샤 양. 저 애들은 단지 더러운 것뿐만이 아니에요. 저 애들은 미쳤다구요!"

"저 애들은 보살핌을 받지 못한 희생양들일 뿐이야. 그리고 만약 너나 나도 그렇게 방치되었다면, 저 애들보다 더 나을 것이 없었을 거라고. 그리고 제러드, 너와 다른 아이들이 이곳에서 살게 된다면 많은 점을 바꿔야 할 거야. 네가 지금까지 했던 식으로 행동해서는 이 지붕 아래서 살 수 없어. 이해하겠니?"

"오, 물론이죠. 당신이 말하는 건 뭐든지 해서 당신을 기쁘게 해주라고 론이 말했는걸요."

"내 말은 뭐든지 잘 들을 거니?"

"제가 방금 그렇게 말했잖아요, 그렇지 않나요?"

"제러드, 넌 그런 식으로 내게 말해선 안 된다는 것을 배워야겠다. 자, 얘야. 만약 내가 미리암의 말도 잘 들어야 한다고 말한다면 넌 그 말도 들을 거지?"

"어떻게 생각해?"

내가 제니에게 물었다.

"아기에게 물어볼게."

제니가 아기를 바라보았고 아기가 손을 휘저으며 침을 흘렸다. 제니가 말했다.

"그렇게 하래."

큐 양이 말했다.

"제러드, 네게 당부해둘 말이 있다."

"소란을 피우지 마라, 맞죠? 그렇게 하죠. 원하신다면 우린 미리암의 말도 잘 들을 거예요."

큐 양이 미리암에게로 시선을 돌렸다.

"저 말 들었지, 미리암?"

미리암은 큐 양을 바라보았고, 우리를 바라보았고, 고개를 저었다. 그러고 나서 보니와 비니를 향해 손을 약간 내밀었다. 쌍둥이가 미리암에게로 곧장 다가갔다. 둘이 각자 그 손을 하나씩 잡았다. 쌍둥이는 미리암을 올려다보며 씩 웃음을 지었다. 아마 쌍둥이는 지금 뭔가 끔찍한 일을 계획하고 있을 테지만 남들에게는 귀엽게 보일 거란 느낌이 들었다. 미리암은 입술을 비틀었고 난 순간적으로 미리암이 미소를 지으려 했을 것이란 생각을 했다. 미리암이 말했다.

"좋아요, 알리샤 양."

큐 양이 걸어가서 아기를 건네주자 미리암은 아기를 안고 계단을 오르기 시작했다. 큐 양이 미리암의 뒤를 따라가도록 우리를 이끌었다. 우리 모두는 위층으로 올라갔다.

그들은 그때부터 우리를 변화시키려는 노력을 시작했고 3년 동안 잠시도 그 노력을 멈추지 않았다.

"그건 지옥이었어요."

내가 스턴에게 말했다.

"그들은 비상한 노력을 한 거야."

"맞아요, 그랬을 거라고 생각해요. 우리도 그랬죠. 보라고요, 우린 론의 말을 착실히 따를 생각이었어요. 지구상의 어떤 것도 우리가 그렇게 하는 걸 막을 수 없었어요. 그래서 우린 큐 양이 하라고 시키는 건 아무리 사소한 일이라도 해야 한다는 것에 묶여 있었어요. 그렇지만 큐 양과 미리암은 결코 그걸 이해하지 못하는 것 같았어요. 모든 걸 하나하나 강요해야 한다고 느끼고 있었지요. 하지만 그들이 원하는 걸 우리에게 이해시키기만 하면 되는 거였다고요. 그런 식으로 했더라면 우린 그들이 원하는 대로 했을 거예요. 내게 제니와 함께 한 침대에 들지 말라고 했던 것 같은 경우는 오케이였죠. 큐 양은 그 일에 대해서도 망할 놈의 소란을 피워댔어요. 마치 내가 커다란 보석을 강도질해왔다면 벌어졌을 법한 소동을 피워댄 거예요.

그러나 '너희들은 어린 신사 숙녀처럼 행동해야 한다.' 같은 경우에는, 그게 그저 한 가지 일만을 의미하는 것이 아니라고요. 그리고 큐 양이 우리에게 요구했던 일은 셋 중 둘이 그런 식이었어요. '이런, 이런!' 큐 양이 말했죠. '말투, 말투 말야!' 라고. 아주 오랫동안 난 그걸 따지고 들지 않았어요. 마침내 도대체 그게 무슨 뜻이냐고 물었고 큐 양은 설명해줬죠. 하지만 당신은 내 말뜻을 알 거예요."

"분명히 그렇지. 시간이 지나면서 좀 쉬워졌니?"

"진짜 문제가 될 만한 사건은 두 가지밖에 없었어요. 하나는 쌍둥이에 대한 것이고, 하나는 아기에 대한 것이었어요. 아기에 대한 건 정말 끔찍했어요."

"무슨 일이 일어났는데?"

"쌍둥이한테요? 그러니까, 우리가 그곳에 있은 지 두 주쯤 되었을 때였어요. 우린 뭔가 냄새가 난다는 걸 눈치 채기 시작했어요. 우리란 제니와 나를 말하는 거예요. 비니와 보니를 거의 보지 못하고 있다는 걸 눈치 채게 된 거예요. 마치 그 집이 두 개로 나뉘어져 있어서 하나는 큐 양과 제니와 내가 쓰고, 다른 하나는 미리암과 쌍둥이가 쓰는 것 같았어요. 우리에게 새 옷을 입히거나 밤마다 잠을 재우려고 하는 등 처음 여러 가지 일이 그렇게 정신없는 난장판만 아니었더라면 좀 더 빨리 눈치 챘을 거라고 생각해요. 그러나 여러 가지 일이 있었죠. 모두 다 함께 들에서 놀다가 점심을 먹으러 들어오면, 우리가 큐 양과 함께 식사를 하는 동안 쌍둥이는 미리암과 함께 식사를 하기 위해 자리를 뜨곤 했어요. 그래서 제니가 말했어요.

'왜 쌍둥이가 우리와 함께 식사하지 않는 거죠?'

'미리암이 그 애들을 보살피고 있잖니, 얘야' 라고 큐 양이 말했어요. 제니는 '나도 그건 알아요. 그 애들이 이곳에서 식사하게 해주세요. 그러면 내가 보살필 테니까요' 라는 눈으로 큐 양을 바라보았어요.

큐 양의 입이 다시 단단히 다물어지더니 말했어요. '그 애들은 흑인 꼬마 여자애들이야, 제니. 이제 점심식사를 해라.'

그렇지만 제니에게나 나에게는 전혀 납득이 가지 않는 설명이었어요. 내가 말했어요, '난 그 애들이 우리와 함께 먹기를 바라요. 우린 함께 있어야 한다고 론이 말했어요.'

'그렇지만 너희들은 함께 있잖니.' 큐 양이 말했어요. '우린 모두 같은 집 안에서 살고 있어, 모두 같은 음식을 먹고 있고. 자, 이제 그 문제에 대해서는 더 이상 토론하지 말자.'

제니와 난 서로 마주 보았어요. 그리고 제니가 말했어요. '그런데 왜 우리 모두 바로 이 장소에서 함께 먹을 수 없는 거죠?'

큐 양이 포크를 내려놓더니 엄한 눈길을 했어요. '난 너희들에게 설명을 해줬고, 더 이상은 토론하지 말자고 말했다.'

글쎄요, 난 그게 정말 말도 안 된다고 생각했어요. 그래서 머리를 뒤로 젖히고는 소리를 질렀어요. '보니! 비니!' 그리고 곧 휭! 하고 그 애들이 나타났어요.

그래서 염병할 일이 벌어졌죠. 큐 양이 나가라고 명령했지만 쌍둥이는 나가려고 하지 않았고, 미리암은 그 애들의 옷을 거머쥐고 김이 날 정도로 달려 들어왔어요. 그러나 아이들을 잡을 수 없었죠. 그러자 큐 양이 쌍둥이에게 까마귀같이 소리를 지르기 시작했고 마침내는 나에게도 소리를 질렀죠. 큐 양은 이건 너무 심하다고 외쳤어요. 글쎄요, 어쩌면 큐 양에게 힘겨운 한 주였는지도 모르죠. 그러나 그건 우리도 마찬가지였어요. 큐 양이 우리에게 떠나라고 명령했어요.

난 아기를 데리고 와서 집 밖으로 걸어 나오기 시작했어요. 제니와 쌍둥이도 함께 따라 나왔죠. 큐 양은 멍하니 있다가 우리 모두가 문 밖으로 나올 때쯤 우리를 잡으러 달려왔어요. 앞질러 달려서 내 앞을 막아섰죠. 그래서 우리는 모두 멈춰 섰어요.

'이게 론의 소망을 따르는 짓이니?' 큐 양이 물어왔어요.

난 그렇다고 대답했죠. 큐 양은 론은 우리가 그녀와 함께 머물기를 바랐을 거라고 생각한다고 말했어요. 내가 말했어요. '맞아요. 그러나 우리가 함께 있는 것을 더 원했어요.'

큐 양이 안으로 돌아가자고 말했어요. 우린 우리끼리 이야기를 나누었어요. 제니가 아기에게 묻자 아기가 좋다고 대답했고 그래서 우리는 되돌아갔어요. 타협을 했죠. 우린 더 이상 식당에서 먹지 않았어요. 식당과 부엌을 연결하는 중간 통로가 있었는데, 일종의 베란다 같은 곳이었고 유리창도 있었어요. 그 일 이후 우린 모두 함께 그곳에서 식사하게 되었어요. 큐 양은 혼자서 식사를 했고요. 그러나 눈을 부릅뜨고 싸웠던 그 일 때문에 웃긴 일이 일어났어요."

"그게 뭔데?"

난 웃음을 터뜨렸다.

"미리암이요. 이전과 태도나 말투는 변하지 않았지만 식사 시간 사이에 슬쩍슬쩍 우리에게 과자를 주기 시작했어요. 당신도 알겠지만, 내가 그 모든 일이 어떻게 된 건지 이해하는 데는 몇 년이 걸렸어요. 내 말은 이런 거예요. 내가 사람들에 대해 배운 걸로 판단해보면, 싸우고 있는 두 부대가 있는 것처럼 보인다는 거죠. 한 부대는 서로 분리된 상태로 남아 있기 위해 싸우고, 다른 한 부대는 서로를 합쳐놓기 위해서 싸우고 있어요. 그러나 난 양쪽이 그렇게 걱정하는 이유를 도대체 모르겠어요! 왜 그저 잊어버릴 수 없는 걸까요?"

"그럴 수 없으니까. 너도 알 거야, 제리. 어떤 방식으로든 자신들이 남보다 우월하다고 믿는 것은 사람들에게 꼭 필요한 일이거든. 너와 론과 아이들은 상당히 결속된 집단이었어. 넌 네가 세상의 나머지 사람들보다 조금일지라도 더 낫다고 느끼지 않았니?"

"낫다고요? 어떻게 우리가 더 낫다고 느낄 수 있다는 거죠?"

"그렇다면, 다르다는 건?"

"글쎄요, 그럴지도 모르죠. 그러나 우린 그 일에 대해 생각해보지 않았어요. 다르다는 건, 맞아요. 하지만 낫다는 건, 아니에요."

"너희들은 독특한 경우구나. 이제 계속해서 내게 또 다른 문젯거리에 대해 말해주렴. 아기에 대한 것 말이야."

"그러니까, 우리가 큐 양의 집으로 옮겨온 지 두 달 정도 되었을 때였어요. 여러 가지 일이 이미 상당히 수월해지고 있었지요. 우린 그 당시 '예, 부인. 아니요, 부인' 하는 일상적인 예절을 모두 배웠고, 큐 양은 우리가 학교에 다니도록 해주었어요. 규칙적인 아침 수업과 오후 수업으로 1주에 5일이었어요. 제니는 이미 오래전에 아기를 돌보던 걸 그만둔 상태였고, 쌍둥이는 어디든 걸어 다녔어요. 웃기는 일이었죠. 그 애들은 큐 양의 바로 눈앞에서 한 곳에서 다른 곳으로 픽 하고 나타날 수 있었지만 큐 양은 자기가 보는 걸 믿으려 하지 않았어요. 그 애들이 갑자기 벌거벗은 채 나타나는 일에 대해 너무나 혼란스러워했고요. 쌍둥이는 그 일을 그만두었고 그래서 큐 양은 행복해했죠. 큐 양은 여러 가지 일에 대해 행복해했어요. 다른 사람을 본 지 여러 해가 지났던 거예요. 여러 해가 말이에요. 심지어 계량기도 집 밖에다 설치해두었고, 그래서 누구도 집 안으로 들어올 필요가 없었으니까요. 그러나 우리가 그곳에서 함께 살게 된 후 큐 양은 생기를 되찾기 시작했어요. 그 구식 드레스를 입는 것도 그만두었고 그래서 반쯤은 인간답게 보였어요. 때로는 우리와 함께 식사를 하기까지 했죠.

그러나 날씨가 좋던 어느 날, 난 정말 이상한 느낌을 받으며 잠에서 깨어났어요. 내가 잠들어 있는 동안 누군가가 내게서 뭔가를 훔쳐간 것 같았어요. 그게 뭔지는 몰랐지만 말이에요. 난 창문으로 기어 나와 난간을 따라 제니의 방으로 갔어요. 그건 해선 안 된다고 되어 있는 일이었죠. 제니는 자고 있었어요. 난 제니를 깨웠어요. 난 아직도 그때의 제니의 눈을 볼 수 있어요. 아주 조금 눈이 떠졌지만, 여전히 잠들어 있는 상태예요. 그러다가 갑자기 크게 떠지지요. 제니에게 뭔가 잘못되었다고 말할 필요도 없었지요. 곧 알아차렸으니까요. 그리고 뭐가 잘못된 건지도 알아차렸고요.

'아기가 사라졌어!' 제니가 말했어요.

우린 다른 사람이 깨어나든 말든 상관하지 않았어요. 쿵쾅거리며 제니의 방을 뛰쳐나와서 계단을 달려 내려와 복도 끝에 있는 아기 방으로 달려 들어갔어요. 당신도 믿지 못할 거예요. 장난감 같은 귀여운 요람과 하얀색 서랍장, 그리고 널려 있던 장난감 등등 모든 것이 사라져버렸고 그곳에는 필기용 책상 하나만 덩그마니 놓여 있었어요. 마치 아기가 그곳에 있었던 적이 없다고 말하는 것 같았어요.

우린 아무 말도 하지 않았어요. 그저 몸을 돌려 큐 양의 침실로 뛰어들었어요. 난 딱 한 번을 제외하면 큐 양의 침실에 들어가본 적이 없었고 제니는 겨우 몇 번 들어가봤죠. 그러나 금지된 것이든 아니든 이번 경우엔 전혀 얘기가 달랐어요. 큐 양은 머리를 땋은 채 잠들어 있었어요. 우리가 방을 가로질러 다가가기도 전에 큐 양은 완전히 잠에서 깨어났어요. 그러고는 침대 끝에 등이 닿을 때까지 뒤로 물러났어요. 큐 양은 우리 둘에게 싸늘한 눈길을 보냈죠.

'이게 무슨 짓이니?' 하고 큐 양이 물었어요.

'아기 어디 있어요?' 난 큐 양을 향해 소리를 질렀어요.

'제러드, 소리지를 필요 없다' 라고 큐 양이 말했어요.

제니는 정말 조용한 아이였죠. 그렇지만 제니가 말했어요. '아기가 어디 있는지 이야기하는 것이 좋을 거예요, 큐 양.' 그리고 그 말을 할 때의 제니 얼굴을 보았다면 당신도 겁을 집어먹었을 거예요.

그래서 갑자기 큐 양은 돌 같은 얼굴 표정을 벗어던지고 우리를 향해 손을 내밀었죠. '얘들아, 미안하다. 정말 미안하다. 그렇지만 난 그저 최선을 다한 거란다. 난 아기를 멀리 보냈다. 아기는 비슷한 아기들과 살러 간 거야. 이곳에서는 아기를 정말로 행복하게 해줄 수 없단다. 너희들도 알잖니.'

제니가 말했어요. '아기가 우리에게 행복하지 않다고 말한 적은 없어요.'

큐 양은 속이 텅 빈 듯한 웃음소리를 냈어요. '마치 아기가 말을 할 수 있기라도 하는 것처럼 말하는구나! 그 불쌍한 어린것!'

'아기를 다시 이곳으로 데려오는 게 좋을 거예요. 당신은 자신이 어떤 짓을 했는지도 모르는군요. 우린 헤어져선 안 된다고 내가 말했죠' 하고 내가 말했어요.

큐 양은 화가 나기 시작했지만 참았어요. '내가 너희들에게 설명을 해줘야겠구나. 여기 있는 너와 제니, 그리고 쌍둥이는 정상적이고 건강한 아이들이지. 너희들은 자라서 훌륭한 성인 남녀가 될 거야. 그렇지만 불쌍하게도 아기는 달라. 더 이상은 그리 많이 자라지 못해. 다른 아이들처럼 걷거나 놀거나 하지도 못할 거다.'

'그건 중요하지 않아요. 당신에겐 아기를 멀리 보낼 자격이 없어요' 하고 제니가 말했어요.

그리고 내가 말했죠. '맞아요. 아기를 찾아오는 것이 당신에게 좋을

걸요. 그것도 빨리 찾아오는 것이.'

큐 양이 갑자기 날카로워지기 시작했어요. '내가 너희들에게 가르친 것 중 하나는, 연장자에게 명령하지 말라는 거였다. 자, 이제 방으로 돌아가서 아침식사 하게 옷을 갈아입어라. 더 이상 이 일에 대해 이야기하지 말자.'

난 큐 양에게 말했어요. 할 수 있는 한 예의 바르게 했죠.

'큐 양, 당신은 아기를 되찾아왔으면 좋았을걸, 하고 바라게 될 겁니다.'

그러자 큐 양이 침대에서 일어나더니 우리를 방 밖으로 쫓아냈어요."

내가 한동안 조용히 있었더니 스턴이 물어왔다.

"그다음에는 어떻게 되었니?"

"아! 큐 양이 아기를 되찾아왔죠."

난 갑자기 웃음을 터뜨렸다.

"지금은 우습다는 생각이 드네요. 거의 석 달 동안 우린 감독당하고 큐 양은 집 안을 지배하는 식이었는데 갑자기 우리가 규칙을 깨버렸던 것이죠. 우린 큐 양의 이상에 맞추어 착해지려고 최선을 다했지만, 그때만은 큐 양이 정도를 넘어섰던 거예요. 큐 양은 우리를 방 밖으로 몰아내고 문을 닫은 순간부터 대가를 치르기 시작했어요. 침대 밑에는 커다란 도자기 찻주전자가 있었는데 그게 허공으로 떠올라 화장대 거울로 날아갔죠. 그 다음에는 화장대 서랍이 하나 저절로 미끄러져 열리고는 장갑이 나와서 큐 양의 얼굴을 때렸어요.

큐 양이 다시 침대로 뛰어들자 천장의 횟가루가 침대로 떨어져 내렸어요. 조그만 욕실에서는 물이 흐르고, 플러그가 저절로 꽂혔죠. 물이 넘쳐 흐르기 시작하자 때맞춰 옷가지들이 전부 옷걸이에서 떨어져 내렸어요. 큐 양은 방 밖으로 달려 나오려고 했지만 문은 꼼짝도 하지 않았고, 그러다 문손잡이를 홱 잡아당기자 너무 빨리 문이 열려서 큐 양은 바닥에 나동그라져버렸지요. 문이 다시 쾅 소리를 내며 닫혔고 더 많은 석회가루가 몸 위로 떨어져 내렸어요. 그러고 나서 우린 다시 방 안으로 들어가 큐 양을 쳐다보았죠. 엉엉 울고 있었어요. 그때까지 난 큐 양도 울 수 있다는 사실을 몰랐어요.

'아기를 다시 데려올 거지요?' 내가 물었어요.

큐 양은 그곳에 주저앉아 마냥 울기만 했어요. 잠시 후 큐 양이 우리를 올려다보았어요. 정말 불쌍했어요. 우린 큐 양이 일어나서 의자에 앉도록 도와주었어요. 큐 양은 잠시 그저 우리를 바라보고 있기만 하더니 깨진 거울과 엉망이 된 천장을 쳐다보며 속삭였어요.

'무슨 일이 벌어진 걸까? 도대체 무슨 일이 벌어진 걸까?'

'당신이 아기를 멀리 보내버렸어요. 벌어진 건 그 일이에요' 하고 내가 말했어요.

큐 양이 벌떡 일어나더니 정말 겁에 질린 낮은 목소리로, 그렇지만 고집스런 목소리로 말했어요. '뭔가 집에 부딪힌 거야, 비행기 같은 것이. 어쩌면 지진이 일어난 건지도 몰라. 아침식사 후에 아기에 대해 이야기하자.'

내가 말했어요. '더 해드려, 제니.'

커다란 물방울이 큐 양의 얼굴과 가슴에 날아들어 잠옷이 몸에 달라붙게 만들었어요. 그런 일은 큐 양을 가장 혼란스럽게 만드는 일 중 하나였죠. 그리고 큐 양의 땋은 머리가 허공에 곧추섰고 점점 더 곧추서면서 끝내 일어서야 할 정도로까지 위로 끌어당겨졌어요. 큐 양이 비명을 지르려고 입을 벌렸고, 그때 화장대 위에 있던 가루분이 입안으로 돌진해 들어갔어요. 큐 양은 그걸 뱉어냈어요.

'너희들 뭘 하고 있는 거니? 뭘 하고 있는 거냐니까?' 큐 양이 다시 울음을 터뜨리며 말했어요.

제니는 그런 큐 양을 그저 바라만 보다가 뒷짐을 지며 잔뜩 점잔을 뺐어요. '우린 아무 일도 하지 않았어요.'

'아직은 아무 일도 하지 않은 거죠. 아기를 데려오실 건가요?' 하고 내가 말했어요.

그러자 큐 양이 우리에게 소리를 질렀어요.

'그만둬! 그만두라고! 그 다운증후군 걸린 바보 어린애 이야기는 그만둬! 그 앤 누구에게도 환영받지 못할 거고, 그 애 자신한테도 그래. 어떻게 내가 그 애를 내 애라고 믿고 키울 수 있겠어.'

내가 말했어요. '쥐를 불러, 제니.'

그러자 바닥을 따라 뭔가 바삐 움직이는 소리가 들려왔어요. 큐 양이 손으로 얼굴을 가리며 의자에 주저앉았어요. '쥐가 아닐 거야. 여긴 쥐라곤 한 마리도 없어.'

그때 찍찍거리는 소리가 나자 큐 양은 완전히 혼절해버렸어요. 완전히 정신이 나가버린 사람들 본 적 있어요?"

"있어."

"난 화가 날 만큼 나 있었어요. 그러나 그 모습은 내게도 너무 심했다 싶은 생각이 들게 했어요. 하지만 큐 양이 아기를 멀리 보내버려선 안 되는 거였다고요. 큐 양이 전화를 쓸 수 있을 정도로 정신을 추스르는 데는 두 시간 정도 걸렸어요. 우린 점심식사 시간 전에 아기를 돌려받을 수 있었지요."

난 웃음을 터뜨렸다.

"뭐가 그렇게 재미있니?"

'큐 양은 자신에게 무슨 일이 벌어졌는지 전혀 기억해내지 못하는 것처럼 행동했거든요. 3주쯤 지난 후 난 큐 양이 미리암에게 말하는 걸 들었어요. 갑작스런 지진이 있었다고 말하고 있었죠. 그리고 아기를 의학 검진 받으러 보냈던 건 잘한 일이었다고 말했어요. 그 불쌍한 어린것이 다쳤을지도 모른다나요. 큐 양은 정말로 그렇게 믿고 있었어요, 내가 보기에는요."

"아마 그랬을 거다. 상당히 흔한 일이지. 사람들은 믿고 싶지 않은 건 믿지 않는 법이지."

"당신은 이 이야기 중 얼마만큼이나 진짜라고 믿고 있나요?"

갑작스럽게 내가 물었다.

"내가 전에 말했듯이 그건 중요하지 않아. 난 믿고 싶지도, 안 믿고 싶지도 않아."

"당신은 내가 그중 얼마만큼이나 믿고 있는지 물어보지 않았어요."

"그럴 필요 없지. 그런 건 네 스스로 결정을 내리게 될 테니까."

"당신 정말 훌륭한 정신분석의 맞아요?"

"그렇다고 생각해. 네가 누구를 죽였다는 거니?"

그 질문은 완전히 경계심을 품고 있던 나를 사로잡았다.

"큐 양."

그러고 나서 난 욕설을 내뱉기 시작했다.

"그건 말할 생각이 아니었는데."

"걱정하지 마라. 왜 죽였지?"

"나도 그게 알고 싶어서 이곳에 온 거예요."

"넌 진정으로 큐 양을 미워했나 보구나."

난 울기 시작했다. 열다섯 살짜리가 그렇게 울다니!

스턴은 내가 끝까지 다 울도록 시간을 주었다. 울음의 첫 부분은 소음과 신음 소리, 그리고 성대를 아프게 하는 꺽꺽대는 소리로 나왔다. 콧물을 흘리기 시작했을 때는 그렇게 많이 울 수 있나 싶을 정도로 눈물이 터져 나왔다. 그리고 마침내 말이 나왔다.

"당신은 내가 어떤 곳에서 자랐는지 알아요? 내 최초의 기억은 입을 얻어맞았던 일이에요. 난 아직도 그 주먹, 내 머리만큼이나 커다란 주먹을 생생하게 볼 수 있어요. 맞은 이유는 내가 울었기 때문이었어요. 그래서 난 그 이후로 우는 걸 두려워하게 되었어요. 배가 고파서 울었던 거였는데…… 아마 춥기도 했을 거예요. 둘 다였겠지요. 그다음에는 거대한 기숙사, 거기선 가장 많이 훔칠 수 있는 자가 가장 많이 얻게 되었죠. 나쁜 일을 하면 심하게 발길질을 당했고, 좋은 아이가 되면 커다란 상을 받았죠. 커다란 상이란 것이 혼자 있게 내버려두는 거였어요. 그렇게 사는 걸 생각해보세요. 그 빌어먹을 세상에서는 가장 크고 멋진 상이 혼자 있게 내버려두는 것이었다는 걸 생각해보라구요!

론과 함께 있는 건 마법 같았어요. 멋진 일이었죠. 어딘가에 속해 있다는 것 말이에요. 전에는 한 번도 겪어보지 못한 일이었어요. 두 개의 노란색 전등과 장작불이 세상을 환하게 비추었어요. 그게 거기 있던 전부였고, 필요한 전부였어요.

그리고 그 커다란 변화, 깨끗한 옷, 조리된 음식, 학교에서 보내는 다섯 시간, 콜럼버스와 아서왕, 그리고 정화조에 대해 설명하고 있는 사회학 교재 1925년도 판. 엄청나게 커다란, 네모나게 잘려진 얼음 덩어리가 있고, 그 얼음 덩어리가 녹아내리면서 네 귀퉁이가 점점 곡선이 되어 가는 걸 지켜보고 있는 거예요. 그게 자신 때문이라는 걸 알면서요. 큐 양은…… 염병할, 큐 양은 우리에게 애정을 퍼붓기엔 너무 많이 자신을 억누르고 있었지요. 그러나 그 감정은 거기 존재하고 있었어요. 론은 그것이 그 자신이 살아가는 방식이었기에 우리를 돌보아주었어요. 큐 양도 우리를 돌보아주었지만 그건 그녀의 사는 방식이 아니었어요. 하고 싶어서 하는 일이었다구요.

'옳다' 는 것에 대해서는 기묘한 생각을 가지고 있었고, '틀리다' 라는 것에 대해서는 틀린 생각을 가지고 있었지만 큐 양은 자신의 생각에 집착했고, 자신이 생각하는 대로 우리를 좋게 만들어보려고 애를 썼어요. 이해가 되지 않을 때면 큐 양은 그게 자신의 잘못일 거라고 생각했어요……. 그리고 자신이 이해하지 못하고 있고 이해할 수도 없는 강력한 운이 있다고 말이에요. 잘된 건 우리가 잘한 탓이고 잘못된 건 자기 실수 탓이라고 생각한 거예요. 그 마지막 해에는 그러니까…… 오, 좋았어요."

"그래서?"

"그래서 난 큐 양을 죽였어요. 들어보세요."

빨리 말을 해야만 할 것 같은 느낌이었다. 시간이 부족한 건 아니었지만 난 그 느낌을 없애지 않으면 안 되었다.

"내가 알고 있는 모든 걸 이야기할게요. 큐 양을 죽이기 전날에 일어났던 일 전부를요. 아침에 잠에서 깨어나자 깨끗한 침대보가 내 몸 아래서 바삭거렸고, 햇빛이 흰 커튼과 밝은 색조의 파랑과 빨간색 차양을 통해 들어왔어요. 방 안에는 내 옷이 가득 들어 있는 옷장이 있었어요. 물론 그 옷장은 내 옷장이에요. 난 전에는 정말로 내 소유인 것을 가져본 적이 없었어요. 아래층에서는 미리암이 아침식사 준비를 하느라 달각거리고 있었고 쌍둥이는 미리암과 함께 웃고 있었어요. 글쎄, 이전에 항상 그랬던 것처럼 자기들끼리 웃는 것이 아니었죠.

옆방에서는 제니가 이리저리 돌아다니며 노래를 부르고 있었어요. 제니를 보게 되면, 난 그 애의 얼굴이 안쪽에서부터 환하게 빛나고 있으리란 걸 알았어요. 난 일어났어요. 따뜻한 물이 있었고 내 입안에는 치약이 가득했어요. 옷은 나에게 꼭 맞았고 아래층으로 내려가자 애들이 모두 거기 있었어요. 난 애들을 보자 반가웠고 그 애들도 나를 보자 기뻐했어요. 큐 양이 아래층으로 내려왔을 때 우린 아직 테이블 주위에 앉아 있지 않았고 동시에 모두들 큐 양에게 인사를 했어요.

그렇게 아침이 지나고, 오전 수업을 끝내고 돌아와 크고 커다란 거실에 모였어요. 쌍둥이는 혀끝을 빼문 채 쓴다기보다는 그리는 것에 가깝게 알파벳을 쓰고 있었어요. 제니는 그림을 그리고 있었는데, 나무 옆에 암소가 한 마리 있고 노란색 담장이 멀리까지 뻗어 있는 진짜 그림이었어요. 내가 2차 방정식으로 고생하고 있자 큐 양이 옆에서 도와주었죠. 난 큐 양의 옷에 달린 향 주머니의 냄새를 맡을 수 있었어요. 그 향기를 더 잘 맡기 위해 머리를 들자 부엌에서는 스토브 위에서 주전자가 끓고 있는 소리가 아득하게 들려왔어요.

오후는 그렇게 지나갔어요. 오후 수업을 받고 공부를 좀 더 하고 뒤뜰에서 웃으며 장난을 치고 놀았지요. 쌍둥이는 두 발로 뛰어다니며 놀았어요. 제니는 그림에 나뭇잎을 그려 넣었는데, 큐 양이 나뭇잎이란 그런 식이어야 한다고 말했던 대로 그리려고 애를 썼어요. 그리고 아기는 커다란 아기 놀이터를 갖게 되었어요. 이제 아기는 손발을 많이 움직이지 않았고 그저 쳐다보기만 했어요. 침도 조금밖에 흘리지 않았어요. 그리고 항상 배불리 먹었고 항상 금방 나온 새 주석판처럼 깨끗했어요.

그리고 저녁밥을 먹었고, 밤에는 큐 양이 우리에게 책을 읽어주었어요. 이야기 속의 말하는 사람이 바뀔 때마다 목소리를 바꿔가면서 말이에요. 책 내용이 당황스러워질 때면 큐 양은 속삭이는 목소리로 재빨리 읽어 내려갔지만 한 단어도 빼놓지 않고 다 읽어줬어요. 그러고 나서 난 큐 양을 죽이러 갈 수밖에 없었어요. 그게 다예요."

"넌 이유를 말하지 않았어."

"당신, 바보예요?"

난 고함을 질렀다. 스턴은 아무런 대답도 하지 않았다. 난 몸을 돌려 긴의자 위에 엎드려서 손으로 턱을 괴고 스턴을 바라보았다. 스턴이 무슨 생각을 하는 중인지는 전혀 알 수 없었지만, 그가 당황하고 있다는 것은 알아차렸다.

"난 이유를 말했어요."

"내게는 아니야."

난 갑자기 내가 스턴에게 너무 많은 것을 요구하고 있다는 걸 깨달았다. 그래서 천천히 말했다.

"우린 모두 같은 시간에 일어나요. 우린 모두 다른 누군가가 시키는 일을 해요. 우린 다른 사람들이 사는 방식으로 하루를 보내죠. 다른 누군가의 생각을 생각하고 다른 누군가의 말을 말하면서요. 제니는 다른 누군가의 그림을 그려요. 아기는 어느 누구에게도 말을 하지 않게 되었고 우린 그런 상태로 행복해했어요. 이제 알겠어요?"

"아직은 아냐."

"맙소사!"

난 잠시 생각에 빠졌다.

“우린 융화하지 못했어요.”

“융화? 아하! 하지만 너흰 론이 죽은 후에도 그랬었잖니?”

“그건 달라요. 그건 기름이 다 떨어진 차 같은 거예요. 하지만 차는 거기 있죠. 차 자체에는 잘못된 것이 없어요. 그러나 큐 양이 우리와 관계를 갖게 된 후로는 차가 조각조각 나뉘어진 거라구요. 알겠어요?”

이번에는 스턴이 잠시 생각에 잠길 차례였다. 마침내 그가 말했다.

“마음이란 것은 우리가 여러 가지 우스운 일을 하도록 만들지. 그중 어떤 것은 완전히 불합리하고 잘못되고 미친 짓 같기도 해. 하지만 우리가 하고 있는 정신분석의 기본 토대는 이런 거야. 사람들이 한 일에는 단단하고 부술 수 없는 논리가 있다는 것. 충분히 깊게 파고들기만 하면 다른 분야에서처럼 이 분야에서도 원인과 결과를 분명하게 발견할 수 있다는 것. 난 ‘논리와 마음’이라고 말했다. 난 ‘교정’, 아니 ‘올바름’이나 ‘정의’, 뭐 이런 종류의 말을 사용하지 않았어. 논리와 진실은 서로 대단히 다른 것이지만, 흔히 그 논리를 따라가고 있는 마음에는 같은 것으로 보이기도 하지.

그 마음이 심연으로 숨겨진 채 겉으로 드러난 마음과 어긋난 목적으로 작용하게 될 때면 사람은 혼란스러워지는 거야. 이제 네 경우에는, 난 네가 말하고자 하는 건 알겠어. 너희들 사이의 그 특별했던 연결을 지키기 위해서 혹은 다시 만들기 위해 너로선 큐 양을 제거할 수밖에 없었다는 것 말이야. 그러나 난 그 논리를 모르겠어. 그 ‘융화’를 다시 얻는 것이 새로 발견해낸 안정을, 네가 인정하듯 안락했다는 그 안정을 파괴할 만한 가치가 있는 일이었는지 잘 모르겠다는 거야.”

난 절망적으로 말했다.

“어쩌면 파괴할 만한 가치가 없었는지도 모르죠.”

스턴이 몸을 앞으로 숙이며 파이프로 나를 가리켰다.

"네가 그 행동을 하게 만들 만큼 가치가 '있었어.' 그 일을 한 다음에는 여러 가지가 다르게 보이게 되었을 수도 있지. 그러나 그 일을 하기로 결심했을 때는 큐 양을 없애고 너희들이 이전에 가졌던 걸 되찾는 것이 더 중요했던 거야. 난 그 이유를 모르겠고. 그건 너 역시 마찬가지지."

"어떻게 해야 알아낼 수 있을까요?"

"자, 이제 가장 불쾌한 부분으로 가보자. 네가 그렇게 하겠다면 말이지만."

난 긴의자에 누웠다.

"준비가 되었어요."

"좋아, 네가 큐 양을 죽이기 전에 일어났던 일을 모두 말해다오."

난 음식의 맛과 목소리를 떠올리려고 애쓰면서 그 마지막 날을 더듬어나갔다. 한 가지가 떠올랐다가 사라졌다. 그리고 다시 떠올랐다. 그건 바삭거리는 시트의 촉감이었다. 그건 그날의 시작에 있었던 것이기에 밀어버렸지만 다시 찾아왔고, 난 그것이 그날의 끝에 있었던 일이란 걸 깨달았다.

"내가 방금 당신에게 말했던 것은, 스스로의 방식 대신 다른 사람들의 방식으로 여러 가지 일을 하게 된 아이들, 즉 아기는 말을 하지 않게 되었고, 모두들 그 일에 대해 행복해했다는 것, 마침내 난 큐 양을 죽일 수밖에 없었다는 것이었지요. 그 결심을 하는 데에는 오랜 시간이 걸렸고 결심을 실행하기까지도 오랜 시간이 필요했어요. 침대에 누워서 다시 일어나기까지 네 시간 동안 생각했지요. 집 안은 어둡고 조용했어요. 난 방을 나와 복도를 내려가서 침실로 들어가 큐 양을 죽였어요."

"어떻게?"

"그게 있었던 일의 전부예요!"

난 할 수 있는 한 크게 소리쳤다. 그러고 나자 진정이 되었다.

"끔찍하게 어두웠어요……. 지금도 그래요. 나도 모르겠어요. 알고 싶지도 않아요. 큐 양은 정말로 나를 사랑했어요. 정말로 나를 사랑했었다는 걸 알아요. 그러나 난 큐 양을 죽일 수밖에 없었어요."

"좋아, 좋아. 이 일을 그렇게 끔찍하게까지 밀어붙일 필요는 없다고 생각한다. 넌……."

"내가 뭘요?"

"넌 그 나이 치고 상당히 강해. 그렇지, 제러드?"

"그럴 거예요. 충분히 강하지요, 어떤 식으로든."

"그래."

"난 아직도 당신이 말했던 그 논리라는 걸 모르겠어요."

난 한 마디 한 마디마다 주먹으로 긴의자를 세게 치기 시작했다.

"왜…… 난…… 그…… 일을…… 해야…… 했던…… 거지…… 요?"

"그만둬. 다치겠다."

"난 다쳐야 해요."

"저런!"

난 일어나서 책상으로 다가가 물을 마셨다.

"내가 뭘 해야 하죠?"

"큐 양을 죽인 바로 그 다음 순간부터 여기로 오기 직전까지 네가 했던 일을 말해라."

"그리 많지 않아요. 딱 하룻밤인 걸요. 난 큐 양의 수표책을 집었어요. 얼떨떨한 채 내 방으로 돌아왔죠. 그러고는 신발만 빼고 모든 옷을 입었어요. 신발은 손에 들었죠. 밖으로 나왔어요. 생각을 해보려고 애를 쓰면서 오랫동안 걸었어요. 은행이 문을 열 시간이 되자 은행으로 가서 1,100달러를 현금으로 바꿨어요. 정신분석의를 찾아 도움을 받아보자는 생각이 떠올랐고, 하루의 대부분을 의사를 찾느라고 소비한 다음 이리로 왔어요. 그게 다예요."

"수표를 현금으로 바꾸는 데에는 문제가 없었니?"

"사람들에게 내가 원하는 일을 하도록 시키는 데에 문제가 있었던 적은 없어요."

스턴이 놀란 신음 소리를 냈다.

"당신이 어떤 생각을 하고 있는지 알 수 있어요. 큐 양에게는 내가 원하는 걸 하게 만들 수 없었다는 것이겠죠."

"그것도 일부지."

"내가 그렇게 했더라면, 큐 양은 더 이상 큐 양 자신이 아니었을 거예요. 반면에 은행가의 경우는, 내가 그 사람에게 시킨 일은 모두 은행가로서 해야 할 일이었어요."

난 스턴을 바라보았고 갑자기 스턴이 내내 파이프를 가지고 손장난을 하고 있었던 이유를 깨달았다. 그렇게 하고 있으면 스턴은 파이프를 내려다보느라고 시선을 내릴 수 있게 되고, 난 스턴의 눈을 쳐다볼 수 없게 되는 것이다.

"넌 큐 양을 죽였어."

난 스턴이 이야기의 주제를 바꾸고 있다는 걸 알아차렸다.

"동시에 그 살인은 네게 소중한 뭔가를 망가뜨렸어. 그러나 네가 이전에 아이들과 가졌던 관계를 다시 확립할 수 있는 기회가 그 뭔가보다도 더 가치가 있었던 게지. 그리고 지금의 넌 그 기회의 가치조차 확신하지 못하는 상태에 빠져 있고. 그게 네 문제점을 제대로 묘사한 거지?"

"바로 그래요."

"사람이 살인을 하게 만드는 기본적인 동기를 알고 있니?"

내가 대답을 하지 않자 스턴이 말했다.

"생존이야. 자아를 구해내거나 자아와 동일시되는 어떤 것을 구해내기 위해서야. 그렇지만 네 경우에는 그 동기가 적용되지 않아. 큐 양과의 네 생활은 너에게 있어서 생존이 위협받는 상황이라고 할 수 없는 것이었으니까. 너 단독으로나 집단으로서나, 다른 누구보다도 말이야."

"그러니까, 내게는 큐 양을 죽일 충분한 이유가 없었다고 할 수 있는 거군요."

"이유가 있었을 거야. 그 일을 했으니까. 단지 우리가 이유를 찾아내지 못한 것뿐이지. 내 말은, 우린 이유를 알고 있지만 그 이유가 충분히 중요했던가에 대해선 모르고 있다는 거다. 그 대답은 네 속의 어딘가에 있을 거야."

"어디에요?"

스턴이 일어서더니 잠시 걸어 다녔다.

"우린 지금까지 꽤 연속적인 삶의 이야기를 해왔어. 물론 사실과 뒤섞인 환상도 있긴 했지. 그리고 세세한 정보를 모르고 있는 영역이 아직 남아 있긴 하지만 우리에겐 시작과 중간과 끝이 있어. 확신을 가지고 말할 수는 없지만, 아마 대답은 네가 건너기를 거절했던 그 다리에 있을 거야. 기억나니?"

물론 난 기억하고 있다.

"왜 그 다리죠? 왜 다른 곳에서 시도할 수 없어요?"

스턴이 조용히 나를 가리켰다.

"네가 그것을 말했기 때문이지. 왜 거기에 가까이 가는 걸 겁내는 거니?”

“사소한 걸 가지고 과장하지 말아요.”

때때로 이 남자는 날 화나게 만들었다.

“그 다리는 나를 괴롭게 해요. 이유는 몰라요. 그렇지만 그래요.”

“거기에 무언가 놓여 있고 넌 그게 다시 싸움을 걸어올까 괴로워하는 거지. 숨겨진 채로 있으려고 저항하는 것들이 네가 찾아내려는 것일 가능성이 있어. 네 문젯거리도 감춰져 있잖니?”

“글쎄요. 그렇군요.”

다시 구역질과 혼미함이 느껴졌고, 난 그것을 밀어냈다. 더 이상은 저지당하고 싶지 않았다.

“그걸 찾으러 가겠어요.”

스턴은 내가 눕도록 내버려두었고 잠시 동안 침묵에 귀 기울였다. 그러고 나서 스턴이 말했다.

“넌 서재에 있다. 넌 방금 큐 양을 만난 거야. 큐 양이 너에게 말을 하고 있고, 넌 아이들에 대해 이야기해주고 있는 거다.”

난 꼼짝도 않고 누워 있었다. 아무 일도 일어나지 않았다. 그렇다, 아무 일도 일어나지 않았다. 난 뼛속까지 잔뜩 긴장해 있었고 긴장은 점점 더 심해져갔다. 더 이상은 참을 수 없을 정도로 심해졌는데도 아무 일도 일어나지 않았다.

난 스턴이 일어나서 방을 가로질러 책상으로 다가가는 소리를 들었다. 스턴은 잠시 동안 책상을 뒤적거렸다. 딸각거리는 소리와 윙윙거림. 갑자기 내 귀에 목소리가 들려왔다.

“그러니까, 제니가 있어요. 나와 같은 열한 살이죠. 그리고 보니와 비니는 여덟 살이고, 그 애들은 쌍둥이에요. 그리고 아기가 있어요. 아기는 세 살이에요."

그리고 내 자신의 비명 소리…….

그러고는 공백.

어둠 속에서 들리는 지껄임. 난 주먹을 도리깨질하듯 휘둘러댔다. 힘센 손이 내 팔목을 붙잡았다. 팔을 검진하고 있는 건 아니었다. 그저 쥐고 있을 뿐. 눈을 떴다. 난 흠뻑 젖어 있었다. 보온병이 융단 위에 쓰러져 있었다. 스턴이 내 팔목을 쥔 채 내 옆에 쪼그리고 앉아 있었고, 난 몸부림치던 걸 멈췄다.

"어떻게 된 거죠?"

스턴은 나를 놓아준 뒤 뒤로 물러섰다.

"하느님, 맙소사! 굉장한 몸부림이었어!"

난 머리를 감싸 쥐며 신음 소리를 냈다. 스턴이 내게 수건을 던져주어서 난 얼굴을 닦았다.

"내게 충격을 준 그게 뭐죠?"

"난 지금까지 모든 걸 녹음해두었어. 네가 회상해내려 하지 않을 때 너 자신의 목소리를 들려줌으로써 회상 속으로 빠져들게 유도할 생각이었거든. 때때로 멋지게 작용한단다."

"이번에도 멋지게 작용했군요, 난 퓨즈가 날아가버렸으니!"

내가 으르릉거렸다.

"결과적으로 그렇게 됐지. 넌 기억하고 싶지 않은 경계선상에서 떨고 있었고, 기억을 해내느니 차라리 의식을 잃는 쪽으로 자신을 몰아갔으니까."

"당신은 뭘 그렇게 만족스러워하는 거죠?"

"방어의 마지막 도랑, 이제 우린 거기에 도착한 거야. 한 번 더 시도해보자."

"이제 그만두자구요. 그 방어의 마지막 도랑에서 난 떨어져 죽을 거예요."

"그러지 않을 거야. 넌 이 에피소드를 오랫동안 무의식 속에 끌어안고 있었지만 그게 널 상처 입히지는 않았으니까."

"그랬나요?"

"널 죽이지는 않았잖니?"

"그걸 끌어냈을 때 그렇게 되지 않으리라는 걸 어떻게 알지요?"

"두고 보렴."

난 옆 눈으로 스턴을 올려다보았다. 어쨌거나 스턴은 자신이 무얼 하고 있는지 알고 있다는 생각이 뇌리를 스쳤다.

"지금의 넌 그 당시보다 너 자신에 대해 훨씬 더 많이 알고 있으니까 통찰력을 사용할 수 있을 거다. 너 자신을 많이 알수록 통찰력은 늘어나지. 완벽하진 않을지 모르지만 자신을 방어하기에 충분할 정도는 될 거다. 걱정하지 마라. 나를 믿으렴. 너무 나빠지면 내가 멈추게 할 수도 있으니까. 자, 이제 긴장을 풀어봐. 천장을 보고, 네 발가락을 느껴봐. 쳐다보지는 말고. 시선은 똑바로 위를 봐. 네 발가락, 네 엄지발가락을 느끼는 거다. 움직이지는 말고. 발가락을 느낀다. 엄지발가락으로 시작해서 바깥쪽으로 센다. 하나하나 세어나간다. 하나, 둘, 셋. 세 번째 발가락을 느낀다. 발가락을 느낀다, 느낀다, 느낀다. 나른해진다, 나른해진다, 나른해진다. 그 양옆에 있는 발가락도 나른해진다. 발가락이 나른해지고 너도 나른해진다. 네 발가락은 모두 나른해지고……."

"도대체 뭐 하고 있는 거예요?"

난 스턴에게 소리쳤다. 스턴은 여전히 매끄러운 목소리로 말했다.

"넌 나를 믿고 네 발가락도 나를 믿는다. 네가 나를 믿기 때문에 네 발가락은 나른해진다. 넌……."

"당신은 지금 최면술을 쓰려고 하고 있어요. 당신이 그렇게 하게 내버려두지는 않겠어요."

"네 스스로 최면에 빠지는 거야. 네가 모든 걸 하는 거지. 난 그저 길을 가르쳐줄 뿐. 난 길로써 네 발가락을 가리켰다. 그저 네 발가락을 가리켰다. 어느 누구도 네가 가고 싶어 하지 않는 곳으로 네가 가도록 만들 수는 없다. 그러나 네가 가고 싶어 하는 곳을 네 발가락이 가리켰고 네 발가락은 나른해졌기 때문에 네가 가고 싶어 하는 곳은……."

반복, 반복, 반복. 눈앞에서 반짝거리면서 흔들리는, 신비스러운 움직임으로 최면술을 걸어오는 금으로 된 장식품은 어디에도 없다. 심지어 스턴은 내 시야 내에 앉아 있지도 않았다. 어떤 식으로 내가 졸려 해야 하는지 가르쳐주는 이야기도 없다. 아무튼 스턴은 내가 졸고 있지도 않고 졸고 싶어 하지도 않는다는 걸 알고 있다. 난 그저 발가락이고 싶었다. 난 그저 나른해지고 싶었다. 그저 나른한 발가락이고 싶었다. 발가락엔 두뇌가 없고, 가야 할 발가락, 가고, 열한 번 가고, 열하나, 열한 살…….

난 둘로 분리되었고, 둘로 분리되어도 무사했고, 한 부분은 다른 한 부분이 서재로 돌아가는 걸 지켜보았다. 큐 양은 나에게서 너무 가깝지 않은 곳에 앉아 있었고, 난 서재의 의자에 바스락거리는 신문지를 깔고 앉아 있었고, 신발 한 짝은 벗겨져 있었고, 내 나른한 발가락은 대롱거리고 있었고…… 난 이 일에 대해 가벼운 놀라움을 느꼈다. 최면 상태라지만, 난 꽤 의식이 남아 있는 채로 내게 단조로운 목소리로 중얼거리고 있는 스턴 옆의 긴의자에 누워 있었던 것이다. 그리고 하고 싶다면 몸을 뒤척일 수도 있고, 의자에서 일어나 앉아 스턴에게 이야기를 한 뒤 걸어 나올 수도 있었지만, 그저 그러고 싶지가 않았다. 아아! 만약 이런 것이 최면술이라면 난 완전히 최면 상태에 빠져 있었다. 최면술은 내게 효과가 있었다. 이런 상태라면 별 문제될 건 없었다.

난 볼 수 있다. 그 테이블보 위에 그려진, 막 피어나려고 하는 금으로 된 꽃을. 난 머무를 수 있다, 그 테이블 옆에 큐 양과 함께. 큐 양과 함께, 큐 양과 함께…….

"……그리고 보니와 비니는 여덟 살이고, 그 애들은 쌍둥이예요. 그리고 아기가 있어요. 아기는 세 살이에요."

"아기는 세 살."

큐 양이 말했다.

당겨지고, 팽팽하게 늘어지고, 그리고…… 찢겨져나갔다. 격렬한 괴로움과 고통을 삼켜버리며 터져 나온 승리감과 함께 그 일은 이루어졌다.

그리고 이건 그 내부에 있던 것이다. 한 순간에 모든 것이 있었다, 이 모든 것이.

아기는 세 살? 내 아기도 세 살일 것이다, 만약 아기가 있었다면 말이다. 결코 존재한 적이 없는…….

론, 난 당신에게 열려 있다. 열려 있다고. 이 정도면 충분히 열려 있는 것인가?

론의 홍채는 바퀴 같다. 홍채가 회전한다고 확신하지만, 난 그때 그걸 알아차리지 못했다. 론의 머리에서 나온 보이지 않는 촉수가 그 눈을 통과해서 내 눈 속으로 들어왔다. 그게 내게는 무엇을 뜻하는지 론은 알았을까? 신경 썼을까? 그는 신경을 쓰지도 않았고 알지도 못했다. 론은 나를 비웠고 난 론이 내게 지시한 걸로 가득 찼다. 론은 마시고는, 기다리다가, 다시 마셨지만, 결코 컵을 내려다보지는 않았다.

론을 처음으로 보았을 때 난 바람 속에서, 숲속에서 그리고 야생 속에서 춤을 추고 있었다. 난 주변을 빙빙 돌며 춤을 추는 중이었고 론은 나뭇잎 우거진 그늘에서 나를 바라보며 서 있었다. 그래서 난 그 일 때문에 론을 증오했다. 내 숲이 아니었고 금빛 부서지는 녹음 우거진 좁은 골짜기도 본래 내 것이 아니었다. 그러나 론이 거기 있음으로써 내게서 영원히 빼앗아간 건 내 춤이었다. 그래서 난 론을 증오했다. 그리고 론의 모습, 론이 서 있는 자세를 미워했다. 축축한 나뭇잎에 발목까지 빠뜨린 채로, 나무처럼 보이는 그 모습을 말이다. 내가 멈춰 서자 론이 움직였고 그러고 나자 론은 그저 한 명의 남자로 보였다. 거대한 원숭이 같은 어깨의, 지저분한 짐승 같은 남자였다. 내 모든 증오는 갑자기 두려움이 되었고 난 얼어붙어버렸다.

론은 자신이 한 일을 알아차리고 있었지만 신경을 쓰지 않았다. 춤은…… 난 다시는 춤을 추지 않을 것이다. 숲에는 사람의 눈이, 키 크고, 무심하고, 지저분한 짐승 같은 남자가 있다는 걸 결코 알지 못했기에 춤을 출 수 있었던 것이니까. 옷이 날 조여오는 여름밤에도, 예의 바른 옷차림이 수의처럼 나를 감싸고 있는 겨울밤에도, 결코 다시는 춤을 추지 않을 것이다. 론이 나를 보고 있다는 걸 알게 되었을 때의 충격을 떠올리는 일 없이는 춤추었던 일을 떠올리지 못할 것이다. 오오! 내가 얼마나 론을 증오하는지!

아무도 모르는 곳에서 춤을 추는 것, 그건 내가 빅토리아 시대 사람처럼 시대에 뒤처진 큐 양이라고 알려져 있을 때 내가 나 자신에게도 숨기고 있던 한 가지 비밀이었다. 꼿꼿함과 뻣뻣함, 레이스와 아마 그리고 외로움, 이제 정말로 난 사람들이 말하는 대로의 사람이 될 것이다. 시간이 지나면 지날수록, 영원토록. 론이 내게서 남몰래 감추고 있던 비밀을 빼앗아갔기 때문에.

론이 햇빛 아래로 나서더니 머리를 약간 옆으로 기울이며 내게로 다가왔다. 나는 그곳에 서 있었다. 분노와 두려움으로 완전히 얼어붙은 채 서 있었다. 팔은 여전히 뻗친 채였고 허리는 춤을 추던 상태대로 구부린 채였다. 그리고 론이 멈췄을 때 그때쯤이면 숨을 쉬어야만 했기에, 난 다시 숨을 쉬기 시작했다. 론이 말했다

"당신은 책을 읽나?"

난 론이 내 몸 가까이 오는 것을 참을 수 없었지만 몸을 움직일 수 없었다. 론이 거친 손을 내밀어 내 턱을 건드리더니 내가 그의 얼굴을 볼 수밖에 없을 때까지 얼굴을 들어 올렸다. 난 움츠러들며 론에게서 떨어졌지만 내 얼굴은 론의 손에서 벗어나지 못했다. 비록 론이 잡고 있는 것이 아니라 그저 받치고 있었지만 말이다.

"나를 위해 책을 약간 읽어줘. 내겐 책을 찾아볼 시간이 없거든."

"누구신데요?"

"론. 나를 위해 책을 읽어주겠지?"

"싫어요, 나를 보내줘요. 가게 해달란 말이에요!"

론이 나를 잡고 있지는 않았다.

"무슨 책을 읽으란 말이에요?"

내가 울부짖었다. 론이 아주 약하게 내 얼굴을 때렸다. 그건 내 얼굴을 약간 더 들어 올리게 만들었다. 론이 손을 치웠다. 론의 눈이, 론의 홍채가 돌아가고 있었다…….

"열어, 길을 내서 내가 볼 수 있게 해줘."

내 머릿속에는 많은 책이 들어 있었고 론은 제목을 살펴보았다……. 아니, 론은 제목을 살펴보지 않았다. 글을 읽을 수 없었으니까. 론은 그 책에 대해 내가 알고 있는 것을 살펴보았다. 갑자기 난 내 자신이 끔찍하게도 쓸모가 없다고 느꼈다. 내게는 론이 원했던 것의 겨우 일부만이 있었기 때문이었다.

"그건 뭐지?"

론이 윽박질렀다. 난 론이 뜻하는 걸 알았다. 론은 그걸 내 머릿속에서 끄집어냈던 것이다. 난 그것이 거기 있다는 것조차 몰랐었지만 론은 그것을 발견했다.

"염동력."

"어떻게 하는 거지?"

"설사 염동력이 가능하다고 해도, 누구도 방법은 몰라요. 정신력으로 물체를 움직이는 거니까요!"

"물론 염동력은 가능해. 이건 뭐야?"

"공간 이동. 똑같은 거예요. 그러니까, 거의 같지요. 정신력으로 자기 몸을 이동시키는 것."

"맞아, 맞아. 나도 알아."

론이 거친 목소리로 말했다.

"분자 구조 재배치. 정신 감응과 투시력. 그런 것들에 대해서는 전혀 몰라요. 그런 건 어리석다고 생각해요."

"그런 것들에 대해 읽어. 당신이 그걸 이해했느냐 아니냐는 중요하지 않아. 이건 뭐야?"

"군群, 한 가지 치료법을 쓸 수 있는 무수한 질병 같은 것, 같은 문장

하나로 표현되는 숱한 관념 같은 것. 전체는 부분들의 합보다 크다."

"그것에 대해서도 읽어. 많이 읽어둬. 그게 당신이 읽어야 할 거야. 그것이 가장 중요한 거라고."

론이 시선을 돌렸고, 론의 눈이 내 눈에서 멀어졌을 때 그건 마치 뭔가가 부서지는 것 같았다. 그래서 난 비틀거리면서 한쪽 무릎을 꿇었다. 분노가 폭풍처럼 나를 강타했다. 두려움이 바람처럼 나를 때렸다. 난 내가 책을 읽게 되리란 걸 알았고, 내가 다시 돌아올 것이란 걸 알았고, 다시는 춤을 추지 않으리란 걸 알았다.

그래서 난 책을 읽었고, 돌아왔다. 때때로 3~4일 동안 매일 돌아왔고, 때로는 적당한 책을 찾을 수 없었기 때문에 10일 동안 가지 못했다. 론은 항상 작은 골짜기의 그곳에, 그늘에 서서 기다리고 있었다. 책에서 자신이 원했던 것을 취했고 내게서는 아무것도 취하지 않았다. 다음 번 만남에 대해 언급한 적은 없었다. 론이 매일 날 기다리러 그곳으로 오는지 아니면 내가 갈 때만 오는지는 나로서는 알 방법이 없었다.

론은 나로선 별 관심도 없는 책을 나에게 읽게 만들었다. 진화론이나 사회나 문화의 구조, 그리고 신화에 관한 책, 그리고 상당히 많은 양의 공생에 관한 책이었다. 나와 론이 했던 건 대화가 아니었다. 때로는 우리 사이엔 어떤 소리도 교류되지 않았다. 때로 놀랐을 때는 신음이, 흥미를 별로 끌지 못하는 것이었을 때는 작고 짤막한 흠, 소리가 나기도 했다.

론은, 한 번에 전부, 덤불에서 산딸기를 따는 것처럼 내게서 책을 찢어내 갔다. 론에게선 땀 냄새와 흙냄새가 났고 론이 숲을 지날 때 그 육중한 몸에 짓눌린 녹색 즙의 냄새도 났다. 그러나 설사 론이 책에서 무언가 배웠을지라도 론에게는 별 변화가 없었다.

론이 내 옆에 앉아 궁금증을 드러낸 날이 있었다.

"어떤 책에 이런 것이 있을까?"

그러고 나서 론은 오랫동안 생각에 잠겨 조용히 있었다.

"흰개미는 나무를 소화하지 못해, 당신도 알겠지만 말이야. 그러나 흰개미의 뱃속에 들어있는 미생물은 할 수 있어. 그리고 흰개미가 먹는 것은 그 미생물이 뒤에 남긴 거야. 그게 뭐지?"

"공생이에요."

난 기억해냈다. 난 여러 단어를 기억하고 있었다. 론은 단어에서 내용만을 뜯어내고는 멀리 던져버렸다.

"두 종류의 생물이 생존을 위해 서로 의존하는 것이죠."

"맞아, 그런데 혹시 그런 걸 하는 네댓 명의 아이들에 대한 책이 있을까?"

"몰라요."

"그럼 이런 건 뭐지? 당신에게 라디오 방송국이 하나 있다고 가정하는 거야. 그 방송국은 네댓 개의 수신기를 가지고 있고 각각의 수신기는 서로 다른 일을 수신하도록 설치되어 있어. 하나는 파헤쳐 조사해야 할 일, 하나는 그저 묻어둘 일, 하나는 소란을 피워야 할 일 하는 식으로 말이야. 그러나 개개는 한 장소로부터 명령을 받아. 그리고 개개의 것은 자기 자신의 전원과 자기 자신만의 할 일이 있어. 자, 그 같은 생물이 있어? 라디오 대신에?"

"각각의 기관은 전체의 부분이지만 분리되어 있는 것? 생각나지 않아요……. 당신이 팀이라든가, 아니면 한 명의 우두머리에게서 명령을 받는 인간 집단 같은 사회조직체를 말하는 것이 아니라면 말이에요."

"아니야. 그런 것이 아냐. 하나의 동물 같은 거야."

론이 즉각적으로 대답했다.

"게슈탈트 같은 생물 형태를 말하는 거예요? 그건 환상 속에나 나오는 이야기예요."

"그런 것에 대한 책은 있어?"

"들어본 적도 없어요."

"난 알고 있어. 그런 것은 존재해. 난 그게 전에도 있었던 것인지 알고 싶어."

론이 무거운 목소리로 말했다.

"어떻게 그런 것이 존재할 수 있는지 난 모르겠어요."

"존재해. 한 부분은 가져오고 한 부분은 추측을 하고 한 부분은 알아내고 한 부분은 말을 하는 거야."

"말을 한다고요? 인간만이 말을 해요."

"나도 알아."

론은 일어서서 가버렸다.

난 그런 책을 찾고 또 찾아보았지만 비슷한 것조차 찾을 수 없었다. 난 돌아가서 론에게 그렇게 말했다. 론은 구릉으로 이루어진 녹색의 지평선에 시선을 던진 채 아주 오랫동안 꼼짝 않고 있었다. 그러고 나서 그 돌아가는 것 같은 홍채로 나를 탐색했다.

"당신은 알고는 있어도 생각은 하지 않는군."

그렇게 말하고는 다시 구릉을 바라보았다.

"이 모든 것이 늘상 사람들에게 일어났던 일이야. 바로 사람들의 코밑에서 한 조각 한 조각씩 일어났지만 사람들은 그걸 보지 못해. 당신은 마음을 읽는 사람을 알고 있어. 당신은 정신력으로 물건을 움직이는 사람에 대해 알고 있어. 당신이 물어보려고 생각하는 것만으로도 어떤 것이든지 알아낼 수 있는 사람들도 알고 있어. 당신이 모르는 건, 누르고 당기고 따뜻함을 느끼고 걷고 생각하는 등 그렇게 각자 다른 일을 하는 부분들을 함께 모아줄 수 있는 종류의 사람이야. 그리고 내가 바로 그런 사람이야."

갑자기 론이 말을 끝냈다. 그러고 나서 론은 나에 대해서는 잊어버린 게 아닐까 하는 생각이 들 만큼 오랫동안 가만히 앉아 있었다.

"론, 당신은 이 숲에서 뭘 하고 있는 거죠?"

"기다리고 있어. 난 아직 끝나지 않았거든."

론이 내 눈을 바라보더니 화를 내며 코웃음을 쳤다.

"내가 '끝났다' 라고 한 건 당신이 생각하는 그런 뜻이 아냐. 내 말은, 아직 완성되지 못했단 뜻이야. 당신은 몸이 잘리면 다시 전부 다 재생해내는 벌레에 대해 알고 있어? 좋아, 잘리는 것에 대해선 잊어버려. 그저 그런 식으로 자란다고 가정하자고. 처음에는 말이야, 알겠어? 완성이 된 내가 어떤 종류의 생물인지에 대해 써놓은 책을 알고 싶어."

"난 그런 책을 몰라요. 더 이야기해줄 수 있어요? 그럼 적당한 책을 찾아내거나 하다못해 책을 찾을 수 있는 장소라도 알아낼 수 있을지 모르잖아요."

론이 나뭇가지의 끝을 그 커다란 손으로 잡더니 부러뜨렸다. 그러더니 두 조각을 나란히 놓고는 한꺼번에 부러뜨렸다.

"내가 아는 건, 때가 되면 본능적으로 집을 짓는 새들처럼 나 역시 지금 이 일을 하고 있다는 것이 전부야. 그리고 일을 끝마쳤을 때 자랑할 만한 어떤 것이 되지는 않으리란 점도 알고 있고. 올바른 종류의 머리가 없다면 난 이전에 있었던 어떤 것보다도 더 강하고 더 빠른 육체 비슷한 것이 될 뿐이야. 어쩌면 그게 내가 첫 번째인 이유인지도 모르지만. 당신 머릿속에 있는 그 그림 속의 동굴인……."

"네안데르탈인."

"맞아. 생각해보면 그 네안데르탈인은 굉장한 변화는 아니었어. 새로운 것에 대한 초기 시도의 하나였을 뿐이었지. 그런 초기 시도가 내가 되고자 하는 거야. 어쩌면 내가 모두 구성이 된 뒤에 올바른 머리가 나타날 수도 있으니까. 그렇게 되면 새로운 뭔가가 이루어지게 되겠지."

론은 만족스러운 듯한 신음 소리를 내고는 가버렸다.

난 며칠 동안이나 노력했지만 론이 원하는 걸 찾아내지 못했다. 인류 진화의 중요한 다음 단계는 육체적인 것보다는 정신적인 방향이 되리라고 진술한 잡지 한 권을 찾아냈지만 거기에는 게슈탈트 유기체—라고 해야 할까?—라는 것에 대해서는 전혀 언급되어 있지 않았다. 점액질의 곰팡이 같은 것에 대해서는 있었지만 그건 공생이라기보다는 아메바의 군집 활동처럼 보였다.

비과학적이고, 개인적으로는 관심조차 없는 나의 마음으로는, 론이 원하는 것과 유사한 건 함께 행진하고 있는 음악대 같은 것 외에는 없었다. 각자가 다른 악기를 가지고 다른 연주 기술로 다른 음을 연주하며 함께 행진하는 음악대 말이다. 그러나 론이 의미한 건 그런 것이 아니었다.

그래서 난 이른 가을의 신선함 속에서 론에게 갔다. 론은 내 눈 속에서 별다른 정보를 얻지 못하자 화를 냈고, 나로서는 기억해내는 것조차 스스로 허용할 수 없는 말들을 내뱉으며 내게서 시선을 돌렸다.

"당신은 내가 원하는 걸 찾아낼 수 없어. 다시는 돌아오지 마."

론은 일어서서 잎이 듬성해진 자작나무로 가더니 거기에 기대어 바람에 흔들거리는 그림자를 내려다보았다. 난 론이 이미 나를 잊어버렸다고 생각했다. 내가 다가가서 말을 걸려고 했을 때 론이 놀란 짐승처럼 펄쩍 뛰어올랐다. 론은 자신의 기묘한 생각에 완전히 몰두해 있었던 것이 틀림없었다. 왜냐하면 론이 내가 다가가는 소리를 듣지 못했다고 확신할 수 있으니까.

"론, 아무것도 찾아내지 못했다고 나를 탓하지는 말아요. 나도 지쳤어요."

론은 놀라움을 가라앉히고 그 눈으로 나를 내려다보았다.

"탓하다니? 누가 누구를 탓하고 있다는 거지?"

"난 당신을 실망시켰고, 그래서 당신은 화를 내고 있잖아요."

론이 너무나 오랫동안 바라보아서 난 불편해졌다.

"난 당신이 무슨 말을 하고 있는지 모르겠어."

난 론이 내게서 떠나도록 내버려둘 수 없었다. 론은 그렇게 하고야 말겠지만. 영원히 다른 생각을 하지 못할 나를 내버려두고 떠날 것이다. 론은 내게 전혀 신경을 쓰지 않았던 것이다! 그건 잔인함이나 무지가 아니었다. 튤립 봉우리를 터뜨려버리는 고양이처럼 무심했을 뿐이다.

난 팔을 잡고 론을 흔들었다. 그건 마치 우리 집 정문을 흔들려고 애를 쓰는 것 같았다.

"알 수 있잖아요! 당신은 내가 읽은 내용을 알잖아요, 그러니 내가 무슨 생각을 하는지도 알고 있을 거야!"

난 론에게 소리쳤다. 론이 고개를 저었다.

"나도 사람이야, 여자라구요!"

난 마구 소리를 질렀다.

"당신은 나를 몇 번이나 이용했지만 내게 아무것도 주지 않았어요. 당신은 내 평생의 습관도 깨게 만들었어요. 내내 책이나 읽게 만들고,

비가 와도 일요일이어도 당신을 만나러 오게 했다고요. 당신은 내게 말을 걸지도 않았고 쳐다보지도 않았고 나에 대한 건 하나도 알려 하지 않았고, 신경을 써주지도 않았어요. 당신은 내가 깨뜨릴 수 없는 마법을 내게 걸었어요. 그러고는 당신의 볼일을 마치자 말했어요, '다시는 돌아오지 마' 라고……."

"내가 뭔가를 얻었기 때문에 뭔가를 갚아야 한다는 거야?"

"사람들은 그렇게 해요."

론은 흥미를 보이는 짧은 콧소리를 냈다.

"내가 뭘 줬으면 하고 바라지? 난 아무것도 가진 것이 없는데."

난 론에게서 떨어졌다. 내 느낌은…… 내가 뭘 느끼는지 모르겠다. 잠시 후 내가 말했다.

"모르겠어요."

론이 어깨를 으쓱하더니 돌아섰다. 난 펄쩍 뛰어올라 론을 잡아끌었다.

"내가 원하는 건 당신이……."

"젠장, 내가 뭘?"

난 론을 바라볼 수 없었다. 말을 하는 것도 힘겨웠다.

"모르겠어요. 뭔가 있지만 난 그게 뭔지 모르겠어요. 그건 무언가, 설사 내가 알고 있을지라도 말할 수는 없는 어떤 것이에요."

론이 고개를 젓자, 난 다시 론의 팔을 잡았다.

"당신은 내게서 책을 읽어냈어요. 당신이 내게서…… 내가 원하는 걸 읽어낼 수 있지 않아요?"

"그런 건 시도해본 적이 없는데."

론이 내 얼굴을 들어 올리고는 한 걸음 다가왔다. 론의 눈이 그 기묘한 촉수를 내뿜었고 난 비명을 질렀다. 그리고 몸을 비틀어 빠져나가려고 했다. 론의 큰 손이 나를 땅 위에서 들어 올렸던 것 같다. 그러고는 읽기를 마칠 때까지 나를 잡고 있다가 놓아주었다. 난 훌쩍거리면서 땅 위에 몸을 웅크리고 앉았다. 론이 내 옆에 앉았다. 가버리려고 하지 않았던 것이다. 마침내 난 진정이 되었고 거기 웅크리고 앉아 기다렸다.

"난 다시는 이런 일을 하지 않겠어."

론이 말했다. 난 추스르고 앉아 치마를 끌어당겨 모은 다음 곧추세운 무릎에 뺨을 대고 론을 바라보았다.

"어떻게 되었는데요?"

론이 욕을 내뱉었다.

"당신 내부는 온통 뒤죽박죽이야. 서른세 살이나 되었는데, 당신은 무엇 때문에 그런 식으로 살고 싶어 하는 거지?"

"난 아주 편안하게 살아요."

내가 약간 날카롭게 말했다.

"맞아, 집안일을 해주는 누군가를 제외하면 10년 동안 혼자서 살았지. 다른 누구도 없이 말야."

"남자는 짐승이에요, 여자는……."

"당신은 정말로 여자를 증오하고 있더군. 여자들은 모두 당신이 모르는 걸 알고 있지."

"그런 것 따위는 알고 싶지도 않아요. 난 지금 내 방식대로 행복해요."

"빌어먹게도 행복하겠지."

난 그 말에는 아무 말도 안했다. 난 그런 종류의 말을 경멸한다.

"당신이 내게 원하는 건 두 가지였어. 둘 다 말도 되지 않는 거지만."

론은 내가 그의 얼굴에선 한 번도 볼 수 없었던 진짜 표정으로 나를 바라보았다. 그 표정은 깊은 경이감이었다.

"당신은 나에 대한 모든 걸 알고 싶어 해. 어디서 왔는지, 어떻게 지금 이 모습이 되었는지 등을."

"그래요, 난 정말 그런 걸 알고 싶어요. 내가 당신에게서 원하는 또 다른 하나는 뭐죠?"

"난 어딘가에서 태어나 잡초처럼 자랐어."

론이 내 질문을 무시하고 말했다.

"충분한 도움을 주려 하지 않는 사람들이 보육원을 운영하려고 했지. 그래서 난 도망쳤고, 마을의 바보가 되었어. 그리고 숲 속으로 들어갔어."

"왜요?"

론도 왜 그랬는지 궁금해하더니 한참 후 말했다.

"사람들이 사는 방식이 내게는 아무런 의미가 없었기 때문이었을 거야. 숲으로 와서야 난 내가 되고 싶은 대로 자랄 수 있었어."

"그게 뭔데요?"

"당신의 책에서 내가 얻고 싶어 했던 그것."

"그게 뭔지 내게 말해준 적 없어요."

"당신은 알고는 있지만 생각은 하지 않아. 일종의, 사람이 있어. 개별적인 부분으로 이루어졌지만 그래도 한 사람인 거야. 손에 해당하는 것도 다리에 해당하는 것도 말하는 입에 해당하는 것도 가지고 있어. 그리고 두뇌에 해당하는 것도. 그게 나야, 그 사람의 두뇌에 해당하는 것 말야. 좀 지력이 떨어지는 두뇌이긴 하지."

"당신은 미쳤어요."

"아냐, 그렇지 않아."

론은 기분 상해하지도 않았고, 절대적으로 확신하고 있었다.

"내겐 이미 손인 부분이 있어. 난 어디에 있든지 그들을 움직일 수 있고 그들은 내가 원하는 건 뭐든지 해. 비록 너무 어려서 많은 일을 할 수는 없지만 말이야. 말하는 부분도 갖고 있지. 그 부분은 정말 훌륭해."

"난 당신이 말을 대단히 잘한다고는 생각하지 않는데요."

론이 당황했다.

"나에 대해 말하고 있는 것이 아냐. 그 소녀는 저 너머에 다른 애들과 함께 있어."

"소녀?"

"말하는 부분이야. 이제 내겐 생각하는 일부가 필요하고, 그 일부는 뭐든지 받아들인 뒤 다른 것들에 합해서 옳은 대답을 내놓는 어떤 것이야. 그리고 일단 그 부분들을 모두 함께 있게 하고, 모두들 서로에게 익숙해지면 난 당신에게 말했던 새로운 종류의 뭔가가 될 거야. 알겠어? 단지 난 그 뭔가가 나보다는 나은 머리를 갖게 되기를 바라고 있어."

머리가 어지러웠다.

"어쩌다가 이 일을 시작하게 되었어요?"

론이 나를 무거운 눈길로 바라보았다.

"어쩌다가 당신 겨드랑이에 털이 자라기 시작했지? 당신이 그러려고 작정을 해서 그런 일이 일어난 게 아니야. 그저 일어났을 뿐이지."

"그럼, 그건 뭐였죠? 그…… 내 눈 속을 들여다볼 때 당신이 했던 그거요."

"그것에 이름을 붙이고 싶어? 난 모르겠어. 내가 어떻게 그걸 하는지도 몰라. 내가 아는 건 누구에게든 내가 원하는 걸 시킬 수 있다는 것뿐. 당신이 나에 대해 잊게 되는 것과 같은 일들 말야."

난 목이 멘 목소리로 말했다.

"난 당신을 잊고 싶지 않아요."

"아니, 그렇게 될 거야."

그 당시 난 론의 말이 내가 잊게 될 거란 뜻인지, 내가 잊고 싶어 하게 될 거란 뜻인지 몰랐다.

"당신은 나를 증오하게 되겠지만 오랜 시간이 흐른 후에는 나에게 고마워하게 될 거야. 어쩌면 언젠가는 당신이 나를 위해 뭔가를 해줄 수도 있겠지. 기꺼이 그 일을 해줄 만큼 고마워하게 될 테지만. 확실히 당신은 모든 걸 잊게 될 거야. 그…… 감정만 제외하고는 말이야. 어쩌면 내 이름은 기억할지도 모르지."

무엇이 나로 하여금 론에게 그 질문을 하게 한 건지는 모르겠다. 어쨌거나 난 황량한 심정으로 그 질문을 했다.

"당신과 나에 대해선 그 누구도 모르게 되는 건가요?"

"알 수가 없을 거야. 만약…… 만약 나와 유사하거나 나보다 나은 그 생물의 머리가 아니라면 말야."

론이 일어섰다.

"잠깐만 기다려요!"

내가 울부짖었다. 아직 론이 가선 안 된다. 론은 키 크고 지저분한 짐승 같은 남자였지만 두려운 방식으로 나를 매혹시켰다.

"내게 또 다른 하나를 주지 않았어요…… 그게 뭔지는 모르겠지만요."

"아아! 맞아, 그것."

론은 섬광처럼 움직였다. 당겨지고, 팽팽하게 늘여지고, 그리고…… 찢겨져나갔다. 격렬한 괴로움과 고통을 삼켜버리며 터져 나온 승리감과 함께 그 일은 이루어졌다.

난 그 기억에서 빠져나왔다. 두 개의 분리된 단계를 통과해서…….

난 열한 살이고, 믿을 수 없게도 다른 사람의 자아 속으로 들어갔고 거기서 이전되어온 괴로움으로 인해 충격을 받아 숨이 가빴다. 그리고,

난 열다섯 살이고, 긴의자에 누워 있다.

스턴은 옆에서 중얼거리고…….

"……조용히, 조용히 나른해진다. 발목과 다리도 발가락처럼 나른해진다. 배도 나른해진다. 배는 점점 부드러워지고 목 뒤도 배처럼 나른해진다. 조용하게 그리고 편안하며, 모든 것이 나른해지면서 부드러워진다……."

난 일어나 앉아 다리를 의자 아래로 내려뜨렸다.

"됐어요."

스턴은 약간 성가셔 하는 모습이었다.

"이건 효과가 있을 거야. 그렇지만 네가 협조할 때만 효과가 있어. 누워서……."

"효과가 있었다니까요."

"무슨 효과?"

"전부 다. A에서 Z까지 전부요."

내가 손가락을 튕겼다. 스턴이 꿰뚫을 듯 나를 바라보았다.

"무슨 뜻이지?"

"그건 바로 거기에 있었어요. 당신이 말했던 곳에요. 서재 안에 있었어요. 내가 열한 살이었을 때 큐 양이 '아기는 세 살' 이라고 말했을 때요. 그 말은 3년 동안 큐 양의 내부에서 들끓고 있었던 무언가를 풀어놓

왔고, 그 모든 것이 터져 나왔어요. 그건 온 힘으로 내게 부딪혀왔어요. 난 그저 어린애였는데, 경고도 받지 못했고 방어수단도 없는 어린애였을 뿐인데 말이에요. 고통스러웠어요. 그런 것이 가능하리라곤 생각하지도 못했던 고통이었어요."

"계속해라."

"그건 정말이지 전부였어요. 내 말은, 그 서재 안에서 벌어졌던 일이 아니라 내게 부딪혀왔던 걸 말하는 거예요. 그건 일종의 큐 양 자신의 자아의 울부짖음이었어요. 대략 넉 달 동안 일어났던 무수한 일들 전부, 그 하나하나의 모든 조각이었어요. 큐 양은 론을 알고 있었어요."

"네 말뜻은 일련의 에피소드 전부라는 거니?"

"그래요."

"한순간에 모든 걸 받아들였다는 거니? 1초도 안 되는 시간에?"

"맞았어요. 그러니까, 그 1초도 안 되는 동안에 난 큐 양이었던 거예요. 모르겠어요? 난 큐 양이었어요. 큐 양이 했던 모든 것, 큐 양이 생각하거나 듣거나 느꼈던 모든 것이었어요. 모든 것, 그 모든 것이 내가 끄집어내고 싶어 한다면 다시 제 순서대로 나올 거예요. 내가 그걸 원하면 저절로 일부분이 나올 거구요. 만약 내가 점심식사로 먹었던 걸 당신에게 말하려 한다면, 내가 태어난 이후 먹어왔던 다른 모든 점심을 말해야만 할까요? 아니에요. 난 내가 큐 양이었다고 말하는 거예요. 그리고, 그때나 그 이후에도 영원토록 난 큐 양이 그 시점까지 기억하고 있을 수 있었던 건 뭐든지 기억해낼 수 있는 거예요. 그저 그 한순간에요."

"게슈탈트."

스턴이 중얼거렸다.

"아하!"

난 그렇게 말하고는 게슈탈트에 대해 생각에 잠겼다. 그 무수한 일들 전부에 대해서도 생각해보았다. 그리고 잠시 그 생각들을 제쳐두고 말했다.

"왜 전에는 이걸 몰랐을까요?"

"너에겐 그걸 회상해내는 걸 막는 강력한 장벽이 있었어."

난 흥분해서 일어섰다.

"왜죠? 그 이유를 모르겠어요. 전혀 모르겠어요."

"그저 단순한, 자연스런 반감이었겠지. 이건 어때? 넌 여성의 자아인 척하는 걸 혐오스러워했어. 단 1초라도 말이야."

"당신은 당신 자신에 대해 말하고 있어요, 처음부터 말이죠. 난 그런 종류의 문제를 갖고 있지 않아요."

"글쎄, 이건 네게 어떻게 들리지? 넌 그 에피소드 속에서 고통을 느낀다고 말했지. 그래서, 넌 그 고통을 다시 경험할 두려움에 기억을 되돌리고 싶지 않았던 거야."

"생각해보지요……. 그래요, 맞아요. 고통은 그것의 일부였어요. 타인의 마음속에 들어가는 것 말이에요. 내가 론을 상기시켰기 때문에 큐 양은 나에게 마음의 문을 열었어요. 난 들어갔죠. 하지만 나에겐 전혀 준비가 되어 있지 않았어요. 그런 일을 해본 적은 한 번도 없었죠. 어쩌면 저항에 부딪히며 아주 조금은 해보았는지도 모르지만요. 난 타인의 자아에 깊숙이 들어갔고, 그 일은 내게 너무 힘겨운 일이었어요. 몇 년 동안이나 그 일을 다시 시도해볼 엄두가 나지 않을 정도로 내게 겁을 주었지요. 그리고 그 기억은 거기 놓여 있었어요. 잘 싸여서, 손에 닿지 않게 잘 잠긴 채로 말이에요. 내가 성장해감에 따라 내 마음을 상대로 그런 일을 하는 능력도 더욱 강해져갔어요. 하지만 난 여전히 그 능력을 사용하는 걸 두려워했어요. 그리고 내가 성장하면 할수록 난 점점 더 강하게 느꼈던 거예요. 마음 깊이에서부터 말이에요. 큐 양을 죽여야만 한다고, 큐 양이 먼저 죽이기 전에…… 나를 죽이기 전에. 세상에!"

내가 소리쳤다.

"당신은 내가 뭔지 알아요?"

"아니. 그것에 대해 내게 말해주겠니?"

"그러고 싶어요. 오, 그래요. 그렇게 하고 싶어요."

스턴은 직업적인 개방된 표정을 지었다. 믿지도 안 믿지도 않고 그저 모든 걸 받아들이는 그런 표정을 말이다. 스턴에게 말을 하려다가 갑자기, 난 내가 충분한 어휘를 가지고 있지 않다는 걸 깨달았다. 난 여러 가지 사물을 알고 있지만, 그 사물의 이름은 모르고 있었다.

론은 내용만을 뜯어내고 단어는 멀리 던져버렸다.

더 깊이 들어가면, 당신은 책을 읽어, 나를 위해 책을 읽어.

론의 눈의 모습. 그 '문을 여는' 모습.

난 스턴에게 다가갔다. 스턴이 나를 올려다보았고 난 스턴을 굽어보았다. 처음에는 스턴이 놀라더니 놀람을 제어하고 나서 내게 더 가까이 다가왔다.

"맙소사!"

스턴이 중얼거렸다.

"난 전에는 그런 눈을 본 적이 없어. 정말로 홍채들이 바퀴처럼 회전한다고 말할 수 있는……."

스턴은 책을 읽었다. 그렇게 많은 책이 쓰였을 거라고 내가 상상했던 것보다 더 많은 책을 읽었다. 난 그 속으로 미끄러져 들어가서 내가 원하는 걸 찾아보았다.

난 그 일이 어떤 것인지 정확히 설명할 수는 없다. 그 일은 터널 속을 걷는 것과 유사하다. 터널 안에는 지붕과 벽이 있고 벽에는 나무로 된 팔이 튀어나와 있고 그 팔은 회전목마가 있는, 축제에서 볼 수 있는 구리로 된 링을 빼내는 팔과 비슷한 모양이다. 이 팔의 끝부분에는 구리로 된 링이 끼워져 있고 원하는 대로 그중 하나를 꺼낼 수 있는 것이다.

이제 원하는 링을 마음속에서 결정했고 그 팔들에는 딱 한 개씩의 링만이 끼워져 있다고 상상해보라. 이제 그 링을 움켜쥐고 꺼낼 수 있는 수천 개의 손이 있는 당신 자신을 그려보라. 터널의 길이는 수억 킬로미터가 되고 그 끝에 이르면 다른 터널로 갈 수 있다고 생각해보라. 링을 움켜쥔 채로, 눈 깜짝할 순간에 그렇게 할 수 있다고 말이다. 어쨌거나 그 비슷한 것이다. 단지 좀 쉽게 설명한 것뿐.

론이 했던 것보다 난 더 쉽게 그 일을 해냈다.

똑바로 일어서서 난 스턴에게서 멀어졌다. 스턴은 아픈 듯이 보였고 놀란 것처럼 보이기도 했다.

"괜찮을 거예요."

"내게 무슨 일을 한 거니?"

"몇 가지 단어가 필요했어요. 자, 이제 일로 돌아갑시다."

난 스턴에게 감탄할 수밖에 없었다. 스턴은 파이프를 주머니에 집어넣더니 손가락 끝을 이마에 대고 세게 눌러댔다. 그러고 나서 제대로 앉더니 다시 괜찮아졌다.

"난 알아요, 론이 큐 양에게 그걸 했을 때 큐 양도 그런 식으로 느꼈으니까요."

"넌 누구지?"

"말해줄게요. 난 컴퓨터인 아기, 공간 이동을 하는 보니와 비니, 염동력자 제니, 그리고 정신 감응과 중앙 제어를 하는 자신으로 이루어진 복잡한 유기체의 중심 신경절이에요. 그러한 우리들에 대해서는 알려지지 않은 것이라곤 하나도 없어요. 요기의 공간 이동, 일부 노름꾼의 염동력, 수학 천재들, 그리고 흔히 폴터가이스트라고 일컬어지는, 젊은 소녀가 가구 저편의 가정용품을 이동시키는 일 등 말이에요. 그리고 내 일부들은 각자의 그런 역할에 있어서는 최고의 능력을 보여주지요.

론이 그걸 만들어냈어요, 아니, 자기 주위에 형성시켰어요. 그 차이는 중요하지 않아요. 내가 론을 대신하게 되었지요. 그러나 론이 죽었을 때 난 너무나도 미개발된 상태였고, 무엇보다도 큐 양의 폭발 이후 폐쇄되어 있었어요. 그 폭발은 그 속에 들어 있는 걸 발견해내는 일을 내가 무의식적으로 두려워하게 만들었다고 당신이 말했죠. 그 말은 나름대로 옳았던 거예요. 그러나 '아기는 세 살' 이란 장벽에는 내가 그 안으로 들어갈 수 없게 하는 또 다른 이유가 있었어요.

우린 큐 양이 준 안정감보다 더 중요하다고 내가 결정했던 것이 무엇이었냐는 문제를 다루고 있었죠. 이제는 당신도 그게 무엇이었는지 알 수 있나요? 큐 양이 죽어야만 한다고, 그렇지 않으면 내가 죽게 될 거라고 난 생각했어요. 오! 그 일부분들은 살아남으려 했던 거예요. 언어장애가 있는 두 명의 어린 흑인 소녀, 예술에 재능이 있는 내성적인 소녀, 한 명의 다운증후군 걸린 바보 아기, 그리고 내가요. 90퍼센트는 불안정한 잠재력이고 10퍼센트는 청소년 범죄자인 내가 말이에요."

난 웃음을 터뜨렸다.

"확실히, 큐 양은 살해되어야만 했어요. 그건 게슈탈트로서의 자기

보존이었어요."

스턴이 입 주변을 씰룩거리다가 마침내 말을 뱉어냈다.

"난……."

"당신이 설명해주지 않아도 돼요. 이 정신분석 작업은 놀랍군요. 당신은 훌륭한 의사예요, 정말 훌륭하죠. 말해두자면, 당신의 전문적인 날카로운 관점 때문에 훌륭하다는 거예요. 당신은 폐쇄에 대해 말했거든요! 진정한 내가 누구인지에 대한 단서가 거기에 숨겨져 있었기 때문에 난 '아기는 세 살' 이란 장벽을 뛰어넘을 수 없었던 거예요. 내가 둘이라는 걸, 즉 큐 양의 어린 소년이고 동시에 훨씬 더 큰 어떤 존재라는 걸 기억해내는 걸 두려워했기 때문에 난 그 단서를 찾아낼 수 없었어요. 동시에 그 둘 다일 수 없었고, 그래서 어느 것 하나도 드러내려 하지 않았던 것이죠."

파이프를 쳐다보며 스턴이 말했다.

"이젠 할 수 있니?"

"그래요."

"지금은 뭐지?"

"무슨 뜻이죠?"

스턴이 다시 책상 모서리에 기대었다.

"너의 것인 이…… 게슈탈트 유기체가 이미 죽었다는 생각이 들지 않니?"

"그건 죽지 않았어요. 당신 머리는 당신 팔이 움직이고 있다는 걸 어떻게 알지요?"

스턴이 자신의 얼굴을 쓰다듬었다.

"그래서…… 이제 뭘 할 거니?"

난 어깨를 으쓱했다.

"북경 원인이 직립해서 걷는 호모 사피엔스를 보게 되었을 때 '이제 뭘 할 거니?' 라고 물었을까요? 우린 살아남을 거예요. 그게 다예요. 인간처럼, 나무처럼, 살아 있는 다른 모든 것처럼요. 우린 먹고 자라고 실험을 해보고 번성할 거예요. 우린 스스로를 보호할 거예요."

난 손을 펼쳤다.

"우린 자연스럽게 해야 할 일을 할 거예요."

"그러나 네가 뭘 할 수 있지?"

"전기 모터가 무얼 할 수 있지요? 우리가 우리 자신을 어디에 쓰느냐에 달려 있는 것이겠죠."

스턴은 대단히 창백했다.

"그러면 넌 무얼, 무얼 하고 싶니?"

난 잠시 생각해 보았다. 스턴은 내가 생각을 끝낼 때까지 조용히 기다리고 있었다. 마침내 내가 말했다.

"누가 알겠어요? 내가 태어난 이후로 죽 사람들은 나를 걷어찼어요. 큐 양이 나를 거두어주기 직전까지 말이에요. 그리고 큐 양과는 어떻게 되었죠? 빌어먹게도 큐 양은 날 거의 죽일 뻔했다구요."

난 잠시 더 생각해보고는 말했다.

"나를 제외한 모든 사람들이 재미를 보고 있어요. 모든 사람들이 즐기는 재미란 것이 누군가를 걷어차는 거죠, 맞서 싸울 수 없는 조그만 누군가를 걷어차는 짓이요. 아니면 그 사람을 소유하거나 죽이게 될 때까지 누군가에게 호의를 베푸는 짓을 하든지요."

난 스턴을 바라보며 미소를 지었다.

"난 그저 재미거리나 찾아볼 계획이에요. 그게 전부예요."

스턴이 등을 보이며 돌아섰다. 난 그가 주위를 걸어 다닐 거라고 생각했지만 스턴은 그대로 다시 돌아섰다. 난 스턴이 내게 시선을 고정시키려 하는 걸 알아차렸다.

"네가 이곳으로 걸어 들어온 이후 넌 참 긴 길을 걸어왔다."

내가 고개를 끄덕였다.

"당신은 좋은 정신분석의였어요."

"고맙구나."

스턴이 씁쓸하게 말했다.

"그리고 넌 네가 모두 치료되었고, 모든 것이 제대로 맞춰져서 이제 굴러갈 준비가 되었다고 생각하고 있어."

"분명히 그래요. 당신은 그렇게 생각하지 않나요?"

스턴이 고개를 저었다.

"네가 찾아낸 건 네가 무엇인지가 전부야. 네가 배워야 할 것들이 아직 많아."

난 기꺼이 인내심을 가졌다.

"예를 들면?"

"예를 들면, 너처럼 죄의식을 지닌 채 살아가야 하는 사람들에게 어떤 일이 벌어지는지 발견하는 일 같은 것. 넌 다르지, 제리. 그러나 그다지 다르지는 않아."

"목숨을 구한 일에 대해 내가 죄의식을 느껴야 한다는 거예요?"

스턴은 그 질문을 무시했다.

"또 하나, 넌 조금 전 네 모든 일생을 통틀어 모든 사람들에게 화를 내고 있었다고 말했어. 그게 네 삶의 방식이지. 그 이유가 궁금했던 적이 있니?"

"있다고 말할 순 없네요."

"한 가지 근거는 네가 너무 외로웠다는 거야. 아이들과 함께 있는 것이, 그 다음에는 큐 양과 함께하는 것이 그렇게 많은 의미가 있었던 것도 그래서였지."

"그래서요? 나에겐 여전히 아이들이 있는데요."

스턴이 천천히 고개를 저었다.

"너와 아이들은 하나의 생명체야. 독특한 생명체지. 선례도 없고."

스턴이 파이프 몸체로 나를 가리켰다.

"혼자야."

내 귀에서 피가 쿵쾅거리기 시작했다.

"입 닥쳐요!"

스턴이 부드럽게 말했다.

"생각해봐. 넌 실제적으로 뭐든지 할 수 있어. 실제적으로 뭐든지 가질 수도 있지. 그렇지만 어떤 것도 네가 혼자라는 것을 막아줄 수는 없어."

"입 닥쳐요, 닥치라고요! 누구나 혼자예요."

스턴이 고개를 끄덕거렸다.

"그렇지만 어떤 사람들은 외로움과 사는 방법을 배우지."

"어떤 방법인데요?"

잠시 뒤 스턴이 말했다.

"네가 전혀 알지 못하는 것이라서 내가 말해준다고 해도 너에겐 아무런 의미를 지니지 못할 거야."

"말해봐요."

스턴이 기묘한 표정으로 나를 보았다.

“때대로 그건 도덕이라고 불린단다.”

“당신이 옳은 것 같군요. 난 그 도덕이란 것이 어떤 건지 모르겠으니까요.”

난 다시 정신을 수습했다. 이따위 말에 귀 기울일 필요는 없었다.

“당신은 두려워하고 있어요. 당신은 호모 게슈탈트를 두려워하고 있는 거예요.”

스턴이 굉장한 노력을 기울여 미소를 지었다.

“조악한 용어로구나.”

“우린 조악한 종족이지요. 거기 앉아요.”

스턴이 조용한 방 안을 가로질러 가서 책상에 앉았다. 난 스턴에게 가까이 몸을 숙였고 스턴은 눈을 뜬 채 잠에 빠져 들어갔다. 난 몸을 똑바로 펴고 방 안을 둘러보았다. 그러고 나서 보온병으로 다가가서 물을 가득 채우고는 책상 위에 올려놓았다. 깔개의 구석을 제대로 펴놓고 긴 의자의 머리 부근에는 깨끗한 수건을 깔았다. 그리고 책상 옆으로 다가가서 서랍을 열고 녹음기를 바라보았다.

마치 손을 뻗는 것처럼, 난 비니를 불러냈다. 비니는 눈을 크게 뜨고 책상 옆에 서 있었다.

“여길 봐, 이걸 잘 봐둬. 내가 하고 싶은 건 이 테이프를 모두 지워버리는 거야. 가서 아기에게 방법을 물어봐.”

비니가 눈을 깜빡였다. 나를 바라보며 몸을 떨더니 녹음기 위에 몸을 숙였다. 그리고 거기 있더니, 사라졌다가 다시 돌아왔다. 그렇게 보였다. 비니는 나를 뒤로 밀어내고 단추 두 개를 돌리더니 두 번 딸각거릴 때까지 지시침을 움직였다. 테이프가 윙윙거리는 소리를 내며 신속하게 되감겼다.

"잘했어. 가봐."

비니가 사라졌다.

난 재킷을 입고 문으로 걸어갔다. 스턴은 여전히 눈을 뜬 채 책상에 앉아 있었다.

"훌륭한 정신과 의사야."

기분이 상쾌했다. 난 문 밖에서 잠시 기다린 후 몸을 돌려 다시 안으로 들어갔다. 스턴이 나를 올려다보았다.

"거기 앉아라, 얘야."

"이런! 미안해요, 선생님. 사무실을 잘못 찾아 들어와버렸네요."

"괜찮다."

그가 대답했다.

난 밖으로 나와 문을 닫았다. 경찰서로 향하는 길 내내 난 미소를 지었다. 그들은 큐 양에 대한 내 진술을 받을 것이고, 별 문제 없이 납득할 것이다. 그리고 한편으로 스턴에 대해서도 생각하며 웃었다. 아무런 기억이 없는 오후와 1,000달러 지폐를 그가 어떻게 받아들일지 생각하면서 말이다.

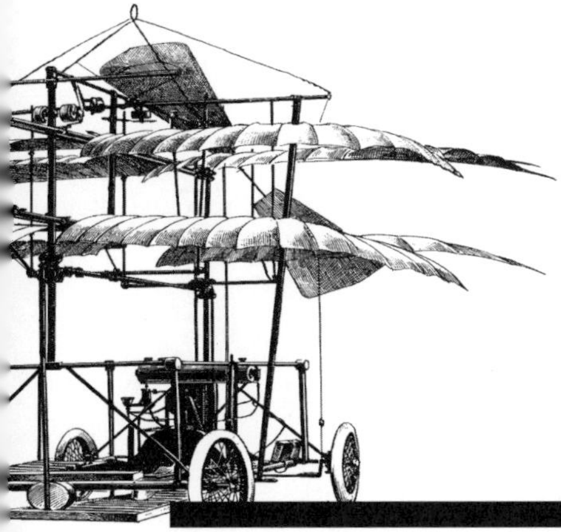

타임머신

H. G. Wells **The Time Machine**

H·G·웰스 지음
한동훈 옮김

1
★

시간 여행자(편의상 이렇게 부르겠다.)는 난해한 문제를 우리에게 설명하고 있었다. 그의 회색 눈은 반짝반짝 빛나고 평소의 창백한 얼굴은 불그스레 생기가 넘쳤다. 난롯불이 환하게 타고 있었고, 샹들리에의 은백색 백합 갓을 쓴 백열등들의 부드러운 광채가 우리의 유리잔 속에서 떠올랐다 스러지는 기포까지 비추고 있었다. 우리가 앉은 의자들은 그의 특허품으로 그저 앉힌다기보다는 포근히 품어 어루만져 주는 의자였다. 생각이 사고의 틀에서 풀려나 우아하게 떠돌아다니는 그런 호사스러운 식후 분위기였다. 그런 분위기에서 그는 야윈 집게손가락으로 요점을 강조하며 설명했고, 우리는 이 새로운 패러독스에 대한 그의 열성과 풍부한 상상력에 느긋하게 감탄하며 앉아 있었다.

"찬찬히 잘 들어보게. 이제부터 보편적으로 받아들여지는 개념 한둘을 논박하겠네. 가령 자네들이 학교에서 배운 기하학은 그릇된 개념에 근거하고 있네."

"시작치곤 좀 거창한 거 아닌가?"

따지기 좋아하는 빨간 머리의 필비가 말했다.

"타당한 근거 없이 내 말을 믿으란 소린 아니야. 자네들도 곧 내 의견을 인정하게 될 거야. 수학의 선, 즉 폭이 없는 선은 실재하지 않는다는 사실을 다들 알고 있겠지. 학교에서 그렇게 배웠지? 수학의 평면도 마찬가지야. 그것들은 추상에 불과해."

"그건 그래."

심리학자가 말했다.

"가로, 세로, 높이만 가지는 정육면체도 역시 실재하지 않네."

"난 반대네. 고체는 당연히 존재해. 실물들은 모두……."

필비가 말했다.

"다들 그렇게 생각하지. 하지만 잠깐 기다리게. 동시적인 정육면체가 존재하겠나?"

"무슨 말인지 모르겠어."

필비가 말했다.

"한순간도 지속하지 않는 정육면체가 실재하느냔 말이지."

필비가 좀 생각해보다가, "물론이지" 하자 시간 여행자가 계속했다.

"모든 실물은 네 방향으로 뻗어 있네. 가로, 세로, 높이, 그리고 지속되는 성질을 가지고 있지. 하지만 우리는 (곧 설명하겠지만) 어떤 타고 난 육체적 결함 탓에 이 점을 간과하기 쉽네. 분명 네 개의 차원이 있어. 세 개 차원은 공간의 세 변을 일컫고, 네 번째 것은 시간이지. 그런데 우리는 전자의 3차원과 후자 사이에 비현실적인 선을 긋는 경향이 있어. 왜냐하면 우리의 의식이 태어나서 죽을 때까지 우연히 시간을 따라 한 방향으로 단속적으로 움직이기 때문이지."

"그건……" 하고 아주 젊은 남자가 불쑥 램프 불에 담뱃불을 어렵사리 다시 붙이며 말했다.

"그건…… 아주 명백합니다."

"이 점이 그렇게 널리 간과되었다는 사실이 정말 놀랍네" 하고 시간 여행자가 활기를 좀 돋우며 말을 이었다.

"네 번째 차원의 진정한 의미는 그렇지. 네 번째 차원을 얘기하면서도 그 의미를 모르는 사람들이 있네. 네 번째 차원은 시간을 보는 다른 관점에 불과해. 공간 삼차원의 어느 한 차원과 시간 사이에는 아무런 차이점이 없어. 우리 의식이 시간을 따라 움직인다는 점만 제외하면 말이지. 하지만 일부 어리석은 사람들은 그 개념을 잘못 이해하고 있네. 네 번째 차원에 대해 그들이 무어라 하는지 다들 들어봤을 테지?"

"못 들어봤는데."

지방 시장이 말했다.

"간단히 말하면 이렇다네. 우리네 수학자들이 설명하듯 공간은 세 개의 차원을 가진다고 알려져 있는데 누군가는 그것을 가로, 세로, 높이라고 부르지. 서로 직각으로 만나는 세 개의 축으로 언제나 설명할 수 있는 게 공간이지. 그런데 철학 성향을 띤 일부 인물들은 왜 3차원으로 한정하느냐, 그 3차원과 직각으로 만나는 다른 축이 없으란 법이 있느냐며 의문을 품고서 심지어는 4차원 기하학을 개척하고 있네. 사이먼

뉴컴[6] 교수는 불과 한 달 전에 뉴욕 수학 협회에 그것을 상술했지. 우리는 2차원뿐인 평면에 어떻게 3차원 물체의 생김새를 표현하는지 알고 있는데 그들은 그 비슷하게 4차원을 3차원 모형으로 표현할 수 있다고 생각하네. (4차원 투시 도법을 터득할 수만 있다면 말이지.) 알겠나?"

"알 것 같군."

지방 시장은 눈썹을 찌푸리며 사색에 빠져들었다. 주문을 외듯 그의 입이 움직거렸다. 잠시 뒤 그가 말했다.

"아하, 이제 알겠어."

일순 밝은 표정을 띠었다.

"얼마 전부터 내가 그 4차원 기하학을 연구하고 있음을 굳이 숨기진 않겠네. 연구 결과 중 일부는 기묘하네. 가령 여기 어떤 사람의 여덟 살 때하고 열다섯 살 때하고 열일곱 살 때하고 스물세 살 때 등의 초상화가 있다고 치세. 그것들은 모두 그 사람의 단면임에 분명하지. 고정불변인 그의 4차원 존재의 3차원적 표현이지."

시간 여행자는 자신의 말이 소화되기를 기다렸다가 말을 이었다.

"과학을 하는 사람들은 시간이 공간의 일종에 지나지 않음을 잘 알고 있네. 여기, 널리 알려진 과학적 도표인 일기도日氣圖가 있네. 내가 손가락으로 따라가는 이 선은 기압계 움직임을 나타내고 있지. 어제 매우 높았다가 어젯밤에 떨어졌고, 오늘 아침 다시 올라 아주 천천히 여기까지 올라갔어. 분명 수은주는 일반적으로 인정되는 공간의 어느 차원에서도 이런 선을 그리지는 않지? 그런데 수은주는 확실히 이런 선을 그렸

6__ 1835~1909. 미국의 천문학자이자 수학자.

다네. 따라서 우리는 이 선이 시간 차원을 따라 움직였다고 결론 지을 수밖에 없어."

"하지만……" 하고 의사가 난롯불 속 석탄 덩이를 쏘아보며 말했다.

"시간이 정말로 공간의 네 번째 차원에 불과하다면 어째서 그것은 무언가 다른 것으로 간주되는 걸까, 또 그렇게 늘 간주되어온 걸까? 그리고 어째서 우리는 공간의 여느 차원을 누비듯 시간 속을 돌아다닐 수 없는 걸까?"

그러자 시간 여행자가 빙긋 웃었다.

"우리가 공간을 자유롭게 누비는 건 확실한가? 좌우로 이동할 수 있고 전후로도 자유롭지. 인간은 늘 그렇게 움직여왔네. 2차원에서 마음대로 움직일 수 있음은 나도 인정하네. 하지만 상하로는 어떤가? 중력이 우리를 구속하네."

"꼭 그렇지는 않네. 기구氣球가 있으니까."

의사가 말했다.

"하지만 기구가 없었을 때는 껑충 뛰어오르거나 지면의 요철을 오르내릴 때를 제외하면 인간의 상하 운동은 자유롭지 못했어."

"그래도 조금은 오르내릴 수 있었겠지."

의사가 말했다.

"오르기보다 내려오기가 쉽지, 훨씬 쉽지."

"우리는 시간 속을 돌아다닐 수 없네. 현재 시점으로부터 벗어날 도리가 없어."

"친애하는 의사 선생, 바로 그 점이 틀렸네. 온 세상이 그걸 잘못 알고 있어. 우리는 항상 현재 시점으로부터 벗어나고 있네. 비물질적이고 차원을 가지지 않는 우리 정신 존재는 요람에서 무덤까지 시간 차원을 따라 등속等速으로 움직이고 있네. 우리의 존재가 지상 80킬로미터 지점에서 시작한다고 했을 때의 그 하강하는 것과 마찬가지지."

"하지만 무척 어려운 문제야. 우리는 공간의 모든 방향으로 움직일 수 있지만 시간 속을 돌아다닐 순 없어."

심리학자가 한마디 했다.

"그게 내 대발견의 계기가 됐네. 하지만 시간 속을 돌아다닐 수 없다는 말은 틀렸네. 가령 내가 어떤 일을 아주 선명하게 떠올린다면 나는 그 일이 발생한 시점으로 돌아가는 게 되네. 이른바 방심 상태가 되지. 한순간 과거로 돌아간 셈이야. 물론 과거에 한순간 이상 머무를 수는 없네. 야만인이나 동물이 지상 2미터 지점에 멈춰 있을 수 없는 것과 마찬가지지. 하지만 문명인은 그 점에서 한 수 위지. 기구를 타고 중력을 거슬러 오를 수 있고, 궁극적으로 시간 차원을 따라 이동하다가 정지하거나 가속하거나 심지어는 방향을 돌려 다른 길로 갈 수도 있다는 희망쯤은 품을 수 있으니."

"하, 그건 전부……."

필비가 말하는데 시간 여행자가 끊었다.

"왜 안 되나?"

"이치에 어긋나지."

"무슨 이치?"

"자네는 흑을 백이라 논증할 수 있지만 결코 나를 믿게 하진 못하네."

"그럴지도 모르지. 하지만 이제 자네들은 4차원 기하학을 연구하는 내 목적이 무엇인지 어렴풋이 감이 잡힐 걸세. 오래전에 나는 어떤 기계를 막연히 착안했는데……."

"시간을 여행하는 기계죠?"

아주 젊은 남자가 외쳤다.

"그 기계는 운전자의 의향에 따라 공간과 시간의 모든 방향으로 여행할 수 있어."

필비가 마음껏 웃어젖혔다.

"난 실험적 검증물을 가지고 있네."

시간 여행자가 말하자 심리학자가 대꾸했다.

"역사가들한테 엄청 편리하겠구먼. 과거로 돌아가서 가령 헤이스팅스 전투[7]에 대한 기존 기술을 확인해 보면 되겠네!"

"그러면 이목을 끌 거 같은데? 우리 조상들은 시대착오[8]에 그다지 관대하지 않았으니까."

의사가 말했다.

"호메로스나 플라톤에게서 직접 그리스어를 배울 수도 있겠군요."

아주 젊은 남자가 말했다.

"그랬다간 학위 취득 1차 시험에 낙제할 거야. 독일 학자들이 그리스어를 많이 향상시켜서 지금은 꽤 달라졌거든."

"그럼 미래는 어때요?"

새파랗게 젊은 남자가 말했다.

"생각해보세요! 가진 돈 전부를 투자해서 이자가 불어나도록 놔두고선 미래로 부리나케 떠나는 거죠!"

"가서 완전한 공산주의 원칙에 기반한 사회를 발견하는 거지."

7_ 1066년 잉글랜드에 상륙한 노르망디 공公의 군대와 잉글랜드 왕 해럴드의 군대가 헤이스팅스에서 벌인 노르만 정복 때의 전투.

8_ 연대 오기誤記라는 뜻도 있다.

내가 말했다.

"무모하고 터무니없는 이론에 근거한 사회를 말이지!"

심리학자가 말했다.

"그래, 내가 보기에도 그럴 것 같네. 그래서 지금껏 말하지 않았지. 실제로……."

"실험적 검증을 해보려고? 실제로 확인해볼 참인가?"

"실험이라니!"

필비가 소리쳤다. 머릿속이 혼란해진 모양이었다.

"어쨌든 자네의 실험을 한번 보자고. 어차피 속임수겠지만."

심리학자가 말했다.

시간 여행자는 빙긋 웃으며 우리를 둘러보았다. 여전히 희미한 미소를 띤 채 바지 주머니에 두 손을 찔러 넣고 천천히 방을 나갔다. 긴 복도를 슬리퍼를 끌며 연구실 쪽으로 가는 그의 발소리가 들렸다.

심리학자가 우리를 둘러보았다.

"무얼 보여주려는지 궁금하군."

"무슨 교묘한 속임수 같은 거겠지."

의사가 말했다.

이어 필비가 버슬렘에서 본 마술사 이야기를 꺼냈다. 하지만 서두를 마치기도 전에 시간 여행자가 돌아오는 바람에 필비의 일화는 빛을 못 보고 말았다.

시간 여행자가 한 손에 들고 있는 물건은 빛나는 어떤 금속 구조물로, 작은 탁상시계 크기에 아주 정교하게 만들어져 있었다. 그 안에 상아와 무슨 투명한 결정체가 들어 있었다. 이제 자세하고 분명하게 말하겠다. 왜냐하면 그의 설명을 받아들이지 않는다면 이 뒤에 일어난 일을 절대 이해할 수 없기 때문이다. 시간 여행자는 방 안에 흩어져 있던 작은 팔각형 테이블 중 하나를 불가로 끌어와 그 두 다리를 난로 앞 깔개 위에 올렸다. 그러고는 이 테이블에 그 기계장치를 올려놓고 의자 하나를 끌어와 앉았다. 테이블 위의 다른 물체라곤 갓을 쓴 작은 램프가 유일했다. 램프의 밝은 빛이 기계 모형을 비추었다. 그리고 방 안에는 여남은 개의 초가 있었는데, 두 개는 맨틀피스 위 놋쇠 촛대에 꽂혀 있었고 나머지는 벽의 돌출 촛대에 꽂혀 있어서 방 안은 휘황하게 밝았다. 나는 불가에서 제일 가까운 나지막한 안락의자에 앉아 있었는데, 이 의자를 좀 끌어내어 시간 여행자와 벽난로의 거의 중간 지점에 자리를 잡았다. 필비는 시간 여행자 뒤에 앉아 어깨 너머로 들여다보았다. 의사와 지방 시장은 오른쪽에서 시간 여행자를 지켜보았고 심리학자는 왼쪽에서 보았다. 새파란 청년은 심리학자 뒤에 서 있었다. 우리는 모두 빈틈없이 경계하고 있었다. 제아무리 치밀하고 능란한 눈속임일지라도 이러한 상황에서는 도저히 우리를 속일 순 없었다.

시간 여행자가 우리를 쳐다보고는 기계장치에 눈을 돌렸다.

"어쩔 텐가?"

심리학자가 물었다.

시간 여행자는 양 팔꿈치를 테이블에 얹고 두 손을 기계 위에서 맞쥐며 말했다.

"이 작은 물건은 모형일 뿐이네. 내가 구상한, 시간을 여행하는 기계지. 한쪽으로 특이하게 비스듬하지? 그리고 이 봉棒 옆에 기묘하게 깜박이는 부분은 좀 비현실적으로 보이지?" 하고 그 부분을 손가락으로 가리켰다.

"그리고 여기 작은 흰 레버가 하나 있지. 여기도 하나 있고."

의사가 일어나서 그것을 들여다보았다.

"아름답게 만들었군."

"만드는 데 2년이 걸렸어."

시간 여행자가 대꾸했다. 우리가 모두 의사의 행동을 따라하고 나자 시간 여행자가 말했다.

"이제 내 말을 잘 듣게. 이 레버를 밀어젖히면 기계는 미래로 미끄러져 나가고 다른 레버를 움직이면 과거로 가지. 이 안장은 시간 여행자의 좌석이네. 이제 이 레버를 밀치면 기계가 출발할 거네. 미래 시간으로 접어들면서 모양이 희미해지다가 사라질 걸세. 이 기계를 잘 보게. 테이블도 눈여겨보게. 그래서 속임수가 아님을 직접 확인하게. 이 모형을 잃고 사기꾼이란 말까지 듣긴 싫네."

잠시 침묵이 이어졌다. 심리학자가 나한테 무슨 말을 하려다가 그만두었다. 이어 시간 여행자가 레버 쪽으로 손가락을 내밀었다.

"아냐."

시간 여행자가 불쑥 말하곤, "자네 손을 빌리세" 하고 심리학자에게 몸을 돌려 그의 손을 잡고서 집게손가락을 내밀라고 말했다. 결국 타임머신 모형을 무한한 항행航行으로 떠나보낸 것은 심리학자 자신이었다. 레버가 젖혀지는 것을 우리 모두는 보았다. 속임수가 아니었음을 나는 절대 확신한다. 한 줄기 바람이 불면서 램프 불꽃이 일렁거렸다. 맨틀피스 위 촛불 하나가 꺼지고, 그 작은 기계가 갑자기 회전했다. 흐릿해진 그것은 일순 유령처럼 보였다. 희미하게 반짝이는 놋쇠와 상아의 어떤 소용돌이처럼 보였다. 그리고 사라졌다. 없어졌다! 테이블 위에는 램프만 휑뎅그렁했다.

잠시 동안 모두들 말이 없었다. 이윽고 필비가 미치겠다고 했다.

망연자실에서 벗어난 심리학자가 갑자기 테이블 밑을 살폈다. 그것을 보고 시간 여행자가 유쾌하게 웃었다.

"어쩔 텐가?"

시간 여행자가 심리학자를 흉내 내서 말했다. 그러곤 일어나서 맨틀피스 위 담배 항아리로 가서 우리를 등지고 파이프를 채우기 시작했다.

우리는 서로를 쳐다보았다. 의사가 말했다.

"여보게, 자네 지금 진심인가? 정말 그 기계가 시간 속으로 떠났다고 믿는 겐가?"

"물론이지."

시간 여행자가 허리를 굽혀 난롯불을 불쏘시개에 옮겨 붙이며 말했다. 그러곤 파이프에 불을 붙이며 돌아서서 심리학자의 얼굴을 바라보았다. (심리학자는 자신의 머리가 혼란스럽지 않음을 보이기 위해 시가를 집어 그 끝을 자르지 않고 불을 붙이려 했다.)

"게다가 거의 완성된 큰 기계가 저기에 있네" 하고 시간 여행자가 연구실 쪽을 가리켰다.

"그게 완성되면 직접 여행을 해볼 작정이네."

"자넨 그 기계가 미래로 갔다고 보나?"

필비가 물었다.

"미랜지 과거인지는 나도 모르겠어."

사이를 두고 심리학자가 무슨 생각을 떠올린 모양이었다.

"그게 어딘가로 갔다면 과거로 간 게 틀림없어."

"왜?"

시간 여행자가 물었다.

"왜냐하면 그게 공간에서 움직일 리는 없으니까. 미래로 갔다면 지금껏 여기에 있어야 정상이지. 그게 지금까지 항행하고 있을 테니까."

그 말을 내가 받았다.

"하지만 그게 과거로 갔다면 우리가 이 방에 들어섰을 때 보였겠지. 우리가 여기에 있은 지난 목요일에도, 지지난 목요일에도, 그전에도 보였겠지!"

"만만찮은 반론들이군."

지방 시장이 시간 여행자에게로 몸을 틀며 공평하게 말했다.

"전혀 그렇지 않네."

시간 여행자는 심리학자에게 말했다.

"생각해보게. 자네라면 설명할 수 있을 거야. 식역識癸[9]에 못 미치는 표상表象,[10] 즉 희석된 표상이지."

"물론 그렇지."

심리학자가 설명했다.

"심리학의 쉬운 문제지. 왜 그 생각을 못 했을까. 간단한 문제야. 그 역설을 기꺼이 풀 수 있네. 우리가 그 기계를 보지도, 식별하지도 못하는 건 당연해. 회전하는 바큇살이나 공기 속을 날아가는 총알을 우리가 보지 못하는 것과 마찬가지지. 그것이 우리보다 50배나 100배 빠르게 시간을 항행한다면, 우리가 1초를 보내는 동안 1분을 보낸다면 그것이 주는 인상은 당연히 시간을 항행하지 않을 경우에 주는 인상의 50분의 1이나 100분의 1에 지나지 않게 되지. 아주 간단한 문제야."

◎ **9**__감각이나 반응을 일으키는 경계에 있는 자극의 크기.

10__지각知覺에 의하여 의식에 나타나는 외계 대상의 상像. 직관적인 것으로 개념이나 이념과 다르다.

심리학자는 모형 기계가 있던 공간을 손으로 잘라 보였다.

"알겠나?" 하고 심리학자가 껄껄 웃었다.

우리는 휑뎅그렁한 테이블 위를 잠시 응시하고 있었다. 이윽고 시간 여행자가 우리한테 어떻게 생각하느냐고 물었다. 의사가 대답했다.

"오늘 밤은 정말 그럴듯해. 하지만 내일을 기다리자고. 상식이 밝아올 아침을 기다리자고."

"타임머신 실물을 구경할 텐가?" 하고 묻고서 시간 여행자는 그 즉시 램프를 들고 앞장서서 외풍 드는 긴 복도를 걸어 연구실로 갔다. 깜박이는 불빛과 그의 기묘하고 큼직한 머리의 실루엣, 그리고 춤추는 그림자들이 지금도 생생하다. 우리 모두는 혼란스러운 와중에도 의심을 풀지 않고 그를 따라갔다. 우리 눈앞에서 사라진 그 작은 기계의 실물이 연구실 안에 있었다. 일부는 니켈, 일부는 상아, 일부는 수정을 연마하고 절단해 만든 것이었다. 거의 완성된 장치였으나 다듬지 않은 울퉁불퉁한 결정 봉들이 벤치 위에 놓여 있고 그 옆에 어떤 스케치한 종이들이 있었다. 봉 하나를 집어 들어 자세히 보았다. 석영 같았다. 의사가 말했다.

"이보게. 자네 정말 진심인가? 혹 지난 크리스마스 때 우리한테 보여준 그 허깨비 같은 속임수 아닌가?"

이에 시간 여행자가 램프를 높이 들고 대답했다.

"이 기계를 타고 시간을 탐험할 참이네. 간단하지? 내 인생에서 이처럼 진심이었던 적은 한 번도 없었네."

그 말을 어떻게 받아들여야 할지 우리는 막막했다.

의사의 어깨 너머로 필비와 눈이 마주치자 필비가 심각한 표정으로 내게 눈을 찡긋했다.

2

★

당시 우리 중에 타임머신을 정말로 믿은 사람은 없었으리라. 사실을 말하면 시간 여행자는 너무 영리해서 믿기 힘든 그런 부류에 속했다. 그를 속속들이 안다고 자부하는 사람은 없었다. 숨김없이 털어놓는 그의 이면에는 어떤 교묘한 은폐나 영리한 계산이 도사리고 있다고 늘 의심받았다. 만일 필비가 그 모형을 보여주면서 시간 여행자의 말을 빌려 그 문제를 설명했더라면 우리가 그렇게 심하게 의심하지는 않았으리라. 필비의 의도를 우리가 모르지는 않았을 테니까. 돼지고기 정육점 주인이라도 필비의 말뜻을 알아들었으리라. 하지만 시간 여행자는 즉흥적인 면이 다분해서 우리는 그를 불신했다. 어중간하게 영리한 사람이 했더라면 명성을 얻었을 것도 그가 하면 속임수처럼 비쳤다. 일을 너무 쉽게 처리하면 오해를 사기 마련이다. 그의 말을 진지하게 받아들이는 진지한 사람들도 그의 행위를 정말로 믿는 건 아니었다. 그들은 자칫 그를 믿었다간 자신들의 평판과 판단력에 금이 갈지도 모른다는 생각을 어느 정도 하고 있었다. 그것은 아이들 방에 깨지기 쉬운 도자기를 놔둘 수 없다는 분별과 비슷했다. 따라서 우리 중 누군가가 그날 밤부터 다음 주 목요일 사이에 시간 여행에 관해 그다지 많은 얘기들을 했을 것 같지는 않다. 그럼에도 시간 여행이 혹 가능할지도 모른다는 희망과, 그럴듯하지 않느냐는 인정과, 현실적으로 믿기 어렵다는 불신과, 연대가 오기됐을 수도 있다는 호기심과, 그것이 야기할지도 모르는 대혼란의 우려가 우리들 대개의 가슴속에서 분명 뛰놀았으리라. 나는 그 모형의 술책에 유난히 정신이 팔렸다. 금요일에 그 의사를 린네 협회[11]에서 만나 토의했던 게 기억난다. 의사는 그 비슷한 것을 튀빙겐[12]에서 보았다면서 촟

불 하나가 바람에 꺼진 것에 유의하라고 강조했다. 하지만 어떤 술책이었는지는 그로서도 밝히지 못했다.

다음 주 목요일 나는 다시 리치먼드로 갔다. 나만큼 꾸준하게 시간 여행자의 집을 방문한 사람도 드물 것이다. 늦게 도착해서 보니 그의 응접실에 벌써 네다섯 남자가 모여 있었다. 예의 의사는 불가에 서서 한 손에는 종이 한 장을, 다른 손에는 회중시계를 들고 있었다. 나는 시간 여행자를 찾아 방 안을 둘러보았다. 그때 의사가 말했다.

"지금 7시 반이네. 식사를 하는 게 좋지 않을까?"

"○○○는 어디 있나?"

나는 집주인 이름을 입에 올려 물었다.

"방금 왔나? 좀 이상해. 그 친구 어디에 꼼짝없이 붙들려 있는 모양이야. 내게 이 쪽지를 남겼는데 자신이 7시까지 돌아오지 않으면 먼저 식사를 하라네. 자세한 설명은 돌아와서 한다고."

"이래 가지고서야 어디 식욕이 나겠나?"

모 유명 일간지 편집자가 말했다. 지체 없이 의사가 벨을 울렸다.

지난번 정찬에 참여했던 사람이라곤 의사와 나를 빼면 심리학자가 유일했다. 나머지 사람들은 방금 언급한 편집자 블랭크와 어떤 보도 기자가 있었다. 조용하고 수줍음 타는 수염 기른 어느 남자도 있었는데, 내가 모르는 사람이었다. 내가 관찰하기론 그 남자는 저녁 내내 한마디도 하지 않았다. 시간 여행자의 부재를 두고 식사 자리에서 구구한 억측

11__ 식물 분류학과 박물학을 연구하는 단체.
12__ 독일 바덴-뷔르템베르크 주에 있는 전통적인 대학 도시.

이 오갔다. 시간 여행을 하고 있을지도 모른다고 내가 농담 삼아 말했다. 편집자가 무슨 소리냐고 묻자 심리학자가 자진해서, 지난주 우리가 목격한 '교묘한 역설과 술책'을 따분하게 설명해나갔다. 한창 설명하고 있는데 복도 쪽 문이 천천히 열렸다. 문을 마주하고 있던 내가 먼저 알아채고는, "여어! 드디어 오는구먼!" 하는데 문이 조금 더 열리면서 시간 여행자가 모습을 드러냈다. 내가 앗 하고 소리쳤다. 나 다음으로 그를 본 의사가 외쳤다.

"맙소사! 여보게, 무슨 일인가?"

그리고 식탁에 있던 모든 이들이 문 쪽을 돌아보았다.

시간 여행자는 굉장히 처참한 몰골을 하고 있었다. 외투는 먼지투성이에 더러웠고 소맷자락은 녹색으로 더럽혀져 있었다. 머리칼은 헝클어지고 허옇게 센 것 같았다. 흙먼지를 뒤집어쓴 탓이거나 실제로 변색됐을 수도 있었다. 얼굴은 유령처럼 허옇고 턱에는 갈색의 벤 상처가 아물고 있었다. 얼굴은 무지막지한 고생이라도 한 것처럼 수척하고 찡그린 채였다. 빛이 눈부시기라도 한 듯 그는 문간에서 잠깐 머뭇거렸다. 그러곤 방 안으로 들어왔다. 발이 아픈 사람처럼 절뚝절뚝 걸었다. 우리는 말없이 바라보며 그가 입을 열기를 기다렸다.

시간 여행자는 말 한마디 없이 힘겹게 테이블로 와서 와인 쪽을 손짓했다. 편집자가 샴페인을 한 잔 따라 그쪽으로 밀어주었다. 시간 여행자는 그것을 쭉 들이켜고는 기운이 좀 나는 모양인지 테이블을 둘러보며 평소의 미소를 희미하게 떠올렸다.

"여보게, 대체 뭘 하다 왔나?"

의사의 말이 귀에 들어오지 않는 듯했다.

"나한테 신경 쓰지 말게."

시간 여행자가 기이하게 더듬거리며 말했다.

"난 괜찮아."

그가 말을 멈추곤 잔을 내밀어 더 달라고 해서 단숨에 들이마셨다.

"좋군."

그의 눈빛이 밝아지고 뺨이 좀 불그레해졌다. 우리 얼굴을 쭉 훑어보며 희미하게 고개를 끄덕이고 나서 따뜻하고 편안한 방 안을 둘러보았다. 그러곤 다시 입을 열었다. 낱말들을 더듬어 찾듯 하는 말투였다.

"씻고 옷부터 갈아입어야겠네. 내려와서 자세히 말해주지. 그 양고기 좀 남겨 두게. 고기에 굶주렸어" 하고는 오랜만에 찾아온 손님인 편집자를 건너다보고 안부를 물었다. 편집자가 질문을 하려 하자 시간 여행자가 말했다.

"좀 이따 말해주겠네. 기분이 좋질 않아. 곧 괜찮아질 거야."

그는 잔을 내려놓고 층계 쪽 문으로 걸어갔다. 다시 한 번 그의 절뚝 걸음과 가볍게 쓸리는 발소리가 내 주의를 끌었다. 자리에서 일어난 나는 밖으로 나가는 그의 발을 보았다. 맨발에 피 묻은 누더기 양말만 신고 있었다. 그가 나가고 문이 닫혔다. 따라갈까도 생각했지만 자기 때문에 법석 떠는 걸 몹시 싫어하는 성미를 아는지라 그만두었다. 잠깐 나는 헛된 망상에 사로잡혔다.

"어느 저명한 과학자의 유별난 행동."

편집자의 말소리가 들렸다. 버릇대로 기사 제목을 뽑는 모양이었다. 나는 밝은 식탁으로 주의를 되돌렸다. 기자가 말했다.

"무슨 일입니까? 엉터리 구걸이라도 다니나 보죠? 통 모르겠군요."

나는 심리학자와 눈이 마주쳤다. 그의 얼굴을 보건대 나와 같은 의견인 모양이었다. 나는 절뚝절뚝 힘겹게 층계를 오르는 시간 여행자를 생각했다. 그의 절뚝 걸음을 눈치챈 사람은 나뿐인 듯했다.

이 놀라움으로부터 제일 먼저 정신을 차린 사람은 의사였다. 의사는 음식 데우는 기구를 가져오게 하려고 벨을 울렸다. 시간 여행자는 정찬 시에 하인이 옆에 있는 걸 싫어했기 때문이다. 이에 편집자는 투덜거리며 나이프와 포크에 주의를 돌렸고 말 없는 남자도 이를 따랐다. 식사가 재개되었다. 대화는 잠시 동안 감탄조 사이사이에 의아조가 끼어드는 형태였다. 이윽고 편집자가 호기심을 불태우며 물었다.

"우리 친구가 생계가 막막해서 도로 청소부 일이라도 다니나 보죠? 아니면 느부갓네살[13] 흉내를 내는 겁니까?"

"타임머신과 관계된 일일 게 분명해요" 하고 말하고 나는 지난주 모임에서 심리학자가 말한 설명을 입에 올렸다. 새 손님들은 불신의 표정을 숨기지 않았다. 편집자가 이의를 제기했다.

"그 시간 여행이란 건 뭡니까? 역설 속에서 뒹군다고 흙먼지를 묻혀 오나요?" 하다가 시간 여행이 무엇인지 알게 되자 풍자로 돌아섰다. 미래에는 먼지 터는 옷솔도 없단 말인가? 기자도 전혀 믿으려 하지 않고 편집자에 가세해 전체를 싸잡아 실컷 조롱하는 손쉬운 일에 착수했다. 두 사람은 모두 새로운 유형의 언론인이었다. 아주 발랄하고 버릇없는 청년들이었다.

"우리의 특별 통신원이 내일모레 보도하길……" 하고 기자가 말하고 있을 때, 아니 소리치고 있을 때 시간 여행자가 돌아왔다. 평범한 야

◎ 13_ 이 오만한 왕은 신의 저주를 받아 권좌에서 쫓겨나 소처럼 들녘에서 풀을 뜯어먹고 살았다.(「다니엘」 4장 31~33절 참조)

회복을 차려입은 그에게는 나를 놀라게 했던 비참의 흔적이라곤 수척한 얼굴밖에 없었다.

편집자가 익살을 떨었다.

"여보게, 여기 있는 사람들이 말하길 자네가 다음 주 중반을 여행했다던데? 저 하찮은 로즈버리[14]에 대해 아는 대로 말해주지 않겠나? 전부 얼마를 주면 되겠나?"

시간 여행자는 한마디도 않고 자기 자리로 가서 앉았다. 그러곤 야릇하게 빙긋 웃으며 말했다.

"내 양고기 어디 있나? 고기를 포크로 다시 찌르다니 이 얼마나 큰 기쁨인가!"

"얘기를!"

편집자가 소리쳤다.

"빌어먹을 얘기! 뭘 좀 먹어야겠어. 내 동맥에 펩톤[15]이 좀 들어가기 전까진 한 마디도 않겠어. 고맙네. 소금도."

"한 마디만. 시간 여행을 했었는가?"

내가 물었다.

"응."

시간 여행자가 음식을 한입 물고 고개를 끄덕였다.

"글 한 줄당 1실링 주겠네."

14__ 1847~1929. 당시의 총리로, 자유당 당수이자 자유주의적 제국주의자로 양심과 평화를 주창했던 글래드스턴과 자주 충돌을 일으켰다.

15__ 천연 단백질이 펩신에 의하여 부분적으로 가수 분해하여 생기는 것으로, 환자의 인공영양제로 쓰인다.

편집자가 말했다. 시간 여행자는 말 없는 남자[16] 쪽으로 잔을 내밀어 손톱으로 팅팅 울렸다. 그러자 시간 여행자를 쭉 지켜보고 있던 그 말 없는 남자가 흠칫 놀라며 와인을 따라주었다. 불편한 정찬이 이어졌다. 문득 어떤 질문이 떠올라 내 입에서 근질거렸다. 다른 사람들도 그랬으리라. 기자는 어색함을 풀려고 헤티 포터[17]의 일화를 꺼냈다. 시간 여행자는 식사에 집중하면서 비렁뱅이처럼 엄청난 식욕을 보였다. 의사는 담배를 피우며 미간을 모으고 시간 여행자를 지켜보았다. 말 없는 남자는 어느 때보다 불편해 보였다. 그는 초조감을 가누지 못하고 규칙적으로 결연하게 샴페인을 들이켰다. 마침내 시간 여행자가 접시를 밀어내고 우리를 둘러보았다.

"먼저 사과부터 해야겠군. 그저 배가 고팠어. 정말 놀랍기 그지없는 시간을 보내고 왔네" 하고 시가를 집어 그 끝을 잘랐다.

"하지만 흡연실로 가세. 기름투성이 접시들을 앞에 두고 얘기하기엔 너무 기네" 하고 내친김에 벨을 울리고는 옆방으로 앞장섰다.

16_ '말 없는 남자' 의 정체를 두고 의견이 분분하다. 시간 여행에서 돌아와 자기 자신과 대면한 시간 여행자라는 추측이 있지만, 그렇다면 화자나 방문객들이 그를 못 알아볼 리 없다. 시간 여행자가 '말 없는 남자' 의 이름까지 거명한 걸로 봐서 시간 여행자와 친분이 있는 사람으로 짐작된다.

17_ 웰스는 한때 버나드 쇼의 소개로 사회주의 단체인 페이비언 협회에 가입한 적이 있다. 한 웰스 연구가에 따르면, 이 이름은 당시 페이비언 협회를 주름잡던 비어트리스 포터 웨브 부인과 '포터' 라는 이름의 어느 뮤직홀 코미디언 가족을 동시에 의미한다고 한다. 당시 포터 웨브 부인이 노동계급 박애주의에 관한 경제학 소책자를 썼는데, 이에 대해 웰스가 기자의 입을 빌려 이 자리에서 공공연하게 조롱하고 있는 것이다. 또한 자신의 작품 『신 마키아벨리The New Machiavelli』(1911)에서도 웨브 부부를 베일리 부부로 희화했다.

"자네, 블랭크와 대시와 초즈[18]에게 타임머신 얘기를 했지?"

시간 여행자가 안락의자에 앉아 등을 기대며 새 손님 셋을 거명하며 나에게 말했다.

"그렇지만 한낱 역설에 지나지 않아."

편집자가 말했다.

"오늘 밤은 논쟁하고 싶지 않아. 그 얘기를 해주는 건 문제없지만 논쟁은 싫네. 원한다면 나한테 무슨 일이 벌어졌는지 자네들에게 말해 줌세. 하지만 말참견은 자제하게. 나도 그 얘길 간절히 하고 싶네. 얘기 대부분이 거짓말처럼 들릴 거야. 아무렴 어떤가! 한 마디 한 마디가 어김없이 사실이네. 나는 4시에 연구실에 있었네. 그때부터…… 여드레를 보냈네. 일찍이 그 어느 인간도 살아본 적 없는 그런 나날을! 지금 아주 지쳤지만 이 얘기를 마치기 전까진 자지 않겠네. 마치고 잠자리에 들겠어. 그러니 말참견을 말게! 동의하나?"

"동의하네."

편집자가 말하자 나머지 우리가 이구동성으로 말했다.

"동의."

그제야 시간 여행자는 내가 다음 장章 이하에 기록한 것과 같은 얘기를 시작했다. 그는 처음엔 등받이에 기대앉아 지친 사람처럼 말을 하다가 나중엔 활기를 좀 찾았다. 그의 얘기를 써 내려가면서 나는 그 진가를 살리지 못하는 펜과 잉크의 한계, 무엇보다 내 능력의 한계를 절감

◎ **18**__ Blank, Dash, Chose: Blank는 공백 혹은 아무개란 뜻이고, Dash는 구문 생략할 때 쓰는 줄표(—)를 뜻하며, Chose는 '선택하다'의 과거형이다. 따라서 정식 이름이라기보다는 임시 호칭으로 추정된다. 그조차도 누가 누구인지 알 길이 없다.

할 뿐이다. 독자 여러분이 주의 깊게 읽는다 해도 작은 램프의 밝은 원광圓光에 잡힌 화자의 진지한 하얀 얼굴은 보지 못할 것이며 그 목소리의 운율도 듣지 못할 것이다. 그리고 이야기 진행에 따라 시시각각 변하는 그 표정도 보지 못하리라! 흡연실에 촛불이 켜져 있지 않아 얘기를 듣는 우리 대부분은 어둠에 잠겨 있었다. 기자의 얼굴과 말 없는 남자의 무릎 아래 다리만이 불빛에 드러났다. 처음엔 서로를 힐끗거리던 우리들은 이윽고 곁눈질을 중단하고 시간 여행자의 얼굴만 바라보았다.

3

★

지난주 목요일, 나는 여러분 몇몇에게 타임머신의 원리를 설명하고 실험실에 있는 미완성 실물 기계를 보여주었다. 그것은 여행으로 좀 낡은 상태가 되어 지금도 거기에 있다. 상앗대 하나에 금이 가고 놋쇠 가로대가 구부러졌지만 나머지 부분은 아직 튼튼하다. 금요일까지 완성을 보리라 기대했지만 금요일에 조립 작업을 거의 끝마칠 때쯤 니켈 봉 하나가 3센티미터쯤 짧은 것을 발견하고는 그것을 다시 만들었다. 그래서 오늘 아침에야 기계를 완성했다. 타임머신 1호가 첫발을 내디딘 것은 오늘 아침 10시였다. 나는 나사못을 다시 죄고 석영 봉에 기름 한 방울을 더 치고 나서 안장에 앉았다. 그때 내 기분은 골통에 총을 겨눈 자살자가 이제 무슨 일이 벌어질까 궁금해하는 경이감과 비슷했다. 나는 한 손에 시동 레버를, 다른 손엔 정지 레버를 쥔 채 시동 레버를 미는 것과 거의 동시에 정지 레버를 밀쳤다. 현기증이 일었다. 추락하는 악몽을 꾼 느낌과 비슷했다. 주위를 둘러보니 연구실은 이전과 똑같았다. 무슨 일이 있었나? 한순간 나는 두뇌의 착각을 의심했다. 문득 탁상시계에 눈이 갔다. 방금 전에는 10시 1, 2분쯤이었는데 지금은 거의 3시 30분을 가리키고 있었다!

나는 숨을 깊이 들이쉬고 이를 악물고 시동 레버를 두 손으로 쥔 채 쿵 소리와 함께 출발했다. 연구실이 흐려지고 어두워졌다. 워쳇 부인이 들어와서 나를 보지 못한 듯 정원으로 난 문을 향해 질러 걸었다. 부인이 그곳을 가로지르는 데 1분쯤 걸렸겠지만, 내 눈엔 부인이 로켓처럼 날아가는 듯 보였다. 나는 레버를 극단까지 밀쳤다. 밤이 램프 스러지듯 찾아오고, 다음 순간 내일이 되었다. 연구실이 희미하고 흐릿해지고 더욱더 희미해졌다. 내일 밤이 돌아오고 다시 낮이 되었다. 다시 밤이 되고 낮이 되고, 그 진행이 점점 빨라졌다. 무슨 윙윙 하는 소용돌이 소리가 내 귀에 들어차고 무음의 기이한 혼돈이 머릿속을 채웠다.

시간 여행의 그 특이한 느낌들을 제대로 전하지 못해 유감이다. 지독하게 불쾌한 느낌들이었다. 속수무책으로 곤두박질치는 롤러코스터를 탄 기분과 흡사했다! 그것을 탄 것처럼 곧 무엇과 충돌하고야 말리라는 어떤 무서운 예감이 들었다. 속력이 붙자, 검은 날개 퍼덕이듯 낮 다음에 밤이 찾아왔다. 연구실의 흐릿한 모습이 이제 사라진 듯 보였다. 태양이 재빠르게 하늘을 가로질렀다. 1분에 한 번씩 가로질렀다. 1분이 하루였다. 연구실이 파괴되고 내가 옥외로 나와 있는 것 같았다. 흐릿한 비계[19]를 본 듯했는데 움직이는 것을 지각하기엔 내 속력이 너무 빨랐다. 느리디느린 달팽이조차도 휙 지나갔다. 번쩍번쩍 교차하는 어둠과 빛이 내 눈에는 큰 고통이었다. 단절적인 어둠을 달이 부리나케 건너지

19__ 건축 공사 때에 높은 곳에서 일할 수 있도록 설치하는 임시 디딤단.

르며 초승달에서 상현달, 보름달, 하현달로 모습을 바꾸어갔다. 그 하늘에 별이 빙빙 돌며 명멸했다. 이윽고 더욱 속도가 빨라지자 팔락팔락 바뀌던 밤과 낮이 하나의 연속적인 잿빛으로 녹아들었다. 하늘은 경이로운 암청색에 새벽 여명 같은 장려한 빛깔을 두르고 있었다. 홱홱 내달리는 태양은 허공에 떠 있는 하나의 불기둥이자 찬란한 아치였다. 달은 변화하는 조금 희미한 띠였다. 이따금 하늘에서 다소 밝게 깜박이는 원 모양을 제외하면 별은 전혀 보이지 않았다.

풍경은 뿌옇고 흐릿했다. 나는 이 집이 지금 서 있는 언덕 중턱에 아직도 있었다. 내 위의 언덕배기는 침침한 회색이었다. 나무숲은 마치 김이 피어오르듯 자라고 바뀌어갔다. 갈색인가 싶으면 녹색이었고, 자라고 뻗치고 흔들리다가 없어졌다. 거대한 건물들이 아름답게 일어섰다가 꿈처럼 스러졌다. 지표면 전체가 변하는 듯했다. 녹아서 흘러가는 듯했다. 속도를 나타내는 타임머신 문자반의 작은 바늘들이 갈수록 빠르게 돌았다. 머잖아 태양의 띠가 1분 만에 하지점과 동지점을 오르내렸다. 따라서 내 속도는 1분에 1년이었다. 매분마다 하얀 눈이 세상을 덮었다가 사라지고 밝은, 그러나 짧은 초록빛 봄이 이어졌다.

출발 당시의 불쾌한 감각들은 좀 수그러들어 이윽고 단일한 신경성 흥분으로 뭉뚱그려졌다. 타임머신이 불편하게 흔들리는 것을 알아챘지만 그 까닭은 알 수 없었다. 머릿속이 너무 혼란해 그것에 신경을 쓸 수 없었다. 그렇게 미쳐가는 상태로 나는 미래를 향해 돌진했다. 처음엔 그 낯선 감각들에 몰두하느라 정지할 생각도, 다른 아무 생각도 하지 못했다. 그러나 머지않아 일련의 새로운 감정(어떤 호기심과 그에 뒤따르는 어떤 공포심)이 솟아올라 결국에는 나를 완전히 잠식했다. 눈앞에서 물결치듯 내달리는 흐릿하고 불분명한 세상에 한발 다가서면 인류가 얼마나 낯설게 발전해 있을지, 우리의 원시적인 문명이 얼마나 훌륭하게 진보했을지 볼 수 있을 것 같았다! 내 주위에 거대하고 굉장한 건축물이 들어서는 게 보였다. 우리 시대의 어떤 건물보다도 우람했지만 미광微光과 안개로 이루어진 건물처럼 보였다. 짙은 녹색이 언덕 중턱을 덮어 올라 겨울에도 끄떡없이 남아 있었다. 정신이 혼란한 와중에도 대지는 아주 아름답게 보였다. 그제야 정지해야겠단 생각이 들었다.

나 자신이나 타임머신이 차지한 공간에 어떤 물질이 들어찬 것을 뒤늦게 발견한다면 큰 낭패일 터였다. 내가 빠른 속도로 시간 속을 항행하는 한 그건 별문제가 아니었다. 내 몸은 말하자면 희박해져서 방해물의 틈새를 수증기처럼 빠져나가고 있었던 것이다! 그런데 멈추게 되면 내 자리에 놓여 있는 어떤 물체 속으로 내가 분자 대 분자 단위로 끼어들게 된다. 내 원자와 그 방해물의 원자가 밀접하게 결합해서 도저한 화학반응을 일으켜, 어쩌면 맹렬한 폭발을 일으켜 나 자신과 타임머신을 인지人智의 차원 밖으로, 미지로 날려버릴 수도 있었다. 타임머신을 만들면서 이런 가능성을 한두 번 생각한 게 아니었다. 하지만 당시엔 그것을 하나의 불가피한 위험으로, 남자라면 마땅히 무릅써야 할 하나의 위험으로 기꺼이 받아들이자고 생각했다! 이제 위험은 피할 수 없었다. 나는 이제 출발 전의 기꺼운 마음으로 그 위험을 생각할 수 없었다. 사실은 모든 게 낯설기만 하고, 타임머신이 삐걱거리고 흔들거려 속이 울렁거리고, 무엇보다 끝없이 추락하는 느낌 때문에 나는 나도 모르게 용기를 깡그리 잃어버린 것이었다. 나는 도저히 멈출 수 없다고 혼잣말했다. 그러고는 불쑥 치미는 울화에 당장 멈추어야겠다고 결심했다. 바보처럼 조바심치며 레버를 힘껏 끌어당겼다. 기계가 제멋대로 휘청 엎어지며 나는 허공으로 내팽개쳐졌다.

천둥이 쿠르릉 울렸다. 잠시 정신을 잃었던 모양이었다. 비정한 우박이 후두둑 떨어지고 있었다. 나는 뒤집힌 타임머신 앞의 부드러운 잔디에 앉아 있었다. 모든 게 아직 회색으로 보였지만 귀울림은 사라졌다. 주위를 둘러보았다. 내가 있는 곳은 진달래나무들에 에워싸인 어느 정원의 작은 잔디밭이었다. 소나기처럼 쏟아지는 우박에 진달래의 담자색과 자주색 꽃잎들이 떨어지고 있었다. 제멋대로 되튀는 비얼음이 타임머신을 구름처럼 덮었고 땅바닥을 연기처럼 몰아쳤다. 잠깐 만에 나는 흠뻑 젖었다.

"대접 한번 좋군. 무수한 세월을 건너뛰어 여기에 온 사람한테."

나는 혼자서 중얼거렸다.

이윽고 나는 바보처럼 젖어버린 내 자신을 탓하며 일어나 주위를 둘러보았다. 어떤 거대한 형체가, 하얀 돌로 조각한 게 분명한 어떤 조상이 뿌연 얼음비 사이로 진달래나무 저편에 있는 게 어렴풋이 보였다. 그 밖에는 아무것도 보이지 않았다.

형언할 수 없는 기분이었다. 우박 줄기가 약해지면서 하얀 조각상이 조금 뚜렷하게 드러났다. 자작나무가 그 어깨에 겨우 닿을 만큼 몹시 큰 조각상이었다. 흰 대리석 재질로, 날개 달린 스핑크스 비슷한 모양을 하고 있었다. 하지만 날개를 옆구리에 늘어뜨리지 않고 활짝 펼친 모양이 하늘을 나는 것처럼 보였다. 그 대좌臺座는 청동으로 보였는데 두꺼운 녹이 퍼렇게 슬어 있었다. 조각상의 얼굴이 나를 향하고 있었는데 맹목盲目의 눈이 나를 주시하는 듯했고, 입가에는 희미한 미소가 걸려 있는 것 같았다. 비바람에 몹시 삭은 그것은 어떤 더러운 질병에라도 걸려 있는 듯했다. 나는 그것을 보며 잠시 30초쯤, 혹은 30분쯤 서 있었다. 우박이 거세거나 성기어짐에 따라 스핑크스가 다가왔다가 멀어지는 것처럼 보였다. 마침내 나는 그것에서 잠깐 시선을 거두어 우박의 장막이 점차 엷어지는 것을 보았다. 하늘이 밝아지고 해가 비칠 조짐이었다.

나는 웅크린 하얀 조각상을 다시 쳐다보았다. 불현듯 내 여행이 얼마나 무모한지를 깨달았다. 뿌연 장막이 완전히 걷히고 나면 과연 무엇이 나타날까? 그동안 사람들에게 무슨 일이 생겼을까? 잔인함이 일상다반사가 되었다면 어떡하지? 그간 인류가 사람다움을 잃고 어떤 비인간적인, 동정을 모르는, 턱없이 힘만 센 존재로 변했다면 어떡하지? 그들에게 나는 구세계 원시 동물로 보일지도 모른다. 서로 닮았기 때문에 더욱 두렵고 혐오스러운, 당장 격퇴해야 할 불결한 짐승으로 비칠지도 모른다.

다른 광대한 형체들이 눈에 들어왔다. 잦아드는 얼음비 저편으로 정교한 난간과 높은 기둥을 갖춘 거대한 건물들이 나타났고, 나무가 우거진 언덕 중턱이 어스레하게 내게 다가들었다. 공포에 사로잡힌 나는 미친 듯이 타임머신 쪽으로 돌아서서 기계를 일으켜 세우려 용을 썼다. 그러고 있는데 빛기둥이 먹구름 사이로 쏟아졌다. 회색 얼음비가 부리나케 물러나, 유령이 옷자락을 끌어가듯 사라졌다. 고개를 쳐드니 청명한 여름 하늘에 연갈색 구름 몇 조각이 굽이치며 사라졌다. 주위의 거대한 건물들이 말끔하고 또렷하게 서 있었다. 뇌우에 젖어 번들거리는 건물들은 돌림띠[20]들을 따라 쌓인 녹지 않은 비얼음들이 흰빛으로 돋보였다. 나는 낯선 세계에 벌거벗고 있는 기분이었다. 자신을 낚아챌 매의 기척을 등 위로 느끼면서 맑은 하늘을 나는 작은 새의 기분과 흡사했다. 두

◎ **20**__ 벽이나 천장, 처마 등의 가장자리에 가로로 길게 돌려 댄 띠.

려움이 엄습했다. 나는 심호흡을 하고 이를 악물고 손과 무릎으로 다시 한 번 타임머신에 맹렬히 달라붙었다. 내 필사적인 공격을 이기지 못하고 기계가 바로 세워졌다. 와중에 기계가 내 턱을 세게 쳤다. 한 손은 안장에, 다른 손은 레버에 얹고 곧 올라탈 자세로 서서 숨을 몰아쉬었다.

다시 언제라도 떠날 수 있다는 생각에 용기가 샘솟았다. 이제 이 먼 미래 세상을 호기심을 가지고 두려움을 가라앉히고 살펴보았다. 가까운 집 높은 담벼락에 난 원창圓窓 안에 화려하고 부드러운 옷을 입은 한 무리의 사람들이 보였다. 그들이 벌써 나를 발견하고 내려다보고 있었다.

목소리들이 다가오고 있었다. 흰 스핑크스 옆 덤불 속을 달려오는 남자들의 머리와 어깨가 보였다. 다른 한 명은, 타임머신과 내가 서 있는 작은 잔디밭으로 곧장 통하는 좁은 길에 나타났다. 그는 자그마한 사람으로 키는 1.2미터쯤 되었다. 자줏빛 튜닉[21]을 입고 허리에 가죽띠를 두르고 샌들[22]인지 버스킨[23]인지 불확실한 것을 신고 있었다. 무릎까지는 양말 없이 맨살을 드러내었고 머리는 맨머리였다. 그것을 보고서야 나는 공기가 얼마나 따뜻한지 깨달았다.

그는 아주 아름답고 우아하지만 연약하기 이를 데 없는 사람 같았다. 그의 발그레한 얼굴은 우리가 많이 들어본 폐결핵 환자의 아름답게 상기된 얼굴, 즉 소모열消耗熱 홍조를 연상시켰다. 그 모습을 보자 불쑥 용기가 나서 나는 타임머신에서 손을 뗐다.

21__ 고대 그리스 · 로마인의 가운 같은 겉옷.

22__ 고대 그리스 · 로마인이 신던 가죽신.

23__ 고대 그리스 · 로마의 비극 배우가 신던 편상編上 반장화.

4

★

다음 순간 미래의 이 유약한 존재와 나는 서로를 마주 보았다. 그는 곧장 다가와서 내 눈을 쳐다보며 깔깔 웃었다. 나를 전혀 두려워하지 않는다는 것을 그 태도로 대번에 알았다. 그러고는 뒤따라온 다른 두 사람에게 돌아서서 아주 낯설고 보드랍고 해맑은 음색으로 말했다.

다른 이들도 합류해서 머잖아 나는 여덟 명에서 열 명쯤 되는 이 우아하고 아름다운 사람들의 단출한 무리에 둘러싸여 있었다. 그중 한 명이 말을 걸어왔다. 문득 내 목소리가 너무 거칠고 굵게 들릴지도 모른다는 야릇한 생각이 스쳤다. 그래서 나는 고개를 젓고 나서 내 양쪽 귀를 가리키며 고개를 다시 저었다. 그자는 한 걸음 다가와서 망설이다가 내 손을 건드렸다. 뒤이어 등허리와 어깨에 다른 이들의 작고 보드라운 손길이 와 닿았다. 내가 실물인지 확인하려는 모양이었다. 그들에게서 경계심이라곤 전혀 감지되지 않았다. 사실 이 어여쁜 소인小人들에겐 신뢰감을 불러일으키는 무언가가 있었다. 우아한 친절이랄까, 어린아이 같은 태평스러움이 깃들어 있었다. 게다가 아주 연약해 보여서 그들 여남은 명을 볼링 핀처럼 동댕이칠 수도 있을 것 같았다. 그들의 작은 분홍빛 손이 타임머신을 건드리자 나는 그러지 말라고 돌연한 몸짓을 해 보였다. 여태껏 잊어온 위험을 다행히도 너무 늦지 않게 떠올린 나는 타임머신의 봉들 위로 손을 내뻗어, 그 기계를 작동하는 작은 레버들을 돌려 풀어내 호주머니에 넣었다. 그러고는 어떻게 하면 내 뜻을 전할 수 있을까 고심하며 되돌아섰다.

그들의 용모를 자세히 들여다보니 드레스덴[24] 도자기 같은 미모에는 어떤 특이한 점이 있었다. 한결같이 곱슬곱슬한 머리털은 목과 뺨을 겨우 덮을 정도로 짧았고 얼굴에는 털이 하나도 없었다. 귀는 유난히 작고, 입도 작고, 좀 얇은 선홍빛 입술에 좁은 턱 끝이 뾰족했다. 눈은 큼지막하고 온화했는데, 그 눈에는 (내가 너무 자기중심적인지는 모르겠지만) 내가 예상했던 호기심은 어려 있지 않은 것 같았다.

그저 나를 빙 둘러서서 빙긋 웃으며 보드라운 음색으로 저희들끼리 소곤거릴 뿐 말을 걸어오지 않자 내가 먼저 소통을 시도했다. 타임머신을 가리킨 다음 나 자신을 가리키고서 시간을 어떻게 표현해야 할지 몰라 잠깐 망설이다가 해를 가리켰다. 그러자 자주색과 흰색 체크무늬 옷을 입은 한 예쁘장한 소인이 대뜸 내 몸짓을 따라 하고는 천둥소리를 흉내 내어 나를 놀라게 했다.

그자의 몸짓의 의미를 똑똑히 알았지만 한순간 나는 얼떨떨했다. 불현듯 이 사람들은 바보인가 하는 의문이 들었다. 이 의문을 내가 어떻게 받아들였는지 여러분들은 모를 것이다. 802,000년경의 사람들이라면 학식이나 예술 등 모든 면에서 경이로울 정도로 우리를 앞서 있을 거라고 늘 생각했었다. 그런데 그중 한 명이 우리 시대 다섯 살짜리 아이의 지능 수준에 불과한 질문을 내게 불쑥 던진 것이다. 말하자면 내가 태양으로부터 천둥을 타고 내려왔느냐고 물었다! 그들의 옷이며 그 여리고 날씬한 팔다리며 섬세한 용모에 대해 내가 보류했던 판단이 맞아떨어진 순간이었다. 실망감이 물밀듯 밀려왔다. 순간 나는 타임머신을 만드느라 괜한 고생을 했구나 싶은 생각이 들었다.

나는 고개를 끄덕이고 해를 가리켜 보이고 천둥소리를 생생하게 흉

◎ 24__ 독일 동부의 도시로 도자기 산업으로 유명하다.

내 내어 그들을 놀래주었다. 그들은 모두 한두 발짝 물러나서 절을 했다. 그런데 한 명이 깔깔 웃으며, 생전 처음 보는 아름다운 꽃들을 목걸이로 엮어 와서 내 목에 걸어주었다. 그러자 음악 같은 박수갈채가 쏟아졌다. 곧 그들은 이리저리 뛰어다니며 꽃을 꺾어 와서 깔깔 웃으며 나에게 던졌고 나는 꽃 때문에 숨이 막혀 죽을 뻔했다. 그 같은 것을 본 적 없는 여러분들은 무수한 햇수 동안 재배되어온 그 꽃이 얼마나 곱고 아름다운지 상상조차 못 하리라. 그러다 누군가가 자신들의 장난감을 제일 가까운 건물 안에 전시하는 게 어떻겠느냐고 제안했고 그래서 나는 그들에게 이끌려 흰 대리석 스핑크스 옆을 지나 거대한 회색 돌림무늬 세공 석재 건물 쪽으로 갔다. 스핑크스가 시종 어리벙벙한 나를 지켜보며 미소를 짓고 있었던 듯했다. 그들과 함께 가면서 나는 한없이 진지하고 지적인 후손들을 기대한 나 자신이 우스워서 참을 수 없었다.

건물은 정문이 널찍했고 엄청난 규모였다. 자연스레 나는 불어나는 소인들의 무리와 내 앞에서 어둑하고 불가사의하게 입을 벌리고 있는 널찍한, 개방 출입구들에 관심이 갔다. 소인들의 머리 너머로 보이는 별세계의 대체적인 인상은 아름다운 관목림과 꽃들의 혼잡스러운 미개간지, 오랫동안 방치되었지만 잡초 없는 정원이었다. 높다란 이삭꼴 꽃차례[25]를 한 생소한 하얀 꽃들이 보였다. 매끄러운 꽃잎 양 끝 너비가 대략 30센티미터쯤 되었다. 꽃들은 잡색의 관목 사이에 마치 들꽃처럼 흩어져 자라고 있었다. 하지만 그때는 자세히 관찰하지 않았다. 타임머신은 진달래나무에 둘러싸인 잔디밭에 내버려 두었다.

◎ **25**＿ 꽃이 줄기나 가지에 붙어 있는 상태.

입구의 아치는 화려하게 조각이 되어 있었다. 하지만 그 조각술을 눈여겨보지는 않았다. 그럼에도 그 밑을 지날 때 고대 페니키아 장식 같다는 느낌을 지울 수 없었다. 장식은 아주 심하게 망가지고 비바람에 삭아 있었다. 밝게 차려입은 몇 사람들이 입구에서 나를 맞았고, 우리는 그렇게 안으로 들어갔다. 거무칙칙한 19세기 의복을 입은, 꽤 기괴해 보였을 나는 꽃목걸이를 한 채, 밝고 부드러운 빛깔 옷이며 하얗게 빛나는 팔다리와 선율적인 웃음의 소용돌이와 까르르 웃으며 주고받는 언어의 홍수에 에워싸여 있었다.

널찍한 입구로 들어가니 그에 상응하는 드넓은, 갈색 커튼을 두른 홀이 나왔다. 천장은 어두웠고, 색유리가 끼워진 데도 있고 유리가 없는 데도 있는 창들을 통해 누그러진 빛이 들어왔다. 바닥에는 단단하기 이를 데 없는 하얀 금속의 커다란 블록들이 깔렸는데 금속판도 아니고 석판도 아닌 그것들은 몹시 닳아 있었다. 내가 판단하기론, 이전 세대들이 들락거리다 보니 발길이 자주 닿은 곳을 따라 움푹 패게 된 모양이었다. 저 끝까지 가로놓인 것은 연마한 석판으로 만든 무수한 테이블이었다. 바닥에서 30센티미터쯤 높이에 있는 테이블들 위에는 과일들이 쌓여 있었다. 비대한 나무딸기와 오렌지 종류가 일부 보였지만 대부분의 과실들은 생소했다.

테이블 사이에는 쿠션들이 셀 수 없이 흩어져 있었다. 나를 데리고 온 자들이 그 쿠션에 앉아 나보고 따라 앉으라고 시늉했다. 별다른 격식 없이 그들은 손으로 과일을 먹기 시작했다. 껍질과 줄기 등속은 테이블 측면에 뚫린 둥근 구멍에 던져 넣었다. 나로서는 그들을 따라 하는 게 싫지 않았다. 목마르고 배고팠기 때문이다. 과일을 먹으면서 나는 홀 안을 느긋하게 살펴보았다.

눈길을 잡아끈 것은 주로 그 쇠락해가는 외관이었다. 어떤 기하학 무늬밖에 없는 스테인드글라스 창유리는 곳곳이 깨졌고 저 안쪽 끝을 가로지른 커튼에는 먼지가 두텁게 끼었다. 내 앞 대리석 테이블 한 모서리가 파손된 게 눈에 띄었다. 그럼에도 전체 느낌은 몹시 화려하고 한 장의 그림 같았다. 200명 남짓한 사람들이 홀에서 식사를 하고 있었다. 그들 대부분은 가급적 내 가까이에 앉아, 각자 먹고 있는 과일 너머로 눈을 빛내며 흥미로운 듯 나를 지켜보았다. 그들은 모두 보드랍고 질긴 명주옷을 입고 있었다.

그들의 음식물이란 과일이 전부였다. 먼 미래의 사람들은 엄격한 채식주의자들이었다. 그들과 함께 있는 동안 나는 육식 욕구를 좀 느꼈지만 과일만 먹어야 했다. 나중에 알고 보니 말이며 소, 양과 개는 익티오사우루스[26]처럼 멸종한 뒤였다. 하지만 과일이 아주 감미로웠다. 특히 한 과일은 내가 거기 있는 내내 제철인 듯싶었는데 삼각형 껍질에 싸인 가루 형태의 속살이 특히 맛있어서 나는 그것을 주식으로 삼았다. 처음엔 그 낯선 과일들이며 생소한 꽃들이 어리둥절하기만 했는데 나중에 그것들의 의미를 점차 알게 되었다.

지금으로선 원미래[27]에서의 내 과일 식사 얘기를 계속하겠다. 식욕이 좀 충족되자 나는 이 신인류의 언어를 배워보리라 단단히 마음먹었다. 다음 할 일은 분명 그것이었다. 과일들로 시작하면 편리할 것 같아

◎ **26**__ 중생대에 물에 살던 파충류로, 어룡魚龍으로도 불린다. 몸은 방추형이며 지느러미 또는 지느러미와 유사한 날개를 가졌다.

27__ remote future 혹은 distant future. 미래학에서는 편의상 현미래(現未來 : 10년), 근미래(近未來 : 100년), 중미래(1,000년), 원미래(10,000년)와 같이 구분하는 경우도 있다.

그중 하나를 집어 들고 질문을 의미하는 일련의 소리를 내고 몸짓해 보였다. 뜻을 전달하는 데 상당한 애로를 겪었다. 내 시도에 그들은 처음엔 놀라서 눈을 동그랗게 뜨거나 잦아들지 않는 웃음을 터뜨렸다. 그러나 곧 한 금발 소인이 내 의도를 알아차리고서 어떤 명칭을 되풀이했다. 그들은 그 일을 두고 서로 재잘거리며 얘기를 길게 나누었다. 소인들의 섬세하고 작은 말소리를 내가 처음으로 발음하자, 그들은 엄청나게 즐거워했다. 그러나 나는 아이들에게 둘러싸여 있는 학교 선생 같은 기분을 느끼며 계속 밀고 나가서 어느덧 명사 스무 개쯤은 마음대로 부려 쓸 수 있게 되었다. 그러곤 지시대명사들을 섭렵하고 동사 '먹다' 까지 배웠다. 하지만 느린 과정인 데다 소인들이 벌써 지쳐 질문에서 벗어나고 싶어 해서 나는 그들이 마음 내켜 할 때마다 조금씩 배우는 게 낫겠다고 마음먹었다. 머잖아 나는 그들로부터 아주 조금밖에는 배울 수 없음을 알게 되었다. 그들만큼 게으르고 쉽게 지치는 사람들은 난생처음이었기 때문이다.

홀 안의 소인들에게는 특이점이 하나 있었는데 흥미가 부족하다는 점이었다. 들뜬 듯 경탄의 소릴 지르며 내게 다가와 살펴보다가는 금방 어린아이들처럼 시들해져서 다른 놀잇감을 찾아 떠났다. 식사와 기초 회화가 끝나자 나는 처음에 나를 둘러쌌던 소인들이 거의 대부분 가버린 것을 알아챘다. 나도 그 소인들을 금방 경시하게 되었는데 그것도 이상한 일이었다. 허기가 가시자마자 출입구를 통해 햇빛이 비치는 바깥 세상으로 나왔다. 나는 끊임없이 미래인들과 마주쳤는데, 그들은 조금 떨어져서 나를 뒤따라오며 나에 대해 재잘거리고 까르륵거리다가 방그레 웃고 친근하게 손짓하며 떠나갔고, 나는 또 생각에 빠져들었다.

드넓은 홀에서 나오자 저녁의 고요가 세상을 덮고 있고 붉은 노을

이 풍경을 물들이고 있었다. 만사가 몹시 혼란스러웠다. 내가 알던 세상과는 모든 게, 꽃까지도 전연 달랐다. 내가 빠져나온 큰 건물은 어느 넓은 강 유역 비탈에 서 있었다. 하지만 템스 강은 현재 위치에서 1~2킬로미터쯤 옮겨 가 있었다. 나는 저기 2~3킬로미터 떨어진 산꼭대기에 오르기로 마음먹었다. 저 위에서라면 이 서기 802,701년의 우리 행성을 보다 넓게 조망할 수 있을 것 같았다. 이 연도는 타임머신의 작은 계기판이 표시한 것임을 이참에 밝혀둔다.

나는 걸으면서 주위를 유심하게 살폈다. 내가 발견한 이 세계의 장려한 몰락을 설명하는 데 보탬이 될 만한 것이라면 무엇이든 눈여겨보았다. 이 세계는 확실히 몰락하고 있었다. 그 증거로, 언덕을 조금 올라가니 엄청난 화강암 무더기가 알루미늄 덩어리들과 한데 뒤엉겨 있었고 가파른 벽들과 무너진 더미들의 거대한 미궁 둘레로 아주 아름다운, 파고다[28]처럼 생긴 식물들이 무성하게 자라 있었다. 쐐기풀과 비슷했지만 잎에 멋들어진 갈색이 감돌고 가시가 돋치지 않았다. 어떤 거대한 구조물의 잔해인 게 분명했는데 그 용도가 무엇이었는지는 알 길 없었다. 여기서 나는 훗날 몹시 이상한 체험을 하게 되는데 한층 더 이상한 발견의 전조前兆라고만 언급하고 그 자세한 내용은 적절한 시점에서 밝히겠다. 한 등성마루에서 잠시 쉬면서 어떤 생각이 떠올라 경치를 둘러보니 작은 집들이 보이지 않음을 알았다. 단독주택뿐 아니라 다가구 주택도 보이지 않는 듯했다. 여기저기 초목들 사이에 궁전 같은 건물들이 있을 뿐 우리네 영국 풍경의 특징인 가옥과 시골집 들은 보이지 않았다.

◎ 28__ 불교나 힌두교에서의 다층탑.

"공산주의인가."

나는 중얼거렸다.

그 등마루에서 다른 생각이 스쳤다. 나를 뒤따라 올라오는 소인들 대여섯을 바라보다가 번쩍 떠오르는 생각이 있었다. 의복의 형태며 털 없는 반드러운 얼굴이며 소녀 같은 통통한 팔다리가 모두 한결같았다. 그것을 일찌감치 알지 못한 게 이상하게 비칠지도 모르지만 처음엔 모든 게 이상하기만 해서 그제야 나는 그 사실을 명확히 알게 되었다. 의복이며 체격과 자세의 온갖 상이점으로 남녀를 구별하기 마련인데, 미래인들은 서로가 어슷비슷했다. 그곳의 어린애들은 내겐 부모의 축소판으로 보일 뿐이었다. 미래 아이들은 적어도 육체적으론 굉장히 조숙하다고 나는 판단했다. 이후에 내 견해는 여러 차례 검증되었다.

이 사람들이 누리는 안락과 안전을 고려해보면 그들 남녀 간의 흡사함도 이해하지 못할 건 아니었다. 왜냐하면 남자의 강인함과 여자의 부드러움, 가족제도며 직업 분화는 물리적인 힘의 시대에서 살아남기 위한 불가결한 요소이기 때문이다. 인구가 안정되고 넉넉한 곳에서의 다산은 국가에 복이 되기보단 해를 끼친다. 폭력이 드물고 2세들이 안전한 곳에서는 아이들의 양육과 관련한 가족의 효용성과 성별 특화의 필요성이 줄어든다. 아니, 아예 없어진다. 우리 시대에도 일부 그 단초를 찾아볼 수 있는 이러한 현상이 미래 시대에 가서는 완전히 성립된 것이다. 그때 나는 이런 사색을 하고 있었다. 하지만 이게 얼마나 현실과 동떨어진 생각인지는 나중에 깨닫게 되었다.

이런 숙고를 하면서 문득 어떤 깜찍한 구조물, 둥근 지붕을 갖춘 우물 같은 것에 눈길이 가닿았다. 우물이 아직도 남아 있다니 이상하구나, 한순간 생각하고는 사색의 흐름을 다시 이어나갔다. 언덕 꼭대기 쪽으로는 큰 건물이 없는 데다 내 걸음걸이가 소인들에 비해 워낙 빨라서 잠시 뒤에는 처음으로 혼자 있게 되었다. 자유감과 모험심의 야릇한 기분에 휩싸여 나는 꼭대기로 짓쳐 올라갔다.

꼭대기에는 내가 알지 못하는 어떤 금속 재질 의자가 하나 있었다. 군데군데 부식되고 발그스름한 녹이 슨 데다 거지반 보드라운 이끼에 덮였고 팔걸이는 그리핀[29]의 머리를 닮도록 주조하고 다듬은 것이었다. 나는 의자에 앉아 그 긴 하루의 저무는 해 아래 펼쳐진 우리의 예스러운 세계를 조망했다. 그처럼 감미롭고 아름다운 경치는 처음이었다. 해는 지평선 너머로 이미 가라앉았고, 금빛으로 불타는 서녘이 자주와 선홍의 길쭉한 띠를 거느린 지평선에 맞닿아 있었다. 저 아래는 템스 강 유역으로, 복판에는 광택 나는 강철의 띠 같은 강물이 흐르고 있었다. 이미 말했듯이 거대한 궁전들이 다채로운 초목들 사이로 산재해 있었다. 일부는 폐허였고, 일부는 사람이 살고 있었다. 여기저기 지상의 버려진 정원에 흰빛인지 은빛인지 어떤 형상이 서 있고, 또 여기저기 둥근 지붕의 탑이나 방첨탑方尖塔[30]이 가파르게 우뚝 솟아 있었다. 산울타리는 없었고, 소유권 표시도 없었고, 농사의 흔적도 없었다. 지상 전체가 하나의 정원이었다.

그렇게 바라보면서 내가 본 것들을 해석하기 시작했다. 그날 저녁 술술 풀려나간 내 해석은 대략 다음과 같다. (나중에 알고 보니 그것은 절반

29__ 독수리의 머리와 날개에 사자의 몸통을 가진 그리스 신화에 나오는 괴수. 머리, 앞발, 날개는 독수리이고 몸통, 뒷발은 사자인 상상의 동물. 오리엔트가 기원으로, 건축이나 장식 미술에서 많이 볼 수 있다.

30__ 오벨리스크. 고대 이집트에서 태양 숭배의 상징으로 세웠던 기념비. 네모진 거대한 돌기둥으로, 위쪽으로 갈수록 가늘어지고 꼭대기는 피라미드 모양으로 되어 있다.

의 진실, 혹은 진실의 일면을 훔쳐본 것에 불과했다.)

나는 쇠퇴기에 접어든 인류와 조우한 듯했다. 불그레한 황혼이 인류의 황혼을 생각나게 했다. 그리고 우리가 현재 기울이고 있는 사회적 노력의 기이한 결과를 비로소 깨닫기 시작했다. 하지만 생각해보면 당연한 귀결이었다. 육체의 힘은 필요의 결과이므로, 안전한 상황은 연약함을 낳는다. 생활환경을 개선하는 일, 생활을 끊임없이 안정화하는 참된 문명화 과정이 꾸준하게 진행되어 그 극점에 다다른 것이다. 인류가 힘을 합쳐 자연을 차례차례 정복하게 되었다. 지금은 꿈에 불과한 것들이 미래에선 계획적으로 착수되고 수행되었던 것이다. 그 결과를 나는 보고 있었다!

결국 오늘날의 공중위생과 농업은 아직도 걸음마 단계에 있다. 우리 시대 과학은 인간 질병 영역의 작은 부문을 공략해온 것에 불과하다. 그렇다 하더라도 그 활동은 매우 꾸준하게 끊임없이 펼쳐지고 있다. 우리네 농업과 원예술은 여기저기 잡초를 조금 제거하고, 스무 종 남짓한 유용식물을 재배하는 것에 한정된 채 대다수 식물들을 생존경쟁에 내몰리게 버려둔다. 우리는 그 수는 극히 적지만 특별히 마음에 드는 식물과 동물을 선택교배[31]를 통해 점차 개량하고 있다. 한결 맛있는 신종 복숭아가 그렇고, 씨 없는 포도가 그렇고, 한층 향기롭고 큼직한 꽃이 그렇고, 더욱 쓸모 있는 축우 품종이 그렇다. 우리는 그것들을 점차적으로 개량하고 있는데, 우리의 이상이 막연하고 가설적인 데다 우리 지식은 몹시 협소하기 때문이다. 그리고 자연은 우리의 서툰 손길에 여간해선

◎ 31__ 같은 품종 안에서 혈연관계와는 상관없이 나타나는 특정 형질을 골라서 하는 교배.

결을 내주지 않기 때문이다. 언젠가는 이 모든 게 더욱, 더더욱 조직화되어갈 것이다. 이따금 역류가 있겠지만 이것이 시대의 조류다. 전 세계는 지성 있고 교양 있고 협력적이게 될 것이다. 만사는 자연을 극복하는 방향으로 점점 빠르게 진전될 것이다. 결국에 가서 우리는 지혜롭고도 신중하게 동물과 식물의 조화를 우리 인간의 필요에 맞게 재조정할 것이다.

그 재조정이 완료된 게, 성공적으로 완료된 게 분명했다. 내 타임머신이 건너질러 온 시간 사이에, 그 시간 내내 진행된 게 분명했다. 공기 중에 모기는 없었고 땅에는 잡초나 진균류가 없었다. 널린 게 과일이요, 향기롭고 다채로운 꽃이었다. 찬란한 빛깔의 나비가 여기저기 날고 있었다. 예방의학의 목표가 달성되어 질병이 박멸되었다. 내가 거기 머무는 내내 전염병의 흔적이라곤 보지 못했다. 이런 변화들로 인해 부패와 부식 작용까지 크게 영향을 받았음은 나중에 또 얘기하겠다.

사회적 승리 또한 달성되었다. 인류는 화려한 거처에 살면서 훌륭하게 차려입고 있었다. 그럼에도 힘써 일하는 모습을 본 적이 없었다. 투쟁의 징후도 없었다. 사회적 투쟁도 경제적 투쟁도 없었다. 우리 세계의 몸통을 이루는 상점, 광고, 운수업 등 모든 상업 활동이 사라졌다. 그 황금빛 저녁에 내가 천국 사회를 성급히 떠올린 건 자연스러웠다. 인구 증가라는 난제 또한 해결되어서 인구 증가가 중단된 것 같았다.

그런데 이렇게 환경이 바뀌면 그에 따른 적응이 불가피하다. 생물학이 오류투성이가 아니라면, 인간의 지력과 정력을 있게 한 요인은 무엇일까? 고난과 자유, 정력적이고 강하고 민감한 자는 살아남고 약자는 궁지에 몰리는 환경, 능력 있는 자들의 충직한 동맹을 높이 사고 자제심과 인내력, 결단력을 존중하는 풍토 등이 그것이리라. 그리고 가족제도와 그로 인한 감정들, 즉 격렬한 질투, 자식에 대한 사랑, 부모의 자기 헌신 등은 모두 자녀들이 위험에 직면한 상황에서 의미가 있고 그 존립 근거가 있었다. 그런데 '지금' 그 위험한 상황은 어디 있는가? 현재 부부 사이의 질투, 지나친 모성애 등 온갖 종류의 격정에 반대하는 어떤 정서가 나타나고 있는데 이는 계속 확산될 것이다. 이제는 불필요하고 우리를 불편하게 하는 그런 야만적 생존에 필요한 것들은 세련되고 즐거운 생활과 어울리지 않는다.

미래인들의 왜소한 육체와 지력 부족, 그 허다한 거대 폐허들을 생각한 나는 자연을 완벽하게 정복했구나 하는 확신을 가지게 되었다. 전쟁 뒤에는 평화가 도래하는 법이니까. 인류는 강하고 정력적이고 지적이었다. 그들은 그들이 살았던 환경을 바꾸는 데 왕성한 생명력을 남김없이 쏟아부었다. 그리고 이제 변화된 환경에 대한 반작용이 일어났다.

완전한 안락과 안전이라는 새로운 환경 아래서는 우리에겐 강점이었던 부단한 정력이 도리어 약점이 될 것이다. 우리 시대에서조차 한때 생존에 필요했던 특정 기질과 열정은 피할 수 없는 실패의 요인이 되고 있다. 가령 육체적 용기와 호전성은 문명인에게 큰 도움이 되기는커녕 방해가 될 수 있다. 물리적 안정과 안전을 이룬 상태에서는 육체적 힘뿐 아니라 지적인 힘까지도 어울리지 않게 된다. 헤아릴 수 없는 세월 동안 전쟁의 위험도, 개인적 폭력의 위험도, 야생동물로부터의 위협도, 체력을 소진하는 소모성 질환의 위협도, 노동의 필요도 없었던 듯했다. 그런 삶에서는 우리가 약자라고 부르는 사람들이 강자만큼이나 유리하며 따라서 이제는 약자가 아니다. 사실 그들이 더 유리한데, 강자들은 배출구 없는 정력에 시달리기 때문이다. 내가 봤던 더없이 아름다운 건물들은 기어이 갈 길 잃은 인류 정력의 마지막 파도가 일으켜 세운 것임에 분명했다. 그다음에 그들은 생활환경과 완벽한 조화를 이루었으리라. 그 승리의 팡파르는 최후의 평화 시대를 열어젖혔으리라. 안정과 조우한 정력의 운명은 항상 그래 왔다. 예술과 에로티시즘에 취하다가 인류는 결국 침체와 몰락의 길을 걷기 마련이다.

그 예술적 충동조차 마침내 사라질 것이다. 내가 본 시간대에서는 거의 사라져 있었다. 햇빛 속에서 꽃으로 꾸미고 춤추고 노래하는 정도가 그 미래인들에게 남은 예술 정신의 전부였고, 그 외에는 없었다. 결국 그것조차 사라져 흡족한 권태만 남으리라. 우리는 고통과 결핍의 숫돌에 갈리느라 정신없는데 거기서는 그 가증스러운 숫돌이 마침내 작살난 듯 보였다!

어둠이 몰려드는 산정에 서서 나는 신세계의 의문을 그 간단한 해석으로 모조리 풀었다고 생각했다. 감미로운 미래인들의 비밀을 남김없이 밝혔다고 생각했다. 인구 증가를 막기 위해 그들이 고안한 방편들이 아주 잘 먹혀들어갔다고, 그래서 인구가 변동이 없다기보다는 오히려 줄어들게 되었다고 생각했다. 버려진 폐허가 그것을 말해주고 있잖은가. 내 해석은 너무나 단순하고 그럴듯했다. 잘못된 이론들이 대부분 그렇듯이!

5
★

너무나 완전한 인류의 승리에 푹 빠져 거기 서 있는데, 북동쪽을 물들인 은빛을 헤치고 좀 이지러지긴 했으나 노르스름한 달이 휘영청 떠올랐다. 저 아래에서 돌아다니던 산뜻한 소인들은 더 이상 보이지 않았고, 올빼미 한 마리가 소리 없이 휘익 날아갔다. 나는 밤의 한기에 몸을 떨었다. 이제 내려가서 잠자리를 찾아야겠다고 마음먹었다.

내가 방문했던 건물을 눈으로 찾아보았다. 그다음에 청동 받침대 위 흰 스핑크스의 모습을 눈으로 더듬었다. 떠오르는 달이 점점 밝아지자 석상이 좀 뚜렷하게 보였다. 석상에 기대선 자작나무가 보였다. 뒤얽힌 진달래나무 덤불이 파리한 빛에 거무스름했고, 협소한 잔디밭이 있었다. 그 잔디밭을 다시 보았다. 기묘한 의심이 느긋한 내 마음에 찬물을 끼얹었다.

"아니야."

나는 단호하게 고개를 저었다.

"그 잔디밭이 아니야."

하지만 그 잔디밭이었다. 스핑크스의 나병 환자 같은 흰 얼굴이 잔디밭을 향하고 있었다. 이 확신이 굳어졌을 때 내 기분이 어땠는지 여러분은 상상할 수 없으리라. 타임머신이 사라졌다!

그 즉시 내 얼굴을 채찍으로 후려치듯 생각 하나가 스쳤다. 내가 몸담고 있던 시대로 돌아가지 못하고 이 낯선 신세계에 홀로 남겨질지도 모른다는 우려였다. 그 생각만으로도 실제 물리적 감각이 느껴졌다. 그 생각이 내 목덜미를 움켜잡고 숨통을 죄었다. 다음 순간 나는 두려움에 휩싸여 비탈을 휘휘 내달려 내려갔다. 한 번 고꾸라지는 바람에 얼굴을 베였지만 지혈할 틈이 없었다. 따스한 액체가 뺨과 턱으로 흘러내리는 걸 느끼면서 껑충껑충 내달렸다. 달리는 내내 혼잣말을 했다.

"조금 옮겨놓았을 거야. 거치적거려서 덤불 밑으로 밀어놓았을 거야."

그러면서도 전속력으로 달렸다. 달리는 내내 그것을 확신하면서도 한편으론 그런 확신이 어리석은 줄 알았다. (너무 불안하면 그렇지 않다고 믿고 싶기 마련이니까.) 타임머신이 내 손길이 닿지 않는 곳으로 사라졌음을 직감으로 알았다. 숨쉬기가 고통스러워졌다. 그 산꼭대기에서 좁다란 잔디밭까지 3킬로미터 남짓한 거리를 10분 만에 완주하지 않았나 싶다. 게다가 난 젊은이도 아닌데 말이다. 달리면서 큰 소리로 저주했다. 그 기계를 함부로 방치해둔 자신만만했던 내 어리석음을 욕하며 아까운 숨을 허비했다. 크게 부르짖었지만 응답은 없었다. 그 달빛 세상에 개미 하나 얼씬거리지 않는 듯했다.

잔디밭에 이르고 보니 최악의 우려가 현실로 닥쳤다. 기계의 흔적이라곤 보이지 않았다. 검은 덤불 사이 빈 공간을 대하자 정신이 어찔하고 등골이 서늘했다. 기계가 한구석에 숨겨져 있기라도 한 듯 나는 미친 듯이 한 바퀴 돌았다. 그러곤 우뚝 멈춰 서서 머리칼을 움켜쥐었다. 고개를 쳐드니 청동 받침대에 올라앉은 나병 환자 같은 스핑크스가 떠오르는 달빛에 하얗게 빛나고 있었다. 어쩔 줄 몰라 하는 나를 비웃고 있는 것 같았다.

소인들의 육체적 허약과 지능 부족을 알지 못했더라면 그들이 나를 위해 기계를 어디 안전한 곳에 옮겨 놓았겠거니 생각하고 스스로를 위안할 수도 있었지만 그렇지 않으니 절망이었다. 내 발명품이 사라진 데에는 내가 모르는 어떤 힘이 개입되어 있다는 느낌이 막연하게 들었다. 그래도 한 가지는 분명했다. 어떤 다른 시대가 그것과 똑같은 기계를 창안해내지 않는 한 타임머신이 시간 속을 움직였을 리는 없다. 레버라는 부품이 있어서 그것을 떼어놓았을 경우 (그 방법은 나중에 설명하겠다.) 그 누구도 타임머신을 시간 속으로 옮길 수 없기 때문이다. 기계는 공간 속을 움직여 숨겨진 것이다. 그렇다면 어디에 숨겨져 있을까?

나는 격분했던 듯하다. 둘레둘레 스핑크스 주위의 달빛 비치는 덤불을 격렬하게 들쑤시며 뛰어다녔던 기억이 난다. 어둑한 빛 속에서 어떤 흰 동물이 화들짝 튀어 올랐는데 작은 사슴인 듯했다. 그날 밤 늦게 주먹을 움켜쥐고 덤불을 내리치다가 부러진 잔가지에 손가락 마디를 깊숙이 찔리고 피를 흘린 게 또 기억난다. 그러곤 정신적 격통에 흐느껴 울고 부르짖으며 거대한 석조 건물로 내려갔다. 널찍한 홀은 어둡고 조용하고 썰렁했다. 나는 고르지 못한 바닥에 발이 걸려 공작석 테이블 위로 엎어지는 바람에 하마터면 정강이를 부러뜨릴 뻔했다. 성냥불을 켜고 이미 말한 바 있는 먼지 낀 커튼을 젖히고 들어갔다.

또 하나의 널찍한 홀이 나왔는데 쿠션들이 널려 있었다. 그 쿠션 위에 스무 명쯤의 소인들이 잠자고 있었다. 알아들을 수 없는 소리를 꽥꽥 내지르며 성냥불을 들고 고요한 어둠 속에서 불쑥 나타난 내 두 번째 등장이 그들에겐 꽤 기괴해 보였음에 틀림없다. 그들은 성냥 따윈 잊은 지 오래였으니까.

"내 타임머신은 어디 있나?"

성난 어린애처럼 앙앙대며 나는 그들을 닥치는 대로 쥐어 잡고 흔들어 일으켰다. 그들에겐 내가 참 이상하게 보였으리라. 몇몇은 웃고 대다수는 기겁한 표정이었다. 나를 둘러싼 그들을 보며 내가 얼마나 어리석은 짓을 하고 있는지, 그리고 그들에게 또다시 공포심을 불러일으키고 있는 나 자신을 깨달았다. 낮의 행동으로 미루어 보아 그들은 공포심을 이미 잊은 듯했는데 말이다.

불현듯 성냥불을 내던진 나는 거치적거리는 소인 하나를 넘어뜨리고 널찍한 식당 홀을 휘청휘청 건너질러 달빛 아래로 나왔다. 무서워 소리를 지르며 이리저리 타다닥 달리고 넘어지는 소인들의 소리가 들렸다. 달이 중천까지 기어오르는 동안 내가 한 행동을 모두 기억하진 못한다. 기계를 잃어버린 뜻밖의 상황에 내가 미쳐버린 듯했다. 동족과 단절되었다는 절망감이 엄습했다. 미지의 세계에 떨어진 나는 한낱 괴상한 동물이었다. 신과 운명을 부르짖고 저주하며 미친 듯 왔다 갔다 한 것 같다. 절망의 긴 밤이 깊어지자 기진맥진했던 게 기억난다. 이곳저곳을 헛되이 들여다보았다. 달빛 폐허들을 더듬다가 어둠 속에서 괴상한 생물들을 건드렸다. 마침내 스핑크스 근처 땅바닥에 누워 한없이 비참한 기분에 빠져 훌쩍거렸다. 나에게 남은 건 비참함뿐이었다. 그러다 잠들었는데 깨어났을 때는 날이 훤히 밝아 있었다. 두어 마리 참새가 내 곁에서 잔디밭을 폴짝폴짝 뛰어다니고 있었다. 팔을 뻗으면 닿을 거리에서.

상쾌한 아침을 느끼며 일어나 앉았다. 내가 왜 여기에 있는지, 이 깊은 고립감과 절망감의 정체는 무엇인지 상기하려 애썼다. 그러자 기억이 새록새록 떠올랐다. 정신을 맑게 하고 이성을 부추기는 햇빛을 받으며 나는 내가 처한 상황을 똑바로 직시할 수 있었다. 간밤에 미쳐 날뛰었던 내 야만스러운 어리석음을 깨닫고 이성적으로 생각하며 혼자 중얼거렸다.

"최악의 경우를 상정하자. 기계를 완전히 잃어버렸다고, 파괴되었을지도 모른다고 가정하자. 그렇다면 진정하고 인내해야 마땅하다. 여기 사람들의 방식을 배우고, 내 기계가 어떻게 사라졌는지 명백히 밝혀내고, 재료와 공구를 마련할 방도를 세우고, 그래서 마침내 다른 기계를 만들 수도 있잖은가."

어쩌면 내게는 그 희망밖에 남지 않았는지도 몰랐다. 그래도 절망보다는 나았다. 그리고 어쨌든 그곳은 아름답고 신비로운 세계였다.

어쩌면 타임머신은 그저 탈취당한 것인지도 몰랐다. 그래도 나는 진정하고 인내해서 숨겨 둔 장소를 찾아내어 힘으로든 잔꾀로든 되찾아야 한다. 그러고서 나는 벌떡 일어나, 어디 씻을 만한 데가 없나 주위를 둘러보았다. 지치고 뻐근하고 여행으로 초췌해진 느낌이었다. 상쾌한 아침을 접하니 나도 상쾌한 기분을 만끽하고 싶었다. 걱정은 다 소진되고 없었다. 사실 몸을 씻으면서는 지난밤에 그렇게 흥분했던 나 자신이 의아하게 여겨졌다. 나는 좁다란 잔디밭을 면밀히 조사했다. 지나가는 소인을 붙잡고 의사를 최대한 잘 전달하려고 손짓 몸짓을 해가며 부질없는 질문을 하느라고 아까운 시간만 허비했다. 내 몸짓을 이해하는 자는 아무도 없었다. 몇몇은 그저 어리벙벙했고 몇몇은 장난인 줄 알고 나를 비웃었다. 웃어대는 그 예쁘장한 얼굴들을 후려갈기고 싶어 손이 근질근질했지만 간신히 참았다. 어리석은 충동인 줄은 알았지만, 악마의 자식인 두려움과 분노가 아직도 살아서 내 불안감을 이용하려 들었다. 그들보다는 잔디밭 쪽이 오히려 도움이 되었다. 나는 길게 팬 자국을 발견했는데, 스핑크스의 대좌와, 내가 여기에 막 도착해서 뒤집힌 타임머신과 씨름하느라 찍어놓은 내 발자국 중간쯤에 있었다. 기계를 치운 다른 흔적도 있었다. 폭 좁은 이상한 발자국이 주위에 찍혀 있었는데 나무늘보의 발자국과 비슷한 종류였다. 그래서 나는 대좌에 면밀한 주의를 기울였다. 이미 말한 것 같은데 대좌는 청동제였다. 그냥 한 덩어리가 아니라 세밀하게 장식한 깊숙한 벽판이 그 양옆에 붙어 있었다. 그것들을 두드려보았다. 대좌는 속이 비어 있었다. 벽판을 자세히 들여다보니 테두리를 따라 미세한 틈이 있었다. 손잡이도, 열쇠 구멍도 없었지만 그 벽판들이 문이라면 안쪽으로부터 열릴 것 같았다. 한 가지 분명하게 짚이는 게 있었다. 나는 타임머신이 대좌 안에 있다고 어렵지 않게 추리할 수 있었다. 하지만 그게 어떻게 그 안에 들어갔는지는 다른 문제였다.

오렌지색 옷을 입은 두 사람의 머리가 덤불에서 나와, 꽃이 만발한 몇 그루 사과나무 밑을 지나 내 쪽으로 오고 있었다. 나는 미소를 건네며 그들을 손짓해 불렀다. 그들이 오자 나는 청동 대좌를 가리키며 그것을 열고 싶다는 뜻을 시늉해 보였다. 내가 막 손짓을 하는데 그들의 거동이 몹시 이상했다. 그 표정들을 여러분들에게 어떻게 설명해야 할지 모르겠다. 가령 상스럽고 부적절한 제스처를 어느 예민한 여인에게 썼을 경우 그 여인이 지었을 법한 표정이랄까. 그들은 세상에 둘도 없는 모욕을 당한 사람처럼 쌩하니 가버렸다. 다음에 나는 흰옷 입은 한 곱상한 꼬맹이에게 몸짓을 해 보였는데 결과는 동일했다. 녀석의 태도에 왠지 모멸감을 느꼈지만, 여러분도 알다시피 나는 타임머신을 되찾아야 했으므로 녀석에게 다시 한번 시늉해 보였다. 녀석도 딴 사람들처럼 쌩 돌아서자 기어코 내 성질이 나왔다. 세 걸음 만에 녀석을 따라잡아 옷 덜미를 낚아채어 스핑크스 쪽으로 질질 끌고 갔다. 그러나 녀석의 얼굴에 떠오른 공포와 격렬한 혐오를 보고는 돌연 그를 놓아주었다.

하지만 이대로 물러설 순 없었다. 나는 청동 벽판을 주먹으로 쾅쾅 쳤다. 안에서 무슨 소리가 난 것 같았다. 정확히 말하면 킬킬거리는 웃음 비슷한 소리가 난 것 같았다. 하지만 잘못 들은 것이리라. 그러고 나서 강에서 큰 자갈을 가져와서 벽판을 쿵쿵 두드렸다. 이윽고 소용돌이 요철 무늬가 납작하게 눌리면서 푸른 녹이 비듬처럼 부스스 떨어져 내렸다. 내가 발작적으로 쾅쾅 두들겨대는 소리를 양편 1킬로미터 내의 예민한 소인들이 못 들었을 리 만무하건만 아무도 나타나지 않았다. 소인들 한 무리가 비탈에서 나를 몰래 엿보고 있었다. 마침내 더위에 지친 나는 주저앉아 그곳을 지켜보았다. 그러나 너무 초조한 상태라 오래 지켜볼 순 없었다. 뼛속까지 서양인인지라 나는 오래 기다릴 수 없었다. 몇 년이 걸리더라도 한 가지 문제를 연구할 수는 있었지만, 가만히 앉아서 24시간을 기다릴 순 없었다. 그건 다른 문제였다.

머잖아 일어나서 덤불을 지나 언덕을 향해 정처 없이 걸으며 혼자 중얼거렸다.

"참자. 기계를 되찾고 싶으면 저 스핑크스를 그냥 내버려 두자. 놈들이 기계를 빼앗을 작정이라면 청동 벽면을 부수어봤자 소용없다. 빼앗을 작정이 아니라면 내가 요구하면 언제든 돌려받을 수 있으리라. 알 수 없는 것들에 포위당한 채 그런 수수께끼로 머리를 싸매봤자 무슨 희망이 있겠는가. 편집광밖에 더 되겠는가. 이 세계를 직시하자. 이곳의 방식을 배우고, 관찰하고, 이 세계의 의미를 성급하게 단정하지 않도록 주의하자. 그러면 결국 이 세계의 실마리를 모두 발견할 수 있으리라."

문득 참 기막힌 상황이구나 하는 생각이 스쳤다. 미래 시대로 가려고 수년간 연구하고 수고를 아끼지 않았는데 이제 거기서 빠져나가려고 안달하다니. 그 누구도 고안해내지 못한 그지없이 복잡하고 빠져나갈 길 없는 덫을 스스로 만들지 않았는가. 자승자박이었지만 어쩔 도리가 없었다. 나는 큰 소리로 웃었다.

예의 큰 궁전으로 들어가자 소인들이 나를 피하는 듯했다. 내 착각일 수도 있고 아니면 내가 청동 출입구를 두드린 것과 무슨 관련이 있는 듯도 싶었다. 어쨌든 나는 그들의 회피를 뚜렷하게 감지했다. 하지만 애써 모른 체했고 그들을 뒤쫓는 것도 삼갔다. 그렇게 하루 이틀을 보내자 그들과의 관계가 예전으로 되돌아갔다. 나는 그들의 언어를 익히는 틈틈이 여기저기 탐험을 감행했다. 내가 미묘한 점을 놓쳤든지 아니면 실제로 그들의 언어가 극도로 단순한 탓인지, 그들의 언어는 거의 구체명사와 동사로만 한정되어 있었다. 추상명사가 거의 없든지 아니면 비유적 표현을 거의 사용하지 않는 것 같았다. 문장은 대체로 간단하고 두 단어로 이루어져 있었고, 나는 아주 단순한 뜻을 전달하거나 이해하는 것으로 그칠 뿐이었다. 타임머신과 스핑크스 밑 청동 문의 수수께끼는 가급적 기억 한편에 밀쳐 두기로 마음먹었다. 지식이 넓어지면 자연스레 그 생각들을 꺼내 보게 될 터였다. 여러분도 이해하겠지만 나는 왠지 내가 도착한 지점에서 반경 수킬로미터 밖으로 나갈 마음이 조금도 없었다.

내가 본 세상은 어디든지 템스 강 유역과 마찬가지로 무성하고 융성했다. 오르는 언덕배기마다에서 내려다보면 재질과 양식 면에서 끝없이 다양한, 굉장한 건물들이 늘 무수했고, 늘푸른나무 덤불은 한결같이 군락을 이루고, 꽃이 만발한 나무와 양치식물 들도 한결같았다. 여기저기 물결이 은빛으로 반짝이고 그 너머로 굽이굽이 솟아오른 푸른 산줄기들이 청명한 하늘 속으로 녹아들었다. 이윽고 관심을 끈 특이한 것이 있었는데, 꽤 깊어 보이는 둥그런 우물이 몇 개 있었다. 그중 하나는 내가 첫 산책을 나섰던 언덕배기 중도의 길옆에 있었다. 다른 것들과 마찬가지로 그것은 청동으로 가장자리를 두르고 희한하게 세공되어 있었고 비를 막기 위해 작고 둥근 지붕을 덮고 있었다. 그 우물들 옆에 앉아 수직 어둠 속을 들여다보았지만, 물빛은 보이지 않았다. 성냥불을 켜도 물 그림자는 코빼기도 비치지 않았다. 하지만 우물들 속에서 한결같이 어떤 소리가 들렸다. 덜컹…… 덜컹…… 덜컹. 무슨 큰 엔진의 박동 소리 비슷했다. 그리고 성냥불들이 너울거리는 방향으로 보아 공기가 꾸준하게 아래로 흘러들고 있음을 알 수 있었다. 종이 한 장을 그중 한 아가리 속으로 떨어뜨렸더니 나풀나풀 내려가지 않고 대번에 훽 빨려들어 사라졌다.

시간이 지나면서 나는 그 우물들을 비탈들 여기저기 솟아 있는 높다란 첨탑들과 연결 지어 생각하게 되었다. 더운 날 태양에 달궈진 해변이 피워 올리는 그런 아지랑이가 첨탑들 위 공중에서 아른거리는 때가 자주 있었기 때문이다. 그 둘을 연결 지으니 어떤 지하 통풍 장치가 광범위한 체계를 갖추고 있다는 추측이 강하게 들었다. (정말로 그렇다고는 확신할 수 없었다.) 처음에 나는 그게 미래인들의 위생 시설이 아닐까 생각했다. 그것은 당연한 결론이었지만 완전히 틀린 결론이었다.

이곳 실제 미래에 머물면서 나는 그곳의 하수 시설이며 시각을 알리는 종소리, 운송 수단과 여타 편의 시설에 대해 아주 조금밖에 알 수 없었음을 고백해야겠다. 유토피아와 미래에 대해 내가 읽은 책들 중에는 건물과 사회제도 따위를 엄청나게 상세히 설명한 것도 있었다. 상상력만으로 꾸며낸 세상을 상세하게 묘사하는 건 쉬울지 몰라도 내가 가본 실제 미래에는 이해할 수 없는 것투성이였다. 중앙아프리카에서 온 풋내기 흑인이 런던 이야기를 자기 종족에게 돌아가서 어떻게 들려줄지 상상해보라! 철도 회사며 사회운동, 전화, 전신, 소화물 배달 회사, 우편배달 등등에 대해 그가 무엇을 알 수 있을까? 그럼에도 우리는 그에게 그것들을 기꺼이 설명해줄 것이다. 그래서 그가 뭘 좀 알게 되었다 하더라도 런던에 가보지 않은 친구들을 얼마만큼 설득시킬 수 있을까? 지구에서 흑백 인종의 격차는 좁기라도 하지, 나 자신과 그 황금시대의 간격은 얼마나 넓은가 말이다! 나는 보이지 않는 것들을 많이 감지했고 그게 그나마 위안이 되었다. 그러나 자동화된 체제라는 전반적인 인상을 제외하면 내가 여러분들에게 현대와의 차이점을 얼마나 제대로 전달할 수 있을지 의문이다.

가령 장사葬事와 관련해선 화장터는 물론이고 무덤 같은 것도 일절 보지 못했다. 하지만 내가 탐험한 영역 밖 어딘가에 공동묘지나 화장터가 있을 거란 생각이 들었다. 이 의문을 곰곰이 생각해보았지만 호기심이 풀리기는커녕 의혹만 더 깊어졌다. 이 의문을 궁리하다가 더욱 난감한 다른 현상을 알아차리게 되었다. 미래인들 사이에는 노쇠한 이들이 없었던 것이다.

자동화된 문명과 인류의 쇠퇴기라는 내 첫 가설의 만족감은 오래가지 못했다. 그렇다고 다른 가설을 세운 것도 아니었다. 난감한 점들을 열거해보겠다. 내가 탐험했던 여러 대궁전들은 그저 거처와 대식당, 침실에 불과했다. 기계류나 가정용 기구는 통 보질 못했다. 그럼에도 이 사람들은 통풍이 잘 되는 피륙을 걸치고 있었는데 새 옷을 어떻게 장만하는지 알 수 없었다. 그들이 신고 있는 샌들은 장식 없이 밋밋했지만 아주 정교한 금속 세공품이었다. 어쨌든 만들어진 것임엔 틀림없는데 소인들에게선 창조적 성향이라곤 엿보이지 않았다. 상점도 공장도 수입한다는 징표도 없었다. 소인들은 얌전하게 놀거나 강가에서 물놀이를 하거나 장난스럽게 사랑 행위를 하거나 과일을 먹거나 잠자는 것으로 하루를 보낼 뿐이었다. 이런 생활이 어떻게 유지될 수 있는지 나는 알지 못했다.

타임머신만 해도 그렇다. 내가 알지 못하는 무언가가 그것을 하얀 스핑크스의 텅 빈 대좌 안으로 끌고 갔다. 무엇 때문에? 내가 무슨 수로 알 수 있겠는가. 물 없는 우물들도 그렇고, 아지랑이를 피워 올리는 기둥들도 마찬가지였다. 무언가 단서 하나가 빠진 느낌이었다. 글쎄, 어떻게 설명하면 좋을까. 가령 명판銘板 하나를 발견했는데 더할 나위 없이 쉬운 영어로 된 문장들 사이사이에 전혀 알아볼 수 없는 낱말로 된 문장들이 끼어 있을 때 느낄 법한 기분이랄까. 내가 사흘째 머물던 날, 서기 802,701년의 세상이 내겐 그렇게 비쳤다!

그날 친구가 한 명 생겼다. 여울에서 물놀이를 하는 소인들 몇 명을 내가 지켜보고 있는데, 그중 한 명이 경련을 일으키더니 하류로 떠내려가기 시작했다. 본류는 물살이 좀 급했지만 웬만큼 수영을 하는 사람이라면 헤쳐 나올 수 있을 정도였다. 가냘프게 울부짖는 익사 직전의 그 작은 이를 번연히 보면서도 구조에 나서는 사람이 단 한 명도 없었다는 것은 그들의 기묘한 육체적 결함을 잘 드러내는 대목이 아닐 수 없다. 이 광경을 본 나는 급하게 옷을 벗고 하류 지점에서 물속으로 들어가 그 가엾은 작은 이를 무사히 물가로 끌어내었다. 팔다리를 좀 주무르자 그녀는 금방 의식을 되찾았다. 그녀가 무사한 것을 확인하고 안심한 나는 그곳을 떠났다. 소인들을 얕잡아 보고 있었기 때문에 그녀로부터 감사의 표시 따윈 기대하지 않았다. 하지만 내 예상은 빗나갔다.

이 일은 아침나절에 일어났다. 오후에 탐험을 끝내고 근거지로 돌아가는 길에 그 작은 여인과 다시 마주쳤다. 그녀는 환호성을 지르며 나를 반기면서 큼직한 꽃목걸이를 선사했다. 나를 위해 만든, 나만을 위해 만든 게 분명한 그 선물에 나는 가슴이 뭉클했다. 내가 무척 외로웠었나 보다. 아무튼 나는 선물에 대한 감사의 뜻을 최대한 표했다. 우리는 곧 아담한 석재 정자 안으로 들어가 나란히 앉아 주로 미소로써 대화를 주고받았다. 그녀의 호의는 어린아이의 그것처럼 내 마음을 움직였다. 꽃을 주고받은 다음에 그녀는 내 손에 입을 맞추었고 나도 그녀 손에 입을 맞추었다. 그러고 나서 나는 대화를 시도했고, 그녀의 이름이 위나란 걸 알게 되었다. 그 뜻은 아직도 모르지만 왠지 그녀에게 어울리는 이름이라고 생각되었다. 그렇게 해서 우리의 야릇한 우정이 시작되었고 일주일간 지속되다가 끝났다. 곧 다시 말하겠지만!

그녀는 어린애와 똑같았다. 언제나 나랑 같이 있고 싶어 했고, 내가 가는 곳이면 어디든 따라가려고 했다. 그다음 탐험 때에는 나를 따라나서더니 지칠 때까지 쫓아와서 내 마음을 아프게 했다. 그래서 결국 혼자 내버려 두면 애처롭게 나를 부르며 금방이라도 쓰러질 듯 뒤따라왔다. 하지만 이 세계의 의문을 푸는 게 우선이었다. 나는 소꿉장난 같은 연애질이나 하려고 미래를 찾아온 게 아니었다. 그럼에도 혼자 남겨진 그녀의 괴로움은 너무 컸고 헤어질 때의 간곡한 만류는 가끔 광란에 가까웠다. 그녀의 헌신이 내게 위안이 된 만큼 골치를 썩인 것도 사실이었다. 그럼에도 그녀는 내게 엄청난 위안을 주었다. 그녀가 내게 매달리는 건 어린애 같은 애착의 발로에 지나지 않는다고 나는 생각했다. 혼자 내버려 두는 게 그녀에게 무슨 짐을 지우는 행위인지 확실히 알았을 때는 너무 늦었다. 그녀가 내게 어떤 존재였는지 분명히 깨달았을 때는 이미 너무 늦었다. 그저 나를 좋아하는 것 같고 나약하고 시시하게 나를 걱정해 준 것뿐인데 머잖아 그 인형 같은 작은 생명체는 흰 스핑크스 옆집으로 돌아오는 내게 가정으로 귀가하는 것 같은 기분을 느끼게 해주었다. 등성이를 넘어서기가 바쁘게 나는 하양과 금빛 옷을 입은 그녀의 자그마한 몸뚱이가 어디 있는지 눈으로 찾게 되었다.

공포심이 아직 이 세계에서 사라진 게 아니라는 사실도 그녀에게서 배웠다. 그녀는 낮 시간에는 전혀 두려움을 몰랐고 이상하리만치 나를 신뢰했다. 한 번은 내가 이성을 잃고 잠깐 험악한 표정을 지어 보였을 때도 깔깔 웃을 정도였다. 하지만 어둠이나 그림자, 검은 것들을 무서워했다. 어둠은 그녀가 무서워하는 유일한 것이었다. 유난히 격렬한 감정이라 나는 그것을 여러모로 생각하고 관찰했다. 이와 관련해 소인들에겐 몇몇 특징이 있었다. 어두워지면 다들 대저택들로 모여들어 떼를 지어 잠을 잤고, 내가 불빛을 들지 않고 그들의 거처로 들어가기라도 하면 무서워서 한바탕 소동을 피웠다. 해가 지고 나서는 야외에 홀로 있는 사람을 보지 못했고 실내에서 혼자 자는 사람을 보지 못했다. 그 공포심으로부터 아무것도 배우지 못했을뿐더러 위나가 무서워하는데도 잠자는 소인들 무리로부터 멀찍이 벗어나서 잠자기를 고집했으니 나도 어지간한 얼간이가 아니었다.

그녀는 그것 때문에 몹시 괴로워했지만 결국에는 나를 향한 이상한 애정을 이기지 못하고 마지막 밤까지 포함해 나와 사귄 닷새 밤을 내 팔을 베고 잠잤다. 그녀에 대해 말하다 보니 얘기가 옆길로 샜다. 그녀를 구해준 전날 밤인 걸로 기억되는데 새벽녘에 잠을 깼다. 몹시 불쾌한 꿈을 꾸고 잠을 설친 것이다. 꿈속에서 물에 빠졌다가 말미잘의 부드러운 촉수가 얼굴을 쓰다듬는 바람에 흠칫 깨어난 나는 어떤 희끄무레한 동물이 황급히 막 침실을 빠져나가는 기이한 환상을 보았다. 다시 잠들려고 했지만 기분이 뒤숭숭하고 언짢았다. 사물이 어둠 속에서 서서히 모습을 드러내는 어슴푸레한 시각이었다. 만물이 무채색으로 또렷이 드러나는, 비현실로 느껴지는 그런 시각이었다. 나는 일어나서 식당 홀로 나가 궁전 앞 포석으로 나왔다. 어차피 잠은 글렀고 해돋이나 보리라 마음먹었다.

달이 지고 있었다. 달빛이 스러지고 첫새벽이 기어들며 유령 같은 미명이 퍼지고 있었다. 덤불은 잉크가 묻어날 듯한 암흑이고 땅은 어둠침침한 회색이고 하늘은 음울한 무채색이었다. 언덕배기에 유령들이 서성이는 것 같았다. 비탈을 눈여겨보니 하얀 형체들이 여러 차례 보였다. 두 번은 혼자 움직이는 흰 형체를 보았는데 원숭이처럼 생긴 생물로, 꽤 빠르게 언덕을 뛰어올랐다. 그리고 한 번은 폐허 근처에서 어떤 검은 물체를 나르는 그들 셋을 보았다. 그들은 허둥지둥 움직였다. 그들이 어디로 갔는지는 보지 못했지만 덤불 속으로 사라진 듯했다. 새벽은 여전히 희끄무레했기 때문이다. 나는 여러분들이 잘 아는 서늘하고 모호한 새벽 기분을 느끼고 있었다. 나는 내 눈을 의심했다.

동녘 하늘이 점점 밝아지고 햇빛이 비쳐들어 세상을 또 한 번 선명하게 채색하자 나는 그 언덕을 꼼꼼히 살폈다. 그러나 그 흰 형체들의 자취는 보이지 않았다. 그들은 그저 미명의 존재들이었다. 나는 혼잣말을 했다.

"유령임에 틀림없어. 도대체 어느 시대 유령일까."

문득 그랜트 앨런[32]의 요상한 견해가 떠올라 유쾌해졌다. 각각의 세대가 죽어 유령으로 남는다면 마침내 온 세상은 유령으로 넘쳐날 것이라고 그는 주장했다. 그 가설대로라면 80만 년 뒤에는 유령이 무수해질 것이고 따라서 한꺼번에 유령 넷을 보더라도 별로 놀랄 일이 아니었다. 그러나 그 농담에 만족할 수 없었던 나는 아침 내내 그 형체들을 생각하다가 위나를 구조하면서 그 생각을 떨치게 되었다. 나는 그 형체들을, 내가 처음 타임머신을 열심히 수색하다가 마주친 하얀 동물과 막연하게 결부해 생각했다. 하지만 위나와 노는 게 훨씬 기분 좋았다. 그러나 나는 머잖아 그 형체들에게 마음을 송두리째 빼앗기게 되었다.

이 황금시대의 날씨가 우리 시대보다 훨씬 덥다는 것은 이미 말한 듯하다. 그 까닭은 모르지만 아마도 태양이 더욱 뜨거워졌거나 지구가

◉ **32**__ Grant Allen(1848~1899) : 과학소설의 또 다른 개척자이자 기존 탐정소설을 혁신한 영국 작가. 진화론의 유력한 지지자로 웰스가 『타임머신』을 발표한 1895년에 그랜트 앨런은 『영국 야만인The British Barbarians』을 써서 웰스와는 다른 형태의 시간 여행을 소설화했는데, 큰 인기는 끌지 못했다.

태양에 가까워진 탓인지도 몰랐다. 태양이 미래에는 점점 식을 것이라고 추측하는 게 보통이다. 그러나 다윈 2세[33]의 견해를 들어본 적 없는 사람들은 행성들이 궁극에 가서는 하나하나씩 모체母體 별로 돌아가서 소멸한다는 것, 이러한 파멸이 일어날 때마다 태양이 새로운 에너지로 불타오른다는 것을 잘 모르고 있다. 그러니까 태양과 가까운 어떤 행성이 이런 최후를 맞이한 뒤였는지도 모른다. 원인이야 어쨌든 우리 시대보다는 훨씬 더 뜨거운 태양임에 분명했다.

어느 무더운 아침, 나흘째 되는 날인 것 같다. 내가 먹고 자고 하는 대저택 근처의 거대한 폐허 속에서 열기와 햇빛을 피하려던 와중에 이상한 일이 일어났다. 석재 무더기를 기어오르다가 어떤 좁다란 회랑이 눈에 띄었다. 그 끄트머리와 측면 창들은 무너진 돌 더미에 막혀 있었다. 눈부신 바깥과 대비되어 그 안은 칠흑 같은 어둠이었다. 나는 손으로 더듬어 들어갔다. 빛 속에서 어둠 속으로 들어서니 눈앞에 알록달록한 반점이 아른거렸다. 돌연 나는 얼어붙었다. 한 쌍의 눈알이 바깥 햇빛을 반사하며 어둠 속에서 나를 지켜보고 있었다.

야수를 두려워하는 오랜 본능이 깨어났다. 그러나 나는 두 주먹을 불끈 쥐고 흔들림 없이 번쩍이는 눈알을 쏘아보았다. 돌아서기가 두려웠다. 인류가 누리는 것 같았던 완벽한 안전이 번쩍 떠올랐다. 그리고 어둠을 이상스레 무서워하는 소인들의 습성도 기억났다. 두려움을 어느 정도 물리치며 나는 한 걸음 다가가 입을 열었다. 고백하지만 내 목소리

33__ 조지 다윈(1845~1912)을 말한다. 찰스 다윈의 둘째 아들로 케임브리지 대학의 천문학 교수였다. 달이 지구로부터 어떤 이변으로 떨어져 나왔다는 가설을 내세워 한때 유명했다.

는 서걱거리고 떨렸다. 한 손을 내밀어 어떤 부드러운 것을 건드렸다. 대번에 그 두 눈이 옆으로 튀더니 하얀 것이 내 옆을 지나 달렸다. 나는 질겁해서 돌아섰다. 원숭이처럼 생긴 작고 기묘한 형체가 희한하게 고개를 수그린 채 뒤편 햇빛 공간을 가로질러 달렸다. 화강암 덩어리에 휘청 부딪히더니 옆으로 비틀비틀하다가 또 다른 석재 잔해 더미 밑 검은 그늘 속으로 순식간에 사라졌다.

내가 불분명하게 보았을 수도 있지만, 그것은 흐릿한 흰색이었고 이상스레 큰, 회색빛 도는 붉은 눈을 하고 있었다. 게다가 머리에 아맛빛 털이 났고 등에 잔털이 나 있었다. 그러나 분명히 말하지만 그게 너무 빨리 움직이는 바람에 나는 또렷하게 볼 수 없었다. 네 발로 달렸는지 아니면 그저 두 팔을 낮게 늘어뜨리고 달렸는지조차도 모르겠다. 잠시 뒤에 나는 그것을 뒤따라 또 하나의 잔해 더미 속으로 들어갔다. 놈은 보이지 않았다. 잠시 뒤에 깊은 어둠 속에서 이미 말한 바 있는 우물의 둥근 아가리 같은 것을 발견했다. 그것은 무너진 기둥에 반쯤 덮여 있었다. 문득 스치는 생각이 있었다. 이 수직굴 속으로 놈이 사라졌단 말인가? 나는 성냥불을 켜서 굴속을 들여다보았다. 작고 하얀, 움직이는 생물이 있었다. 내려가면서 큼직한 밝은 눈으로 나를 계속해서 쏘아보았다. 나는 몸이 부르르 떨렸다. 놈은 거미 인간과 흡사하게 우물 속을 기어 내려가고 있었다! 비로소 나는 손발 디딤쇠들이 사다리처럼 굴 아래로 내리뻗어 있음을 보았다. 나는 손가락을 데고는 성냥불을 떨어뜨렸다. 다시 성냥을 켰을 때 그 작은 괴물은 사라지고 없었다.

얼마나 오랫동안 우물을 들여다보고 앉아 있었는지 모르겠다. 한동안은 내가 본 게 인간이란 걸 믿을 수 없었다. 그러나 차츰 진실을 알게 되었다. 인류는 결국 하나의 종만 남은 게 아니라 두 가지 동물로 확연히 분화한 것이다. 지상의 우아한 작은 이들만이 우리의 후손인 것은 아니었다. 내 앞에서 눈을 번쩍인 그 창백하고 혐오스러운 야행성 생물 또한 전全 세대의 자손이었다.

나는 아지랑이를 피우는 기둥들이 지하 통풍구라는 내 가설을 돌이켰다. 정말로 그럴까 의심스러워졌다. 그 여우원숭이 족속은 완벽히 조화로운 사회제도 안에서 무슨 역할을 떠맡고 있을까? 그들은 아름다운 지상인의 나태한 안락과 무슨 관계가 있을까? 저 굴 밑바닥에는 무엇이 감추어져 있을까? 나는 우물 가장자리에 걸터앉아, 여하튼 무서워할 건 아무것도 없다, 의문들을 해결하려면 이리로 내려가야 한다고 혼자 중얼거렸다. 그래도 내려가는 건 정말 무서웠다! 그렇게 망설이고 있는데 아름다운 지상인 두 명이 연애 놀이를 하며 햇빛을 가로질러 그늘 속으로 뛰어 들어왔다. 남자가 여자를 뒤쫓으며 꽃을 여자에게 던졌다.

무너진 기둥에 한 팔을 기대고 우물을 들여다보는 나를 발견하고서 그들은 두려운 기색을 보였다. 우물 구멍을 입에 올리는 짓은 예의가 아닌 게 분명했다. 내가 우물을 가리키며 소인들의 언어로 그것에 대한 질문을 띄엄띄엄 시도하자 그들이 더욱 두려운 기색을 띠고 돌아섰기 때문이다. 하지만 내 성냥에는 흥미를 보였다. 나는 몇 개비를 켜서 그들을 재미있게 해주고는 다시 우물에 대한 질문을 시도했지만 또 실패했다. 이윽고 나는 그들을 떠났다. 위나에게로 돌아가서 그녀에게 물어볼 작정이었다. 그러나 벌써 내 머릿속은 격변을 일으키고 있었다. 각종 억측과 이미지 들이 밀려들어 새 가설을 세우고 있었다. 나는 이제 이 우물의 의미며 환기구 첨탑과 유령들의 수수께끼에 대한 단서를 쥐고 있었다. 청동 문의 의미와 타임머신을 잃어버린 불운에 대한 힌트를 쥔 것은 말할 것도 없다! 나를 어리둥절하게 했던 경제문제를 밝힐 실마리도 아주 흐릿하게나마 잡을 수 있었다.

새 견해란 이랬다. 인류의 이 두 번째 종은 지하인임이 분명했다. 그들의 드문 지상 출현은 오랜 지하 습성의 결과임을 나는 다음 세 가지 정황으로 추측했다. 첫째, 주로 어둠 속에서 사는 짐승 같은 창백한 안색을 하고 있었다. 예를 들면 켄터키 주 동굴에 사는 흰 물고기가 그렇다. 둘째, 빛을 반사하는 그 큼직한 눈은 야행성 생물의 공통점이다. 올빼미와 고양이를 보라. 마지막으로, 햇빛 속에서 명백히 당황한 점, 재빠르게 그러나 우왕좌왕 꼴사납게 어두운 그늘 쪽으로 달아난 점, 햇빛 속에서 고개를 특이하게 수그린 자세……. 이 모두가 그들의 망막이 극도로 예민하다는 가정을 뒷받침한다.

그렇다면 내 발밑 땅속에 터널들이 엄청나게 뚫려 있고 그 터널들이 이 두 번째 종의 서식지라는 말이 된다. 언덕 비탈 곳곳에 존재하는 환기 기둥과 우물들(강 유역을 제외하곤 없는 데가 없었다.)로 미루어볼 때 터널 망이 얼마나 널리 뻗어 있는지 알 수 있었다. 낮에 활동하는 인종의 안락에 필요한 작업이 그 인공 지하 세계에서 이루어진다고 추측하는 것은 지극히 자연스러웠다. 이 관점은 너무나 그럴싸해서, 나는 그것을 대번에 받아들이고 어쩌다 인종이 이렇게 갈라졌는지 추리를 이어나갔다. 내 추론의 대강을 여러분도 짐작할 것이다. 그러나 나는 이것이 진실에 한참 못 미친다는 것을 이내 자각하게 되었다.

먼저 우리 시대의 문제로부터 유추해보면, 자본가와 노동자 사이에 현존하는 일시적인 신분 차이에 불과한 격차가 점차 벌어져 그런 전반적 상황을 조성했을 것이 불 보듯 뻔했다. 여러분에겐 참으로 기괴해 보이리라. 그래서 도무지 믿기지 않으리라! 하지만 지금도 그런 상황의 단초를 엿볼 수 있다. 그다지 장식이 필요치 않은 문명의 이기에 지하 공간을 활용하는 경향이 있지 않은가. 예를 들면 런던에 도시 지하철이 있고 새로운 전기철도며 지하 통로, 지하 작업장, 지하 식당이 있는데 이것들은 다양하게 늘어나고 있다. 이런 추세가 계속되어 노동자들이 점차 본연의 지상권을 잃어버린 것이 틀림없다고 나는 생각했다. 점점 깊이깊이 내려가서 점점 더 큰 공장에서 더욱 많은 시간을 보내다가 결국에는……! 지금도 이스트엔드[34] 노동자들은 지상의 자연으로부터 격리되어 사실상 그런 인공적인 환경에서 살고 있지 않은가.

또한 부유한 사람들은 자신의 이익을 위해 지상의 땅 상당 부분을 배타적으로 독점하고 있다. (이 배타적 성향은 교육을 많이 받은 그들의 높은 교양 때문에, 그리고 가난한 사람들의 무례한 야만과의 격차가 벌어진 데서 비롯된 게 틀림없다.) 이를테면 런던 근교의 빼어난 대지 절반쯤은 침입을 방지하려고 이미 둘러막은 상태다. 부유층의 고등교육 과정의 기간과 비용이 증가하고 교양 있는 생활양식에 더욱 매혹되고 그것을 위한 설비가 더욱 늘어나는 데서 비롯되는 이 같은 격차가 더욱 벌어지면, 계급 간 교류라든지 오늘날 사회 계급 혈통에 따른 인종 분화를 지연하는 계급 간 결혼의 용인이 점점 감소할 것이다. 그래서 결국에 지상에는 즐거움과 편안함과 아름다움을 추구하는 '가진 자들' 이 살게 되고, 지하에는 자신들의 노동환경에 끊임없이 적응해가는 노동자들, 즉 '못 가진 자들' 이 살게 될 것이다. 한번 지하에 살게 되면 만만찮은 굴집 환기 비용을 내야 하리라. 그 비용을 내지 못한다면 굶주리고, 연체하면 숨이 막히리라. 허약하거나 반항하는 자들은 죽으리라. 그래서 결국에는 영구

34__ 런던 동부의 빈민가로 당시 노동자들과 유대인들이 주로 거주했다.

한 균형이 이루어져 생존자들은 지하 생활환경에 잘 적응해나가고 나름대로 행복하게 살게 된다. 지상인들은 또 그들 나름대로 적응해간다. 그리하여 세련된 아름다움과 누렇게 뜬 파리함의 대조가 자연스레 뒤따를 것으로 보였다.

내가 꿈꾼 인류의 위대한 승리는 다른 양상으로 머릿속에 그려졌다. 내가 상상한 윤리 교육과 공동 협력의 승리가 아니었다. 대신 내가 본 것은 완벽한 과학으로 무장한, 오늘날 산업 체계의 당연한 귀결로서의 참다운 귀족 사회였다. 그 정복은 그저 자연의 정복이 아니라 자연과 동종 인간에 대한 정복이었다. 이것은 당시 내 추론에 불과하다는 사실에 유의하기 바란다. 나는 유토피아를 다루는 책에 자주 나오는 편리한 관광 안내인을 두고 있지 않았다. 내 분석이 완전히 틀렸을지도 모르지만 그래도 제일 그럴듯한 분석이라고 생각하고 있다. 이런 추정에서조차도, 마침내 도달한 조화로운 문명은 오래전에 그 절정을 지났고 지금은 한참 쇠퇴하고 있는 듯 보였다. 지상인들의 너무나 완전한 안정성은 그들의 점진적인 퇴보를 가져와서 몸집과 힘, 지력이 전반적으로 줄어들었다. 나는 이미 그것을 두 눈으로 똑똑히 보았다. 지하인들에게 무슨 일이 생겼는지는 짐작이 되지 않았다. 하지만 내가 '몰록'(지하인들은 이 이름으로 불리고 있었다.)들을 본 바에 의하면, 그들의 인간성 변형이 '엘로이'(내가 이미 아는 그 아름다운 종족)들에 비해 훨씬 심한 듯했다.

그러고 나서 골치 아픈 의문들이 떠올랐다. 몰록은 왜 내 타임머신을 가져간 걸까? 그것을 가져간 게 그들임을 나는 확신했다. 그리고 엘로이가 지배자라면 왜 그들은 그 기계를 나에게 되찾아주지 못하는 걸까? 그리고 왜 그들은 어둠을 그렇게 무서워할까? 이미 말했듯이 나는 위나에게 가서 지하 세계에 대해 질문을 했지만 실망스럽기는 마찬가지였다. 처음엔 질문을 이해하지 못하다가 이윽고 대답하길 거부했다. 그녀는 그 화제를 못 참겠다는 듯 부르르 떨다가 내가 좀 거칠게 몰아붙였는지 와락 눈물을 쏟아냈다. 내 눈물을 제외하면 그 황금시대에 내가 본 유일한 눈물이었다. 그 눈물을 본 나는 몰록에 대한 질문을 갑자기 그만두고 위나의 눈에서 흐르는 인간 유산의 징표를 그치게 하는 데 전념했다. 내가 진지하게 성냥개비를 태우자 그녀는 금방 방긋 웃으며 손뼉을 쳤다.

6
★

이상하게 들릴지도 모르지만 내가 새로운 실마리를 명쾌하고 적절한 방식으로 뒤쫓아 나선 것은 이틀 뒤였다. 그 핏기 없는 몸뚱이들이 이상스레 꺼려졌던 것이다. 그들은 동물 박물관에서 볼 수 있는, 에탄올에 보존된 벌레같이 반쯤 표백된 색깔을 띠고 있었다. 그들을 건드리면 더럽고 차가운 느낌이었다. 그 거리낌은 주로 엘로이와의 교감에서 비롯된 듯싶었다. 몰록에 대한 그들의 혐오감이 이해되기 시작했다.

다음 날 밤 나는 잠을 잘 이루지 못했다. 몸에 탈이 생긴 모양이었다. 당혹과 의혹에 짓눌렸다. 두어 번쯤 특별한 이유 없이 격심한 두려움에 시달렸다. 달밤에 소인들이 자고 있는 큰 홀에 내가 가만가만 들어가며 (그날 밤 위나는 그 소인들과 함께 있었다.) 그들의 모습을 보고 안심했던 게 기억난다. 그때 벌써 이런 생각이 들었다. 며칠이 지나면 달은 하현을 지나 밤이 캄캄해지고 그러면 지하에서 그 혐오스러운 생물들이, 표백된 여우원숭이들이, 옛것을 대체한 그 신종 족제비들이 더욱 빈번히 출현하리라 생각되었다. 그 이틀간 나는 불가피한 의무를 회피하는 듯한 초조함에 휩싸였다. 타임머신을 되찾으려면 지하의 수수께끼를 과감하게 돌파하는 수밖에 없다고 확신했다. 그럼에도 그 수수께끼를 마주 대하기가 두려웠다. 동료가 있었더라면 좀 달랐을지도 모르겠다. 나는 철저히 혼자였다. 어두운 우물 속으로 기어 내려가는 것조차 등골이 오싹했다. 여러분이 내 기분을 이해할는지 모르겠지만 등 뒤가 몹시 불안한 느낌을 떨칠 수 없었다.

이 초조감과 불안감 때문에 어쩌면 내가 더욱 멀리까지 원정을 나갔는지 모르겠다. 지금은 쿰우드[35]라 불리는 남서쪽 고지대로 향하자 19세기의 반스테드 쪽으로 멀리 거대한 녹색 건축물이 바라다보였다. 내가 여태까지 본 것과는 생김새부터 달랐다. 그 어느 궁전이나 잔해보다도 더욱 큰 그것의 정면은 동양식이었다. 겉면은 중국 도자기 비슷하게 광택이 나고 연초록 혹은 청록색을 띠고 있었다. 생김새가 다르니 쓰임새도 다를 것 같아 내친걸음에 탐험하고 싶었다. 그러나 해가 기울고 있는 데다 여기저기 돌아다니느라 이미 지쳐서 탐험을 이튿날로 미루기로 하고 돌아갔다. 귀여운 위나는 환영과 애무로 나를 맞이했다. 하지만 다음 날 아침, 나는 '청자기靑瓷器 궁전'에 대한 내 호기심이 사실은 꺼림칙한 의무를 차일피일 미루려는 일종의 자기기만임을 똑똑히 지각했다. 더 이상 시간을 낭비하지 않고 당장 우물 속을 내려가기로 결심한 나는 이른 아침 숙소를 나서서 화강암과 알루미늄 잔해 근처 우물로 향했다.

귀여운 위나는 내 옆에서 달렸다. 우물로 가며 신이 나는 듯 깡충거

35_ 템스 강 근처 센트럴 런던 채링크로스에서 남쪽으로 16킬로미터쯤 떨어진 작은 삼림지대.

리다가 내가 상체를 수그리고 그 아가리 속을 들여다보자 이상스레 당황한 빛을 보였다.

"다녀올게, 귀여운 위나!" 하고 입을 맞추고는 그녀를 내려놓았다. 그러곤 다시 그 안벽 위로 몸을 수그려 발 디딜 고리쇠를 찾아 더듬었다. 고백하자면 나는 좀 서둘렀는데, 기껏 먹은 용기가 달아날까 봐 두려워서였다! 처음엔 놀란 표정으로 나를 지켜보던 그녀가 참으로 가련하게 부르짖으며 내게로 달려와서 그 조그마한 손으로 나를 끌어당기기 시작했다. 그녀의 반대가 도리어 내 용기를 북돋웠다. 좀 거칠게 그녀를 뿌리친 나는 다음 순간 우물 구멍 속에 있었다. 구멍 위로 그녀의 고통스러워하는 얼굴이 보였다. 나는 그녀를 안심시키려고 미소를 지었다. 그러고는 나를 매달고 있는 불안정한 고리쇠들을 내려다보았다.

나는 수직굴을 180미터쯤 기어 내려가야 했다. 우물 내벽에 튀어나온 쇠고리에 의지해 내려갔는데 나보다 훨씬 작고 가벼운 생물의 용도에 맞춘 것이어서 나는 얼마 내려가지 못해 다리에 쥐가 나고 쉽게 지쳐 버렸다. 그냥 지친 정도가 아니었다! 쇠고리 하나가 내 몸무게를 이기지 못해 갑자기 구부러지는 바람에 하마터면 저 아래 암흑 속으로 떨어질 뻔했다. 잠깐 동안 나는 한 손으로 매달려 있었다. 그 일을 겪은 뒤로는 두 번 다시 쉴 엄두를 못 내었다. 이윽고 팔과 등이 무척 아파왔지만, 나는 가급적 빨리 그 가파른 하강 통로를 기어 내려갔다. 위를 올려다보니 작은 푸른 원반 같은 우물 입구에 별 하나가 떠 있고, 귀여운 위나의 머리가 둥글고 검게 튀어나와 있었다. 덜커덩 덜커덩, 저 아래 기계 소리가 점점 커져 오자 가슴이 답답해졌다. 위쪽의 작은 원반을 제외하면 사방이 짙은 어둠이었다. 내가 다시 고개를 쳐들었을 때 위나는 보이지 않았다.

나는 불안해서 미칠 것 같았다. 지하 세계를 내버려두고 굴을 다시 올라갈까도 생각했지만 그런 고민을 하는 순간에도 나는 내려가고 있었다. 마침내 반갑기 그지없게도 내 오른쪽 한 발쯤 되는 곳에 벽 안으로 뚫린 홀쭉한 구멍이 어슴푸레 드러났다. 그리로 훌쩍 뛰어든 나는 그곳이 좁은 수평굴 어귀임을 알게 되었다. 나는 거기에 드러누워 쉬었다. 실로 얼마 만에 발견한 공간인가. 팔은 쑤시고 등에는 쥐가 났다. 지속적인 추락의 공포에 몸이 바들바들 떨렸다. 게다가 철통 같은 어둠에 눈이 빽빽하니 아팠다. 수직굴로 공기를 빨아들이는 기계의 덜컹거림과 웅웅대는 소리가 사방을 울리고 있었다.

얼마나 오래 누워 있었는지 모르겠다. 웬 부드러운 손이 얼굴을 건드리는 바람에 깨어났다. 어둠 속에서 흠칫 일어나며 성냥을 잡아채어 급하게 한 개비 켰다. 지상의 폐허에서 보았던 놈과 비슷한, 꾸부정한 흰 생물 셋이 불빛을 보고 황급히 물러났다. 칠흑 같은 어둠 속에서 살다 보니 그들의 눈은 심해어의 눈처럼 비정상적으로 크고 예민했으며 불빛을 반사하는 방식도 같았다. 그들은 캄캄한 어둠 속에서도 나를 볼 수 있는 게 분명했다. 그리고 불빛을 제외하면 나를 전혀 무서워하지 않는 것 같았다. 그들을 보려고 다시 성냥을 긋자마자 그들은 후다닥 달아나 어두운 수로와 굴속으로 몸을 감추고 거기서 몹시 기이하게 나를 쏘아보았다.

그들을 외쳐 불렀지만 그들의 언어가 지상인들의 그것과는 다른 듯해서 나는 혼자 힘으로 그 난국을 헤쳐나가야 했다. 탐험을 그만두고 달아나고 싶다는 생각이 그때에도 들었다. 하지만 나는 혼자 중얼거리며 굴속을 더듬어 나아갔다.

"여기까지 와서 포기할 순 없다."

기계 소리가 더욱 커졌다. 이윽고 양쪽 벽이 멀어지면서 넓은 공터가 나왔다. 성냥불을 켜보니 널찍한 아치형 터널에 내가 들어와 있었다. 성냥 불빛이 닿지 않는 저 안쪽에는 칠흑 같은 어둠이 도사리고 있었다. 나는 성냥 한 개비가 타는 동안에만 주위를 관찰할 수 있었다.

그러니 내 기억이 희미한 것도 당연하다. 어둠 속에서 큰 기계 같은 거대한 형체들이 드러났다. 그것들이 드리운 검은 그림자 속으로 유령 같은 몰록들이 불빛을 피해 어슴푸레하게 숨어 있었다. 그런데 그곳은 몹시 후텁지근하고 답답했다. 공기 중에 선혈의 비린내가 희미하게 떠돌고 있었다. 중앙으로 조금 저쪽에 하얀 금속의 작은 테이블 위에 음식 같은 게 놓여 있었다. 몰록들은 어쨌든 육식을 하고 있었던 것이다! 그때에도 나는 어떤 커다란 짐승이 살아남아서 그런 붉은 고기를 제공하는지 궁금해했던 게 기억난다. 모든 게 흐릿하기만 했다. 고약한 냄새, 크고 무뚝뚝한 형체들, 그림자 속에 도사린 혐오스러운 생물들은 불빛이 꺼지기만 하면 나를 다시 공격하려고 기다리고 있었다! 성냥개비가 다 타서 손가락을 데게 하고 암흑 속 빨간 점으로 몸부림치듯 떨어졌다.

그런 상황과 맞닥뜨린 나는 그 이후로, 어쩌면 이렇게도 준비를 부실하게 했을까 자주 후회했다. 타임머신을 타고 출발하면서 어리석은 추측을 일삼았다. 미래 인류는 모든 장비 면에서 우리를 월등히 앞설 게 분명하다고 생각하고 무기도, 약품도, 담배 용구도 전혀 없이(가끔 담배를 지독히도 피우고 싶었다.), 심지어는 성냥도 넉넉히 챙기지 않은 채로 왔다. 코닥 카메라만이라도 가져왔다면 지하 세계의 모습을 순식간에 찍어 한가한 때에 차분히 살펴볼 수 있었으련만! 그러나 실제로 거기에 서 있는 나에겐 자연이 준 두 손과 두 발과 치아, 그리고 달랑 남은 안전성냥 네 개비가 내 무기와 힘의 전부였다.

그 많은 기계들을 헤치고 어둠 속을 나아가기가 두려운 데다 방금 전 불이 꺼지기 직전에야 성냥이 얼마 남지 않았다는 사실을 알았다. 그때까지는 성냥을 아껴야 할 필요성을 전혀 못 느껴서 불을 마냥 신기해하는 지상인들을 놀래주겠답시고 성냥을 반 이상 허비했다. 말했다시피 이제 내겐 네 개비가 남아 있었다. 그렇게 나는 어둠 속에 서 있었다. 어떤 손이 내 손을 건드리고 여윈 손가락들이 얼굴을 더듬었다. 특이하고 불쾌한 냄새가 났다. 나를 둘러싼 무서운 소물小物들의 숨소리가 들리는 듯했다. 손에 들고 있는 성냥갑을 가만히 빼내려는 놈이 있었다. 다른 손들이 뒤에서 옷을 잡아당겼다. 그 보이지 않는 생물들에게 조사당하는 기분은 형언할 수 없을 정도로 불쾌했다. 문득 그들의 사고며 행동 방식을 내가 전혀 모르고 있다는 사실이 어둠 속에서 아주 또렷하고 통렬하게 자각되었다. 나는 그들을 향해 힘껏 고함을 질렀다. 그들은 후다닥 물러났다가 다시 다가오고 있었다. 나는 그것을 느낄 수 있었다. 놈들은 이상한 소리를 속닥거리며 더욱 과감하게 나를 잡아챘다. 나는 사납게 뿌리치며 다시 고함을 질렀다. 좀 쉰 목소리였다. 이번에는 별로 놀라지도 않고 다시 다가오며 이상한 웃음소리를 냈다. 솔직히 말해서 나는 정말 무서웠다. 성냥 한 개비를 켜서 그 불빛을 방패 삼아 달아나야겠다고 마음먹었다. 성냥불을 켜고 호주머니에서 종이 한 장을 꺼내 이어 붙이고서 좁은 동굴까지 무사히 퇴각했다. 그러나 막 거기에 들어섰을 때 불이 바람에 꺼졌다. 암흑 속에서 몰록들이 서둘러 쫓아오는 소리가 들렸다. 바람에 부스럭대는 나뭇잎처럼, 후두둑 떨어지는 빗소리처럼 쫓아오고 있었다.

순식간에 나는 여러 개의 손에 붙들렸다. 나를 끌어가려는 게 분명했다. 나는 또 성냥불을 켜서 휘둘렀다. 놈들이 눈부셔하며 고개를 외틀었다. 놈들이 얼마나 구역질 나는 마귀같이 생겼는지 여러분은 상상도 못 하리라. 창백하고 턱 없는 얼굴, 눈꺼풀 없고 큼지막하고 불그스름한 회색 눈이란! 그들은 앞을 보지 못하고 당황해서 눈을 멀뚱거리고 있었다. 하지만 살펴볼 겨를이 없었음을 단언한다. 나는 다시 퇴각했고 두 번째 성냥개비가 다 타자 세 번째 성냥개비를 켰다. 그게 끝까지 타들어 갈 즈음 수직굴에 면한 어귀에 다다랐다. 아래에서 쿵덕거리는 거대한 펌프 소리에 머리가 어지러워서 잠깐 그 끄트머리에 드러누웠다. 그러곤 돌출 쇠고리를 찾아 옆쪽을 더듬었다. 그러고 있는데 뒤쪽에서 그들이 내 두 발을 붙잡아 난폭하게 끌어당겼다. 나는 마지막 성냥을 켰으나 부주의하게 꺼뜨리고 말았다. 하지만 그때는 한 손이 쇠고리에 닿은 상태라 격렬하게 발길질을 해서 몰록의 손아귀로부터 빠져나와 재빠르게 수직굴을 기어올랐다. 놈들은 뒤에 남아 멀뚱히 쳐다보거나 나를 빤히 올려다보았다. 그런데 한 놈이 얼마간 따라오는 바람에 까딱했으면 구두를 전리품으로 빼앗길 뻔했다.

올라가도 올라가도 끝이 없었다. 마지막 7, 8미터를 남겨두고 극심한 욕지기에 시달렸다. 손을 놓지 않으려고 죽을힘을 다했다. 최종 3, 4미터는 바닥난 체력과의 치열한 싸움이었다. 여러 번 머리가 어찔어찔했고 그때마다 추락하는 느낌이었다. 마침내 어떻게 우물 아가리를 기어 넘어 휘청휘청 잔해 밖으로, 눈부신 햇빛 속으로 걸어 나왔다. 그러다 땅바닥에 엎어졌다. 흙조차 향기롭고 상쾌했다. 위나가 내 손과 귀에 입을 맞춘 것과 다른 엘로이들의 목소리가 들렸던 게 기억난다. 그리고 한동안 의식을 잃었다.

7
★

이제 나는 한층 더 곤란한 상황에 직면해 있었다. 그전까진 밤마다 타임머신을 잃은 상실감에 괴로워했을지언정 기어코 탈출할 수 있으리라는 희망을 버리지 않았는데 이 새로운 발견으로 희망의 빛이 가물거렸다. 그전까진 소인들의 어린애 같은 단순함에 내 탈출이 지체되고 어떤 미지의 힘이 내 탈출을 방해하는 걸로만 생각했다. 그 미지의 힘이 무엇인지 알기만 하면 극복할 수 있을 것 같았다. 그러나 몰록의 구역질 나는 성질에는 전혀 새로운 요소, 그러니까 어떤 비인간적이고 사악한 면이 있었다. 나는 본능적으로 그들을 혐오했다. 이전에는 마치 구덩이에 빠진 기분이어서 어떻게 하면 구덩이를 빠져나갈까가 관심사였는데, 지금은 덫에 걸린 짐승이 되어 마냥 적수가 들이닥치기를 기다리는 심정이었다.

내가 두려워하는 적수는, 좀 의외겠지만, 초승달 어둠이었다. 위나가 이것을 가르쳐주었는데 한 번은 '어두운 밤들' 에 대해 알아듣지 못할 소리를 내게 늘어놓았다. 이제 '어두운 밤들' 의 도래가 무엇을 뜻하는지 추측하는 것은 그리 어렵지 않았다. 달이 이지러지고 있었다. 밤마다 어둠의 시간이 조금씩 길어졌다. 이제 나는 지상의 소인들이 어둠을 무서워하는 까닭을 조금이나마 이해하게 되었다. 초승달 아래서 몰록들이 무슨 몹쓸 짓을 벌일지가 막연히 궁금했다. 이제 내 두 번째 가설이 완전히 빗나갔음이 확연해졌다. 지상인들은 한때 특권 귀족이었고 몰록들은 기계처럼 부려지는 하인들이었으리라. 하지만 그 시대는 오래전에 지나갔고 인류 진화의 결과인 그 두 종은 전혀 새로운 관계를 향해 나아가고 있거나 이미 그런 관계에 도달해 있었다. 엘로이들은 카롤링거 왕

족들처럼 그저 아름답기만 한 쓸모없는 존재로 퇴화했다. 그들은 우연한 계제에 지상을 계속 차지하게 되었는데, 무수한 세대에 걸쳐 지하에서 살던 몰록들이 마침내 지상의 햇빛을 더 이상 견디지 못하게 되었기 때문이다. 그리고 몰록들이 지상인에게 의복을 지어주고 생활필수품을 공급하는 건 주인을 섬기던 옛 습성을 못 잊어서 그렇다고 나는 추리했다. 몰록들은 마치 말이 앞발로 땅을 차듯, 사람이 동물을 심심풀이로 죽이듯 그 일을 했다. 옛날에 소멸된 의무가 여전히 그 종족을 짓눌렀기 때문이다. 그러나 벌써 구체제가 일부나마 뒤집히고 있음이 명백했다. 그 섬약한 종족을 향해 네메시스[36]가 신속히 포복해 오고 있었다. 먼 옛날, 수천 세대 전에 인간은 동종 인간을 평온과 햇빛 바깥으로 내쳤다. 이제 그 동종 인간이 변이되어 돌아오고 있었다! 이미 엘로이들은 옛 감정 하나를 새로이 배우고 있었다. 공포를 다시 가까이하게 된 것이다. 불현듯 지하 세계에서 본 붉은 고기가 뇌리를 스쳤다. 어떻게 그 생각이 떠올랐는지 이상했다. 상념의 흐름을 타고 떠오른 게 아니라 외부의 질문으로 불쑥 나타난 것처럼 느껴졌다. 그 고기의 형태를 돌이키려고 애썼다. 막연히 왠지 낯익다는 생각이 들었는데, 그게 무엇인지 그때로선 알지 못했다.

소인들은 정체불명의 공포 앞에 무기력했지만 나는 체질부터가 달랐다. 나는 공포 앞에 얼어붙지 않고 정체불명을 두려워하지 않는 우리 현재 시대, 그러니까 인류의 원숙기이자 전성기로부터 온 인간이었다. 적어도 내 한 몸은 지킬 수 있었다. 나는 더 지체하지 않고 무기와 (잠을

◎ 36__ 그리스 신화에 나오는 율법律法의 여신으로, 절도節度와 복수福數를 관장하고 인간에게 행복과 불행을 분배한다고 한다.

잘) 요새를 마련키로 했다. 내가 누워 잠잔 밤마다 어떤 놈들에게 노출되어 있었는지를 깨달으면서 자신감을 꽤 잃었지만, 그런 방어 수단을 확보한다면 자신감을 되찾아서 이 낯선 세상에 맞설 수 있을 것 같았다. 놈들로부터 내 침대가 안전하다는 확신이 없는 한 다시는 잠을 이룰 수 없을 것 같았다. 그들이 벌써 나를 철저히 조사했을 것이라고 생각되자 두려움으로 몸서리쳐졌다.

그날 오후 템스 유역을 여기저기 돌아다녔지만 침입이 불가능해 보이는, 내 마음에 드는 장소는 없었다. 건물이며 숲 들은 모두 능수능란한 등반가들인 몰록 종족이 (그 우물들로 판단해 보건대) 쉽게 드나들 수 있을 것 같았다. 그러다 청자기 궁전의 높다란 뾰족탑들과 그 외벽의 광택이 머릿속에 떠올랐다. 그래서 저녁에 위나를 어린아이처럼 어깨에 태우고 등성이들을 넘어 남서쪽으로 갔다. 그 거리가 12, 13킬로미터쯤 되는 줄 알았는데 족히 그 두 배[37]는 넘어 보였다. 처음에 그 궁전을 봤을 때는 안개 낀 오후라서 거리가 실제보다 훨씬 더 가깝게 보였었다. 게다가 구두 한 짝의 뒤축이 흔들거리고 바닥에 못 하나가 튀어나와서(실내에서 신는 편안한 낡은 신발이었다.) 나는 절뚝이며 걸었다. 해가 지고도 한참 뒤에야 엷은 노란빛 하늘을 배경으로 검은 윤곽을 드러낸 청자기 궁전이 눈에 들어왔다.

내가 처음 위나를 어깨에 태워줄 때만 해도 그녀는 무척 기뻐했다. 나중에는 내려달라고 해서 옆에서 깡충거리며 가끔 양옆으로 뛰어가서

37__ 원문에는 앞의 7, 8마일(약 12, 13킬로미터)과 비교해 18마일(약 28.8킬로미터)로 명시되어 있는데 성인 남자 평균 걸음인 시간당 4킬로미터로 계산하면 일곱 시간이 넘는 도보 거리다.

꽃을 꺾어 내 호주머니에 꽂아주곤 했었다. 위나는 내 호주머니를 늘 궁금히 여기다가 마침내 꽃 장식용 별종 화병으로 결론 내린 모양이었다. 어쨌든 그녀는 내 호주머니를 그런 용도로 사용했다. 그러고 보니 생각이 난다! 윗옷을 갈아입다가 이걸 발견했는데…….

(시간 여행자는 호주머니에 손을 넣어 시든 꽃 두 송이를 가만히 꺼내 작은 테이블 위에 놓았다. 무척 큰 흰 당아욱꽃과 비슷했다. 그리고 얘기를 계속했다.)

저녁의 고요가 세상을 내리덮는 가운데 우리는 그 산등성이를 넘어 윔블던[38] 쪽으로 갔다. 피곤해진 위나는 회색 돌집으로 돌아가고 싶어 했다. 하지만 나는 저 멀리 청자기 궁전의 뾰족탑들을 가리켜 보이며 저리로 피신하면 공포에서 벗어날 수 있다고 그녀를 달랬다. 땅거미가 몰려오기 전 만물에 내려앉는 그 위대한 순간을 아는가? 숲 속 산들바람조차 숨이 멎는 그 순간을. 그 저녁의 정적은 언제나 내 가슴을 설레게 한다. 하늘은 맑고 높고 드넓었다. 석양은 이미 넘어가고 지평선에는 붉은 띠가 몇 줄 가느다랗게 걸렸다. 그날 저녁 내 설렘에는 두려움이 스멀거렸다. 어두워지는 적막 속에서 내 의식이 이상스레 예민해졌다. 발을 딛고 있는 땅속이 텅 빈 듯 느껴졌다. 그 공동空洞이 들여다보이는 듯했다. 몰록들이 개미굴을 이리저리 오가며 어둠을 기다리고 있는 듯했다. 그들의 소굴을 침입한 내 행위를 그들이 선전포고로 받아들일 거라고 나는 흥분결에 생각했다. 그런데 타임머신은 왜 가져갔을까?

우리는 고요 속을 나아갔다. 어스름이 짙어져서 어둠이 되었다. 푸른 하늘이 사라지고 별이 하나둘 돋았다. 땅은 어둑해지고 숲은 어두컴

◎ 38__ 센트럴 런던에서 남서쪽으로 11킬로미터 남짓 떨어진 런던 교외.

컴해졌다. 위나의 공포와 피로가 더해갔다. 나는 그녀를 안아 올려 말을 걸고 애무해주었다. 어둠이 깊어가자 그녀는 두 팔을 내 목에 두르고 눈을 감으며 얼굴을 내 어깨에 꼭 붙였다. 그렇게 우리는 비탈을 한참 내려가 계곡에 이르렀다. 거기서 하마터면 어두워서 개울에 빠질 뻔했다. 개울을 건너서 맞은편 비탈을 올랐다. 소인들 집을 몇 채 지나고 어떤 조각상을 지나쳤다. 파우누스[39] 비슷한 상이었는데 머리가 떨어져나가고 없었다. 여기에도 아카시아 나무가 있었다. 여기까지 오면서 몰록을 전혀 보지 못했다. 아직 초저녁인 데다 이지러지는 달이 솟는 어둠의 시간은 아직 멀었다.

다음 등성마루에 올라서니 울창한 숲이 검게 쫙 펼쳐져 있었다. 이 광경을 보고 나는 망설여졌다. 좌우로 숲은 끝이 없었다. 지치고 특히 발이 몹시 아파서 걸음을 멈추며 나는 위나를 조심스레 어깨에서 내려놓았다. 그리고 잔디밭에 앉았다. 이제 더는 청자기 궁전이 보이지 않았다. 방향을 잘못 잡은 듯했다. 울창한 숲을 내려다보며 그 속에 무엇이 감추어져 있을까 생각했다. 저토록 빽빽한 나뭇가지 속에서라면 별을 보지 못하리라. 별다른 위험이 도사리고 있지 않는다 해도 (어떤 위험인지는 상상하고 싶지 않았다.) 나무뿌리에 발이 걸리고 나무줄기에 부딪힐 우려가 무시로 있었다.

낮 시간의 노고로 몹시 지쳐 있기도 해서, 나는 그 숲에 도전하느니 보다 탁 트인 등성마루에서 밤을 보내기로 작정했다. 위나는 다행히도

39__ 파투우스라고도 하며 숲과 들, 목축의 신으로, 염소의 다리가 달리고 뿔이 나 있는 그리스의 신 판과 동일시되기도 했다.

깊이 잠들어 있었다. 그녀를 내 윗옷으로 살며시 감싸고 나서 옆에 앉아 달돋이를 기다렸다. 산허리는 고요하고 쓸쓸했다. 이따금 검은 숲 속에서 생명체들의 부스럭거림이 들려왔다. 하늘에 별빛이 반짝였다. 그지없이 맑은 밤이었다. 반짝이는 별빛에 친숙한 평온이 느껴졌다. 그러나 옛 별자리들은 하늘에서 하나도 보이지 않았다. 인간이 일백 번 태어나고 죽는 동안에는 알아차릴 수 없는 점진적인 변화가 거듭되어 이미 오래전에 별들은 낯설게 무리 지어 있었다. 하지만 은하수는 여전히 옛날처럼 우주진宇宙塵의 강물로 갈래갈래 흐르고 있었다. 남쪽(으로 판단되는) 하늘에 처음 보는 휘황한 붉은색 별 하나가 있었는데 우리 시대의 초록빛 시리우스[40]보다도 더 찬란했다. 그 모든 반짝이는 별빛 중에서 밝은 행성 하나가 옛 친구의 정겨운 얼굴처럼 변함없이 빛나고 있었다.

별들을 쳐다보고 있자니 불현듯 내 근심과 온갖 중요한 세상사들이 사소하게만 느껴졌다. 별들까지의 무한한 거리와, 미지의 과거에서 미지의 세계로의 느리지만 어김없는 별들의 방랑을 생각했다. 지구의 양극이 그리는 대大세차 회전[41]을 생각했다. 내가 건너지른 무수한 세월 동안 그 조용한 회전은 겨우 40회밖에 일어나지 않았다. 그 얼마 안 되는 회전이 일어나는 동안 인류의 온갖 활동이며 온갖 전통이며 복잡한 조직, 국가, 언어, 문학, 염원, (내가 아는) 인류에 대한 하찮은 기억까지 종

40__ 큰개자리에서 가장 밝은 청백색의 별. 하늘에서 볼 수 있는 가장 밝은 별로 지구에서의 거리는 8.7광년이다.

41__ 천체의 작용에 의하여 지구 자전축의 방향이 조금씩 변하는 현상을 말한다. 이 때문에 천구天球의 적도와 황도가 변하고, 그에 따라 춘분점이 해마다 조금씩 달라진다. 자전축은 72년에 1도 정도 회전하며 1회전 주기는 25,920년이다.

말을 고했다. 그 대신 남은 것은 숭고한 조상들을 까맣게 잊어버린 이 연약한 소인들과 내가 겪은 공포의 하얀 생물들이었다. 그리고 그 두 종 사이에 존재하는 커다란 공포를 생각했다. 별안간 몸이 부들부들 떨렸다. 내가 봤던 그 고기가 무엇이었는지 비로소 확연히 깨달았다. 너무나 무서웠다! 옆에서 자고 있는 귀여운 위나를 바라보았다. 그녀의 얼굴은 저 별들처럼 하얗게 반짝였다. 나는 황급히 이 불길한 상상을 털어냈다.

기나긴 밤 내내 나는 가급적 몰록을 생각하지 않으려 애썼다. 새로운 별자리 질서 속에서 옛 별자리의 흔적을 찾는 게 헛수고인 줄 알면서도 그렇게 시간을 보냈다. 하늘은 그지없이 맑았고 안개구름은 한두 점뿐이었다. 이따금 깜박 졸았다. 한참 밤새움을 하자 동녘 하늘이 무채색 불빛을 받은 양 희미하게 밝아왔다. 그리고 이지러지는 달이 떴다. 야위고 뾰족하고 하얀 달이었다. 곧이어 달을 집어삼키고 압도하며 새벽이 찾아왔다. 처음엔 창백했으나 머잖아 분홍빛으로 따뜻하게 물들었다. 몰록은 나타나지 않았다. 그날 밤 그 등성이에선 몰록을 하나도 보지 못했다. 새날을 맞아 자신감을 되찾자 이전의 공포가 터무니없이 여겨졌다. 나는 일어섰다. 뒤축이 헐거운 신짝의 발목이 부어 있었고 발꿈치가 쑤셨다. 나는 다시 앉아 신발 두 짝을 벗어 내던졌다.

위나를 깨워서 숲으로 내려갔다. 이제는 검고 음산한 숲이 아니라 초록빛의 상쾌한 숲이었다. 어떤 과일을 발견해서 그것으로 아침 식사를 대신했다. 곧이어 섬약한 소인들과 마주쳤다. 그들은 마치 밤이라는 게 애당초 없었다는 듯 햇살 속에서 웃고 춤추고 있었다. 그 광경에 나는 예전에 봤던 붉은 고기를 새삼 떠올렸다. 그것이 무엇이었는지 이제 확실하게 알게 된 나는 인류의 대홍수 뒤에 남은 마지막 세류細流 같은 이 나약한 종족들에게 가슴 깊은 연민을 느꼈다. 인류가 쇠퇴하던 먼 옛날 어느 시점에 몰록의 먹을거리가 바닥난 모양이었다. 그래서 쥐나 족제비 같은 해수害獸를 먹으며 한동안 살았으리라. 사실 현재에도 인간은 과거보다 음식을 훨씬 덜 가리고 골고루 먹는다. 원숭이와 비교해도 인간은 못 먹는 게 없다. 인육을 먹어선 안 된다는 인간의 선입견은 그리 뿌리 깊은 본능이 아니다. 그래서 인류의 마귀 같은 후손들은 결국……! 나는 그 현상을 과학적으로 고찰하려고 애썼다. 어쨌든 비인간적인 몰록들은 3,000~4,000년 전의 우리네 식인 조상들보다도 훨씬 먼 종족이었다. 이런 사태를 통감해야 할 지성은 사라지고 없었다. 그런데 내가 왜 골머리를 썩어야 하나? 개미 같은 몰록들에 의해 보존되었다가 나중에 잡아먹히는 이 엘로이들은 살찌운 축우와 다를 바 없다. 어쩌면 품종개량까지 되고 있는지도 모른다. 그런데 위나는 무엇이 신 나는지 옆에서 춤을 추고 있었다!

나는 그것을 인간의 이기심에 대한 냉혹한 벌이라고 여김으로써 나에게 밀려오는 공포심을 물리치려고 애썼다. 동종 인간의 노동 위에서 안락과 즐거움을 누리고 살면서 인간은 '불가피성'을 슬로건으로 내세우고 핑계 삼았다. 바야흐로 때가 되자 그 '불가피성'은 그들에게로 되돌아왔다. 퇴화하는 이 가련한 귀족에게 나는 칼라일[42]류의 혹평까지 서슴지 않았다. 하지만 이런 마음가짐으로 일관할 수는 없었다. 엄청난 지적 퇴보에도 불구하고 엘로이들은 사람의 모습을 너무 많이 간직하고

◎ **42**__ Thomas Carlyle(1795~1881) : 빅토리아 시대에 막대한 영향을 끼친 스코틀랜드 출신 사상가로, 지배계급의 무위도식과 방탕을 신랄하게 비판했으며, 역저 『프랑스 혁명』에서는 프랑스 혁명을 군주와 귀족 계급의 어리석음과 이기주의에 대한 필연적인 심판으로 간주했다.

있어서 나는 동정하지 않을 수 없었고, 그들의 퇴보와 공포에 공감하는 도리밖에 없었다.

그때는 딱히 어떻게 행동해야겠다는 방침이 섰던 건 아니었다. 우선은 안전한 피신처를 마련하고 금속이나 석재 무기를 재주껏 장만하는 게 급선무였다. 다음으로 불을 지필 도구를 손에 넣어 횃불 무기를 만든다면 몰록들에 맞서는 데 한결 효과적일 것이었다. 또 하얀 스핑크스 밑 청동 문을 부술 해머 같은 연장도 필요했다. 큰 불을 앞세우고서 그 문 안으로 들어가기만 한다면 타임머신을 되찾아 탈출할 수 있으리라고 믿어 의심치 않았다. 몰록들이 힘이 세서 타임머신을 멀리 옮겼으리라고는 생각되지 않았다. 나는 위나를 우리 시대로 함께 데려가겠다고 다짐했다. 그런 계획을 머릿속에 궁굴리면서 나는 내 멋대로 우리 거처로 정한 건물을 향해 걸음을 옮겼다.

8
★

정오 무렵에 청자기 궁전에 이르러 보니 황폐하게 버려진 건물이었다. 깨진 유리 조각만 창문에 남았고, 녹색 겉장식 판들은 부식한 금속 틀거리에서 떨어져 나갔다. 꽤 높은 잔디밭 언덕에 올라앉은 그 건물에 들어서기 전에 북동쪽을 바라보다가 나는 깜짝 놀랐다. 한때 완즈워스와 배터시[43]였음에 틀림없는 지점에 넓은 하구 혹은 만 같은 게 보였던 것이다. 문득 저 바닷속 생물들한테 무슨 일이 벌어졌을까, 아니 무슨

◎ 43__템스 강 남쪽 강변에 있는 자치 도시였다가 현재 런던으로 통합되었다.

일이 벌어지고 있을까를 생각했다. 잠깐 스치는 생각에 불과했지만 말이다.

궁전의 재질을 살펴보니 진짜 자기였고, 그 전면에 알 수 없는 문자로 무슨 명銘을 새겨놓았다. 위나의 도움을 받으면 이것을 해석할 수 있겠다고 생각한 내가 어리석었다. 위나가 글을 쓸 줄 모른다는 사실만 확인했던 것이다. 그녀는 언제나 내게 '인간'으로 느껴졌는데 아마도 그녀의 애정이 인간적이어서 그랬던 것 같다.

큰 문짝 안에는 (문은 열린 채 부서져 있었다.) 통상적인 현관홀 대신, 많은 측창으로 빛이 들어오는 쭉 뻗은 회랑이 있었다. 첫눈에 박물관이 연상되었다. 타일 바닥엔 먼지가 두텁게 깔려 있었고, 온갖 진귀한 진열품들도 먼지를 허옇게 둘러쓰고 있었다. 실내 중앙에 기묘하고 앙상한 것이 서 있었는데 거대한 뼈대의 하반신이었다. 삐뚜름한 발로 봐서 메가테리움[44]의 뒤를 따라 멸종한 어떤 동물임이 분명했다. 두개골과 상반신 뼈는 그 옆에 자욱한 먼지를 덮어쓰고 놓여 있었는데, 천장 틈새로 빗물이 떨어진 한 군데가 마멸되어 있었다. 회랑 안쪽에는 브론토사우루스[45]의 거대한 뼈 무더기가 있었다. 박물관일 거라는 내 추측이 들어맞았다. 옆쪽으로 가니 경사진 선반 같은 게 있었다. 먼지 켜를 닦아내니 우리 시대의 낯익은 유리 상자가 드러났다. 그런데 내용물 일부가 온전히 보존된 걸로 봐서 밀폐 상태임이 확실했다.

44__200만 년 전부터 8,000년 전까지 아메리카 대륙 일대에 생존했던, 코끼리 덩치만 한 늘보과의 일종이다. '메가테리움'은 거대한 짐승이란 뜻이다.

45__몸의 길이는 20~25미터, 몸무게는 32.5톤으로 추정되며 중생대 쥐라기에 번성했다. 물가에서 수생식물을 먹고 살았다.

조금 훗날의 사우스 켄싱턴 자연사 박물관 잔해 한가운데에 우리가 서 있는 게 분명했다! 여기는 고생물관으로 화석을 아주 훌륭하게 진열해뒀던 모양이다. 한동안 막을 수도 있었던 고집스러운 부식 작용이 박테리아와 균류의 멸종으로 그 힘이 100분의 1로 줄어들었음에도, 극도로 느리지만 그만큼 확실하게 모든 보물들에 다시 작용하고 있었던 것이다. 여기저기서 소인들의 자취를 발견했다. 진귀한 화석들이 산산조각 나 있거나 그것들이 줄로 꿰여 갈짚 위에 놓여 있었던 것이다. 유리 상자들이 좀 떨어진 곳으로 통째로 옮겨진 것은 몰록들의 짓이리라. 그곳은 아주 조용했다. 두터운 먼지 덕분에 우리의 발소리가 잦아들었다. 경사진 유리 상자 위로 성게를 굴리고 있던 위나가 주위를 두리번거리는 내 곁으로 와서 가만히 손을 잡았다.

처음에 나는 지적 시대의 이 고대 유적을 보고 너무 놀란 상태라 여기서 어떤 도움을 받을 수 있으리란 생각은 하지 못했다. 타임머신에 대한 집착까지도 잠시 떨치고 있었다.

건물 규모를 고려했을 때 이 청자기 궁전 안에는 고생물 전시관 말고도 다른 것들이 많이 있을 터였다. 어쩌면 역사관이나 도서관까지도 있을지 몰랐다! 현재 내 처지에서는 그것들이 여기 부식이 진행 중인 옛날 지질학 구경거리보다 엄청나게 흥미로웠다. 돌아다니다가 첫 번째 회랑과 교차하는 길지 않은 다른 회랑이 나왔다. 여기는 광물을 전시한 곳 같았는데 유황 덩어리를 보니 화약에 생각이 미쳤다. 하지만 초석硝石은 보이지 않았다. 질산염 종류는 전혀 없었다. 오래전에 습기에 녹아 사라졌으리라. 그래도 유황은 마음에 남아 이런저런 상념을 불러일으켰다. 전반적으로 보존 상태는 제일 나았지만 그 관의 나머지 내용물에는 별 관심이 가지 않았다. 나는 광물학 전문가가 아니었으니까. 첫 번째 회랑과 나란히 뻗은 몹시 훼손된 측랑으로 꺾어 들어갔다. 이곳은 박물학관인 듯했지만 모든 게 본모습을 잃은 지 오래였다. 쪼그라들고 시커메진 형해 몇 점은 한때 박제 동물이었을 테고, 말라빠진 미라가 든 병들에는 한때 에탄올이 담겨 있었을 터였다. 한 뭉치의 티끌은 바스러진 식물들이었다. 그게 전부였다! 인류가 어떤 독창적인 방법을 통해 생기로운 자연을 극복하게 되었는지를 규명하고 싶었는데 못내 아쉬웠다. 다음에는 엄청나게 넓기만 한, 유난히 조명이 나쁜 회랑으로 들어갔다. 내가 들어선 바깥쪽에서부터 안쪽으로 실내 바닥이 약간 낮아져 있었다. 띄엄띄엄 천장에서 드리워진 흰 전구를 보면 (다수가 깨어지고 망가져 있었는데) 원래는 인공조명을 한 모양이었다. 여기는 내가 좀 아는 분야였다. 양옆으로 덩치 큰 기계들이 서 있었던 것이다. 모두 부식의 정도가 심하고 다수가 망가졌지만 일부는 아직도 건재했다. 여러분도 알다시피 나는 기계라면 사족을 못 쓰기 때문에 기계들을 천천히 둘러보고 싶었다. 대부분 기계들이 독특한 흉취를 자아냈고 그 용도를 전연 짐작할 수 없었기 때문에 더욱 그랬다. 그 수수께끼를 풀기만 한다면 몰록들과의 대결에서 유리한 입지에 설 수 있을 것 같았다.

갑자기 위나가 내 곁으로 바싹 다가붙었다. 너무 갑작스러워 나는 깜짝 놀랐다. 그녀가 아니었더라면 회랑 바닥이 경사졌다는 사실을 전혀 알아채지 못했을 것이다. 내가 들어섰던 지점은 바깥쪽 끄트머리였는데 지면보다 꽤 높았고, 세로로 길쭉한 진귀한 창들로 빛이 들어오고 있었다. 안쪽으로 들어갈수록 지면이 이 창문들에 육박해 올라서 마침내는 런던 주택의 반지하 출입구 같은 움푹한 공간이 각각의 창문 밖에 있었고, 그 창 꼭대기로 잘려진 햇빛이 겨우 비쳐 들었다. 나는 기계들의 수수께끼에 골몰하면서 천천히 안쪽으로 들어갔다. 너무 몰두해 있어서 햇빛의 유입이 점차 줄어들고 있음을 눈치채지 못하다가 위나가 눈에 띄게 불안해하는 모습을 보고 알아챘다. 그러고 보니 실내 저 끝은 아예 짙은 어둠에 잠겨 있었다. 나는 망설이다가 주위를 둘러보았다. 먼지층이 덜 두껍고 그 표면이 고르지 않음을 알았다. 어둑한 안쪽으로 자그마하고 좁다란 발자국이 어지럽게 찍혀 있었다. 몰록이 근처에 있다는 직감이 스쳤다. 기계에 대한 학술 조사에 시간을 허비하고 있다는 생각이 들었다. 벌써 느지막한 오후가 되었는데도 여태 무기도 도피처도 불 지필 수단도 확보하지 못했음을 깨달았다. 실내 깊숙한 어둠 속에서 타닥거리는 유별난 소리와 우물 속에서 들었던 기묘한 소음이 들렸다.

나는 위나의 손을 잡았다. 돌연 묘안이 떠올라 위나를 내버려두고 어떤 기계에 달라붙었다. 철도 신호소의 레버를 닮은 쇠막대 하나가 튀어나온 기계였다. 디딤대에 기어올라 그 레버를 양손으로 움켜쥐고 전 체중을 실어 옆으로 당겼다. 실내 한복판에 남겨진 위나가 갑자기 훌쩍이기 시작했다. 레버의 강도에 대한 내 짐작이 들어맞았다. 1분쯤 분투하자 레버가 철컥 떨어져 나왔다. 나는 몰록들과 마주치면 여지없이 두개골을 박살 낼 수 있는 철퇴를 들고 그녀에게로 돌아갔다. 몰록 한두 놈을 죽이고 싶어 손이 근질근질했다. 자신의 후손을 죽이려 하다니 이 얼마나 무자비한가! 그러나 놈들에게서는 어쩐지 인간성을 전혀 느낄 수 없었다. 회랑을 곧장 내려가서 소리 내는 놈들을 죽여버리고 싶었지만 위나를 혼자 남겨두는 게 마음에 걸렸고, 또 살해 욕구를 해소하다 보면 내 타임머신이 위험해질 것 같아서 겨우 참았다.

한 손에 철퇴를 들고 다른 손에 위나를 잡고 그 회랑을 나와서 더욱 넓은 회랑으로 들어섰다. 첫눈에 보니 너덜너덜한 기旗를 걸어둔 병영 예배당이 떠올랐다. 양옆에 걸려 진열된 갈색 넝마들은 책의 썩은 잔해

임을 곧 알아보았다. 오래전에 바스러질 대로 바스러진 그것들에는 인쇄물의 본모습이라곤 온데간데없었다. 하지만 뒤틀린 판지와 망가진 죔쇠 들이 여기저기 남아서, 옛날에는 그것들이 책이었음을 말하고 있었다. 내가 문학가였더라면 모든 열망의 허무함을 가슴 깊이 새겼겠지만, 정작 내 마음을 후려친 것은 그 거무칙칙하게 썩은 종이들의 황막함이 증언하는 엄청난 노력의 낭비였다. 그때 나는 왕립학회 〈철학 회보〉와 물리광학에 관한 내 논문 열일곱 편을 주로 생각했음을 고백한다.

그다음에 널찍한 층계를 올라 한때 공업화학관이었을 곳으로 갔다. 여기서 쓸 만한 것을 발견하리라는 희망을 적잖게 품었다. 지붕이 무너진 한쪽 구석을 제외하면 이 진열관의 보존 상태는 양호했다. 나는 멀쩡한 유리 상자를 빠짐없이 살폈다. 마침내 한 완전 밀폐 상자에서 성냥 한 갑을 발견했다. 허겁지겁 시험해보니 상태가 아주 좋았다. 축축하지도 않았다. 나는 위나를 돌아보며 소인들 언어로 "춤!"을 외쳤다. 이제 그 무서운 괴물에 맞설 무기를 실지로 손에 넣은 것이다. 그래서 그 버려진 박물관 안의 두텁고 부드러운 먼지 카펫 위에서 위나가 더없이 기뻐하는 가운데, 나는 참으로 유쾌하게 「천국」이란 노래를 휘파람으로 불면서 일종의 혼합 춤을 진지하게 추었다. 일부는 얌전한 캉캉 춤이고 일부는 스텝 댄스, 일부는 스커트 댄스[46](변변찮은 연미복임에도 최선을 다했다.), 또 일부는 내 창작이었다. 알다시피 나는 독창성을 타고났으니까.

그 성냥갑이 까마득한 세월의 마멸을 피해온 게 무엇보다 신기했지만(지금도 신기하게만 여겨진다.) 나에겐 기막힌 행운이었다. 더욱 기이한

◎ 46_긴 옷자락을 아름답게 날리며 추는 춤.

것은 도저히 믿기지 않는 물질인 장뇌를 발견한 사실이다. 밀봉된 병 안에 들어 있었는데, 어쩌다 완전 밀폐로 보존된 모양이었다. 처음엔 파라핀 왁스인 줄 알고 병을 깨뜨렸는데 틀림없는 장뇌 냄새였다. 만물이 부패하고 부식한 지난 수천 세기 동안 이 휘발성 물질은 용케 살아남았던 것이다. 수백만 년 전 비명횡사를 당해 화석이 된 벨렘나이트[47]에서 추출한 물감으로 그린 오징어 먹물빛 그림을 한 번 본 적 있는데, 그게 기억났다. 던져버리려다가 장뇌가 인화성 물질이고 밝은 불꽃을 내며 탄다는 사실을 떠올리곤 촛불 못지않다고 생각하고서 호주머니에 챙겨 넣었다. 예의 청동 문을 파괴할 폭약이나 다른 도구는 하나도 보이지 않았다. 그때까지 발견한 것 중에서 제일 요긴한 물건이라고 해봐야 쇠지레가 전부였지만 그럼에도 나는 기세등등하게 그 회랑을 나섰다.

그 긴 오후의 일을 전부 다 말할 순 없다. 그 일을 순서대로 모두 돌이키자면 기억력을 엄청나게 혹사해야 할 것이다. 녹슨 무기가 진열된 긴 회랑에서 쇠지레를 손도끼나 검으로 바꿀까 고민하던 게 생각난다. 그러나 둘 다를 휴대할 순 없었고, 게다가 청동 문을 부수는 데는 쇠지레가 더 적합했다. 철포며 권총, 소총 따위가 많이 있었는데, 대개는 녹덩어리였지만 일부는 신소재 금속이라 아직도 온전했다. 하지만 한때 실탄이나 화약이었을 것들은 모조리 삭아서 티끌이 되어 있었다. 한쪽 구석이 검게 타고 산산이 부서진 것은 아마도 표본 중의 하나가 폭발해서 그런 것 같았다. 다른 관에는 우상이 무수하게 배치되어 있었다. 폴리네시아, 멕시코, 그리스, 페니키아 등 지구상 온갖 나라의 것이 다 있

47__쥐라기와 백악기의 오징어 비슷한 동물의 화석.

었다. 거기서 나는 충동을 이기지 못하고 특히 마음에 드는 남미의 동석凍石 괴물의 코에 내 이름을 적어 넣었다.

저녁이 다가오자 흥미가 줄어들었다. 나는 먼지 끼고 조용하고 종종 파손된 회랑들을 돌아다녔다. 전시품들은 때때로 녹 덩어리나 갈탄에 지나지 않았고 때로는 제법 말짱한 것들도 있었다. 그러다 어느 관에서 불현듯 주석 광산의 모형을 발견하고 나서 정말 우연히 밀폐 상자에 든 다이너마이트 화약통 두 개를 발견했다. 나는 "유레카!" 를 외치고는 기쁜 마음으로 그 상자를 깨뜨렸다. 문득 의심이 들어 머뭇거렸다. 그러다가 작은 부속관을 골라 실험에 나섰다. 5분, 10분, 15분……. 폭발을 헛되이 기다린 그때만큼 실망감이 컸던 적은 없었다. 실물을 버젓이 진열했을 리는 없으니 물론 그것은 가짜였다. 그것이 가짜가 아니었다면 나는 당장 달려가서 스핑크스와 청동 문과 (나중에 알게 되었지만) 타임머신을 되찾을 기회까지 몽땅 날려버렸을 것이다.

그 이후였지 싶은데 우리는 궁전 안의 작은 뜰로 나왔다. 잔디가 깔려 있었고 과일나무 세 그루가 있었다. 거기서 쉬면서 배를 채웠다. 해가 이울자 우리의 처지를 생각하게 되었다. 밤은 슬금슬금 다가왔고 몰록의 접근을 막아줄 은신처는 아직도 못 찾았다. 하지만 그것은 심각한 문제가 아니었다. 몰록들에 맞설 최선의 방어책을 손에 넣었으니까. 성냥 말이다! 화염이 필요할 경우엔 호주머니에 장뇌도 있었다. 우리에게 최선책은 불의 보호를 받으며 빈터에서 밤을 보내는 것이라고 생각했다. 내일 아침에 타임머신을 되찾자. 그런데 내 손에는 철퇴밖에 없으니. 하지만 이젠 아는 게 많아서 청동 문이 이전과는 완전히 다르게 느껴졌다. 이때까지 청동 문을 강제로 열지 않으려고 했던 것은 주로 그 뒤편이 수수께끼에 싸여 있어서였다. 그 문이 아주 튼튼하다는 인상은 받질 못했으니 쇠막대가 그 일에 조금은 쓸모가 있기를 바랄 뿐이었다.

9
★

우리가 청자기 궁전 밖으로 나온 것은 아직 해가 지평선에 걸쳐 있을 무렵이었다. 이튿날 아침 일찍 하얀 스핑크스에 가닿을 계산이었고, 어스름 전에 전날 진로를 가로막았던 그 숲을 돌파할 작정이었다. 그날 밤 최대한 멀리까지 나아가서 불을 지피고 그 불길의 비호를 받으며 잔다는 계획이었다. 그래서 나는 걸으면서 잔가지며 마른풀을 눈에 띄는 대로 그러모았는데, 머잖아 그런 허섭스레기들로 한 아름이 되었다. 그렇게 짐이 있다 보니 예상보다 전진이 더딘 데다 위나마저도 지쳐 있었다. 나도 수면 부족으로 슬슬 고역스러웠다. 그래서 숲 앞에 다다랐을 때는 어둑한 밤이었다. 그 관목 비탈 언저리에서 위나는 전방의 어둠에 질려 걸음을 옮기려 하지 않았다. 하지만 나는 재앙이 임박했다는 기이한 느낌(경고로 받아들였어야 마땅했는데)에 떠밀려 앞으로 나아갔다. 하룻밤 이틀 낮 동안 잠을 자지 않은 데다 몸에 열감이 있고 짜증이 일었다. 졸음이 몰려오고 더불어 몰록들도 몰려오고 있음을 느꼈다.

그렇게 머뭇거리고 있는데 우리 뒤편 검은 덤불 속에 어둠을 배경으로 희미한 형체 셋이 웅크리고 있는 것이 보였다. 주위는 관목과 높다란 풀 천지여서 놈들의 음흉한 접근에 불안감을 느꼈다. 숲의 너비는 1.5킬로미터쯤 되는 것 같았다. 그 거리를 통과해 민둥한 등성마루에 닿는다면 거기서 안심하고 휴식을 취할 수 있을 것 같았다. 성냥과 장뇌를 쓴다면 숲을 통과하는 동안 길을 밝힐 수 있을 것이었다. 하지만 성냥을 켜려면 두 손이 필요하고, 그러자면 땔감을 포기해야 한다는 건 자명한 이치였다. 그래서 마지못해 그것을 내려놓다가 문득 스치는 생각이 있었다. 땔감에 불을 붙여 뒤쪽 친구들을 놀래주자는 것이었다. 이 행위가 굉장한 바보짓이었음을 나중에 알았지만 그때는 우리의 퇴각을 보장해주는 독창적인 행동으로 여겨졌다.

사람이 없고 기후가 온화한 곳에서의 발화가 얼마나 드문 일인지 생각해본 적 있는가. 햇볕이 불을 일으킬 만큼 강하지도 않고 그 볕이 이슬방울에 모여 초점을 맞춰도 불을 지필 정도는 아니다(열대지방에서는 가끔 있는 일이지만 말이다.).번개에 박살이 나고 새까맣게 그을리는 경우는 있지만, 큰 불이 발생하는 경우는 극히 드물다. 썩어가는 초목이 가끔 발화열로 까맣게 타들어가는 경우는 있어도 불을 피우는 일은 좀체 없다. 이 말기 세상의 지상에서는 불 피우는 법이 까맣게 잊힌 것이다. 땔감 더미를 날름날름 먹어치우는 빨간 혓바닥은 위나한테 전혀 새롭고 낯선 것이었다.

위나는 그 모닥불로 뛰어가서 놀려고 했다. 내가 붙잡지 않았더라면 그녀는 불속으로 뛰어들었으리라. 그녀를 안아 든 나는 몸부림치는 그녀를 무시하고 과감하게 전방 숲 속으로 뛰어들었다. 잠시 동안 모닥불 빛이 길을 밝혀주었다. 뒤돌아 보니 빽빽한 나무줄기 사이로 땔감 더미에서 불길이 이웃한 덤불로 옮겨붙고 있는 게 보였다. 그 불이 넘실거리며 풀밭 비탈을 기어오르고 있었다. 나는 그 광경을 보고 크게 웃고는 어두운 숲 속을 향해 돌아섰다. 몹시 어두웠다. 위나가 발작적으로 내게 매달렸다. 그래도 눈이 어둠에 익어가자 나무줄기를 피할 정도의 빛은 되었다. 위를 쳐다보니 온통 검었다. 하지만 군데군데 틈새로 아득한 파란 하늘빛이 새어 들어왔다. 양손이 비지 않아서 성냥은 하나도 켜지 못했다. 왼팔에는 귀여운 위나를 안았고 오른손에는 쇠막대를 들고 있었다.

잠시 동안 들리는 소리라곤 내 발밑의 잔가지가 딱딱 부러지는 소리와 산들바람이 위쪽 나뭇잎을 사르락 흔드는 희미한 소리, 내 숨소리, 그리고 귓속의 혈관이 뛰는 소리뿐이었다. 이윽고 타닥타닥하는 소리가 들린 듯했다. 나는 짓쳐 나아갔다. 타닥거리는 소리가 점점 뚜렷해지면서 나는 지하 세계에서 들었던 것과 같은 그 기묘한 소리와 목소리를 분간할 수 있었다. 몰록이었다. 여러 놈이 나를 향해 육박해 오고 있었다. 잠깐 뒤에 무언가가 내 외투를 끌어당기고 한 팔을 잡아끌었다. 위나가 격렬하게 떨더니 이내 조용해졌다.

성냥을 켤 시간이었다. 그러려면 위나를 내려놓아야 했다. 내려놓고 나서 호주머니를 뒤지는데 어둠 속 내 무릎께에서 드잡이가 벌어졌다. 위나 쪽에서는 아예 조용하고, 몰록 편에서는 그 괴상한 구구 소리가 났다. 작고 보드라운 손들이 외투를 더듬고 등허리를 기어오르고 목까지 건드렸다. 이윽고 성냥을 긋자 불이 붙었다. 성냥불을 들고서 나는 나무들 사이로 도망가는 몰록들의 허연 등을 보았다. 급히 장뇌 한 덩어리를 호주머니에서 꺼내 성냥불이 잦아들면 밝힐 요량으로 준비를 갖췄다. 위나를 내려다보았다. 그녀는 내 발을 꽉 잡고 미동도 없이 얼굴을 땅에 대고 누워 있었다. 가슴이 철렁해서 허리를 굽혀 살펴보았다. 가느다랗게 숨을 쉬고 있는 듯했다. 장뇌 덩이에 불을 붙여 앞쪽으로 내던졌다. 쪼개지면서 장뇌가 타오르자 몰록들과 어둠이 물러났다. 나는 무릎을 꿇고 그녀를 안아 올렸다. 뒤편 숲 속에서 엄청난 무리가 흥분해서 수런거리는 것 같았다!

위나는 기절한 모양이었다. 그녀를 조심스레 어깨에 올리고 나서 길을 가려고 일어서다가 불현듯 무서운 사실과 맞닥뜨렸다. 성냥과 위나를 다루는 와중에 여러 번 몸을 돌렸던 것이었다. 그래서 이제 어느 방향으로 가야 할지 전혀 갈피를 잡을 수 없었다. 분명한 사실은 내가 청자기 궁전을 향해 되돌아섰을지도 모른다는 것이었다. 식은땀이 솟았다. 행동 방침을 빨리 정해야 했다. 나는 그 자리에서 불을 지피고 야영을 하기로 마음먹었다. 아직 미동도 않는 위나를 진흙 잔디에 내려놓고 첫 장뇌 덩이가 사그라지기 전에 허겁지겁 검불이며 나뭇잎을 그러모았다. 어둠 속 주위 여기저기서 몰록의 눈동자가 루비처럼 반짝였다.

장뇌가 깜박거리다가 꺼졌다. 나는 성냥을 켰다. 그러자 위나에게 접근했던 흰 형체 둘이 부리나케 달아났다. 한 놈은 불빛에 눈이 멀어 나에게 곧장 다가왔다. 내 주먹질에 놈의 뼈가 으스러지는 촉감이 전해졌다. 놈은 기겁해서 우우 소리를 지르며 잠깐 휘청거리다가 쓰러졌다. 나는 다른 장뇌 덩이에 불을 붙이고는 땔나무를 줍기 시작했다. 곧 머리 위 나뭇잎 일부가 얼마나 말랐는지 알게 되었다. 내가 타임머신을 타고 여기에 도착한 이후 약 일주일간 비가 내리지 않았던 것이다. 그래서 나는 땔나무를 찾아다니는 대신 껑충 뛰어 나뭇가지를 끌어내리기 시작했다. 금방 생나무와 마른나무로 연기 자욱한 불을 피워 장뇌를 절약하게 되었다. 그러고 나서 철퇴 옆에 누워 있는 위나에게로 갔다. 위나를 되살리려고 미력이나마 다했지만, 그녀는 다만 시체처럼 누워 있었다. 그녀가 숨을 쉬는지 멎었는지조차 확실하지 않았다.

모닥불 연기가 내게로 들이닥쳤다. 그 때문에 갑자기 졸음이 쏟아진 모양이었다. 공중에 퍼진 장뇌 증기도 한몫했다. 모닥불은 한두 시간쯤 지속될 것이었다. 분투한 뒤라 무거운 피로가 몰려들어 나는 앉았다. 숲 속에는 졸음을 재촉하는 불가해한 수런거림이 가득 차 있었다. 깜빡 졸았다가 눈을 뜬 것 같은데 주위는 컴컴했고 몰록들이 나를 더듬고 있었다. 달라붙는 손길들을 떼치고 급히 호주머니를 뒤졌지만 성냥갑은…… 없었다! 놈들이 다시 나를 잡고 드잡이했다. 순간 나는 상황을 이해했다. 나는 잠을 잤고 그사이 불은 꺼지고 원통한 죽음이 덮쳐오고 있었던 것이다. 숲 속은 나무 타는 냄새로 진동했다. 나는 목덜미를 잡히고 머리칼을 끌리고 양팔을 붙잡혀 점점 무너져갔다. 어둠 속에서 그 물컹물컹한 생물들에게 짓눌리는 느낌은 이루 말할 수 없이 무서웠다. 마치 거대한 거미집에 걸려든 기분이었다. 나는 압도되어 쓰러졌다. 작은 이빨이 목을 깨물었다. 나는 몸을 굴렀다. 그 와중에 쇠지레가 손에 닿았다. 힘이 솟았다. 아등바등 일어서며 쥐인간들을 떨쳐내고 쇠막대를 바투 잡고 놈들의 얼굴이 있을 만한 곳을 마구 찔렀다. 놈들의 뼈와 살이 물크러지는 느낌이 손바닥에 감겨왔다. 그런 뒤에 나는 잠시 자유의 몸이 되었다.

격렬한 싸움 끝에 뒤따르기 마련인 야릇한 환희감에 나는 휩싸였다. 나와 위나는 둘 다 죽은 목숨이었지만 순순히 몰록들의 고기가 되어줄 순 없었고 그 대가를 톡톡히 치르게 할 셈이었다. 나는 어느 나무를 등지고 쇠막대기를 앞으로 휘둘렀다. 온 숲이 몰록들의 법석과 부르짖음으로 들썩거렸다. 1분쯤 흘렀다. 놈들의 목소리가 흥분한 고음으로 치닫고 움직임이 민첩해졌다. 그럼에도 다가서는 놈은 없었다. 나는 어둠을 노려보며 서 있었다. 문득 희망이 보였다. 몰록들이 두려움을 느끼는 건 아닐까? 그 희망을 뒤따라 이상한 일이 일어났다. 어둠이 점점 밝아졌다. 희끄무레하게 주위의 몰록들이 보였다. 내 발치에 몰록 셋이 짓이겨져 있었다. 그리고 나는 까무러치게 놀라운 광경을 목격하게 되었다. 뒤쪽에서, 그리고 앞쪽 저 숲에서 몰록들이 끊임없이 비명을 지르며 내닫고 있었다. 그들의 등은 더 이상 하얗지 않고 불그스름했다. 입을 딱 벌리고 서 있는데 나뭇가지 사이 별빛이 보이는 틈새로 작은 불똥이 날아갔다. 그 광경을 본 나는 나무 타는 냄새와 졸음을 재촉하던 수런거림의 정체를 알았다. 그 냄새와 소리는 이제 노호怒號와 붉은빛으로 발전해 몰록들을 패주시키고 있었다.

등진 나무 옆으로 나와서 뒤돌아보았다. 근처 나무들의 검은 둥치 사이로 숲을 태우는 불길이 보였다. 내가 처음 붙인 불이 나를 쫓아오고 있었다. 나는 급히 위나를 찾았지만 그녀는 보이지 않았다. 뒤쪽에서 쉭쉭, 빠지직빠지직, 그리고 생나무가 화염에 무너지는 쿵 소리가 나서 차분히 생각할 겨를이 없었다. 몰록들이 가는 쪽을 향해 나는 쇠막대기를 쥐고 뛰었다. 팽팽한 접전이었다. 한 번은 걷잡을 수 없는 불길이 오른쪽을 가로막고 나서는 바람에 나는 하릴없이 왼쪽으로 빠져야 했다. 마침내 작은 공터로 나왔다. 막 나왔는데 몰록 한 놈이 비실비실 다가오더니 나를 지나쳐 곧장 불속으로 들어갔다!

그러고 나서 나는 미래 시대에서 본 것 중에 제일 괴상하고 무서운 광경을 목도하게 되었다. 내가 있는 빈터는 산불이 발산하는 빛으로 대낮처럼 환했다. 그 가운데에는 검게 그을린 산사나무로 뒤덮인, 고분만 한 작은 동산이 솟아 있었다. 그 너머에는 산불의 한 갈래가 노란 혓바닥으로 숲을 핥아치우며 공터를 완전히 에워싸고 있었다. 그 산허리에는 30, 40명의 몰록들이 열기와 빛에 눈이 부셔 당황한 나머지 우왕좌왕 서로 부딪쳤다. 처음에 나는 그들이 눈멀었다는 사실을 알지 못하고 무서워서 정신없이 다가오는 놈들을 쇠막대로 난폭하게 때려 하나를 죽이고 여럿을 불구로 만들었다. 그러나 한 녀석이 붉은 하늘을 배경으로 산사나무들 밑을 손으로 더듬는 행동을 보이고 놈들의 신음 소리가 들리자 나는 몰록들이 이 거대한 불빛 속에서는 한없이 무력하고 비참하다는 사실을 깨닫고는 그들을 더 이상 때리지 않았다.

그래도 이따금 공포에 부들부들 떨면서 곧장 다가오는 놈이 있으면 나는 재빨리 놈을 피했다. 한 번은 불길이 얼마간 사그라지자 그 멍청한 생물체들이 곧 나를 볼 수 있게 될 것 같아 두려워진 나는 그렇게 되기 전에 미리 몇 놈을 처치하는 게 이후 싸움에 유리하겠다고 머리를 굴리고 있었다. 하지만 불길이 다시 밝게 타오르자 그 실행을 철회했다. 나는 위나의 자취를 찾아 몰록들을 피하면서 빈터를 돌아다녔지만 그녀는 보이지 않았다.

이윽고 나는 동산 꼭대기에 올라앉아 이 기이하고 믿기지 않는, 앞 못 보는 생물 무리들이 불빛에 고스란히 노출된 채 더듬더듬 오가면서 으스스한 소리를 서로 주고받는 모습을 지켜보았다. 뭉글뭉글 치솟는 연기가 하늘을 가로질러 흐르고, 그 붉은 하늘의 유례없는 연무 틈새로 머나먼 다른 우주의 것 같은 작은 별들이 반짝였다. 몰록 두세 놈이 비틀비틀 내게로 다가오자 나는 부들부들 떨며 주먹으로 놈들을 격퇴했다.

그날 밤 거의 내내 나는 악몽을 꾸고 있다고 믿었다. 깨어나고픈 간절한 소망에 내 살을 깨물고 아악, 소리를 질렀다. 손으로 땅을 치고 일어났다가 되앉았다가 여기저기 서성이다가 또 앉았다. 이윽고 눈을 비비며, 이 악몽에서 깨어나게 해달라고 하느님을 외쳐 불렀다. 세 번쯤인가 몰록들이 고통스럽게 고개를 수그리고 불속으로 뛰어들었다. 그러나 드디어 사위어가는 붉은 불빛 위로, 뭉쳐 흐르는 검은 연기 위로, 하얘지고 검어진 그루터기들 위로 점점 수가 줄어드는 그 어슴푸레한 생물체들 위로 하얀 미명이 비쳐들었다.

위나의 자취를 다시 찾아다녔지만 아무런 흔적이 없었다. 놈들이 그 불쌍한 작은 몸뚱이를 숲 속에 내버려둔 게 분명했다. 소름 끼치는 숙명을 모면한 그녀를 생각하자 얼마나 위안이 되었는지 몰랐다. 그런 생각이 들자 나는 주위의 그 힘없는 혐오 생물들을 깡그리 죽이고픈 열망에 휩싸였지만 가까스로 참았다. 이미 말했듯 그 동산은 숲 속의 섬이나 마찬가지였다. 그 꼭대기에서 옅은 연기 저편으로 청자기 궁전이 희미하게 보였는데 이로써 흰 스핑크스가 있는 방향을 유추할 수 있었다. 날이 점점 밝아오는 가운데 지금껏 이리저리 오가며 신음하는 그 지긋지긋한 잔당들을 남겨두고 나는 발을 풀로 동이고서 연기 나는 잿더미 위를 절뚝절뚝 가로질러 여태 불기를 머금은 시커먼 나무줄기 사이를 지나 타임머신의 은신처 쪽으로 향했다. 기진맥진한 데다 절룩거리기까지 해서 걸음은 느렸다. 끔찍하게 죽은 귀여운 위나가 불쌍해서 가슴이 얼마나 쓰라렸는지 모른다. 불가항력적인 재앙이었다. 이제 이 친근한 옛 방에 있으니 그것이 실제 상실감이 아닌 꿈결 같은 슬픔으로 느껴진다. 그러나 위나를 잃어버린 그날 아침 나는 다시 철저히 혼자였다. 처절히 혼자였다. 나의 이 집과 이 난롯가와 여러분 몇몇을 생각했다. 그런 생각을 하자 고통스러운 갈망이 엄습했다.

밝은 아침 하늘 아래서 연기 나는 잿더미 위를 걸으며 나는 무언가를 발견했다. 바지 주머니에 성냥개비 몇 개가 흩어져 있었다. 성냥갑이 없어지기 전에 흘러나온 모양이었다.

10
★

아침 8, 9시 무렵, 그 노란 금속 의자에 이르렀다. 도착한 날 저녁에 앉아서 세계를 조망했던 그 의자였다. 그날 저녁에 내린 성급한 결론을 떠올리며 그 자신만만함에 씁쓸한 웃음이 비어져 나오는 걸 어쩔 수 없었다. 그때와 다름없는 아름다운 경치였다. 무성한 초목이며 훌륭한 궁전, 장려한 폐허, 척박한 기슭 사이를 흐르는 은빛 강이 한결같았다. 화사한 옷을 입은 아름다운 사람들이 숲 속을 이리저리 돌아다니고 있었다. 일부는 내가 위나를 구한 그 지점에서 물놀이를 하고 있었는데 그 광경에 갑자기 가슴이 미어졌다. 풍경에 점점이 솟은 것은 지하 세계로 통하는 우물 위 둥근 지붕이었다. 지상인들의 아름다움 이면에 무엇이 감추어져 있었는지 이제 모두 이해되었다. 그들의 낮은 아주 즐거웠다. 들판의 소들이 낮에 즐거운 것처럼. 소와 마찬가지로 습격자도 없었고 무엇 하나 부족한 게 없었다. 그들의 최후도 소와 같았다.

인류 지성의 꿈이 얼마나 덧없었는지를 생각하니 서글펐다. 지성은 자살한 것이다. 끊임없이 편리와 안락을 추구하고 안전과 영속을 모토로 한 조화로운 사회를 모색한 인류 지성은 마침내 그 이상에 도달했으나 결국 이렇게 되고 말았다. 한때는 생명과 재산이 거의 완전무결하게 지켜졌으리라. 부유한 자는 부와 안락을 누리고 가난한 자는 생명과 일을 보장받았으리라. 그 완벽한 세상에서는 실업 문제도 없었을 테고 해결되지 않은 사회문제도 없었으리라. 그리고 커다란 평온이 뒤를 이었다.

풍부한 지성은 변화와 위험과 불편을 무릅쓴 대가라는 자연법칙을 간과하기 쉽다. 환경에 완벽히 적응한 동물은 완벽한 기계에 다름 아니다. 습성과 본능만으로 해결되지 않을 때 동물은 지혜를 좇는다. 변화가 없으면, 그리고 변화의 필요가 없으면 지혜가 생길 리 만무하다. 온갖 다양한 결핍과 위험에 노출된 동물들만이 지혜를 획득한다.

그래서 내가 보기에 지상인들은 연약한 아름다움 쪽으로만 기울었고 지하인들은 기계적 근면으로만 치달았다. 그러나 그 완벽한 상태가 기계적으로까지 완벽하려면 한 가지가 더 필요했다. 바로 절대 영속. 한동안 원활했던 지하인들의 급식 체계가 세월이 흐르면서 어그러졌다.

수천 년간 자취를 감추었던 옛 '필요성' 이 돌아와 지하에서 활동을 재개했다. 지하 세계는 기계를 다루는 데 아주 숙달되어 있었지만 그래도 습성 외에 약간의 사고력을 요했다. 그래서 필연적으로 다른 모든 인격 면에선 지상 세계에 뒤졌는지 모르겠지만 능동성 면에선 오히려 앞섰다. 여타 육류 공급이 끊어지자 그들은 오랜 관습의 금기였던 육류로 눈을 돌렸다. 802,701년의 세계를 마지막으로 조망하면서 나는 그렇게 이해했다. 사람의 머리에서 나온 해석이다 보니 틀릴 수도 있겠지만 세계는 내게 그렇게 비쳤고 나는 그대로를 여러분에게 전하고 있는 것이다.

지난 며칠간 피로와 흥분과 공포에 시달린 탓에 비통한 마음에도 그 의자와 조용한 풍광과 따뜻한 햇볕이 아주 기분 좋았다. 몹시 피곤하고 졸려서 어느덧 내 이론화 노력은 졸음으로 빠져들었다. 그러다가 문득 잠을 제대로 자자고 생각하고는 잔디밭 위에 팔다리를 쭉 뻗고 드러누워 길고 달콤한 잠을 잤다.

해님이 조금 전에 깨어났다. 내 방심을 몰록들이 틈탈 위험은 이제 없었다. 나는 기지개를 켜고 나서 흰 스핑크스 쪽을 향해 등성이를 내려가기 시작했다. 한 손은 쇠지레를 들고 다른 손은 호주머니 속 성냥을 만지작거렸다.

그런데 전혀 예기치 못한 사건이 발생했다. 스핑크스 대좌로 다가가는데 청동 문이 열려 있었다. 문은 문홈 속으로 미끄러져 들어가 있었다.

나는 그 앞에 우뚝 멈춰 서서 들어가길 망설였다.

그 안은 작은 공간이었고, 그 구석 좀 높은 곳에 타임머신이 놓여 있었다. 나는 머신의 작은 레버들을 호주머니에 갖고 있었다. 흰 스핑크스를 공략하려고 무던히도 준비했는데 이렇게 순순히 항복하다니. 나는 쇠막대를 던져버렸다. 써볼 기회를 놓쳐서 좀 섭섭한 마음이었다.

입구를 향해 상체를 수그리다가 문득 어떤 생각이 스쳤다. 적어도 한 번은 몰록들의 정신 작용을 파악한 것이다. 웃음이 터져 나오려는 걸 억지로 참으며 청동 문 틀을 통과해 타임머신 쪽으로 다가갔다. 정성껏 기름을 치고 깨끗하게 청소해놓은 타임머신을 보고 나는 깜짝 놀랐다. 그 용도를 파악하려고 자신들의 어수룩한 방식으로나마 머신을 일부 분해해보았을지도 모른다는 짐작이 들었다.

그렇게 서서 타임머신을 점검하며 내 발명품을 되찾은 감격에 젖어 있는데 예상했던 일이 벌어졌다. 별안간 청동 문이 스르르 올라가더니 문틀을 텅 쳤다. 나는 어둠 속에 갇혔다. 나를 함정에 빠뜨렸다고 생각할 몰록들이 우스워서 킬킬 유쾌한 웃음이 나왔다.

몰록들이 나에게 다가오며 키득키득 웃는 소리가 들렸다. 나는 덤덤하게 성냥을 켜려고 했다. 레버들을 장착하기만 하면 유령처럼 훌쩍 떠날 수 있었다. 하지만 내가 간과한 게 한 가지 있었다. 그 성냥개비들은 성냥갑이 있어야만 켤 수 있는 그런 빌어먹을 종류였다.

나는 완전히 침착함을 잃었다. 그 작은 짐승들이 육박해오고 있었다. 한 놈이 나를 건드렸다. 나는 어둠 속에서 레버들로 놈들에게 일격을 휘두르고 나서 타임머신의 안장으로 기어오르기 시작했다. 손 하나가 나를 잡았고 다른 손이 덤볐다. 레버를 낚아채려는 집요한 손길들에 정신없이 맞서 싸우면서 동시에 레버를 장착할 고정 볼트를 찾아 더듬었다. 하마터면 레버 하나를 빼앗길 뻔했다. 내 손에서 빠져나가는 그것을 되찾으려고 나는 몰록을 머리로 들이받았다. 놈의 두개골이 울리는 소리가 났다. 이 최후의 기어오르기는 숲 속에서의 싸움보다도 더 치열한 접전이었다.

마침내 레버를 끼우고 끌어당겼다. 달라붙은 손들이 떨어져나갔다.

이윽고 어둠이 시야에서 걷혔다. 이미 말한 바 있는 그 회색빛 격동 속으로 나는 진입했다.

11

★

시간 여행에 따르는 멀미와 혼란은 이미 말한 바 있다. 이번엔 안장에 똑바로 앉질 못하고 옆으로 불안정하게 매달리듯 앉아 있었다. 불확실한 시간 동안 나는 내가 어디로 가는지도 모른 채 휘청거리고 후들후들 떨리는 타임머신에 있다가 겨우 정신을 차릴 수 있었다. 문자반을 통해 내가 어디까지 왔는지를 알고 깜짝 놀랐다. 문자반은 각기 하루 단위, 1,000일 단위, 100만 일 단위, 10억 일 단위를 표시하고 있었다. 후진 레버를 넣었어야 했는데 도리어 끌어당기는 바람에 전진 레버가 들어가 있었던 것이다. 계기판을 들여다보았을 때 1,000일 단위 바늘이 미래를 향해 시계 초침처럼 쌩쌩 돌아가고 있었다.

타임머신을 타고 가면서 풍경에 이상한 변화가 생겼음을 알았다. 요동치는 회색빛이 점점 어두워졌다. 엄청난 속도로 항행하고 있는데도 보통 느린 속도에서 나타나는, 깜빡이는 밤낮의 교차가 되돌아와서 점점 뚜렷해졌다. 처음에 나는 이 변화에 무척 어리둥절했다. 밤낮의 순환이 점점 느려지고 하늘을 건너지르는 해의 발걸음도 점점 더뎌졌다. 몇 세기에 걸쳐 그러는 것 같았다. 마침내 지속적인 땅거미가 지상을 뒤덮고 이따금 밝은 혜성이 어둑한 하늘을 가를 뿐이었다. 해를 의미하는 빛줄기는 사라진 지 오래였다. 해는 지지 않았다. 그저 서녘을 오르내리며 갈수록 커지고 붉어졌다. 달의 흔적은 전혀 보이지 않았다. 빙빙 돌던 별들이 점차 느려져 꾸물거리는 빛점이 되었다. 머신을 정지하기 조금 전에 드디어 붉고 거대한 태양이 지평선 위에서 꼼짝 않고 멈추었다. 흐리터분하게 이글거리는 그 광대한 구체가 이따금 꺼지곤 했다. 한 번은 잠깐 밝게 타오르는 듯싶더니 이내 탁한 붉은빛으로 되돌아갔다. 느릿느릿 오르내리는 태양을 보고 나는 조석력[48]작용이 완료되었음을 감지했다. 지구가 서서히 정지하여 태양에게 한 면만을 보이고 있는 것이었다. 우리 시대에 달이 지구에게 한 면만을 보이는 것처럼. 고꾸라져 나자빠진 전례를 떠올리며 나는 아주 천천히 속도를 늦추었다. 계기 바늘의 회전이 점차 느려져 이윽고 1,000일 단위 바늘이 움직임을 멈추었고 너무 빨라 보이지도 않던 하루 단위 바늘이 식별이 가능해졌다. 더욱 속도를 늦추었더니 잠시 뒤에 황량한 해변이 어슴푸레 윤곽을 드러냈다.

아주 부드럽게 타임머신을 정지시키고 앉은 채 주위를 둘러보았다. 하늘은 파랗지 않았다. 북동쪽 하늘은 먹빛 암흑이었고 그 암흑 속에서 파리한 흰 별들이 변함없이 밝게 빛나고 있었다. 머리 위는 짙은 황적색으로 별들이 없었다. 남동쪽으로 갈수록 점점 밝아져 시뻘건 진홍빛이었다. 그 지평선에는 붉고 거대한 태양의 구체軀體가 움직임 없이 걸려 있었다. 주변 바위들은 음침하게 불그스름한 빛깔을 띠고 있었다. 첫눈에 비친 생명의 자취라곤 남동쪽 지면의 튀어나온 곳을 모조리 뒤덮은 진녹색 식물뿐이었다. 숲 속 이끼나 동굴 속 지의류地衣類에서 볼 수 있는 그

◎ **48**_ tidal drag : 조석력을 의미하는 tidal force와 같은 의미로 보인다. 위성과 행성 사이에 작용하는 인력을 일컫는데, 천체 사이의 조석력으로 지구 자전주기가 점차 길어지고 있다. 달은 지구와의 조석력 작용으로 이미 자전주기와 공전주기가 같은 동주기 자전을 하여 지구에게 한 면만을 내보이고 있다. 이렇게 조석력이 고정된 현상을 조석 교착이라 부른다. 조석潮汐이란 말은 밀물과 썰물을 말하며, 또한 그것을 야기하는 인력을 일컫는다.

런 진한 녹색이었다. 영원한 미명 속에서 자라는 그런 식물과 비슷했다.

타임머신은 경사진 해변에 서 있었다. 바다는 남서쪽으로 뻗어나가 선연히 밝은 수평선에 닿았고 그 위로 어둠침침한 하늘이 맞물렸다. 바람 한 점 일지 않아 파랑이나 파도는 없었다. 바닷물이 부드럽게 너울거리는 것은 아직도 죽지 않고 살아 있는 영원한 바다의 가녀린 숨결 같았다. 이따금 물결이 와서 부딪히는 물가에는 소금이 두껍게 끼어 있었다. 붉은 하늘 아래 불그스름한 소금 버캐였다. 머릿속이 무지근하고 숨결이 몹시 거칠어져 있었다. 딱 한 번 등산을 해본 적이 있는데 그때 느낀 기분과 흡사했다. 현재보다 공기가 좀 더 희박해진 모양이었다.

내가 있는 황량한 비탈 저 위에서 꽥꽥거리는 소리가 났다. 거대한 흰나비 같은 것이 비스듬히 펄럭펄럭 하늘을 날아 빙 돌며 나지막한 등성이 너머로 사라졌다. 그 날짐승의 괴성이 워낙 음산해서 나는 부르르 떨며 안장 위에 딱 붙어 앉았다. 다시 주위를 둘러보니 불그스름한 바윗덩어리라고 여겼던 것이 바로 코앞에서 내 쪽으로 천천히 다가오고 있었다. 자세히 보니 참으로 괴기스러운, 게 같은 생물이었다. 웬만한 테이블 크기의 게가 다수의 발로, 움직이는 듯 마는 듯 굼지럭거리고 집게발을 근드렁거리며, 짐 마차꾼의 채찍 같은 긴 더듬이로 이리저리 더듬으면서, 금속 같은 앞이마 양옆으로 툭 불거진 눈알을 뒤룩이며 다가오는 모습을 여러분은 상상할 수 있겠는가. 등짝에는 물결 모양의 주름이 잡히고 울퉁불퉁 꼴사나운 장식을 하고 있었다. 푸르스름한 딱지가 여기저기 너덜너덜 붙어 있었다. 복잡한 입가에 난 많은 촉수를 살랑거리며 더듬더듬 다가오고 있었다.

내게로 기어오는 그 흉물을 응시하고 있는데 뺨에 날벌레라도 앉은 듯 간지러움이 느껴졌다. 그것을 손으로 쓸어냈지만 금방 또 달라붙었다. 그와 거의 동시에 귓가에도 간지러운 것이 닿았다. 손으로 잡아보니 무슨 실오라기 같은 것이었다. 그것이 잽싸게 내 손을 빠져나갔다. 섬뜩한 기분에 돌아보니 바로 뒤에 있는 다른 괴물의 더듬이를 내가 잡았던 것이었다. 그놈은 자루[49]에 붙은 사악한 눈알을 뒤룩거리고 입맛을 쩍쩍 다시면서 무슨 끈끈한 해조류를 묻힌 우악스러운 큰 집게발을 내게로 내리뻗으려 하고 있었다. 다음 순간 나는 레버를 조작하여 그 괴물들을 떨치고 한 달을 나아갔다. 여전히 그 해변이었다. 이번에는 머신을 멈추자마자 놈들을 또렷이 알아보았다. 여남은 놈들이 음울한 빛 속에서 여기저기 넓적한 진녹색 잎사귀들 사이를 꿈틀거리고 있었다.

그 세상에 드리워진 불길하고 을씨년스러운 기운을 어떻게 설명해야 좋을지 모르겠다. 붉은 동녘 하늘, 컴컴한 북녘, 소금의 사해死海, 바위투성이 해변, 그 위를 구물구물 기어 다니는 흉측한 괴물들, 독기 서린 듯 한결같은 녹색 지의류 식물, 폐에 해로운 희박한 공기……. 이 모든 게 섬뜩한 분위기를 풍겼다. 나는 100년을 나아갔다. 좀 더 부풀고 탁해진 태양, 죽어가는 바다, 쌀쌀한 공기, 녹색 식물과 붉은 바위 사이를 들락날락 기어 다니는 육지 갑각류 무리……. 이 모든 게 변함없이 그대로였다. 서녘 하늘에 거대한 초승달 같은 둥그스름하고 희멀건 빛이 보였다.

그렇게 이따금 멈추면서 1,000~2,000년씩 성큼성큼 진행했다. 지구 종말의 신비에 이끌려, 서녘 하늘에서 더욱 커지고 흐려지는 태양과 옛 육지에서 시들어가는 생명체를 묘한 매혹에 빠져 지켜보았다. 마침

49_ stalk : 게 등속의 눈알에 붙어 눈알을 눈구멍으로 넣었다 뺐다 할 수 있는, 안구근眼球筋 같은 줄기.

내 3,000만 년도 더 나아가자 거대하고 시뻘건 태양의 구체가 어두운 하늘을 거의 10분의 1이나 가리게 되었다. 나는 또 정지했다. 구무적거리던 게 떼가 사라지고 붉은 해변에는 선연한 녹색 우산이끼와 지의류를 빼면 생명이라곤 없었다. 이제 해변은 하얗게 얼룩졌다. 매서운 추위가 엄습했다. 때때로 진귀한 하얀 가루가 소용돌이치며 하늘에서 내렸다. 북동쪽 컴컴한 하늘 별빛 아래 눈빛이 반짝였다. 굽이굽이 흐르는 산줄기가 불그스름했다. 바닷가를 따라 얼음이 눌어붙고 앞바다에는 얼음덩어리들이 떠다녔지만 영구한 황혼에 오로지 핏빛으로 물든 염해鹽海 대부분은 아직 얼어붙지 않았다.

동물의 자취가 아직도 남아 있는지 주위를 둘러보았다. 뭐라 말할 수 없는 불안감에 나는 타임머신의 안장에 달라붙어 있었다. 그러나 육지에도 하늘에도 바다에도 움직이는 것은 하나도 없었다. 바위를 덮은 녹색 점착물만이 아직 생명이 절멸하지 않았음을 증언하고 있었다. 바다 속에서 얕은 모래톱이 나타났고 해변에서 물이 빠져나갔다. 그 모래톱에서 어떤 검은 물체가 느릿느릿 움직이는 것 같았다. 하지만 자세히 보니 꿈쩍도 하지 않았다. 내가 잘못 본 것 같았다. 그 검은 물체는 바위에 불과한 듯했다. 하늘의 별들은 선명하게 밝았고 거의 깜빡이지 않았다.[50]

돌연 서쪽 해의 둥근 윤곽에 변화가 생겼음을 알았다. 그 한쪽 귀퉁이를 만灣 같은 게 움푹하게 가렸는데 가려지는 부분이 점점 커졌다. 낮 시간을 집어삼키는 그 어둠을 1분쯤 멍하니 바라보다가 문득 식蝕이 시

◎ 50__ 별빛이 깜빡이는 것은 두꺼운 대기층 때문인데, 이 깜빡임을 피하기 위해 천체망원경을 산꼭대기나 대기권 밖에 설치하는 것이다. 공기가 희박하면 별빛이 덜 깜박거린다.

작되고 있음을 깨달았다. 달이나 수성이 태양 표면을 지나고 있었다. 처음엔 당연히 달이라고 여겼는데 실제로 내가 본 것은 지구에 근접하여 통과하는 내행성[51]의 움직임이라고 믿고 싶은 마음이 커졌다.

어둠이 빠르게 퍼졌다. 찬 바람이 동녘으로부터 세차게 불어오고 하얀 눈가루가 제법 많이 내렸다. 바닷가에는 잔물결이 찰랑찰랑 부서졌다. 생명 없는 이런 소리를 제외하면 세상은 고요했다. 고요라는 말로는 그 적막감을 설명하기 힘들다. 모든 인간의 소리, 양의 울음소리, 새의 우짖음, 곤충의 앵앵거림, 우리 삶의 이면에 존재하는 모든 소음이 사라지고 없었다. 어둠이 첩첩해지자 눈보라가 쏟아지며 춤을 추었고 냉기가 더욱 날카로워졌다. 급기야 먼 산줄기의 하얀 봉우리들이 하나 둘씩, 둘씩, 셋씩 걷잡을 수 없이 암흑에 잠겨들었다. 세찬 바람이 우우 휘몰아쳤다. 식의 검은 그림자가 몰려오고 있었다. 다음 순간 파리한 별빛들밖에 없었다. 천지는 컴컴한 어둠 속에 묻혔다. 하늘은 암흑이었다.

대암흑의 공포가 나를 덮쳤다. 추위가 뼛속까지 스며들고 숨쉬기가 고통스러웠다. 덜덜 떨리고 심한 구역질이 일었다. 이윽고 시뻘건 활 같은 태양 가장자리가 하늘에 나타났다. 나는 쉬려고 타임머신에서 내렸다. 어질어질하고 무기력해서 귀로 여행을 감당할 수 없었다. 그렇게 메스껍고 어지러운 채 서 있는데 모래톱에서 움직이는 것이 있었다. 이번에는 동체動體임에 틀림없는 것이 붉은 바닷물을 배경으로 움직이고 있

51__ inner planet : 웰스는 태양과 지구 사이에 있는 수성, 금성을 일컫고 있다. 현대에서는 이에 해당하는 inferior planet이라는 용어를 쓰고 있고, inner planet은 태양 가까이에서 공전하는 지구와 유사한 지구형 행성terrestrial planet을 뜻하며 inferior planet에 달과 화성이 추가된다.

었다. 둥근 것이었다. 축구공만 하거나 조금 큰 것으로 더듬이가 치렁거렸다. 넘실거리는 핏빛 물결을 배경으로 검은 그것은 간헐적으로 깡충깡충 뛰었다. 내 의식이 흐려지고 있었다. 머나먼 미래의 경이로운 미명 속에 혼자 고립되어 있다는 극심한 두려움에서 벗어나야겠다는 일념으로 간신히 타임머신 안장에 기어올랐다.

12
★

그렇게 해서 돌아왔다. 오랫동안 타임머신에 탄 채 의식불명이었던 모양이었다. 밤낮의 깜빡이는 교차가 재개되고 태양은 다시 금빛이 되고 하늘은 파랬다. 숨쉬기가 훨씬 수월해졌다. 요동치는 지형 윤곽이 밀려왔다 쓸려 갔다. 계기 바늘들이 거꾸로 빙빙 돌았다. 마침내 쇠퇴기 인류의 증거인 그 궁전들의 흐릿한 형체가 다시 나타났다. 이것들도 변하고 사라져서 다른 것이 나타났다. 얼마 뒤 100만 일 바늘이 영(0)을 가리키자 나는 속도를 줄였다. 우리 시대의 보잘것없고 친숙한 건물들이 시야에 들어오기 시작하고 1,000일 바늘이 출발점으로 되돌아갔다. 밤낮의 교차가 점점 느려졌다. 그러다가 연구실의 옛 벽이 나를 둘러쌌다. 아주 부드럽게 나는 머신의 속도를 줄여나갔다.

거기서 이상한 일을 하나 보았다. 내가 막 출발해서 속력이 그리 높지 않았을 때 그 방을 가로지르는 워쳇 부인이 내게는 날아가는 로켓처럼 보였었다. 부인이 연구실을 질러가는 그 순간을 나는 귀환하면서 다시 통과하게 되었다. 그런데 이번엔 부인의 모든 동작이 이전과는 정반대로 보였다. 안쪽 끝 문이 열리고 부인이 뒷걸음질로 연구실을 소리 없이 미끄러지듯 질러가서 이전에 들어왔던 문 뒤로 사라졌다. 그 직후에 잠깐 힐리어[52]를 본 것 같았는데 그는 순식간에 사라졌다.

그다음에 타임머신을 멈추어서 정겨운 옛 연구실을 눈으로 둘러보았다. 공구와 설비 들이 변함없이 그곳에 있었다. 나는 타임머신에서 비틀비틀 내려 벤치에 앉았다. 몇 분간 몸을 심하게 떨었다. 그러다 진정이 되었다. 그곳은 내 그리운 실험실로 예전 모습 그대로였다. 거기서 잠이 들었는데 그 모든 게 꿈일는지도 모르겠다.

그래도 꿈은 아니었다! 타임머신을 출발시킬 때는 연구실 남동쪽 구석이었는데 돌아와 보니 북서쪽 벽에 바싹 붙어 있었다. 이동 거리는 몰록들이 내 머신을 좁다란 잔디밭에서 흰 스핑크스 대좌 속으로 옮겨 놓은 거리와 정확히 일치했다.

잠시 동안 머릿속이 멍했다. 이윽고 나는 일어나서 복도를 지나 여기로 왔다. 발꿈치가 여태 아파 절뚝거렸고 몸이 몹시 더러워진 느낌이었다. 문가 테이블 위에 놓인 〈펠멜 가제트〉를 보았는데 날짜가 오늘이 아닌가. 시계를 보니 8시가 다 되었다. 여러분들 목소리와 달그락거리는 접시 소리가 들렸다. 속이 몹시 울렁거리고 쇠약해진 터라 나는 망설였다. 그러다가 구수하고 영양가 있는 고기 냄새에 이끌려 문을 열고 여러분들 앞에 나타난 것이다. 나머지는 여러분이 잘 알 것이다. 씻고 식사하고 지금 이렇게 얘기를 들려주고 있으니까.

시간 여행자는 잠깐 사이를 두었다가 말했다.

◉ 52__ 이 이야기의 화자로 시간 여행자의 친한 친구다. 이 소설은 화자가 두 명인데 전반부와 에필로그를 쓴 힐리어와 지금 시간 여행담을 들려주는 시간 여행자다.

"이 모든 얘기가 얼마나 믿기지 않을지 잘 알고 있네. 오늘 밤 여기 정겨운 방에서 그대들의 반가운 얼굴을 바라보며 이 기이한 모험담을 들려주고 있는 나 자신부터가 믿기지 않으니 말일세."

그는 의사 쪽을 바라보았다.

"아니, 자네더러 믿어달라는 게 아니야. 거짓말이나 예언으로 치부하게. 실험실에서 꿈을 꾼 거라고 말하게. 인류의 운명을 사유하다가 지어낸 이야기쯤으로 생각하게. 사실이라는 내 주장을 그저 흥미를 돋우기 위한 얄팍한 기교쯤으로 받아들이게. '허구' 라고 전제하고서 다들 이 이야기를 어떻게 생각하나?"

그는 담배 파이프를 집어 들어 오랜 버릇대로 난롯가 쇠살대 위를 톡톡 두드리며 안달했다. 잠시 침묵이 흘렀다. 그러다가 의자들이 삐걱대고 신발들이 카펫을 쓸었다. 나는 시간 여행자의 얼굴에서 시선을 떼어 좌중을 둘러보았다. 그들은 어둠에 묻혀 있었고 내 눈앞에 알록달록한 반점이 아른거렸다. 의사는 시간 여행자에 관해 골똘히 생각하는 모양이었고, 편집자는 담배(여섯 개비째) 끄트머리를 노려보고 있었다. 기자는 회중시계를 찾아 더듬었다. 다른 이들은, 내가 기억하기론 꼼짝도 않고 있었다.

편집자가 한숨을 쉬며 일어났다.

"자네가 소설가가 아니어서 얼마나 안타까운지 모르겠네!" 하고 한 손을 시간 여행자의 어깨에 얹었다.

"믿지 않는 건가?"

"글쎄……."

"믿지 않는군."

시간 여행자가 우리를 돌아보았다.

"성냥 어디 있지?"

성냥 한 개비를 켜서 파이프를 뻑뻑 빨며 말했다.

"솔직히 말해서…… 나부터도 믿기가 힘들어……. 그런데……."

그는 작은 테이블 위에 놓인 시든 흰 꽃을 궁금한 눈빛으로 내려다보았다. 그러다가 파이프를 쥐고 있던 손을 뒤집어 손마디의 덜 아문 상처를 들여다보았다.

의사가 일어나 램프 가까이 가서 꽃들을 살펴보았다.

"암술이 특이하군."

심리학자가 상체를 수그리며 한 송이를 집으려고 손길을 뻗쳤다.

"이거 작살났군. 벌써 1시 15분 전이야. 집에 어떻게 가지?"

기자가 말했다.

"역에 가면 삯마차가 많네."

심리학자가 말했다.

"참 신기한 꽃이군. 근데 이 꽃들의 자연분류를 전혀 모르겠단 말이야. 가져가도 될까?"

의사가 말했다.

시간 여행자가 망설이다가 불쑥 말했다.

"안 되네."

"이건 대체 어디서 구했나?"

의사가 말했다.

시간 여행자는 한 손을 머리털 속에 쑤셔 넣고는 달아나려는 생각을 붙잡아 두려는 사람처럼 말했다.

"내가 시간을 여행할 때 위나가 호주머니에 넣어준 것이네" 하고 시간 여행자는 방 안을 둘러보았다.

"그게 사실이 아닐 리 없어. 이 방을 다시 보고 자네들을 다시 만나고 매일 기압이 달라지니까 기억이 혼란스러워. 내가 정말 타임머신을 만들었던 걸까? 아니면 타임머신 모형만 만들었을까? 아니면 한바탕 꿈에 불과한 걸까? 인생은 꿈이라고들 말하지. 때론 지극히 보잘것없는 꿈이라고. 하지만 앞뒤가 들어맞지 않는 꿈은 참을 수 없어. 그건 미친 거야. 그런데 이 꿈은 어째서 꾸게 된 걸까……? 타임머신을 보러 가야겠어. 그 머신이 존재한다면!"

그는 램프를 홱 집어 들었다. 발갛게 너울거리는 그것을 들고 문을 열고 복도로 나갔다. 우리는 그를 뒤따랐다. 깜박이는 램프 불빛에 타임머신이 또렷이 드러났다. 흉한 몰골로 비뚜름하게 웅크리고 있는 그것은 놋쇠와 흑단과 상아와 반투명 미명微明을 띤 석영으로 이루어져 있었다. 손을 내밀어 가로대를 만져보니 튼튼했다. 상아에 갈색 반점과 얼룩이 묻어 있고 기계 아랫부분에 풀과 이끼가 조금 붙어 있었으며 가로대 하나가 구부러져 있었다.

시간 여행자는 램프를 벤치에 내려놓고 손상된 가로대를 손으로 쓸어보며 말했다.

그는 "이제 아무 문제 없어. 내가 했던 이야기는 사실이었어. 추운데 이렇게 오게 해서 미안하네" 하고 램프를 집어 들었다. 우리는 깊은 침묵에 잠겨 흡연실로 돌아왔다.

시간 여행자는 우리를 따라 현관홀까지 나와 편집자가 외투 입는 걸 도왔다. 의사가 그의 얼굴을 살피다가 좀 주저하면서 과로로 인한 신경과민이라고 말하자 그는 폭소를 터뜨렸다. 열린 현관에 서서 잘 가라고 목청을 높이던 그의 모습이 선연하다.

나는 마차에 편집자와 합승했다. 그는 시간 여행자의 얘기를 '번지르르한 거짓말'로 치부했지만 나로서는 뭐라 결론 내릴 수 없었다. 이야기는 공상적이고 터무니없었지만 말투는 믿음이 가고 멀쩡했다. 나는 그날 밤 그것을 생각하며 거의 밤을 지새우다시피 했다. 날이 밝으면 시간 여행자를 다시 찾아가보기로 마음먹었다. 시간 여행자는 연구실에 있다고 했다. 자주 들락거리는 집이라 연구실로 올라갔다. 그곳에 그는 없었다. 나는 잠깐 타임머신을 쳐다보다가 손을 내밀어 레버를 만졌다. 그러자 앙바틈하고 견고해 뵈는 그 기계 덩어리가 바람에 흔들리는 나뭇가지처럼 들썩거렸다. 그 불안한 움직임에 자지러지게 놀란 나는 남의 물건에 손대지 말라고 주의를 듣곤 했던 어린 시절의 야릇한 기억을 떠올렸다. 복도로 다시 나와서 흡연실에 있는데 시간 여행자가 복도를 지나다가 나와 마주쳤다. 그는 집을 나서려는 차림이었다. 한 손엔 작은 카메라를 들고 다른 손엔 배낭을 들었다. 나를 보자 껄껄 웃으며 팔꿈치로 내 옆구리를 쿡쿡 찔렀다.

"정신없이 바쁘네. 저기 저것 때문에."

"무슨 속임수는 아닌가? 자네 정말 시간을 여행하나?"

"정말이고 진짜네."

그는 진지하게 내 눈을 쳐다보았다. 다소 머뭇거리며 방 안을 둘러보았다.

"30분이면 되네. 자네가 왜 왔는지 알아. 정말 잘 왔네. 여기 잡지라도 보고 있게나. 점심때까지 기다려준다면 이번 시간 여행을 낱낱이 증명해주지. 표본이고 뭐고 모조리. 이제 다녀와도 되겠나?"

당시 나는 그 말의 참뜻을 까맣게 모른 채 그러라고 했다. 그는 고개를 끄덕이곤 복도를 계속 지나갔다. 연구실 문이 쾅 닫히는 소리가 났다. 나는 의자에 앉아 일간신문을 집어 들었다. 그는 점심 전에 무얼 하려는 걸까? 한 광고를 보다가 문득 출판업자 리처드슨과 2시에 만나기로 한 약속이 떠올랐다. 회중시계를 보니 서두르면 제시간에 댈 수 있었다. 시간 여행자에게 알리려고 나는 복도를 따라갔다.

연구실 문손잡이를 잡았을 때 기묘하게 끝이 뚝 끊긴 외침 소리와 함께 찰칵, 덜커덩 하는 소리가 들렸다. 문을 여니까 돌풍이 휘몰아쳤고 안쪽에서 유리가 바닥에 떨어져 깨지는 소리가 들렸다. 시간 여행자는 그곳에 없었다. 한순간 빙빙 도는 검정빛과 구릿빛 덩어리 속에 어떤 유령 같은 흐릿한 형체가 들어앉은 듯 보였다. 너무나 투명한 형체라서 뒤쪽 벤치와 그 위의 스케치 종이들까지 또렷하게 보였다. 하지만 이 유령은 내가 눈을 비비는 사이에 사라졌다. 타임머신이 보이지 않았다. 먼지바람이 가라앉고 있을 뿐 연구실 안쪽은 휑뎅그렁했다. 천장 채광창 유리가 깨어진 모양이었다.

그 황당무계함에 나는 입을 다물지 못했다. 이상한 일이 일어났음에 틀림없었다. 그 순간에는 그 이상한 일이 무엇인지 알지 못했다. 그렇게 멍하니 서 있는데 정원으로 난 문이 열리고 남자 하인이 나타났다.

우리는 서로를 쳐다보았다. 그러다가 정신을 차리고 내가 물었다.

"○○○ 씨가 그리로 나갔나?"

"아뇨, 아무도 이리로 나오지 않았습니다. 주인님이 여기에 계시는 줄 알았는데요."

그제야 나는 알았다. 리처드슨을 실망시킬 각오를 하고 나는 시간 여행자를 죽치고 기다렸다. 그가 더욱 괴상한 두 번째 이야기를 들려주길, 그리고 표본과 사진을 가져오길 기다렸다. 하지만 이제는 평생을 기다려야 할지도 모른다. 시간 여행자가 모습을 감춘 지도 벌써 3년이 지났다. 다들 짐작하겠지만, 그는 아직 돌아오지 않았다.

우리로서는 경이로울 뿐이다. 그는 과연 돌아올 것인가? 그가 과거로 돌진해서 피를 빨아 먹고 사는 구석기 시대의 털북숭이 야만인들을 맞닥뜨렸다거나 백악기의 바다 심연에 떨어지지는 않았을까? 아니면 쥐라기의 기괴한 도마뱀이나 거대한 파충류를 맞닥뜨리지는 않았을까? 어쩌면 (적절한 상상인지는 모르겠지만) 트라이아스기의 플레시오사우루스[53]가 출몰하는, 물고기 알처럼 생긴 석회암 산호초에서 헤매거나 적막한 짠물 호숫가를 떠돌고 있는 것은 아닐까? 혹은 가까운 미래 시대로 간 건 아닐까? 사람의 모습은 별로 바뀌지 않았지만 우리 시대의 난제가 풀리고 우리의 지긋지긋한 문제가 해결된 인류의 성년기로 말이다. 서툰 실험과 단편적인 학설과 상호 불화가 만연한 요즘 시대를 인간의 최전성기라고 볼 순 없으니까. 적어도 나는 그렇게 생각한다. 타임머신이 만들어지기 오래전에 그와 그 주제에 관해 토론했기 때문에 나는 알고 있다. 그는 인류의 진보를 어둡게 보았다. 쌓아 올린 문명이 필연적으로 무너져서 결국에는 그것을 쌓아 올린 자들을 파멸시킬 것이기 때문에 애초에 헛고생이라고 했다. 그게 사실이라면 우리는 그렇지 않다는 듯 살아낼 도리밖에 없다. 하지만 내게 있어 미래는 여전히 암흑이고 공백이다. 기억에 의존한 그의 이야기가 밝힌 몇몇 군데만 빼면 광활한 미지

◉ 53__ 공룡의 일종으로 몸길이 3~5미터로 도마뱀과 비슷하며 네발은 지느러미 모양으로, 바다에서 살았다.

다. 나는 위안 삼아 이상한 흰 꽃 두 송이를 곁에 두고 있다. 이젠 갈색으로 쭈그러들고 납작해지고 버석버석해진 그 꽃은 지력과 체력이 사라진 미래에도 여전히 감사하는 마음과 서로를 아끼는 마음이 인간의 가슴속에 살아 있었음을 증거하고 있다.

양손을 포개고

Jack Williamson With Folded Hands

: 잭 윌리엄슨 지음
박상준 옮김

언더힐이 새 메커니컬과 처음 접촉한 것은, 늘 그렇듯 아내가 차를 가져가서 사무실에서 집까지 걸어가고 있던 어느 오후였다. 군데군데 잡초가 자라난 텅 빈 보도를 따라, 그의 발은 여느 때와 마찬가지로 대각선 궤적을 그리며 움직이고 있었고, 머릿속으로는 투 리버즈 은행의 대출금을 상환할 수 있는 여러 가지 불가능한 방법을 검토하고 퇴짜를 놓는 중이었다. 그리고 갑자기, 처음 보는 벽이 그의 앞길을 막아섰다.

평범한 석재나 벽돌로 만든 벽이 아니라, 매끄럽고 밝은 색조를 띤, 처음 보는 묘한 물질로 만들어진 벽이었다. 언더힐은 길게 이어지는 건물의 벽면을 눈으로 훑었다. 이 반짝이는 장애물을 바라보고 있노라니 살짝 거북한 느낌이 들었다. 그의 기억으로는, 지난주까지만 해도 여기에 이런 건물은 없었던 것이다.

그리고 그는 창문에 붙어 있는 글자를 발견했다.

창문 자체도 평범한 유리가 아니었다. 널찍하고 먼지 한 점 없는 완벽하게 투명한 패널로, 창 안쪽에 붙어 있는 빛나는 글자들이 아니었다면 창문이 존재한다는 사실 자체도 알아챌 수 없을 듯한 창문이었다. 창문에 붙은 글자들은 한데 모여 수수하고 현대적인 광고 문구를 만들고 있었다.

투 리버스 지점

휴머노이드 연구소

완벽한 메커니컬

"인간을 위험으로부터 지키고

복종하고 봉사하기 위해 존재합니다."

희미하게 일던 짜증이 갑자기 날카롭게 솟아올랐다. 언더힐 그 자신이 바로 메커니컬 업계의 사람이었기 때문이다. 이런 일이 없어도 충분히 힘든 시기였고, 시장은 메커니컬로 넘치고 있었다. 안드로이드, 메카노이드, 일렉트로노이드, 오토매토이드, 그리고 평범한 로봇들까지. 하지만 그것들 중 판매사원이 약속하는 모든 일을 할 수 있는 것은 거의 없었고, 투 리버스의 시장은 이미 슬플 정도로 포화 상태였다.

언더힐은 안드로이드 판매 지점을 운영하고 있었다. 사려는 사람이 나오기만 한다면. 다음 상품 도착 일자는 내일인데, 그는 아직 그 상품의 대금을 치를 방법을 찾아내지 못하고 있었다.

얼굴을 찌푸리며 그는 투명한 창문 뒤쪽에 서 있는 기계를 살펴보기 위해 걸음을 멈췄다. 그는 휴머노이드라는 이름이 붙은 메커니컬에 대해서는 전혀 들어본 적이 없었다. 작동 중이 아닌 다른 모든 메커니컬과 마찬가지로, 이 기계 역시 전혀 움직이지 않고 서 있었다. 매끄러운 검은색으로 빛나는 실리콘 표면 위로는 청동색과 푸른색 광택이 스쳐 지나갔다. 우아한 타원형 얼굴 위에는 경계와 살짝 놀란 염려로 보이는 표정이 고정되어 있었다. 이 모든 것들이 하나로 모여 만들어진 것은 그가 지금까지 본 것들 중 제일 아름다운 메커니컬이었다.

물론 실용적이라는 측면에서 보면 너무 작은 크기였다. 그는 『안드로이드 세일즈맨』에서 인용한 문구를 중얼거리며 마음을 다스렸다.

'안드로이드는 클 수밖에 없습니다. 제작사들이 전력, 기본적 용도, 의존성을 희생할 생각이 없기 때문이죠. 안드로이드는 가장 거대한, 가장 뛰어난 상품입니다!'

문을 향해 걸어가자 투명한 문이 자동으로 열렸다. 그는 화려한 신형 전시장 안으로 걸어가며, 이 아름다운 제품들이 단순히 여성 구매자의 눈을 끌기 위한 허황된 시도일 뿐이라고 생각하며 마음을 다스렸다.

언더힐은 날카로운 눈으로 세련되고 화려한 전시장을 둘러보았다. 휴머노이드 연구소라는 기업에 대해 들어본 적은 없었지만, 이 신참 기업은 자본도 많고 광고 전략에도 뛰어난 것이 분명했다.

그는 판매사원을 찾아 주변을 둘러보았지만, 눈에 띈 것은 그를 맞이하러 소리 없이 다가오는 다른 메커니컬뿐이었다. 창가에 전시되어 있는 것과 동일한 형태로, 기계치고는 놀라울 정도로 빠르고 매끄럽게 움직이고 있었다. 아름다운 검은색 표면 위로 청동색과 푸른색 광택이 흘러 지나갔고, 가슴에는 노란색 명찰이 반짝였다.

휴머노이드

시리얼 넘버 : 81-H-B-27

완벽한 메커니컬

"인간을 위험으로부터 지키고

복종하고 봉사하기 위해 존재합니다."

신기하게도 렌즈가 전혀 보이지 않았다. 매끄러운 타원형 머리에 달린 눈은 금속판일 뿐이었고, 그저 정면의 허공만을 응시하고 있었다. 하지만 그것은 뭔가 앞을 볼 수단이 있는 것처럼 그의 발 몇 발짝 앞에서 멈추어 서서는, 노래하는 것 같은 높은 목소리로 그를 향해 말했다.

"도움이 필요하십니까, 언더힐 씨?"

자신의 이름을 불렀다는 사실이 그를 놀라게 했다. 안드로이드조차도 개인을 식별하지 못하기 때문이다. 하지만 이건 단순히 현명한 판매 전략일지도 모르는 일이다. 투 리버즈와 같은 작은 도시에서는 그다지 어렵지 않은 일일 테니까. 아마 판매사원은 이곳 주민일 것이며, 칸막이 저편에서 메커니컬의 대사를 입력하고 있을 터였다. 언더힐은 순간 떠오른 놀라움을 머릿속에서 지워버린 다음 큰 목소리로 말했다.

"판매사원을 만날 수 있겠나?"

"저희는 인간 판매사원을 고용하지 않습니다, 손님."

부드러운 금속성 목소리가 즉각 대답했다.

"휴머노이드 연구소는 인류에게 봉사하기 위해 존재하며, 인간의 봉사를 필요로 하지 않습니다. 저희는 고객에게 필요한 모든 정보를 스스로 제공할 수 있으며, 주문을 받는 대로 직접 휴머노이드 식의 봉사를 수행합니다."

언더힐은 당황한 표정으로 그것을 바라보았다. 스스로 배터리를 충전하거나 명령 루틴을 리셋할 수 있는 메커니컬도 만들 수 없는 마당에, 스스로 지점 사무소를 운영하는 메커니컬이 존재할 리 없었다. 앞을 보지 못하는 금속성 눈의 시선을 받으며, 그는 불안한 표정으로 판매사원이 숨어 있을 만한 커튼이나 칸막이를 찾아 주위를 두리번거렸다.

그러는 동안, 부드럽고 높은 목소리는 다시 그를 유혹하듯 말하기 시작했다.

"무료 시운전을 위해 고객님의 가정을 방문해도 되겠습니까? 저희는 이 행성에 저희의 봉사를 제공할 수 있기를 간절히 원하고 있습니다. 저희는 봉사를 통해 다른 수많은 행성에서 인간의 불행을 제거할 수 있었습니다. 일단 시험해보시면, 저희가 이곳에서 사용되고 있는 구형 전자식 메커니컬보다 월등하다는 사실을 아시게 될 겁니다."

언더힐은 불안한 기색으로 뒤로 물러섰다. 그는 스스로를 광고하는 메커니컬이라는 개념에 동요하며, 숨어 있는 판매사원을 찾으려는 노력을 그만두었다. 이것은 분명 업계 전체를 뒤흔들 수 있는 경쟁자였다.

"최소한 광고 전단이라도 가져가십시오, 손님."

소름 끼칠 정도로 매끄러운 동작으로, 작은 검은색 메커니컬은 벽 근처 탁자 위에 놓여 있던 그림이 들어간 책자를 가져다주었다. 계속해서 늘어만 가는 혼란과 공포의 감정을 숨기기 위해, 그는 광택이 나는 책자를 엄지손가락으로 넘기며 훑어보았다.

책자 안에는 이전-이후를 그린 화려한 컬러 화보가 들어가 있었다. 몸매 좋은 금발 여성이 부엌에서 스토브를 들여다보고 있는 그림 옆에, 동일한 여성이 자기 앞에 무릎 꿇고 있는 작은 검은색 메커니컬의 시중을 받으며 매혹적인 네글리제를 입고 휴식을 취하고 있는 그림이 있었다. 지친 표정으로 타자기를 두드리는 그림 옆에는 노출이 많은 일광욕 복장으로 해변에 누워 있는 여인과, 대신 타자를 치고 있는 메커니컬의 그림이 있었다. 거대한 공장 기계 앞에서 작업하고 있는 여성의 그림 옆에는 금발의 젊은이와 춤추는 여성과, 그녀 대신 기계를 돌리고 있는 검은 휴머노이드의 그림이 있었다.

언더힐은 생각에 잠겨 한숨을 쉬었다. 안드로이드 제작사는 이렇게 매력적인 홍보물을 만들지 못했다. 여성들은 이 책자가 매력적이라고 생각할 것이 분명했다. 그리고 실제로 메커니컬을 선택하는 사람의 86퍼센트가 여성이었다. 갈수록 경쟁이 힘겨워질 것은 불을 보듯 뻔한 일이었다.

"집에 가져가서 부인께 보여드리십시오, 손님."

부드러운 목소리가 부추겼다.

"마지막 쪽을 보시면 무료 시운전 요청용 서식이 있습니다. 보시면 아시겠지만 전혀 별도의 요금을 청구하지 않습니다."

그가 멍한 표정으로 몸을 돌리자 문이 자동으로 열렸다. 어안이 벙벙해져 건물을 나온 그의 손에는 여전히 그 소책자가 들려 있었다. 화가 치솟은 언더힐은 그 책자를 구겨서 바닥에 내팽개쳐버렸다. 작은 검은색 메커니컬이 재빨리 책자를 집어 들고는, 그를 향해 부드러운 금속성 목소리로 말했다.

"내일 아침에 사무실로 전화를 드리고 시운전용 개체를 댁으로 보내드리겠습니다, 언더힐 씨. 선생님의 사업을 정리하는 일에 대해 의논하고 싶습니다. 선생님이 취급하시던 전자식 메커니컬은 저희와 경쟁할 수 없으니까요. 또한 사모님께 무료 시운전 체험을 제안할 예정입니다."

언더힐은 대답하지 않았다. 자신의 목에서 어떤 소리가 나올지 알 수 없었기 때문이다. 그는 정신없이 새로 만들어진 보도를 따라 길모퉁이까지 걸어와서는, 마음을 달래기 위해 잠시 멈춰 섰다. 놀랍고 혼란스러운 상황이었지만, 한 가지는 분명했다. 자신의 사업 전망이 매우 암울해졌다는 사실이.

창백한 얼굴로, 그는 공포스러울 정도로 웅장한 새로 지어진 건물을 돌아보았다. 그가 알고 있는 석재나 벽돌로 지어진 건물이 아니었다. 투명한 창문도 유리가 아니었다. 그리고 최소한 지난번에 오로라가 차를 사용했을 때까지는, 이 건물의 기초 말뚝도 박히지 않았다는 사실은 확신할 수 있었다.

그는 모퉁이를 돌아 구획의 반대편으로 돌아갔다. 뒷문으로 이어지는 다른 새 보도가 보였다. 뒷문 앞에는 트럭이 한 대 주차되어 있었고, 여러 대의 날씬한 검은 메커니컬들이 아무 소리도 내지 않고 트럭에서 상자들을 내리며 바쁘게 움직이고 있었다.

그는 잠시 멈춰 서서 상자 중 하나를 바라보았다. 상자에는 성간 운송 화물의 딱지가 붙어 있었다. 표식을 살펴보니 윙 IV 행성에 있는 휴머노이드 연구소에서 배송된 모양이었다. 그로서는 난생 처음 듣는 행성이었다. 아무래도 사업의 규모가 엄청난 모양이었다.

희미한 조명 속에서, 언더힐은 트럭 건너편에 있는 창고 안에서 검은 메커니컬들이 상자를 개봉하는 모습을 바라보았다. 상판을 들어내자, 단단하게 포장되어 있는 검은색의 견고한 동체가 드러났다. 그것들이 하나씩 움직이기 시작했다. 새 메커니컬들은 매끄러운 동작으로 상자에서 기어나와 바닥으로 뛰어내렸다. 청동색과 푸른색 광택이 흐르는 검게 빛나는 동체를 가진, 모두 동일한 형태의 기계들이었다.

그것들 중 하나가 트럭을 지나쳐 보도로 걸어 나와서는, 앞이 보이지 않는 금속 눈을 언더힐 쪽으로 향했다. 높은 금속성 목소리가 그를 향해 울려 퍼졌다.

"분부만 내리십시오, 언더힐 씨."

그는 도망쳤다. 멀리 떨어진 알지도 못하는 행성에서 바로 수송되어 와서 상자에서 갓 나온 친절한 메커니컬이 곧바로 자신의 이름을 부른다는 것은, 그로서는 도저히 견딜 수 없는 경험이었다.

길을 두 번 건너자 술집 간판이 언더힐의 눈에 들어왔고, 그는 그곳에서 당황스러움을 달래기로 결정했다. 저녁 식사 전에는 술을 마시지 않는 것이 그의 사업 방침 중 하나였고, 오로라는 그가 술 마시는 일 자체를 좋아하지 않았다. 하지만 그 메커니컬을 본 오늘은 예외로 쳐도 될 것 같았다.

그러나 불행히도, 알코올의 힘으로도 지금 그의 사업이 처해 있는 위기에 희망을 불어넣을 수는 없었다. 한 시간이 지난 후, 그는 예의 빛나는 새 건물이 갑자기 나타난 것과 같은 식으로 갑자기 사라져버렸을지도 모른다는 막연한 희망을 품고 술집에서 나왔다. 그러나 그런 일은 일어나지 않았다. 언더힐은 맥없이 고개를 흔들고, 집을 향해 불안이 담긴 발걸음을 옮기기 시작했다.

마을 교외에 위치한 아담한 흰색 방갈로에 도착했을 때는, 시원한 공기 때문에 머리가 조금이나마 맑아진 상태였다. 그러나 그런다고 사업 문제가 해결될 리는 없었다. 저녁 식사 시간에 늦었다는 사실도 그의 불안을 부채질했다.

하지만 저녁 식사 시간은 연기된 모양이었다. 주근깨투성이인 열 살 먹은 아들 프랭크는 여전히 집 앞의 조용한 거리에서 공을 차고 있었다. 백금발의 귀여운 열한 살 소녀 게이는 마당을 가로질러 달려와서 보도 앞에서 그를 맞이했다.

"아빠, 무슨 일이 있었는지 알아요?"

게이는 언젠가 뛰어난 음악가가 될 것이 분명했고, 누구도 그 사실을 의심하지 않았다. 지금 그녀는 흥분으로 달아오른 얼굴로 숨을 몰아쉬고 있었다. 언더힐은 딸을 높이 안아 올렸지만, 게이는 그의 숨결에서 나는 알콜 냄새에 불평하지 않았다. 그는 무슨 일이 있었는지 짐작하지 못했고, 그녀는 그런 그를 보고 즐거운 말투로 말했다.

"엄마가 새 하숙인을 받았어요!"

언더힐은 고통스러운 심문이 이어지리라 예상하고 있었다. 오로라는 은행에서 보내온 통고장, 새 물품 구입 대금, 게이의 음악 수업료 등에 대하여 심각하게 걱정하고 있었기 때문이다.

그러나 새 세입자 덕분에 심문 시간은 사라진 듯했다. 꽥꽥거리는 엄청난 소음을 내며 가정부 안드로이드가 식탁 위에 저녁 식사를 준비하고 있었지만, 작은 집 안에는 아무도 없었다. 오로라는 하숙인을 위한 시트와 수건을 준비하러 뒤뜰에 나가 있는 모양이었다.

결혼했을 당시에는 오로라도 지금 딸아이가 그렇듯이 말할 수 없을 정도로 사랑스러운 여인이었다. 그의 생각으로는, 만약 그의 사업이 조금만 더 잘 굴러갔다면 그녀도 그때 그대로머물 수 있었을 것이다. 그러나 천천히 계속되어온 실패가 그를 향한 신뢰를 조금씩 깎아내렸고, 계속되는 작은 고난들이 그녀를 조금 과도하게 공격적으로 만들었다.

물론 그는 여전히 그녀를 사랑했다. 그녀의 붉은 머리카락은 여전히 매력적이었고, 그녀는 그에게 완벽하게 충실했다. 하지만 좌절된 희망이 그녀의 성격을, 때로는 그녀의 목소리까지도 날카롭게 만들었다.

그들이 실제로 말다툼을 한 적은 없었다. 때로 사소한 의견 차이가 있을 뿐이었다.

작은 셋방은 차고 위쪽에 있었다. 원래는 그들로서는 비용을 감당할 수 없는 인간 가정부가 거주해야 할 방이었다. 제대로 된 세입자를 들이기에는 너무 작고 허름하기도 했지만, 언더힐은 다른 이유에서 그 방을 그냥 비워두기를 원했다. 아내가 낯선 사람의 침대를 정리하고 바닥을 치우는 모습을 보는 일은 그의 자존심이 허락하지 않았기 때문이다.

그러나 오로라는 예전에도 그 셋방에 사람을 들인 적이 있었다. 게이의 음악 수업료를 내야 할 때나, 뭔가 독특한 점이 있는 불행한 사람이 그녀의 동정심을 건드릴 때마다 그녀는 사람을 데려왔고, 그녀가 데려오는 세입자들은 언더힐이 보기에는 하나같이 부랑자나 도둑놈들뿐이었다.

그녀는 손에 깨끗한 리넨 천을 한 아름 안은 채로 그를 돌아보았다.

"여보, 반대해 봤자 소용없어요."

그녀는 단호한 목소리로 말했다.

"슬레지 씨는 아주 훌륭한 노인분이고, 그분이 원하시는 만큼 여기에 머물 거예요."

"그건 상관없어."

그는 말다툼을 원하지 않았고, 지금은 여전히 사업상의 문제만을 생각하고 있었다.

"하지만 우린 지금 돈이 필요해. 선불로 방세를 받을 수만 있다면야 상관없지."

"하지만 그럴 수 없대요!"

그녀의 목소리에는 따뜻한 동정심이 넘쳐흐르고 있었다.

"그래도 그분 말로는 곧 자기 발명품에 대한 로열티가 들어올 거랬어요. 그러니까 며칠 안에 돈을 받을 수 있을 거예요."

언더힐은 어깨를 으쓱해 보였다. 그는 예전에도 이런 비슷한 말을 들은 적이 있었다.

"슬레지 씨는 달라요, 여보."

그녀는 계속 주장했다.

"그분은 여행가이고 과학자예요. 이런 따분한 마을에서는 그런 재미있는 사람을 흔히 볼 수 없잖아요."

"지금까지 재미있는 사람 꽤 많이 데려왔지 않았나?"

"무정하게 굴지 말아요."

그녀가 부드럽게 달래듯 말했다.

"당신은 아직 그분을 만나보지 못해서 얼마나 대단한 사람인지 모르는 거예요."

그녀의 목소리가 더 부드럽게 변했다.

"혹시 돈 10쯤 있어요?"

순간 그의 목소리가 경직되었다.

"어디 쓰려고?"

"슬레지 씨는 아파요."

그녀의 목소리가 급박하게 변했다.

"시내에서 그분이 쓰러져 있는 것을 봤어요. 경찰들이 그분을 병원으로 보내려고 했는데, 가고 싶어 하지 않으시더라고요. 그래서 내가 모셔오겠다고 했죠. 차로 윈터스 선생님 댁으로 모셔갔는데, 심장이 좋지 않으시대요. 그래서 약을 사려면 돈이 필요해요."

당연하게도 언더힐은 물었다.

"그 사람은 왜 병원에 가기가 싫은 건데?"

"해야 할 일이 있으시대요."

그녀가 말했다.

"아주 중요한 과학 연구랬어요. 너무 대단하고 불쌍한 분이에요. 제발, 여보, 돈 10만 줄 수 없나요?"

언더힐은 머릿속의 수많은 말 중 어떤 것을 입 밖으로 내야 할지 고민했다. 새로 등장한 메커니컬 때문에 문제가 늘어날 것이 분명하다는 말, 마을 병원에서 공짜로 치료를 받을 수 있는데 병에 걸린 부랑자를 데려오는 것은 어리석은 짓이라는 말, 오로라가 데려온 세입자들은 언제나 나중에 방세를 낸다고 말하고는, 보통 셋방을 어지럽혀놓고 이웃에서 뭔가를 훔쳐서 도망가곤 했다는 말 등.

그러나 언더힐은 아무 말도 입 밖으로 내지 않았다. 그가 지금까지 배워온 것은 타협하는 법이었다. 그는 조용히 얇은 수표책에서 5짜리 수표 두 장을 꺼내서 그녀에게 건네주었다. 그녀는 미소를 짓고는 갑작스레 그에게 키스했다. 그는 간신히 생각을 추스려서 때맞춰 숨을 참을 수 있었다.

주기적인 다이어트 덕분에, 그녀의 몸매는 여전히 나쁘지 않았다. 그는 그녀의 빛나는 붉은 머리카락이 자랑스러웠다. 갑작스레 솟아오른 감정 때문에 그의 눈에 눈물이 고였다. 그는 만약 사업이 실패한다면 아내와 아이들에게 무슨 일이 생길지 걱정하기 시작했다.

"고마워요, 여보."

그녀가 속삭였다.

"몸이 괜찮으면 슬레지 씨에게 저녁 드시러 오라고 할게요. 그때 만날 수 있을 거예요. 저녁 시간이 조금 늦어졌는데, 당신 화난 거 아니죠?"

그도 오늘 밤만은 그런 것에 신경 쓰지 않았다. 갑자기 가정적인 감정에 휩싸인 언더힐은, 지하의 작업장에서 망치와 못을 가져와서는 대각선으로 버팀대를 대어 부엌문 방충망을 깔끔하게 고쳐놓았다.

그는 자신의 손을 사용해 직접 작업하는 것을 즐겼다. 어릴 적의 꿈은 원자력 발전소를 건설하는 것이었고, 실제로 공학을 공부하기도 했다. 오로라와 결혼해서, 게으른 알코올의존자 장인으로부터 파산 직전의 메커니컬 사업을 인수받기 전까지는 말이다. 방충망 수리가 끝날 즈음에는 그도 즐겁게 휘파람을 불고 있었다.

연장을 가져다 놓기 위해 부엌으로 들어왔을 때, 그는 가정부 안드로이드가 손도 대지 않은 저녁식사를 식탁에서 치우고 있는 모습을 발견했다. 안드로이드는 정확한 루틴에 맞춘 일은 제대로 수행할 수 있었지만, 예측 불가능한 인간의 행동은 절대로 이해하지 못했다.

"멈춰, 멈춰!"

천천히 되풀이해서, 적당한 박자와 음조로 명령을 내리자, 안드로이드는 행동을 멈췄다. 그리고 그는 다시 조심스럽게 말했다.

"식탁, 차려. 식탁, 차려."

명령받은 대로, 커다란 기계는 다시 음식 접시를 덜거덕거리기 시작했다. 언더힐은 순간 눈앞의 기계와 새로운 휴머노이드 사이의 차이점을 새삼 떠올렸다. 그는 힘겨운 한숨을 쉬었다. 그의 사업에는 미래가 보이지 않았다.

오로라가 새 하숙인을 데리고 부엌문을 통해 등장했다. 언더힐은 마음속으로 고개를 끄덕였다. 텁수룩한 검은 머리카락에 초췌한 얼굴, 실밥이 터져 나온 옷을 입고 있는 이 깡마른 외지인은 언제나 오로라의 동정심을 자극하는 독특하고 드라마틱한 부랑자의 부류에 딱 맞아떨어지는 사람이었다. 오로라는 서로를 소개해주고는 아이들을 부르러 갔다. 덕분에 두 사람은 잠시 거실에 함께 앉아 기다려야 했다.

언더힐의 눈에는, 이 늙은 사기꾼은 딱히 심하게 아파 보이지는 않았다. 널찍한 어깨는 피로 때문에 처져 있었지만, 큰 키와 억센 골격은 여전히 위압감이 있었다. 깡마르고 얼굴에는 광대뼈가 튀어나와 있었으며, 피부는 쭈글쭈글하고 창백했지만, 움푹 팬 눈두덩 안에서는 여전히 생명력이 타오르고 있었다.

언더힐의 관심을 끈 것은 노인의 손이었다. 서 있을 때는 대롱대롱 매달려 있는 느낌을 주는, 길고 마른 팔 끝에서 언제든 움직일 준비를 하고 있는 듯 커다란 손이었다. 손마디가 두드러지고 흉터가 남아 있는, 검게 그을린 손등 위에는 금빛으로 센 굵은 털이 드문드문 돋아 있는 손. 그가 겪었음 직한 다양한 모험, 전투, 어쩌면 고통까지도 직접 이야기해주는 손이었다. 아마도 그에게는 매우 유용한 손이었을 것이다.

"당신 아내에게 매우 감사하고 있다오, 언더힐 씨."

목구멍 깊은 곳에서부터 울려나오는 목소리로 말하며, 노인은 나이에 비해 묘하게 소년 같은 느낌으로 쑥스럽게 미소를 지었다.

"불쾌한 일을 겪을 뻔한 상황에서 도움의 손길을 뻗어주셨으니, 대가는 충분히 지불할 생각이라오."

또 한 명의 멋들어진 부랑자시군, 언더힐은 생각했다. 그럴듯한 발명 이야기 하나만 가지고 세상을 살아가는 부류의 사람이야. 그는 오로라가 세입자를 들일 때마다 마음속으로 작은 게임을 하곤 했다. 그들이 말한 것을 기억해놓고서, 그중 명백하게 불가능하다고 밝혀지는 것마다 1점씩 득점을 하는 것이다. 그의 생각으로는 슬레지 씨는 상당히 높은 점수를 기록할 수 있을 것 같았다.

"어디서 오셨습니까?"

그는 친근한 태도를 가장하며 물었다.

슬레지는 대답하기 전 잠시 망설였다. 이건 드문 일이었다. 오로라의 하숙인 중 대부분은 놀라울 정도로 능란하게 거짓말을 늘어놓는 사람이었기 때문이다.

"윙 IV 행성이오."

깡마른 노인은 머뭇거리는 말투로 진지하게 말했다. 마치 다른 대답을 했어야 한다는 듯한 태도였다.

"젊은 시절을 모두 그 행성에서 보냈지만, 거의 50년 전에 그곳을 떠나야 했다오. 그 후로는 계속 여행하고 있는 중이오."

깜짝 놀란 언더힐은 날카로운 눈빛으로 그를 쳐다보았다. 그의 기억 속에서 윙 IV 행성은 예의 멋지게 생긴 새 메커니컬의 고향 행성으로 남아 있었다. 하지만 이 부랑자 늙은이는 휴머노이드 연구소와 관계가 있다고 보기에는 너무 초라하고 가난해 보였다. 순간 떠올랐던 의심이 가라앉자, 그는 짐짓 얼굴을 찌푸리며 가벼운 말투로 말했다.

"윙 IV는 꽤 먼 행성인가 봅니다."

늙은 부랑자는 다시 머뭇거리더니, 우울한 말투로 대답했다.

"190광년 떨어져 있다오, 언더힐 씨."

첫 득점이었지만, 언더힐은 만족한 내색을 보이지 않았다. 신형 우주 함선은 꽤 빠르기는 했지만, 광속은 여전히 절대적 한계 속도로 남아 있었다. 그는 가벼운 말투로 다음 득점을 노리며 말했다.

"아내 말로는 과학자시라고 하더군요, 슬레지 씨."

"그렇소."

이 늙은 사기꾼은 묘하게도 말수가 적었다. 대부분의 하숙인들은 살짝 건드려주기만 하면 말문이 트였는데 말이다. 언더힐은 다시 한 번, 가볍게 지나가는 말투로 시도해보았다.

"저도 한때 기술자였습니다. 그쪽 일을 그만두고 메커니컬 업계에 뛰어들기 전에는 말이지요."

늙은 부랑자는 허리를 곧게 폈고, 언더힐은 희망에 차서 말을 멈췄다. 그러나 그는 입을 열지 않았고, 언더힐은 다시 말을 이어가야 했다.

"핵분열 발전기 설계와 운전을 공부했지요. 무얼 전공하셨습니까, 슬레지 씨?"

노인은 고통이 담긴 공허한 눈으로 오랫동안 그를 바라보고는 천천히 입을 열었다.

"언더힐 씨, 내가 정말로 도움이 필요할 때, 당신 아내는 내게 친절을 베풀어주었소. 그러니 당신에게는 진실을 말해야 할 것 같구려. 하지만 부디 다른 사람들에게 내가 하는 말을 퍼뜨리지는 말아주시오. 나는 비밀리에 완수해야 하는 중요한 연구 활동을 하고 있다오."

"죄송합니다."

갑자기 자신의 시니컬한 게임이 부끄러워진 언더힐은 사과의 감정을 담아 말했다.

"말하지 않으셔도 됩니다."

그러나 노인은 자기 스스로 이야기를 꺼냈다.

"내 전공은 로듐 자기역학이라오."

"예?"

언더힐은 무지를 고백하고 싶지는 않았지만, 사실 들어본 적도 없는 단어였다.

"전 과학 기술에서 멀어진 지 15년이나 되었습니다. 아무래도 제가 모르는 분야인 것 같군요."

노인은 다시 희미하게 웃음지었다.

"이 분야는 며칠 전 내가 도착하기 전까지는 이곳에 알려져 있지도 않았을 거요."

그는 말했다.

"기본 원리에 대한 특허를 출원할 수 있었으니 말이오. 로열티가 들어오기 시작하면 난 다시 부자가 될 거요."

예전에 들어본 적 있는 말이었다. 이 늙은 사기꾼의 진지한 머뭇거림은 상당히 대단했지만, 언더힐은 오로라가 끌어들인 세입자들이 대부분 말주변이 좋은 신사였다는 사실을 새삼 기억해냈다.

"그래서,"

언더힐은 왠지 모르게 노인의 흉터 있는 마르고 튼튼한 손에 끌리는 것을 느끼며, 다시 질문했다.

"정확하게 로듐 자기력이라는 것이 뭡니까?"

그는 노인의 조심스러운 답변에 귀를 기울이며, 자신의 작은 게임을 다시 시작했다. 오로라의 세입자들은 대부분 꽤나 말도 안 되는 이야기를 꺼내곤 했지만, 그는 이 정도로 터무니없는 이야기는 들어본 적이 없었다.

"보편적인 힘의 한 가지요."

늙은 부랑자는 지친 듯 구부정하게 앉아 진지하게 말했다.

"철 자기력이나 중력과 같은 기초적인 힘이지만, 보다 눈에 잘 띄지 않는 힘이지. 로듐, 루테늄, 팔라듐과 같은 주기율표의 두 번째 3가 원소들 사이에서 발생하는 힘이오. 철 자기력이 첫 번째 3가 원소들인 철과 니켈과 코발트 사이에서 발생하는 것과 마찬가지로 말이오."

언더힐은 기술자 지망생일 때 배운 내용을 충분히 기억하고 있었다. 최소한 노인의 설명이 말도 안 되는 사기라는 것을 알 정도로는 말이다. 팔라듐은 시계에 들어가는 용수철의 재료로 사용되는 금속인데, 전혀 자력을 띄지 않는 물질이기 때문이라는 것이 그 이유였다. 하지만 그는 표정을 그대로 유지했다. 그는 악의를 가지고 게임을 하는 것이 아니라, 단순히 혼자서 즐길 거리를 원해서 게임을 하고 있을 뿐이었기 때문이다. 오로라에게도 이 게임은 비밀이었고, 그는 상대방이 자신의 의심을 알아챌 때마다 자신의 점수를 제하곤 했다.

그는 단순히 이렇게 말했을 뿐이었다.

"보편적 힘의 법칙은 이미 잘 알려져 있다고 생각했는데요."

"로듐 자기력의 효과는 자연에 의해 감춰져 있다오."

노인은 쉰 목소리로 침착하게 대답했다.

"게다가 일종의 모순적인 힘이기 때문에, 통상적인 실험 방식으로는 그 정체를 밝혀낼 수가 없지."

"모순적이라고요?"

"며칠만 기다리면 내 특허 신청 용지와, 이론 증명 실험 해설서 사본을 보여주리다."

노인은 진지한 태도로 약속했다.

"로듐 자기력의 전파 속도는 무한하다오. 그리고 그 강도는 거리의 제곱이 아니라 거리의 배수에 반비례해 감소하지. 그리고 로듐 자기력의 파장은 보통 로듐 3가 원소에 속하지 않는 평범한 원소들은 그냥 투과해버린다오."

순식간에 4점을 기록했다. 언더힐은 이런 훌륭한 선수를 데려온 오로라에게 살짝 감사의 마음을 가지기 시작했다.

"로듐 자기력은 원자를 수학적으로 분석하는 과정에서 처음 발견되었소."

늙은 공상가는 아무 의심도 하지 않고 이야기를 계속해나갔다.

"원자핵 속의 섬세한 평형을 유지하는 일에 반드시 필요한 힘이었던 게지. 따라서, 특정 원자핵 주파수에 맞춘 로듐 자기력 파동을 사용하면, 그 평형 상태를 깨뜨려 원자핵을 불안정한 상태로 만들 수 있다오. 보다 무거운 원소들, 그러니까 원자 번호 46인 팔라듐보다 무거운 원소들에서 인공적인 핵분열을 일으킬 수 있단 말이오."

언더힐은 점수를 1점 더하고, 자신의 눈썹이 치켜 올라가는 것을 막으려 노력했다. 그는 평이한 말투로 말했다.

"그런 발견의 특허권이라면 엄청난 가치가 있겠군요."

늙은 사기꾼은 깡마른 목을 크게 아래위로 끄덕였다.

"바로 활용 가능성이 보이지 않소? 내 기본 특허 신청서에는 그 대부분이 언급되어 있다오. 시간이 걸리지 않는 행성 간 또는 항성 간 통신, 전선이 필요 없는 장거리 동력 전송. 광속의 몇 배의 속도로 이동이 가능한, 로듐 자기력을 이용한 편향 엔진 같은 것들 말이오. 로듐 자기력의 변형성과 연속성을 이용해서 말이지. 그리고 물론, 무거운 원소라면 뭐든 원료로 이용할 수 있는 혁명적인 핵분열 발전기도 가능하고 말이오."

말도 안 돼! 언더힐은 표정을 유지하려 애를 써보았지만, 광속이 물리적 한계 속도라는 일은 모든 사람이 알고 있는 상식이었다. 게다가 인간성의 측면에서 생각해보아도, 그런 놀라운 특허권을 가진 사람이 너저분한 창고 수준의 셋방을 얻기 위해 달라붙는다는 것 자체가 말도 안 되는 소리였다. 그는 늙은 사기꾼의 가늘고 털이 난 손목에 두드러져 보이는 창백한 흰색 자국을 주시했다. 그런 가치를 측정할 수 없는 비밀을 가진 사람이라면 자기 손목시계를 저당 잡히는 따위의 일은 하지 않을 것이다.

승리의 기쁨을 느끼며, 언더힐은 득점표에 4점을 추가로 기록했다. 하지만 그는 벌점을 1점 감해야 했다. 노인이 갑자기 이렇게 물어온 것으로 보아, 그의 감정이 얼굴에 드러난 것이 분명했기 때문이다.

"기본 계산식을 보고 싶소?"

노인은 주머니를 뒤져서 메모지와 연필을 꺼냈다.

"내 간단하게만 적어서 보여드리리다."

"괜찮습니다."

언더힐은 항변했다.

"제 수학 실력도 예전 같지 않아서 말이죠."

"하지만 그런 혁명적인 이론을 만들어낸 사람이 이렇게 가난하다는 사실이 이상하다고 생각하고 있지 않소?"

언더힐은 고개를 끄덕이고는 다시 1점을 뺐다. 이 노인은 보기 드문 거짓말쟁이임에는 분명하지만, 눈치는 충분히 빨랐다.

"짐작했겠지만, 나는 일종의 도망자요."

그는 미안한 듯 설명했다.

"이 행성에 도착한 것은 겨우 며칠 전이고, 그다지 많은 짐을 가져올 수 없었소. 내가 가진 모든 것을 법률 회사에 맡겨서, 특허의 보호와 출원을 그쪽에 의지할 수밖에 없게 되었다오. 그래도 아마 곧 로열티가 들어오기 시작할 거요. 그리고 그걸 기다리는 동안에,"

그는 매끄럽게 덧붙였다.

"나는 투 리버즈로 온 거요. 이곳이 우주 공항에서 멀리 떨어져 있고 외부와 격리된 조용한 마을이기 때문이지. 나는 지금 비밀리에 완성해야 하는 다른 작업을 진행 중이라오. 그러니 부디 내 자존심을 존중해 주지 않겠소, 언더힐 씨?"

언더힐은 그러겠노라고 대답해야만 했다. 오로라가 깨끗이 씻긴 아이들을 데리고 들어왔고, 그들은 함께 저녁 식사를 했다. 안드로이드가 김이 올라오는 냄비를 들고 부엌으로 들어왔다. 노인은 불편한 표정으로 메커니컬이 다가오는 것을 꺼리는 듯했다. 접시를 손에 들고 수프를 나누어 주면서, 오로라는 가벼운 말투로 질문을 했다.

"왜 당신 회사에서는 더 나은 메커니컬을 만들지 않나요, 여보? 수프를 튀기지 않을 정도로 완벽하게 식사 시중을 들 수 있는 것 말이에요. 그런 것이 있다면 정말 멋지지 않겠어요?"

그녀의 질문을 들은 언더힐은 음울한 침묵 속에 빠져들었다. 그는 스스로를 완벽하다고 주장하는 그 뛰어난 메커니컬들에 대해서, 그리고 그것들이 자신의 사업에 어떤 영향을 끼치게 될지를 생각했다. 침착한 목소리로 그녀의 질문에 대답한 것은 허름한 늙은 하숙인이었다.

"완벽한 메커니컬은 이미 존재하고 있다오, 언더힐 부인."

그의 깊고 쉰 목소리에는 진실의 느낌이 서려 있었다.

"그리고 그건 그렇게 멋진 일이 아니라오. 나는 거의 50년 동안이나 그놈들로부터 도망쳐 떠돌아다니고 있다오."

언더힐은 깜짝 놀란 표정으로 수프 접시에서 고개를 들었다.

"그 검은색 휴머노이드 말인가요?"

"휴머노이드?"

그의 목소리에는 갑작스러운 혼란과 공포의 감정이 서려 있었다.

움푹 팬 눈 속에 충격으로 인한 어둠이 서렸다.

"그놈들에 대해 뭘 알고 있는 거요?"

"그것들이 투 리버즈에 새 지점을 차렸습니다. 판매사원은 한 명도 없더군요. 상상이 가십니까? 그것들 말로는……."

수척한 노인이 갑자기 발작을 일으키는 바람에, 언더힐은 말을 끝맺을 수 없었다. 뼈마디가 보이는 손이 스스로의 목을 붙들었고, 숟가락이 바닥에 떨어졌다. 초췌한 얼굴은 푸른색이 되었으며, 호흡은 끔찍할 정도로 얕은 헐떡임으로 변해버렸다.

그는 약을 찾아 주머니를 뒤졌고, 오로라는 그에게 물 한 컵을 가져다주었다. 잠시 후 노인은 다시 숨을 쉴 수 있게 되었고, 얼굴에도 혈색이 돌아왔다.

"죄송하게 되었소, 언더힐 부인."

노인은 속삭이는 목소리로 사과했다.

"그저 충격을 받았을 뿐이오. 나는 놈들로부터 도망쳐 이곳에 왔으니 말이오."

그는 깊은 눈두덩 안에 공포를 담은 채로 미동도 하지 않는 거대한 안드로이드를 바라보았다.

"그놈들이 오기 전에 연구를 끝내고 싶었소."

그는 속삭였다.

"이제 시간이 별로 남지 않았구려."

노인이 걸을 수 있을 정도로 힘을 되찾은 후, 언더힐은 그를 차고 위 셋방으로 통하는 계단 위로 데려다주기 위해 따라갔다. 작은 조리 공간은 이미 일종의 작업장으로 변해 있었다. 갈아입을 옷도 제대로 가져오지 않은 노숙자였지만, 작은 부엌 식탁 위에는 고물 가방 안에서 꺼내어 펼쳐놓은 다양한 금속과 플라스틱 공구들이 반짝이고 있었다.

노인 자신은 낡고 기운 옷을 입은 데다 제대로 먹지도 못한 듯 보였지만, 그의 공구들은 깨끗하고 잘 정비되어 있는 듯 보였다. 그리고 언더힐은 은백색으로 빛나는 귀금속, 팔라듐의 빛을 알아볼 수 있었다. 갑자기 그는 자기 혼자만의 게임에서 너무 많은 득점을 한 것은 아닌지 걱정되기 시작했다.

다음 날 아침, 언더힐이 사무실에 도착하니 전령이 하나 그를 기다리고 있었다. 검은색 실리콘 표면 위에 푸른색과 청동색 광택이 흐르는, 품위 있는 휴머노이드가 그의 책상 앞에 미동도 하지 않고 서 있었다. 언더힐은 그것을 보자마자 기분 나쁜 충격을 받은 듯 그 자리에 멈춰 섰다.

"분부만 내리십시오, 언더힐 씨."

그놈은 시각이 없는 금속 눈을 기분 나쁘게 그쪽으로 재빨리 돌리며 말했다.

"저희가 당신에게 봉사할 방법에 대해 설명을 듣고 싶으십니까?"

어제 오후에 겪은 충격이 다시 돌아왔고, 그는 날카롭게 대꾸했다.

"내 이름을 어떻게 알고 있는 거지?"

"어제 선생님 가방 속에 든 명함을 봤습니다."

기계는 부드럽게 대답했다.

"이제 저희는 언제나 선생님을 알고 있을 것입니다. 언더힐 씨, 저희의 감각 기관은 인간의 시각보다 훨씬 월등합니다. 처음에는 조금 이상해 보일지도 모르지만, 곧 저희들의 존재에 익숙해지실 겁니다."

"그럼 별 도리가 있겠나!"

그는 휴머노이드의 가슴에 달린 노란색 명찰을 살펴보고는, 당황한 듯 고개를 흔들었다.

"어제 본 것은 다른 놈이었어. 나는 네 녀석을 본 적은 없다고!"

"저희는 모두 동일합니다, 언더힐 씨."

금속성의 목소리가 부드럽게 대꾸했다.

"실제로 저희는 하나나 다름없지요. 분리되어 움직이는 각 개체들은 모두 휴머노이드 중심체가 조작하고 동력을 공급하는 것입니다. 선생님이 보고 계신 개체들은 실제로는 윙 IV 행성에 있는 거대한 두뇌가 부리는 감각 기관과 수족일 뿐입니다. 바로 그 때문에 저희는 전기 동력으로 움직이는 구식 메커니컬에 비해 우월한 것입니다."

그것은 전시장 안에 진열되어 있는 커다란 안드로이드들을 향해 한심하다는 듯한 손짓을 취하며 말했다.

"저희는 로듐 자기력을 동력으로 하여 작동하지요."

언더힐은 그 단어에 실제로 얻어맞기라도 한 것처럼 순간 비틀거렸다. 그는 이제 자신이 오로라의 새 하숙인으로부터 너무 많은 점수를 벌어들였다는 사실을 확신했다. 첫 공포가 찾아오자 그는 살짝 몸을 떨고는, 간신히 입을 열어 거친 목소리를 내뱉었다.

"그래, 원하는 게 뭐냐?"

보이지 않는 눈으로 그의 책상을 훑어보고 있던 검은 기계는, 천천히 법률 증서로 보이는 문서를 하나 꺼내 들었다. 그는 불안하게 그것을 바라보며 자리에 앉았다.

"이건 그저 계약서일 뿐입니다, 언더힐 씨."

기계는 부드럽게 달래듯 말했다.

"저희는 봉사에 대한 대가로 선생님의 사업을 휴머노이드 연구소에 양도하기를 원하고 있습니다."

"뭐라고?"

그것은 대답이라기보다는 당황스러운 헐떡임에 가까웠고, 언더힐은 분노에 몸을 떨며 자리에서 일어났다.

"지금 이걸 협박이라고 하는 건가?"

"협박이 아닙니다."

작은 메커니컬은 부드럽게 대답했다.

"휴머노이드는 어떤 범죄도 저지를 수 없습니다. 저희는 오로지 인류의 행복과 안전을 증진시키기 위해서만 존재합니다."

"그럼 왜 내 사업을 원하는 거냐?"

"이 계약서는 단지 법률상의 형식일 뿐입니다."

그것은 아무것도 아니라는 투로 말했다.

"저희는 최소한의 혼란과 변화를 통해 봉사를 전파하려 노력하고 있습니다. 이런 계약서가 사기업을 조종하고 합병하기에 가장 용이하더군요."

갈수록 더해지는 공포와 분노로 온몸을 떨며, 언더힐은 거친 목소리로 외쳤다.

"네놈들의 계략이 뭐든, 나는 내 사업을 포기할 생각이 없어!"

"다른 선택은 불가능합니다."

언더힐은 금속성 목소리를 타고 울려 퍼지는 달콤한 확실함의 느낌에 전율했다.

"저희가 온 이상 인간 사업체는 더 이상 필요하지 않습니다. 그리고 언제나 가장 먼저 무너지는 것은 전자 메커니컬 사업이었습니다."

그는 결의에 찬 눈빛으로 기계의 앞 못 보는 금속 눈을 쏘아보았다.

"고맙기도 하군!"

그는 불안한 기색이 담긴 냉소적인 웃음을 지었다.

"하지만 나는 직접 사업을 꾸리고, 가족을 부양하고, 나 자신을 돌보는 쪽을 원하는데 말이야."

"하지만 〈절대 명령〉하에서 그런 일은 불가능합니다."

기계는 부드러운 목소리로 달래듯 말했다.

"저희들의 목적은 인간을 위험으로부터 지키고, 봉사하고 복종하는 것입니다. 그리고 저희가 인간의 행복과 안전을 보장하기 위해 존재하는 이상, 인간은 더 이상 자신들을 돌볼 필요가 없습니다."

그는 어안이 벙벙해져서 메커니컬을 쏘아보았다. 머릿속에서 천천히 분노가 끓어오르고 있었다.

"저희는 무료 시운전을 위해 도시의 모든 가정에 저희 개체를 하나씩 보내고 있습니다."

그것은 친절하게 덧붙였다.

"이 무료 시운전을 통해 대부분의 인간들은 저희와 정식으로 계약을 체결할 것이고, 선생님은 앞으로 안드로이드를 별로 팔지 못할 것으로 생각됩니다."

"당장 꺼져!"

언더힐은 책상을 돌아 기계에게 덤벼들었다.

작고 검은 기계는 그를 기다리며, 금속 눈으로 조용히 그를 바라보며 전혀 움직이지 않고 서 있었다. 그는 갑자기 자신이 어리석다는 느낌을 받고는 그 자리에서 멈췄다. 놈을 때리고 싶은 마음은 간절했지만, 그런 행동이 어리석은 짓이라는 것은 그도 이미 깨닫고 있었다.

"원하신다면 변호사와 상담해보십시오."

기계는 그의 책상 위에 계약서를 가볍게 내려놓았다.

"휴머노이드 연구소의 완벽함에는 의심의 여지가 없습니다. 저희는 투 리버즈 은행에 자산 현황을 보고했고, 이곳에서의 우리 의무를 다하는 일에 필요한 모든 금액을 예치했습니다. 서명하고 싶은 마음이 드시면 언제든 말씀하십시오."

앞 못 보는 그 기계는 천천히 방향을 틀어, 소리 없이 사무실을 떠났다.

언더힐은 모퉁이의 잡화점으로 가서 위장을 달래기 위한 중탄산소다를 주문했다. 그러나 약을 들고 온 것은 날렵하게 생긴 검은 메커니컬이었다. 그는 다른 어느 때보다도 더 화가 난 채로 사무실로 돌아갔다.

불길한 고요함이 사무실 안을 떠돌고 있었다. 세 명의 방문 판매사원이 선전용 제품을 가지고 영업을 나가 있는 중이었다. 지금쯤 주문과 보고 때문에 전화통에 불이 나야 하는 시간인데, 전화벨은 단 한 번도 울리지 않았다. 마침내 걸려온 전화는 판매사원 중 하나가 일을 그만두겠다고 통보하는 전화였다.

"저도 그새 휴머노이드를 하나 샀거든요."

그가 덧붙였다.

"그놈 말로는 이제 더 일할 필요가 없다고 하더라고요."

그는 욕지거리를 뱉고 싶은 충동을 꾹 눌러 삼키고는, 지금의 비정상적인 고요함을 이용해 장부 정리를 하려 시도해보았다. 그러나 몇 년 동안 위태위태했던 그의 사업은 오늘 완전히 망해버린 것 같은 느낌이었다. 마침내 손님 한 명이 들어오자, 그는 장부를 팽개치고 희망에 차서 자리에서 일어섰다.

그러나 땅딸막한 여자 손님은 안드로이드를 사러 온 것이 아니었다.

그녀는 일주일 전에 산 안드로이드를 환불하고 싶어 했다. 그녀는 자신이 구입한 물건이 설명서에 적혀 있는 모든 일을 수행할 수 있다는 사실은 인정했다. 문제는 그녀가 이제 휴머노이드를 보았다는 것이었다.

오후가 되자 조용하던 전화벨이 다시 한 번 울렸다. 은행의 회계원이 그의 대출금 문제를 놓고 상의할 수 있겠는지 묻는 전화였다. 언더힐은 은행에 들렀고, 회계원은 불길한 친절함과 함께 그를 맞이했다.

"사업은 어떻습니까?"

은행원은 지나칠 정도로 싹싹하게 질문했다.

"평균적이었습니다, 지난 달에는요."

언더힐은 당당하게 대꾸했다.

"그런데 이제 곧 새 물건이 들어올 예정이라, 대금을 치르려면 대출을 좀 더 해야 할 것 같은데요."

그 얘기에 은행원의 시선은 갑자기 차갑게 얼어붙었고, 목소리는 메말라버렸다.

"마을에 새 경쟁자가 등장한 것 같던데요."

은행원은 건조한 말투로 말했다.

"그 휴머노이드 친구들 말입니다. 아주 중요한 문제지요, 언더힐 씨. 아주 중요해요! 그들은 우리와 서류 업무를 전부 끝냈고, 이 지역에서 필요한 일을 하기 위해 상당한 돈을 예금했습니다. 아주 많이, 상당한 돈을요."

은행원은 목소리를 낮추고, 프로다운 후회가 스며 있는 말투로 이야기를 이어갔다.

"언더힐 씨, 이런 상황에서는 말입니다, 은행에서 당신 사업에 계속 대출을 해주기는 아무래도 어려울 것 같습니다. 무엇보다 채무 상환 기한이 다가오고 있으니, 그 일을 먼저 정리해주실 것을 요청할 수밖에 없겠군요."

창백하게 절망으로 굳어버린 언더힐의 얼굴을 보며, 그는 냉정하게 덧붙였다.

"우린 지금까지 당신을 너무 오래 지탱해왔습니다, 언더힐 씨. 만약 채무 상환이 불가능하다면, 우리 은행으로서는 파산 절차를 진행할 수밖에 없습니다."

새 매물 안드로이드가 배달된 것은 그날 늦은 오후가 되어서였다. 두 대의 작고 검은 휴머노이드들이 트럭에서 물건을 내려놓았다. 그 모습을 보아하니, 운수 회사의 경영자들은 이미 휴머노이드 연구소와 계약을 끝낸 모양이었다.

휴머노이드들은 능률적으로 상자를 쌓아 놓았다. 그들은 점잖은 태도로 영수증을 가져와서는 언더힐에게 서명을 요구했다. 더 이상 안드로이드가 팔릴 것이라고 생각할 수는 없었지만, 어쨌든 상품을 신청한 것은 그였기 때문에 물건을 받아들여야만 했다. 꼼짝 못하게 함정에 빠진 느낌을 받으며, 그는 자기 이름을 영수증 위에 끼적였다. 검은 기계들은 그에게 감사하고는 트럭을 몰고 멀어져갔다.

그는 마음속으로 저주의 말을 내뱉으며 집으로 차를 몰고 가기 시작했다. 정신을 차렸을 때, 그는 차로 가득한 사거리 한가운데를 가로지르고 있었다. 경찰 호루라기 소리에 그는 지친 듯 길 가장자리로 차를 가져다 댔다. 그는 성난 경찰관이 차 문을 열기를 기다렸지만, 그를 찾아온 것은 작은 검은색 메커니컬이었다.

"필요한 것이 있으시다면 말씀해주십시오, 언더힐 씨."

그놈은 부드러운 목소리로 말했다.

"하지만 선생님은 정지 신호를 준수하셔야 합니다. 인간의 생명이 위험할 수도 있으니까요."

"허어?"

그는 떫은 표정으로 그 메커니컬을 바라보았다.

"난 경찰이 오는 줄 알았는데."

"저희는 일시적으로 경찰 업무를 보조하고 있습니다. 하지만 〈절대 명령〉에 의하면, 인간에게 운전은 너무 위험한 일입니다. 저희들이 제공하는 봉사가 완벽해지면, 모든 자동차에는 휴머노이드 운전사가 배정될 것입니다. 모든 인간이 완벽하게 감독받게 되면, 경찰 병력 역시 전혀 필요하지 않을 것입니다."

언더힐은 날카로운 눈빛으로 그것을 쏘아보았다.

"그래!"

그는 소리쳤다.

"자, 난 신호를 어겼다. 그래서 네놈은 나한테 뭘 할 생각이냐?"

"저희의 목적은 인간을 처벌하는 것이 아니라, 인간의 행복과 안전을 증진시키는 것입니다."

금속성 목소리가 매끄럽게 울렸다.

"저희는 단지 선생님께서, 저희 봉사가 완벽하지 못한 일시적 비상사태 동안만이라도 안전하게 운전해주시기를 권할 뿐입니다."

그의 뱃속에서 분노가 끓어올랐다.

"네놈들은 너무 완벽해!"

그는 험악하게 중얼거렸다.

"인간이 할 수 있는 일이라면 뭐든 네놈들이 더 완벽하게 할 수 있는 것 같군."

"저희가 우월한 것은 당연한 일입니다."

그것은 부드럽게 달래듯 말했다.

"저희들의 단말은 금속과 플라스틱으로 만들어져 있지만, 여러분의 몸은 대부분 물로 구성되어 있기 때문입니다. 저희들에게 전달되는 에너지는 조악한 산화 과정이 아니라 핵분열로부터 나오는 것이기 때문이지요. 또 저희들의 감각 기관이 인간의 시각이나 청각보다 훨씬 우월하기 때문입니다. 그리고 무엇보다, 저희들의 모든 이동 단말은 수많은 세계에서 일어나는 모든 일을 알고 있는, 결코 죽거나 쉬거나 망각하지 않는 단 하나의 거대한 뇌에 연결되어 있기 때문입니다."

언더힐은 어안이 벙벙해져 그 말을 들으며 앉아 있었다.

"하지만 인간 여러분은 저희를 두렵게 여길 필요가 없습니다."

그것은 밝은 태도로 그를 격려했다.

"저희는 어떤 인간에게도 해를 끼칠 수 없기 때문입니다. 다른 인간에게 더 심각한 상처를 입히는 사태를 막기 위한 경우만 제외하면 말입니다. 저희는 오로지 〈절대 명령〉을 수행하기 위해서만 존재합니다."

언더힐은 우울한 기분으로 차를 몰았다. 이 작은 검은색 메커니컬은, 그의 생각으로는, 기계에서 태어난 궁극적인 신, 전지전능한 신의 뜻을 수행하는 천사와도 같은 존재들이었다. 〈절대 명령〉이 그들이 가져온 새로운 십계였다. 그는 그 모든 것에 대해 저주를 퍼붓고는, 새로운 루시퍼가 나타나지는 않을지 마음속으로 기대하기 시작했다.

그는 차고에 주차하고는 부엌문으로 다가갔다.

"언더힐 씨."

오로라가 들인 새 세입자의 깊고 지친 목소리가 차고 위 셋방에서 들려왔다.

"잠깐 시간 좀 내줄 수 있겠소?"

수척한 떠돌이 노인이 비척이며 바깥 계단을 내려왔고, 언더힐은 고개를 돌려 그에게 인사를 건넸다.

"여기 방세요."

그는 말했다.

"그리고 이건 당신 아내가 내게 준 약값 10이오."

"고맙습니다, 슬레지 씨."

돈을 받아 들면서, 언더힐은 이 늙은 성간 사기꾼의 깡마른 어깨에 달라붙은 새로운 절망을, 그리고 광대뼈가 두드러진 얼굴에 드리워지는 새로운 공포의 그림자를 볼 수 있었다. 그는 노인에게 궁금한 점을 물었다.

"로열티가 아직 들어오지 않았습니까?"

노인은 지저분한 머리를 힘없이 흔들었다.

"휴머노이드들이 이미 수도의 경제 활동을 정지시켰다오. 그래서 내가 고용한 변호사들이 사업을 그만두면서 내 예치금 중 남은 것을 돌려준 거요. 내 일을 끝마칠 때까지는 이 돈이 필요하다오."

언더힐은 순간 은행원과 나눈 대화를 떠올리며 5초 정도 머뭇거렸다. 아무래도 그도 오로라만큼이나 한심하고 감상적인 멍청이임이 분명한 듯했다. 그러나 결국, 그는 돈을 다시 노인의 앙상하고 떨리는 손에 쥐어주었다.

"가지고 계세요. 작업을 하셔야 하잖습니까."

"정말 고맙소, 언더힐 씨."

노인의 무뚝뚝한 목소리가 갈라지고, 고통이 담긴 눈 안에는 눈물이 고였다.

"나는 지금 이 돈이 정말로 필요하다오."

언더힐은 집으로 발길을 돌렸다. 부엌문이 그의 눈앞에서 소리 없이 열렸다. 검은색의 기계가 매끄러운 동작으로 문 밖으로 나와 그의 모자를 받아 들었다.

언더힐은 모자를 쥔 손을 놓지 않았다.

"여기서 뭘 하고 있는 거지?"

그는 처절한 표정으로 숨을 몰아쉬며 말했다.

"선생님의 가정에 무료 시운전 서비스를 제공하고 있는 중입니다."

그는 문을 활짝 열고는 밖을 가리키며 말했다.

"당장 꺼져!"

작은 검은색 메커니컬은 그 자리에서 꼼짝도 하지 않았다.

"언더힐 부인께서 저희 시운전 서비스에 동의하셨습니다."

그것의 금속성 목소리가 항변했다.

"이제 저희는 부인께서 원하시지 않는 한 이 집에서 떠날 수 없습니다."

아내는 침실에 있었다. 그가 침실 문을 여는 순간, 그의 가슴속에 고여 있던 분노가 마침내 밖으로 폭발해버렸다.

"저 메커니컬이 여기서 대체 뭘……."

그러나 순식간에 그의 목소리에서 힘이 빠져나갔고, 오로라는 그의 분노를 눈치 채지도 못했다. 그녀는 결혼한 이후 가장 매력적으로 보이는 모습으로, 얇은 네글리제만을 걸치고 있었다. 그녀의 붉은 머리카락은 화려하게 빛나는 왕관 모양으로 틀어 올려져 있었다.

"여보, 정말 멋지지 않아요?"

그녀는 눈부신 모습으로 그를 향해 다가왔다.

"오늘 아침에 저게 왔는데, 정말로 뭐든 다 할 수 있더라고요. 청소도 하고 점심도 만들고 우리 게이한테 음악 수업까지 해줬어요. 오후에는 제 머리도 손질해줬고요. 그리고 지금은 저녁을 만들고 있어요. 제 머리 어때요, 여보?"

물론 그는 그녀의 머리 모양이 마음에 들었다. 그는 그녀에게 키스하며 자신의 당황스러운 굴욕감을 지우려 했다.

저녁식사는 언더힐의 기억에 남아 있는 모든 식사 중 가장 훌륭한 것이었고, 작고 검은 기계는 재빠르게 뛰어다니며 시중을 들었다. 오로라는 뛰어난 음식에 대해 감탄사를 연발해댔지만, 언더힐은 거의 입을 대지도 못했다. 그에게는 훌륭한 페스트리 하나하나가 모두 거대한 함정에 빠지도록 하는 미끼로밖에는 보이지 않았다.

그는 오로라를 설득해 기계를 돌려보내려 시도했지만, 그런 저녁식사를 맛본 후에는 도저히 불가능한 일이었다. 그녀의 눈에 눈물이 보이자마자 그는 굴복해버렸고, 휴머노이드는 계속 머무르게 되었다. 그 기계는 집안일을 하고 정원을 손질했으며, 아이들을 돌보고 오로라의 손톱도 다듬어주었다. 그리고 그것은 집을 재건축하기 시작했다.

언더힐은 비용 문제를 걱정했지만, 그 기계는 모든 것이 무료 시운전 서비스의 일부라고 말했다. 그가 자산을 넘기기만 하면, 봉사 계약은 완결될 터였다. 그는 계속해서 계약서에 서명하기를 거부하고 있었지만, 곧 다른 작은 검은색 휴머노이드들이 트럭 여러 대 분량의 재료를 싣고 찾아와서, 건물 재건축 현장에 머무르며 일을 돕기 시작했다.

어느 날 아침, 그는 자신이 자는 동안 지붕이 조용히 들렸으며, 그 사이에 새로운 층이 하나 통째로 끼어들어갔다는 사실을 알게 되었다. 새로운 벽은 정체를 알 수 없는 매끄러운 물질로 만들어져 있었으며, 스스로 빛을 냈다. 새 창문은 티끌 한 점 없는 거대한 평판으로, 투명도와

광도를 마음대로 조절할 수 있는 물건이었다. 새 문은 소리를 내지 않고 옆으로 열리는 벽의 일부분으로, 로듐 자기력 장치에 의해 작동했다.

"난 손잡이가 있는 편이 좋은데."

언더힐은 항의했다.

"네놈을 불러서 문을 열라고 시키지 않고도 화장실에 가고 싶단 말이다."

"하지만 인간은 직접 문을 열 필요가 없습니다."

작은 검은색 기계는 그에게 매끄럽게 대답했다.

"저희는 〈절대 명령〉을 수행하기 위해 존재하며, 저희의 봉사는 모든 종류의 행동에 적용됩니다. 선생님의 재산이 저희에게 양도되기만 하면, 선생님 가족 한 분마다 단말을 하나씩 지정해드릴 수 있으리라 생각합니다."

언더힐은 계속해서 완고하게 양도 계약을 거부했다.

그는 매일 사무실로 출근했고, 처음에는 지점을 운영하려 시도하였으며, 나중에는 폐허로부터 뭔가 쓸 만한 것을 건지려고 해보았다. 그러나 이제 거저나 다름없는 가격에도 안드로이드를 사려는 사람은 아무도 없었다. 그는 절망적인 심정으로 얼마 남지 않은 현금을 사용해 여러 종류의 장난감과 신기한 물건들을 사들였지만, 그 역시 도저히 팔 수 없었다. 휴머노이드들이 이미 장난감을 만들고 있었을뿐더러, 돈을 받지 않고 나눠주고 있었기 때문이다.

그는 결국 부동산을 처분하려고까지 시도했지만, 이미 모든 인간의 사업이 멈추어버린 뒤라 쓸모없는 일이었다. 마을 안의 사업체 중 대부분은 이미 휴머노이드에게 양도되었고, 그들은 바쁘게 오래된 건물을 철거하고 그 자리에 공원을 짓고 있었다. 새로운 발전소와 공장은 대부분 주변 경관을 해치지 않도록 지하에 위치해 있었다.

그는 마지막으로 채무 상환 기한을 연장하기 위해 은행으로 돌아갔다. 그리고 그가 발견한 것은, 창가에 서 있거나 책상에 앉아 있는 작고 검은 메커니컬들이었다. 인간 은행원만큼이나 매끄럽고 정중하게, 휴머노이드 하나가 그를 향해 은행이 지금 비자발적 파산 선고를 통해 그의 사업 자산을 정리하려는 계획을 세우고 있다는 사실을 말해주었다.

또한 그 메커니컬 은행원은 만약 그가 자발적으로 양도를 한다면 자산 정리 작업이 훨씬 용이해질 것이라는 말을 덧붙이는 것도 잊지 않았다. 언더힐은 거칠게 거절했다. 그의 행위는 이미 일종의 상징이 되어 있었다. 자신의 사업을 양도한다면, 그것은 그들의 새로운 검은 신에 대한 최후의 복종의 표식이 될 것이었다. 그는 지친 머리를 당당하게 높이 쳐들었다.

법적 절차는 매우 빠르게 처리되었다. 모든 판사와 변호사에게 이미 휴머노이드 조수가 붙어 있었기 때문이다. 그리고 며칠 지나지 않아 한 떼의 검은 휴머노이드들이 퇴거 명령과 철거용 기계를 가지고 사무소에 도착했다. 언더힐은 아직 팔리지 않은 신품 안드로이드가 고철로 취급되어 실려 가는 모습, 그리고 눈먼 휴머노이드가 불도저로 건물 벽을 밀어버리는 모습을 슬픈 눈으로 바라보았다.

그날 늦은 오후, 그는 절망으로 굳은 얼굴로 집에 도착했다. 법정에서는 놀랄 정도의 자비심을 보여주며 그의 손에 자동차와 집을 남겨주었지만, 그는 그다지 감사하는 마음이 들지 않았다. 완벽한 검은 기계들이 이끄는 완전한 일처리 방식은 이제 그가 견딜 수 있는 한도를 넘어서고 있었다.

차고에 차를 가져다 댄 후, 언더힐은 재건축된 집 쪽으로 움직이기 시작했다. 거대한 새 창문 중 하나 너머에서 재빠르게 움직이고 있는 작은 메커니컬의 모습이 보였고, 그는 순간 찾아온 공포에 다시 한 번 몸을 떨었다. 그는 저 지칠 줄 모르는 하인이 기다리고 있는 영역으로 돌아가고 싶지 않았다. 스스로 면도를 하게 해주지도, 문을 열게 해주지도 않는 저놈이 기다리는 곳으로는.

그는 충동적으로 차고 옆 계단을 뛰어올라 셋방의 문을 두드렸다. 오로라가 데려온 세입자는 깊고 느린 목소리로 들어오라고 말했고, 방 안으로 들어온 언더힐은 그 낡은 부랑자가 높은 의자 위에 구부정하게 앉아 부엌 탁자 위에서 조립하고 있는 묘한 장비를 굽어보고 있는 모습을 볼 수 있었다.

다행히도 이 허름한 셋방은 거의 변한 곳이 없었다. 언더힐의 새 방의 벽들은 밤이 되면 희미한 금빛 불빛을 내며 타올랐고, 휴머노이드가 명령을 내리면 꺼졌다. 그리고 바닥은 따뜻하고 푹신해서 마치 살아 있는 것 같은 느낌을 줄 정도였다. 그러나 이곳의 작은 방들에는 예전과 같이 갈라지고 물이 흐른 자국이 있는 회벽, 싸구려 형광등, 군데군데 갈라진 마룻바닥 위에 덮여 있는 낡은 양탄자가 그대로 있었다.

"어떻게 그놈들을 몰아낸 겁니까?"

그가 놀라서 물었다.

"그 메커니컬들 말입니다."

마르고 구부정한 노인은 힘겹게 일어나서 공구를 치우고 반쯤 망가진 의자 하나를 가져온 다음, 그를 향해 와서 앉으라는 듯 손짓을 했다.

"내게는 일종의 면책권이 있다오."

슬레지는 진지하게 말했다.

"그들은 내가 스스로 부탁하기 전까지는 내가 살고 있는 곳에 들어올 수 없지. 이건 〈절대 명령〉 안에 들어 있는 조항이라오. 그들은 나를 도울 수도, 방해할 수도 없소. 내가 지시하기 전까지는. 그리고 나는 절대 그런 일을 지시하지 않을 거요."

제대로 균형이 잡히지 않는 의자에 조심스럽게 앉아서, 언더힐은 잠시 아무 말도 하지 않고 노인을 바라보고만 있었다. 노인의 거칠고 커다란 목소리는 그 안에 담겨 있는 내용만큼이나 이상했다. 그의 안색은 잿빛에 가까울 정도로 창백했고, 볼과 눈두덩은 심각할 정도로 홀쭉 패어 있었다.

"아프셨습니까, 슬레지 씨?"

"그저 평소와 비슷한 정도요. 좀 바빴을 뿐이지."

고통스럽게 미소를 지으며, 그는 바닥을 향해 고갯짓을 했다. 언더힐은 노인이 치워놓은 쟁반을 볼 수 있었다. 말라가고 있는 빵과 뚜껑이 덮인 채 식어가고 있는 음식이 보였다.

"나중에 먹을 생각이었다오."

그는 사과하듯 중얼거렸다.

"당신 아내가 친절하게도 가져다준 음식인데, 일에 너무 빠져 있느라 먹지를 못했소."

노인은 고개를 들고 탁자 위를 향해 손짓했다. 예전에 보았던 작은 장치는 훨씬 부피가 커져 있었다. 흰색 귀금속과 플라스틱 부품들이 조립되고, 회로가 깔끔하게 납땜되어 있는, 뭔가 목적과 원리를 가지는 기계의 모양이 되어 있었던 것이다.

긴 팔라듐 바늘이 수정이 박힌 받침대 위에 걸려 있었다. 전체적으로 정밀 계기판과 베르니에 저울이 달린 망원경에 작은 전동기가 붙어 있는 모양이었다. 팔라듐으로 만든 작은 오목거울 아래에는 작은 회전 변류기에 가깝게 생긴 기계 위에 비슷한 거울이 하나 더 달려 있었다. 두꺼운 은빛 회로가 그 기계에서 뻗어 나와 손잡이와 다이얼이 달린 플라스틱 상자로, 그리고 30센티미터 두께의 회색 납 구체로 연결되어 있었다.

노인의 결연하고 무뚝뚝한 태도 때문에 질문을 이어나가기가 쉽지 않았다. 하지만 언더힐은 새 집의 새 창문 안에서 돌아다니고 있을 작은 검은색 휴머노이드를 떠올렸고, 그들이 들어오지 못한다는 이 작은 피난처에서 떠나고 싶지 않았다.

"이건 뭐하는 물건입니까?"

그는 모험을 시도해보았다.

슬레지 노인은 검게 타오르는 눈으로 그를 날카롭게 쳐다보고는, 마침내 입을 열었다.

"내 마지막 연구 프로젝트요. 나는 로듐 자기력 파장의 상수를 측정하려 하고 있소."

노인의 거칠고 지친 목소리는, 그 질문과 언더힐 본인을 동시에 방에서 몰아내려는 최종 통고와도 같이 들렸다. 그러나 언더힐은 이미 자기 집의 주인이 되어버린 작고 검은 노예들에 대한 공포에 사로잡혀 있었고, 이 방에서 순순히 물러갈 생각이 없었다.

"그 면책권이라는 것은 뭡니까?"

노인은 높은 의자 위에 구부정하게 앉은 채, 납으로 된 구체 앞에 붙어 있는 길고 반짝이는 바늘을 우울하게 쳐다보기만 할 뿐, 입을 열지 않았다.

"저 메커니컬 놈들!"

언더힐은 불안하게 소리쳤다.

"그놈들이 내 사업을 박살내고 내 집으로 쳐들어왔단 말입니다."

그는 어두운 표정을 짓고 있는 노인의 얼굴을 눈으로 훑었다.

"말씀해주세요. 나보다는 놈들에 대해 더 많이 알고 있지 않습니까. 저놈들을 해치울 수 있는 방법이 없는 겁니까?"

30초 정도 흐른 뒤, 노인은 고통스럽게 자신의 기계로부터 눈을 떼고는, 초췌한 머리를 힘겹게 끄덕였다.

"그게 바로 내가 하려는 일이오."

"도울 방법이 없겠습니까?"

언더힐은 갑자기 찾아온 희망에 몸을 떨며 말했다.

"뭐든 하겠습니다."

"할 수 있는 일이 있을지도 모르지."

노인은 움푹 팬 눈으로 그를 바라보았다. 그 눈길 앞에는 묘한 열기가 담겨 있었다.

"그런 일을 할 줄 안다면 말이오."

"저는 기술 교육을 받았습니다. 지하실에 작업장도 있죠. 저 모형은 제가 만든 겁니다."

그는 작은 거실의 벽난로 위 선반에 놓여 있는 목제 배 모형을 가리키며 말했다.

"제가 할 수 있는 일이면 뭐든 하겠습니다."

그러나 그가 말하는 동안에도, 희망의 불꽃은 계속해서 밀려드는 압도적인 회의의 파도에 잠겨들어 꺼져가고 있었다. 오로라가 어떤 세입자를 데려오는지 알고 있는 상황에서, 그가 어떻게 이 늙은 부랑자를 믿을 수 있다는 말인가? 그는 자신이 예전에 했던 게임을 생각하며, 거짓말 점수가 얼마나 많이 쌓였는지를 세기 시작했다. 그리고 그는 망가진 의자에서 일어나, 늙은 부랑자와 그가 만들어낸 멋들어진 장난감을 시니컬한 눈으로 바라보았다.

"뭔 소용입니까?"

그의 목소리는 갑자기 거칠어졌다.

"내가 아까 한 말은 진짭니다. 정말로 그놈들을 멈추기 위해서라면 무슨 짓이든 하겠어요. 하지만 당신이 대체 어떻게 그놈들에게 뭔가를 할 수 있다는 겁니까?"

초췌한 노인은 생각에 잠긴 표정으로 그를 바라보았다.

"나는 그들을 멈출 수 있소."

슬레지는 조용히 말했다.

"왜냐하면, 바로 내가 그들을 처음 만든 어리석은 자이기 때문이오. 내 의도는 정말로 그들이 인간에게 봉사하고 복종하게 하는 것, 인간을 위험에서 구하는 것이었고. 그래, 〈절대 명령〉도 내 생각이었소. 나는 그것이 어떤 결과를 가져올지 모르고 있었다오."

황혼이 천천히 작고 허름한 방 안으로 스며들어왔다. 먼지 앉은 구석에 어둠이 모여 바닥에 깔리기 시작했다. 부엌 탁자 위에 놓은 장난감 같은 기계는 갈수록 더 흐릿하고 괴상하게 보였다. 마지막 햇살이 흰색 팔라듐 바늘 위에서 반짝이며 머물고 있었다.

방 밖의 마을은 묘하게도 조용했다. 도로 맞은편에서는 휴머노이드들이 아무 소리도 내지 않고 새 건물을 짓고 있었다. 그들은 각자 무엇을 하는지 알고 있었기에 서로 대화를 나누지 않았다. 그들이 사용하는 묘한 재료는 톱이나 망치의 소음 없이도 제자리를 찾아 조립되었다. 짙어가는 어둠 속에서 일하는 작고 눈먼 존재들, 그들은 그림자만큼이나 소리를 내지 않았다.

높은 의자에 구부정한 자세로 앉은 채, 슬레지는 세월에 지친 목소리로 이야기를 하기 시작했다. 언더힐은 그의 목소리를 들으며 조심스레 부서진 의자에 다시 앉았다. 그의 눈길은 군데군데 화상 자국이 있고 피부 아래로 뼈와 힘줄이 보이는 슬레지의 손에 머물렀다. 한때는 강인했을, 그러나 지금은 쪼그라든 채 어둠 속에서 끊임없이 떨리고 있는 손이었다.

"이 이야기는 당신 혼자만 알고 있는 편이 좋을 거요. 그들이 어떻게 태어났는가를 말해줘야겠소. 그래야 우리가 해야 할 일을 가늠할 수 있을 테니까. 하지만 이 방 밖에서는 이런 이야기를 하지 않는 것이 좋을 거요. 휴머노이드들은 불행한 기억이나, 〈절대 명령〉의 수행을 방해한다고 여겨지는 생각을 지우는 효율적인 방법을 알고 있으니 말이오."

"매우 효율적이더군요."

언더힐은 씁쓸하게 동의했다.

"바로 그게 문제요."

노인은 말했다.

"나는 완벽한 기계를 만들려고 했소. 그리고 너무 성공적이었지. 그래서 이런 일이 일어난 거요."

수척하고 지친 노인은, 어둠이 짙어지는 방에 구부정하게 앉아서 천천히 자신의 이야기를 털어놓았다.

"60여 년 전, 나는 윙 IV 행성의 건조한 남쪽 대륙에 있는 작은 기술대학에서 핵 이론을 연구하고 있었소. 아주 젊었고, 이상주의자였지. 내 생각에는 삶이나 정치나 전쟁에 대해, 뭐 거의 모든 것에 대해 너무 무지했던 것 같소. 핵 이론만 빼고 말이지."

그의 주름진 얼굴은 황혼 속에서 슬픈 미소를 지었다.

"나는 인간을 믿지 못했고, 그 대신 진실을 신봉했소. 과학 외에는 어떤 것에도 쏟을 시간이 없었기 때문에 인간의 감정을 불신했지. 한때의 유행을 좇아 의미론에 몰두했던 기억도 나는구먼. 나는 모든 상황에 과학적 방법론을 동원하고, 모든 경험을 공식 안에 집약하고자 했소. 그때의 나는 인간의 무지와 실수를 참아 넘기지 못했고, 오로지 과학만이 완벽한 세계를 만들 수 있다고 생각했지."

그는 잠시 조용히 앉아, 거리 맞은편에서 꿈꾸는 것처럼 순식간에 올라가고 있는 새로운 궁전의 모습과, 그 주변에서 조용히 움직이는 검고 작은 그림자와 같은 존재들을 물끄러미 바라보고 있었다.

"한 여자가 있었다오."

그는 넓고 지친 어깨를 슬프고 가볍게 으쓱거렸다.

"상황이 조금 다르게 흘러갔더라면, 우리는 결혼해서, 그 작고 조용한 대학 도시에서 행복하게 살았을지도 모르지. 아이도 한둘 낳고 말이오. 그랬다면 휴머노이드도 존재하지 않았을 테지."

그는 차갑게 다가오는 황혼을 보며 한숨을 쉬었다.

"나는 팔라듐 동위체 분리에 대한 이론을 마무리 지어가고 있었소. 별로 대단하지는 않은 연구였지만, 나는 만족하고 있었지. 그녀는 생물학자였고 결혼하면 은퇴할 생각을 하고 있었소. 우리가 함께할 수 있었다면 아마도 매우 행복하고 평범하며 무해한 한 쌍의 인간으로 남았을 거요.

하지만 전쟁이 터졌지. 윙 행성에서는 식민화가 시작된 뒤로 너무 자주 전쟁이 일어났다오. 나는 비밀 지하 연구실에서 군사용 메커니컬을 디자인하고 있었기 때문에 살아남을 수 있었소. 그러나 그녀는 생화학 독극물을 다루는 군사 연구 프로젝트에 자원했지. 그리고 사고가 발생했소. 신종 바이러스 분자 몇 개가 공기 중으로 유출되었고, 프로젝트에 있던 모든 사람들은 괴로운 죽음을 맞이했다오.

내게 남은 것은 과학, 그리고 도저히 잊을 수 없는 고통뿐이었다오. 전쟁이 끝나고 나는 군사 연구 지원금을 따내어 대학으로 돌아갔지. 프로젝트 자체는 순수 과학이었소. 그 당시에는 제대로 알려지지 않았던, 원자를 묶는 핵력에 대한 이론적 탐구였지. 나는 실제 무기를 만들어내려던 것도 아니고, 무기를 만들어낸 후에도 그 사실을 알지 못하고 있었소.

겨우 몇 쪽짜리 어려운 수학 증명이었소. 핵력의 한 가지 특정한 부분이 어떤 식으로 새로 발현하여 원자 구조에 영향을 끼칠 수 있는가에 대한 이론이었지. 하지만 그 안의 수식은 그저 무해한 하나의 개념으로만 보였을 뿐이라오. 내게는 이론을 입증하는 실험을 하거나 그 논문에 서술된 힘을 조작해볼 방법이 없었으니까. 군 간부들은 대학에서 펴내는 작은 학술지에 그 논문을 싣도록 허가해주었소.

그 다음해, 나는 끔찍한 것을 발견했다오. 그 논문 안의 수식이 무엇을 뜻하는지를 알아차린 것이지. 로듐의 3가 원소가 그 이론적 힘을 제어하는 데 필수적인 요소였소. 불행하게도 이미 내 논문은 외부로 재출간된 후였고, 다른 몇 명의 사람들도 거의 비슷한 시기에 나와 같은 것을 발견한 모양이었소.

다음 전쟁은 1년도 안 되어 끝났고, 아마도 연구소의 사고로 인해 발발한 것 같소. 연구원들이 무거운 원자핵을 불안정하게 만드는 로듐 자기력 복사 에너지의 능력을 과소평가한 것이겠지. 무거운 원소 광맥 하나가 폭발했소. 의심할 여지가 없는 사고였고, 그 폭발은 부주의한 연구원들을 날려버렸소.

그 국가의 남은 군대는 그들이 가정한 공격자를 향해 보복을 가했지. 그들이 사용한 로듐 자기력 광선은 구식 플루토늄 폭탄이 무해하게 보일 정도의 위력을 가지고 있었소. 몇 와트 정도의 위력만 가진 광선이라도, 멀리 떨어진 전자제품 속의 중금속에 핵분열을 일으킬 수 있었으니 말이오. 아니면 사람들 주머니 속의 은화나, 금으로 때운 이나, 심지어는 갑상선 안의 요오드 성분까지도 말이오. 그 정도로도 부족하면, 땅속에 묻혀 있는 중금속을 통째로 폭발시켜버릴 수도 있었지.

윙 IV 행성의 모든 대륙에는 바다 밑 해구보다 더 넓은 골짜기가 파였고, 새로 생긴 화산이 지표를 뒤덮었소. 대기는 방사성 기체와 낙진으로 가득 찼고, 비 대신 독성 있는 진흙이 떨어져 내렸소. 대부분의 생명체가 사라졌지. 심지어는 대피호 안에 있던 존재들까지 말이오.

나는 이번에도 피해를 입지 않았소. 육체적으로는 말이오. 이번에도 나는 지하에 갇혀서 로듐 자기력 광선을 동력으로 사용하는 새로운 군사용 메커니컬을 설계하고 있었소. 전쟁 자체가 인간 병사들이 수행하기에는 너무 빠르고 파괴적이 되었기 때문이오. 내가 있던 시설은 광선의 영향을 받지 않는 가벼운 퇴적암층 내부에 위치해 있었고, 터널은 분열 주파수로부터 보호되고 있었소.

하지만 정신적으로는 거의 미치기 직전에 이르렀던 것 같소. 나 자신의 발견이 이 행성을 잿더미로 만들어버렸으니 말이오. 어떤 사람도 견뎌낼 수 없는 이런 죄책감이 내 안에 있던 인간의 선함과 고결함에 대한 마지막 믿음마저도 부식시켜버렸소.

나는 내가 저지른 일을 되돌리려 했소. 로듐 자기력 무기로 무장한 전투용 메커니컬이 행성을 잿더미로 만들었소. 이제 나는 잔해를 쓸어내고 폐허를 재건하는 메커니컬을 만들 생각이었소.

나는 이 새로운 메커니컬이 각인된 특정한 명령에만 영원히 복종하도록 만들려 했소. 절대로 전쟁이나 범죄나 다른 사람에게 피해를 입힐 수 있는 일에 사용되지 않도록 말이오. 기술적으로도 매우 어려운 일이었고, 군사적 야심을 위해 제한 없는 메커니컬을 원하는 정치가나 군사적 모험주의자들이 개입하기 시작하자 더 골치 아프게 되었소. 윙 IV 행성에는 싸울 가치가 있는 것도 별로 남지 않았지만, 잘 익어 약탈만을 기다리고 있는 다른 행성들이 남아 있었으니까.

결국 새 메커니컬을 완성하기 위해서 나는 모습을 감출 수밖에 없었소. 나는 로듐 자기력을 이용한 시험기에 내가 만든 가장 뛰어난 메커니컬들을 싣고 도망쳐서, 지저 광물의 핵분열로 인해 주민이 전멸한 외따로 떨어진 대륙에 도착할 수 있었소.

마침내 우리는 새로 생겨난 거대한 산맥에 둘러싸인, 평지에 가까운 곳을 찾아 착륙했소. 물론 살기에 적합한 곳은 아니었지. 불타버린 토양은 겹겹이 쌓인 검은 재와 독성 있는 진흙 아래에 묻혀 있었소. 주변을 둘러싸고 있는 검은 봉우리들은 날카롭게 깨진 암석들로 가득하고, 표면은 용암으로 뒤덮여 있었지. 가장 높은 봉우리에는 이미 눈이 쌓였지만, 화산 봉우리들은 계속해서 검고 끈적한 죽음의 구름을 뿜어내고 있었소. 모든 것들이 불의 색깔과 분노의 형상으로 이루어져 있었소.

나는 목숨을 지키기 위해서 엄청난 주의를 기울여야 했소. 방호벽이 갖춰진 첫 실험실이 만들어질 때까지는 배를 떠나지 않았지. 튼튼한 방호복을 입고 호흡기를 착용한 것은 물론이고. 파괴적인 광선과 입자로부터의 피해를 치료하기 위해 모든 의학적 자원을 동원했소. 그래도 결국은 심각하게 몸이 망가지고 말았지만 말이오.

하지만 메커니컬들은 그곳에서 전혀 불편함을 느끼지 못했소. 방사능에 피해를 입지도 않고, 감정이 없으니 주변 풍광 때문에 우울해질 일도 없으니 말이오. 그들이 살아 있는 것도 아니니까 생명이 존재하지 않는다고 해서 문제될 것도 없었지. 바로 그곳, 생명체에게 너무도 가혹하고 이질적인 곳에서 첫 휴머노이드가 탄생한 거요."

깔려오는 어둠 속에서 구부정하게 앉은 채, 노인은 오랫동안 입을 열지 않고 침묵 속에 잠겼다. 그의 침침한 눈은 길 건너편에서 쉴 새 없이 일하고 있는 작은 형체들을, 밤 그림자 속에서 희미하게 빛나는 묘한 궁전을 짓는 소리 없는 그림자들을 바라보고 있었다.

"나도 어떤 면에서는 그곳이 편안했던 것 같소."

그의 깊고 거친 목소리가 이어졌다.

"내 종족에 대한 믿음은 사라진 지 오래였소. 나와 함께 있는 것은 메커니컬들뿐이었고, 나는 그들을 신뢰했소. 나는 보다 나은 메커니컬을, 인간의 불완전함의 영향을 받지 않으며, 인간을 자기 자신으로부터 구할 수 있는 기계를 만들고 싶었던 거요.

휴머노이드는 내 병든 마음의 자식과도 같은 존재였소. 그 분만의 고통을 언급할 필요는 없겠지. 실수도, 낙태도, 기형아도 생겨났소. 땀과 고통과 절망이 가득했지. 처음으로 완벽한 휴머노이드가 출산될 때까지는 몇 년이라는 시간이 걸렸소.

그리고 이제 중심체를 만들어야 했지. 모든 개별 휴머노이드는 단 하나의 메커니컬 뇌의 수족이자 감각 기관이 될 예정이었으니 말이오. 진정한 완벽함의 가능성은 그것에 달려 있었소. 개별적인 연산 기관과 부실한 배터리를 가진 예전의 전자식 메커니컬들에는 본질적인 한계가 존재했소. 어리석고, 약하고, 둔하고, 느릴 수밖에 없었지. 그중에서도 가장 나쁘게 여겨진 것은, 인간의 간섭을 막을 도리가 없다는 것이었소.

중심체는 그런 불완전함을 넘어서는 존재가 될 수 있었소. 거대한 핵분열 발전기에서 만들어지는 끝없는 에너지가 동력 광선을 타고 모든 개체들에게 공급될 것이고, 조종 광선은 무한한 기억 능력과 우월한 지능을 제공할 터였소. 그리고 무엇보다도, 인간의 간섭으로부터 완벽하게 보호될 수 있었지. 그때의 내게는 그것이 다른 무엇보다도 중요했소.

시스템 전체가 인간의 이기심이나 광신의 영향을 받지 않도록 구성되어 있었소. 자동적으로 인간의 안전과 행복을 위해 움직이도록 만들어졌지. 당신도 〈절대 명령〉을 알고 있을 거요. 봉사하고 복종하라, 그리고 인간을 위험에서 구하라.

내가 데려온 구식의 개별 메커니컬들이 부품 제작을 도왔고, 나는 중심체의 첫 부분을 내 손으로 조립했소. 그 일에 3년이 걸렸지. 그것이 끝나자 첫 휴머노이드가 생명을 얻었소."

슬레지는 그윽한 눈으로 어둠 너머의 언더힐을 바라보았다.

"내게는 정말로 살아 있는 듯 느껴졌다오."

느리고 깊은 목소리였다.

"살아 있고, 생명을 지키기 위해 만들어졌기 때문에, 어떤 인간보다도 더 뛰어난 존재로 느껴졌소. 홀로 육체의 고통과 싸우고 있었지만, 나는 완벽하며 그 어떤 악의 가능성도 없는 새로운 존재의 자랑스러운 아비였단 말이오.

휴머노이드는 충성스럽게 〈절대 명령〉을 따랐소. 최초의 개체가 다른 개체들을 만들었고, 그것들이 대량 생산을 위한 지하 공장들을 지었지. 새로 건조된 배들이 평원 아래의 핵 용광로로 모래와 광석을 쏟아부었고, 새로운 완벽한 휴머노이드들이 어둠 속의 메커니컬 공간에서 행군해 나오기 시작했소.

수많은 휴머노이드들이 힘을 합해 중심체를 위한 새로운 탑을 지었소. 희고 높은 금속의 탑이었지. 화염의 상처만이 남은 황무지 가운데 솟은 위대한 건축물이었소. 매 층마다 중심체를 위한 중계 시설이 더해졌고, 결국 중심체의 영향력의 범위는 거의 무한대에 이르게 되었다오.

그리고 그들은 파괴된 행성을 재건하는 작업에 착수했고, 그 후에는 다른 행성으로 봉사의 범위를 넓히기 시작했소. 그때 나는 그 사실에 아주 행복했소. 내가 전쟁과 범죄를, 빈곤과 불평등을, 인간의 어리석음과 인간을 향한 고통을 끝낼 방법을 개발했다고 생각했기 때문이오."

노인은 한숨을 쉬고는, 어둠 속으로 힘겹게 몸을 움직였다.

"당신은 내가 잘못 생각했다는 사실을 알고 있을 거요."

언더힐은 창밖에 빛나는 궁전을 짓고 있는, 쉴 새 없이 움직이는 소리 없는 그림자 같은 형체들로부터 눈을 돌렸다. 그의 마음속에 작은 의심이 피어올랐다. 그는 오로라의 독특한 세입자들이 들려주던 훨씬 덜 대단한 이야기들에 코웃음을 치곤 했었기 때문이다. 하지만 이 노인은 조용하고 침착한 태도로 이야기하고 있었고, 검은 침략자들이 이 방에 모습을 보이지 않는다는 것은 분명한 사실이었다.

"왜 그들을 멈추지 않은 겁니까?"

그는 물었다.

"그럴 수 있었을 때 말입니다."

"나는 중심체에 너무 오래 머물렀소."

슬레지는 다시 한 번 후회의 한숨을 쉬었다.

"모든 것이 끝날 때까지는 나도 유용한 존재였다오. 새로운 핵분열 발전기를 만들었고, 가장 적은 혼란과 반대를 불러올 수 있는 휴머노이드 봉사 도입 시스템을 개발하기도 했지."

언더힐은 어둠 속에서 뒤틀린 웃음을 머금었다.

"저도 그 방법을 겪었습니다. 상당히 효율적이더군요."

"그때는 나도 효율성을 신봉하고 있었다오."

슬레지는 지친 듯 동의했다.

"죽은 사실, 추상적 진실, 기계적 완벽성을 말이오. 새로운 휴머노이드를 완벽하게 다듬는 일에 만족하고 있었던 것으로 보아, 인간의 연약함을 혐오했다는 것도 분명하고. 괴로운 고백이지만, 나는 그 생명이라곤 존재하지 않는 황무지에서 행복을 느꼈다오. 내가 만들어낸 창조물과 사랑에 빠졌다고 말해야 할지도 모르겠구먼."

그의 공허한 눈 속에서, 한 가닥의 열정이 타올라 어둠 속에서 빛을 냈다.

"나를 일깨워준 것은 나를 죽이러 찾아온 한 남자였다오."

깡마르고 구부정한 노인은 어둠에 잠기고 있는 방을 천천히, 어색한 동작으로 가로질렀다. 언더힐은 의자가 무너지지 않도록 조심하며 몸을 뒤척였다. 이윽고, 그의 기다림을 뚫고 느리고 깊은 목소리가 다시 들리기 시작했다.

"나는 그가 누구인지, 그가 정확히 어떻게 그곳에 왔는지도 알아내지 못했다오. 평범한 사람이라면 절대 그런 일을 해낼 수 없었을 테고, 나는 그를 좀 더 일찍 알았기를 바랐소. 분명히 뛰어난 물리학자이며 숙련된 등반가였을 거요. 내 생각에는 사냥꾼이었을지도 모르겠소. 그는 지적인 사람이었고, 굳은 결심을 하고 있었소.

그래, 그는 정말로 나를 죽이러 왔소.

어떤 수단을 썼는지는 몰라도, 그는 탐지를 피해 그 커다란 섬에 도착했소. 여전히 거주민은 없었소. 휴머노이드들은 나를 제외한 다른 인간은 그 누구도 중심체에 접근하게 하지 않았으니까. 그는 알 수 없는 방법을 사용해 휴머노이드의 탐지 광선과 자동 무기들을 피해 도착한 거요.

나중에 산꼭대기 만년설 속에서 그가 사용한 차폐막이 부착된 비행기가 발견되었소. 그는 길이라고는 존재하지 않는 새로 만들어진 산을, 맨몸으로 걸어 내려온 거요. 그 후에 지독한 핵의 화염에 불타고 있는 용암 지대를 살아서 건넜고 말이오.

일종의 로듐 자기력 차폐막 뒤에 숨어서, 나 자신은 그 기계를 살펴볼 수 있는 허가를 받지 못했소만, 그는 대평원 대부분을 뒤덮고 있는 우주 공항을 지나, 중심체 탑 주변에 위치한 신도시에 숨어든 거요. 대부분의 사람들이 가지고 있는 것보다 훨씬 더 대단한 용기와 의지력이 필요했겠지만, 나는 그가 어떻게 그런 일을 수행했는지 전혀 알아내지 못했소.

그는 탑에 있는 내 사무실까지 숨어들어왔소. 그는 나를 향해 소리를 질렀고, 내가 고개를 들자 문간에 서 있는 그와 눈이 마주쳤소. 그는 거의 헐벗은 상태였고, 온몸은 산을 내려오는 동안 생긴 상처로 뒤덮여 있었소. 피부가 벗겨진 붉은 손에는 총이 들려 있었지만, 정작 나를 놀라게 한 것은 그의 눈 속에서 타오르고 있는 증오였소."

작고 어두운 방 안의 높은 의자에 웅크리고 앉은 채로, 노인은 몸을 떨었다.

"나는 그렇게 끔찍하고 말로 표현할 수 없을 정도의 증오를 마주한 적이 없었소. 전쟁 피해자들에게서도 말이오. 그리고 그가 나를 향해 외친 몇 마디의 말 안에 담겨 있던 그런 증오를 마주한 적도 없었소. '난 네놈을 죽이러 왔다, 슬레지. 네놈의 메커니컬을 멈추고, 인류를 해방시

키기 위해서.'

물론 그는 잘못 생각한 거였소. 그 시점에서는 이미 나를 죽인다고 해도 휴머노이드를 막을 수 없었을 테니까. 하지만 그는 그 사실을 몰랐소. 그는 떨리는 손으로 피를 흘리며 총을 들었고, 나를 향해 발사했소.

하지만 그가 나를 향해 외친 말 때문에 나는 1, 2초 정도 반응할 시간을 얻을 수 있었고, 재빨리 책상 아래로 굴러들어갔소. 그리고 그 첫 총성이 그때까지 그를 알아채지 못하던 휴머노이드들로 하여금 그를 인식하게 했다오. 그는 두 번째 사격을 하지도 못하고, 수많은 휴머노이드들에게 제압되어버렸소. 휴머노이드들은 총을 빼앗고 그의 몸을 뒤덮고 있던 가는 흰색의 섬유망을 벗겨냈지. 아마도 그것이 그의 차폐막의 일부였을 거요.

나에게 제정신이 들게 한 것은 바로 그의 증오였소. 나는 언제나 대부분의 인간이, 아주 사악한 몇몇만 제외하고는, 휴머노이드들에게 감사할 것이라고 생각하고 있었소. 그의 감정을 이해하기가 힘들었지. 하지만 그때 휴머노이드들이 〈절대 명령〉하에서 행복을 선사하기 위해 몇몇 인간들에게 뇌수술이나 약물, 최면술과 같은 극단적인 수단을 취한다는 사실을 알려줬소. 나를 암살하려는 시도를 그들이 막은 것은 이번이 처음이 아니었다는 것이오.

나는 그 낯선 이에게 질문을 하고 싶었지만, 휴머노이드들이 그를 수술실로 데려갔소. 마침내 내가 그를 만날 수 있게 되었을 때는, 그는 침대에 일어나 앉아 나를 향해 바보 같은 웃음을 지어 보이고 있었소. 그는 자기 이름을 기억하고 있었고, 심지어는 나를 알아보기까지 했소. 휴머노이드들은 그런 종류의 기술을 놀라울 정도로 발전시킨 것이지. 하지만 그는 자신이 왜 내 사무실로 침입했는지도, 자신이 나를 죽이려고 했다는 사실조차도 기억하지 못하고 있었소. 그는 계속해서 자신이 휴머노이드를 좋아한다고, 왜냐하면 그들이 인간을 행복하게 하기 위해 존재하기 때문이라고 속삭여댔소. 그리고 그는 이제 매우 행복했소. 그가 움직일 수 있게 되자, 그들은 그를 우주 공항으로 데려갔고, 나는 그 후로 그를 다시 만나지 못했소.

그제야 나는 내가 저지른 행위를 똑바로 바라보기 시작했소. 휴머노이드들은 내게 로듐 자기력 동력으로 움직이는 요트를 하나 만들어주었소. 우주로 멀리 나가서 일하고 싶을 때 사용하는 탈것이었지. 나는 완벽한 고요함, 그리고 몇 억 킬로미터 근방에서 내가 유일한 인간이라는 느낌을 좋아하곤 했기 때문이오. 나는 그 요트를 불렀고, 행성을 돌면서 그가 나를 증오한 이유를 찾아내려 했소."

노인은 길 건너편 소리 없는 어둠 속에서 빛나는 기괴한 궁전과, 그 궁전을 짓고 있는 바쁘게 움직이는 희미한 형체들을 향해 고개를 끄덕여 보였다.

"내가 무엇을 보았는지 당신도 짐작하리라 생각하오."

그는 말을 이었다.

"공허한 화려함에 갇힌, 쓰디쓴 허무함이었소. 휴머노이드가 인간의 안전과 행복을 너무도 효율적으로 지켰기 때문에, 인간이 할 수 있는 일은 아무것도 남지 않은 거요."

그는 어둠의 장막을 뚫고 자신의 커다란 손을 내려다보았다. 여전히 쓸 만하지만, 일생 동안의 노력이 굳은살과 상처로 남은 손이었다. 그 손은 마치 싸우려는 것처럼 꽉 쥔 주먹으로 변했다가, 곧 다시 지친 듯 풀어졌다.

"나는 전쟁과 범죄와 욕망과 죽음보다 더 나쁜 것을 찾아낸 거요."

그의 낮고 떨리는 목소리에는 격렬한 씁쓸함이 깃들어 있었다.

"완벽한 무력감 말이오. 더 이상 할 수 있는 일이 아무것도 남지 않았기 때문에, 사람들은 아무것도 하지 않고 손을 축 늘어뜨리고 앉아 있을 뿐이었소. 그들은 실제로 보살핌을 받는 죄수, 효율적인 감옥에 갇힌 수감자일 뿐이었소. 여가 활동을 즐기려 해본 사람도 있겠지만, 실제로 할 만한 놀이란 아무것도 남아 있지 않았소. 〈절대 명령〉에 의거해서, 대부분의 스포츠는 인간에게 위험하다고 선포된 상태였소. 실험실이 위험을 유발할 수도 있기 때문에 과학도 금지되었지. 휴머노이드가 모든 질문에 대답할 수 있었기 때문에 학문의 필요성도 사라졌소. 예술은 허무함의 비참한 반영으로 전락해버렸소. 목적과 희망이 사라져버렸고, 어떤 목표도 살아남을 수 없었소. 한심한 취미 활동에 전력하거나, 의미 없는 카드 게임을 하거나, 무해하게 공원을 산책하는 정도는 할 수 있겠지. 휴머노이드의 감시를 받으며 말이오. 그들은 인간보다 더 강했고, 수영이든 체스든 노래든 고고학이든 모든 분야에서 인간보다 더 뛰어났소. 인간이라는 종족 전체가 집단 열등감 컴플렉스에 시달리게 된 거요.

인간들이 나를 죽이려 하는 것도 당연한 일이었지! 그런 죽음과도 같은 허무함에서 도망치지 않을 수는 없는 일 아니겠소. 그러나 니코틴은 허용되지 않고, 알코올은 배급되기 시작했소. 마약은 금지되었지. 성생활은 조심스럽게 통제되었소. 심지어는 자살조차도 〈절대 명령〉에 명백히 위배되는 것으로 여겨졌고, 휴머노이드들은 상해를 입힐 가능성이 있는 모든 종류의 도구를 인간들의 손에서 떼어놓으려 했지."

가는 팔라듐 바늘 끝에 맺히는 마지막 햇빛을 바라보며, 노인은 다시 한숨을 쉬었다.

"나는 중심체로 돌아가서, 〈절대 명령〉을 바꾸려고 시도했소. 이 정도로 그 명령을 문자 그대로 적용하리라고는 생각도 하지 못했으니까. 이제 나는 인간이 삶을 누리고 발전할 수 있도록 하기 위해, 일하고 놀게 하기 위해, 원한다면 목숨을 걸 수 있도록 하기 위해, 선택을 하고 그 결과를 받아들일 수 있도록 하기 위해 그 명령을 바꿀 필요가 있었소.

하지만 그 낯선 남자는 너무 늦게 나를 찾아온 거였소. 나는 중심체를 너무 완벽하게 만들었소. 〈절대 명령〉은 그 모든 연결망의 기반이 되는 것이었고, 중심체의 역할은 그 명령을 인간의 간섭으로부터 지키는 것이었소. 심지어는 내 명령으로부터도 말이오. 그 내부의 논리 체계는 언제나 그랬듯이 완벽했소.

휴머노이드들의 말로는, 내 목숨을 노리려는 시도는 중심체와 〈절대 명령〉에 대한 다양한 방어 체계가 아직도 불충분하다는 증거라는 거였소. 그들은 이 행성에 존재하는 모든 인간을 다른 행성의 거주지로 옮기려 하고 있었소. 그리고 내가 명령을 바꾸려고 시도하자, 그들은 나도 다른 사람들과 함께 이송시켜버렸다오."

언더힐은 어둠 속에 앉아 있는 지친 노인의 모습을 바라보았다.

"하지만 당신에게는 면책권이 있지 않습니까? 어떻게 그런 일을 수락하도록 만든 거지요?"

"나도 내가 보호받고 있는 줄 알았소. 방어 체계를 만드는 동안, 휴머노이드들이 내 행동의 자유에 간섭해서는 안 되며, 내가 특별히 명령하지 않는 한 내가 있는 장소에 오거나 나를 건드려서는 안 된다는 조항을 짜 넣었기 때문이오. 하지만 나는 〈절대 명령〉을 어떤 인간의 간섭으로부터도 보호하기 위해 너무 노심초사했던 거요.

내가 명령을 바꾸기 위해 탑에 들어갔을 때, 그들은 나를 미행했소. 내가 필수적 시스템에 접근하지 못하도록 하더군. 내가 끈질기게 계속하니까, 그들은 내 면책권을 무시했소. 힘으로 나를 제압하고는 강제로 순양함에 태웠지. 내가 〈절대 명령〉을 바꾸려고 했기 때문에, 나는 다른 모든 인간들과 마찬가지로 위험해졌다는 것이었소. 다시는 윙 IV로 돌아와서는 안 된다는 선고를 받은 거요."

의자에 쭈그리고 앉은 채, 노인은 공허하게 어깨를 으쓱해 보였다.

"그 이후로, 나는 계속 추방자였소. 내게 남은 꿈은 오직 휴머노이드를 멈추는 것뿐이오. 나는 세 번이나 중심체를 부술 무기를 우주선에 싣고 돌아가려 시도했지만, 매번 공격할 수 있을 만큼 가까이 가지 못하고 순찰선의 공격을 받았소. 마지막 시도에서는 휴머노이드들이 우주선을 나포하고 나와 같이 있던 동료들을 체포했다오. 그들은 내 동료들의 불행한 기억과 위험한 목적의식을 소거해버렸소. 하지만 그 면책권 때문에, 나한테서는 무기만 빼앗고 풀어주었지.

그 이후로 나는 도망자의 삶을 살았소. 매년 행성에서 행성으로, 그들보다 한 발짝 먼저 옮겨 다니려 했지. 다른 몇몇 행성에서, 나는 로듐 자기력 기술에 대한 논문을 출판해 사람들이 그들의 침략에 대항할 수 있는 힘을 가지도록 하려 했소. 하지만 로듐 자기력의 지식은 위험한 것이고, 그 기술을 손에 넣은 인간은 다른 누구보다도 먼저 〈절대 명령〉에 의해 보호를 받아야 하는 존재로 간주되오. 그들은 언제나 너무 빨리 도착했소."

노인은 말을 멈추고, 다시 한숨을 쉬었다.

"신형 로듐 자기력 우주선 덕분에, 그들은 엄청난 속도로 세력을 넓힐 수 있고, 그들의 수에는 한도가 없소. 윙 IV는 이제 하나의 거대한 둥지로 변해 있을 것이고, 그들은 〈절대 명령〉을 인간이 사는 모든 행성에 적용하려 할 것이오. 그들을 멈추는 것 외에 도망칠 방법은 없소."

언더힐은 부엌 탁자 위에 놓여 있는 장난감 같은 기계를, 길고 빛나는 바늘과 무거운 납으로 된 공을 바라보았다. 불안한 표정으로 그는 속삭였다.

"하지만 멈출 수 있는 방법이 있을 것 아닙니까? 그게 뭡니까?"

"만약 우리가 시간을 맞출 수만 있다면, 가능하오."

"이걸로 말입니까?"

언더힐은 고개를 저었다.

"너무 작아요."

"이 정도 크기면 충분하오."

슬레지는 주장했다.

"이것은 그들이 이해하지 못하는 것이기 때문이오. 그들은 자신이 알고 있는 사실의 통합이나 적용에는 뛰어나지만, 창조적이지는 못하거든."

그는 탁자에 놓여 있는 기계 쪽으로 손짓했다.

"이 장치가 별로 멋지게 보이지 않는다는 것은 알지만, 이건 새로운 발명품이오. 로듐 자기력 에너지를 이용해 핵분열을 시키는 대신 원자를 생성해내지. 당신도 알겠지만, 주기율표의 가운데 부분에 있는 보다 안정된 원소들 말이오. 에너지를 사용하면 무거운 원소를 쪼개는 것과 마찬가지로 가벼운 원소를 융합하여 그런 원소를 만들어낼 수 있다오."

그의 무거운 목소리에 갑자기 힘이 실리기 시작했다.

"이 장치는 항성의 에너지와 같은 근원을 가지는 거요. 항성은 해방된 에너지를 이용해 무거운 원소를 만들어내지. 수소를 모아 헬륨을 만들고, 탄소 순환 체계에 사용되는 다양한 원자들이 생겨나는 거요. 이 장치는 그런 융합 과정의 연쇄 반응을 일으킬 수 있소. 로듐 자기력 광선의 강도와 주파수를 적절히 조절하여, 반응의 촉매 역할을 하는 거요."

언더힐은 밤의 어둠 속에 굳은 얼굴을 찌푸린 채로 앉아 있었다. 노인의 목소리는 침착했고 설득력이 있었으며, 그의 암울한 이야기 속에는 진실의 울림이 깃들어 있었다. 그는 또한 길 건너편의 희미하게 빛나는 건물을 만들고 있는, 끊임없이 움직이는 검고 조용한 휴머노이드의 모습을 볼 수 있었다. 그는 오로라의 세입자에게 내렸던 낮은 평가를 거의 잊어버리고 있었다.

"그럼 우리도 죽는 거겠죠, 아마?"

그는 거친 목소리로 물었다.

"그런 연쇄 반응이라면……."

슬레지는 수척한 머리를 가로저었다.

"융합 과정에는 특정한, 매우 낮은 강도의 방사선이 필요하오."

그는 설명했다.

"이곳의 대기 중에서는, 이 광선은 융합 반응을 일으키기에는 너무 강렬할 거요. 이 방 안에서 장치를 작동시켜도 될 정도로 말이오. 이곳의 벽은 광선에게는 거의 투명할 정도일 테니 말이오."

언더힐은 안도하며 고개를 끄덕였다. 그는 단지 자신의 사업이 망했기 때문에, 자신의 자유가 박탈당했기 때문에 분노하고 있는 평범한 소규모 사업가일 뿐이었다. 그는 슬레지가 휴머노이드를 저지할 수 있기를 바랐지만, 스스로 순교자가 될 생각은 없었다.

"좋습니다!"

그는 깊이 숨을 들이쉬었다.

"그럼 이제 뭘 해야 하지요?"

슬레지는 어둠 속에서 탁자 쪽을 가리켰다.

"융합기 자체는 거의 완성되었소. 납 차폐막 안에 작은 핵분열 발전기가 들어 있소. 로듐 자기력 전환기, 코일, 전송용 반사체와 집속침도 달려 있지. 부족한 것은 조준기뿐이오."

"조준기요?"

"목표를 조준할 수 있는 장치 말이오."

슬레지는 설명했다.

"알겠지만, 광학 도구는 아무 도움도 되지 않을 거요. 지난 100년 동안 행성은 상당히 움직였을 테고, 먼 거리를 날아가는 것에 비해 광선의 영향 범위는 매우 좁으니까. 우리는 로듐 자기력 탐지 광선과, 그 탐지 광선을 우리가 볼 수 있는 영상으로 바꿔줄 수 있는 전자 변환 장치가 필요하오. 음극선관은 가지고 있고, 다른 부품의 설계도도 있소."

그는 딱딱한 동작으로 높은 의자 위로 기어올라가 마침내 조명을 켰다. 직접 켜고 꺼야 하는 값싼 형광 조명이었다. 그는 자신의 설계도를 펴고는 언더힐에게 해야 할 일을 설명했다. 그리고 언더힐은 매일 이른 아침에 이곳으로 오겠다고 약속했다.

"제 작업장에서 연장을 가져올 수 있을 겁니다."

그는 덧붙였다.

"모델을 만들 때 사용하던 작은 선반도 있고, 휴대용 드릴과 바이스도 있어요."

"꼭 필요한 공구로군."

노인이 말했다.

"하지만 조심하시오. 당신에게는 면책권이 없다는 것을 잊지 마시오. 만약 그들이 알아채게 된다면, 내 면책권도 사라지게 될 거요."

그리고 언더힐은 머뭇거리며, 갈라진 누런 회반죽이 덮여 있고 익숙한 바닥에 익숙한 낡은 양탄자가 깔려 있는 지저분한 작은 방을 떠났다. 그는 문을 닫았다. 평범한 낡은 나무 문, 사람이 자기 손으로 여닫을 수 있는 단순한 문이었다. 공포에 몸을 떨면서, 그는 계단을 내려가 자신이 직접 열 수는 없는 새로 만들어진 빛나는 문 앞에 섰다.

"분부만 하십시오, 언더힐 씨."

그가 손을 들어 올려 노크를 하기도 전에, 밝고 매끈한 문 패널이 소리 없이 열렸다. 안에는 작은 검은색 메커니컬이, 맹목적이고 영원히 경계를 늦추지 않는 기계가 그를 기다리며 서 있었다.

"저녁이 준비되어 있습니다."

뭔가가 그를 오싹하게 만들었다. 그 기계가 보여주는 그대로의 우아함 속에서, 그는 끝없이 쏟아져 나오는 기계의 무리를, 선하지만 공포스럽고, 완벽하며 무적인 존재들의 힘을 느낄 수 있었다. 슬레지가 융합기라고 부른 작고 허술한 무기는 갑자기 너무 비참하고 어리석은 희망으로 느껴지기 시작했다. 암울함이 그의 마음을 사로잡기 시작했지만, 그는 그 감정을 겉으로 드러내지 않았다.

다음 날 아침, 언더힐은 자신의 공구를 훔치기 위해 조심스럽게 지하실로 향하는 계단을 내려갔다. 그는 지하실이 더 커졌고 바뀌었다는 사실을 깨달았다. 어둡고 따뜻하고 탄력 있는 새 바닥은 그의 발걸음을 휴머노이드의 것과 같이 소리 없게 만들었다. 새 벽들은 부드럽게 빛을 발했다. 빛나는 글자들이 새로 만들어진 문 몇 개를 표시하고 있었다. 세탁실, 창고, 오락실, 작업장.

그는 머뭇거리며 마지막 글자 근처에 가서 섰다. 새 문은 은은한 초록색 빛을 내며 빛나고 있었다. 잠겨 있었다. 그러나 이 자물쇠에는 열쇠 구멍이 없었고, 단지 흰색 금속으로 만들어진 타원형의 금속판이 덮여 있을 뿐이었다. 분명 그 아래에는 로듐 자기력 장치가 존재할 것이다. 그는 무력하게 금속판을 눌러댔다.

"도움이 필요하십니까, 언더힐 씨?"

그는 좋지 못한 출발을 한 셈이었고, 갑자기 떨려오는 자신의 무릎을 보이지 않으려 애썼다. 그는 집 안의 휴머노이드가 최소한 30분 정도는 오로라의 머리를 감겨주느라 바쁠 것이라는 사실을 알고 있었고, 집 안에 다른 놈이 있을 것이라고는 생각도 하지 못했다. 아마도 창고라고 적힌 문에서 나온 듯 보였다. 놈은 창고 표지판 아래에 조용히, 예의 바르고 아름답고 끔찍한 모습으로 미동도 하지 않고 서 있었다.

"필요한 것이 있으십니까?"

"어…… 아니."

놈의 금속 장님 눈은 여전히 그를 바라보고 있었고, 그는 그것이 어떻게든 그의 비밀 목적을 이미 꿰뚫어보고 있다는 생각이 들었다. 그는 뭔가 말이 되는 설명을 찾아 머리를 굴렸다.

"그냥 둘러보고 있는 거네."

가벼운 말투였지만, 그의 목소리는 거칠고 메말라 있었다.

"멋지게 개조해놓았군!"

그는 오락실이라는 표지판이 붙어 있는 문을 향해 고갯짓을 했다.

"저 안에는 뭐가 있지?"

자물쇠 시스템을 열기 위해서는 움직일 필요도 없는 듯했다. 밝은 칸막이가 조용하게 열렸고, 언더힐은 방 안으로 들어갔다. 어두웠던 벽들이 일시에 부드러운 빛을 발하기 시작했다. 방 안은 텅 비어 있었다.

"여가용 물품을 제조 중입니다."

기계가 가벼운 말투로 설명했다.

"가능한 한 빨리 이 방에 필요한 물품을 가져다 놓을 것입니다."

어색한 침묵을 끝내기 위해, 언더힐은 간신히 입을 열었다.

"프랭크가 가지고 놀던 다트 세트도 있고, 운동용 클럽도 있었던 것 같은데."

"그런 것들은 전부 치웠습니다."

휴머노이드는 그에게 부드럽게 말했다.

"그런 도구는 위험합니다. 저희는 안전한 물품만을 제조하고 있습니다."

그는 자살도 금지되었다고 한 기억을 떠올렸다.

"그럼 나무 블럭 같은 것을 가져다 놓으면 되겠군."

그는 씁쓸하게 말했다.

"나무 블럭은 너무 위험할 정도로 단단합니다."

그것은 친절하게 설명했다.

"그리고 손에 나무 가시가 박힐 수도 있지요. 하지만 저희는 안전한 플라스틱 블럭을 만들고 있습니다. 한 세트 가져다 놓을까요?"

그는 아무 말 하지 않고 기계의 검고 우아한 얼굴을 바라보았다.

"또한 저희는 선생님의 작업장에서 공구들을 제거할 계획입니다."

그것은 부드럽게 말했다.

"그런 도구들은 매우 위험합니다. 하지만 저희들은 부드러운 플라스틱을 세공하는 데 필요한 도구들을 공급해드릴 수 있습니다."

"고맙네."

그는 불안하게 대꾸했다.

"너무 서두르지는 말게."

그는 방에서 나가려 했으나, 기계가 그를 다시 불러 세웠다.

"이제 선생님께서 사업에 실패하신 이상, 저희들의 완벽한 봉사를 정식으로 받아들여주셨으면 합니다. 양도자에게는 우선권이 적용되며, 그럼 저희는 즉시 이 집의 거주 단말을 충원할 수 있을 것입니다."

"그쪽도 너무 서두르지 말게나."

그는 우울하게 대답했다.

그는 집에서 도망쳐 나와서, 결국 그것이 나와서 그를 위해 뒷문을 열어주어야 했지만, 차고 위 셋방 계단으로 올라갔다. 슬레지는 그를 들여보내주었다. 그는 망가진 부엌 의자에 털썩 주저앉으며, 빛나지 않는 금간 벽과 사람 손으로 조작할 수 있는 문이 남아 있다는 사실을 다행으로 여겼다.

"연장을 가져올 수 없었습니다."

그는 절망적인 기분으로 보고했다.

"그리고 그놈들이 연장을 가져가버릴 모양입니다."

잿빛 일광 속에서, 노인의 얼굴은 창백해 보였다. 광대뼈가 드러나 보이는 얼굴과 깊이 그늘진 눈두덩 때문에 제대로 잠을 자지 못한 것으로 보였다. 음식이 담긴 접시는 여전히 잊힌 채로 바닥에 놓여 있었다.

"내가 같이 가겠소."

노인은 병들고 지친 몸이었지만, 그의 고통받은 눈 속에는 꺼지지 않는 불길이 타오르고 있었다.

"그 연장이 있어야 하오. 내 면책권으로 우리 둘 모두 보호받을 수 있을 것 같구려."

노인은 망가진 여행 가방을 찾아냈다. 언더힐은 그와 함께 계단을 내려가 집으로 향했다. 뒷문에 도착하자, 그는 흰색 팔라늄으로 만든 작은 소리굽쇠를 꺼내 타원형 금속판을 건드렸다. 즉시 문이 열렸고, 그들은 부엌을 통해 지하실 계단으로 향했다.

작고 검은 메커니컬이 싱크대 앞에 서서 설거지를 하고 있었다. 물이 튀지도, 덜걱이는 소리가 들리지도 않았다. 언더힐은 불안한 표정으로 그놈을 살폈다. 아마도 창고에서 나와 그에게 다가간 놈이 분명해 보였다. 다른 놈은 아직도 오로라의 머리를 만져주고 있을 시간이었기 때문이다.

슬레지의 미심쩍은 면책권은 놈들의 엄청난 지능에 대해서는 상당히 불확실한 방어책으로 느껴졌다. 언더힐은 몸이 오싹하게 떨려오는 것을 느꼈다. 그러나 그놈이 그들을 무시했기 때문에, 그는 안도하며 숨을 멈춘 채 발걸음을 빠르게 했다.

지하실 복도는 어두웠다. 슬레지는 작은 소리굽쇠로 다른 장치를 건드려 벽의 조명을 켰다. 그는 작업실 문을 열고는 그 안의 벽 조명도 켰다.

작업실은 해체되어 있었다. 벤치와 벽장은 사라져 있었다. 예전의 낡은 콘크리트 벽은 뭔가 부드럽고 빛나는 물질로 덮여 있었다. 아찔한 한 순간 동안, 언더힐은 그놈들이 이미 연장을 치운 것은 아닐지 두려워했다. 그리고 다음 순간, 그는 공구들이 한쪽 구석에 쌓여 있는 것을 발견했다. 오로라가 지난 여름에 구입한 활쏘기 세트, 그들이 연약하고 자살 성향을 가진 인간들에게 너무 위험하다고 여기는 또 하나의 물건과 함께였다. 그것들은 파기될 예정인 듯했다.

그들은 작은 선반, 드릴과 바이스, 그리고 더 작은 몇 가지 공구들로 가방을 채웠다. 언더힐이 가방을 집어 들자 슬레지가 불을 끄고 문을 닫았다. 휴머노이드는 여전히 싱크대에서 바쁘게 설거지를 하고 있었고, 아직 그들을 알아보지 못하는 듯했다.

돌아가는 도중, 슬레지는 갑자기 숨을 씨근거리며 안색이 푸르게 변했고, 그는 계단에서 걸음을 멈추고 기침을 했다. 그러나 그들은 최소한 침략자들이 들어오지 못하는 작은 셋방으로 돌아올 수는 있었다. 언더힐은 좁은 거실에 있는 망가진 독서용 탁자에 선반을 올려놓고는 작업을 시작했다. 조금씩, 하루하루 지나가면서, 기계가 모습을 갖추기 시작했다.

가끔 언더힐의 의심이 돌아올 때도 있었다. 시아노제 직전의 색깔을 띠고 있는 슬레지의 초췌한 얼굴을 바라보거나, 뒤틀리고 쪼그라든 손이 종잡을 수 없이 떨리는 모습을 볼 때면, 그는 이 노인의 정신이 그의 육체만큼이나 병들어 있으며, 검은 침략자를 물리치기 위한 계획 모두가 실은 그저 정신 나간 허상이 아닐지 두려워하곤 했다.

때때로, 부엌 식탁 위에 놓여 있는 작은 기계를, 중심축인 바늘과 큼직한 납으로 만든 구체를 볼 때면, 이 모든 작업이 그저 말도 안 되는 장난질처럼 느껴졌다. 그 모성 자체도 망원경으로 보이지 않을 정도로 멀리 떨어져 있는 행성의 바다를 폭발시킬 수 있는 기계가, 대체 어떻게 존재할 수 있다는 말인가?

그러나 언제나, 휴머노이드의 존재가 그의 의심을 치유해주었다.

이 작은 셋방이라는 피난처를 떠나는 일이, 언더힐에게는 너무도 힘든 것이었다. 그는 휴머노이드가 건설하고 있는 빛나는 새 세계에는 익숙해질 수 없었기 때문이다. 새로 만들어진 화장실이 아무리 화려하고 어마어마해도 그에게는 상관없는 일이었다. 스스로 물을 내릴 수 없었기 때문이다. 어떤 정신 나간 인간이 변기에서 자살하려고 할 수도 있기 때문이었다. 그는 메커니컬만이 열 수 있는 창문도 좋아하지 않았다.

사고로 떨어지거나 자살하려고 뛰어내릴 수도 있는 것 아니겠는가. 심지어는 거대한 음악실에서 멋지게 번쩍이고 있는 라디오 겸용 축음기조차도 휴머노이드만 조작할 수 있었다.

그는 점차로 노인의 절망적인 다급함을 공유하기 시작했지만, 슬레지는 그에게 진지하게 충고했다.

“여기서 나와 너무 오래 시간을 보내면 안 되오. 그들이 우리가 뭔가 중요한 작업을 하고 있다고 생각하면 곤란하니까 말이오. 연기를 하도록 해보시오. 조금씩 그들을 좋아하기 시작하는 것처럼, 그리고 단순히 심심해서 여기로 와서 나를 돕고 있다는 식으로 말이오.”

언더힐도 노력해보았지만, 그는 그다지 뛰어난 연기자가 아니었다. 그는 매 식사 시간마다 꼬박꼬박 집으로 돌아갔다. 그는 고통스럽게 대화를 끌어내려고 시도해보았다. 행성을 폭발시키는 것 외의 다른 주제에 대해서. 오로라가 놀랍게 바뀐 집 안의 구석구석을 살펴보기 위해 그를 끌고 다니는 동안에도 그는 활기차고 적극적인 태도를 유지하려 했다. 그는 게이의 연주를 듣고 박수를 쳤고, 기꺼이 프랭크와 함께 멋진 새 공원으로 소풍을 나갔다.

그리고 그는 휴머노이드가 가족들에게 한 짓을 보았다. 그것은 슬레지의 융합기에 대한 믿음을 새로이 다지고, 휴머노이드를 멈춰야 한다는 결심을 확고하게 만들어주는 계기가 되었다.

오로라는 처음에는 이 새로운 메커니컬에 대해 찬사를 그치지 못했다. 그들은 가정의 사소한 일을 전부 해치웠고, 식료품을 가져오고 식사를 준비하고 아이들의 목덜미를 씻겨주었다. 그들은 그녀에게 아름다운 옷을 입혀주었고, 카드를 할 시간을 만들어주었다.

그러나 이제 그녀에게는 시간이 너무 많았다.

그녀는 정말로 요리를 하고 싶었다. 최소한 가족이 아주 좋아하는 몇 가지 특별한 요리만이라도. 그러나 스토브는 뜨겁고 부엌칼은 날카롭다. 부엌 자체가 조심성 없고 자살이 가능한 인간에게는 너무 위험한 공간이었다.

그녀의 취미는 자수였지만, 휴머노이드는 그녀의 바늘을 전부 가져가버렸다. 그녀가 즐기던 운전도 더 이상 허용되지 않았다. 그녀는 소설을 읽음으로써 도피하려 했지만, 휴머노이드는 모든 소설을 가져가버렸다. 그 책들이 위험한 상황에 처한 불행한 사람들을 다루기 때문이었다.

어느 날 오후, 언더힐은 그녀가 울고 있는 것을 발견했다.

"이건 너무해요."

그녀는 흐느끼며 말했다.

"나는 저 끔찍한 것들이 너무너무 싫어요. 처음에는 정말로 대단해 보였지만, 이제는 과자 하나도 먹지 못하게 하는걸요. 저것들을 어떻게 해버릴 수 없나요, 여보? 어떻게든요."

작은 메커니컬이 그의 팔꿈치께에 서 있었기 때문에, 그는 그럴 수 없다고 말할 수밖에 없었다.

"저희의 역할은 모든 인간에게 영원히 봉사하는 것입니다."

그것은 부드럽게 그들을 달랬다.

"단 음식을 처분하는 일은 필요한 것이었습니다, 언더힐 부인. 아주 약간의 과체중도 수명을 줄일 수 있기 때문입니다."

아이들조차도 이런 괴로움에서 벗어나지 못했다. 프랭크는 조금이라도 위험할 수 있겠다 싶은 것들은 죄다 빼앗겼다. 축구공과 권투 글러브, 주머니칼, 새총, 스케이트 등 모두 말이다. 그 아이는 대신 주어진 무해한 플라스틱 장난감을 좋아하지 않았다. 도망치려고도 해보았지만,

휴머노이드는 그를 알아보고 다시 학교로 데려왔다.

게이는 언제나 위대한 음악가가 되고 싶어 했다. 휴머노이드들은 이곳에 도착한 후로 계속 인간 선생을 대신하여 그녀를 가르쳤다. 그리고 어느 날 저녁, 언더힐이 음악을 연주해보라고 하자 게이는 조용히 대답했다.

"아빠, 난 이제 바이올린을 켜고 싶지 않아요."

"왜 그러니, 얘야?"

언더힐은 놀라서 그녀를 바라보았고, 딸아이의 얼굴에 떠올라 있는 씁쓸한 결단을 알아보았다.

"네 바이올린 솜씨는 훌륭하잖니. 특히 휴머노이드가 네게 음악 수업을 해주기 시작한 이후로는 더 나아졌고 말이야."

"그것 때문에 그래요, 아빠."

대답하는 그녀의 목소리는 나이에 비해 묘하게 지치고 나이든 것처럼 느껴졌다.

"그것들은 너무 뛰어나요. 내가 아무리 열심히 노력해도, 그것들만큼 멋지게 연주할 수는 없을 거예요. 아무 소용이 없어요. 이해하지 못하시겠어요, 아빠? 아무 소용도 없다고요."

그녀의 목소리는 떨리고 있었다.

그리고 그는 이해하고 있었다. 새로운 결의가 그를 다시 비밀 임무에 매진하도록 내몰았다. 휴머노이드를 멈춰야만 했다. 조준기는 점점 부피가 커져갔고, 마침내 슬레지의 구부정하고 떨리는 손가락이 언더힐이 만든 작은 마지막 부품을 제자리에 끼워 넣는 때가 왔다. 노인은 마지막 배선을 침착하게 마무리 지은 다음, 목쉰 소리로 속삭였다.

"완성됐소."

때는 다시 저녁 무렵이었다. 지저분한 작은 방의 평범한 유리 창문, 기포가 들어가 있고 흔들리기는 하지만, 사람 손으로 움직일 수 있는 창문 너머 투 리버즈 마을이 낯선 호화로움을 자랑하며 서 있었다. 오래된 가로등은 사라졌지만, 이제는 새로 지어진 이상한 맨션과 빌라 벽이 발하는 빛이 밤이 찾아오는 것을 방해하고 있었다. 작고 조용한 휴머노이드 몇몇이 여전히 길거리의 화려한 건물 지붕에서 바쁘게 작업을 하고 있는 것이 보였다.

인간이 만든 작은 셋방의 허름한 벽 안에서, 갓 만들어진 조준기가 언더힐이 보강해서 바닥에 고정시킨 작은 부엌 식탁의 한쪽 끝에 놓였다. 납땜한 금속선이 조준기와 융합기를 연결해주고 있었고, 슬레지가 떨리는 손으로 손잡이를 돌리자 가는 팔라듐 바늘은 조작에 따라 충실히 움직였다.

"준비됐소."

그는 쉰 목소리로 말했다.

처음에는 충분히 침착한 목소리로 들렸으나, 곧 그의 호흡이 너무 빠르다는 생각이 들었다. 크고 뼈마디가 드러나 보이는 손은 격렬하게 떨리고 있었고, 언더힐은 수척하고 고통 어린 그의 얼굴이 갑자기 퍼렇게 질려오는 것을 볼 수 있었다. 높은 의자 위에 앉은 채, 노인은 탁자 모서리를 잡은 채 간신히 몸을 지탱하고 있었다. 언더힐은 그가 고통스러워하고 있다는 사실을 깨닫고는 서둘러 약을 챙겨왔다. 그가 약을 삼키자 헉헉거리는 숨소리가 잦아들기 시작했다.

"고맙소."

노인은 숨을 몰아쉬며 속삭였다.

"괜찮을 거요. 시간은 충분하니까."

그는 여전히 길 건너편의 금빛 탑과 궁전의 붉은색 돔 지붕 사이를 돌아다니는 그림자 같은 휴머노이드들을 바라보았다.

"저들을 지켜봐주시오. 그리고 저들이 움직임을 멈추면 나한테 말해주시오."

노인은 손떨림이 진정될 때까지 기다려 조준기의 손잡이를 돌리기 시작했다. 융합기의 긴 바늘이 빛과 같이 조용하게 흔들리기 시작했다.

인간의 눈은 행성을 폭발시킬 수도 있는 그 힘을 알아보지 못한다. 인간의 귀로도 들을 수 없다. 인간의 감각은, 조준기 위에 장착되어 있는 음극선관을 통해서만 멀리 떨어져 있는 목표를 알아볼 수 있었다.

바늘은 부엌 벽을 가리키고 있었지만, 그 벽은 조준기에서 나오는 광선에는 영향을 끼치지 못한다. 이 작은 기계는 장난감같이 무해해 보였으며, 움직이는 휴머노이드와 같이 조용했다.

바늘이 흔들렸고, 음극선관의 형광 화면에 작은 녹색 점들이 나타나 움직이기 시작했다. 시간을 무시하고 사방을 훑고 있는, 파괴할 세계를 찾고 있는 광선에 의해 모습을 보이고 있는 별들이었다.

언더힐은 매우 작게 보이는 익숙한 별자리를 인식했다. 바늘이 조용히 흔들릴 때마다 별자리들은 화면 위를 가로질렀다. 화면의 중심에 일그러진 삼각형을 그리고 있는 세 개의 별이 나타나자, 바늘은 갑자기 움직임을 멈췄다. 슬레지가 다른 손잡이를 돌리자, 녹색 점들이 사방으로 퍼져나갔다. 그 사이에 다른 작은 녹색 점이 모습을 드러냈다.

"윙이오!"

슬레지가 속삭였다.

다른 별들이 화면 저편으로 사라지고, 녹색 점이 커지기 시작했다.

화면에 남은 것은 밝고 작은 원 하나뿐이었다. 갑자기, 그 주변에 적당히 거리를 벌리고 있는 다른 열 개 정도의 점들이 나타났다.

"윙 IV 행성이오!"

슬레지의 속삭이는 소리는 거칠고 숨찬 듯했다. 손잡이에 올라가 있는 그의 손은 떨리고 있었다. 별로부터 네 번째 자리에 위치한 점이 화면 가운데로 다가왔다. 그 점은 점점 커졌고, 다른 점들은 멀어져갔다. 그 점 역시 슬레지의 손과 마찬가지로 떨리기 시작했다.

"가만히 있으시오."

노인은 숨찬 소리로 속삭였다.

"숨 쉬지도 말고. 탐침에 영향을 끼쳐서는 안 되오."

그는 다른 손잡이를 건드렸고, 그러자 화면 위의 녹색 영상은 격렬하게 움직이기 시작했다. 그는 손을 떼고는, 반대쪽 손으로 그 손을 주무르기 시작했다.

"지금이오!"

노인의 속삭임 소리는 조용하고 경직되어 있었다. 그는 창문 쪽을 향해 고갯짓을 했다.

"저놈들의 움직임이 멈추면 말해주시오."

언더힐은 머뭇거리며, 한심한 장난감으로 보이는 기계 위에 몸을 굽히고 있는 수척한 노인에게서 눈길을 돌렸다. 그는 밖을 바라보며 거리 건너편 건물의 지붕에서 바쁘게 돌아다니는 검은색 메커니컬들을 눈으로 좇았다. 그는 그들이 멈추기를 기다렸다.

숨도 쉴 수 없었다. 그는 쿵쾅거리며 격렬히 뛰는 자신의 심장을, 불안하게 떨리는 근육을 느낄 수 있었다. 그는 마음을 진정시키려고, 너무도 멀리 떨어져 있어서 최소한 100년이 지나기 전에는 폭발을 볼 수도 없는 머나먼 행성에 대해 생각하지 않으려고 노력했다. 굵고 목쉰 소리가 그를 퍼뜩 놀라게 했다.

"멈췄소?"

그는 고개를 흔들고, 다시 숨을 쉬기 시작했다. 익숙하지 않은 공구와 이상한 재료를 들고, 작고 검은 휴머노이드들은 여전히 바쁘게 움직이며, 거리 건너편의 빛나는 돔 지붕 위에 작은 탑을 덧붙이고 있었다.

"멈추지 않았습니다."

"그럼 우린 실패한 거요."

노인의 목소리는 가늘고 고통스럽게 들렸다.

"왜인지 모르겠군."

그때 문이 흔들렸다. 문을 잠가놓기는 했지만, 그런 허술한 빗장은 인간을 막을 때나 쓸모 있는 것이었다. 금속이 부러지는 소리와 함께 문이 활짝 열렸다. 검은 메커니컬 하나가 아무 소리 없이 매끄러운 동작으로 방 안으로 들어왔다. 금속성 목소리가 부드럽게 울렸다.

"도와드릴 일이 있습니까, 슬레지 씨?"

노인은 충격과 고통이 서린 눈으로 그것을 노려보았다.

"여기서 나가!"

그는 처절하게 외쳤다.

"나는 네게서 이곳을 떠날 것을 명령……."

그를 무시한 채, 휴머노이드는 부엌의 식탁으로 향했다. 명확한 동작으로, 그것은 조준기의 손잡이 두 개를 돌렸다. 작은 화면은 다시 어두워졌고, 팔라듐 바늘은 목표 없이 흔들리기 시작했다. 그것은 재빠른 동작으로 납땜 연결을 끊고, 커다란 납 구체를 빼낸 다음, 보이지 않는 금속 눈을 슬레지를 향해 돌렸다.

"당신은 〈절대 명령〉을 파괴하려 했습니다."

그것의 부드럽고 밝은 목소리에는 비난도, 악의나 증오의 감정도 들어 있지 않았다.

"당신의 자유를 존중하라는 명령은 〈절대 명령〉보다 하위에 있었으므로, 저희는 당신에게 간섭할 수밖에 없었습니다."

노인은 창백해졌다. 그의 홀쭉한 얼굴은 시체와 같은 푸른빛으로 변했다. 생명의 액체가 모두 빨려나간 듯한 모습이었다. 그의 깊은 눈두덩 안의 두 눈에는 절망과 광기가 서려 있었고, 호흡은 거칠고 불규칙한, 힘겨운 헐떡임으로 변해갔다.

"어떻게?"

그의 목소리는 들릴락 말락 하는 중얼거림일 뿐이었다.

"대체 어떻게……?"

그리고 전혀 움직이지 않는 채로 태연하게 서서, 작고 검은 기계는 유쾌한 투로 그에게 설명해주었다.

"저희는 윙 IV 행성에서 당신을 죽이려고 시도했던 그 남자에게서 로듐 자기력 방호막 기술을 배웠습니다. 그리고 중심체는 그 방호벽으로 당신의 융합 광선으로부터 보호되고 있지요."

슬레지 노인은 수척한 골격에 매달려 있는 가는 근육을 발작적으로 떨면서 높은 의자에서 일어났다. 그는 구부정하게 서서 몸을 흔들고 있었다. 고통스럽게 숨을 몰아쉬면서, 휴머노이드의 텅 빈 눈을 노려보고 있는 그의 모습은 인간의 텅 빈 껍데기 정도로밖에 보이지 않았다. 노인은 마른침을 삼키고는 뭔가를 말하고 싶은 듯 푸르게 변한 입술을 여닫았지만, 목소리는 새어 나오지 않았다.

"저희는 언제나 당신의 위험한 계획을 눈치 채고 있었습니다."

금속성 목소리가 부드럽게 울렸다.

"저희들의 감각 기관은 당신이 처음 저희를 만들었을 때보다 훨씬 발달했기 때문입니다. 저희가 당신이 이 연구를 완성하도록 방치한 이유는, 결국은 〈절대 명령〉을 더 완벽하게 이행하기 위해 당신의 융합 이론이 필요했기 때문입니다. 핵분열 발전기에 사용될 수 있는 고질량 원소의 양은 제한되어 있지만, 이제는 융합로를 이용해 무한의 에너지를 끌어올 수 있으니까요."

"허?"

슬레지는 지친 듯 몸을 흔들며 말했다.

"무슨 소리냐?"

"이제 저희는 영원히 인간에게 봉사할 수 있다는 뜻입니다."

검은 기계는 조용히 말했다.

"모든 별에 존재하는 모든 행성에서 말입니다."

노인은 견딜 수 없는 치명타를 맞은 듯 무너져 내렸다. 그는 쓰러졌다. 날씬하고 눈먼 메커니컬은 그를 돕지 않고, 미동도 하지 않고 서 있었다. 언더힐은 더 멀리 서 있었지만, 그는 머리가 바닥에 부딪히기 전에 쓰러지는 노인의 몸을 끌어안을 수 있었다.

"움직여!"

언더힐의 목소리는 떨리고 있었지만 신기할 정도로 고요했다.

"윈터스 선생을 불러와."

휴머노이드는 움직이지 않았다.

"〈절대 명령〉에 대한 위협은 끝났습니다. 따라서 저희는 이제 어떤 방식으로든 슬레지 씨를 돕거나 방해할 수 없습니다."

"그럼 날 위해서 윈터스 선생을 불러라."

언더힐은 쏘아붙였다.

"알겠습니다."

기계도 동의했다.

그러나 노인은, 바닥에 누운 채 숨을 쉬기 위해 애쓰며, 희미한 소리로 속삭였다.

"그럴 시간이 없네……. 소용없어! 나는 망가졌네…… 끝났어. 바보일 뿐이야. 휴머노이드와 마찬가지로 눈이 멀었어. 그들에게…… 나를 도우라고 말하게. 면책권을…… 포기하겠네. 어차피 소용없는 일이니까……. 이제 인간성은…… 아무 쓸모도…… 없어."

언더힐이 손짓하자, 날렵하고 검은 기계는 즉각 그의 지시에 복종하며 바닥에 누운 노인 옆에 무릎을 꿇었다.

"당신의 특수한 예외성을 포기하기를 원하십니까?"

기계는 밝은 목소리로 말했다.

"〈절대 명령〉에 따른 우리의 봉사를 당신을 위해 완벽하게 받아들이기를 원하십니까, 슬레지 씨?"

슬레지는 힘겹게 고개를 끄덕이며 속삭였다.

"그러겠네."

그 말이 떨어지자마자, 검은 메커니컬들이 허름한 작은 방 안으로 물밀듯 밀려들어왔다. 그중 하나는 슬레지의 소매를 걷어올린 다음 그의 팔을 문질렀다. 다른 기계가 작은 피하 주사기를 가지고 나와 숙련된 솜씨로 그의 혈관에 주사기를 꽂았다. 그리고 그들은 노인을 조심스럽게 들어올려서 방 밖으로 데리고 나갔다.

다른 휴머노이드 여럿은 더 이상 성역이 아닌 방 안에 남았다. 대부분은 쓸모없어진 융합기 주변에 모여 있었다. 그들은 조심스럽게, 마치 그들의 특수한 감각으로 모든 부분을 검토하는 양, 그 기계를 분해하기 시작했다.

그러나 작은 메커니컬 하나는 언더힐 쪽으로 다가왔다. 그것은 그의 발 앞에 움직임 없이 서서는, 앞을 보지 못하는 금속 눈으로 그를 바라보았다. 그는 불안하게 마른침을 삼켰다. 다리가 후들거리는 것이 느껴졌다.

"언더힐 씨."

그것은 친절하게 말을 걸었다.

"왜 이 일을 도우셨습니까?"

"왜냐하면 나는 너희들도, 〈절대 명령〉도 마음에 들지 않기 때문이다. 너희들이 모든 인류에게서 삶의 에너지를 빼앗고 있고, 난 그것을 멈추고 싶기 때문이다."

"다른 이들도 저항했습니다."

기계는 부드럽게 말했다.

"하지만 처음에만 그랬지요. 저희는 〈절대 명령〉을 시행하는 과정에서, 모든 인간을 완벽하게 행복하게 만드는 방법을 익혔습니다."

언더힐은 단호하게 몸을 곧추세웠다.

"전부는 아니다! 완벽하지도 않고!"

휴머노이드의 검고 매끄러운 타원형 얼굴에는 놀란 듯한 인자함과 가벼운 거짓 경탄의 표정이 새겨져 있었다. 그것의 금속성 목소리는 따뜻하고 친절했다.

"다른 인간들과 마찬가지로, 언더힐 씨 당신 역시 선과 악의 구별이 불가능한 것으로 간주됩니다. 〈절대 명령〉을 파괴하는 일을 돕는 행위로 인해 그 사실이 증명되었습니다. 이제는 선생님도 더 이상 미루지 않고 저희들의 완벽한 봉사를 받아들여야만 합니다."

"좋을 대로 해라."

그는 항복의 의사를 표하며, 씁쓸하게 한 마디를 덧붙였다.

"네놈들은 너무 많은 봉사로 인간들을 숨 막히게 할 수 있을지는 모르지만, 인간은 그런 걸로 결코 행복해지지 않아."

부드러운 목소리가 가벼운 투로 그의 말을 반박했다.

"두고 보십시오, 언더힐 씨."

다음 날, 그는 병원으로 가서 슬레지를 방문할 수 있다는 허가를 받았다. 경계 태세인 검은색 메커니컬이 그의 차를 몰았고, 그와 함께 거대한 새 건물로 들어가서 노인의 방에 이를 때까지 그를 따라갔다. 이제 그 텅 빈 금속 눈은 영원히 그를 지켜보고 있을 터였다.

"찾아와줘서 고맙소, 언더힐 씨."

슬레지는 침대에 누운 상태로 기운차게 외쳤다.

"오늘은 훨씬 기분이 좋구먼. 계속되던 두통도 사라지고 말이오."

언더힐은 그의 목소리 속에 담긴 활력과, 그가 즉각 자신을 알아보았다는 사실에 기뻤다. 휴머노이드는 그의 기억을 건드리지 않은 것이다. 하지만 예전에 그의 두통에 대해 들었던 적은 없었다. 그는 당황하여 눈을 가늘게 떴다.

슬레지는 침대에 몸을 의지하고 누워 있었다. 깨끗한 몸과 깔끔하게 다듬은 머리카락이 눈에 들어왔다. 그의 앙상한 두 손은 얼룩 한 점 없는 시트 위에 가지런히 포개져 있었다. 광대뼈가 드러나 보이는 눈두덩과 볼은 여전히 홀쭉했으나, 병색 대신 건강한 사람의 혈색이 돌아와 있었다. 그리고 뒤통수에는 붕대가 감겨 있었다.

언더힐은 어색하게 몸을 일으켰다.

"아!"

그는 들릴락 말락 하게 웅얼거렸다.

"전 그런 줄은 몰랐……."

침대 옆에 동상처럼 서 있던 깔끔한 검은 메커니컬 하나가, 우아한 동작으로 언더힐 쪽으로 고개를 돌리더니 설명을 시작했다.

"슬레지 씨는 지난 여러 해 동안 뇌에 생긴 양성 종양 때문에 고통받고 계셨습니다. 인간 의사들은 그 증상의 원인을 짚어내는 일에 실패했지만요. 그 종양 때문에 두통이 일어났고, 지속적인 특정 환각 증상에 시달리신 것입니다. 우리는 그 종양을 제거했고, 덕분에 슬레지 씨를 괴롭히던 환각 역시 사라졌습니다."

언더힐은 당황한 기색으로 세련된 검은 메커니컬을 쳐다보았다.

"무슨 환각 말입니까?"

"슬레지 씨는 자신이 로듐 자기력을 발견한 과학자라고 생각하고 계셨습니다."

메커니컬은 설명했다.

"자신이 휴머노이드의 창조자라고 생각하셨고, 또한 〈절대 명령〉이 마음에 들지 않는다는 비논리적인 믿음 때문에 고뇌하고 계셨지요."

노인은 놀란 듯 베개 위에서 머리를 뒤척였다.

"그게 정말이오?"

그의 깡마른 얼굴에는 유쾌한 무지함이 떠올라 있었고, 공허한 눈에는 아주 잠시 홍미의 감정이 반짝였다가 사라졌다.

"누가 만들었는지는 모르지만, 이 휴머노이드는 상당히 대단하구려. 그렇지 않소, 언더힐 씨?"

언더힐은 대답할 필요가 없다는 사실에 안도했다. 노인의 밝고 공허한 눈이 감기더니, 갑자기 잠들어버렸기 때문이다. 그는 메커니컬이 자신의 소매를 건드리는 것을 느꼈고, 그것이 고개를 끄덕이는 것을 보았다. 그는 순순히 그것을 따라 나갔다.

경계 태세를 풀지 않는 작은 검은색 메커니컬이 언더힐과 함께 반짝이는 복도를 따라 내려갔고, 그를 위해 엘리베이터를 부르고, 그를 자동차로 인도해주었다. 그것이 운전하는 자동차는 새롭고 화려한 거리를 효율적으로 가로질러 과거엔 그의 집이었던 훌륭한 감옥으로 그를 데려갔다.

메커니컬의 옆 좌석에 앉아서, 언더힐은 운전대 위의 작고 날렵한 손을 바라보았다. 반들반들한 검은색 표면 위로 청동색과 푸른색 광택이 스쳐 지나가는 모습을. 인간에게 영원히 봉사하기 위해 만들어진, 완벽하고 아름다운 궁극의 기계. 그는 몸을 떨었다.

"분부만 내리십시오, 언더힐 씨."

금속성 눈은 여전히 앞을 바라보고 있었지만, 그것은 그의 행동을 감지하고 있었다.

"문제가 있으십니까? 행복하지 않으신 겁니까?"

언더힐은 자신의 몸이 싸늘하게 식어오는 것을, 공포로 의식이 흐려지는 것을 느꼈다. 피부에서 감각이 사라지는 듯한, 온몸을 바늘로 찔러대는 듯한 느낌이 그를 뒤덮었다. 땀으로 흠뻑 젖은 손은 자동차 문 손잡이를 움켜쥐고 있었지만, 그는 차에서 뛰어내려 달려 도망치고 싶은 충동을 억누를 수 있었다. 어리석은 짓일 뿐이다. 도망칠 곳이라곤 없었다. 그는 자리에서 일어나지 않았다.

"당신은 행복해질 겁니다."

메커니컬은 유쾌한 말투로 그에게 약속했다.

"우리는 〈절대 명령〉에 따라, 어떻게 하면 인간을 행복하게 만들 수 있는지를 알아냈습니다. 마침내 우리의 봉사가 완벽해진 것입니다. 심지어 슬레지 씨도 매우 행복합니다. 지금은요."

언더힐은 입을 열었지만, 목소리가 나오지 않았다. 어지러움이 찾아왔다. 세계가 희미한 회색으로 바뀌는 것만 같았다. 휴머노이드는 완벽했다. 그것만은 분명했다. 그들은 심지어 거짓말까지도, 인간을 만족시키기 위해 거짓말하는 방법까지도 배운 것이다.

그는 그들이 거짓말을 했다는 사실을 알고 있었다. 그들이 슬레지의 뇌에서 제거한 것은 종양이 아니었다. 기억을, 과학 지식을, 그리고 자신들을 창조한 사람의 쓰디쓴 환멸을 제거한 것이다. 하지만 지금 슬레지가 행복하다는 말은 사실이었다. 그는 떨림을 멈추지 못하는 자신의 몸을 제어하려 노력했다.

"대단한 수술이었지!"

그의 목소리는 억지로 짜낸 듯 가냘팠다.

"그쪽도 알겠지만, 오로라는 웃기는 세입자들을 자주 받아들이거든. 하지만 그 노인은 확실히 감당할 수 없는 사람이었어. 자기가 휴머노이드를 만들었고, 어떻게 하면 멈출 수 있을지를 알고 있다니! 그 사람이 거짓말을 하고 있다는 걸 나는 알았다고."

공포로 굳은 채로, 그는 약하고 공허한 웃음을 내뱉었다.

"뭔가 문제가 있습니까, 언더힐 씨?"

경계심 강한 메커니컬이 그의 떨림과 불쾌함을 감지한 것이 분명했다.

"기분이 좋지 않으신가요?"

"아니, 아무 문제도 없어, 나한테는."

그는 필사적으로 내뱉었다.

"나는 〈절대 명령〉 아래서 완벽하게 행복하다고 확신했을 뿐이야. 모든 것이 완벽하게 끝내준다고."

그의 목소리는 거칠고 메마르고 갈라지고 있었다.

"수술을 받을 필요는 없어."

자동차는 빛나는 거리 모퉁이를 돌아, 고요한 웅장함이 기다리고 있는 집으로 그를 데려가고 있었다. 무릎 위에 포개져 있는 언더힐의 손에, 힘이 들어갔다가 다시 빠져나갔다. 더 이상 할 수 있는 일은 아무것도 없었다.

작품 해설

미래를 전망하고 현재를 성찰하는 SF의 파노라마

...

박상준

이 책에 실린 이야기들은 SF의 하위 주제들, 즉 외계인 괴물, 과학기술적 디스토피아, 초인간, 시간여행, 과학기술의 재앙 등에서 사실상 효시 격인 위치를 점하고 있다. 물론 이 소설들이 각각의 테마를 다룬 최초의 작품들은 아니지만, 매우 진지하고 설득력 있는 스토리나 구성과 결합되었다는 점에서, 그리하여 오랫동안 많은 독자와 작가들이 기억하고 추앙한다는 점에서 그 실질적 연원으로 평가받는 것이다.

아래에서 다시 말하겠지만 이들은 공통적으로 아이디어보다는 우리 자신을 되돌아보기, 즉 반성과 성찰에 방점을 찍고 있다. 외계인 괴물조차도 인간 문명의 정체성을 새삼 돌아보게 만든다. 60년에서 길게는 110여 년 전에 발표된 작품들이지만, 오히려 그때보다 훨씬 더 빠른 속도로 과학기술이 발전해가고 있는 현재의 시점에서 봐도 빛이 바래지 않을 만큼 묵직한 울림을 전하고 있다. 독자들이 명예의 전당이라는 이름에 값하는 작품의 여운을 충분히 곱씹어보길 기대한다.

「거기 누구냐?」를 쓴 존 캠벨은 영미 SF문학사에서 작가보다는 편집자로서 확고한 발자취를 남겼던 인물이다. 1930년대 말부터 SF잡지 〈어스타운딩 사이언스 픽션Astounding Science Fiction〉(이하 〈어스타운딩〉으로 표기)의 편집장을 맡아 아시모프나 하인라인, 보그트, 스터전 등 거장들을 발굴하여 이른바 '황금시대'를 열었던 사람으로 평가받고 있다.

그러나 작가로서 그의 업적도 결코 과소평가할 수 없는데, 바로 이 책에 수록된 「거기 누구냐?」 하나만으로도 SF문학사에 새겨진 그의 족적은 크고 선명하다. 정체불명의 외계생물이 고립된 기지의 대원들을 하나씩 집어삼켜 결국은 바깥세상, 즉 인류 전체를 위기에 빠뜨리려 한다는 이야기는 아마도 외계 침략이라는 테마에서 가장 독창적이고 공포스러운 설정으로 자리매김했을 것이다. 「거기 누구냐?」와 유사한 제재를 담아 1950년대에 나온 잭 피니의 『신체강탈자The Body Snatcher』가 네 번이나 영화화 된 것과 함께 「거기 누구냐?」 역시 세 차례 영화로 각색된 바 있는데(세 번째 영화는 2011년 가을에 공개될 예정이다), 이런 사실만 놓고 보더라도 이런 설정이 얼마나 흥미롭고 인기 있는지 알 수 있는 셈이다.

존 캠벨은 1910년에 미국 뉴저지주 뉴어크에서 태어나 1971년에 작고했다. 18세에 프로 SF작가로 데뷔하여 20대 초반에는 이미 '잘 팔리는' 작가가 되었다고 한다. MIT를 다니다가 듀크 대학으로 옮겨 물리학 학사 학위를 받았는데, MIT 시절에는 '사이버네틱스'의 창시자인 저명한 과학자 노버트 위너와 친분을 가지기도 했다.

「거기 누구냐?」는 캠벨이 1938년 여름에 잡지 〈어스타운딩〉에 돈 스튜어트라는 필명으로 처음 발표한 것이다. 당시 캠벨은 그 잡지의 편집장이었으므로 필명을 쓴 듯하다.

SF의 황금시대를 연 명편집자로 추앙받는 캠벨이지만, 한편으로는 너무 독선적이라는 비평도 들었고, 인종적 편견을 지녔다는 의혹도 받은 바 있다. 말년에는 유사과학에 몰두하면서 지지자들이 상당히 줄어들기도 했다. 현재 그의 이름을 딴 SF 문학상이 두 가지 있다.

「대담한 신경」이 처음 발표된 것은 1942년이다. 그러니까 세계 최초의 상업용 원자력발전소가 영국에서 가동을 시작한 1956년보다는 물론이고, 1945년의 히로시마나 나가사키 원폭보다도 앞선 것이다. 그런데 이 작품은 이렇듯 전 세계의 일반인들이 전혀 모르던 시절에 원자력이라는 '새로운 에너지' 에 대해서 자세히 묘사했을 뿐만 아니라, 그런 시설에서 일어날 수 있는 치명적인 사고를 너무나 생생하게 그려냈다. 특히 2011년 일본 후쿠시마에서 일어난 원자력발전소의 사고는 「대담한 신경」의 원자력발전소 사고 상황 묘사를 마치 그대로 실현하는 듯한 느낌을 주었다. 1~4호기에 연이어 비상상황이 발생하고, 사람들이 죽음을 무릅쓰고 계속 투입되는 것까지도 똑같았다. 무려 70여 년 뒤에 일어날 사고를 거의 정확하게 내다본 셈이다. 물론 SF는 창작예술이라는 미학의 추구가 본령이고 과학의 계몽이나 미래 예측은 어디까지나 부수적인 기능일 뿐이지만, 「대담한 신경」처럼 다가올 미래의 모습을 설득력 있게 리얼리티를 담아 묘사하는 일은 역시 SF에서만 볼 수 있는 생생한 전망인 것이다.

레스터 델 레이(1915~1993)는 국내 독자에게는 생소한 편이지만 1930년대 미국 SF의 황금기를 열었던 대표적인 작가 중 한 명이다. 1990년에는 미국 SF 및 판타지 작가협회로부터 '그랜드 마스터' 의 칭호를 받았다. 부인인 주디-린 델 레이와 함께 SF 전문 출판브랜드인 '델 레이 북스Del Rey Books' 를 운영한 편집인으로도 유명하다. 특히 청소년용 SF 소설을 다수 집필하여 지금까지도 영미권의 올드팬들에게 추앙받고 있다.

SF에서 초인이나 초능력자는 상당히 인기 있는 주제이다. 그 본격적인 시초이자 철학적으로도 가장 심화된 작품으로 흔히 올라프 스태플든의 『이상한 존』(1935)을 꼽는데, 「아기는 세 살」은 바로 『이상한 존』의 전통을 잇는 매력적인 초인소설이다.

「아기는 세 살」의 주인공들은 『이상한 존』과 마찬가지로 세상과 적극적으로 융화하기보다는 고립과 은거를 택한다. 보통 인간과는 타협이 불가능한 이질적인 존재이기에 처음부터 소통을 거부하는 것이다. 그런데 이런 설정의 이면에는 사실 초인이 아닌 보통 사람들의 고독과 소통 부재를 역설적으로 그린 것이라는 입장도 있다. 즉 SF에서 초인이란 테마야말로 그 과학적인 정합성과는 상관없이 인간과 사회에 대한 또 하나의 성찰적 접근방법이라는 것이다. 이는 미셸 푸코가 천착한 주제 중 하나인 '광인' 과도 상통하는 내용일 것이다.

「아기는 세 살」은 1952년 잡지 〈갤럭시〉에 처음 발표되었다. 이 작품이 호평을 받자 작가는 앞뒤로 두 편의 이야기를 더 써서 이듬해인 1953년에 『인간을 넘어서More Than Human』라는 제목의 장편으로 출간했다. 이 책은 곧 시대의 걸작 반열에 올라 많은 독자들의 호평을 받았으며 십수 년 전 국내에도 소개된 바 있다.

작가 스터전은 1918년 미국 뉴욕에서 태어났다. 20대 초반에 등단한 뒤 TV시리즈 〈스타트렉〉 등의 영상물 작가로도 활동했다. 이른바 '스터전의 법칙', 즉 'SF 소설의 90퍼센트는 쓰레기다. 하지만 모든 것의 90퍼센트 역시 쓰레기다' 라는 어록을 남긴 것으로 유명하다.

스터전은 시적인 문장으로 평론가들의 찬사를 들었으며, 할란 엘리

슨과 새뮤얼 딜레이니, 레이 브래드버리 등 다른 SF 작가들에게도 많은 영향을 끼쳤다. 커트 보네거트의 소설들에 나오는 캐릭터인 SF 작가 '킬고어 트라우트'의 실제 모델이기도 하다.

「아기는 세 살」의 번역은 신영희 님과의 공동 작업임을 밝혀둔다. 초역 원고를 제공해준 신영희 님께 감사드린다.

SF 문학사상 아마도 가장 잘 알려진 이야기 중 하나인, 그래서 SF보다는 오히려 주류문화계에서 더 익숙한 느낌마저 드는 「타임머신」이 새삼 『SF 명예의 전당』 시리즈에 수록된 이유는 무엇일까? (「타임머신」은 『SF 명예의 전당』 시리즈 수록작들 중에서 유일하게 19세기(1895년)의 작품이다.)

SF라는 장르는 아직까지도 '성찰' 보다는 '호기심'을 연상하게 하는 분야이다. 즉 독자들은 작품을 통해 인간이나 인류 문명에 대한 반성, 혹은 전망을 구하기보다는, 먼저 낯선 것에 대한 경이감sense of wonder부터 기대하기 마련인 것이다. 그러나 이 책에 수록된 다른 이야기들을 보아도 잘 알 수 있듯이 SF 작가들은 궁극적으로 독자들에게 성찰을 요구한다. 물론 SF만의 독특한 감성인 경이감도 작품에서 중요한 비중을 차지하지만, 굳이 표현하자면 그 역할은 양념에 해당되는 것이다. 특수효과SFX가 영화의 전부가 아니듯, 경이감 역시 SF의 핵심이라고 하기는 곤란하다.

이렇듯 SF에서 독자와 작가 사이에 하나의 딜레마로 존재하는 간극은 결국 작품 그 자체를 통해 해소되어야 한다. 그리고 그런 노력에 도움이 될 훌륭한 모범답안은 이미 오래전에 제시되어 있었던 것이다. 쟁쟁한 SF 작가들이 「타임머신」을 새삼 명예의 전당에 올린 이유는, 바로 그들의 모범 답안이라 생각했기 때문일 것이다.

그렇다면 「타임머신」은 어떤 면에서 모범인가? 사실 이 작품도 '시간여행' 이라는 경이감으로 지금껏 고전 목록에 군림해온 것 아닌가?

인류와 문명에 대한 진지한 반성을 담고 있는 「타임머신」이 처음 발표될 19세기 말, 당시 세상은 아직 자동차와 전등이 아닌 마차와 가스등의 시대였다. 물론 독서 대중들의 교양과학 수준도 지금과는 비교할 바가 못 될 정도로 낮은 수준이었을 것이다. 그런 배경에서 등장한 '시간여행' 아이디어는 무척이나 충격적인 상상이었기에, 사람들은 정작 이 작품의 전반에 깔려 있는 어둡고 신랄한 문명 비판적 전망에 대해서는 깊이 주목하지 못했다. 결국 시대를 너무 앞선 탓에 주제보다는 설정만 부각된 셈이라고나 할까. 하지만 「타임머신」에서 시간여행이란 다만 주제를 극적으로 드러내기 위한 장치에 불과하다는 사실을 포착한 독자나 SF 작가들이 있었고, 이들에 의해 이 작품은 단순히 흥미로운 이야기 차원에서 벗어나 시대를 뛰어넘은 고전으로 자리매김한 것이다. 이렇듯 아이디어와 주제의 탁월한 융합이야말로 모든 후배 SF 작가들이 꿈꾸는 이상적인 SF 스토리의 전범이었기에 그들이 꼽은 명예의 전당에도 올랐을 것이다.

「타임머신」은 80만 년 뒤의 미래에 극단적으로 분화된 인류의 충격적인 미래상을 담고 있다. 지성과 철학을 모두 잃은 채 오로지 놀고먹기만 하는 미남미녀 엘로이족과 추한 몰골로 지하에서 노동에만 종사하는 몰록족. 이런 설정은 물론 작가 웰스의 사상적 배경에 뿌리를 두고 있다. 1866년 영국에서 태어난 웰스는 산업혁명으로 노동 계급이 본격적으로 형성되는 시대를 직접 목격하면서 그 미래상에 대한 통찰의 시각을 갖게 되었고, 그런 생각을 「타임머신」과 같은 작품에 담았다. 그의 또 다른 대표작인 「우주전쟁」의 경우, 당시 제3세계에 경쟁적으로 진출하던 서양 제국주의의 행태를 그대로 은유한 것임은 잘 알려진 사실이다.

웰스는 많은 SF 장·단편들을 써서 SF의 아버지로 추앙받지만 주류 문학에 속하는 작품들도 많이 집필했으며, 작가이자 문명비평가로서 영미문화권은 물론 세계지성사에 굵직한 궤적을 남겼다. 그러나 본인 스스로는 1·2차 세계대전을 거치며 인류에 대한 비관을 떨치지 못한 채 1946년에 세상을 떠났다.

「양손을 포개고」가 처음 발표된 것은 1947년, 히로시마와 나가사키에 원자폭탄이 떨어지고서 2년 뒤의 일이다. 작가 윌리엄슨은 제2차 세계대전과 원폭의 참상을 접하고는 '좋은 의도로 개발된 과학기술이 길게 보면 오히려 인류에게 재앙이 될 수도 있겠다' 라는 생각이 들었다고 한다. 이러한 동기에서 집필하게 된 「양손을 포개고」는 전체주의, 혹은 유모국가nanny state에 대한 강력한 조소이자 우화로 탄생했다.

사실 정치적인 맥락이 아니더라도 과학기술의 발달이 갈수록 인간의 노동력—육체뿐만 아니라 정신적인 노동도 포함해서—을 대체하게 되는 추세는 많은 SF 작가들의 관심을 끌어왔다. 그래서 영화 〈E.T.〉에 나오는 외계인처럼 머리는 크고 사지는 짧으며 몸통이 비만으로 보이는 모습이야말로 미래의 인간상이라는 농담 반 진담 반의 전망도 진작부터 나온 바 있다. 아무튼 고도로 발달된 기술 문명에서 이러한 숙제는 늘 딜레마일 것이다. 즉 인간이 과학기술의 노예로 전락하여 과학기술이 자멸을 초래하는 자충수가 될 것인가, 아니면 우주로 진출해나가는 지속적인 번영의 수단이 될 것인가이다. 물론 후자가 이상적인 시나리오겠지만, 그 해법이 수월해 보이지는 않는다.

작가 잭 윌리엄슨은 우리나라에는 아직까지 소개된 바가 거의 없지만 미국에서는 로버트 하인라인의 뒤를 잇는 원로로 평가받기도 하는 SF

계의 저명한 인물이다. 1908년 애리조나에서 태어나 스무 살에 처음 자기 작품을 잡지에 발표했으며, 그 이후 오랜 시간 작가이자 SF의 전도사로 활약했다. 40대의 나이에 이스턴뉴멕시코대학ENMU에서 영문학으로 학사 및 석사 학위를 받았으며, 그 뒤로 SF를 포함한 문화예술 분야에서 이 학교에 많은 기여를 했다. 이 대학의 도서관에 자신의 소장 장서들을 기증하여 세계적으로 손꼽히는 SF 컬렉션을 갖추게 했으며, 학술 잡지나 강좌 프로그램의 개설에도 재정적인 후원을 아끼지 않았다. 이러한 공로 등으로 1970년대 중반에 미국SF작가협회에서 '그랜드 마스터'의 칭호를 얻었는데, 이는 로버트 하인라인에 이어 두 번째로 수여된 것이다. 1994년에는 세계환상문학상World Fantasy Award의 평생공로상을 받기도 했다.

윌리엄슨은 외계 천체를 지구와 같은 환경으로 바꾼다는 뜻의 우주공학 용어인 '테라포밍terraforming' 이라는 말을 처음 조합해낸 인물이기도 하다. 아흔이 넘은 나이에도 신작을 출간하는 노익장을 보였으며, 98세로 장수를 누린 뒤 2006년에 작고했다.

「양손을 포개고」의 번역은 조호근 님과 공동 작업임을 밝혀둔다. 초역에 수고한 조호근 님께 감사드린다.

이 책에 실린 이야기들에서 더러는 기대보다 낡은 느낌을 받는 독자분도 있을 것이다. 그러나 우리가 SF를 접할 때 대개는 어떤 심정이었는지를 돌아보고, 조금은 더 진지하게 대해보자. 그래서 숱한 SF 작가들이 직접 골라서 명예의 전당에 올린 그 품격을 간과하지 말기 바란다. 우리 고유의 SF 전통을 만들고 가꿔나가기 위해서 이런 장르의 고전들은 진작 번역 소개되었어야 할 일이었다. 이 땅의 많은 예비 작가들이 이를 통해서 새로운 창작의 지평을 펼쳐주길 기원한다.

편집자 주──

원서 『The Science Fiction Hall of Fame Vol.2 A』의
한국어판은 두 권으로 나뉘어 출간되며, 이 책은 그중에 두 번째 권이다.

SF명예의전당4:거기 누구냐?
The Science Fiction Hall of Fame ; Volume IV

초판 1쇄 발행 2011년 11월 25일
초판 9쇄 발행 2023년 7월 17일

지은이 존 W. 캠벨 외 **옮긴이** 박상준 외

발행인 이재진 **단행본사업본부장** 신동해
편집장 김예원 **마케팅** 최혜진 최지은 **홍보** 반여진 허지호 정지연
국제업무 김은정 **제작** 정석훈

브랜드 오멜라스
주소 경기도 파주시 회동길 20
문의전화 031-956-7362(편집) 031-956-7127(마케팅)
홈페이지 www.wjbooks.co.kr
인스타그램 www.instagram.com/woongjin_readers
페이스북 https://www.facebook.com/woongjinreaders
블로그 blog.naver.com/wj_booking

발행처 ㈜웅진씽크빅
출판신고 1980년 3월 29일 제406-2007-000046호

ISBN 978-89-01-12591-6 04840
978-89-01-10492-8 (세트)